IN GOD WE TRUST
ELEANOR KENT * 1862
CARTER KENT * 1862
MARGARET MARBLE * 1843 † 1877
JULIA SEDGWICK * 1840
LOUIS KENT * 1837 † 1868
MICHAEL K. BOYLE * 1830
HANNAH DORN * 1838
LUIS CORDOBA † 1856
AMANDA KENT DE LA GURA * 1805 † 1852
JAIMIE DE LA GURA
ELIZABETH FLETCHER * 1778 † 1801
GILBERT KENT * 1783 † 1812
HARRIET LEBOW † 1813
ANDREW PIGGOTT
PEGGY ASHFORD McLEAN † 1800
PHILIP KENT (Phillipe Charboneau) * 1753 † 1801
MARIE CHAR-BONEAU † 1772
JAMES AMBERLY, DUKE OF KENTLAND

John Jakes · Die Titanen

John Jakes

Die Titanen

Die Chronik der
Kent-Familie

Ullstein

Titel der amerikanischen Originalausgabe: The Titans
Published by Jove Publications, Inc., New York

Aus dem Amerikanischen übertragen von Hans Maeter

Satz: Fotosatz Otto Gutfreund, Darmstadt
Druck und Verarbeitung: Ebner Ulm
Printed in Germany 1988
ISBN 3 550 06143 9

CIP-Kurztitelaufnahme der Deutschen Bibliothek

Jakes, John:
Die Chronik der Kent-Familie / John Jakes. – Frankfurt/M. ;
Berlin : Ullstein
Einheitssacht.: Kent family chronicles ⟨dt.⟩
Die Titanen / [aus d. Amerik. übertr. von Hans Maeter]. –
1988
Orig.-Ausg. u. d. T.: Jakes, John: The titans
ISBN 3-550-06143-9

Buch 1
Die Titanen

Prolog

1

Am Wahlabend des Jahres 1860 verließ Michael Boyle gegen halb zehn die *Bull's Head Tavern* an der Ecke 44th Street und Lexington Avenue in New York. Sein Wagen wartete vor dem Eingang. Sein Kutscher Joel unterhielt sich mit ein paar Männern, die um den Karren eines Straßenverkäufers standen.

Michael schloß seinen einfachen Wollmantel. Für November war das Wetter ungewöhnlich mild und der Mantel eigentlich unnötig. Von der Lexington Avenue klangen Geräusche herüber: das Rattern der Eisenräder eines Brauereiwagens auf dem Kopfsteinpflaster, die Glocke einer Pferdebahn, das Muhen von Kühen aus dem nahegelegenen Hof des Schlachthauses.

Die *Bull's Head Tavern* servierte das beste Steak und das beste Lager-Bier, und Michael mochte die einfache, unpretentiöse Atmosphäre der Schenke, in der Kutscher mit schmutzverschmierten Stiefeln und Fleischer in ihren blutigen Schürzen einen letzten Drink kippten, bevor sie nach Hause gingen. Jedenfalls fand Michael die *Bull's Head Tavern* gemütlicher als die eleganten Restaurants, in denen ein Mann seiner Position normalerweise verkehrte. Heute war er hierhergekommen, weil er gehofft hatte, daß ein Essen im *Bull's Head* seine Müdigkeit vertreiben würde und seine bösen Vorahnungen.

Sie waren immer noch da.

Joel trat auf ihn zu. »Fahren wir, Mister Michael?«

Michael nickte. »Wir fahren jetzt zur Zeitung. Ich will sehen, wer gewonnen hat.«

Joel nickte schweigend. Er fühlte, daß Michael deprimiert war.

Michael Boyle war einunddreißig Jahre alt. Er hatte blondes Haar und ein ebenmäßiges Gesicht. Manche Frauen meinten, daß die lange Narbe auf seiner Stirn sein männliches Aussehen noch unterstrich. Aber heute sah er nur erschöpft aus. Unter seinen hellbraunen Augen waren dunkle Ringe.

Dreieinhalb Stunden. Und ich habe versagt...

Dabei hatte er alles getan, was in seiner Kraft stand. Er war nur vor den Direktoren der Stovall-Werke nicht in die Knie gegangen, vor den Leitern des Stahlkonzerns, deren Aktien zu einem Viertel der Familie Kent gehörten. Dabei störte es ihn nicht so sehr, daß er Louis Kent von diesem Mißerfolg berichten mußte, als diesen selbst zu verkraften. Wenn Amanda Kent noch leben würde, hätte sie allein durch die Kraft ihrer Persönlichkeit die konservative Einstellung der anderen Aktionäre besiegt. Aber er war nicht Amanda Kent.

Ich weiß gar nicht, warum ich mich davon so unterkriegen lasse, dachte er, als er auf den Wagen zuging. Schließlich gibt es heute wesentlich bedeutendere Probleme.

Als er den Fuß auf die Stufe der Kutsche setzte, tippte ihm der Straßenverkäufer auf die Schulter.

»Ja?«

»Mister Boyle, vorhin waren hier zwei ziemlich verdächtige Typen, die Ihren Wagen interessiert beobachtet haben.«

»Wohin sind sie gegangen?«

»Keine Ahnung. Sie waren plötzlich verschwunden. Ich meine nur, Sie sollten ein bißchen aufpassen.«

»Werde ich, danke.«

Michael drückte ihm einen Golddollar in die Hand und stieg in die Kutsche.

2

Die Kutsche näherte sich der 43rd Street, als irgendwo ein scharfer Pfiff ertönte. Michael war so sehr in Gedanken versunken, daß er ihm keine Beachtung schenkte.

Joel lenkte die Kutsche nach Westen. Zur Rechten lag der Schlachthof, und der Geruch von Rindermist drang durch das offene Fenster in die Kutsche.

Michael hockte zusammengesunken auf seinem Sitz, als er plötzlich einen Mann rufen hörte: »Anhalten! Da vorn ist jemand verletzt!«

In diesem Augenblick fiel Michael die Warnung des Straßenhändlers wieder ein. Er schlug mit der Faust gegen die Wagendecke und rief: »Nicht anhalten, Joel!«

Aber der Befehl kam zu spät. Der Kutscher hatte schon den Bremshebel zurückgerissen und zügelte die Pferde. »Da vorn liegt ein Mann auf der Straße, Mister Michael«, rief Joel. »Sieht aus, als ob er...«

»Halt die Schnauze! Hände hoch!«

Der Befehl kam von dem Mann, der sie zum Halten aufgefordert hatte. Er stand jetzt neben dem Wagen, ein Mann mit Wollmütze und abgetragenem Mantel. Als Michael die Tür öffnen wollte, richtete der Mann die Mündung eines Revolvers auf sein Gesicht.

Michael verfluchte seinen Leichtsinn. Er hätte nach der Aktionärsversammlung zum Haus am Madison Square fahren und seine Waffe holen sollen. Nach Sonnenuntergang war es in diesem Teil New Yorks immer ein wenig unsicher.

»Aussteigen«, sagte der Mann und trat einen Schritt zurück. »Aber schön langsam, mein Junge...«

Michael bückte sich, um sich nicht den Kopf zu stoßen, stieg aber noch nicht ganz aus. Jetzt war auch ein zweiter Mann da, ebenfalls bewaffnet. Allem Anschein nach der »Verletzte«, der auf der Straße gelegen hatte.

»Beeil dich ein bißchen, wir haben nicht viel Zeit«, drängte der Mann neben dem Wagen.

Michael hörte den Akzent in der Stimme des Mannes und versuchte, einen Vorteil daraus zu ziehen.

»Behandelt ein Ire so seinen Landsmann?« fragte er.

»Ein Ire bist du vielleicht, aber kein guter, wenn du einen Nigger zum Kutscher hast. Ein verdammter Republikaner bist du, wette ich, und da wird es uns einen besonderen Spaß machen, dir die Taschen auszuräumen.«

Michael begriff den Haß des Mannes. Früher einmal hatte er auch alle Neger gehaßt, die Iren Jobs wegnahmen. Aber das entschuldigte keineswegs, daß diese beiden Vögel andere Leute ausraubten.

»Schöner Tag heute, Paddy«, sagte der zweite Mann, der neben dem Kutschbock stand und Joel mit der Waffe in Schach hielt. »Ich habe sechs Stimmen für die Demokraten abgegeben und gut dabei verdient. Und jetzt das als Nachtisch ...«

»Halt dein verdammtes Maul!« schrie der andere erregt und trat einen Schritt zurück. Jetzt stand er genau richtig, erkannte Michael.

»Und du, komm endlich raus!«

Michael stieß die Kutschentür mit aller Wucht auf. Die Kante prallte dem Räuber gegen das rechte Handgelenk. Ein Schuß krachte.

Das Pferd wurde von Splittern der Deichsel getroffen und wieherte in panischer Angst.

Michael federte ab.

»Herr Jesus!« schrie der andere Mann, als Michael den Wegelagerer mit der Wollmütze zu Boden riß.

Joels Peitsche knallte, und wieder schrie der andere Räuber auf.

Michael lag auf dem Mann mit der Wollmütze, der verzweifelt versuchte, den Revolver erneut auf ihn zu richten. Die Mündung der Waffe näherte sich Michaels Augen.

Er schlug sie zur Seite. Aber der andere Mann war sehr kräftig. Er drückte Michaels rechten Arm nach oben und hieb ihm den Revolver gegen die Stirn.

Ein irrsinniger Schmerz zuckte durch Michaels Schädel. Er fühlte, daß Blut in sein linkes Auge rann. Michael lag noch halb auf dem Mann und versuchte, ihn am Boden zu halten.

Joels Peitsche knallte ein zweites Mal.

Der Räuber zog das Knie an, um es Michael in den Unterleib zu rammen. Michael warf sich zur Seite und drückte mit der linken Hand die rechte Hand des Räubers mit dem Revolver zu Boden und umklammerte mit der rechten Hand seine Kehle. Seine Finger drückten zu wie Stahlklammern. Der Räuber begann zu keuchen und seinen Körper hin und her zu werfen.

»Joel!« schrie Michael. Er war fast am Ende seiner Kraft.

»Ich habe den anderen verprügelt, Mister Michael. Er ist abgehauen.«

Michael wandte den Kopf, um nach Joel zu sehen. Das war sein Fehler. Der Räuber bekam seinen rechten Arm frei und richtete die Mündung des Revolvers auf Michaels Kopf. Blitzschnell warf sich Michael zur Seite und rollte rückwärts ab. Sonst hätte die Kugel ihn in den Kopf getroffen.

Das Krachen des zweiten Schusses ließ das Pferd wieder erschreckt aufsteigen und wiehern.

»Wirf mir die Peitsche herüber und spring auf den Bock!« rief Michael.

Der Räuber hatte sich aufgerichtet. In der Dunkelheit war sein Revolver nicht zu erkennen. Aber Michael war überzeugt, daß er auf ihn gerichtet war.

Der Peitschenstiel traf ihn an der Schulter. Er griff danach, aber die Peitsche glitt ihm aus der Hand und fiel zu Boden.

Und weil er sich danach bückte, traf ihn auch die dritte Kugel nicht. Michael hörte sie dicht über seinem Kopf vorbeizischen.

Michael packte den Peitschenstiel, holte aus und schlug dem Räuber den dünnen Lederriemen übers Gesicht.

Der Mann schrie auf und versuchte, Michael die Peitsche aus der Hand zu winden. Michael ließ sie fahren und lief geduckt auf den Räuber zu. Im letzten Augenblick richtete er sich auf und trat dem Räuber zwischen die Beine. Dann packte er den rechten Unterarm des Mannes und schmetterte ihn mit aller Gewalt auf sein Knie.

Der Räuber schrie auf, der Revolver polterte auf das Pflaster. Michael trat ihm mit aller Kraft in den Brustkorb. Der Räuber übergab sich, sprang auf und floh ins Dunkel.

Michaels Atem kam in keuchenden Stößen. Er nahm den Revolver des Räubers auf und warf ihn ihm nach.

»Alles in Ordnung, Mister Michael?« fragte Joel, der versuchte, das erregte Pferd zu beruhigen.

»Bestens«, sagte Michael, »und bei dir?«

»Der Kerl hat mich nicht mal angefaßt.«

»Gut.«

Michael warf Joel die Peitsche zu. Joel fing sie auf.

»Machen wir, daß wir von hier wegkommen«, sagte Michael, als er wieder in die Kutsche stieg und sich auf den Sitz fallen ließ.

Joel kletterte auf den Bock, knallte mit der Peitsche, und der Wagen rollte an.

Allmählich ging Michaels Atem wieder ruhiger. Sein Kopf schmerzte, und die Wunde an der Stirn blutete. Aber sonst war nichts passiert. Nur der Haß der beiden Männer hatte ihn verstört.

... aber kein guter Ire, wenn du einen Nigger zum Kutscher hast. Ein verdammter Republikaner bist du ...

Das ganze Land ist von Haß erfüllt, dachte er. Und jeden Tag wird es schlimmer.

Sein Versagen bei der Sitzung war vergessen, als er sich fragte, warum Gott es zugelassen hatte, schwarze Menschen in dieses Land zu bringen.

War es eine Prüfung?

Nun, wenn es so war, so hatte Amerika diese Prüfung schon so gut wie verloren. Die Gegenwart des schwarzen Mannes und die Konflikte, die sie hervorrief, schienen eine Konfrontation hervorzurufen, die schlimmer war als alles, was seit der großen Revolution geschehen war.

3

Joel hielt auf dem Printing Square und ließ Michael vor dem dreistöckigen Verlagsgebäude der Firma Kent & Sohn absteigen. Über dem Eingang hing ein Schild mit dem Namen der Zeitung, die hier publiziert wurde: *The New York Union.*

»Du kannst nach Hause fahren, Joel. Louis und Julia werden mich später begleiten.«

»Sind Sie auch wirklich nicht verletzt, Mister Michael?«

»Nein. Dank deiner raschen Reaktion ist nichts passiert. Gute Nacht, Joel.«

Der Neger ließ die Peitsche knallen, und die Kutsche ratterte davon. Michael wollte das Taschentuch lösen, das er gegen die Stirnwunde gedrückt hatte. Es klebte fest. Er fluchte.

Michael hatte keine Lust, hinaufzugehen. Er blieb noch eine Weile auf dem Platz stehen und blickte um sich. Es war fast menschenleer. Nur auf der anderen Seite sah er zwei Männer eilig im Verlagsgebäude von Greeleys *Tribune* verschwinden. Wahrscheinlich Reporter, die die ersten Wahlergebnisse vom Telegraphenbüro der Associated Press brachten. Die *New York Union* konnte sich eine eigene Telegraphenverbindung leisten.

Endlich wandte er sich um und betrat das Gebäude. Hinter geschlossenen Türen hörte er das Stampfen der Pressen, die bereits die Frühausgabe druckten.

Michael stieg die Treppe hinauf und trat in das riesige Redaktionsbüro, einen von nur wenigen Gaslampen erleuchteten Raum. Mehr als ein Dutzend Schreibtische waren mit Papierstößen bedeckt. In der hinteren Ecke befand sich ein kleiner, abgeteilter Raum, in dem die Telegraphen ratterten.

Um diese Stunde war keiner der Redakteure und Reporter mehr anwesend. Michael schritt zwischen den leeren Tischen auf das abgeteilte Büro des Chefredakteurs zu.

Theophilus Payne blickte von seinem mit Papieren übersäten Schreibtisch auf.

»Mein Gott, was ist denn mit dir passiert?«

»Ich hatte nur eine kleine Meinungsverschiedenheit mit zwei Vertretern der Demokratischen Partei. Sie haben nicht nur mehrere Stimmen für Mister Douglass abgegeben, sondern wollten mich zum Abschluß dieses erfolgreichen Tages auch noch um mein Geld erleichtern.«

Payne legte die Feder aus der Hand, trat auf Michael zu und blickte aufmerksam in sein Gesicht. Der Chefredakteur der *Union* war erst fünfundvierzig Jahre alt, aber übermäßiger Whiskey-Konsum hatte sein Gesicht gezeichnet. Sein Atem roch nach Alkohol.

»Wie fühlst du dich?« fragte Theo.

»Gut, sonst wäre ich ja nicht hier. Sind schon Wahlergebnisse hereingekommen?«

»Noch nicht, aber ich habe bereits die Schlagzeilen für morgen entworfen.« Er reichte Michael ein Blatt Papier.

Michael las: »Lincoln zum Präsidenten gewählt – Überwältigender Erfolg im Nordosten und Nordwesten – Wahlsieg auch für Kalifornien und Oregon sicher – Im Süden heftige Reaktion auf Lincolns Wahl.«

Michael warf den Bogen auf den Schreibtisch. »Du bist etwas voreilig, finde ich.«

Payne grinste. »Lincoln hat bereits die Wahlen in Maine, Vermont und Indiana gewonnen, und die in Pennsylvania. Er hat den Sieg in der Tasche, Michael.«

Michael nickte nachdenklich. »Ich frage mich, ob das gut ist.«

»Darf ich fragen, welche Partei du gewählt hast, Michael?«
»Du weißt, daß ich für die Republikaner gestimmt habe.«
»Und dann fragst du, ob es gut ist, wenn sie gewinnen?«
»Ja, ich habe da meine Zweifel, weil... Ach, was soll's. Gib mir lieber die Flasche, die du in deinem Schreibtisch versteckst.«
Payne schüttelte verwundert den Kopf, als er die Flasche hervorholte und dann zum Telegraphenraum lief. Michael nahm einen langen Zug.
Seine Bemerkung über Lincoln war ernst gemeint. Er bezweifelte, ob die Wahl Lincolns gut für das Land war.
Obwohl seine irische Abstammung ihn eigentlich zu einem Parteigänger der Demokraten machen sollte, hatte er die Republikaner gewählt, weil er an die Grundprinzipien dieser abolitionistisch ausgerichteten Partei glaubte. Sonst gab es kaum etwas in ihrem begrenzten Programm, das ihn anzog. Er hatte seine Stimme den Republikanern eigentlich nur deshalb gegeben, weil sie sich für die Begrenzung der Sklaverei auf das augenblickliche Verbreitungsgebiet einsetzten.
Er stellte die Whiskeyflasche in das Schreibtischfach zurück und trat in den Redaktionsraum hinaus. Payne kam ihm entgegen und wedelte erregt mit einem Bogen Papier.
»Eben sind die Ergebnisse aus Rochester eingetroffen! Abe hat's geschafft!«
»Hast du schon gehört, wie die Südstaaten gewählt haben?«
»Noch nicht.«
Michael fühlte eine ständig wachsende Unruhe.
Obwohl die Republikaner ihre Wahlplattform bewußt auf Mäßigung zugeschnitten hatten und Lincoln ein Mann der Mitte war, konnte seine Wahl für dieses durch die Sklavenfrage geteilte Volk die denkbar schlechteste Lösung sein.
An der Kansas-Missouri-Grenze war es schon 1857 zu offenen Feindseligkeiten gekommen, und im folgenden Jahr hatte der Abolitionist John Brown den Versuch unternommen, das

Arsenal bei Harper's Ferry zu stürmen. In Büchern, Druckschriften, Vorträgen und Predigten ergossen die Abolitionisten ihren Haß auf die Südstaaten, die »Untergrund-Eisenbahn« war nach wie vor aktiv und brachte unter Verletzung der bestehenden Sklavengesetze Neger aus den Südstaaten in den »freien« Norden. Als es dann sogar im Kongreß zu tätlichen Auseinandersetzungen gekommen war, hatte der Konflikt seinen Siedepunkt erreicht.

Lincoln hatte sich um Ausgleich bemüht. Er hatte den Südstaaten versprochen, sich nicht um »bestehende Institutionen« im Süden zu kümmern. Aber genauso unmißverständlich hatte er klargelegt, daß er eine Ausweitung der Sklaverei auf andere Staaten nicht zulassen werde.

»Ich glaube, wir sollten auf den Sieg trinken«, schlug Payne vor. Er schwankte leicht, als er in sein winziges Büro zurückging und sich auf den Stuhl fallen ließ. Michael lehnte sich an den Türrahmen und verschränkte die Arme vor der Brust.

»Ich bin nicht sicher, ob wir einen Grund zum Feiern haben«, sagte er. »Und du siehst aus, als hättest du den ganzen Abend gefeiert.«

»Das habe ich auch«, grinste Payne. »Der Chefredakteur einer der größten und einflußreichsten Zeitungen des Landes genießt schließlich einige Privilegien, besonders wenn seine Partei gewinnt.«

Payne ließ fast die Flasche fallen, als er sie hervorholte. Er war kein haltloser Säufer, aber er nahm gern und oft eine alkoholische Stärkung zu sich. Diese Schwäche beeinflußte jedoch seine Arbeit nicht. Sowohl der Eigentümer der *Union* als auch seine Kollegen hielten ihn für einen überragenden Zeitungsmann.

Amanda Kent hatte Payne auf dem Sterbebett beauftragt, die Zeitung des Familienunternehmens der Kents zu einem Blatt auszubauen, das kompromißlos für die Abschaffung der Sklaverei und für die Erhaltung der Einheit der Union eintrat. Und obwohl Amanda Kent jetzt bereits acht Jahre tot war, hielt sich Theo Payne noch immer strikt an diesen Auftrag.

Payne nahm einen langen Zug aus der Flasche.

»Auf unseren Sieg«, sagte er, als er sie absetzte.

»Ich weiß wirklich nicht, ob das für dich ein Grund zur Freude ist, Theo. Vielleicht gelingt es Lincoln, die Nation zusammenzuhalten. Er haßt die Südstaatler nicht so sehr wie du. Das hat er in seinen Reden immer wieder klargestellt.«

»Das schon. Aber diese Leute hören ihm ja nicht zu! Sie hören nur, was sie hören wollen: daß er für eine Beendigung der Sklaverei eintritt. Vielleicht erwartet Lincoln, daß sie aus natürlichen, wirtschaftlichen Gründen ein Ende findet, durch die neuen Fabrikationsprozesse, durch bessere Bildung, religiöse Einflüsse... Aber das erkennen sie nicht. Für unsere Brüder im Süden ist Lincoln eine Gefahr. Und eine Entschuldigung.«

»Und das ist genau das, was deine Abolitionisten wollen«, stellte Michael sachlich fest. »Für sie ist es ebenfalls eine Entschuldigung. Die Entschuldigung für einen heiligen Kreuzzug, ohne Skrupel und ohne Gnade. Zum Teufel mit der Nation.«

Payne sagte ärgerlich: »Ich werde wohl noch meine eigene Meinung haben dürfen. Du weißt sehr gut, daß ich sie in der Zeitung so eindeutig nie zum Ausdruck bringe.«

»Natürlich tust du das nicht. Sonst würden Louis und ich dich auch auf die Straße setzen. Und wie solltest du dann Mistreß Payne und deine Brut ernähren?«

Payne beantwortete diese gutmütige Anspielung auf seine zahlreiche Familie mit einem Rülpser.

»Ich würde jederzeit woanders einen Job finden. Und ich weigere mich, dir noch länger zuzuhören, wenn du wie ein Hafenarbeiter sprichst.«

»Ich war Hafenarbeiter, bevor Mistreß Kent mich einstellte.«

»Und du sprichst auch wie Louis.«

»Um Gottes willen!« Michaels Lachen klang betroffen.

»Mister Payne!« rief eine Stimme aus dem Telegraphenraum.

Payne fuhr herum. »Was ist?«

»Wir bekommen gerade eine Meldung aus Charleston!«

Payne sprang auf.

»Charleston! Komm mit, Michael. Wir wollen sehen, wie diese Lumpen zu ihrem neuen Präsidenten stehen.«

4

Michael folgte Payne in den kleinen Telegraphenraum. In einer dicken Wolke von Tabaksqualm hockten drei junge Männer vor den Empfangs- und Sendeanlagen. Einer der Empfänger gab in einem Stakkato von Punkten und Strichen eine Meldung durch, die von einem der Männer mitgeschrieben wurde. Payne blickte ihm über die Schulter, dann lachte er amüsiert.

»Genau, wie ich es erwartet habe. Glockenläuten und Freudenfeuer, und der morgige Tag ist zum offiziellen Feiertag erklärt worden.« Er las weiter. »An der Battery spielt eine Kapelle die Marseillaise...«

»Und morgen wird's erst richtig losgehen«, sagte Michael und blickte ebenfalls auf die Notizen des Telegraphisten. »... eine Konvention um... was soll das heißen, Theo?«

Theo Payne drängte sich so eng gegen die Schulter des Telegraphisten, daß er den Mann fast vom Stuhl schob. Der junge Mann las vor: »... um die künftigen Beziehungen des Staates South Carolina zur Bundesregierung festzulegen.«

»Wunderbar! Wunderbar!« jubelte Payne. »Jetzt müssen die Sezessionisten endlich Farbe bekennen. Michael, ich wette fünfzehn Dollar, daß mehrere Staaten versuchen werden, sich aus der Union zu lösen.«

»Wenn sie das tun, haben wir alle die Folgen zu tragen. Lincoln wird es nicht zulassen, daß ein Staat einfach... kündigt. Das hat er in seiner Rede im Februar deutlich gesagt.«

»Richtig«, sagte Payne. Das Rattern des Morsetasters endete abrupt. »Niemand außer den Südstaatlern kann die Union zerstören!« Er nahm dem Telegraphisten den Text aus der Hand. »Ich habe jetzt das Thema meines Leitartikels für morgen: Eine Warnung an die Herren im Süden, sich nicht zu Voreiligkeiten hinreißen zu lassen.«

»Du bist ein verdammter Heuchler, Theo. Du hoffst doch, daß sie voreilig handeln.«

Payne lächelte unschuldig. »Ich glaube, von nun an wird die Entwicklung ganz von selbst weiterlaufen.«

»Das befürchte ich auch«, sagte Michael leise, »und wir alle werden die Konsequenzen tragen müssen.«

5

Die Führer der Sezession hatten entschieden, daß der Süden unter einer republikanischen Regierung weder zu Wohlstand kommen noch seine gewohnte Lebensweise beibehalten konnte. Kein Einlenken und Beschwichtigen durch den künftigen Präsidenten konnte die wirkliche Ursache dieser Haltung beseitigen: den Status der Neger.

Tatsachen und Vernunft spielten in der Debatte längst keine Rolle mehr. Es kam zum Beispiel nicht darauf an, daß die meisten Menschen der Südstaaten kleine Farmer waren, die sich keine Sklaven leisten konnten. Es war gleichgültig, daß es auch dort eine große Anzahl von Menschen – vielleicht sogar die Majorität – gab, die das Prinzip der Sklaverei strikt ablehnte.

Die radikalen Sprecher der sogenannten Plantagen-Aristokratie verließen sich auf die Gefühle ihrer Mitbürger – und auf ein paar unleugbare Wahrheiten. Sie erinnerten sich und andere immer wieder daran, daß die Radikalen der Nordstaaten seit dreißig Jahren ihren Lebensstil angegriffen und lächerlich gemacht hatten.

Der aggressive Senator Sumner von Massachusetts hatte den Süden vor dem Kongreß sogar der »Hurerei« beschuldigt. Dabei war er persönlich geworden und hatte den geachteten Andrew Butler von South Carolina angegriffen, indem er ihm vorwarf, er hätte »sich eine Geliebte genommen, die zwar allen anderen grundhäßlich erscheint, ihm selbst aber immer schön vorkommt – die Hure der Sklaverei«.

Dieser Angriff auf Butlers Charakter fand in Abwesenheit des Senators statt, und das verstärkte die Beleidigung.

Außer sich vor Empörung trat Butlers Neffe, der junge Kongreßabgeordnete Preston Brooks, auf Sumner zu und schlug ihm seinen Stock über den Kopf. Sumner brach zusammen.

Das Gift breitete sich immer weiter aus.

Der Washington-Korrespondent der *Union* hatte vor einer Woche berichtet, daß der Kandidat der Demokraten von Tag zu Tag mutloser und deprimierter wirkte.

Buck Buchanan war ein aufrichtiger und anständiger Mann. Die Unausweichlichkeit einer Entwicklung, die Senator Seward einmal den »unvermeidbaren Konflikt« genannt hatte, zehrte an seinen Kräften.

War Krieg wirklich unvermeidlich?

Einige von Michaels Bekannten waren davon überzeugt. Unter diesen Männern war Colonel Corcoran, der Kommandeur der 69th New York Militia, einem der Bürgerwehr-Regimenter der Stadt, die fast ausschließlich aus Iren bestanden. Corcoran hatte Michael mehrfach gedrängt, sich freiwillig zu melden.

Das Regiment bereitete sich bereits durch Übungen auf eine bewaffnete Auseinandersetzung vor.

Michael widersetzte sich dem Zureden mit dem Argument, daß er nicht die geringste Lust verspürte, gegen Landsleute zu kämpfen.

Corcoran akzeptierte die Argumente Michaels, erklärte ihm aber, daß beim 69th Regiment immer ein Platz für ihn frei wäre, falls er seine Meinung ändern sollte.

6

Theo Payne saß in seinem Büro und schrieb den Leitartikel für die nächste Ausgabe. Michael wartete im Telegraphenraum auf weitere Nachrichten von der Wahl.

New York, New Jersey und Massachusetts waren den Republikanern so gut wie sicher, und einer der Telegraphisten wettete, daß Lincoln in sechzehn der achtzehn freien Staaten siegen würde.

»Bericht aus Washington!« rief ein anderer.

Michael trat näher, um Jephtha Kents Bericht zu lesen.

Jephtha Kent, der Sohn von Amandas Cousin Jared, war früher Methodistenpfarrer gewesen, bis ihn der Bischof wegen seiner Meinung über die Frage der Sklaverei entlassen hatte. Als Folge davon war es auch zu einer Entfremdung zwischen ihm und seiner Familie – seiner Frau Fan und den drei Söhnen – gekommen. Nach der Trennung hatte er sich aktiv an der »Untergrund-Eisenbahn« beteiligt, die Sklaven in die freien Staaten des Nordens schmuggelte, und dieser Einsatz hatte ihn fast das Leben gekostet.

Gebrochen und desillusioniert war er nach New York geflohen, wo er kurz nach Amandas Tod im Jahr 1852 eingetroffen war. Michael hatte ihm geholfen, einen neuen Anfang zu finden. Jephtha war Journalist geworden, und seit dreieinhalb Jahren Korrespondent der *Union* in der Hauptstadt Washington.

Dabei hätte er es nicht nötig gehabt, sein Geld selbst zu verdienen. Jared Kent hatte seinem Sohn seinen Drittelanteil an der reichen Ophir-Goldmine in Kalifornien hinterlassen. Aber

Jephtha besaß keinen Sinn für Geld und Geschäfte und hatte deshalb Amanda Kent bereitwillig die Verwaltung seines Anteils und aller Gewinne überlassen. Nach ihrem Tod war diese Aufgabe automatisch ihrem Sohn Louis – und bis zu dessen Volljährigkeit Michael Boyle – zugefallen.

Der Telegraphist übertrug die Meldung Jephthas:

»Sezession eines weiteren Südstaates wird hier als sicher angenommen. Konsequenz des Wahlsieges von Lincoln. Betet, daß dies nicht zum Krieg führt.«

Michael starrte auf das Papier und ahnte, wie sehr die Ereignisse dieser Wahlnacht Jephtha getroffen haben mußten.

Er war ein erklärter Gegner der Sklaverei. Aber er sah die Menschen der Südstaaten als unaufgeklärte und irregeführte Menschen – eine Milde, die wahrscheinlich aus seinen Jahren im Dienst der Kirche stammte.

In Abständen von mehreren Monaten kam Jephtha nach New York, um die Arbeit der nächsten Zeit mit Theo Payne abzusprechen. Von diesen Treffen wußte Michael, wie sehr Jephtha eine bewaffnete Konfrontation fürchtete. Seine drei Söhne lebten im Süden. Das mochte der Grund dafür sein, daß er trotz der allmählichen Abwendung von der Kirche jetzt das Wort beten gebraucht hatte.

Der Telegraphist sagte: »Ich glaube, Mister Kent irrt sich.«

»Wieso?«

»Der Süden wird nie einen Krieg beginnen, solange Mister Lincoln Präsident ist.«

»So? Und warum haben dann die Zeitungen Charlestons von einer ›Revolution von 1860‹ geschrieben?«

Michael trat in das Büro Paynes und sah, daß dieser gerade wieder einen Schluck aus der Flasche nahm.

Er legte ihm die Meldung aus Washington auf den Tisch. »Von Jephtha.«

Payne überflog sie und grinste. »Siehst du, Michael? Jephtha weiß, was kommen wird.«

»Und was sagt mein Cousin voraus? Eine biblische Apokalypse?«

Der Mann, der die Worte gesprochen hatte, war Louis Kent.

7

Louis war hinter seiner jungen Frau ins Büro getreten. Michael reichte ihm Jephthas Meldung.

»Lies selbst.« Er nickte der Frau zu. »Guten Abend, Julia.«

»Guten Abend. Wie sehen Sie denn aus, Michael? Was ist passiert?«

»Nichts Schlimmes.«

Amandas Sohn, dessen Vormund Michael bis vor wenigen Jahren gewesen war, warf die Meldung auf den Schreibtisch. »Ich hoffe, du hast die Prügel nicht bei der Aktionärsversammlung der Stovall-Werke bezogen, Michael.«

»Diese Prügel nicht.«

»Wo dann?«

»Daß ist nicht so wichtig, Louis.«

Der junge Mann runzelte ein paar Sekunden lang verärgert die Stirn. Nur wenige Menschen verweigerten Louis Kent die Antwort auf eine Frage.

Aber er beherrschte sich. »Wie war die Versammlung?«

»Mißerfolg auf der ganzen Linie.«

Louis unterdrückte einen Fluch. Er war schlank, aber kräftig. Und trotz seiner erst dreiundzwanzig Jahre besaß er eine Selbstsicherheit, die erstaunlich war.

Er war ein auffallend gutaussehender junger Mann, ganz egal, wie er sich kleidete. Heute trug er einen konservativen Schoßrock zu einer schwarzweiß karierten Weste und einer ebenso gemusterten Hose. Seine schwarze Seidenkrawatte war so breit, daß sie den hohen, gestärkten Hemdkragen fast völlig verdeckte.

Die dunkle Kleidung paßte ausgezeichnet zu seinen schwarzen Augen und seiner braunen Haut, dem Erbe seines mexikanischen Vaters.

Louis legte seine grauen Lederhandschuhe und seinen Stock auf den Schreibtisch.

»Gib mir einen kurzen Bericht von der Aktionärsversammlung, Michael.«

Der knappe Befehlstons irritierte Michael. Aber vielleicht war er heute nur nervös wegen der Wahlergebnisse. Und außerdem begann die Stirnwunde wieder zu schmerzen.

»Ich habe den Aktionären zunächst von diesem neuartigen Prozeß berichtet, Gußeisen in Schmiedeeisen oder Stahl zu verwandeln. Ich habe betont, daß die Erfindung von Mister Bessemer unser Interesse verdiente. Nach seinen Angaben würde die sogenannte Bessemer-Birne fünf Tonnen Stahl innerhalb einer Viertelstunde produzieren, ein Prozeß, der heute zehn Tage dauert. Ich habe die Berichte unserer Agenten wörtlich und in ganzer Länge verlesen und machte dann eine Kostenaufstellung für die Installation einer Versuchsanlage in unserem Werk in Pittsburgh. Ich habe drei Stunden lang geredet, um die Leute von den Vorteilen zu überzeugen.«

Louis blinzelte.

»Ich würde annehmen, daß sie deinen Vorschlag angenommen hätten, nur um endlich wieder Ruhe zu haben. Außerdem ist das Risiko wirklich außergewöhnlich niedrig.«

»Sie waren fast bereit, nachzugeben. Bis Mister Fowley mich fragte, was Mister Bessemers englische Landsleute von ihm hielten.«

»Und?«

Michael zuckte die Achseln.

»Ich mußte ihnen sagen, daß die Mehrzahl der englischen Stahlerzeuger Mister Bessemer und seine Erfindung für verrückt halten.«

»Und das hat zur Ablehnung geführt?«

Michael nickte. »Einstimmig.«

»Warum hast du den Leuten die Wahrheit gesagt? Warum hast du keine Ausflüchte gemacht? Diese Niederlage macht alle meine Pläne zunichte, die Stovall-Werke rationeller arbeiten zu lassen.«

»Du hättest die Aktionäre also belogen?«

»Natürlich! Und ich sehe, daß ich mich tatsächlich um alles selbst kümmern muß.«

Michael wandte sich schweigend um und verließ den Raum. Louis' Frau folgte ihm.

»Michael, soll ich Ihnen die Wunde nicht lieber mit Alkohol desinfizieren?«

»Nein, danke.« Er war noch immer wütend über Louis' verächtliche Bemerkung. Seit einiger Zeit kam es zwischen ihnen zu immer stärkeren Reibereien. Seine Zukunft erschien ihm jetzt in mehr als einer Beziehung reichlich ungewiß.

»Es tut mir leid, daß Sie verletzt sind...«

»Es war nur ein kleiner Streit mit zwei Straßenräubern.«

Er setzte sich auf die Kante eines Schreibtisches in dem riesigen Redaktionsraum.

»Sie hätten ihm aus dem Weg gehen können, wenn Sie mit uns gegessen hätten. Ich hatte wirklich gehofft, daß Sie kommen würden.«

Julias Worte wurden von einem Augenaufschlag begleitet, den andere Männer als offene Herausforderung gedeutet hätten. Aber Michael hatte diese Geste schon häufiger erlebt und wußte, daß sie rein mechanisch und ganz unpersönlich war.

Louis Kents Frau war klein und zierlich. Sie hatte glänzendes dunkelbraunes Haar und blaue Augen, deren Farbe durch die Blässe ihrer Haut unterstrichen wurde.

Ihr blaues Kleid war auf ihre Augenfarbe abgestimmt und betonte ihre Brüste. Sie trug einen flachen schmalkrempigen Strohhut, der mit einer Rose aus dunkelblauem Satin geschmückt war.

Sie trat näher an Michael heran. »Ich verstehe nicht, warum gerade Sie so ungern ins *Delmonico* gehen.«

Es war eine Anspielung auf seinen ungeheuren Appetit und die Tatsache, daß er trotz des vielen Essens nie auch nur ein Pfund zunahm. Die Neckerei störte ihn nicht, wohl aber ihre physische Nähe. Er glitt vom Schreibtisch und trat einen Schritt zurück.

»Das liegt vielleicht daran, daß ich in den Slums aufgewachsen bin. Mir ist das *Bull's Head* einfach lieber, weil die Kellner dort englisch sprechen und kein affektiertes Französisch.«

»Sie hätten heute aber Vanderbilt kennenlernen können!« Wieder dieser zweideutige Augenaufschlag, der nichts zu bedeuten hatte. »Stellen Sie sich vor, der Mann ist schon siebenundsechzig Jahre alt und noch immer so rüstig. Ein echtes Original!«

Michael hätte am liebsten laut gelacht. Wenn Cornelius Vanderbilt ein armer Mann gewesen wäre, würde man ihn einen der verkommensten und gewöhnlichsten Menschen der ganzen Stadt nennen.

Louis war in diesem Punkt ehrlicher. Als er zu den beiden in den Redaktionsraum trat, sagte er: »Ein Original ist er wirklich. Ich kenne keinen Menschen, der so gotteslästerlich fluchen kann, ohne seinen Priem aus der Backe zu nehmen.«

Julia sagte stolz: »Er hat uns eingeladen, nach dem Dinner noch auf eine Partie Whist in sein Haus zu kommen.«

»Wir haben ihn aufgefordert, statt dessen mit uns hierher zu kommen«, sagte Louis. »Aber er ist lieber nach Hause gegangen.«

»Interessiert ihn der Wahlausgang denn überhaupt nicht?« fragte Michael.

»Ihn interessiert anscheinend nur Whist.«

Julia schob die Unterlippe vor.

»Ich hätte so gern sein Haus gesehen.«

»Sehr gewöhnlich«, versicherte Louis.

Aber der Bezug dieses Hauses war alles andere als gewöhnlich gewesen. Die Frau Vanderbilts hatte sich anfangs strikt geweigert, von Staten Island in das neue Haus in Manhattan zu ziehen. Vanderbilt hatte sie kurzerhand in eine Nervenklinik bringen lassen, »bis sie wieder zur Vernunft gekommen war«.

»Übrigens, Michael«, sagte Louis, »er hat mir einen recht interessanten Vorschlag über Eisenbahnaktien gemacht. Wenn wir Glück haben, könnten wir da mit einem kleineren Betrag einsteigen.«

»Papa ist schon eingestiegen«, sagte Julia.

Michael nickte. Er kannte Vanderbilts Absicht, zwei kleinere Eisenbahnunternehmen aufzukaufen, die *New York & Harlem* und die *New York & Hudson*. Der Bankier der Familie Kent hatte Michael vertraulich mitgeteilt, daß Vanderbilt wahrscheinlich das ganze Frachtgeschäft monopolisieren wollte, indem er diese beiden kurzen Linien mit einer größeren vereinigte, der *New York Central*, die Albany mit Buffalo verband.

Julia blickte Michael an, als dieser sagte: »Es tut mir leid, daß ich diese Gelegenheit verpaßt habe. Aber nach dem Desaster des heutigen Nachmittags brauchte ich ein Bier nötiger als Vanderbilt meine Gesellschaft.«

Julia wußte, daß diese Spitze ihr galt, und kaschierte ihre Verärgerung hinter einem amüsierten Lächeln. Michael hatte ihr immer wieder durch höfliche, aber doch deutliche Zurückweisungen klargemacht, daß er keine Lust hatte, ihr kleines Spiel mitzuspielen. Aber bei ihm ließ sie sich seltsamerweise nicht entmutigen.

Jetzt zum Beispiel ging sie so nahe an ihm vorbei, daß ihre Brust seinen rechten Arm streifte. Dann legte sie eine Hand auf seinen Unterarm.

»Ich bin sicher, daß Sie auf der Aktionärsversammlung alles getan haben, was in Ihrer Macht stand.«

»Ich war diesem Rudel bemooster Häupter einfach nicht gewachsen.«

Julia reckte sich auf die Zehenspitzen und flüsterte: »Sie haben auch schon ein wenig Moos angesetzt, Michael. Aber eines Tages werde ich die Schale durchbrechen, hinter der Sie sich verstecken.«

Louis hob den Kopf. Das Flüstern seiner Frau war nicht zu überhören gewesen – vielleicht mit Absicht. Er runzelte die Stirn, als er sah, wie nahe Julia bei dem Iren stand. Julia wandte den Kopf, und er blickte rasch wieder fort.

»Durchbrechen?« sagte Michael. »Ich glaube nicht, daß es Ihnen gelingen wird.«

Er lächelte dabei, aber Julias Wangen liefen rot an.

Julia Sedgwick Kent, einundzwanzig Jahre alt, war ein seltsames Geschöpf, fand Michael. Normalerweise war sie nur freundlich und zuvorkommend zu Menschen, deren Reichtum oder Einfluß größer war als das gemeinsame Vermögen der Kents und ihrer Familie.

Ihre außergewöhnliche Schönheit war einer der Gründe, warum sie sich diesen Snobismus leisten konnte. Sie war sich ihrer Wirkung auf Männer durchaus bewußt und erwartete, daß alle männlichen Wesen, vom kleinsten Angestellten des Verlages bis zu den Gentlemen der großen Familien, sie rückhaltlos bewunderten.

Einige Männer waren selbst für sie außer Reichweite. So zum Beispiel William B. Astor. In Wall Street wurde sein Vermögen auf fast fünfundzwanzig Millionen geschätzt. Die Kents besaßen nur halb soviel, wodurch Louis und Julia einige Stufen tiefer auf der Leiter der Millionäre rangierten. Und ganz egal, wieviel Reichtum ihr Mann zusammenraffen konnte, Julia würde von einigen der großen Familien New Yorks gesellschaftlich nie anerkannt werden – zum Beispiel von den Whitneys, den Rhinelanders, den Schermerhorns. Für diese alten Familien waren die Kents – und selbst die Vanderbilts – nichts weiter als Parvenus.

Trotz allem bezweifelte Michael, daß sich Julia je von einem anderen Mann als Louis berühren lassen würde. Ihr ging es nur um das erregende Spiel, um ihre Fähigkeit, jeden Mann in ihren Bann ziehen zu können. Jeder Schwachkopf, der in ihren Flirts eine wirkliche Herausforderung sah und entsprechend reagierte, würde eine so scharfe Abfuhr erleben, daß er sie sein Leben nicht vergessen würde.

Aber das war natürlich reine Spekulation. Es hatte noch nicht einmal andeutungsweise irgendwelche Gerüchte darüber gegeben, daß Julias verspielte Flirts zu irgendwelchen Konsequenzen geführt hätten. Aber Michael verspürte keine Lust, selbst herauszufinden, ob das wirklich so war. Es war ihm aus einer Reihe von Gründen zu riskant. Er wollte seine Selbstachtung nicht zerstören und auch nicht seine Zusammenarbeit mit Louis, der nach dem Wahlspruch lebte: Was mir zusteht, darf sich meine Frau noch lange nicht erlauben.

Wenn immer er Lust dazu verspürte, schlief Louis mit dem Mädchen, das ihn gerade reizte. Er versuchte gar nicht, diese Eskapaden vor Michael geheimzuhalten. Aber falls es irgendeinem Mann einfallen sollte, seine Frau zu verführen, würde Louis sicher den empörten, rachedurstigen Ehemann spielen.

Michael mußte wider seinen Willen zugeben, daß er Julia verdammt reizvoll fand, und er fragte sich oft, ob sie seine Reaktion auf ihre Reize spürte. Das könnte eine Erklärung dafür sein, warum sie trotz seiner ständigen Zurückweisungen immer wieder mit ihm zu flirten versuchte.

Aber Julia besaß nicht nur ihre Schönheit. Ihr Vater, jetzt über siebzig Jahre alt, war ein enger Freund Cornelius Vanderbilts, und Julias Vater war durch diese Freundschaft zu einem der reichsten Männer New Yorks geworden. Vanderbilt hatte ihm angeboten, Anteile der profitablen *Accessory Transit Company* zu kaufen, die auf der Höhe des Goldrausches die Seeroute nach Kalifornien durch eine Überlandverbindung durch Nicaragua um zwei Tage verkürzt hatte. Anschließend hatte Sedgwick Geld in Vanderbilts ebenso lukrativer Fracht-

und Passagier-Linie zwischen New York und Le Havre angelegt. Zur Zeit teilte er das neueste Hobby Vanderbilts, sein Interesse an Eisenbahngesellschaften, und er hatte seinem Schwiegersohn angeboten, ebenfalls einzusteigen.

Sedgwick war alles andere als gute, alte New Yorker Gesellschaft, aber er war reich und einflußreich genug, um das erfolgreiche Werben Louis Kents um die Hand seiner Tochter zu einer Art Anerkennung zu machen.

Louis und Julia hatten eineinhalb Jahre nach seinem letzten Semester in Harvard geheiratet. Er hatte das College auf Betreiben Michaels besucht, aber niemals Interesse an seinen Studien gezeigt. Die Semesterferien verbrachte er immer in New York und lernte bei Michael die Geschäftsführung der Kent-Unternehmen. Dabei zeigte er erheblich mehr Eifer und Interesse als auf dem College, und es war Michael von Mal zu Mal schwerer geworden, ihn zur Rückkehr nach Cambridge zu bewegen. Schließlich hatte er es aufgegeben und sich damit abgefunden, daß Louis mehr für die praktische Seite von Unternehmensleitung und Bankgeschäft geeignet war als für wissenschaftliche Arbeiten. Er hatte Louis' Ausbildung auf diesen Gebieten intensiviert. Im Alter von zwanzig Jahren war Louis ein geschickter und gerissener Geschäftsmann geworden, der vor jeder Entscheidung die Gewinn- und Verlustchancen genau berechnete.

Ein Jahr nach der Heirat gab Louis Julias ständigen Beschwerden über die Nachbarschaft der nach Knoblauch riechenden Italiener, der streitsüchtigen Iren und der sturen Deutschen nach, die sich mehr und mehr in den besseren Vierteln der Stadt breitmachten. Er hatte seiner Frau einen Landsitz gebaut, der größer und komfortabler war als das Haus am Madison Square, das Amanda Kent nach ihrer Rückkehr von den kalifornischen Goldfeldern gekauft hatte.

Das neue Haus lag in der Nähe von Tarrytown und war im beliebten neugotischen Stil erbaut. Michaels Meinung nach spiegelte es deutlich den Zwiespalt im Charakter von Louis Kent wider. Er war wütend über jeden in Geschäften verlorenen Penny – obwohl er kaum Skrupel bei den Methoden hatte, mit denen er sein Vermögen vermehrte –, andererseits aber war ihm kein Opfer zu groß, anderen seinen Reichtum zu dokumentieren.

Phantasie hatte Louis, außer bei seinen Geschäften, nie entwickelt, und so war er auch nicht imstande, seinem neuen Haus einen passenden Namen zu geben, wie es Mode war. Michael hatte ihm schließlich vorgeschlagen, nach einem Begriff zu suchen, der in Beziehung zu Louis' Urgroßvater Philip stand, dem ersten der Kents.

Philip Kents Vater, ein englischer Herzog, hatte ein Gut namens Kentland besessen. Louis war anfangs verärgert gewesen, weil er nicht selbst auf den Gedanken gekommen war, und weil Michael über seine Familiengeschichte anscheinend mehr wußte als er selbst, aber schließlich wurde der Name Kentland akzeptiert. Louis und Julia lebten abwechselnd im Stadthaus am Madison Square, wo auch Michael seine Wohnung hatte, und dem neuen Landsitz.

Louis' rasches Nachgeben gegenüber Julias Launen und Wünschen beim Bau dieses Landhauses war einer der Gründe, warum Michael seine Verbindung mit Julia für unvorteilhaft hielt. Ein anderer war, daß ihr Temperament das ihres Mannes potenzierte. Sie befürwortete und ermutigte Verhaltensweisen, die allem entgegenstanden, was Michael als fair und anständig bezeichnete.

Louis' Einstellung zu anderen Menschen – geschäftlich und auch privat – hatte Michael einmal bei einer Unterredung erfahren, die einige Jahre nach Amanda Kents Tod stattgefunden hatte.

Zwei Wochen vor dem Tod seiner Mutter hatte Louis eines der Hausmädchen vergewaltigt. Amanda hatte ihn dabei überrascht, zur Strafe mit der Pferdepeitsche verprügelt und ihm das Versprechen abgenommen, nie wieder in seinem Leben einen Menschen zu mißbrauchen oder auszunutzen.

Eines Abends hatte Michael den Jungen bei einem Whiskey geradeheraus gefragt, ob die Prügel ihm eine Lehre gewesen seien.

Noch heute erinnerte Michael sich an das fast höhnische Grinsen Louis':

»Natürlich war es mir eine Lehre, Michael. Die Prügel haben mir eine der wichtigsten Erkenntnisse meines Lebens gegeben: Man darf sich nie erwischen lassen.«

»Aber deine Mutter war überzeugt, daß du bereut hättest und...«

»Natürlich habe ich bereut. Ich habe bereut, daß ich diese kleine Nutte noch ein zweites Mal vernaschen wollte. Wenn ich es bei einem Mal belassen hätte, wäre meine Mutter nie dahintergekommen. Außerdem hätte nur ein Idiot so getan, als würde es ihm nicht leid tun. Wenn ich keine Reue gezeigt hätte, wäre ich von meiner Mutter halbtot geprügelt worden.«

Nach Erreichen der Volljährigkeit hatte Amandas Sohn die Kontrolle des Familienbesitzes übernommen. Er war jetzt Herr des Verlages Kent & Sohn in Boston, der *Union* in New York, des bedeutenden Anteils der Kents an der Baumwollspinnerei in Rhode Island, der Goldminen in Kalifornien und der Stovall-Stahlwerke, von denen Amanda Kent in ihrem letzten Lebensjahr einen bedeutenden Anteil erworben hatte.

Michael hatte Amanda Kent fast bedingungslos verehrt und versuchte immer wieder, sie in ihrem Sohn wiederzuerkennen. Aber Louis war ein sehr verzerrtes Spiegelbild seiner Mutter. Er besaß zwar die Kraft Amandas, aber ihm fehlten die Anständigkeit und das Mitgefühl, von denen Amandas gelegentlich rücksichtsloser Einsatz gemildert wurde.

Michael schrieb das zumindest teilweise eigenem Versagen zu. Er fand nur eine gewisse Entschuldigung in dem Umstand, daß Louis bereits fünfzehn Jahre alt und in seinen Grundzügen geprägt war, als Michael die Vormundschaft übernommen hatte.

In den ersten Jahren, als Michael den Jungen die Grundlagen des Geschäfts gelehrt hatte, waren sie fast unzertrennlich gewesen. Wenn sie Meinungsverschiedenheiten hatten, so wurden diese sachlich und ohne persönliche Gefühle ausgetragen. Aber je mehr Louis lernte, desto stärker veränderte sich sein Charakter, und die Heirat mit Julia hatte diese Veränderung verstärkt und beschleunigt.

Michael hatte sich Amanda – und nun Louis – gegenüber immer verantwortlich gefühlt und sich den Kents zugehörig betrachtet. Louis war der Ansicht, daß er der einzige wirkliche Vertreter der Kents war, und hatte Michael schon mehrmals darauf hingewiesen, daß er von ihm bezahlt wurde.

»Das gibt einen erstklassigen Leitartikel«, rief Theo Payne aus seinem Büro.

»Glaube ich auch«, sagte Louis gleichgültig. Louis interessierte sich nicht für Richtung und Inhalt der Zeitung, sondern ausschließlich für die Bilanz.

»Ich hoffe, Sie irren sich, und es gibt keinen Krieg«, fügte Louis hinzu.

Michael blickte überrascht auf. Louis' Stimme hatte ehrlich besorgt geklungen.

»Ich weiß nicht, wie viele Millionen der Süden den Banken des Nordens schuldet, aber ich kann mir die Panik vorstellen, falls man diese Darlehen alle abschreiben muß.«

»Ist das deine einzige Sorge, Louis?« fragte Michael. »Interessiert dich nur die mögliche Auswirkung eines Konflikts auf das Geschäft?«

»Was sollte mir denn sonst Sorgen machen? Mich interessieren diese ungewaschenen Nigger nicht. Mir ist es völlig egal, ob sie frei sind oder das Eigentum anderer, solange sie genügend Baumwolle für die Blackstone-Spinnerei heranschaffen. Und die Versorgung mit Baumwolle könnte drastisch gekürzt werden, oder vielleicht sogar ganz aufhören, falls es zu ernsthaften Konflikten mit den Südstaaten kommt.«

»Aber dafür werden die Stovall-Werke einen Boom erleben. Für einen Krieg braucht man Gewehre, Geschütze, Munition«, sagte Payne, der aus seinem Büro getreten war.

Louis nickte. »Ja, das könnte die Verluste mehr als wettmachen.«

»Nach der Ablehnung der Bessemer-Erfindung wurde auf der Versammlung fast ausschließlich über den erhöhten Stahlbedarf für die Rüstung gesprochen. Die Aktionäre haben sich schon die Lippen geleckt. Nicht einer von ihnen schien die Gefahr einer endgültigen Teilung des Landes zu sehen«, sagte Michael.

»Ich sehe die Gefahr«, sagte Louis.

»Für das Land oder für das Geschäft?« fragte Michael ironisch.

Louis warf ihm einen wütenden Blick zu und erwiderte schroff: »Für das Geschäft natürlich. Die Republikaner haben versprochen, die Industrialisierung zu fördern. Das bedeutet hohe Schutzzölle...«

»Zugunsten der einheimischen Industrie, also zugunsten der Kents. Und das ist ein weiterer Angriff gegen die Interessen des Südens.«

»Du kannst schließlich den Kents – und ganz Neu-England – keinen Vorwurf daraus machen, daß diese kurzsichtigen Narren in Georgia und Mississippi ihre Wirtschaft ausschließlich auf Baumwolle aufgebaut haben. Haben sie wirklich geglaubt, daß die Preise sich halten würden, wenn sich immer mehr Pflanzer auf den Anbau eines einzigen Produkts konzentrieren? Die Preise für Baumwolle sinken immer weiter, und da es im Süden kaum irgendwelche Industrie gibt, müssen die Leute ihr ganzes, ständig sinkendes Einkommen für Importe aufwenden. Na und? Mich interessieren nur unsere Probleme. Ein Krieg würde bedeuten, daß die Regierung ihr Versprechen zur

Einführung von Schutzzöllen nicht einlösen kann. Und die Möglichkeit eines Krieges ist durchaus ernst zu nehmen. Dazu ist dieser langarmige Affe durchaus imstande.«

»Louis, du weißt, daß solche Gespräche mich langweilen. Außerdem bin ich müde...«, mischte sich Julia ein.

»Ich will mir nur noch rasch die eingelaufenen Wahlergebnisse ansehen, dann gehen wir...«

Michael kochte vor Wut, aber er beherrschte sich.

»Dort sind sie.« Er wies auf eine Tafel, auf der alle eingegangenen Ergebnisse von einem der Telegraphisten registriert worden waren. »Die Republikaner haben das Rennen so gut wie gewonnen. Schlecht fürs Geschäft.«

Louis blickte an ihm vorbei.

»Und wie sind die Ergebnisse im Süden, Theo?«

»In Charleston feiern sie. Morgen ist inoffizieller Feiertag.«

»Ein Feiertag?« Louis verstand, was das bedeutete. »Verdammt. Es kommt zum Krieg...« Er blickte von Payne zu Michael. »Aber wir sind klug genug, um auch daraus einen Vorteil zu ziehen. Ein geschickter Geschäftsmann kann von den Bedürfnissen beider Seiten profitieren. Vielleicht kann man den Engpaß in der Versorgung mit Baumwolle als kommerziellen Hebel benutzen. Auch in einem Krieg müssen die Südstaaten irgendwo einkaufen. Michael, wir werden einen vertraulichen Brief an die Lacroix-Brüder in New Orleans schreiben. Als Baumwollhändler begreifen sie sicher eher als diese Hitzköpfe von Politikern, was passiert, wenn die Südstaaten wirklich aus der Union ausscheren sollten.«

Michaels Stimme klang erregt: »Es geht hier doch um mehr als um Angebot und Nachfrage! Es besteht die Gefahr, daß dieses Land auseinandergerissen wird! Überlege doch, was eine Sezession für die Familie Kent bedeuten würde. Denk doch an Jephtha. Seine drei Söhne leben in Virginia...«

Louis zuckte mit den Schultern. »Das ist sein Problem, jedenfalls nicht das meine.«

»Deine Mutter hätte sich darum gesorgt, was mit den Söhnen Jephtha Kents geschieht! Und ich bin der Meinung, daß sie auch dir wichtiger sein sollten als deine Profite!«

Michael fühlte, wie sein Gesicht heiß war. Julia starrte ihn erschrocken an. Payne spielte nervös mit der Kette seiner Taschenuhr.

»Meine Mutter ist tot, Michael!« sagte Louis scharf. »Und ich führe die Geschäfte der Kents so, wie ich es für richtig halte. Falls dir mein Stil nicht paßt, steht es dir jederzeit frei zu gehen.«

Michael war empört über die kaltschnäuzige Art, in der Louis ihm wieder einmal klarmachte, daß er ein bezahlter Angestellter war.

Aber er wollte vor Theo Payne und Julia keine Szene machen und schwieg. Freilich wußte er, daß die Spannungen und Meinungsverschiedenheiten zwischen Louis und ihm eines Tages zu einem endgültigen Bruch führen mußten, vielleicht schon bald.

Er spürte den prüfenden, kritischen Blick Julias. Als er ihr den Kopf zuwandte, trat sie rasch ans Fenster. Seit einigen Minuten hatte Michael gehört, daß sich auf dem Printing House Square eine große Menschenmenge versammelte. Und jetzt hörte er noch ein anderes Geräusch: das Dröhnen von Trommeln.

»Massachusetts ist Lincoln so gut wie sicher!« rief ein Telegraphist, als er das Wahlergebnis dieses Staates auf der Tafel eintrug. »Ohio ebenfalls.«

Louis beantwortete die Mitteilung mit einem angewiderten Nicken. Dann trat er neben Julia ans Fenster.

»Es sind diese ekelhaften *Wide Awakes*«, sagte Julia und deutete auf den Platz. »Der Pöbel folgt ihnen überallhin.«

Michael trat hinter sie.

Am Nordrand des Printing House Square flackerte ein Feuer auf. Immer mehr Menschen strömten auf den Platz, und Michael sah die langen Schatten einer Marschkolonne.

In Viererreihe erschien die erste Kompanie der *Wide Awakes*. Unterabteilungen dieser politischen Kampftruppe waren überall im Norden gebildet worden, nachdem es Lincolns Taktikern gelungen war, die Nominierung des New Yorker Senators Seward zu vereiteln.

Die *Wide Awakes* marschierten mit militärischer Präzision und einer Begeisterung, die Michaels Angst vor der Zukunft weiter verstärkte. Eine zweite Kompanie erschien, und das Dröhnen der Trommeln klang wie Gewehrsalven.

Die Menge klatschte zum Rhythmus der Trommeln und stieß begeisterte Jubelrufe aus.

»Dieser verdammte Pöbel!« Julia beugte sich vor. »Wenn sie die Kutsche beschädigen...«

»Dann schicke ich die Rechnung an Thurlow Ween und lasse den Schaden von der Republikanischen Partei bezahlen.« Louis legte einen Arm um ihre Schulter.

Diese Bemerkung brachte Michaels Gefühle zum Überkochen. »Mein Gott, habt ihr wirklich keine anderen Sorgen, als daß die verdammte Kutsche angekratzt werden könnte? Wißt ihr wirklich nicht, was ein Wahlsieg Lincolns bedeutet?«

Hinter sich hörte er Theo Payne lachen.

»Ich weiß das schon.« Louis blickte Michael kühl an. »Ganz egal, was es bedeutet, wir werden irgendwie einen Vorteil daraus ziehen.«

»Und es interessiert dich überhaupt nicht, daß dieses Land dabei vor die Hunde geht?«

»Ich glaube, du solltest jetzt nach Hause gehen, Michael. Du wirst hysterisch. Ich habe keine Verwendung für einen Mann, der seinen Kopf verliert.«

Er wandte Michael den Rücken zu.

8

Fast eine Minute lang war Michael wie betäubt. Sogar Payne war vor Schreck nüchtern geworden. Schließlich wandte Michael sich schweigend von den anderen ab und ging.

Mein Gott, ich bin dankbar, daß Amanda Kent nicht hier ist, daß sie nicht mitansehen muß, was aus ihrer Familie geworden ist...

Er hörte das frenetische Schreien vom Platz. Und die Trommeln...

In seinem ganzen Leben hatte sich Michael noch nie so niedergeschlagen und verzweifelt gefühlt. Gott allein mochte wissen, was in einem Jahr noch von den Kents übrig sein mochte – und von Amerika.

1. Kapitel
Ein Eid, dem Himmel geschworen

1

Als Jephtha Kent an diesem Montagmorgen durch den aufgeweichten Morast der Pennsylvania Avenue ging, fragte er sich, ob er der einzige Verrückte in ganz Washington war. Alle anderen benahmen sich, als wäre heute ein Feiertag.

Er hatte nicht die geringste Lust, sich den Nordstaatlern oder Südstaatlern anzuschließen, die rauschende Feste feierten. Er befürchtete, daß das Interview mit dem Präsidenten, das der junge Mr. Nicolay vor fast drei Wochen festgesetzt hatte, auf Grund der Ereignisse von Fort Sumter gestrichen worden war. Wenn diese Befürchtung zutraf, konnte er sich gratulieren. Theo Payne hatte in einem sehr scharfen Telegramm einen genauen und exklusiven Bericht über die Situation in Washington angefordert. Und wie immer wollte er ihn sofort haben.

Jephtha trat zurück, als der Pferdebus nach Georgetown vorbeikam und die Hufe nach allen Seiten Schmutz verspritzten.

Als der Wagen vorbei war, überquerte Jephtha die Straße und wurde erneut aufgehalten. Diesmal von einem Zug der *Washington Rifles*. Er lief um die Marschkolonne herum, mußte zwei Negern ausweichen und wäre fast von einem Austernverkäufer über den Haufen gefahren worden, der einen Karren schob und seine Ware mit lauter Stimme ausrief.

Jephtha lief zum Eingang des Parks. Auf der rechten Seite standen zwei alte Ziegelbauten: die Kriegs- und Marineministerien. Ihnen gegenüber befanden sich das Außenministerium und das Schatzamt. Diese Gebäude flankierten das Nordende einer großen Rasenfläche, auf der halbwilde Schweine lagen.

Die Angestellten und Beamten, die zwischen den Ministerien hin und her eilten, verschwendeten keinen Blick an die Tiere.

Am Ende des Parks stand das Haus des Präsidenten. Als Jephtha auf die Nordtür des Hauses zuging, stellte er fest, daß der Ausbruch von Feindseligkeiten die Verantwortlichen nicht zum Aufstellen zusätzlicher Wachen veranlaßt hatte. Und das, obwohl der Präsident seit dem Tag seiner Wahl von vielen Menschen gehaßt wurde – und auch schon bedroht worden war.

Vor der Amtseinführung war Lincoln, mit einem Militärmantel und einer Reisemütze unkenntlich gemacht, in die Stadt geschmuggelt worden, und Detektive der Eisenbahngesellschaften hatten ihn schützen müssen, weil Gerüchte von einem geplanten Attentat derartige Vorsichtsmaßnahmen erforderlich machten.

Jephtha stieg ein bekannter Geruch in die Nase. Es war heute der dritte Montag im April 1861, und das warme Frühlingswetter verstärkte den Gestank aus dem Kanal am Südende des Parks, durch den die Abwässer Washingtons flossen. Auf der anderen Seite des Kanals sah er die Grundmauern des Obelisken, der zur Erinnerung an den ersten Präsidenten des Landes errichtet werden sollte. Aber die Arbeiten waren eingestellt worden, als weitere Spenden der Bevölkerung ausblieben.

Das unfertige Denkmal, der Gestank aus dem Abwasserkanal und der vernachlässigte, kunstlose Bau, vor dem er jetzt stand, bestätigten die Meinung, die Jephtha oft von ausländischen Diplomaten gehört hatte: Als Hauptstadt des Landes war Washington eine Schande. Es besaß keine Identität, es wirkte wie ein Provisorium, und außerdem war es schmutzig und verkommen.

Aber vielleicht würden die kommenden Ereignisse dazu führen, daß Washington wirklich nur ein Provisorium war.

Major Anderson, der Kommandant von Fort Sumter vor Charleston, hatte gehört, daß die Kanonen General Beauregards im Morgengrauen des 12. April das Feuer eröffnet hatten. Vierunddreißig Stunden später hatten Anderson und seine Männer die weiße Fahne aufgezogen. Der langerwartete Waffengang hatte begonnen, ausgelöst durch die Frage, ob die neugegründete Konföderation das Recht hatte, militärische Einrichtungen der Union auf ihrem Gebiet in Besitz zu nehmen.

Die Nachricht vom Fall Fort Sumters war sowohl von den Anhängern der Nordstaaten wie auch der Konföderation mit makabrer Begeisterung aufgenommen worden. Nach Jephthas Meinung hatten besonders die Nordstaatler keinerlei Grund zur Freude. Washington lag am Potomac, und auf der anderen Seite des Flusses begann das Territorium eines Staates, der starke konföderative Tendenzen zeigte.

Wie lange würde sich Washington halten können, falls die Rebellen versuchten, die Stadt zu erobern? Angesichts dieser Frage kam Jephtha die euphorische Stimmung irrsinnig vor.

Er war überzeugt, daß die Proklamation des Präsidenten, die heute früh veröffentlicht worden war, einen fast naiven Optimismus verriet. Der Mann, den Jephtha jetzt zu sprechen versuchte, hatte erklärt, daß das Land sich im Zustand der »Unbotmäßigkeit« befände. Um sie zu unterdrücken, hatte er lediglich die fünfundsiebzigtausend Mann der Staatsmiliz mobilisiert – und selbst die nur für einen Zeitraum von drei Monaten. Jephtha rief sich die Energie und Leidenschaft der Menschen von Virginia ins Gedächtnis zurück, unter denen er viele Jahre lang gelebt und gewirkt hatte. Er war fest überzeugt, daß es Lincoln nicht gelingen würde, die Rebellion innerhalb von neunzig Tagen niederzuwerfen.

Die beiden Posten vor dem Eingang des Gebäudes kannten ihn und winkten ihn weiter. Als er die Treppe hinaufstieg, versuchte er, nicht an seine drei Söhne zu denken, die er seit Jahren nicht mehr gesehen hatte. Er wußte nicht einmal, wo sie gerade waren, ud das bedrückte ihn am meisten.

2

Am Ende der Treppe wandte er sich nach links und klopfte an die Tür von John Nicolays Büro. Nicolay war einer der beiden persönlichen Sekretäre des Präsidenten, ein sommersprossiger junger Mann, der gerade in ein Gespräch mit einem anderen Beamten vertieft war.

Jephtha blieb wartend bei der Tür stehen. Er war ein hochgewachsener, ernsthaft wirkender Mann von einundvierzig Jahren. Seine graublauen Augen standen in scharfem Gegensatz zu seinem blauschwarzen Haar, das er oft zu kämmen vergaß. Sein Anzug aus billigem schwarzem Stoff wirkte genauso ungepflegt, und das Hemd hatte einen unübersehbaren Grauschimmer.

Jephthas Nase war lang und schmal, genau wie das schwarze Haar ein Erbe seiner indianischen Mutter Singendes Gras. Sein Vater hatte sie geheiratet, als er in den Bergen an der Westküste des Kontinents gelebt hatte.

Als der Besucher gegangen war, trat Jephtha auf Nicolay zu: »Guten Morgen, John. Neue Berichte aus Sumter?«

»Seit gestern keine Verbindung mehr.«

»Anderson und seine Männer sind alle auf die Schiffe gelangt?«

»Ja.«

»Keine weiteren Ausfälle?«

»Nur ein Mann ist getötet worden, als eine Kanone explodierte. General Beauregard hat sich sehr anständig verhalten und Anderson gestattet, mit allen Soldaten das Fort zu verlassen.«

»Das ist typisch für die Südstaatler«, sagte Jephtha. »Aber daraus darf nicht geschlossen werden, daß sie nicht kämpfen werden.«

»Das weiß ich. Schließlich haben wir eine Menge Südstaatler in der Armee. Absolventen von West Point, Generale. Ich bin sicher, daß eine Menge von ihnen ihr Ausscheiden aus der Armee erklären werden.«

»Wie es Beauregard schon getan hat«, erwiderte Jephtha. Der Kommandeur von West Point war aus dem Dienst ausgeschieden und hatte sich der Konföderation zur Verfügung gestellt. »Gibt es Neues aus Richmond?«

»Nein. Aber das wird sich in den nächsten Tagen ändern.«

»Glaubst du, daß Virginia dem Beispiel der sieben anderen Staaten folgen und die Union verlassen wird?«

»Das ist die Befürchtung des Präsidenten.«

»Und welche Staaten werden sich seiner Meinung nach der Konföderation anschließen?«

»North Carolina, Tennessee und Arkansas mit Sicherheit. Bei Kentucky, Maryland und Missouri ist man noch nicht sicher.«

»Ich fürchte, angesichts der gespannten Lage wird Mister Lincoln heute keine Zeit für mich haben«, sagte Jephtha.

»Für dich hat er immer Zeit, Jephtha. Schließlich hat die *Union* ihm stets die Treue gehalten.« Nicolay ging zur Tür. »Komm mit, wir wollen ihn gleich fragen. Aber länger als fünf oder zehn Minuten wird er kaum erübrigen können. Und ich glaube auch nicht, daß er dir irgendwelche genauen Informationen geben kann. Die kommende Entwicklung liegt völlig im ungewissen.«

Jephtha folgte dem Sekretär zum anderen Ende des Gebäudes. Dort führte ein mit Teppichen ausgelegter Korridor von den Wohnräumen der Familie Lincoln zu den Amtsräumen des Präsidenten.

Mehrere Dutzend Menschen saßen auf Bänken und Stühlen und warteten darauf, von Lincoln empfangen zu werden: Leute, die einen Job suchten, Unternehmer, Lobbyisten.

Im Vorbeigehen hörte Jephtha einige Kommentare über Anderson, den Kommandeur von Fort Sumter, und ein paar passende Bemerkungen über den Charakter von Jefferson Davis, den ehemaligen Offizier und Kriegsminister, der jetzt Präsident der sieben abgefallenen Staten in Montgomery, der Hauptstadt der Konföderation, geworden war. Jephtha war auf der Galerie des Senats gewesen, als Jefferson Davis in einer bewegten Rede seinen Rücktritt erklärt hatte. Davis hatte sich lange gegen eine Sezession gewehrt, weil er die Gefahren und Konsequenzen einer Teilung des Landes erkannte. Aber Umstände und Prinzipien hatten ihn schließlich zu seiner Entscheidung gezwungen.

Nicolay ließ Jephtha bei einem Posten vor dem Arbeitszimmer, dem einzigen Beschützer des Präsidenten, zurück und trat ein. Nach weniger als einer Minute war er wieder da.

»Du kannst auf ein paar Minuten hinein. Der Besucher, der bei ihm ist, wird gleich gehen.«

»Wer ist es?«

Nicolay lächelte. »Der einzige Mensch, der jederzeit Zutritt beim Präsidenten hat.«

Jephtha nickte schweigend, stieß die Tür auf und trat ein.

3

Über die äußere Erscheinung des Präsidenten waren viele Witze im Umlauf. Er war sehr groß – knapp einsneunzig – und hager. Das Auffallendste an ihm aber waren seine riesigen Hände und Ohren.

An diesem Morgen kam er Jephtha wie ein großer, magerer Kellner vor, wie er zusammengesunken auf dem zerbrechlich wirkenden Stuhl zwischen Schreibtisch und Fenster hockte. Durch die Scheiben konnte Jephtha die Eisenträger vor der unfertigen Kuppel des Capitols erkennen. Eine Dampfpfeife schrillte. Der Baltimore Ohio fuhr ein.

Aber den Präsidenten beschäftigte zur Zeit ein anderer Eisenbahnzug, oder genauer gesagt, dessen Lokomotive. Sie lag auf dem Schreibtisch des Präsidenten, und hinter ihm stand der Mensch, der jederzeit Zutritt bei Abe Lincoln hatte: sein elfjähriger Sohn Thomas. Thomas und sein älterer Bruder Willie wohnten hier im Haus, Lincolns ältester Sohn, Robert, war auf der Universität.

Lincoln stellte die reparierte Lokomotive auf die Schreibtischplatte und ließ sie zur Probe vor- und zurückgleiten.

»Hier, Frosch. Jetzt kann sie wieder nach Chicago fahren.«

»Danke, Papa.« Der Junge umarmte seinen Vater. Die Worte klangen etwas nasal und undeutlich. Der Junge hatte eine Hasenscharte, und diese Behinderung war der Grund dafür, daß Lincoln dieses Kind noch mehr liebte als seine anderen.

Der Junge drückte seine Spielzeuglokomotive selig an die Brust und rannte aus dem Zimmer.

Lincoln blickte ihm lächelnd nach. Dann setzte er die Brille ab und erhob sich. Die Bewegung wirkte so ungelenk und plump, als würde sich ein langbeiniger Wasservogel aus dem Uferschlamm erheben.

»Guten Morgen, Mister Kent.« Lincoln streckte Jephtha die riesige Hand entgegen. »Tur mir leid, daß ich heute nur wenig Zeit für Sie erübrigen kann.«

Lincoln kleidete sich wie ein Leichenbestatter, ganz in Schwarz. Sein Anzug und sein dünner Binder hatten die gleiche Farbe wie sein immer struppig wirkendes Haar und der Bakkenbart. Er wirkte älter als zweiundfünfzig, vor allem durch sein eingefallenes, krankhaft blasses Gesicht und die tief in den Höhlen liegenden Augen. Lincolns Augen wirkten immer traurig, selbst wenn der Präsident lachte – was er übrigens oft und gern tat.

Lincoln deutete auf einen langen, mit grünem Tuch bedeckten Tisch, der das Arbeitszimmer beherrschte. In weniger als einer Stunde würden der alte, gichtgeplagte Winfield Scott und andere Mitglieder des Kabinetts hier sitzen.

»Ich weiß, daß ich an einem Tag komme, an dem Sie besonders viele Sorgen haben, Mister Lincoln«, sagte Jephtha, als er sich setzte.

»Für die Sie zum Teil verantwortlich sind, Mister Kent. Sie haben Streit mit den Südstaaten begonnen.«

»Ich, Sir?« sagte Jephtha erschrocken.

»Nicht Sie persönlich. Aber die Zeitung Ihrer Familie hat dabei eine wirklich bedeutende Rolle gespielt. Man behauptet immer, daß die Politiker dem kleinen Mann die größten Schwierigkeiten machen, aber ich habe manchmal den Eindruck, daß es die Schreiber sind, die das Feuerwerk zünden.« Lincoln faltete seine riesigen Hände. »Ich wollte damit sagen, daß es vor allem Bücher waren, die diesen Krieg angeheizt haben, vor allem Mistreß Stowes Roman *Onkel Toms Hütte*, dann die Autobiographie von Mister Douglass, und eine zweite Sklavenbiographie, die im Verlag Kent und Sohn erschienen ist. *Nach Westen in die Freiheit.* Ist der Mulatte, der das Buch geschrieben hat, noch immer im Dienst der Familie Kent?«

»Ja«, bestätigte Jephtha. »Israel Hope leitet die Goldminen in Kalifornien.«

Lincoln nickte.

»Haben Sie irgendwelche Fragen an mich, Mister Kent? Ich fürchte, es gibt im Augenblick noch nicht viel, das ich Ihnen sagen kann. Und das wenige, das ich Ihnen sagen könnte, darf ich der Öffentlichkeit noch nicht preisgeben. Wir können uns in dieser Situation keine zu große Offenheit leisten. Ich habe alle Ministerien angewiesen, bis auf weiteres nichts an die Presse zu geben, das nicht von mir freigegeben worden ist.« Er lächelte. »Aber das hat für Sie auch sein Gutes, Mister Kent. Jetzt brauchen Sie nicht von einem Ministerium zum anderen zu laufen, um Material zu suchen.«

Jephtha war bemüht, sich die Enttäuschung nicht anmerken zu lassen.

»Können Sie mir etwas über den Zustand der Armee sagen?

Vor Ihrem Aufruf bestand sie schließlich nur aus fünfzehntausend Mann...«

»Sechzehntausend«, korrigierte Lincoln, »und die meisten davon entlang der Grenzen im Westen verstreut.«

»Glauben Sie, die Unbotmäßigkeit mit Hilfe der Bürgerwehr niederschlagen zu können?«

Lincoln überlegte ein paar Sekunden lang. »Mister Kent, diese Frage möchte ich nicht beantworten. Das könnte leicht zu Mißverständnissen führen.«

»Könnten Sie mir dann etwas über das Oberkommando der Armee sagen, Sir?«

Lincolns Brauen zogen sich zusammen. »Ich verstehe nicht, worauf Sie hinauswollen. Scott ist Kommandierender General der Armee...«

»Aber er ist fast fünfundsiebzig Jahre alt und sehr krank.«

Lincoln lächelte. »Und fett wie eine Präriehenne. Seine Gicht wäre längst gebessert, könnte er sich beim Essen und beim Wein etwas zurückhalten.«

»Ich habe Gerüchte gehört, wonach Colonel Lee den General ablösen soll«, sagte Jephtha.

Lincolns Reaktion bewies Jephtha, daß sein Schuß getroffen hatte. Der Präsident blickte ein paar Sekunden lang auf die Schreibtischplatte. Sein Gesicht war verschlossen.

»Ich halte Bob Lee für den besten Offizier der US-Armee«, sagte er dann, »und das ist kein Geheimnis. Aber Lee stammt aus Virginia...«

Jephtha nickte. Er wußte, daß Colonel Lee sich zur Zeit in seinem Haus in Arlington aufhielt, am anderen Ufer des Potomac. Falls sich Virginia auf der Sondersitzung der Staatsregierung, die an diesem Tag stattfand, für die Sezession entscheiden sollte, würde Lees Reaktion auf diesen Entscheid für beide Seiten von ungeheurer Tragweite sein.

Der Präsident erhob sich. »Ich wünschte, ich hätte mehr Zeit für dieses Gespräch, Mister Kent.«

Jephtha stand ebenfalls auf. »Nur noch eine oder zwei Fragen...«

Lincoln lachte. »Wissen Sie, daß man Sie in Washington den hartnäckigsten Journalisten nennt, Mister Kent?«

»Ist die Stadt in Gefahr?« fragte Jephtha rasch.

»Militärisch in Gefahr?«

Jephtha nickte.

Lincoln blickte zur Seite, und zum erstenmal hatte Jephtha das Gefühl, daß der Präsident einer ehrlichen Antwort ausweichen wollte.

»Ich glaube nicht. Virginia hat die Union nicht verlassen...«

»Aber jeder erwartet, daß es bald dazu kommt.«

Lincoln nickte. »Wir haben für diesen Fall bestimmte Vorsichtsmaßnahmen getroffen.«

»Es sind nur wenige Truppen in Washington«, stellte Jephtha fest. »Kann die Stadt überhaupt verteidigt werden?«

Der Präsident zögerte wieder, bevor er antwortete.

»General Scott glaubt nicht. Aber er ist fest davon überzeugt, daß wir nicht angegriffen werden. Ich kann nicht sagen, ob er recht hat oder nicht. Aber ich weiß – und Sie wissen es sicher auch –, daß die interne Gefahr größer ist als die Bedrohung von außen. Es gibt eine Menge Sympathisanten des Südens in dieser Stadt.«

»Werden Sie auch nach dem Ausbruch der Feindseligkeiten versuchen, eine Versöhnung mit der Konföderation herbeizuführen?«

»Tut mir leid, aber auch diese Frage will ich nicht beantworten, Mister Kent. Ich kann Ihnen nichts über Dinge sagen, die noch nicht entschieden sind. Außerdem geht die Entwicklung so rasend schnell vor sich, daß man wie der Teufel laufen muß, um nicht ganz auf der Strecke zu bleiben. Aber, im Vertrauen gesagt, ich will den Frieden. So bald wie möglich. Die erste Aufgabe dieser Regierung ist es, den Menschen zu beweisen, daß die demokratische Regierungsform keine Absurdität ist.«

Die tiefliegenden Augen blickten Jephtha an, und er empfand die tiefe Humanität des Mannes Abraham Lincoln. Sein Anzug war abgetragen und ungebügelt. Seine Stimme klang manchen Menschen unangenehm schrill. Der Kongreß hatte nicht einmal die Mittel bewilligt, das Haus zu renovieren, in dem dieser Mann lebte und arbeitete, der jetzt eine so ungeheure Last zu tragen hatte. Unter dem Konferenztisch entdeckte Jephtha einen Riß in dem abgetretenen Teppich...

»Wir müssen dieses Problem jetzt lösen«, fuhr Lincoln fort. »Hat in einem demokratisch regierten Land eine Minderheit das Recht, einfach aus dem Verband auszuscheren, wenn ihr irgend etwas nicht paßt? Ich sage nein. Diese Regierung sagt nein. Aber wenn es uns nicht gelingen sollte, unsere Ansicht auch durchzusetzen, so wäre das ein folgenschwerer Beweis dafür, daß die Menschen nicht in der Lage sind, sich selbst zu regieren.«

Ein scharfes Klopfen ließ den Präsidenten zur Tür blicken. Er hob in einer entschuldigenden Geste seine großen Hände und begleitete Jephtha zur Tür.

»Es ist der persönliche Preis, den uns ein Konflikt kosten würde, der mich am meisten bedrückt. Mein Sohn Bob ist alt genug, um Soldat zu werden. Und Sie haben auch Söhne – in Virginia, nicht wahr?«

»Ja, sie waren in Virginia«, sagte Jephtha leise. »Wo sie jetzt sind, weiß ich nicht. Meine Frau hat wieder geheiratet. Ihr Mann ist viel unterwegs...«

Er wollte dem Präsidenten nicht sagen, daß der zweite Mann Fans einen Beruf ausübte, der allgemein in schlechtem Ruf stand. Er war Schauspieler. Es hatte Jephtha sehr verwundert, daß Fan, die doch immer so korrekt und konservativ gewesen war, sich mit einem Mann wie Edward Lamont eingelassen hatte. Es war verletzend genug für ihn, daß sie überhaupt wieder geheiratet hatte. Aber wenn der Mann wenigstens einen anständigen Beruf hätte...

»Nun«, sagte Lincoln, »um Ihrer und meiner Kinder wegen hoffe ich, daß wir diesen Konflikt bald beenden können. Es bedrückt mich manchmal, daß Amerikaner ihre Meinungsverschiedenheiten anscheinend nur mit Blutvergießen beilegen können. Und am schlimmsten finde ich, daß es nie die Politiker sind, deren Blut vergossen wird. Sie schicken Ihre und meine Söhne ins Feld, um für ihre Sache zu kämpfen.«

Er schüttelte den Kopf.

Als er nach dem Türdrücker griff, wurde die Tür von außen geöffnet, und Nicolay sagte ungeduldig: »Entschuldigen Sie, Mister President, aber es ist schon fünfundzwanzig Minuten über die Zeit.«

»Das läßt sich nicht ändern, John. Mister Kent und ich hatten eine sehr interessante Unterhaltung.«

Er reichte Jephtha die Hand.

»Haben Sie eigentlich jemals bedauert, dieses Amt übernommen zu haben?« fragte Jephtha, ohne sich um Nicolays Ungeduld zu kümmern.

Lincoln lehnte sich gegen den Türrahmen und steckte eine Hand in die Tasche.

»Wissen Sie, Mister Kent, manchmal fühle ich mich wie ein Mann, den ich mal in Springfield kannte. Er wurde geteert und gefedert auf eine Planke gebunden aus der Stadt geschafft. Irgend jemand fragte ihn, wie er sich fühle.« Lincoln hakte den rechten Daumen unter den Hosenträger. »Der Bursche sagte: ›Um ganz ehrlich zu sein, Leute, wenn es mir nicht um die Ehre ginge, würde ich genauso gern zu Fuß gehen.‹«

Jephtha dankte dem Präsidenten, daß er ihm seine Zeit geopfert hatte.

Lincoln nickte schweigend, wandte sich um und trat, gefolgt von Nicolay, in sein Büro zurück. Die Rosenholztür schloß sich hinter ihm.

Jephtha drängte sich durch die Menge der Menschen, die auf ein Gespräch mit dem Präsidenten hofften. Sie war jetzt durch

Neugierige verstärkt worden, die hereinkamen, um nur einmal zu sehen, wie der Präsident eigentlich wohnte. Jephtha war wieder entsetzt über den Mangel an Bewachung und Abschirmung in diesem Haus.

Es gab viele Menschen, die Lincoln aus tiefstem Herzen haßten, und allein das sollte strenge Sicherheitsvorkehrungen notwendig machen, fand Jephtha.

Aber Lincoln hatte eine Abneigung, sich bewachen und abschirmen zu lassen. Er hatte eine fatalistische Einstellung gegenüber allen Gefahren. Wiederholt hatte er Drohbriefe erhalten, in denen seine Ermordung angekündigt worden war. Er hatte sie unbeachtet gelassen, weil er das Gefühl hatte, daß seine Zeit noch nicht gekommen war.

Jephtha wußte, daß Lincoln in der Nacht seiner Wahl einen seltsamen Traum gehabt hatte – oder eine Halluzination, wie seine Gegner behaupteten.

Kurz vor dem Einschlafen blickte Lincoln in einen Spiegel und sah sich darin reglos unter einer Decke auf dem Sofa liegen. Als er aufstand, verschwand die Erscheinung. Aber als er wieder ins Bett ging, sah er zwei Gesichter im Spiegel – eins davon war wachsbleich.

Lincolns Frau Mary, eine kleine, ehrgeizige Person, die ihren Mann ständig antrieb, hatte die Geschichte von diesem Traum am nächsten Tag verbreitet und ihr eine unheimliche Erklärung hinzugefügt: Die beiden Gesichter im Spiegel bedeuteten, ihrer Meinung nach, daß ihr Mann zum zweitenmal in sein Amt gewählt werden würde. Die tödliche Blässe des zweiten Gesichts aber sagte, daß er diese zweite Wahlperiode nicht überleben würde.

Jephtha dachte an diese Geschichte, als er die Treppe hinunterging. Die Feinde Lincolns verbreiteten ständig Geschichten über die psychische Instabilität seiner Frau. Aber ob Mary Lincolns Erzählung nur das Produkt ihrer Phantasie war oder nicht, was unwesentlich. Tatsache war, daß der Präsident in dieser allen Menschen zugänglichen Residenz zu jeder Minute gefährdet war.

Washington war längst nicht mehr eine dörfliche Idylle, die nur für einige Monate zum Leben erwachte, wenn der Kongreß tagte, sondern die Hauptstadt einer Nation, die mit sich selbst im Krieg lag.

Im Krieg wurden Menschen getötet. Und nicht nur auf dem Schlachtfeld. Er dachte an seine drei Söhne, als er den Park verließ und auf die Pennsylvania Avenue trat.

Gideon, der älteste, würde im Juni achtzehn Jahre alt werden, und Matthew war nur ein Jahr jünger. Jeremiah war Gott sei Dank noch nicht einmal fünfzehn. Aber die beiden anderen waren schon alt genug, um sich einer der Milizeinheiten anzuschließen, die jetzt überall in den Südstaaten aufgestellt wurden.

Verdammt! Er wünschte, er wüßte, wo die Jungen lebten. Er wünschte, daß er und Fan sich nicht als Feinde getrennt hätten. Aber sie war ihren Prinzipien genauso kompromißlos treu wie er den seinen.

Der Gedanke an seine drei Jungen verließ Jephtha nie. Er dachte an sie voller Sehnsucht – und an seine Frau voller Haß. Und diese Bindung an die Vergangenheit störte sein Verhältnis zu Molly, der Frau, mit der er seit über einem Jahr zusammenlebte.

Aber es hatte keinen Sinn, sich jetzt mit diesen Gedanken zu belasten. Was sollte er nach New York durchgeben, um Theo Payne zufriedenzustellen? Er rekapitulierte das kurze Gespäch mit Lincoln. Das meiste, was ihm der Präsident mitgeteilt hatte, war längst offenes Geheimnis. Nein, es gab nichts, was für die *Union* interessant gewesen wäre.

Er wich einigen Kutschen und Fuhrwerken aus, als er die schlammige Straße überquerte und auf *Willard's Hotel* zuging, die Hochburg von Washingtons Klatsch und Gerüchten. Nach einem Frühstück und etwas geistiger Nahrung zur Auffrischung der Gehirnzellen würde er vielleicht einen Ausweg aus dieser Sackgasse finden.

4

Das Hotel der Brüder Willard servierte Frühstück für die Spätaufsteher Washingtons bis elf Uhr. Jephtha kam gerade noch rechtzeitig.

Er kaufte sich vier Zigarren, setzte sich an einen Ecktisch in der Nähe der Bar und bestellte sich ein Zwiebelsteak mit gebratenen Austern und einen doppelten »Overholtz 1855«, einen der besten Whiskeys.

Die Bar war gedrängt voll. Männer der Regierung, Angehörige ausländischer Botschaften und eine Anzahl von Offizieren unterhielten sich erregt über den Fall von Fort Sumter. Die meisten hatten schon reichlich getrunken und gaben sich entsprechend überlegen und selbstsicher. Diese verdammten Rebellen, die schon seit zehn Jahren mit Sezession drohten, hatten sich erdreistet, auf die *Stars and Stripes* zu schießen! Man würde ihnen eine rasche und nachhaltige Lektion erteilen!

Jephtha schmunzelte in seinen Drink. Wäre er in die andere Richtung zum *National Hotel* gegangen, hätte er von den Sympathisanten der Südstaaten genau das Gegenteil hören können.

Er sprang auf, als ein junger Mann eintrat. Alfred Hume war Sekretär an der britischen Botschaft. Jephtha fragte ihn, ob der Botschafter, der rotwangige Lord Lyons, schon etwas über eine Anerkennung der Konföderation gesagt habe.

»Dazu ist es noch etwas zu früh«, antwortete Hume. »Wir müssen die Anweisungen von Whitehall abwarten, nicht wahr?«

»Keine Ausreden, Alfred. Jeff Davis ist vor zwei Monaten zum Präsidenten ernannt worden. Und in jedem Bericht aus Montgomery können wir lesen, daß die Konföderation keine

Baumwolle auf den europäischen Markt schicken wird, bevor man sie nicht als souveränen Staat anerkannt hat.«

Hume zuckte mit den Schultern.

»Ich wiederhole: Ich habe nichts dazu zu sagen.« Er beugte sich zu Jephtha. »Aber, im Vertrauen gesagt, wenn die Burschen so weitermachen, sind sie verdammte Narren.«

»Warum?«

»Weil ein Boykott an den wirtschaftlichen Tatsachen vorbeizielt. Wenn Jeff versucht, Ihre Majestät – oder Napoleon III. in Frankreich – mit seiner Baumwolle zu erpressen, um eine Anerkennung seiner sogenannten Regierung zu erreichen, wird er bald feststellen, daß er eine stumpfe Waffe in der Hand hat. Die Spinnereien in England und in Europa haben volle Lager. Man kann sogar von einem Überschuß an Rohbaumwolle sprechen. Wie also kann Jeff da Anerkennung finden? Und das Geld, das er für einen Krieg braucht? Ich habe gehört, daß sich in den ganzen Südstaaten nur fünfundzwanzig Millionen in Gold befinden.«

»Das stimmt«, sagte Jephtha. »Damit kommt man nicht sehr weit. Es gibt kein einziges größeres Stahlwerk, keine Walzwerke, keine Pulverfabriken. Um die zu bauen, braucht man Geld, viel Geld.«

Hume lächelte.

»Und um Geld zu bekommen, mußten sie das einzige Produkt an den Mann bringen, von dem der Süden größere Quantitäten besitzt: Baumwolle. Sehen Sie jetzt, wie wirkungslos ein Embargo ist? Wie ich schon sagte: Sie sind verdammte Narren!«

Hume winkte dem Barmann, sein Glas nachzufüllen. Dann wandte er sich wieder an Jephtha.

»Mein Gott, wie ich dieses Nest hasse. Kein einziger Club, nur diese überfüllten, ordinären Saloons. Ihr Amerikaner mögt unsere Vettern sein, aber ihr habt noch eine Menge zu lernen.«

»Alfred, noch eine Frage...«

»*Cheers*, Kent«, sagte der junge Diplomat, wandte sich ab und trat zu einem anderen Bekannten. Jephtha ging wieder an seinen Tisch zurück. Im Vorbeigehen winkte ihn der Zeichner von *Harper's Weekly* heran und berichtete ihm von dem Gerücht, daß am morgigen Abend auf der Bühne der *Canterbury Variety Hall* eine politische Demonstration stattfinden würde.

Jephthas graublaue Augen blickten ihn aufmerksam an.

»Eine Demonstration? Für welche Seite?«

»Keine Ahnung. Vielleicht für die Union, vielleicht für die Südstaatler. Auf jeden Fall, bei dem gemischten Publikum, das in diesem Theater verkehrt, dürfte es recht munter werden.«

Jephtha lächelte nachdenklich. »Und welchem Umstand verdanke ich diese journalistische Großzügigkeit? Es passiert nicht oft, daß mir jemand einen Tip gibt.«

»Ich will nur eine Schuld zurückzahlen. Sie haben mir vor ein paar Wochen gesagt, daß Miss Chase eine Theatervorstellung besuchen würde. Ich habe die Loge ihr gegenüber genommen und konnte sie skizzieren.«

»Stimmt. Ich hatte es völlig vergessen.« Die älteste Tochter des Schatzministers war die Fürstin Washingtons, von deren Schönheit die Stadt schwärmte. »Trotzdem vielen Dank.«

»Ist doch klar, Reverend. Wie die Bibel schon sagt: eine Ohrfeige ist die andere wert... oder so ähnlich.«

Jephtha wandte sich schweigend um und ging weiter. Er hätte diese Anspielungen auf sein früheres Leben eigentlich längst gewöhnt sein müssen, aber manchmal störten sie ihn doch noch. Vielleicht hatte er Schuldgefühle, weil er sich von seiner Kirche abgewandt hatte. Und von Gott.

Nein – es war genau umgekehrt. Gott hatte sich von ihm abgewandt. Als er sich für die christlichen Prinzipien eingesetzt hatte, hatte er den Respekt seiner Gemeinde verloren, das Recht zu predigen, sein Heim und seine Familie. Sein Glaube war nicht stark genug gewesen, diese Verluste zu ertragen.

Er setzte sich wieder an seinen Tisch und dachte an den Tip, den er gerade bekommen hatte. Ein kleiner Krawall im Theater war besser als gar keine Meldung.

Er bestellte sich noch einen doppelten »Overholtz« und dachte an sein Gespräch mit dem Präsidenten. Als er über die militärische Situation und Colonel Lee nachsann, fiel ihm ein, daß Arlington nur eine halbe Stunde entfernt war.

Verdammt, das war die Lösung! Ein Interview mit Colonel Lee!

Hastig zahlte er seine Rechnung und drängte sich zum Ausgang. Er wurde von zwei Männern aufgehalten, die ungeniert ihrer Hoffnung Ausdruck gaben, daß sich die Rebellion zu einem lang andauernden Krieg entwickeln möge. Man könnte ein Vermögen machen, wenn man der Armee alles verkauft, was sie brauchte, von Knöpfen bis zum Hartbrot.

»Verdammte Aasgeier«, murmelte Jephtha, als er sich zwischen den beiden hindurchdrängte. Einer der beiden hob die Faust.

Der andere sagte lachend: »Reg dich nicht auf. Das ist Kent, der Reporter, der früher einmal Reverend war. Sie haben ihn aus der Kirche der Südstaaten geworfen, weil er Nigger befreit hat. Jeder weiß, daß er dadurch durchgedreht ist.«

2. Kapitel
Colonel Lee

1

Kurz vor Mittag brach Jephtha mit einem Mietpferd nach Virginia auf.

Er ritt die Pennsylvania Avenue entlang und bog auf der 14th Street nach Süden ab. Die Passanten wirkten ruhig und bedrückt, wie ihm schien. Wahrscheinlich dämmerte ihnen jetzt endlich die Wahrheit über die Lage, in der sich die Stadt befand.

Er hielt die Luft an, als er auf der Eisenbrücke den Kanal überquerte. Der Gestank der Abwässer war schier unerträglich. Und das Bild, das sich auf der anderen Seite bot, war ebenfalls kaum dazu angetan, seine gedrückte Stimmung zu heben.

Neben dem Rohbau des Capitols mit dem unfertigen Stahlgerüst der Kuppel sah er ein Durcheinander von Baubuden, Marmorblöcken und Stapeln von Bauholz.

Je weiter er sich der Long Bridge näherte, der Brücke, die Washington mit Virginia verband, desto dichter wurde der Verkehr. Vor allem die Wagen der Farmer, die Milch und andere Produkte in die Stadt brachten, versperrten den Weg.

An der Auffahrt der Brücke saßen zwei Kavallerie-Soldaten in der blauen Uniform der Union auf ihren Pferden und beobachteten den unaufhörlichen Fluß von Fußgängern, Reitern und Wagen, der in beiden Richtungen über die Brücke strömte. In wenigen Tagen, überlegte Jephtha, würden hier wahrscheinlich mehr als nur zwei mit Musketen bewaffnete Männer Wache halten. Er war sicher, daß noch vor Ende dieser Woche Kanonen die Long Bridge schützen würden.

2

Und dann, am anderen Ufer des Potomac, sah er noch jemanden, der die Brücke aufmerksam beobachtete. Ein großer, kräftiger Mann hockte unter einem der blühenden Kirschbäume am Ufer. Jephtha kannte ihn. Was, zum Teufel, hatte dieser Kerl in Washington zu suchen?

Jephtha ritt weiter. Er hatte keine Lust, die Anwesenheit dieses Mannes weiter zur Kenntnis zu nehmen. Doch der hatte andere Absichten. Er richtete sich auf, grinste und erhob sich. Dann klopfte er den Staub von seiner Hose und trat Jephtha entgegen.

»Hallo, Kent.«

Zögernd zügelte Jephtha sein Pferd. Unter der Jacke des Mannes sah er eine Ausbuchtung – eine Waffe.

»Mister Dorn?«

»Wen oder was wollen Sie denn in Virginia besuchen?« fragte der blonde, blauäugige Mann. Dorn gehörte zu den Leuten des Detektivs Pinkerton, die den Präsidenten nach seiner Ernennung verkleidet in die Stadt gebracht hatten.

»Ich wüßte nicht, wieso das Pinkerton interessieren sollte«, erwiderte Jephtha kühl.

»Es war doch nur so eine Frage. Ich habe mich hier ein bißchen ausgeruht...«

»... und spioniert, wer die Brücke passiert?«

»Beobachtet«, korrigierte der Detektiv scharf. »Es heißt beobachten.«

»Mir gleich, wie Sie es nennen. Und wer hat Sie damit beauftragt?«

Dorn unterdrückte seine Verärgerung.

»Der Boß und ein paar seiner Leute sind in Washington – mit Sonderauftrag.«

»Wenn ich mich recht erinnere, so ist Mister Pinkerton beauftragt, das Eigentum der *Philadelphia-Washington-Baltimo-*

re-Railway zu beschützen – und Sie sind reichlich weit von der nächsten Bahnstrecke entfernt. Oder hat man inzwischen eine neue Linie gebaut, von der ich nichts weiß?«

»Überlassen Sie das gefälligst uns, wie wir unsere Aufträge wahrnehmen.«

»Das gibt Ihnen noch lange kein Recht, nach dem Grund meines Besuchs in Virginia zu fragen.«

»Wenn Sie unbedingt mit diesen Verrätern reden wollen...«

»Hören Sie...«

»... haben Sie sicher einen Grund dafür. Vielleicht wollen Sie jemand eine Nachricht überbringen...«

»Gehen Sie mir aus dem Weg!«

Dorn grinste amüsiert.

Pinkerton, der gerissene Schotte, der in Illinois ein erfolgreiches Detektivbüro aufgebaut hatte, war wenigstens intelligent. Aber einige der Männer, die er beschäftigen mußte, waren kaum mehr als primitive Schläger. Und Dorn schien Lust auf eine kleine Prügelei zu haben.

»Für einen Geistlichen haben Sie eine ziemlich große Klappe, Reverend«, sagte er provozierend.

»Gehen Sie mir aus dem Weg!«

Plötzlich schoß die rechte Hand Dorns vor und packte Jephthas Arm.

»Ich warne Sie, Kent. Wir haben einen Sonderauftrag von einem Mann der Regierung.«

»Seward?« fragte Jephtha überrascht.

»Darüber darf ich nicht sprechen. Aber ich möchte Sie warnen. Alle Personen, die über diese Brücke nach Virginia reisen, werden genau registriert.«

»Dann laufen Sie zu Ihrem Chef und sagen Sie ihm, daß Jephtha Kent nach Arlington geritten ist, um mit einem Mann zu sprechen, der seit fünfunddreißig Jahren im Dienst der Union steht.« Er riß seinen Arm los. »Und der wesentlich bessere Manieren hat als Sie.«

Dorn wollte unter seine Jacke greifen, unterdrückte den Impuls aber in letzter Sekunde.

»Wissen Sie, Kent, ich habe Sie von Anfang an nicht gemocht. Mir hat es nicht gefallen, wie Sie sich überall vorgedrängt und neugierige Fragen gestellt haben.«

»Das ist nun mal mein Job.«

»Mag sein, aber...«

»Außerdem haben vor allem Sie gedrängt und geschoben – und mir Prügel angedroht.«

Dorn rieb sich die Oberlippe. »Wenn Sie von dem Gaul klettern, könnte ich nachholen, was ich damals versäumt habe.«

»Danke«, sagte Jephtha kühl.

»Zu feige, um mit einem Mann zu kämpfen, Reverend?«

»Ein andermal«, sagte Jephtha. »Wenn ich mal Lust habe, einen Halbaffen zu verprügeln.«

Er drückte seinem Pferd die Stiefel in die Flanken, und das Tier galoppierte erschreckt los. Dorn sprang zur Seite, und Jephtha sah, daß er den Revolver unter der Jacke hervorzog.

Er fühlte ein Kribbeln in seinem Rücken, solange er in Schußweite war. Aber er blickte nicht zurück.

So ärgerlich die Konfrontation mit Dorn gewesen war, noch mehr störte es Jephtha, daß der Mann auf dem zu Virginia gehörenden Ufer des Potomac saß. Soweit Jephtha informiert war, arbeitete Pinkerton im Auftrag verschiedener Eisenbahngesellschaften und hatte nichts mit der Regierung zu tun, außer wenn der Präsident die Eisenbahn benutzte.

Vielleicht hatte die Gefahr einer Invasion die Regierung veranlaßt, Pinkerton und seine Leute nach Washington zu holen. Trotzdem war es sicher, daß Dorn keinen Auftrag hatte, die Long Bridge zu beobachten. Er hatte auch selbst zugegeben, daß er lediglich jemandem einen Gefallen tat, und die Tatsache, daß inoffizielle Spionage betrieben wurde, zeigte deutlicher als alles andere, wie weit Mißtrauen und Angst bereits um sich gegriffen hatten.

3

Er war in Virginia, wo er so viel zurückgelassen, so viel verloren hatte, das ihm wertvoll gewesen war...

Er trabte durch die frühlingsgrüne Landschaft auf Arlington zu und dachte daran, wie wenig sich eigentlich geändert hatte, seit er als frischgebackener Reverend nach Lexington gekommen war. Das Land war noch immer dasselbe, aber die Umstände hatten sich geändert, und diese Veränderungen waren die Ursache des Dilemmas, das den Süden in die Sezession getrieben hatte – und in den Krieg.

Die amerikanische Nation – nein, die ganze Welt – wurde von diesen Veränderungen betroffen. Die kleinen Dorfmanufakturen starben und mußten riesigen qualmenden Fabrikanlagen Platz machen.

Jephtha war in den Bergen am Pazifik geboren und aufgewachsen. Er hatte miterlebt, daß sein Vater, Jared Kent, der als Fallensteller und Pelzhändler arbeitete, von einem Tag auf den anderen brotlos wurde, weil die Nachfrage nach Biberfellen aufhörte. Bevor er nach Kalifornien gegangen war, um sein Glück im Goldrausch von 1849 zu versuchen, hatte er als Farmer gearbeitet – mit sehr mäßigem Erfolg. Jephthas Mutter, die Indianerin Singendes Gras, hatte ihn in Ehrfurcht vor einem universellen Gott erzogen, und Jephtha war schließlich, gegen den Willen seines Vaters, methodistischer Priester geworden.

Nach Abschluß seines Studiums war er nach Lexington gekommen und hatte die Menschen in Virginia schnell liebgewonnen. Es waren arbeitsame, gottesfürchtige und dennoch stolze Menschen, hatte er festgestellt, aufrichtig und gastfreundlich. Aber schon bald war seine Sympathie für die Südstaatler einer wachsenden moralischen Empörung über die Sklavenfrage gewichen.

Erst später, nachdem er Fan Tunworth geheiratet und seine

Familie gegründet hatte, erkannte er, daß die Industrialisierung den Süden in eine Falle getrieben hatte. Die wachsende wirtschaftliche Überlegenheit der Nordstaaten drängte den Süden in eine Lage, die jede Änderung des ökonomischen Systems unmöglich machte.

Die Spinnereien im Norden und in Europa brauchten riesige Mengen von Baumwolle. Um diesen Bedarf zu decken, mußte der Süden seine auf Sklaverei aufgebaute Plantagenwirtschaft fortsetzen und versäumte so den richtigen Moment, eigene Industrien zu entwickeln. Diese Kurzsichtigkeit war verhängnisvoll.

Aber das Problem der Veränderungen hatte noch ein anderes Gesicht. Seit der Zeit, als Jephthas Urgroßvater, Philip Kent, Seite an Seite mit den Männern der Südstaaten gegen die Briten gekämpft und Amerika zur Freiheit verholfen hatte, waren die Südstaaten in der Politik bestimmend gewesen. Das war jetzt ebenfalls vorbei. Die Ballungszentren des Nordostens und die rasch ansteigenden Bevölkerungsziffern der weiten Nordweststaaten hatten zur Bildung der ersten wirklich erfolgreichen Partei geführt: der Republikaner. Die traditionelle Partei der Nord- und Südstaaten – »die einzige und unteilbare Demokratie«, wie ihre Anhänger sie gern nannten – hatte sich aus ideologischen Gründen hoffnungslos zersplittert.

Veränderung ... Veränderung ...

Sie trieb den Menschen in die Ecke.

Sie nahm ihm Macht und Einfluß.

Und ein Mann, der sich so in die Enge getrieben sah, mußte kämpfen, um die alten Prinzipien und Systeme zu erhalten – und manchmal kämpfte er mit dem Mut der Verzweiflung, erfüllt von einem fast fanatischen Eifer.

4

Als sich Jephtha dem weiträumigen Haus vor den Hügeln von Arlington näherte, fragte er sich, ob die Veränderung wohl jemals zum Vorteil der Menschen wirken konnte. Er selbst hatte ja in seinem Leben tiefgreifende Veränderungen erfahren. Und obwohl er sich mit seinem Schicksal abgefunden hatte, war er doch oft niedergeschlagen und mutlos.

Jephtha hatte sich geweigert, nach seiner Entlassung als Pfarrer die Stadt zu verlassen, und eine Art Märtyrertum angetreten. 1852 hatte er die Flucht eines jungen Negermädchens arrangiert, das seinem Schwiegervater, Captain Tunworth, gehörte. Sein Mithelfer Syme war gefangen und zu Tode gefoltert worden. Jephtha war in letzter Minute die Flucht nach Washington gelungen, von wo aus er auf Einladung seiner Tante Amanda Kent nach New York weiterreiste. Dort erfuhr er, daß Amanda inzwischen gestorben war.

Auf ihrem Sterbebett hatte sie Michael Boyle, einen jungen Iren, den sie aus den Slums geholt hatte, zum Vormund ihres Sohnes Louis ernannt. Jephtha hatte Louis Kent nie gemocht. Und es war auch nicht Louis gewesen, der Jephtha geholfen hatte, sein zerstörtes Leben wieder aufzubauen, sondern Michael Boyle.

Die ersten Jahre, 1853 und 1854, waren schwer gewesen. Seine Frau hatte ihm brieflich mitgeteilt, daß sie sich scheiden lassen würde, um zu verhindern, daß er seine drei Söhne je wiedersah. Ein zweiter Brief im Jahre 1855 hatte ihn davon in Kenntnis gesetzt, daß sie den Schauspieler Edward Lamont geheiratet hatte.

Während dieser Zeit hatte Jephtha nicht gelebt, sondern vegetiert. Er hatte in dem Haus am Madison Square gewohnt und versucht, diese Gastfreundschaft durch alle möglichen Arbeiten in Haus und Garten abzugelten, die selbst den Dienstboten zu schwer oder zu unangenehm waren.

Michael hatte ihn oft genug daran erinnert, daß er eigentlich ein reicher Mann wäre. Amanda hatte die regelmäßig einlaufenden Gewinne aus der Ophir-Goldmine in Kalifornien gut angelegt.

Aber Jephtha interessierte sich kaum für Geld und weigerte sich beharrlich, nach Kalifornien zu reisen und sich um sein Eigentum zu kümmern. Er war mehr als einverstanden, daß die New Yorker Linie der Kents sein Vermögen und alle Einkünfte auch weiterhin verwaltete. Er hatte lediglich testamentarisch verfügt, daß sein Vermögen nach seinem Tod seinen drei Söhnen übertragen würde,

Aber Jephtha war nicht sicher, ob dieser Reichtum gut für sie sein würde. Ihm war im Laufe der Jahre immer klarer geworden, daß das ererbte Geld Louis Kents Charakter eher geschadet hatte. Es hatte den jungen Mann arrogant und hochmütig gemacht. Dennoch nahm sich Jephtha nicht das Recht, seinen Söhnen ihr Erbe vorzuenthalten. Er erinnerte sich, daß eine der erbittertsten Auseinandersetzungen zwischen ihm und seiner Frau durch das Erbe seines Vater ausgelöst worden war. Er hatte damals Amanda die Vollmacht erteilt, seinen ererbten Anteil an der Ophir-Mine zu verwalten. Fan hatte ihm daraufhin vorgeworfen, das Erbe seiner Söhne zu verschleudern, und die Erinnerung an diesen Streit konnte noch jetzt sehr unchristliche Haßgefühle in ihm wachrufen.

Im Laufe der Jahre war es zu einer engen Freundschaft zwischen Michael und Jephtha gekommen, und während einer der stundenlangen Diskussionen – zumeist über die Sklavenfrage und andere politische Themen – hatte Jephtha dem jüngeren Mann die Tagebücher übergeben, in denen er seit seiner Studienzeit alle wesentlichen Ereignisse und Gedanken niedergeschrieben hatte.

Michael hatte Jephthas Stil gefallen, und dann hatte er den Vorschlag gemacht, der Jephthas Leben die entscheidende Wende geben sollte.

Gegen Jephthas Willen hatte er ihn zu Theo Payne geschleppt und ihn dazu überredet, bei der *Union* zu arbeiten. Zunächst hatte er nur die Artikel der Reporter und Druckfahnen korrigiert und zu seiner eigenen Überraschung festgestellt, daß ihm diese Arbeit lag und Spaß machte. Schon ein Jahr später war er selbständig arbeitender Reporter, und als der Washington-Korrespondent der Zeitung an einem Schlaganfall starb, bekam Jephtha diesen wichtigen Posten.

Payne hatte ihm vor Antritt des neuen Jobs unmißverständlich klargemacht, daß seine Wahl nicht deshalb erfolgt sei, weil er zur Familie Kent gehörte, sondern weil er ein guter Journalist geworden sei.

Jephtha hatte sich mit Begeisterung und Elan in die neue Aufgabe gestürzt und sich dabei einige Laster angewöhnt: Er rauchte Zigarren, trank Whiskey und teilte schließlich ohne kirchlichen Segen sein Bett mit einer Frau. Noch vor wenigen Jahren wäre ihm das als Gipfel der Unmoral erschienen, aber genau wie der Süden hatte auch er vor einer Alternative gestanden: Veränderung oder Gefangener seiner Vergangenheit zu bleiben. Er hatte die Veränderung gewählt. Vielleicht war es nicht die richtige Wahl, aber zumindest war es ihm gut gelungen, auf den Trümmern seines alten Lebens ein neues zu errichten.

Er las kaum noch in der Bibel – und nie mehr mit der unerschütterlichen Gläubigkeit seiner Jugend. Dieser Glaubensmangel – und die Zigarren, der Whiskey und Molly – verursachten ihm gelegentlich Gewissensbisse.

Aber zumindest hatte er sich von seiner Vergangenheit befreien können. Jedenfalls, soweit es einem Vater möglich war.

Manchmal gelang es ihm, Fans Verhalten sachlich und nüchtern zu beurteilen, und dann sah er durchaus ein, warum sie seine Söhne gegen ihn beeinflußt hatte. Fan war von der Richtigkeit ihres Standpunkts genauso überzeugt gewesen wie er von der Richtigkeit des seinen. Sie sah in der Befreiung der

Negersklaven eine tödliche Gefahr. Trotzdem hatten die Auseinandersetzungen mit seiner Frau unheilbare Wunden hinterlassen, und manchmal schreckte er nachts schweißgebadet aus einem Alptraum, in dem er seine frühere Frau schlug. Und er fürchtete, daß er sie wirklich schlagen würde, falls er ihr durch Zufall begegnen sollte.

Er wußte inzwischen, wie unbändig er hassen konnte...

Auf seine eigene Weise, erkannte er, war er um keinen Deut besser als die Menschen im Norden und Süden, die aus persönlichem Haß einen Krieg geschürt hatten.

Er hatte keine Ahnung, wo sich seine Jungen aufhielten. Auch sein Freund, Professor Thomas Jackson vom Virginia Military Institute in Lexington, dem er gelegentlich schrieb, wußte es nicht.

Einmal hatte er in einem Augenblick tiefster Verzweiflung gefragt, ob es sinnvoll wäre, nach Lexington zu kommen und persönlich Erkundigungen einzuholen. Jackson hatte ihm dringend geraten, sich dort nicht blicken zu lassen.

Von Zeit zu Zeit hatte Jephtha in Zeitungen aus dem Süden den Namen von Fans Mann in Theaterspielplänen entdeckt. Zweimal hatte er ihr geschrieben und die Briefe an die Theater adressiert, in denen Lamont auftrat. Er hatte nie eine Antwort erhalten.

Aber sein Kummer, keine Verbindung mit seinen Söhnen mehr zu haben, wurde nichtig angesichts der großen Gefahr, daß sie in dem kommenden Krieg verwundet oder getötet werden könnten.

Vor dem Haus Colonel Lees stieg er ab und blieb eine Weile stehen, eine Hand auf dem Hals des Pferdes. Jephtha wünschte sich in diesem Augenblick nichts so sehr, als noch wie früher bedingungslos an die Kraft des Gebets glauben zu können, so viel Glauben zu haben, Gott bitten zu können, das Leben seiner Söhne zu schützen.

Aber er konnte nicht mehr beten.

5

Die breite Veranda des Hauses lag im tiefen Schatten. Jephtha zögerte, bevor er den Klopfer hob.

Eine ältere Haushälterin öffnete ihm.

»Ja, bitte, Sir?«

»Entschuldigen Sie die Störung, Madam. Mein Name ist Kent. Ich bin Journalist einer New Yorker Zeitung.«

Die Frau musterte ihn argwöhnisch.

»Falls Colonel Lee zu Hause ist, würde ich gern ein paar Minuten mit ihm sprechen.«

Die Frau machte Anstalten, die Tür wieder zu schließen.

»Der Colonel empfängt keine ...«

»Wer ist es, Hattie?«

Die Haushälterin runzelte unwillig die Stirn.

»Ein Mann von einer Zeitung, Colonel.«

Jephtha hörte Schritte, dann wurde die Tür ganz geöffnet.

Robert Edward Lee war ein Mann von Mitte Fünfzig, schätzte Jephtha. Er war nur mittelgroß, wirkte aber sehr kräftig. Er trug eine graue Hose und ein weites Leinenhemd. Er hatte einen buschigen Schnurrbart, graumeliertes Haar, graue Augen und eine große Nase. Colonel Lee strahlte Ruhe und Selbstsicherheit aus.

Seine Stimme klang freundlich, aber etwas reserviert. »Ich bin Colonel Lee, Mister ...«

»Kent, Jephtha Kent, Washington-Korrespondent der New Yorker *Union*.«

Lee reichte ihm die Hand.

»Guten Tag. Es tut mir leid, daß ich Ihnen nichts sagen kann, das für die Öffentlichkeit bestimmt ist.«

Jephtha hatte das Gefühl, daß er mit einer gewissen Dreistigkeit weiter kommen würde als mit Zurückhaltung.

»Das verstehe ich, Colonel. Aber ich bin eine ziemliche Strecke geritten in der Hoffnung, Sie anzutreffen. Und Sie sind immerhin ein Mann des öffentlichen Interesses. Es wäre nicht sehr freundlich von Ihnen, mich mit leeren Händen zurückzuschicken.«

»Dieser freche Yankee...« murrte die Haushälterin erregt.

»Aber Hattie.« Lee lächelte amüsiert. »Ich finde Mister Kents Mut bewunderungswürdig.« Er trat einen Schritt zur Seite. »Ich fürchte, Sie werden wirklich mit leeren Händen zurückreiten müssen, aber kommen Sie trotzdem erst einmal herein.«

»Danke.« Jephtha lächelte. Hattie verschwand brummelnd.

Lee schloß die Tür und führte Jephtha durch eine weite Halle in ein Wohnzimmer. An den Wänden hingen Gemälde von Ladies aus dem achtzehnten Jahrhundert.

»Sind Sie überrascht, daß ich Sie hereingebeten habe, Mister Kent?«

Robert Lee deutete auf einen Stuhl, wartete, bis Jephtha sich gesetzt hatte, und nahm dann ihm gegenüber Platz.

»Ein wenig, Sir.«

»Sie imponieren mir, Mister Kent. Unentschlossenheit und Angst sind die größten Feinde auf dem Schlachtfeld. Ich mißtraue jedem Soldaten, der nicht alles riskiert, um zu siegen. Mir ist ein Mann lieber, der alles verliert, als einer, der nichts riskiert.«

Er blickte Jephtha an. »Sie sind der erste Journalist, der den Mut gehabt hat, bei mir anzuklopfen.«

»Es tut mir leid, falls ich Sie gestört haben sollte. Aber in Washington wird jeden Tag von Ihnen gesprochen. Ich habe gehört, daß General Scott Ihnen den Oberbefehl über die Armee geben will.«

»Dazu kann ich mich nicht äußern, Mister Kent.«

»Aber die Menschen wollen wissen, ob Sie unsere Armee kommandieren werden, Colonel.«

Lee schüttelte den Kopf. »Mir ist dieses Angebot noch nicht gemacht worden. Außerdem, Mister Kent, Virginia ist meine

Heimat. Sie wissen, daß zu dieser Stunde in Richmond die Konvention tagt...«

Wieder entschied sich Jephtha für einen Vorstoß.

»Ich möchte Ihnen einen Vorschlag machen, Colonel. Wenn Sie offen mit mir sprechen, gebe ich Ihnen mein Wort, daß ich alles, was Sie mir sagen werden, nicht weitergebe, bis in Richmond die Entscheidung gefallen ist, und Sie Ihre Zukunftspläne bekanntgegeben haben.«

»Mister Kent, Sie haben wirklich Nerven!«

»Was Sie vorhin von den Soldaten gesagt haben, gilt auch für Journalisten, Sir.«

Lee lächelte. »Für den guten Journalisten.« Er wurde ernst. »Trotzdem, Sie verlangen, daß ich Ihnen vertraue.«

»Ja.«

»Einem Mann, den ich noch nie gesehen habe.«

Jephtha wußte, wenn er jetzt den Blick senkte, hatte er verloren. Ohne zu blinzeln sah er Lee in die Augen.

Lee lachte. »Immerhin, Sie haben mir das Wertvollste angeboten, was ein Mann besitzt: Ihre Ehre. Ich nehme Ihren Vorschlag an.«

Innerlich jubelnd zog Jephtha seinen Bleistift und mehrere Zettel heraus.

»Sie sind nie ein Befürworter der Sklaverei gewesen, Colonel«, sagte er nach einigen Sekunden des Überlegens. »Haben Sie Ihren Standpunkt geändert?«

»Nein.« Lee stand auf und trat zum Fenster. »Ich glaube nicht, daß die Neger jetzt schon so weit sind, als freie Menschen leben zu können. Aber der Tag wird kommen. Nur wenige Christen bestreiten, daß die Sklaverei ein Übel ist. Und ich bin der Ansicht, daß sie für die Weißen noch entwürdigender ist als für die Neger.« Er wandte sich Jephtha wieder zu. »Andererseits müssen wir einsehen, daß der Süden durch die ständige Feindseligkeit der Nordstaaten herausgefordert worden ist. Angesichts dieser Tatsache hat mein Staat, Virginia, eine bewundernswürdige Zurückhaltung gezeigt. Seit Februar wird in Richmond über die Frage debattiert, ob Virginia bei der Union bleiben oder sich der Konföderation anschließen soll.«

»Aus Gewissensgründen oder aus Angst vor der numerischen und technischen Überlegenheit der Truppen der Union, Sir?«

Jephtha wußte, daß er einen Fehler gemacht hatte. Lees Augen zeigten Verstimmung.

»Es geht hier um das Prinzip, Mister Kent. Ich glaube nicht, daß uns irgend jemand der Feigheit bezichtigen kann.«

»Ich bitte um Entschuldigung.« Er überlegte eine Weile. »Aber es ist doch eine Tatsache, daß die Südstaaten diesen Konflikt in einen Krieg verwandelt haben. Es waren Geschütze der Konföderation, die vor Charleston das Feuer eröffnet haben.«

»Eine große Zahl maßgebender Männer im Süden hat die Eroberung von Fort Sumter verurteilt, Mister Kent.« Lee seufzte. »Aber ganz egal, ob man die Aktionen der einen Seite oder der anderen gutheißt oder nicht – das endgültige Urteil wird die Geschichte fällen. Ich sehe nur eine wirkliche Gefahr: den Zerfall der Union. Sezession bedeutet Anarchie.«

»Mit anderen Worten, Sie verurteilen die Schritte der Südstaaten und auch den eventuellen Sezessionsentscheid Ihrer Regierung in Richmond?«

»Ich habe zu diesem Thema nichts mehr zu sagen.« Lee preßte die Lippen zusammen.

»Und was werden Sie tun, wenn Virginia sich entscheidet, die Union zu verlassen?«

Lee rieb sich die Nase. »Ich hasse den Krieg, Mister Kent. Er ist keine so gloriose Angelegenheit, wie manche Menschen glauben. Der Krieg ist eine Tragödie, und ein Bürgerkrieg ist die größte Tragödie, die ich mir vorstellen kann. Bis zum Februar, als General Twiggs die Garnisonen in Texas übergab, glaubte ich an einen Sieg der Vernunft...«

Der Glaube war stark ins Wanken geraten, wie Jephtha wußte.

»Aber in einem Punkt kann ich keinen Kompromiß schließen.« Er atmete tief durch. »Ich werde nie die Waffe gegen meinen eigenen Staat erheben.«

»Mit anderen Worten, Virginias Krieg ist auch Ihr Krieg?«

»Ja.«

Jephtha erschauerte. Lee hatte ohne jedes Pathos gesprochen, seine Stimme hatte leise und bedrückt geklungen. Aber auch entschlossen.

Jephtha steckte Bleistift und Papier in die Tasche.

Lee sah ihn überrascht an. »Sie haben keine weiteren Fragen?«

»Nein, Sir. Ihre letzten Worte haben mir die Antwort auf alle Fragen gegeben, die ich Ihnen noch stellen könnte.«

Lee nickte nachdenklich. »Da haben Sie vielleicht recht.«

Seltsam berührt von der selbstverständlichen Höflichkeit Lees sagte Jephtha: »Ihre Worte haben mir vor allem Ihre Zukunft, Ihr weiteres Leben enthüllt. Wenn Virginia sich der Konföderation anschließen sollte, werden Sie Ihren Dienst in der Armee der Union quittieren, nicht wahr?«

Lee schien zusammenzusinken. Er schwieg eine lange Weile, bevor er antwortete.

»Ja.«

Jephtha hatte noch nie soviel Trauer und Niedergeschlagenheit in einer einzigen Silbe ausgedrückt gehört.

»Ich verlasse mich auf Ihr Wort, nichts von unserem Gespräch zu veröffentlichen...«

»Colonel, ich habe Ihnen versprochen, daß ich schweigen werde, bis Sie Ihre Entscheidung bekanntgeben.«

»Das könnte schon sehr bald der Fall sein. Vielleicht schon in dieser Woche. Die Entwicklung geht so schnell...«

»Und ich habe Ihre Geduld lange genug in Anspruch genommen«, sagte Jephtha und stand auf.

Lee begleitete ihn zur Haustür. Als er ihm zum Abschied die Hand reichte, sagte er: »Ich möchte Ihnen noch einmal sagen, daß mir Ihr Mut imponiert hat, Mister Kent. Waren Sie eigentlich Soldat?«

»Nein, Sir.«

Jephtha band sein Pferd los und schwang sich in den Sattel.

»Schade. Sie wären ein sehr guter Offizier geworden«, rief ihm Lee hinterher.

6

Jephtha war niedergeschlagen.

Die beiden Männer, die er heute interviewt hatte, der Präsident und der Mann, den General Scott für den besten Soldaten Amerikas hielt, schienen das ganze Ausmaß der Tragödie zu personifizieren, die wie ein Unwetter über die Nation hereinbrach. Weder Lincoln noch Lee waren Hitzköpfe. Sie waren beide ihren Prinzipien und ihren Überzeugungen treu – Titanengestalten, die wegen ihrer Bedeutung auf der nationalen Szene fast übermenschlich wirkten. Und doch waren beide so überaus menschlich. Er hatte an diesem Tag selbst erlebt, wie sehr sie unter den Ereignissen litten. Es schien eine nahezu teuflische Ironie zu sein, daß Männer dieses Formats nicht in der Lage waren, sich der Flut entgegenzustemmen, die Katastrophe zu verhindern, daß sie beide dazu verurteilt waren, den Zorn der Elemente über sich ergehen zu lassen.

Ihm fielen andere tapfere, tragische Gestalten des Dramas ein: Douglas, der sich verzweifelt bemüht hatte, die Parteien zu versöhnen, und der dann wieder in die Südstaaten zurückgekehrt war. Immer wieder hatte er an die Vernunft appelliert, unter Einsatz seines Lebens und seiner Chance auf die Präsidentschaft. Sein Leben hatte er nicht opfern müssen, wohl aber seine politische Zukunft.

Er dachte an den blassen Jefferson Davis, den Präsidenten der Konföderation. Wie Lincoln stammte er aus Kentucky – eine weitere Ironie. Jahr um Jahr hatte er um die Erhaltung der Union gekämpft, zur Versöhnung gemahnt und immer wieder das Hauptanliegen der verständigungsbereiten Südstaatler wiederholt: »Alles, was wir verlangen, ist, in Ruhe gelassen zu werden.«

Aber das war den Hitzköpfen beider Seiten nicht genug gewesen. Jefferson Davis mußte als Senator zurücktreten. Aber als die Delegierten in Montgomery die Regierung der Konföderation bildeten, wurde der moderate Jefferson Davis Präsident.

Lincoln und Lee, Douglas und Davis – gute Männer, Giganten der nationalen Politik, aber ohne wirkliche Macht und unfähig, den drohenden Krieg abzuwenden.

Der Präsident hatte die Situation richtig formuliert, wie Jephtha erkannte. Es ging um den Bestand der Demokratie. Die Sklavenfrage war der Anlaß der Konfrontation. Aber es war die Union selbst – ihr Fall oder ihr Bestand –, um die in letzter Konsequenz gerungen wurde.

Während des Rittes zur Long Bridge sah er immer wieder die Augen Robert Lees vor sich. Der Ausdruck von Kraft und Trauer im Blick dieses Soldaten schien ein getreues Spiegelbild Amerikas zu sein. In dieser Situation hatten Männer mit Charakter und Gewissen nicht mehr die Möglichkeit, einen eigenen Weg aus dem Dilemma zu finden oder sich vor der drohenden Katastrophe zu verstecken. Sie mußten tun, was getan werden mußte.

7

Jephtha fühlte, daß seine Handflächen feucht wurden, als er sich der Long Bridge näherte. Er blickte zu den Kirschbäumen auf der Uferwiese hinüber.

Er sah einen Mann unter einem der Bäume hocken, der offensichtlich den Verkehr beobachten sollte. Aber es war nicht Dorn.

Er blickte Jephtha nur flüchtig an, als dieser auf die Brücke zuritt, und wandte seine Aufmerksamkeit dann einem Bauernwagen zu, der von der anderen Seite kam. Der Eigentümer des Wagen hatte seinen Namen – Whitefield – auf die Plane gemalt, und Jephtha sah, wie der Mann einen kleinen Block aus der Tasche zog und den Namen notierte.

Als er die Brücke passiert hatte, besserte sich seine Stimmung. Er hatte eine kleine Sensation in der Tasche und freute sich darauf, Theo Payne telegraphisch davon zu informieren. Und auch mit Molly würde er darüber sprechen, wenn er abends in die Pension zurückkehrte.

Er übergab das Pferd dem Jungen im Mietstall und ging zum Gebäude des *Evening Star*. Neben dem Eingang blieb er einen Moment vor der Tafel stehen, auf der die letzten Nachrichten mit Kreide geschrieben standen: »Gouverneure von 16 Staaten haben nach der Proklamation des Präsidenten Truppen zugesagt.«

Das würde die militärische Situation Washingtons zumindest etwas verbessern. Er hoffte nur, daß die zugesagten Truppen eintrafen, bevor die Hitzköpfe auf der anderen Seite des Potomac sich zu einem Angriff auf Washington entschlossen.

Er trat in den riesigen, lärmerfüllten Redaktionsraum.

»Tag, Mister Kent.«

Er wandte den Kopf und wäre fast mit Jim, dem Negerjungen, der die Redaktionsräume sauberhielt, zusammengestoßen. Jim war nicht sehr aufgeweckt, aber seine Gutmütigkeit und sein sonniges Gemüt glichen das aus. Grinsend fegte er weggeworfenes Papier zusammen.

»Wie geht's, Jim?«

»Gut, danke.«

»Komm meinem Schreibtisch nur nicht zu nahe.«

Der Junge war den Reportern ein Dorn im Auge. Seine Eltern hatten ihn zu einer fast manischen Sauberkeit erzogen, und er fegte sehr oft auch Manuskripte auf, die von den chronisch überhäuften Schreibtischen der Reporter zu Boden fielen. Sie verfluchten seinen Sauberkeitsfimmel, und Mr. Wallach, der Chefredakteur des *Evening Star*, hielt ihm mindestens zweimal wöchentlich einen Vortrag über die natürlichen Grenzen der Reinlichkeit. Aber es nützte nichts. Die geistige Beschaffenheit des Jungen und sein Eifer, die ihm aufgetragene Arbeit so gut wie nur möglich zu erledigen, machten alles Zureden sinnlos, und immer wieder verschwanden Manuskripte.

Als Jephtha den Schreibtisch erreichte, den man ihm auf Grund einer Absprache zwischen der *Union* und dem *Evening Star* eingeräumt hatte, überzeugte er sich gewohnheitsmäßig, daß nichts von Bedeutung fehlte. In der Mitte der Tischplatte lag wieder einmal ein Telegramm von Theo Payne, das ihn aufforderte, endlich einen brauchbaren Bericht zu senden.

Jephtha setzte sich, steckte sich eine Zigarre an und entwarf genußvoll seine Antwort: »Habe exklusives Interview mit Colonel R. E. Lee in der Tasche. Veröffentlichung erst möglich, wenn Lee über seine Zukunft entschieden hat. Wiederhole: Kann keinen Bericht schicken, bevor Lee Erklärung abgibt.«

Den letzten Satz hatte er hinzugefügt, um einer eventuellen Aufforderung Paynes vorzubeugen, ihm seinen Bericht sofort zuzusenden. Theo Payne war zunächst Zeitungsmann und erst in zweiter Linie vertrauenswürdig. Wenn Payne den Text des Interviews in die Hände bekam, würde er ihn ohne Rücksicht auf Jephtha drucken. Schließlich hatte er dem Colonel kein Ehrenwort gegeben.

Er unterschrieb das Telegramm und legte den Bogen zur Seite. Während der nächsten Stunde formulierte er aus Notizen und aus dem Gedächtnis einen Artikel. Das fertige Manuskript schloß er in eine Schreibtischschublade. Als er aufstand, erinnerte er sich an die Information, die ihm der Zeichner von *Harper's Weekly* gegeben hatte, über eine mögliche Demonstration in der *Canterbury Variety Hall*.

Er beschloß hinzugehen. Zumindest würde er dort Material für einen Kommentar bekommen, der die Spaltung innerhalb der Bevölkerung Washingtons illustrierte. Damit konnte er Payne vielleicht hinhalten.

Beim Hinausgehen nahm Jephtha ein noch druckfeuchtes Exemplar der Zeitung von einem der Tische und schlug die Theaterprogramme auf. Er fand das Inserat sofort: »... völlig neues Programm ab morgen abend ...«

Jephthas Hand begann zu zittern.

»Sonderattraktion! Dramatische Vorträge von Poesie und Prosa durch den bekannten Tragöden Mr. Edward Lamont.«

Jephtha ließ die Zeitung fallen und drängte sich durch die Menschenmenge, die sich vor der Tafel mit den letzten Meldungen versammelt hatte. Die Vergangenheit war wieder lebendig geworden ...

In seinem Kopf schwirrten Fragen. Hatte Lamont seine Frau und seine Stiefsöhne mit nach Washington gebracht? Und wenn ja, würde Jephtha den Mut finden, ihnen gegenüberzutreten, Fan wiederzusehen? Er bebte am ganzen Körper.

Sein Haß auf diese Frau war überwältigend.

3. Kapitel
Mollys Hoffnung

1

Die letzten Brotlaibe wurden aus dem Ofen gezogen, und Mrs. Molly Emerson legte sie zum Abkühlen auf den Küchentisch. Dann schob sie die Reste der Glut zusammen und löschte die Gaslichter. Es war wieder ein Uhr nachts geworden, bis sie die Brote gebacken hatte, die sie den Gästen ihrer Pension zum Frühstück servieren wollte.

Als sie die Küche verließ, fiel ihr Blick auf ein Stück Bindfaden vor der Schwelle. Der Junge von der Fleischerei hatte es wahrscheinlich achtlos fallen gelassen, als er das Fleisch ablieferte.

Molly hob den Bindfaden auf, löste die Knoten und wickelte ihn um drei Finger ihrer linken Hand. Dann legte sie ihn in eine Schublade, die bereits mit anderen, sauber aufgerollten Bindfadenenden gefüllt war.

Molly war unter sehr dürftigen Verhältnissen aufgewachsen. Ihre Mutter war bei ihrer Geburt gestorben. Ihr Vater war in allem, was er anfaßte, ungeschickt und glücklos gewesen, und als er starb, hinterließ er ihr nichts als zwei Glaubenssätze: daß das Leben von Mensch und Tier heilig und die größte aller menschlichen Sünden die Verschwendung sei, daß mithin jedes Ding, selbst ein Rest Bindfaden, aufgehoben und wiederverwendet werden müsse.

Sie schloß die Bindfaden-Schublade und verließ die Küche, erschöpft, aber hellwach. Und sie wußte, daß ihre Erschöpfung nicht auf ihre Arbeit zurückzuführen war, sondern auf ihre Sorge um Jephtha.

Er war den ganzen Abend über seltsam bedrückt gewesen. Er litt oft unter Depressionen. Sie war lange genug mit ihm zusammen, um ihn soweit zu kennen. Aber heute verschwieg er ihr etwas, das fühlte sie.

Molly drehte das Gaslicht in der Halle herunter und vergewisserte sich, daß die vordere Haustür abgeschlossen war. Nach Einbruch der Dunkelheit trieben sich Horden von Dieben in Washington herum, Weiße und freie Schwarze. Alle ihre Gäste besaßen eigene Hausschlüssel, und Molly hatte eine Pistole in der Schublade des kleinen Schranks, der neben ihrem Bett stand.

Als sie die Treppe hinaufstieg, überlegte sie, was Jephtha bedrücken mochte und wie sie ihn dazu bringen konnte, sich ihr anzuvertrauen. Seit er gegen neun Uhr nach Hause gekommen war, hatte er kaum ein Wort mit ihr gesprochen.

Einen Augenblick wünschte sie, daß er schon schliefe. Vielleicht war seine trübe Stimmung morgen früh vorüber.

Aber sie erkannte sofort, daß dieser Wunsch feige war. Sie durfte dem Problem nicht ausweichen. Und es war ein Problem, das spürte sie, etwas, das ihn wirklich bedrückte.

Jephtha Kent war ein schwieriger Mensch, mal idealistisch und fröhlich, dann wieder schuldgeplagt und übellaunig. Trotzdem aber war er Molly ein willkommener Gefährte. Er war ein anständiger Mensch und wärmte ihr Bett, wenn die Herbstwinde kühl über den Potomac wehten – ein einfaches, selbstverständliches Vergnügen, aber eins, das sie sehr lange vermissen mußte ...

Hin und wieder schämte sie sich ihrer Gefühle für Jephtha. Mit achtunddreißig Jahren sollte eine Frau über solche Kindereien hinweg sein. Aber Jephtha war es gelungen, sie wieder romantisch wie ein junges Mädchen zu machen.

Ihr Mann, zehn Jahre älter als sie und seit vier Jahren tot, war ein sehr korrekter und humorloser Mann gewesen, ein ausgezeichneter Anwalt, aber ein lausiger Liebhaber. Sie fand es eigenartig, daß Jephtha, ein ehemaliger Reverend, einen solchen sexuellen Appetit entwickelte.

Die bescheidenen Ansprüche ihres Mannes hatten sich nach seinem Tod als Segen erwiesen. In seiner pedantischen Art hatte er jedes Jahr einen bestimmten Betrag gespart, und mit diesem Geld konnte Molly das zweistöckige Haus an der Kreuzung von G-Street und Pennsylvania Avenue schuldenfrei machen und durch Aufteilung der Räume zu einer Pension umbauen. Sie war eine von vielen, die den unteren und mittleren Angestellten der Regierung billige und saubere Unterkunft boten.

Die fünfzehnhundert Männer, die die Regierungsmaschinerie in Gang hielten, waren inzwischen ebenfalls von Hysterie und Panik ergriffen. Beim Dinner hatte Mr. Swampscott, ein Sekretär des Schatzamtes, erklärt, daß noch vor Ende der Woche eine Horde von halbwilden, mordenden Männern aus Virginia über die Hauptstadt herfallen würde.

War es das, was Jephtha so bedrückte? fragte sie sich, als sie den oberen Treppenabsatz erreichte. Wahrscheinlich nicht. Er hatte ihr alles über sein bisheriges Leben erzählt, und sie wußte, daß er kein Feigling war.

Leise trat sie auf die Tür ihrer kleinen Privatwohnung zu, die aus einem Wohnzimmer und ihrem Schlafzimmer bestand. Seit Jephtha bei ihr wohnte, auch nachdem sich ihre Bekanntschaft zu einem intimeren Verhältnis entwickelt hatte, bestand er darauf, sein eigenes Zimmer zu behalten und zu bezahlen, wie alle anderen Gäste. Er arbeitete in seinem Zimmer, schlief aber bei ihr. Alle anderen Gäste wußten das natürlich, und manche, wie Mr. Swampscott, nahmen Anstoß daran. Aber das störte Molly nicht.

Vor der Tür hielt sie zögernd inne. Sie war eine etwas füllige Frau, aber nicht dick. Die harte Arbeit hielt sie in jeder Beziehung fit. Ihr Gesicht war von einer etwas herben Schönheit, ihre Augen waren ungewöhnlich groß und von warmem Braun, und in ihrem dunkelbraunen Haar zeigten sich die ersten grauen Strähnen. Ihre üppigen Brüste waren ihr immer ein bißchen peinlich gewesen. Sie waren einfach zu groß für eine Frau ihrer Statur.

Aber Jephtha mochte sie so, wie sie war, und das war schließlich das Wichtigste.

Sie atmete einmal tief durch, dann drückte sie die Tür auf und trat ins Wohnzimmer. Sie schloß lautlos die Tür, um ihn nicht zu wecken. Aber er schlief nicht. Sie sah Licht unter der Schlafzimmertür und roch den Rauch einer Zigarre.

Sie stieß die Schlafzimmertür vorsichtig auf und trat ein. Das Zimmer war fast völlig dunkel. Jephtha hatte den Docht der Lampe so weit heruntergedreht, daß sie kaum noch Helligkeit verbreitete.

»Du bist noch wach?« fragte sie.

Er antwortete nicht.

Sie ging um das Bett herum, warf ihren Morgenrock ab, streifte die Pantoffeln von den Füßen, strich ihr Nachthemd glatt und legte sich neben ihn.

Das glühende Ende der Zigarre glomm auf.

Sie drehte sich auf die Seite. Ihre vollen Brüste berührten seinen rechten Arm.

»Jephtha, sag mir doch, was du hast. Sonst finden wir beide keinen Schlaf.«

2

Eine ganze Weile war Stille.

»Was soll ich dir denn sagen?« fragte er schließlich.

»Jephtha, ich kenne dich gut genug, um zu wissen, daß irgend etwas passiert ist...«

Keine Antwort.

Sie setzte sich und schlang die Arme um ihre Knie. »Ich würde bis Weihnachten wachbleiben, um dir zu helfen, diese böse Stimmung loszuwerden.«

Schweigen.

Entschlossen stand sie auf, ging zur Gaslampe und steckte sie an. Das Gas zischte, und die bläuliche Flamme in der kobaltfarbenen Schale verbreitete ein blasses Licht.

Jephtha hatte sich aufgesetzt und griff nach einer neuen Zigarre. Molly sah, daß seine Hand zitterte. Er sah sie nicht an. Seine Stirn war von tiefen Falten zerfurcht.

Jephtha steckte sich die Zigarre an und starrte an Molly vorbei ins Leere. Sie sah Schweißtropfen auf seiner Stirn, auf seinen nackten Schultern.

Mein Gott, dachte sie, er hat Angst – panische Angst!

»Jephtha, was ist um Gottes willen passiert? Ist es die Stimmung in der Stadt, die dich beunruhigt? Ich weiß, daß manche Leute an einen Angriff aus Virginia glauben...«

»Nein, es hat nichts mit dem Krieg zu tun.« Er paffte an der Zigarre. »Jedenfalls nicht direkt.«

»Was soll das heißen?«

»Es geht um meine Söhne.«

»Glaubst du, daß sie auf der anderen Seite kämpfen werden?«

»Ich weiß nicht, ich muß es herausfinden...«

Ihr Instinkt riet ihr, nicht weiter zu fragen.

»Molly, ich habe dir von dem Tip über die Demonstration erzählt...«

»Die Sache, die morgen abend im *Canterbury* steigen soll?«

Jephtha nickte. Sein schwares Haar glänzte im Licht der Gaslampe. »In der Zeitung habe ich eine Anzeige des Theaters gesehen. Mit den Namen der Schauspieler. Einer davon ist Edward Lamont.«

»Lamont! Soll das heißen, der Mann deiner Frau ist hier?«

»Hör endlich auf, sie meine Frau zu nennen!« sagte er scharf. Er sprang aus dem Bett und trat ans Fenster.

»Entschuldige...«

Jephtha wandte sich um.

»Wenn Lamont in Washington ist, wird sicher auch Fan hier sein.« Er paffte erregt an seiner Zigarre.

»Das also ist es...«

Er nickte. »Die Vorstellung, daß sie vielleicht in Washington ist, erregt mich...«

Sie stand auf, trat zu ihm und legte ihren Arm um seine Schultern. Sie spürte, daß er zitterte.

»Warum soll dich das erregen?« fragte sie leise.

Er nahm heftig die Zigarre aus seinem Mund.

»Zuerst hielt ich alles für einen blinden Zufall. Warum sollte Lamont nicht in Washington auftreten? Aber dann überlegte ich mir, daß er es doch nicht nötig hat, in so einem billigen Varieté aufzutreten. Schön, er ist kein Joe Jefferson – und auch kein Edwin Booth. Aber trotzdem hat er es nicht nötig, in so einem Schuppen aufzutreten. Und auch noch Gedichte zu rezitieren!« Er schüttelte den Kopf. »Den ganzen Abend habe ich nach einer Erklärung gesucht...«

Er setzte sich auf die Bettkante. Molly setzte sich neben ihn und legte ihre Hand auf seinen nackten Oberschenkel.

»Und hast du eine Erklärung gefunden?«

»Vielleicht... Washington ist voller Sympathisanten der Konföderation, und Lamont ist mit Sicherheit einer davon. Vielleicht wollte er zu diesem bestimmten Termin im *Canterbury* auftreten.« Wieder das erregte Paffen an der Zigarre. »Vielleicht ist er in irgendeiner Weise an der geplanten Demonstration beteiligt.«

»Aber du weißt doch nicht einmal, ob diese Demonstration für oder gegen die Union sein wird.«

»Nein.«

»Du bist eigentlich nicht einmal sicher, ob überhaupt eine Demonstration stattfinden wird.«

»Stimmt. Man darf sich von Gerüchten wirklich nicht beeinflussen lassen. Ich bin noch einmal in *Willard's Bar* gewesen. Die Leute wollen alle möglichen Pläne kennen, mit denen die Südstaaten Washington erledigen wollen: Zerstörung der Eisenbahnlinie von Baltimore durch Sympathisanten der Konföderation in der lokalen Miliz – Unterbrechen der Telegraphenleitung nach Norden. Einer sprach sogar davon, daß das Capitol in die Luft gesprengt werden sollte. Aber das alles widerlegt nicht meinen Verdacht, daß Lamont hier ist, um Unruhe zu stiften.«

Sie fühlte, daß sie ihr Ziel fast erreicht hatte, und fragte leise: »Du wirst also morgen abend ins *Canterbury* gehen, um dich davon zu überzeugen?«

Er nickte. »Aber das interessiert mich jetzt erst in zweiter Linie. Ich muß wissen, ob er Fan und die Jungen mitgebracht hat. Ich muß mit ihr sprechen, Molly. Ich muß wissen, wie es den Jungen geht. Aber ich habe Angst davor...«

Sie kannte die Antwort auf ihre nächste Frage, stellte sie aber trotzdem. »Warum, Jephtha?«

»Weil ich sie hasse, Molly«, sagte er tonlos, »weil ich sie so hasse, wie ich noch nie einen Menschen gehaßt habe. Es ist mir egal, was sie von den Negern oder von Mister Lincoln hält. Es interessiert mich nicht die Bohne. Sie soll glauben, was sie will, und ihr Leben so führen, wie sie es für richtig hält. Aber sie hat kein Recht, mir ein Wiedersehen mit meinen Söhnen zu verweigern. Das hat sie die ganzen Jahre über getan. Dafür hasse ich sie, und deshalb habe ich Angst, daß ich ihr etwas antun werde, wenn ich ihr gegenüberstehe.«

»Und du mußt sie sehen, Jephtha?«

»Mein Gott, Molly, es geht um meine Söhne! Ich habe sie seit zehn Jahren nicht gesehen!«

»Ich verstehe.«

»Mir ist es egal, wenn sie kein Wort mit mir sprechen. Mir ist es egal, wenn sie mich verachten. Ich will nur wissen, ob es ihnen gutgeht!«

Er ließ sich auf die Bettkante fallen und drückte die Hände vor die Augen. Molly legte ihm den Arm um die Schultern und spürte, daß ihn ein Schluchzen schüttelte.

»Ich muß sie sehen. Fan ist die einzige, die mir sagen kann ... Und deshalb habe ich Angst. Ich habe Angst, daß sie mir nicht sagen wird, wo die Jungen sind, und daß ich sie dann ...«

»Was, Jephtha?«

»Daß ich sie schlagen werde ... Gott weiß, was ich ihr antun werde.« Er schlug mit der Faust auf sein Knie. »Mein Gott, wie ich dieses Weib hasse.«

Sie strich ihm über das Gesicht.

»Ich werde dich heute allein lassen, Jephtha«, sagte sie und stand auf. »Vielleicht kannst du dann etwas schlafen. Ich gehe in dein Zimmer.«

Er blickte verwundert auf.

»Du solltest versuchen, dir die Vergangenheit in die Erinnerung zurückzurufen.«

»Was?«

»Vielleicht findest du dort etwas, was dir die Kraft gibt, ihr gegenüberzutreten. Ich kann deinen Haß verstehen, Jephtha, aber wenn du ihm nachgibst, machst du alles nur schlimmer. Ich komme gleich noch einmal zurück ...« Sie zwang sich zu einem Lächeln. »Zieh dir ein Nachthemd an, du wirst dich erkälten.«

3

Als sie wenige Minuten später zurückkehrte, hatte Jephtha das lange Flanellhemd übergezogen. Schweigend legte sie ein Buch auf sein Kopfkissen.

»Woher hast du das?« fragte er.

»Aus deinem Zimmer natürlich. Ich weiß, daß du die Bibel so gut wie nie aufgeschlagen hast, aber jetzt brauchst du sie.

Wenn eine Frau ein Jahr lang mit einem Mann das Bett teilt, lernt sie ihn recht gut kennen.« Sie lächelte. »Ich weiß, daß du im Grunde genommen ein gütiger Mensch bist, Jephtha. Und auch Fan hat sicher ihre guten Seiten... Nein, widersprich mir nicht. Wenn dem nicht so wäre, hättest du sie schließlich nicht geheiratet.«

»Ich habe mich eben geirrt. Sie ist eine hinterhältige...«

»Du darfst nicht so von ihr denken«, unterbrach Molly ruhig. »Und die Bibel wird dir dabei helfen.«

Er starrte auf das Buch. »Ich glaube nicht mehr an die Bibel.«

»Doch, das tust du, auch wenn du dich jetzt dagegen sträubst.«

»Wenn es wirklich so sein sollte, dann kennst du mich besser als ich mich selbst.«

»Das glaube ich auch.« Sie blickte ihn ernst an. »Ich bin kein sehr religiöser Mensch, Jephtha, aber ich erinnere mich, daß Christus oft von der Gnade der Vergebung gesprochen hat.«

»Ja, das hat er«, sagte Jephtha fast unhörbar.

»Dann lies diese Worte noch einmal, Jephtha. Vielleicht helfen sie dir, das Gute zu finden und das Böse zu vergessen. Suche nach dem Guten in dir selbst... und in Fan. Und bete, wenn es dir möglich ist. Nur dann kann es dir gelingen, ihr gegenüberzutreten, ohne sie... Du verstehst schon, was ich sagen will.«

Sie beugte sich über ihn und küßte ihn auf die Stirn.

Jephthas Mund verzog sich zu einem Lächeln. »Du hast eine seltsame Art, alles mögliche aufzusammeln, Bindfäden, Papier – und Menschen...«

»Jephtha, hör auf, dich selbst zu bemitleiden.«

Er seufzte. »Du hast recht, Molly.« Er starrte vor sich hin. »Aber ich habe im Grunde genommen nichts geleistet, seit ich kein Reverend mehr bin. Und das ist kein Selbstmitleid, sondern eine harte Tatsache.«

»Lächerlich. Journalismus, die Information der Menschen, ist eine überaus wichtige Aufgabe. Du hast mir immer erzählt, daß die Kents in ihrem Verlag mehr sahen als eine Möglichkeit, Geld zu verdienen. Sie sahen darin ihren Beitrag zum Wohl der Nation.«

»Das ist richtig.« Aber es klang nicht überzeugt.

Weil ich mich so völlig von Gott abgewandt habe, dachte er. Falsch! Weil er sich so völlig von mir abgewandt hat.

Er stand auf. »Ich danke dir, Molly. Du bist eine wirkliche Christin.«

Sie verzog das Gesicht. »Unsere Gemeindeglieder würden diese Meinung bestimmt nicht teilen.«

»Wer jeden Sonntag in die Kirche rennt, braucht noch längst kein guter Christ zu sein. Du weißt, daß meine Mutter Shoshone-Indianerin war. Ihr Verständnis der Bibel war naiv und rudimentär. Aber wenn sich ein Mensch das ganze Leben lang bemühte, ein Christ zu sein, wie ein Christ zu handeln, so war sie es. Und ob du es abstreitest oder nicht, du bist so wie sie. Das ist einer der Gründe, weshalb ... ich dich liebe.«

»Das ist« – sie fuhr mit der Hand über ihre Augen – »das ist sehr großzügig von dir gegenüber einer alternden Witwe, die nie einem Mann ein Kind geschenkt hat und ...«

»Bitte, sei nicht so ironisch.«

»Ich bin nicht ironisch.«

Er fuhr ihr über das Haar.

»Du hast es mir noch nie gesagt«, flüsterte sie.

»Ja, du hast recht.«

»Sag es noch einmal.«

»Ich liebe dich.«

Sie küßte ihn, schämte sich ihrer Tränen und versuchte, sie vor ihm zu verbergen. Sie stand auf.

»Ich gehe jetzt. Lies in der Bibel, Jephtha. Du mußt der Mutter deiner Söhne gegenübertreten können, ohne ihr weh zu tun ... auch wenn sie dir sehr viel Leid zugefügt hat, Jephtha.«

Er nickte. »Gut. Ich werde es versuchen.«

Sie küßte ihn noch einmal auf die Stirn und verließ das Zimmer.

Sie konnte nicht schlafen. Das schmale Ledersofa war unbequem, und Jephthas Zimmer roch nach kaltem Zigarrenrauch. Dreimal schlich sie lautlos die Treppe hinauf und öffnete die Wohnzimmertür. Jedesmal sah sie einen Lichtstreifen unter der Schlafzimmertür. Schließlich gelang es ihr, einzuschlafen.

Sie war noch müde und erschöpft, als sie um sechs Uhr aufwachte. Sie ging in die Küche und half Bertha, der freien Negerin, bei der Vorbereitung des Frühstücks. Um sieben Uhr begannen die beiden Frauen, das Frühstück zu servieren.

Jephtha erschien gegen halb acht, angezogen und frisch rasiert.

»Ich frühstücke heute nicht«, sagte er. »Ich muß sofort gehen.«

»Wirst du sie aufsuchen?« fragte Molly und legte die Hand auf seinen Arm.

Er nickte. »Danke für die Bibel. Ich konnte nach langen Jahren wieder so darin lesen, wie ich es früher getan habe.«

»Wann bist du zurück?«

»Ich weiß nicht«, sagte er ausweichend. »Denke daran, daß ich heute abend ins *Canterbury* gehen will. Es kann spät werden.« Er küßte sie flüchtig auf die Wange und ging.

4

Gegen halb zehn, als das Frühstück vorbei war und Bertha die unteren Räume saubermachte, ging Molly in ihre Wohnung. Es roch nach Jephthas Zigarren. Die Bibel lag aufgeschlagen auf dem kleinen Nachtschrank neben dem Bett. Sie hob sie auf, um zu sehen, welche Stelle Jephtha zuletzt gelesen hatte. Das Matthäus-Evangelium, Kapitel fünf.

Unter einer Zeile sah sie eine Einkerbung, wie von einem Daumennagel: »Gesegnet seien die Vergebenden, denn sie sollen Gnade finden.«

Mit einem erleichterten Seufzer legte sie das Buch wieder auf seinen Platz. Dabei fiel ihr Blick auf die oberste Schublade des kleinen Möbels, und sie sah, daß sie nicht ganz geschlossen war.

Ihr Magen krampfte sich zusammen. Lange, bevor sie Jephtha kennenlernte, hatte sie sich eine Pistole gekauft, eine sogenannte Pepperbox, und sie griffbereit in dieser Schublade aufbewahrt.

Wie Jephtha wußte...

Sie zögerte eine ganze Weile, bevor sie es wagte, die Schublade aufzuziehen.

»Mein Gott!« flüsterte sie. Die Pistole war nicht mehr da.

4. Kapitel
Fans Angst

1

Fan Lamont erwachte vom Schlagen der Uhr im Wohnzimmer ihrer Hotelsuite. Sie zählte die Schläge.

Zehn.

Sie war allein im Bett, stellte sie fest. Edward war bereits aufgestanden.

Sie gähnte. Hoffentlich war Jeremiah auch schon wach und beschäftigte sich in dem kleineren Schlafzimmer der Suite, die ihr Mann in einem Anfall von Extravaganz gemietet hatte, mit seinen Schulaufgaben.

Sie starrte an die Decke und lauschte auf die Geräusche des *National Hotels*: leise Stimmen, Schritte auf der Treppe, von der Avenue das Rollen von Rädern auf dem Pflaster, das leise Wiehern eines Pferdes...

Plötzlich fiel ihr wieder ein, daß heute Dienstag war, der Dienstag nach dem Fall von Fort Sumter. Sie atmete etwas rascher, als sie sich erinnerte, daß heute ein besonderer Tag war.

Die wenigen Angaben, die Edward ihr über seinen Plan gemacht hatte, erregten sie und machten ihr Angst...

Washington war immerhin die Hauptstadt der Yankee-Regierung, wenn auch nicht mehr für lange, hatten Edward und sein Freund, Josiah Cheever, gesagt. Und sie würden einiges tun, um den Fall Washingtons zu beschleunigen.

Edward hatte ein günstiges Tournee-Angebot durch Louisiana, Mississippi und Alabama ausgeschlagen, um jetzt in Washington sein zu können.

Sie wünschte, Gideon wäre hier. Er war alt genug, um heute abend ins Theater gehen zu können. Aber er war am Sonntag mit einem Mietpferd nach Richmond geritten und wollte sich freiwillig zur Armee melden, falls Virginia für die Konföderation optierte.

Sie dachte an ihren zweitältesten Sohn Matthew. Er würde erst nach Wochen oder Monaten erfahren, was sein Stiefvater an diesem Abend für die Sache der Konföderation tun wollte. Vor zwei Jahren hatten Fan und Edward alle Versuche, den Jungen länger zu unterrichten, aufgegeben. Auf seine ruhige, bestimmte Art hatte er ihnen klargemacht, daß ihm körperliche Arbeit mehr zusagte als seine Studien. Widerstrebend hatten sie ihm die Erlaubnis gegeben, auf einem der kleinen Küstendampfer anzuheuern, die von Charleston aus Baumwolle in den Norden brachten.

Aber Gideon würde bald wieder zurück sein, wußte Fan. Und er würde die patriotische Tat seines Stiefvaters zu würdigen wissen. Von ihren drei Söhnen glaubte er als einziger wirklich an das, was sie den Jungen über ihren Vater erzählt hatte: daß Jephthas Fanatismus schuld am Auseinanderbrechen der Familie gewesen sei.

Sie verschränkte die Hände hinter dem Kopf, während sie weiter über ihre Söhne nachdachte. Jeder der drei hatte von Jephtha einen unbeugsamen Drang zur Unabhängigkeit geerbt. Das Fletcher-Blut hatte er es genannt, ein Erbe seiner Großmutter, einer Frau von rebellischem und unbezähmbarem Temperament.

Bei Gideon äußerte sich diese Anlage in unvermittelten heftigen Ausbrüchen und wütenden Flüchen, wann immer Edward davon sprach, daß der Süden seit fast vier Jahrzehnten von den Nordstaaten manipuliert, verhöhnt und ausgebeutet worden sei.

Bei Matthew war es seine störrische Weigerung zu lernen. Er war schon als Kind in sich gekehrt und verschlossen gewesen, und später hatte ihn eigentlich nur noch eines wirklich interessiert: das Zeichnen.

Er zeichnete alles, was irgendwie sein Interesse erregte, von der Gaslampe an der Hauswand bis zu einer Ballettänzerin, die hinter der Bühne ihre Schuhe zuschnürte. Fan hatte keine Ahnung, wann er sein Interesse für das Zeichnen entdeckt hatte. Sie konnte sich nur daran erinnern, daß er mit elf Jahren schon recht hübsche Bilder anfertigte. Inzwischen hatte er große Fortschritte gemacht. Seinem letzten Brief hatte er zwei Skizzen beigelegt, die sehr ordentlich waren. Und er war noch nicht einmal siebzehn Jahre alt.

Eine der Skizzen zeigte Neger, die Baumwollballen von der Pier auf ein Schiff trugen. Die kleinere war ein Porträt seines Kapitäns, eines älteren, ernst blickenden Mannes mit Vollbart und klaren, forschenden Augen. Am unteren Rand des Porträts standen die Worte: »Captain McGill, 1861.«

Gott sei Dank konnte sie sich wenigstens allein darum kümmern, diese Veranlagung ihrer Söhne so gut es ging auszugleichen. Wenn auch ihre Anstrengungen vielleicht nicht perfekt waren, so waren die Jungen zumindest nicht auch noch Jephthas schädlichem Einfluß ausgesetzt. Sie konnte froh sein, daß sie jetzt einen Mann hatte, dessen politische Überzeugungen den Jungen ein Beispiel sein konnten. Sie standen alle drei fest auf der Seite der Südstaaten, die viel zu lange von der Gnade der verdammten Yankees abhängig gewesen waren, diesen Männern, die die Nigger befreien und den Weißen gleichstellen wollten.

Wenn das geschehen sollte, hatte Edward erklärt, würden die Nigger ihrem lange unterdrückten Haß auf ihre früheren Herren freien Lauf lassen, sie ermorden, ihre Frauen vergewaltigen, ihre Plantagen plündern und verbrennen, das ganze Land verwüsten und zerstören.

Edward war bereit, alles zu tun, damit das nie geschah. Und das galt auch für seine unmittelbare Umgebung. Er war wütend geworden, als Fan ihm vor der Heirat von dem Vater der Jungen berichtet hatte, von seinen Versuchen, sie für seinen Standpunkt zu gewinnen.

Schluß damit, hatte er verkündet. Er würde dafür sorgen, daß anständige Südstaatler aus ihnen würden. Und das hatte er auch getan.

Alles in allem war es eine gute Ehe geworden, überlegte sie, auch wenn sie an Fan große Anforderungen gestellt hatte. Die Welt, in der Schauspieler und Schauspielerinnen lebten, war Fan anfangs völlig fremd gewesen. Und es hatte lange gedauert, bis sie sich daran gewöhnt hatte, ständig unterwegs zu sein, in ratternden, rußigen Zügen zu fahren und in billigen Hotelzimmern zu schlafen.

Aber sie hatte sich daran gewöhnt und war zufrieden. Edward war freundlich zu den Jungen. Und wenn sie ihn auch nicht liebten, so respektierten sie ihn zumindest. Und Gideon bewunderte ihn sogar.

Wie die meisten seiner Kollegen war Edward recht eitel und auf Wirkung bedacht. Er liebte den großen Auftritt und bestand darauf, daß sie zu keiner Party pünktlich erschienen, sondern immer mit wenigstens einer halben Stunde Verspätung.

Aber diese Marotte und seine ständig wechselnden Stimmungen hatte sie zu ertragen gelernt. Und auch sein Verlangen nach körperlicher Liebe.

Sie richtete sich auf, als sie aus dem kleinen Ankleidezimmer ein leises Geräusch hörte. Edward summte leise vor sich hin, und sie hörte das leise Klappern des Rasierpinsels in der Zinnschale.

Sie lächelte, reckte sich und gähnte genüßlich.

Ihr blondes Haar fiel lose auf ihre Schultern. Sie hatte graugrüne Augen, die etwas schräg standen, und volle Lippen. Ihrem schlanken Körper sah man ihre fünfunddreißig Jahre nicht an. Das ständige Reiten auf den Vollblutpferden ihres Vaters hatte ihren Körper trainiert.

Sie hörte ein leises Klirren, als Edward das Rasiermesser auf die Marmorplatte des Waschtisches legte, das Plätschern des Wassers.

Und dann öffnete sich die Tür, und er trat ein. Er trug einen Morgenmantel aus grünem Samt, und Fan sah, daß er seine ergrauenden Schläfenhaare wieder frisch gefärbt hatte.

Edward Lamont war elf Jahre älter als Fan. Aber seinem muskulösen Körper sah man sein Alter nicht an.

Den schmalen Schnurrbart hatte er ebenfalls farblich aufgefrischt.

»Guten Morgen, Edward«, sagte sie und stand auf.

»Guten Morgen, Darling.« Er trat auf sie zu, legte seine Arme um ihre Taille und küßte sie auf den Hals, obwohl er genau wußte, daß sie solche Küsse nicht liebte.

»Hast du gut geschlafen?«

»Ja. Obwohl ich eigentlich keinen Schlaf hätte finden dürfen.«

»Warum denn nicht?«

Sie drängte ihn sanft von sich. »Aus Sorge um dich, wegen heute abend...«

»Unsinn.«

»Du hast mir noch immer nicht gesagt, was du eigentlich genau vorhast.«

»Ich will dich überraschen.«

»Typisch Schauspieler. Immer nur darauf aus, die Zuschauer in Spannung zu halten. Aber ich bin kein Zuschauer, ich bin deine Frau!«

Er lachte und küßte sie auf die Nase.

»Glaube mir, Fan«, sagte er und ließ seine rechte Hand ihr Rückgrat entlanggleiten, »ich werde nichts weiter tun, als mein Recht auf freie Meinungsäußerung auszuüben. Es wird ein herrlicher Abend werden, Fan, unvergeßlich!«

Edward zog Fan an sich. Sie schloß die Augen und versuchte, sich ihren Widerwillen nicht anmerken zu lassen.

»Der Zeitpunkt ist so günstig wie nie, Darling«, sagte Edward und küßte wieder ihren Hals. »Sobald sich Virginia der Konföderation anschließt, werden Zehntausende von Männern über die Long Bridge nach Washington marschieren. Und ich werde den Leuten in Virginia heute abend zeigen, daß es hier eine Menge Leute gibt, die sehnsüchtig auf diesen Einmarsch warten.«

Seine Hand glitt auf ihre Brust.

Sie versuchte, ihn abzulenken. »Und warum darf ich dann nicht ins Theater kommen, um dabeizusein?«

»Aber darüber haben wir uns doch schon unterhalten, Darling. Die *Canterbury Hall* ist ein gewöhnlicher Schuppen, den eine Dame ohne Begleitung nicht besuchen darf.«

Sie seufzte. »Du willst nur nicht zugeben, daß es doch gefährlich werden könnte.«

»Auf gar keinen Fall! Josiah hat versprochen, daß er das Theater mit unseren Leuten füllen wird. Du hast doch nicht vergessen, daß er um halb elf kommen wird?« Er lächelte. »Wir haben also noch etwas Zeit, nicht wahr?« Er küßte ihren Brustansatz.

»Jeremiah ...«, begann sie.

»... wird auch ohne dich seine Lektionen lernen.« Er drückte sie auf das Bett. Dann warf er den Morgenmantel ab. »Dies ist ein großer Tag, Fan. Ein Grund zum Feiern.«

Sie schloß die Augen. Sie fand den Anblick seines nackten Körpers abstoßend. Sex gehörte ins Dunkel der Nacht, wenn es schon sein mußte ...

Seine Hände streiften ihr Nachthemd hoch und berührten ihren Körper mit der selbstverständlichen Intimität, die ihr den Magen zusammenkrampfte. Sie konnte ihre Abscheu nur unterdrücken, indem sie immer wieder wie seit Jahren die Worte dachte: Er ist dein Mann. Er hat das Recht – und du mußt es dulden. Sie duldete es, und Edward schien ihre Apathie nicht im geringsten zu stören. Danach küßte er wie immer flüchtig ihre Wange und sagte: »Danke, Darling. Ich weiß, daß du es nicht magst...«

Sie wandte den Kopf zur Seite. »Ich wünschte, ich könnte dir im Bett eine bessere Frau sein.«

»Sei still. Du bist eine wunderbare Frau. Das ist doch nur ein Teil der Ehe. Wir haben so viele andere Dinge gemeinsam...« In seine Augen trat ein dunkler Glanz.

»Heute abend werde ich die größte Rolle meines Lebens spielen. Wenn die Menschen im Süden davon hören, werden sie zu Tausenden über die Long Bridge stürmen und den verdammten Niggerfreund vor seinem eigenen Palais aufhängen!«

Sie blickte ihn forschend an. »Für die Südstaaten würdest du fast alles tun, nicht wahr, Edward?«

»Nicht nur fast alles.« Er küßte sie auf die Wange. »Es gibt nichts, was ich nicht tun würde. Aber das war schließlich der Grund, warum du mich geheiratet hast, nicht wahr?«

»Ja«, sagte sie unsicher. Er war um vieles fanatischer als sie. Manchmal flößte ihr sein hemmungsloser Haß auf die Nigger, die Abolitionisten und die Republikaner wirklich Angst ein, und sie fragte sich, wohin ihn dieser Haß noch treiben würde.

Sie sah ihm in die Augen. Angst schnürte ihr die Kehle zu.

2

Edward hatte sich angezogen und war zum Frühstück in den Speisesaal gegangen. Er hatte noch etwas Zeit, bis Cheever eintreffen würde.

Er hatte Cheever vor drei Jahren in Savannah kennengelernt. Cheever war einer der Anführer der südstaatlichen Sympathisanten, und Fan war sicher, daß er ihren Mann dazu gebracht hatte, zu dieser Zeit hier in Washington zu sein.

Sie sah auf die Tür, die sich hinter ihrem Mann geschlossen

hatte. Wenn er ihr nur mehr über sein Vorhaben erzählen würde. Anscheinend wollte er heute abend eine Art Rede halten, einen Appell an die Südstaatensympathisanten in Washington richten, so lange auszuhalten, bis die Stadt von den Truppen der Konföderation erobert sein würde. Edwards Freund Cheever hatte versprochen, das Theater mit Gleichgesinnten zu füllen. Also konnte es eigentlich nicht gefährlich werden.

Aber Cheever war nicht frei und unabhängig wie Edward. Er arbeitete im Kriegsministerium, und jetzt, wo dieser ungelenke Anwalt aus Illinois das Bestehen einer »Unbotmäßigkeit« zugegeben hatte, war er praktisch ein Feind, ein Verräter. Das war es, was ihr Sorgen machte.

Das Einstehen für die eigene Überzeugung war eine Sache, die Zusammenarbeit mit Männern, deren Handlungen als Verrat aufgefaßt werden konnte, eine völlig andere. Sie wollte nicht, daß Edward etwas zustieß...

Um sich von ihren Gedanken abzulenken, zog sie sich rasch an und ging ins Nebenzimmer zu Jeremiah. Ihr jüngster Sohn saß am Tisch, das Kinn in die Hände gestützt, und starrte aus dem Fenster.

Jeremiah Kent würde in einem Monat fünfzehn Jahre alt werden. Er war ein kräftiger, schlanker Junge mit dem blonden Haar seiner Mutter und der braunen Haut seines Vaters. Durch das unstete Leben der letzten sechs Jahre war es Fan schwer geworden, ihre Söhne zu unterrichten. Sie hatte ihnen die Grundlagen der Mathematik, Lesen und Schreiben beigebracht und versucht, sie für Bücher zu interessieren. Bei Gideon und Matthew waren ihre Anstrengungen ziemlich fehlgeschlagen. Jeremiah war ihre letzte Hoffnung.

Bücher waren schwierig zu beschaffen. Die meisten Verlage befanden sich in den Nordstaaten, und Fan dachte nicht daran, ihre Söhne den abolitionistischen Einflüssen dieser Literatur auszusetzen. Vor einer Woche war es ihr wieder gelungen, ein passendes Buch zu erwerben: einen Band mit Gedichten.

Selbst sie mußte zugeben, daß er zum Sterben langweilig war. Aber der Autor war wenigstens aus South Carolina!

Sie erkannte auf den ersten Blick, daß Jeremiahs Interesse für Mr. Timrods Verse sehr mäßig war. Das Buch lag, die aufgeschlagenen Seiten nach unten, auf dem Tisch.

Sie trat neben ihn und legte ihm die Hand auf die Schulter.

»O Ma...« Er verzog das Gesicht. »Dieses langweilige Zeug. Nur von Bäumen und Vögeln...«

»Mister Timrod ist einer der bekanntesten Dichter des Südens. Du wirst dir also Mühe geben, junger Mann.«

Wieder eine Grimasse.

»Und anschließend wirst du einen kurzen Aufsatz über jedes der drei Gedichte schreiben. Sonst darfst du vor dem Dinner nicht spazierengehen.«

Er griff nach dem Buch, als wäre es vergiftet.

»Na schön, ich versuch's noch mal...«

»Gut.«

»Aber es ist Unsinn.«

»Jeremiah!«

»Draußen ist so viel los, Soldaten marschieren...«

»Soldaten der Union«, erinnerte sie ihn.

»Ich wünschte, ich wäre schon alt genug, auch Soldat werden zu können...«

Sie lächelte, aber hinter dem Lächeln verbarg sich Angst.

»Wünsch dir das nicht, Junge. Der Krieg ist furchtbar. Menschen werden verwundet, sterben...«

»Und was ist, wenn Gideon verwundet wird?«

»Ich bete, daß das nicht geschieht. Aber ich kann ihn nicht daran hindern, Soldat zu werden. Dein Bruder ist fast achtzehn. Danke Gott, daß du noch zu jung bist...« Sie drückte seinen Kopf an ihre Brust. »Du bist der letzte meiner drei Söhne, der noch bei mir ist. Ich möchte wenigstens dich in Sicherheit wissen.«

»Aber Matt ist doch sicher auf seinem Baumwolldampfer.«

»Das hoffe ich. Und jetzt zurück zu Mister Timrod!«

Als sie sich zum Gehen wandte, hörte sie aus dem Wohnzimmer leise Stimmen. Anscheinend war Edwards Besucher eingetroffen. Sie trat näher zur Tür. Ob es Edward paßte oder nicht, sie würde dieses Gespräch belauschen.

»Ma?«

Sie wandte sich unwillig um.

»Was ist?«

»Ist mein Vater in Washington?«

Fan fühlte, daß sie errötete. Schon die Frage des Jungen ärgerte sie.

»Ich denke schon«, sagte sie so ruhig wie möglich. »Er arbeitet hier. Für diese grauenhafte Yankee-Zeitung.«

»Wirst du dich mit ihm treffen?«

»Natürlich nicht!«

Jeremiah senkte den Kopf.

»Findest du das nicht richtig?« fragte Fan rasch.

Er zuckte mit den Schultern. »Du hast immer gesagt, daß er ein schlechter Mensch ist...«

Fan schüttelte den Kopf. »Er ist kein schlechter Mensch, Jeremiah, nur ein Narr. Sein Glaube und seine Überzeugungen waren falsch, und das hat ihn dazu gebracht, falsch zu handeln. Das war der Grund, warum wir nicht länger mit ihm zusammenleben konnten. Seine irrsinnigen Ideen über die Nigger waren ihm wichtiger als der Zusammenhalt seiner Familie oder eure Erziehung. Deshalb habe ich darauf bestanden, daß er das Haus verließ. Aber ich sehe keinen Grund, jetzt wieder von dieser alten Angelegenheit zu sprechen.«

»Ich weiß, aber...« Der Junge schwieg ein paar Sekunden, dann sagte er heftig: »Ich kann mich kaum an ihn erinnern. Ich würde gern wissen, wie er aussieht.«

Fan verzog den Mund zu einem bitteren Lächeln.

»So wie immer, denke ich. Seine Augen haben die gleiche Farbe wie deine, das Haar ist tiefschwarz, die Haut gebräunt, ein Erbe seiner indianischen Mutter... Aber ich habe dir doch mal eine Daguerreotypie von ihm gezeigt!« Sie konnte ihre Verärgerung kaum noch unterdrücken.

»Dieses kleine Zinndings, das du zu Hause in der Schublade hast?«

»Kein Zinn. Es ist Kupfer.«

Sie hatte die Daguerreotypie lange nicht mehr in der Hand gehabt. Sie war eine Erinnerung daran, wie glücklich sie damals gewesen war – jung verheiratet, Gideon noch nicht einmal ein Jahr alt. Sie hatte das Geld für dieses Konterfei Jephthas vom Haushaltsgeld abgespart und ihn gebeten, ein solches Porträt von sich anfertigen zu lassen, als er damals zum Methodistischen Kongreß nach New York gefahren war. Und bis heute hatte sie sich nicht dazu überwinden können, diese dünne Kupferplatte mit dem eingeätzten Bild Jephthas wegzuwerfen.

»Aber das Bild ist so verschwommen«, sagte Jeremiah.

»Daguerreotypien bleichen aus. Aber das ist auch kein Grund, deinen Vater zu besuchen. Denke bitte daran, daß ich jetzt mit Edward verheiratet bin. Er ist dein Vater.«

»Aber nicht mein wirklicher Vater!«

»Jeremiah! Lerne deine Gedichte!«

Erschreckt zog Jeremiah den Kopf ein und beugte sich über das Buch.

Jetzt tat es Fan leid, so heftig reagiert zu haben. Sie konnte seine Neugier verstehen. Blutsbande waren stärker als alle ihre Worte über Jephthas Fehlverhalten. Ein paar Sekunden lang war sie selbst versucht, eine Begegnung herbeizuführen.

Wie mochte er jetzt aussehen? Wie hatte er sich geistig und charakterlich entwickelt?

Aber sie überwand die Versuchung sofort wieder. Jephtha hatte ihr Leben unglücklich und einsam gemacht. Sie mußte dankbar sein, daß sie Edward Lamont gefunden hatte, und mit ihm ein neues Leben.

3

Josiah Cheever sagte leise: »... und du bist glücklicherweise in der Lage, für unsere Sache zu ...«

Er hielt inne, als Fan eintrat.

»Wir werden uns später weiter unterhalten«, sagte Edward, und Fan hatte den Eindruck, daß er Cheever dabei einen warnenden Blick zuwarf.

Cheever erhob sich und verneigte sich leicht vor Fan.

Er war etwa dreißig, klein, hager und wie immer schlampig gekleidet. Er hatte schlechte Zähne, und seine kleinen Augen wirkten unstet, verschlagen.

»Wie geht es Ihnen heute, Mistreß Lamont?« fragte er.

Sie lächelte gezwungen.

»Ich komme um vor Neugier, was Sie und mein Mann für heute abend ausgeheckt haben, Mister Cheever.« Sie setzte sich auf einen Stuhl. »Edward hat mir strikt verboten, ins *Canterbury* zu gehen.«

»Seine Vorsicht ist weise«, sagte Cheever. »Siebzig oder mehr unserer Freunde haben zwar fest zugesagt, ins Theater zu kommen, aber wir können leider nicht verhindern, daß einige dieser verdammten – entschuldigen Sie – dieser Unionisten anwesend sein werden.«

»Ich habe Fan gesagt, daß sie keinen Grund zur Besorgnis hat«, warf Lamont ein. »Wir veranstalten lediglich eine Solidaritätskundgebung für den Süden, das ist alles.«

»Und es ist ein wertvoller Beitrag für unsere Sache, Madam.«

Edward lächelte.

»Wenn es nicht so wäre, hätte ich mich schließlich nicht zu einem Auftritt in diesem drittklassigen Varieté bereitgefunden. Wir müssen die Menschen in Virginia ermutigen, nach Washington einzumarschieren, sowie sich der Staat für die Sezession entschieden hat.«

»Und die Regierung duldet eine Demonstration für den Süden?« fragte Fan skeptisch.

»Die Regierung«, sagte Cheever verächtlich, »ist im Augenblick so durcheinander, daß tausend Mann die sogenannte Hauptstadt innerhalb einer halben Stunde einnehmen könnten, ohne daß jemand etwas davon bemerkt. Aber was kann man anderes erwarten, wenn der Präsident ein Mann ist, der den Niggern die Füße küßt. So ein Mensch kann doch nicht normal sein!«

Edward sagte: »Du hast mir vorhin gesagt, daß Soldaten auf dem Marsch nach Washington sind.«

Cheever nickte.

»Vier-, fünfhundert Mann aus Pennsylvania. Völlig grüne Truppen, die stören uns nicht. In Massachusetts sieht das anders aus. Das sechste und das achte Regiment werden mobilisiert. Es sind ausgebildete Milizsoldaten, die könnten gefährlich werden – falls sie eintreffen...«

Das hinterhältige Grinsen des Mannes ließ Fan verwundert den Kopf schütteln.

»Das verstehe ich nicht.«

»Es hat etwas mit der Eisenbahn zu tun.«

»Was soll das heißen?«

Cheever erklärte: »Beide Strecken, die nach Washington führen – von Harrisburg und von Philadelphia aus – verlaufen durch Baltimore. Aber keine der beiden Linien führt direkt durch die Stadt. Die Truppen müssen von der President Station der Philadelphia Railway zur Camden Station der Baltimore und Ohio marschieren. Es ist also genügend Zeit, daß sich Menschenmassen sammeln, daß sich Gemüter erhitzen... Sie wissen sicher, wie man in Maryland zu Lincoln und seiner Politik steht.« Cheever leckte sich die Lippen. »Ich wette, daß ein paar von den Unionssoldaten nicht lebend aus der Stadt kommen...«

Fan starrte ihn mit zusammengepreßten Lippen an. »Wann

sollen die Truppen in Baltimore eintreffen?« fragte sie nach einer Weile.

»Nicht vor Ende der Woche.«

»Und bis dahin hat Virginia die Union verlassen«, prophezeite Edward.

»Richtig.« Cheever entblößte seine braunen Zähne. »Das kommt zeitlich genau hin. Wenn die berechtigte Wut der guten Bürger von Baltimore die Entsatztruppen aufhält und sich die Truppen aus Richmond etwas beeilen, gehört Washington uns.«

»Edward, mir gefällt das alles nicht«, erklärte Fan. »Ich möchte nicht, daß du dich mit diesem Straßenpöbel einläßt.«

»Wer spricht denn von Straßenpöbel?« erwiderte er. »Dies ist doch nur eine Diskussion möglicher Entwicklungen.«

»Sehr richtig«, sagte Cheever. »Wir sind doch nicht verantwortlich für das, was in Baltimore passieren könnte.«

Aber beide Männer grinsten, und Fan verspürte eine unbestimmte Angst.

»Außerdem kann Josiah es sich gar nicht leisten, in illegale Dinge verstrickt zu werden«, sagte Edward ironisch. »Er ist schließlich beim Kriegsministerium, wenn auch nicht mehr für lange.«

Cheever nickte. »Und nun zu unserem anderen Plan . . .«

»Ich habe dir doch schon gesagt, daß ich genau weiß, wie ich das . . .«, sagte Edward hastig.

»Das hoffe ich«, entgegnete Cheever scharf. »Unsere Freunde verlassen sich auf dich.«

Edwards Gesicht lief rot an. Er sprang auf und packte Cheevers Arm. Fan sah, daß seine Handknöchel weiß waren. Aber dann lockerte er den Griff und zwang sich zu einem Lächeln.

»Wir können uns im Speisesaal weiter darüber unterhalten. Du bist so früh gekommen, daß ich noch keine Zeit zum Frühstücken hatte.«

»Gut«, sagte Cheever knapp und befreite seinen Arm aus Edwards Griff.

Was, im Namen Gottes, ging hier vor? fragte sich Fan.

»Geh schon hinunter. Ich komme sofort nach«, sagte Edward.

Cheever setzte seinen speckigen Hut auf. »Ich warte, Edward«, sagte er betont.

4

Als sich die Tür geschlossen hatte, rief Fan erregt: »Sag mir endlich, was los ist. Was will dieser widerliche Kerl von dir?«

»Beruhige dich, Darling. Ich habe dir doch schon mehrmals gesagt ...«

»Edward, was hat Cheever mit einem ›anderen Plan‹ gemeint? Will er dich in die Sache hineinziehen, die er in Baltimore vorhat? Jedes Kind hätte gemerkt, daß er da etwas ganz Bestimmtes plant!«

»Du hast recht«, sagte Edward rasch, zu rasch. »Es werden... gewisse Maßnahmen vorbereitet, um die Bevölkerung aufzustacheln. Josiah möchte, daß ich ihn nach Baltimore begleite, aber ich bin zu bekannt, man würde mich erkennen.«

Dieses Vertrauen in seinen Ruhm wirkte irgendwie traurig, dachte Fan. Aber es war typisch für ihn und die ganze Zunft der Schauspieler.

»Du mußt Josiah verstehen«, sagte er. »Er ist überzeugt, daß die Situation unseren hundertprozentigen Einsatz erfordert.«

»Und du hast gesagt, daß es nichts gibt, was du für die Sache der Konföderation nicht tun würdest.«

»Nun ...« Ein gezwungenes Lächeln. »Vielleicht habe ich da ein bißchen übertrieben. Ich werde das jetzt mit ihm besprechen. Du brauchst keine Angst zu haben.« Er küßte sie flüchtig auf die Wange.

Er lügt mich an! Warum?

Edward ging zur Tür.

»Sowie ich mit Josiah gesprochen habe, komme ich zurück. Ach ja, da war noch etwas...« Er kam zurück und lächelte sie an. »Entschuldige, daß ich davon spreche, aber du weißt, daß dein ehemaliger Mann in Washington lebt...«

»Jephtha?« sagte Fan unsicher. »Ja, natürlich weiß ich das.«

»Vielleicht solltest du ihn einmal aufsuchen.«

»Ihn aufsuchen? Warum denn?«

»Wegen der Kinder. Du hast mir doch immer gesagt, daß er ein anständiger Mensch ist, nur irregeleitet...«

Sie nickte.

»Und schließlich sind die Jungen seine Erben, die Erben eines erheblichen Vermögens.«

»Und? Warum kommst du gerade jetzt darauf zu sprechen?«

»Verdammt, Fan! Sieh mich nicht so an! Ich denke an die Zukunft der Jungen! Die Situation hat sich grundlegend verändert. Wir haben Krieg. Gideon wird sich bestimmt freiwillig melden. Was ist, wenn das deinen ehemaligen Mann verärgert? So sehr verärgert, daß er seine Söhne enterbt?«

»Das würde er nie tun! Es war dumm von ihm, die Verwaltung seines Vermögens in die Hände Amanda Kents zu legen. Aber das ist nicht in der Absicht geschehen, die Jungen zu betrügen.«

»Genau das hat du ihm aber vorgeworfen.«

Fan blickte zu Boden. »Ja, das stimmt... Aber damals war ich außer mir vor Zorn. Ich habe vieles gesagt, was nicht gut war...«

»Du mußt zugeben, daß er ein fanatischer Gegner der Sklaverei ist.«

»Aber er ist kein Betrüger!«

»Genau das hast du ihm aber noch vor sechs Jahren vorgeworfen. Bist du weich geworden?«

»Ich habe ... einiges korrigiert.« Dieses Eingeständnis überraschte sie selbst.

»Trotzdem halte ich es für richtig, daß du dich mit ihm in Verbindung setzt, Fan. Um ... um dich zu vergewissern. Ich habe dir immer wieder gesagt, daß Geld mir nichts bedeutet. Schauspieler haben kaum eine Beziehung zu weltlichen Gütern ...« Er lächelte wieder. »Uns reicht es, daß wir einigermaßen leben können. Unser wirkliches Brot ist der Applaus.«

»Ich weiß«, sagte Fan.

Edward ergriff ihre Hand.

»Es tut mir leid, daß ich über dieses leidige Thema sprechen muß, Fan. Aber vor etwa zwei Tagen fiel mir ein, daß es vielleicht keine schlechte Idee wäre, wenn du dir von Jephtha das Versprechen geben ließest, daß er den Anspruch seiner Söhne auf das Erbe anerkennt, auch wenn sie in diesem Krieg auf der anderen Seite stehen.« Er machte eine kurze Pause. »Ich meine ein schriftliches Versprechen ...«

»Schriftlich?«

»Das ist am sichersten.«

»Edward, das halte ich für überflüssig. Man kann Jephtha falsche Ansichten und Überzeugungen vorwerfen, aber er ist ein anständiger Mann. Und er liebt seine Söhne. Du weißt selbst, wie oft er geschrieben und sich nach ihnen erkundigt hat. Ich habe seine Briefe nie beantwortet, weil du mir davon abgeraten hast.« Auch das bedauerte sie jetzt.

»Vielleicht war das falsch. Aber auch dieser Umstand könnte ihn gegen die Jungen eingenommen haben.«

»Möglich, aber eher unwahrscheinlich.«

»Bitte, wenn du keinen Wert darauf legst, dich abzusichern ...«

»Angenommen, er hätte jedes Interesse an den Jungen verloren, was könnte ich daran ändern? In jedem Fall halte ich ein Gespräch mit ihm für überflüssig. Außerdem habe ich nicht den Mut, ihm gegenüberzutreten ...«

Edwards Lächeln wurde spöttisch.

»Mein Gott, ich hoffe, dir tut es nicht leid, daß du dich hast scheiden lassen.«

»Natürlich nicht.«

»Na gut, vergessen wir die Geschichte.« Wieder ein flüchtiger Kuß auf die Wange. »Es war auch nur so eine Idee. Und ich muß zugeben, daß mein Vorschlag nicht ganz selbstlos ist.«

Sie blickte ihn prüfend an. »Wie meinst du das?«

Er lachte. »Ich bin neugierig auf diesen Burschen. Ein Halleluja-Bruder, der zum Zeitungsschmierer geworden ist, ein Mann, der fast wie ein Indianer aussieht... Kannst du mir meine Neugier verdenken?« Er nickte ihr zu. »Vergiß die Geschichte, Fan. Ich sehe ein, daß sie albern ist. Ich bin gleich wieder da.«

Fan blickte ihm nach und sah, daß das Lächeln aus seinem Gesicht verschwand, sobald er die Tür erreichte.

Verstört trat sie zum Fenster und blickte auf die Straße hinaus.

Auf was hat er sich eingelassen? fragte sie sich immer wieder. Ich bin sicher, es ist viel mehr, als er mir gesagt hat...

Fan hatte ihrem Mann noch nie mißtraut. Natürlich war sie ziemlich sicher, daß er ab und zu Affären mit anderen Frauen hatte. Aber das war nicht so wichtig und hatte nichts mit Vertrauen zu tun. Er war schließlich ein gesunder, vitaler Mann, und sie wußte, daß sie ihn auf diesem Gebiet nicht befriedigen konnte.

Was war der Grund für sein plötzliches Interesse an Jephtha? Das allein wäre ein Grund zur Beunruhigung gewesen. Aber weil er sich mit dem undurchsichtigen und unsympathischen Cheever eingelassen hatte, spürte sie plötzlich ein so großes Angstgefühl, daß sie zu zittern begann.

Fröstelnd schlang sie die Arme um ihren Körper.

5. Kapitel
Der Aufstand

1

Kurz nach sieben verließ Jephtha Kent das Telegraphenbüro. Er hatte gerade seinen Bericht über die Angst und Hektik durchgegeben, die das Leben Washingtons beherrschten und prägten.

Major Irvin McDowell hatte bereits damit begonnen, das Capitol zu sichern. Die Eisenplatten, die für die Kuppel bestimmt waren, wurden nun als Brustwehr in den Boden gerammt. Im Innern des Gebäudes vernagelten Männer die Fenster und fertigten Abdeckungen für wertvolle Gemälde. Ganze Wagenkolonnen brachten Bauholz und mit Portlandzement ausgegossene Fässer heran.

Während das unfertige Gebäude für eine eventuelle Verteidigung vorbereitet wurde, arbeiteten mehrere Dutzend Steinmetze weiter an den korinthischen Säulen der beiden Flügel. Von den hundert Säulen waren bis jetzt erst drei fertiggestellt und aufgerichtet worden. Einige Rohlinge lagen im Schlamm. Die Steinmetze arbeiteten ruhig und beinahe heiter, als würde sie die Angst und Hektik der anderen überhaupt nichts angehen.

Angst und Hektik.

Jephtha sah sie überall, besonders in den Hotels.

In *Willard's Hotel* wurde aus den Gästen, soweit sie in Washington bleiben würden, eine Freiwilligeneinheit zusammengestellt. Ihr Organisator war der alte Haudegen Cassius M. Clay aus Kentucky. Sein kompromißloser abolitionistischer Republikanismus hatte ihn in mehrere Duelle verwickelt. Einige seiner Gegner hatten ihre Herausforderung später bedauert. Andere hatten dazu keine Gelegenheit mehr.

Im *National Hotel*, im *Kirkwood Hotel* und in einigen kleineren Herbergen sah er Senatoren und Kongreßabgeordnete aus Staaten, deren Abfall wahrscheinlich war, hastig ihre Rechnungen begleichen und das Packen ihrer Habe überwachen.

Im *National Hotel* erfuhr Jephtha vom Portier, daß Mr. Lamont und Mrs. Lamont ›mit Familie‹ dort wohnten. Den Namen des Jungen konnte der Portier ihm nicht sagen, aber er hielt ihn für vierzehn oder fünfzehn.

Jeremiah! Jephtha spürte, daß sein Herz schneller schlug. Er hatte seine Jungen neun Jahre lang nicht gesehen. Er mußte Fan aufsuchen und sich bemühen, seinen Haß zu beherrschen. Er ging auf die Treppe zu, die zu den Zimmern führte. Doch bevor er sie erreichte, blieb er stehen.

Was war, wenn Fan sich weigerte, mit ihm zu sprechen? Wenn sie ihn nicht einmal einließ?

Er mußte den richtigen Weg finden. Wenn sie ihn abwies, vielleicht sogar eine Szene machte, würde er die Jungen nie zu Gesicht bekommen und auch nichts über sie erfahren.

Er hatte nicht die Zeit, sich einfach in die Halle zu setzen und darauf zu warten, daß einer von ihnen zufällig herunterkam. Also verließ er das Hotel und versuchte, eine Methode zu finden, die ihm Fans Kooperation garantieren würde. Aber er fand keine und verdrängte das Problem.

In der dunstigen Dämmerung ging Jephtha vom Telegraphenbüro zur *Canterbury Hall*. Es waren noch immer viele Menschen unterwegs. Normalerweise waren die meisten Menschen um diese Zeit in ihren Häusern. Die Polizei bestand aus fünfzig Männern, die von der Stadt bezahlt wurden. Aber die verrichteten nur tagsüber ihren Dienst. Bei Anbruch der Nacht wurden sie von fünfzig anderen abgelöst. Doch die wurden von der Bundesregierung bezahlt und hatten nur die Aufgabe, deren Gebäude zu bewachen.

Jephtha sah eine ganze Anzahl respektabler Bürger auf den Straßen. Aber auch eine Menge Gesindel. Während des Tages war es ihm etwas lächerlich erschienen, daß er Mollys Pepperbox eingesteckt hatte, aber jetzt war er froh darüber.

Er erreichte die Kreuzung von Seventh- und Louisiana Street. Grellweißes Licht erhellte die Fassade des *Canterbury*.

Vor dem Eingang drängte sich eine Menschenmenge. Jephtha schob sich hindurch. Er sah Gruppen angetrunkener Milizsoldaten, ein paar Neger aus Negro Hill und unrasierte Iren.

Im Eingang sah Jephtha einen bärtigen Mann an der Wand lehnen. Trotz des tief in die Stirn gezogenen Hutes kam er Jephtha bekannt vor. Irgendwie erinnerte er ihn an Dorn, aber er war es nicht.

Eine Kutsche fuhr vor. Eine Frau stieg aus. Der Bärtige richtete sich interessiert auf.

Die Frau war sehr elegant gekleidet. Die Leute starrten sie an und kommentierten ihre Erscheinung. Rose O'Neal Greenhow war eine der bekanntesten Damen der Gesellschaft. Sie machte kein Geheimnis aus ihrer Sympathie für den Süden.

Sie war vor Jahren, nach dem Tod ihres Mannes, aus Maryland nach Washington gekommen und hatte es innerhalb kurzer Zeit verstanden, sich zu den Spitzen der politischen Gesellschaft emporzuarbeiten. Während der Präsidentschaft des Junggesellen Buchanan war ihr Haus eine Art Bestandteil der präsidentlichen Residenz geworden, und Mrs. Greenhow wurde die inoffizielle Königin der Buchanan-Administration genannt.

Sie war jetzt in den Vierzigern, aber immer noch eine sehr schöne Frau. Sie hatte eine leicht bräunliche Haut, lebhafte Augen und glänzend schwarzes Haar. Als sie von der Kutsche zum Eingang schritt, torkelte ein Betrunkener auf sie zu.

»Sieh mal an, die ›Heckenrose‹ höchstpersönlich ...«

Mrs. Greenhow spielte mit ihrem geschlossenen Sonnenschirm. »Würden Sie mir bitte aus dem Weg gehen?« sagte sie ruhig.

»Vielleicht ... vielleicht nicht.« Der Mann rülpste.

»Sie werden es tun, weil ich jetzt hineingehen will, um mir die Vorstellung anzusehen.«

Der Mann grinste. »Also werden wir die ganze Halle voller Südstaaten-Huren haben, was?«

Mrs. Greenhow schlug ihm den Sonnenschirm ins Gesicht. Der Mann schrie auf, fluchte und trat nahe an sie heran. Der Neger-Kutscher der Frau sprang vom Bock. Aber sie brauchte seinen Beistand nicht. Sie hakte die Krücke ihres Sonnenschirms in den Jackenkragen des Mannes, riß ihn nach vorn und trat ihm mit aller Kraft ans Schienbein.

Der Betrunkene schrie erneut auf und ging zu Boden. Mrs. Greenhow schritt an ihm vorbei mit stolz erhobenem Kopf zum Eingang.

Jephtha war beeindruckt. Aber Mrs. Greenhows Mut wurde selbst von den bösesten Zungen Washingtons niemals in Zweifel gezogen.

Ihre Moral war eine andere Sache. Sie hatte beste Verbindungen in beiden Parteien, und es wurde behauptet, daß sie ihren Charme – und ihren Körper – einsetzte, um ihren Freunden Informationen oder Vergünstigungen zu verschaffen. Aber nicht nur Politiker verkehrten in ihrem Haus, sondern auch Offiziere der Armee. Ihre Kenntnisse vertraulicher militärischer Dinge konnten der Sache des Südens jetzt sehr nützlich werden. Und das war sicherlich der Grund, warum sich der Bärtige so für sie interessierte.

Vier gutgekleidete junge Männer, mit der Kokarde der Konföderation an den Hüten, traten drohend auf den Betrunkenen zu. Der Mann hastete davon und verschwand in der Menge, die schadenfroh lachte.

Die vier Männer blieben stehen und sahen in die feindselige, höhnende Menschenmenge. Alle vier wirkten kräftig und selbstsicher, zwei von ihnen hatten Stöcke.

Der bärtige Mann griff unter seine Jacke.

Die Worte, Flüche und Drohungen wurden immer heftiger, aber niemand fand den Mut, die vier Männer wirklich anzugreifen.

Die Ankunft einer zweiten Kutsche löste die Spannung. Die vier Männer wandten sich ab und verschwanden lachend im Theater.

Der Bärtige zog die Hand wieder unter seiner Jacke hervor. Jephtha trat langsam auf ihn zu. Der Mann bemerkte ihn nicht. Sein Interesse war von dem Paar gefesselt, das gerade aus der Kutsche kletterte.

»Hallo, Pinkerton«, sagte Jephtha.

Der Mann fuhr herum und starrte Jephtha feindselig an.

»Sie irren sich. Mein Name ist Allen, Major E. J. Allen.«

Wieder fuhr ein Wagen vor. Die Männer, die ihm entstiegen, trugen ebenfalls die blauen Kokarden der Konföderation.

»Allen?« Jephtha schmunzelte. »Ich weiß, daß kaum jemand in Washington Sie persönlich kennt. Aber Sie dürfen nicht so heftig reagieren, wenn Sie jemand mit Ihrem richtigen Namen anspricht.«

Pinkerton packte Jephtha beim Arm. »Machen Sie mir keine Schwierigkeiten, Mister Kent. Wir stehen doch auf derselben Seite...«

»Ich arbeite für eine Zeitung. Ich weiß nicht, für wen Sie arbeiten oder warum Sie in Washington sind. Einer Ihrer Schläger sagte mir, daß Sie sich um die Sicherheit der Eisenbahnlinie nach Baltimore kümmern...«

»Dorn?«

»Er hat Ihnen also Bericht erstattet.«

»Ja.«

»Die Long Bridge ist ziemlich weit von der nächsten Bahnlinie entfernt, genau wie die *Canterbury Hall*.«

Pinkerton blickte an Jeptha vorbei, beobachtete ankommende Menschen, suchte nach bekannten Gesichtern.

»Ich möchte Ihnen einen guten Rat geben, Mister Kent. Gehen Sie nicht in die Bar.«

»Und warum nicht?«

»Dorn ist dort. Er mag Sie nicht besonders.« Pinkerton sah Jephtha eine Sekunde lang an. »Und ich auch nicht.«

»Das ist aber eine Überraschung«, lächelte Jephtha.

»Kent, tun Sie mir einen Gefallen?«

»Welchen?«

»Vergessen Sie, daß Sie mich hier gesehen haben.«

»Und warum sollte ich das tun?« fragte Jephtha ebenso leise. »Sie haben keinen offiziellen Regierungsauftrag. Also frage ich mich, warum Sie Menschen nachspionieren, die kein anderes Verbrechen begehen, als jedermann zugängliche Orte aufzusuchen.«

»Ihr verdammten Zeitungsschreiber seid doch alle gleich. Immer müßt ihr eure Nase in Dinge stecken, die euch nicht das geringste angehen.«

»Das werde ich auch weiterhin tun, bis ich befriedigende Antworten auf meine Fragen bekomme, Major Allen.«

Pinkerton starrte Jephtha feindselig an, der ihm unverwandt in die Augen sah. Schließlich flüsterte der Detektiv: »Heute abend soll hier eine Demonstration für die Konföderierten stattfinden. Aber das wissen Sie ja selbst, sonst wären Sie nicht hier.«

»Ich will wissen, warum Sie hier sind.«

»Das geht Sie nichts an.«

»Es geht mich etwas an, daß man mir nachspioniert, nur weil ich nach Virginia hinüberreite. Es paßt mir nicht, von Typen wie Dorn bedroht zu werden. Wer bezahlt eigentlich Ihre illegale Schnüffelei?«

»Es ist nicht illegal, gewisse Vorsichtsmaßnahmen durchzuführen.«

»Sie weichen aus. Warum sind Sie hier? In wessen Auftrag handeln Sie?«

»Mein Gott, Kent, begreifen Sie denn nicht, daß Washington jeden Augenblick hochgehen kann wie ein Pulverfaß? Wir müssen durchhalten, bis die Entsatztruppen eintreffen. Die Regierung muß über potentiell gefährliche Agitatoren informiert sein.«

»Ich habe den Eindruck, daß die Regierung an einem fortgeschrittenen Fall von Hysterie leidet.«

»Das zeigt nur, wie wenig Sie informiert sind. Sogar hier wimmelt es von gefährlichen Verrätern.«

Jephtha schüttelte den Kopf.

»Wenn die Konföderation die Union auf dem Schlachtfeld angreift, so ist das eine Sache. Aber wenn jemand vor einem Theater heimlich Listen anlegt... Sie machen sich doch Notizen, oder?«

»Nur im Geist.« Pinkertons feindseliger Blick verriet Jephtha, daß auch sein Name auf dieser »geistigen« Liste stand.

»Das gleicht einer Verurteilung ohne Beweise«, sagte Jephtha scharf. »Mir gefällt das nicht. Und ich beweifle, daß es dem Präsidenten gefällt.«

»Der wird nichts davon erfahren. Wenn nicht jemand allzu redselig ist...«

Jephtha zuckte mit den Schultern. »Ich bin Reporter.«

»Um Gottes willen! Sie werden doch nicht...«

»Etwas leiser, Major.« Jephtha lächelte. »Die Leute werden schon aufmerksam.«

Pinkerton fluchte leise und beugte sich näher. »Sie werden doch nichts über diese Sache berichten?«

»Das kommt darauf an.«

»Worauf?«

»Vor allem darauf, was hier geschieht. Wenn Ihre Gorillas sich danebenbenehmen sollten, ergeht noch heute nacht eine Meldung an meine Zeitung.«

Pinkerton runzelte die Stirn.

»Was meine Männer und ich tun, liegt im nationalen Interesse...«

»Das ist keine Entschuldigung für alle Sünden... vielleicht sollte ich besser Verbrechen sagen.«

Pinkerton fuhr mit dem Handrücken über seine feuchte Stirn. Jephtha genoß es, den Mann so in der Klemme zu sehen. Er hatte am Nachmittag Erkundigungen eingezogen und wußte, daß die Anwesenheit einiger Pinkerton-Männer kein Geheimnis war. Aber die Anwesenheit ihres Chefs war eins.

»Kent, werden Sie den Mund halten?« fragte Pinkerton bittend.

»Ich habe Ihnen gesagt, das kommt darauf an, was heute hier passiert. Wenn Sie Ihre Männer im Zaum halten...«

»Aber ich habe gar nicht vor, selbst ins Theater zu gehen!«

»Haben Sie Angst, daß jemand Sie erkennen könnte?«

»Meine Männer werden sich anständig benehmen.«

»Ich wünschte, ich könnte Ihre Zuversicht teilen.«

»Ich habe ihnen den Auftrag erteilt, die Augen offenzuhalten und nichts zu unternehmen.«

»Hoffentlich ist Mister Dorn intelligent genug, das richtig zu verstehen und sich daran zu erinnern, daß das Recht der freien Meinungsäußerung nach wie vor Gültigkeit hat. Falls er es vergessen sollte, werde ich eine Story schreiben, die ihm und Ihnen im Hals steckenbleibt.«

»Verdammt, er wird tun, was ich ihm gesagt habe!«

»Hoffentlich«, sagte Jephtha und ließ Pinkerton in der grellen Beleuchtung des Eingangs stehen.

2

Die *Canterbury Hall* zog normalerweise die eher ärmeren Schichten der Bevölkerung an. Aber die befanden sich heute in der Minderheit. Jephtha sah dandyhaft gekleidete junge Männer, fast alle mit blauen Kokarden an ihren Hüten. Die meisten von ihnen trugen Stöcke. Sie wirkten ausnahmslos fröhlich und erwartungsvoll.

Jephtha erkannte auch mehrere Offiziere in Zivil und eine Reihe von Regierungsangestellten, darunter einen kleinen, aufgeregten Mann aus dem Kriegsministerium namens Cheever. Er stand am Eingang zur Bar, und Jephtha sah drei andere Männer nacheinander herantreten. Cheever flüsterte ihnen etwas zu, und sie gingen in den Saal.

Als Jephtha sich zum Eingang der Bar vorgeschoben hatte, war Cheever verschwunden. Der enge Raum war gedrängt voll, aber Jephtha entdeckte sofort Dorns blonden Haarschopf. Er hatte ein Glas in der Hand und unterhielt sich mit einem untersetzten grauhaarigen Mann, den Jephtha vor dem Eingang bemerkt hatte und ebenfalls für einen Angestellten Pinkertons hielt.

Dorn schien zu spüren, daß er beobachtet wurde, und wandte den Kopf. Sein Gesicht wirkte überrascht, als er Jephtha erkannte. Dann lächelte er und lüftete den Hut.

Jephtha wandte sich langsam ab. Seine Furcht vor dem jungen Detektiv war keine Feigheit, sondern Vorsicht. Er hatte gelernt, daß es ein paar Menschen gab, denen Grausamkeit ein perverses Vergnügen bereitete.

Er war überzeugt, daß Dorn eine Gelegenheit suchte, sich mit ihm zu prügeln. Jephtha war sicher so kräftig wie der Detektiv. Aber der andere war erheblich jünger, ein erfahrener und routinierter Schläger.

Jephtha war jetzt doppelt froh, daß er die Pepperbox eingesteckt hatte.

3

Der riesige Zuschauerraum des Theaters war von Lärm und Tabakrauch erfüllt. Jephtha drängte sich auf einen freien Platz in einer der hinteren Reihen.

Er sah Cheever den Mittelgang entlangkommen. Er setzte sich auf einen Platz in der vierten Reihe, den zwei Männer ihm freigehalten hatten. Mrs. Greenhow saß direkt hinter ihm.

Der Mann neben Jephtha spuckte einen Strahl Tabaksaft auf den Boden und murmelte leise vor sich hin.

Der Klavierspieler betrat die Bühne. Verhaltener Applaus klang auf. Dazwischen Rufe, die mit der Abstammung des jungen Mannes zu tun hatten, und mit dem Zustand seiner Genitalien. Der Tabakkauer rechts neben Jephtha griff in die Tasche und zog etwas heraus.

Einen Stein.

»Glauben Sie, daß Sie den heute brauchen werden?« erkundigte sich Jephtha.

»Kann sein.« Der Mann grinste, warf den Stein hoch und fing ihn wieder auf.

Der Klavierspieler setzte sich auf seinen Schemel, blätterte in seinen Noten und klimperte eine Art Tusch.

Jungen mit langen Stangen kamen die Seitengänge entlang und drehten den Gaslampen die Hähne zu. Innerhalb einer Minute war es dunkel. Nur die Kerzen des Rampenlichts brannten noch, ihr matter Schein fiel auf den staubigen Bühnenvorhang.

Jephtha hörte schwere Schritte auf dem linken Gang. Er wandte den Kopf und sah Dorn und seinen grauhaarigen Kollegen zu ihren Plätzen in der zweiten Reihe eilen.

Jephthas Augen hatten sich inzwischen an das matte Licht gewöhnt, und er sah sich um. Aber Pinkerton konnte er nicht entdecken. Anscheinend zog er es wirklich vor, auf Nummer Sicher zu gehen und draußen zu bleiben.

Das Gehämmer des Klaviers steigerte sich zum Fortissimo,

und bei den letzten Klängen öffnete sich der Vorhang. Die Bühne war leer bis auf ein staffeleiartiges Gestell am rechten Rand der Rampe. Ein abblätterndes Bild zeigte ein europäisches Schloß.

Applaus und Pfiffe begleiteten den Auftritt einer drallen pockennarbigen Frau in hautengen Strumpfhosen. Sie tänzelte auf die Staffelei zu und befestigte an ihr eine schwarze Tafel mit der Aufschrift: *Die Canterbury-Girls.*

Der Klavierspieler hämmerte einen Galopp. Ein halbes Dutzend Mädchen in Strumpfhosen, kniehohen Stiefeln und kurzen orangefarbenen Samtröcken ruderten zum Takt der Musik mit Armen und Beinen und lächelten gequält ins Publikum. Wenn eine von ihnen unter dreißig ist, dachte Jephtha, dann bin ich der Heilige Petrus.

»Komm runter, Liebling!« schrie ein Mann aus dem Publikum.

»Ja! Laß mal sehen, ob deine Titten echt sind!«

»Was kostet eine Nummer bei dir, Rotkopf?«

Glücklicherweise verließen die »Canterbury-Girls« nach einem Tanz wieder die Bühne. Aber sie bekamen lauten Applaus.

Die Theaterleitung stellte eine neue Tafel auf die Staffelei: *Die einmaligen Zolkos!*

Drei muskulöse, schwitzende Akrobaten verrenkten ihre Körper einzeln, paarweise und zu dritt.

Die Nummer dauerte fast zehn Minuten und wurde von lautem Zischen, von Pfiffen und Buhrufen begleitet. Zum Finale sprang einer der drei auf die Schultern der beiden anderen – mehr Buhrufe und Pfiffe –, bis der Klavierspieler wieder ein Crescendo in die Tasten hämmerte und der Obermann unter sein verschwitztes Hemd griff.

Er zog eine kleine amerikanische Flagge heraus.

Etwa die Hälfte der Zuschauer sprang auf und klatschte begeistert. Jephtha vernahm Rufe: »Hurra für die Union!«

Nur wenige Buhrufe waren zu hören. Wahrscheinlich sparten die Sympathisanten der Konföderation ihre Kräfte für die dritte Nummer des Programms: *Der bekannte Tragöde Mr. Edward Lamont.*

Als Jephtha den Namen sah, wurde sein Mund trocken. Er fühlte, wie seine Handflächen feucht wurden, und rieb sie am Stoff seiner Hose ab.

Ein alter Bühnenarbeiter schleppte ein kleines Pult auf die Bühnenmitte, stellte eine Wasserkaraffe und ein Glas darauf. Als er nach links abschlurfte, trat von rechts Lamont auf die Bühne.

Ein Mann hinter Jephtha schrie: »Runter von der Bühne, du verdammter Verräter!«

Lamont lächelte, als er hinter das Pult trat. Lauter Applaus übertönte alle weiteren Protestrufe. Jephtha sah, daß auch Mrs. Greenhow heftig applaudierte.

Jephtha starrte zu Lamont hinauf und ballte die Hände. Das also war der Mann, der jetzt in Fans Bett schlief.

Aber er mußte zugeben, daß Lamont eine eindrucksvolle Erscheinung war. Er stand ruhig und selbstsicher, einen Arm auf das Pult gestützt, und wartete darauf, daß der Lärm nachließ.

Plötzlich wurde es still. Man hörte das Rascheln, als der Klavierspieler wieder in seinen Noten blätterte. Der Mann neben Jephtha warf seinen Stein in die Luft und fing ihn auf, warf ihn hoch und fing ihn auf...

4

»Ladies und Gentlemen, guten Abend. Ich bin Edward Lamont.« Die klangvolle Stimme des Schauspielers erreichte auch die letzten Reihen des Auditoriums.

»Wir wissen, wer du bist! Du verdammter konföderierter Hurensohn!«

Erneut wartete Lamont ohne ein Zeichen von Ungeduld, bis es wieder ruhig wurde.

»Ich werde Ihnen nicht das Programm bringen, das ich eigentlich für diesen Abend geplant hatte. Dafür ist es jetzt zu spät.« Seine Augen starrten in den Zuschauerraum, und Jephtha stellte fest, daß sie fanatisch glühten.

»Die Verbrechen der republikanischen Regierung sind zu zahlreich und zu schwer, als daß man sie länger übersehen und sich leichter Unterhaltung hingeben könnte. Die geheiligten Prinzipien der Freiheit, auf denen diese Nation gegründet wurde, sind angegriffen worden, auf eine noch nie dagewesene, hinterhältige und gemeine Art...«

Ein alter Mann sprang auf. »Wer, zum Teufel, hat eigentlich Fort Sumter beschossen? Kannst du mir das sagen?«

»Halt den Mund und mach, daß du rauskommst, du Yankee-Clown!« schrie ein junger Mann ein paar Reihen vor dem Alten. Ärgerliches Gemurmel klang auf.

Es geht los, dachte Jephtha, es geht los...

Lamont wartete wieder, bis sich der Tumult gelegt hatte. Auf jeden Fall hatte er Mut, das mußte Jephtha anerkennen. Oder war es eher Wahnsinn, der ihn veranlaßte, sich den Aggressionen auszusetzen, die im Dunkel der Halle lauerten?

»Was den Angriff auf Sumter betrifft«, sagte er jetzt, »so ist es die Pflicht des freien Mannes, für seine Freiheit zu kämpfen. Wir haben damit lediglich unseren Glauben an die heiligen Prinzipien der Souveränität jedes einzelnen Staates dokumentiert. Es war ein Akt der Notwehr gegen die Tyrannei, die von dieser Stadt ausgeht und versucht, die Freiheit zu zerstören.«

Gelächter, Grölen, Pfeifen.

Lamont fuhr fort: »Am zwanzigsten September hat es der Staat South Carolina als erster gewagt, sich dieser Tyrannei zu widersetzen, und bald darauf unternahmen sechs weitere Staaten gleichfalls Schritte, die sie in die Lage versetzten, eine neue Bundesregierung zu schaffen, die die Interessen all der Menschen vertritt, die in Vergangenheit, Gegenwart und Zukunft die einzigen wirklichen Bürger dieser Nation sind: die weißen Amerikaner.«

Mehr Applaus, mehr Zwischenrufe, mehr Pfiffe – lauter und anhaltender als zuvor.

»Vor weniger als hundert Jahren haben sich solche Männer eines fremden Unterdrückers entledigt und einen eigenen, freien Staat geschaffen. Heute haben die Nachkommen jener Männer beschlossen, aus diesem Staat auszutreten, weil er all das verraten hat, wofür ihre Vorväter gekämpft und geblutet haben.«

Atemlose Stille.

Selbst Lamonts Gegner schienen von seinen Worten gebannt – oder warteten auf ein vereinbartes Signal für einen Angriff.

Falls Lamont Angst hatte, so zeigte er sie nicht. Seine Augen glänzten, als er zwei rasche Schritte auf die Rampe zutrat. Er ballte die linke Hand zur Faust und hob sie in dramatischer Geste.

»Ja, meine Mitbürger, es gibt jetzt zwei Regierungen in diesem gequälten Land! Aber nur eine, die provisorische Regierung der konföderierten Staaten von Amerika, tritt ein für das Recht jedes Menschen, sein Leben so zu führen, wie er es will. Seit mehreren Jahrzehnten sind die patriotischen und gottesfürchtigen Menschen des Südens unterdrückt, verlacht und verhöhnt worden – von den Wahnsinnigen, die jetzt diesen verbohrten, ungebildeten Anwalt aus Illinois wie eine Marionette manipulieren ...«

Mit elegantem Fingerspiel simulierte er das Führen einer Marionette an ihren Drähten.

»Aber diese Clique von Konspiranten, die vorgibt, die rechtmäßige Regierung Amerikas zu sein, ist nichts weiter als ein Greuel – das von allen freiheitsliebenden Menschen abgelehnt, bekämpft und gestürzt werden muß!

Und das wird nicht mehr lange auf sich warten lassen. Die

Flamme der Freiheit ist allen Südstaatlern heilig und kann niemals gelöscht werden. Jeder Versuch, sie zum Erlöschen zu bringen – durch Blockaden, Drohungen oder militärische Gewalt –, läßt sie nur noch höher und heller lodern, bis ihr heiliges, reinigendes Feuer dieses Sodom, das sich Washington nennt, verzehrt, bis es eine Stadt des Südens wird – und das wird geschehen, sobald Virginia sich der Sezession seiner Bruderstaaten anschließt...«

In einer der vorderen Reihen erhob sich ein Mann halb vom Sitz und warf etwas auf die Bühne. Lamont wich durch einen raschen Schritt aus. Ein verfaulter Kohlkopf prallte hinter dem Pult gegen die Staffelei und zerplatzte.

»Genau das habe ich von Mister Lincolns Gesindel erwartet!« rief Lamont. »Geben Sie sich keinen Illusionen hin. Virginia wird sich den anderen Südstaaten anschließen, und weitere Staaten werden folgen. Wir werden uns erheben...«

Er breitete die Arme aus.

Mehr als die Hälfte der Zuhörer standen auf.

»... und in einmütiger Solidarität einen Appell an Richmond richten, daß die freien Männer und Frauen Washingtons sehnsüchtig und voller Ungeduld den Einmarsch der siegreichen Armee General Beauregards erwarten, der Armee, die uns von dem Joch dieses primitiven Bauerntrampels befreien wird, der wenige Minuten entfernt von hier residiert. Einen Appell an Richmond, Ladies und Gentlemen! An alle Staaten des Südens!« Er riß die Arme empor. »An die Welt!«

Der Mann neben Jephtha sprang hoch, stieß einen lauten Fluch aus und warf seinen Stein.

Lamont duckte sich. Der Stein traf die Wasserkaraffe. Sie zersplitterte, und das Wasser spritzte auf den Abendanzug des Schauspielers. Eine Glasscherbe ritzte seine linke Wange.

Er stand unbeweglich.

Jetzt waren alle Menschen im Zuschauerraum auf den Beinen.

»Einen Appell, uns zu befreien, diese Stadt für die Konföderation zu erobern ...«

Ein zweiter Stein sauste dicht an Lamonts Kopf vorbei. Er duckte sich und warf dem nervösen Klavierspieler einen raschen Blick zu. Die ersten Akkorde riefen frenetischen Beifall hervor.

Überall sah Jephtha verzerrte Gesichter – einige vor Begeisterung, andere vor Wut. Münder schrien Worte, die er nicht verstand, Fäuste reckten sich in die Luft.

Irrsinn, dachte er, völliger Irrsinn ...

Durch den Lärm klang plötzlich eine klare, laute Stimme. Lamont sang:

»I wish I was in the land of cotton,
Old times there are not forgotten ...«

»Aufhören! Aufhören!« brüllten mehrere Männer, sprangen über die Sitzreihen hinweg und drängten auf die Bühne zu.

Aber inzwischen waren mehrere Dutzend andere Stimmen eingefallen ...

Dann wurden es zweihundert ...

Zweihundert ...

Und sie sangen voller Stolz und Trotz:

»Look away! Look away! Look away! Dixie Land!
In Dixie Land, where I was born in,
Early on one frosty mornin' ...«

Mehrere Männer versuchten, die Bühne zu stürmen. Andere rissen sie zurück. Lamont stand hoch aufgerichtet. Seine rechte Hand schlug den Takt, und der dröhnende Gesang ließ die Halle erzittern.

»Look away! Look away! Look away! Dixie Land!«

Jephtha mußte auf den Sitz steigen, um zu sehen, was sich vor der Bühne abspielte. Männer fuchtelten mit Fäusten und Stöcken, begannen einander zu verprügeln. Einer gegen den anderen. Eine Gruppe gegen die andere.

Steine und Früchte flogen auf die Bühne – sogar ein Bowie-

Messer. Lamont wich ihnen geschickt und mit sparsamen, eleganten Bewegungen aus. Aber er zeigte keinerlei Furcht. In der Reihe vor Jephtha wurde ein Mann von zwei anderen angegriffen und zu Boden geschlagen. Er schrie auf, als sie ihm in die Hoden traten.

»Paß auf, Lamont!« schrie jemand.

Ein Schuß krachte.

Panik brach aus. Männer, die eben noch aufeinander eingeschlagen hatten, drängten sich zum Ausgang. Bänke segelten durch die Luft. Jephtha sah Männer mit blutüberströmten Gesichtern zusammenbrechen.

Edward Lamont stand am linken Bühnenrand. Er hatte sich dorthin geflüchtet, als der Schuß krachte.

Das Schreien, die Schlägereien und die plötzliche Panik beim Krachen des Schusses waren Zeichen einer Massenhysterie.

Jephtha war zum Heulen zumute. Die Bilder, die sein Auge sah, lösten sich in unzusammenhängende Fragmente auf:

Das rot angelaufene Gesicht eines jungen Dandys, der »Dixie Land« brüllte und dabei einen älteren Mann in die Knie zwang und ihm mehrmals seinen Stock über den Kopf schlug. Der Mann sackte zur Seite...

Eine Gruppe von Männern, die Mrs. Greenhow in ihre Mitte genommen hatten. Sie sang weiter, als ihre Beschützer sie in Sicherheit brachten:

»Then I wish I was in Dixie, hooray! Hooray!
In Dixie Land, we'll take our stand,
To live and die in Dixie...«

Der Mann neben Jephtha, der den ersten Stein nach Lamont geworfen hatte, war jetzt in der vierten Reihe, zwang einen Mann zu Boden und drückte ihm die Daumen in die Augen. Der Mann schrie wie ein Kind...

Lamont war noch immer auf der Bühne. Acht Männer hatten sich vor ihn gestellt, um ihn vor weiteren Angriffen zu schützen. Plötzlich stürmten zwei Männer auf sie zu...

Dorn und der andere Pinkerton-Detektiv, mit Revolvern in den Händen...

Sie drängten die acht Südstaatler zur Seite. Dorn packte Lamont bei der Schulter und hielt ihn fest, bis der andere Pinkerton-Mann neben ihm stand.

Die acht Südstaatler drangen auf die beiden ein. Dorn richtete seine Waffe auf sie.

»Zurück! Wir sind Freunde. Wir haben Auftrag, ihn zu beschützen.«

Die Männer zögerten.

Nur einer versuchte einen Protest. »Das glaubt ihr doch selbst nicht...«

Die anderen wollten ihn zurückhalten. Er riß sich los.

Dorn richtete den Revolver auf den Mann und drückte ab.

Der Mann brach zusammen. Das überzeugte die anderen, daß Dorn es ernst meinte. Sie traten zurück und ließen Dorn und seinen grauhaarigen Kollegen den erleichtert aufatmenden Lamont von der Bühne geleiten.

Jephtha starrte mit offenem Mund auf die drei Männer. Wo, zum Teufel, war Pinkerton? Warum hatte er seine Leute beauftragt, einen Agitator der Konföderation zu beschützen?

Und dann begriff er und schämte sich seiner Dummheit.

Jephtha sprang über zertrümmerte Bänke und lief auf die Bühne zu.

Der Tumult hatte an Heftigkeit verloren. Aber noch immer hörte Jephtha Poltern und Schreien, das Klirren von splitterndem Glas, Flüche und Tritte schwerer Stiefel, als die Menschen in panischer Flucht zu den Ausgängen drängten. Ein einsamer Tenor sang unverdrossen *»Dixie Land«*...

Plötzlich durchzuckte Jephtha ein Gedanke. Noch bevor sein Gehirn ihn richtig erfaßt hatte, wußte er, daß er die Lösung des Problems war, das ihn den ganzen Nachmittag über gequält hatte. Wenn er Lamont zu Hilfe kam, mußte Fan ihn empfangen...

Was für ein zynischer Hund du geworden bist, dachte er, als er an den acht Männern vorbeilief, die Lamont hatten schützen wollen. Der Mann, dem Dorn eine Kugel in den Leib geschossen hatte, lag auf dem Boden und rief schwach um Hilfe. Niemand kümmerte sich um ihn.

Jephtha wußte, daß sein Plan riskant war. Um ihn durchzuführen, mußte er erstens Lamont finden und zweitens verhindern, daß die beiden Pinkerton-Männer ihm etwas antaten.

Jephtha erreichte den hinteren Teil der Bühne. Die Kerzen des Rampenlichts flackerten, und ihr Schein reichte nicht bis zum linken Bühnenrand, dem sich Jephtha jetzt näherte.

Er ging vorsichtiger. Er wußte nicht, wer sich in den tiefen Schatten der Kulissen verbergen mochte. Er schob die rechte Hand in die Tasche und umklammerte den Elfenbeingriff der Pepperbox.

6. Kapitel
Die Detektive

1

Jephtha wußte, daß er sich beeilen mußte, und zwang sich, rascher zu gehen. Unangefochten erreichte er den Bühnenausgang. Auf der von zwei trüben Gaslaternen beleuchteten Gasse sah er schattenhafte Gestalten davonhuschen. Theaterbesucher, die in panischer Angst das Weite suchten. Irgendwo schrillte eine Trillerpfeife. Anscheinend hatte man endlich ein paar von Washingtons Nachtpolizisten alarmiert.

Zwei der »Canterbury-Girls« drängten sich an ihm vorbei durch die Tür. Sie rochen nach Schweiß und süßlichem Parfum.

Aus einem kleinen Verschlag neben der Tür stürzte ein Mann, der hastig seine Jacke überzog. Er blieb überrascht stehen, als Jephtha aus dem Schatten auf ihn zutrat.

»Sind Sie der Inspizient?«

Der Mann drehte nervös seinen dünnen Schnurrbart.

»Der bin ich. Und wer sind Sie?«

»Das ist unwichtig. Zwei Männer haben Lamont herausgebracht. Wohin sind sie gegangen?«

»Das weiß ich nicht. Ich habe sie nicht gesehen.«

Die Stirn des Mannes glänzte im Licht der Gaslampe. Seine Augen verrieten seine Angst... und seine Lüge.

Jephtha riß die Pepperbox aus der Tasche.

Der Inspizient drängte sich an die Wand.

»Glauben Sie mir, ich hatte nichts damit zu tun! Ich schwöre, daß ich nicht...«

Jephtha drückte die vierläufige Mündung der Pepperbox dem Mann gegen die Weste.

»Ich hoffe, daß Ihr Gedächtnis sich schnell bessert, Mister. Ich gehöre zur Agentur Pinkerton.«

Diese Eröffnung verwandelte die Angst des Mannes in Panik. Der Name des Detektivs verbreitete überall Angst und Schrecken.

»Unten... unten im Keller... glaube ich...« Die Hand des Inspizienten flatterte, als er auf die Kellertür deutete.

»Sie sind nicht hinausgelaufen? Sie sind also noch im Gebäude?«

»Mein Gott, Sie sehen doch selbst, wie dunkel es hier ist. Und als der Tumult losging, war auch hinter der Bühne der Teufel los. Ich glaube, daß Lamont und die beiden anderen Männer in den Keller gelaufen sind. Sie... Sie werden mir doch nichts tun, nur weil ich nicht sicher bin...«

Jephtha stieß den Mann zur Seite und lief auf die Kellertür zu.

Im Dunkel stieß er mit zwei Männern der »Zolko«-Truppe zusammen. Die Akrobaten fluchten in einer ihm unbekannten Sprache, und einer schlug nach Jephtha, als der sie zur Seite drängte und weiterlief.

Er sprang über drei zusammengerollte Plakate, die am Boden lagen. Eine trübe Gaslampe zeigte ihm den Kellereingang. Vor der offenen Tür blieb er stehen und starrte die Stufen ins Dunkel hinab. Er fragte sich, wie der Inspizient reagiert haben würde, wenn er gewußt hätte, daß der Mann, der ihn bedrohte, fast genauso viel Angst hatte wie er.

Aus dem Zuschauerraum schrillten Polizeipfeifen. Jephtha atmete tief durch und ging dann so leise wie möglich die eisernen Stufen hinab.

2

Am Fuß der Treppe befand sich ein muffig riechender, schmutzstarrender Korridor.

Zur Linken sah Jephtha eine trübe Gaslampe und in ihrem Licht einen Mann, der neben einer geschlossenen Tür an der Wand lehnte. Es war der grauhaarige Detektiv.

Durch die Tür kam das Geräusch eines dumpfen Schlages. Ihm folgte ein erstickter Schrei. Der grauhaarige Detektiv grinste.

Jephtha erkannte, daß sein Vorhaben Wahnsinn war. Er war dieser Situation einfach nicht gewachsen. Trotz dieser Einsicht steckte er jedoch seine Pepperbox in die Tasche und trat aus dem Schatten am Fuß der Treppe in das Licht der Gaslampe.

Mit festen, selbstsicheren Schritten ging er auf den Detektiv zu.

Der Mann richtete sich auf, wandte den Kopf und griff unter seine Jacke.

Aus dem Raum hinter der geschlossenen Tür hörte Jephtha wieder einen dumpfen Schlag, dann noch einen. Eine Männerstimme sagte in hartem, aggressivem Ton ein paar Worte, eine zweite antwortete, und es klang wie ein erstickter Aufschrei.

Bevor der grauhaarige Detektiv seine Waffe ziehen konnte, sagte Jephtha: »Allen will sofort mit dir sprechen.«

Die kleinen Augen des Mannes wirkten verwirrt.

»Allen?«

Jephtha spürte, daß seine Handflächen feucht wurden. Seine Knie zitterten.

»Sagt dir denn der Name Major Allen gar nichts?«

»Vielleicht, aber ...«

Wieder ein dumpfer Schlag hinter der geschlossenen Tür. Dann die harte, befehlende Stimme. Jephtha erkannte sie. Es war Dorn. Auf der Tür stand in ungelenken Buchstaben: Requisiten.

Lamont schrie erneut auf. Der grauhaarige Detektiv blickte Jephtha unsicher an.

»Aber ich kenne Sie nicht ...«

Jephtha sagte: »Ich bin Emerson vom Büro in Chicago. Willst du mir weismachen, daß du jeden Mann der Agentur kennst?«

Die Ironie machte den anderen noch unsicherer. Er fuhr nervös mit der Zunge über seine Lippen.

Er war nicht sehr intelligent, erkannte Jephtha und wollte seinen Vorteil ausnutzen.

»Ich bleibe hier, bis du zurück bist. Der Major wartet vor dem Haupteingang.«

Der grauhaarige Detektiv warf einen Blick auf die Tür. »Aber er weiß doch gar nichts von ... von dieser Sache ...«

»Vielleicht will er deshalb mit dir sprechen.«

Der Mann starrte ihn mißtrauisch an, und Jephtha wußte, daß er das Spiel verloren hatte, wenn er nicht sofort handelte. Er packte den Mann an der Schulter und stieß ihn von der Wand fort.

»Er will jetzt mit dir sprechen, verdammt noch mal!«

Der Detektiv trat einen Schritt zurück und hob drohend seine Faust.

»Ich gebe dir einen guten Rat«, sagte Jephtha scharf. »Beeil dich, oder du kannst dir morgen einen neuen Job suchen.« Er lehnte sich mit dem Rücken an die Tür und hoffte, daß der Detektiv ihm seine Angst nicht ansah.

Aus dem Requisitenraum hörte er noch immer das Geräusch von Schlägen und Lamonts weinerliches Schreien. Er verstand ein paar Worte Dorns: »... du verdammter Verräter, ich will wissen, wer deine kleine Vorstellung geplant hat ...«

»Bist du noch immer hier?« herrschte Jephtha den anderen Detektiv an.

Jephthas Selbstsicherheit beeindruckte den Mann. Er wandte sich um und lief die Treppe hinauf.

Erschöpft und erleichtert schloß Jephtha die Augen. Mit Frechheit und einer Selbstsicherheit, die er gar nicht besaß, hatte er es geschafft.

Aber der gefährlichste Teil seines Vorhabens lag vor ihm.

Sobald der grauhaarige Detektiv verschwunden war, überprüfte er den rotierenden Hammer der Pepperbox. Die kleine Waffe war schußbereit. Er umfaßte den Türdrücker und überzeugte sich, daß die Tür nicht abgeschlossen war, dann atmete er tief durch und stieß sie auf.

3

Als die Tür aufflog, fuhr Dorn herum.

Jephtha sah den blonden Detektiv vor einem düsteren Hintergrund. Eine Öllampe, die auf einem Schrankkoffer stand, beleuchtete zwei lange Reihen verstaubter Kostüme. In Regalen waren andere Requisiten: Perücken, Schwerter, Lanzen, und vor einem großen Spiegel lag ein Totenschädel auf einem Koffer.

In der Mitte des Gangs stand ein imitierter Regency-Stuhl, und auf ihm hatte Dorn den Schauspieler festgebunden. Lamonts Kopf war auf die linke Schulter gesunken, sein zerschlagenes Gesicht angeschwollen und blutverschmiert. Blut rann aus seiner Nase und tropfte vom Kinn auf die weiße Hemdbrust.

Dorn stand geduckt vor Lamont, und Jephtha sah den Messing-Schlagring an seiner rechten Hand. Er richtete die Pepperbox auf ihn.

»Keine Bewegung.«

Lamont hörte seine Stimme und versuchte, den Kopf zu heben. Er schaffte es nicht. Stöhnend ließ er den Kopf wieder sinken.

Dorns blaue Augen starrten Jephtha an. »Reverend? Wie

zum Teufel sind Sie hereingekommen? Wo ist Miller, dieser alte Trottel?«

»Der Mann, der draußen stand? Den habe ich fortgeschickt. Ich habe ihm gesagt, daß ich im Büro von Chicago arbeite.«

»Dieser dämliche Hund!« knurrte Dorn wütend und trat auf Jephtha zu, die Hand mit dem Schlagring erhoben.

»Binden Sie den Mann los, Dorn!«

»Ich denke nicht daran!«

»Sie werden ihn losbinden, Dorn!«

Dorn schüttelte den Kopf.

»Ich verstehe Sie nicht. Oder besteht etwa eine Verbindung zwischen Ihnen und diesem Verbrecher? Hatten Sie vielleicht doch einen besonderen Grund für Ihren Ausflug nach Virginia?«

»Dorn, Sie sind noch dümmer als dieser Miller. Ich bin nur aus einem Grund hier: Ich habe etwas dagegen, daß Privatdetektive andere Menschen zusammenschlagen, nur weil ihnen deren politische Ansichten nicht gefallen.« Er starrte Dorn in die Augen. »Und ohne jeden Auftrag.«

Dorn blinzelte. Jephtha hatte den wunden Punkt getroffen.

Dorn schrie: »Er ist ein Feind der Regierung! Ich will herausfinden, wer diese Veranstaltung geplant hat! Ich bin sicher, daß es nicht Lamont war. Ich will wissen, wer dahintersteckt, verdammt noch mal! Ich tue nur meine Pflicht!«

»Ich bezweifle, daß Sie einen Auftrag haben, andere Menschen halbtot zu schlagen.«

Der massige junge Mann war wieder selbstsicherer geworden. Er schien bereit, sich auf Jephtha zu stürzen. Jephtha spürte, daß seine Hand zitterte. Dorn wußte, daß er in der Falle saß. Er würde versuchen, sich mit allen Mitteln daraus zu befreien.

Dorn grinste. »Nein, den Auftrag hat mir der Boß nicht gegeben. Aber er wird über die Informationen froh sein, die ich ihm bringe. Und ich werde sie ihm bringen, wenn ich mit Ihnen fertig bin, Reverend.«

Jephtha wußte, daß es sinnlos war, mit Dorn zu reden. Er würde nur weitere Sprüche über die Notwendigkeit der Verteidigung der Union von sich geben, ohne selbst auch nur ein Wort davon zu glauben. Ihm machte es einfach Spaß, andere Menschen zu quälen, und Jephtha hinderte ihn daran. Ein Grund mehr, um keine Zeit zu verlieren.

»Treten Sie zurück. Ich werde ihn losbinden.«

Dorns blaue Augen funkelten im Licht der Lampe. Er grinste plötzlich.

»Ich glaube nicht, daß Sie überhaupt wissen, wie man das Ding abdrückt, mit dem Sie herumfuchteln, Reverend.«

Jephtha richtete die Pepperbox auf Dorns Brustbein.

»Wollen Sie es darauf ankommen lassen?«

Dorn starrte Jephtha unsicher an.

»Moment mal, nicht so hastig. Sie dürfen nicht nervös werden...« Plötzlich war er blaß. »Menschenskind, Sie könnten mich wirklich treffen...«

»Sie sind doch nicht so dumm, wie ich dachte.«

Dorn blickte ihn unsicher an.

»Treten Sie drei Schritte zurück«, sagte Jephtha. »Ich werde ihn losbinden.«

Dorn zögerte.

»Haben Sie nicht gehört? Sie sollen zurücktreten!«

Dorns blaue Augen funkelten ihn haßerfüllt an. Er warf einen Blick auf die vier Läufe der Pepperbox, atmete tief durch und verlagerte sein Gewicht auf den rechten Fuß.

»Aber schön langsam«, riet Jephtha.

Dorn trat einen Schritt zurück. Jephtha ging einen vor. Dorn machte einen zweiten Schritt rückwärts. Zu spät sah Jephtha, daß seine Hand nach dem Totenschädel auf dem Koffer griff.

Dorn hob den Schädel und schleuderte ihn gegen Jephthas Kopf. Dann warf er sich zur Seite.

Jephtha reckte sich und drückte ab. Der Schädel prallte gegen die Tür. Dorn war unglaublich schnell. Jephtha war noch immer halb geduckt. Dorns Stiefel traf ihn genau auf die Kinnspitze. Sein Kopf wurde zurückgeschleudert. Er taumelte.

Dorns Fäuste trommelten in seinen Magen, und die Schläge trieben Jephtha an die Wand. Er glitt zu Boden.

Ein Fußtritt traf seinen rechten Unterarm. Die Pepperbox polterte zu Boden. Ein zweiter Tritt traf ihn zwischen die Beine. Jephtha schrie auf und wäre fast bewußtlos geworden.

»Und jetzt«, sagte Dorn grinsend, »wollen wir mal sehen, ob deine Muskeln genau so ausgepägt sind wie deine Schnauze.«

Ein rechter Haken traf Jephthas Kinn. Jephtha hatte den Kopf zur Seite geworfen, und so ritzte der Schlagring nur die Haut auf.

Dorn packte ihn bei der Jacke und riß ihn hoch. In den blauen Augen standen unbändiger Haß. Und Mordlust.

Jephtha mobilisierte den Rest seiner Kraft und rammte Dorn das Knie in die Genitalien.

Dorn stöhnte auf und brach zusammen.

Jephtha lief zur Wand zurück und fand seine Pepperbox

Als er sich umdrehte, sah er, daß Dorn den Schlagring abgestreift hatte und jetzt ein langes Messer in der Hand hielt.

Jephtha hob die Waffe und drückte ab.

Jephtha sah das kleine runde Loch, das die Kugel in die Jacke Dorns gerissen hatte, dicht unter dem linken Rippenbogen.

Der blonde Mann schwankte und blinzelte verwundert. Das Messer klirrte zu Boden.

Dorn sah Jephtha an, seine Lippen bewegten sich. Aber es kam kein Laut heraus. Seine rechte Hand krampfte sich in den Stoff der Jacke. Blut quoll zwischen seinen Fingern hervor.

Als er wieder sprechen konnte, klang seine Stimme asthmatisch und erstaunt. »Du bist der gottverdammteste ... Priester, dem ich ... je begegnet bin ...«

Seine Augen schlossen sich, er brach endgültig zusammen.

Mit zitternden Händen schob Jephtha die Pepperbox in die Tasche. Er war am Ende seiner Kraft und merkte, daß er nicht mehr klar sehen konnte. Wie ein Betrunkener sah er statt einer Öllampe zwei ... dann drei ...

Er sank zu Boden. Jephtha hörte jemanden den Korridor entlang kommen.

Jephtha wußte, daß er sich nicht aufrichten konnte. Wenn Miller zurückkam, um ihn zu töten, so konnte er es nicht verhindern.

4

»... sagte, daß er Emerson sei, Emerson vom Büro in Chicago ...«

»Es gibt keinen Emerson in Chicago, Sie Idiot!«

Jephtha nahm alle Kraft zusammen, um bei Bewußtsein zu bleiben.

»Mein Gott, Dorn hat es erwischt!«

»Wir haben schlimmere Sorgen, verdammt noch mal!«

Jephtha öffnete die Augen. Er hatte die Stimme erkannt. Er richtete sich mühsam auf, und Pinkerton half ihm auf die Füße.

Pinkerton sagte scharf: »Ich kenne diesen Mann, Miller. Alles in Ordnung, Kent?«

Jephtha schwankte.

»Kent?«

»Ja ... alles in Ordnung.«

Miller beugte sich über den reglos am Boden liegenden Dorn.

»Er blutet ziemlich stark ...«

»Na und? Sie hatten den Auftrag, zu beobachten, das war alles. Wer hatte die blödsinnige Idee, diesen Schauspieler halbtot zu prügeln?«

Der grauhaarige Detektiv fummelte an Dorns blutverschmierter Jacke herum.

»Miller! Antworten Sie!« Miller richtete sich auf. Seine Hände waren blutig, er wischte sie an seiner Hose ab.

»Es war Dorns Idee«, sagte er. »Wahrscheinlich wollte er herausbringen, ob es hier einen Spionagering der Konföderation gibt...«

»Aber deshalb brauchte er doch diesen Mann nicht halbtot zu prügeln! Jeder Idiot weiß, daß es hier von Sympathisanten der Südstaaten nur so wimmelt.«

Er packte Miller bei den Schultern.

»Wir hatten den Auftrag...« Er seufzte resignierend und ließ Miller los. »Es war mein Fehler. Ich hätte Dorn besser kennen müssen. Bei Gott, ich werde dafür sorgen, daß er nie wieder für mich oder für irgendeine Polizeibehörde oder irgendeinen Eisenbahn-Sicherheitsdienst arbeitet!«

Er wandte sich an Jephtha, der sich zum Schrankkoffer geschleppt hatte.

»Wie sind Sie eigentlich in diese Sache hineingeraten, Kent?«

»Ich war...« Jephtha fuhr mit der Hand über seine feuchte Stirn. Er fühlte sich jetzt wieder etwas besser, aber er hätte gern einen Whiskey gehabt, um seine Schmerzen zu betäuben. »Ich war im Zuschauerraum und sah, wie Dorn und Miller auf die Bühne stürzten und Lamont wegführten. Sie sagten, sie wollten ihn beschützen. Aber so, wie ich Dorn kenne, hatte ich... gewisse Zweifel. Ich mag die Politik der Südstaaten nicht, wie Sie wissen, aber Leute wie Dorn sind mir noch unsympathischer. Was Sie heute zugelassen haben, war mehr als nur illegal.«

Pinkertons Gesicht lief rot an. »Ich habe nichts zugelassen, Kent. Wenn ich von dieser Sache gewußt hätte, wäre ich sofort eingeschritten.«

Jephtha zuckte mit den Schultern.

»Ich habe Ihnen ja gesagt, daß Sie im Theater sein sollten.«

»Ja, ich erinnere mich«, murmelte Pinkerton. »Trotzdem begreife ich nicht, warum Sie Ihren Hals riskiert haben. Warum haben Sie nicht einfach mich zu Hilfe gerufen?«

Jephtha sagte rasch: »Dazu war keine Zeit. Ich hatte Angst, daß Lamont tot wäre, bevor ich ihn fand...«

»Es besteht also keinerlei Verbindung zwischen Ihnen und Lamont?«

Jephtha zögerte. »Doch. Aber die ist ganz privat und hat nichts mit Politik zu tun. Mehr will ich dazu nicht sagen.«

»Das reicht auch!« rief Miller. »Boß, der Kerl steckt mit diesen Rebellen unter einer Decke!«

»Halten Sie den Mund, Miller! Kent ist ebensowenig ein Sezessionist wie Abe Lincoln. Wenn er sagt, daß seine Beziehung zu Lamont rein privater Natur ist, dann glaube ich ihm.«

Miller wollte protestieren.

»Ich habe gesagt, Sie sollen den Mund halten! Mister Kent ist Reporter der New Yorker *Union*.«

Miller begriff. »O Jesus...«

»Was ist hier unten eigentlich passiert?« fragte Pinkerton Jephtha.

»Nachdem ich Mister Miller eingeredet hatte, daß ich einer Ihrer Männer sei, habe ich versucht, Lamont zu befreien. Dorn griff mich an, zuerst mit dem Schlagring, der dort auf dem Boden liegt, und später mit seinem Messer. Ich glaube, er wollte mich töten. Aber ich habe mir nicht die Zeit genommen, das herauszufinden, sondern auf ihn geschossen.«

Er überlegte, wie er Lamont von hier fortbringen konnte.

»Ich bin gern bereit, die Aussage vor einem Richter zu wiederholen, wenn Sie Wert darauf legen...«

»Nein!« sagte Pinkerton schnell.

»Auf jeden Fall werde ich in meinem nächsten Bericht an die *Union* in allen Details darüber berichten, es sei denn...«

»Was verlangen Sie?« fragte Pinkerton hastig.

»Schicken Sie Miller hinaus. Er soll eine Kutsche bestellen. Ach ja, und er soll auch versuchen, irgendwo Salmiakgeist aufzutreiben. Wenn wir Lamont aus seiner Bewußtlosigkeit wekken und ohne Aufsehen hinausbringen können, werde ich dafür sorgen, daß er zu seiner... daß er in sein Hotel kommt. Er wohnt im *National*.«

»Das ist doch gleich um die Ecke.«

»Richtig, Mister Miller. Aber ich bezweifle, daß die Anwesenheit Major Allens noch lange geheim bleiben wird, wenn ich Lamont in seinem Zustand zu Fuß ins Hotel schleppe.«

Pinkerton nickte. »Es sind noch immer zu viele Menschen auf der Straße.«

»Also gut, Pinkerton. Sie helfen mir, Lamont unauffällig in sein Hotel zurückzubringen, und ich vergesse, daß ich Sie hier gesehen habe. Sie und Mister Dorn.«

Pinkerton nagte an seiner Lippe. »Keinen Bericht an Ihre Zeitung?«

»Nein.«

»Kann ich mich darauf verlassen?«

»Haben Sie eine andere Wahl?«

»Nein.«

»Ich würde gern wissen, für wen Sie eigentlich arbeiten.«

»Das hat nichts mit unserem Abkommen zu tun.«

»Sie haben recht. Trotzdem würde ich Ihnen raten, möglichst rasch aus der Stadt zu verschwinden. Mit Ihren Agenten. Selbst wenn der Mann, dem Sie diese kleinen Gefälligkeiten erweisen, im Kabinett sitzen sollte, ist es bestimmt weder Ihrer noch seiner Karriere förderlich, wenn man von Ihrer Anwesenheit in Washington erfährt. Und je länger Sie hier sind, desto größer wird die Gefahr, daß jemand Sie erkennt.«

Nach einigen Sekunden sagte Pinkerton leise. »Ja, Sie haben recht.« Er sah Jephtha prüfend an. »Sie müssen einen wirklich zwingenden Grund haben, Lamont zu helfen.«

»Den habe ich.« Es erschreckte ihn fast, in wenigen Minuten

seiner Frau gegenüberzustehen. Er spürte, daß der Haß auf sie wieder in ihm hochkam...

Er sah, daß Lamont mühsam den Kopf hob. »Wir sollten uns jetzt um ihn kümmern. Wir sind uns also einig?«

»Ja. Miller wird die Kutsche selbst fahren und dafür sorgen, daß Sie beide ungesehen durch den Hintereingang in das Hotel gelangen.«

»Lamont braucht einen Arzt.«

»Ich werde einen schicken.« Er wandte sich an Miller. »Was stehen Sie denn noch hier herum? Verschwinden Sie! Und kein Wort zu irgend jemandem, wenn Sie Wert darauf legen, weiter für mich zu arbeiten.«

Immer noch verwirrt über den ungewöhnlichen Handel, den sein Boß mit Jephtha abgeschlossen hatte, lief Miller hinaus und warf die Tür hinter sich ins Schloß.

Jephtha nahm ein einigermaßen sauberes Hemd aus dem Kostümfundus und trat zu dem Stuhl, auf den der noch immer halb bewußtlose Schauspieler gefesselt war.

»Lamont?«

Die braunen Augen flatterten auf. »Was... was...«

»Ich werde Sie jetzt in Ihr Hotel zurückbringen.«

»Danke.«

»Ich muß Ihnen das Blut aus dem Gesicht wischen, damit wir kein Aufsehen erregen. Es könnte etwas weh tun.«

»Gut...«

Er stöhnte und verzog das Gesicht, als Jephtha ihm das angetrocknete Blut abwischte.

Miller kam zurück. In einer der Garderoben hatte er eine Flasche Salmiakgeist gefunden.

»Die Polizisten haben das Theater geräumt«, verkündete er.

»Den Bühnenraum auch?«

»Ja. Nur in der Gasse hinter dem Theater treiben sich noch ein paar Leute herum.«

»Wie viele?«

»Acht oder zehn. Die Hälfte davon sind Nigger.«

»Haben Sie eine Kutsche bestellt?«

»Sie muß in einer Minute hier sein.«

Jephtha zog den Korken aus der Salmiakflasche und hielt sie Lamont unter die Nase. Der Schauspieler riß den Kopf zurück, schnaubte und hustete. Jephtha klopfte ihm auf den Rücken.

Dann löste er die Fesseln. Er und Miller halfen Lamont auf die Beine. Pinkerton lief auf den Korridor hinaus und ging zur Treppe, um zu sehen, ob die Luft rein war.

Jephtha lächelte. Seine List, dem ehrgeizigen Detektiv Angst um seine Karriere zu machen, hatte sich als erfolgreich erwiesen. Blieb abzuwarten, ob die andere Rechnung ebenso glatt aufgehen würde...

5

Die Kutsche rollte an. Miller gehorchte Jephthas Befehl und ließ die Pferde im Schritt gehen.

Jephtha sah im Vorbeifahren die neugierigen Gesichter der Männer, die in der Gasse hinter dem Theater zusammenstanden. Pinkerton war nirgends zu entdecken.

»Fühlen Sie sich besser?« fragte er Lamont.

Der Schauspieler saß ihm gegenüber und umklammerte mit beiden Händen den Halteriemen. Sein Gesicht war einigermaßen sauber, aber er wirkte erschöpft und bleich. Jephtha hielt ihm wieder die Salmiakflasche unter die Nase.

Lamonts Augen begannen zu tränen. Er atmete ein paarmal tief durch.

Der Wagen bog in die Gasse ein, an der der Hintereingang des *National Hotels* lag.

»Können Sie gehen, Lamont?« fragte Jeptha.

»Ich denke schon. Darf ich auch Ihren Namen erfahren, Mister?«

»Kent, Jephtha Kent.«

»Aber doch nicht Fans ehemaliger…« Lamont starrte ihn an.

»Doch. Sie sehen, daß ich keinen Grund habe, Sie besonders sympathisch zu finden. Aber ich konnte trotzdem nicht zulassen, daß diese Burschen Sie totschlagen.«

Das verschwollene Gesicht Lamonts verzog sich.

»Kent«, murmelte er. »Gerade als ich…« Er lächelte eigentümlich. »Wirklich sehr seltsam…«

Das Licht eines Saloons fiel sekundenlang auf Lamonts Gesicht, und Jephtha sah, daß der Schauspieler ihn prüfend anblickte.

»Ich danke Ihnen, Kent. In Anbetracht meiner privaten Situation und unserer politischen Gegnerschaft haben Sie sich überaus fair und anständig verhalten.« Er fuhr mit der Hand durch sein dunkles Haar. »Dieser Mann hat mich ganz schön bearbeitet. Was ist eigentlich passiert? Ich war zuletzt nicht mehr ganz bei mir…«

»Ich habe dafür gesorgt, daß er Sie in Ruhe läßt.«

»Wissen Sie, wer er ist?«

»Irgend jemand, dem Ihr Programm nicht gefallen hat, denke ich.«

»Ich kann mich vage erinnern, zuletzt einen grauhaarigen Kerl gesehen zu haben, und dann noch einen anderen mit einem schwarzen Bart…«

»Freunde von dem Mann, der Sie zusammengeschlagen hat. Sie haben mir geholfen, ihn zu beruhigen.«

Lamont seufzte. »Nochmals vielen Dank, Mister Kent.«

Er reichte Jephtha die Hand. Trotz allem, was er eben durchgemacht hatte, war sein Händedruck kräftig und fest. Er lächelte Jephtha an.

Doch in diesem Augenblick hatte Jephtha das Gefühl, daß Lamont begonnen hatte… Was war die richtige Bezeichnung? … Theater zu spielen.

Jephtha wußte, daß es unlogisch war, sich durch eine Dankesgeste mißtrauisch machen zu lassen. Aber er war mißtrauisch. Er konnte nicht gegen seine Überzeugung ankämpfen, daß Lamonts Dank unaufrichtig war.

Lamont schloß die Augen, als wäre er völlig erschöpft, und wieder spürte Jephtha, daß es nur Theater war.

Er ist nicht erschöpft. Er ist hellwach.

Warum?

Weil Fan einmal meine Frau war?

Nein. Er ist jetzt mit ihr verheiratet. Ich bin also keine Gefahr für ihn.

Warum also ist er so wachsam? Und warum tut er so, als wäre er es nicht?

Diese Frage erhöhte seine Nervosität, als die Kutsche vor dem Hintereingang des *National Hotels* hielt.

7. Kapitel
O Absalom!

1

Jephtha kannte den Hintereingang des *National Hotels* gut. Hier – und an den Hintertüren anderer Hotels – konnte er manchmal in zehn Minuten mehr erfahren und mehr beobachten, als wenn er sich tagelang in den Hotelhallen und in den Ministerien herumtrieb.

Er half Lamont beim Aussteigen und führte ihn zur Tür. Ein älterer Neger, der dösend auf einem Hocker saß, sprang auf und blickte erschrocken in Lamonts Gesicht.

»Das ist einer unserer Gäste, Mister Kent!«

»Stimmt, Hiram.«

Der Neger schüttelte verwundert den Kopf.

»Lamont, können Sie gehen?«

Das Gesicht des Schauspielers war schweißfeucht und wachsbleich.

»Ja, wenn Sie mir Ihren Arm geben...« Er klammerte sich an Jephtha fest.

Jephtha wandte sich an den Neger.

»Hiram, ich wäre Ihnen dankbar, wenn Sie niemandem erzählen würden, was Sie eben gesehen haben.« Er wandte sich an Miller. »Geben Sie dem Mann einen Dollar. Major Allen gibt ihn Ihnen bestimmt wieder.«

Miller verzog ärgerlich das Gesicht, als er mit der Hand in die Tasche griff.

Hiram lächelte.

Jephtha und Lamont begannen, die steile Personaltreppe hinaufzusteigen. Schon nach wenigen Stufen begann Lamont zu keuchen. Auch Jephtha atmete angestrengt. Er war schließlich kein junger Mann mehr, und der Kampf mit Dorn hatte seine Kräfte erschöpft.

Als sie die Tür erreichten, die auf den Korridor des zweiten Stocks führte, fragte Jephtha: »Wie ist Ihre Zimmernummer?«

»Dreihundertsechs.«

»Also noch eine Etage höher.«

»Ich schaffe es schon«, keuchte Lamont.

Als sie den dritten Stock erreicht hatten, stieß Jephtha die Korridortür vorsichtig auf. Es war niemand zu sehen.

»Kommen Sie«, flüsterte er.

Lamont stolperte und wäre zusammengebrochen, hätte Jephtha ihn nicht rechtzeitig aufgefangen.

»Ich muß es Ihnen noch einmal sagen, Kent. Es war verdammt anständig von Ihnen. Ich werde mich irgendwann dafür revanchieren ...«

»Hier ist Ihr Zimmer«, unterbrach Jephtha. Er spürte einen harten Druck in der Brust und wünschte, er hätte die Pepperbox im Theater zurückgelassen.

Er klopfte, hörte Schritte und dann eine Stimme, die genauso klang, wie er sie in Erinnerung hatte.

»Edward?«

Lamont war noch so außer Atem, daß er nicht antworten konnte.

»Edward, bist du es?«

»Edward und ein Freund«, sagte Jephtha.

Es schien eine Ewigkeit zu dauern, bis der Riegel zurückgeschoben wurde. Dann öffnete sich die Tür, und er blickte in Fans bleiches, verwirrtes Gesicht.

»Ich glaubte deine Stimme zu erkennen«, flüsterte sie. »Aber ich konnte nicht glauben ... Mein Gott, Edward!«

»Es ist nicht schlimm«, sagte Jephtha. »Hilf mir, ihn hineinzubringen.«

Sie starrte Jephtha an, unfähig, sich zu rühren.

»Ich habe dir doch gesagt, daß es nicht schlimm ist. Wir müssen ihn nur ins Bett bringen ...«

Lamont stöhnte und klammerte sich an Jephthas Arm.

Fans Blick wurde feindselig.

»Hast du das getan?«

Nachdem Jephtha die ganze Nacht in der Bibel gelesen hatte, war er zu dem festen Vorsatz gelangt, sich durch nichts aus der Fassung bringen zu lassen. Der jahrelang aufgestaute Haß durfte ihn nicht die Beherrschung verlieren lassen. Er sah ein, daß Fan verwirrt und verängstigt war.

»Red kein dummes Zeug«, sagte er. »Wenn du nicht helfen willst, geh wenigstens aus dem Weg.«

Sie trat zurück. Jephtha schleppte Lamont ins Wohnzimmer. Fan schloß die Tür und schob den Riegel vor.

»Dort ...«

Sie deutete auf die Schlafzimmertür. Aber ihr Blick blieb auf das verschwollene Gesicht ihres Mannes gerichtet. Lamont war wieder ohnmächtig geworden. Er murmelte unverständliche Worte, Speichel lief aus seinem Mundwinkel.

»Was ... was ist geschehen, Jephtha?«

»Ich werde es dir sagen, wenn wir ihn zu Bett gebracht haben. Beeile dich bitte.«

Sie lief ins Schlafzimmer, schlug die Decke zurück und zündete die Gaslampe an. Als Jephtha Lamont vorsichtig auf das Bett legte, stieg ihm der Geruch des frischen Leinens in die Nase.

Ihr Ehebett ...

Hastig verdrängte er die Bilder, die diese Vorstellung in ihm auslösten. Bilder von Lamont und Fan ...

Als Jephtha Lamonts Kopf auf das Kissen gleiten ließ, stöhnte der Schauspieler leise und öffnete die Augen. Sein Blick suchte Jephtha.

»Kent ... Sie sollen wissen, wie sehr ... ich Ihnen ... dankbar ...«

»Hol Whiskey«, sagte Jephtha zu Fan.

Sie ging ins Wohnzimmer. Jephtha setzte sich auf den Bettrand und hörte das leise Klirren von Glas. Kurz darauf war Fan wieder da.

Ihr Gesicht war schmaler geworden, stellte er fest, und in ihrem blonden Haar entdeckte er ein paar graue Strähnen. Als sie Whiskey aus der Karaffe in ein Glas goß, verschüttete sie etwas auf ihren Morgenrock.

»Ich war im Theater«, erklärte er, als sie ihm das Glas reichte. »Ich wollte dort... Lamont, hören Sie mich?« Mit der linken Hand hob er den Kopf des Mannes an. »Trinken Sie.«

Er hielt Lamont das Glas an den Mund. Als es leer war, reichte er es Fan zurück und ließ Lamonts Kopf wieder auf das Kissen gleiten.

Dann setzte er seinen Bericht fort. »Ich war dort, weil ich hoffte, eine Story für meine Zeitung schreiben zu können. Jemand hatte mir gesagt, daß heute etwas passieren würde.«

»Ich weiß, daß Edward in irgendeine Geschichte verwickelt war. Aber er wollte mit mir nicht darüber sprechen.«

»Eigentlich hat er die Südstaatler aufgefordert, sich zu erheben und *Dixie Land* zu singen. Ein paar Rowdies begannen, Krawall zu machen, und zwei von ihnen schleppten deinen Mann schließlich in den Keller, um ihm eine Lehre zu erteilen. Ein paar Freunde und ich haben ihn noch rechtzeitig herausgeholt.«

Fan atmete erleichtert auf. »Danke, Jephtha. Ich habe natürlich gewußt, daß du in Washington lebst...«

»Und es wundert dich sicher, daß ich deinem Mann geholfen habe.« Seine Stimme klang bitter.

»Ja«, sagte sie leise.

»Ich habe es nicht ganz selbstlos getan, Fan. Ich hatte einen Grund dafür. Ich werde ihn dir später im Wohnzimmer sagen.«

Er stand auf.

Lamont war eingeschlafen. Sein Gesicht war entspannt, und er atmete tief und regelmäßig. Fan blickte ihn besorgt an.

»Es sieht schlimmer aus, als es ist«, sagte Jephtha. »Aber ich habe auf alle Fälle einen Arzt rufen lassen. Er muß bald hier sein.«

»Du sagst, er hat *Dixie Land* gesungen?«

Jephtha nickte, und der stolze, triumphierende Ausdruck in ihren Augen ärgerte ihn.

Doch plötzlich wurde sie ängstlich.

»Glaubst du, daß sie ihn deswegen verhaften werden?«

Er schüttelte den Kopf.

»Singen ist noch nicht verboten. Mach dir keine Sorgen.« Ohne es zu wollen, berührte er ihren Arm.

Sie zuckte zusammen. Jephtha nahm ihr Glas und Karaffe aus den Händen und stellte beides auf den Nachttisch.

Als sie ins Wohnzimmer gingen, meinte er: »Du solltest dafür sorgen, daß dein Mann morgen und übermorgen im Hotel bleibt. Er hat sich heute nicht gerade Freunde gemacht...«

»Es wird mir kaum gelingen, Edward irgendwelche Vorschriften zu machen«, sagte Fan, als Jephtha die Schlafzimmertür schloß. Gegenüber sah Jephtha eine zweite Tür. War dort das Zimmer der Jungen?«

Sie standen einander gegenüber. Schweigend, verlegen.

Was sprach man mit einer Frau, mit der man fast ein Jahrzehnt zusammengelebt und von der man sich in Feindschaft getrennt hatte?

Jephtha ließ sich auf einen Stuhl fallen und fühlte sich leer und ausgepumpt.

Fan ging nervös auf und ab. Immer wieder ging ihr Blick zu der Tür, hinter der Lamont schlief.

Du mußt irgend etwas tun, um es ihr zu erleichtern, überlegte er. Sie hat es verdient.

Er wählte seine Worte sehr sorgfältig: »Ich kann verstehen, daß du deinem Mann keine Vorschriften machen kannst. Er hat

Mut, das muß man ihm lassen. Heute hätte ihn sein Mut fast getötet...«

»Genau wie dich damals, als du Papas Sklavenmädchen zur Flucht verholfen hast.«

Nein, nicht die Vergangenheit heraufbeschwören, dachte Jephtha. Er zuckte mit den Schultern.

»Ich bin nach wie vor überzeugt, daß die Sklaverei eine Sünde ist, genau wie die Sezession. Aber« – er versuchte zu lächeln – »sonst bin ich erheblich ruhiger und friedlicher geworden.«

Lügner! Noch gestern nacht wolltest du ihr weh tun. Und noch vor wenigen Minuten hast du sie genauso gehaßt wie früher.

»Vielleicht kommt es vom Älterwerden.« Er zuckte wieder mit den Schultern.

Fan hatte sich auf das Sofa im Erker gesetzt.

»Ich bin auch nicht mehr jung, Jephtha. Und ich... ich finde, du siehst sehr gut aus.«

»Danke. Du auch.«

»Dein neuer Beruf scheint dir zu liegen.«

Er lehnte sich zurück. Er war müde und wollte endlich auf den wirklichen Grund seines Hierseins zu sprechen kommen.

»Wir wollen sagen, ich bin einigermaßen hineingewachsen. Ich habe mir allerdings auch ein paar Laster angewöhnt, Fan. Ich trinke Whiskey, rauche Zigarren...«

»Und du fluchst gelegentlich«, sagte sie lächelnd. Er nickte.

»Jeder Mensch ändert sich, sein Verhalten, seine Gefühle...«

Mit dieser Bemerkung wollte er ihre Reaktion prüfen, und er war dankbar, als sie sagte: »Ja, du hast recht. Ich... ich bin dir wirklich dankbar. Ich weiß, daß du Edwards Einstellung – und meine – nicht teilst. Was du heute abend getan hast, bringt Erinnerungen zurück, Erinnerungen, die Schuldgefühle wachrufen...«

»Fan, du darfst nicht...«

»Ich kann nicht ändern, daß ich heute vieles bereue, was ich in Lexington zu dir gesagt habe. Mein Standpunkt hat sich nicht im geringsten geändert, aber es ist...

Jephtha sah, wie sie um die Worte rang. Am liebsten hätte er sich neben sie gesetzt und sie getröstet. Aber das wäre unpassend. Sie war die Frau eines anderen Mannes.

»Was du für Edward getan hast, ist so beschämend für mich... Es tut mir so leid, daß ich dir früher diese harten Worte...«

»Sprich nicht weiter«, unterbrach er sie. »Es mußte zu einer Trennung kommen. Wir beide haben nur das getan, wozu unser Land etwas länger brauchte.« Er lächelte. »Wir wollen Lexington vergessen.«

Fan schüttelte den Kopf.

»Laß mich zu Ende sprechen. Ich war oft sehr grausam zu dir. Besonders, als deine Cousine zu Besuch war.«

»Amanda?«

»Ja. Ich habe euch beide beschuldigt, daß ihr die Jungen um ihr Erbe betrügen wollt.«

Sekundenlang glomm wieder Mißtrauen auf. War das wirklich ehrlich gemeint, oder wollte sie nur feststellen, ob die Jungen nach wie vor seine Erben waren?

»Du weißt, daß ich meinen Söhnen nie vorenthalten würde, was ihnen rechtmäßig zusteht.«

»Das weiß ich, Jephtha.«

»Ich habe ein Testament aufgesetzt und sie zu meinen Erben bestimmt. Von den Gewinnen der Goldmine in Kalifornien habe ich keinen einzigen Penny angerührt. Auch nicht von den Zinsen, die dieses Geld gebracht hat.«

Jetzt waren sie ganz nahe am Thema, und er fühlte, daß sein Herz rascher schlug.

Fan lächelte verlegen.

»Edward teilt mein Vertrauen in dich leider nicht. Erst gestern hat er den Verdacht geäußert, daß du die Jungen enterben könntest. Du brauchst es mir nicht zu glauben, aber ich habe ihm gesagt, daß du ein ehrlicher, anständiger Mensch bist...«

»Das war sehr freundlich von dir.« Das Gaslicht fiel auf ihr Haar, und er entdeckte noch mehr graue Strähnen. »Aber mache aus mir um Gottes willen keinen Heiligen. Ich habe... deinem Mann heute eigentlich der Jungen wegen geholfen.«

Sie starrte ihn an. »Ich verstehe nicht.«

»Als ich Lamonts Namen im *Evening Star* sah, nahm ich an, daß du ebenfalls hier bist. Aber ich war nicht sicher, ob du mich empfangen und mit mir sprechen würdest...«

»Das kann ich verstehen.« Sie lächelte bitter.

»Ich hätte die Pinker... die Yankees im Theater auch sonst daran gehindert, deinen Mann zu schlagen. Aber ich habe darauf spekuliert, daß du... eher geneigt sein würdest, mit mir zu sprechen und mir zu sagen...«

Er konnte die Frage nicht länger zurückhalten. »Fan, wie geht es den Jungen? Sind sie hier?«

»Es geht ihnen gut. Allen dreien.«

Er schloß die Augen und seufzte erleichtert.

»Jeremiah ist hier. Er schläft im anderen Zimmer.«

»Ein Wunder, daß er nicht wach geworden ist.«

»Du warst wirklich sehr leise. Und Jungen in seinem Alter können sogar das Jüngste Gericht verschlafen. Manchmal glaube ich...«

Ein Klopfen an der Tür ließ sie abbrechen.

»Wahrscheinlich der Arzt«, sagte Jephtha. »Aber ich werde lieber nachsehen.«

Er zog die Pepperbox aus der Tasche, als er zur Tür trat.

»Wer ist da?«

»Doktor Butterfield«, antwortete eine belegte Stimme.

Jephtha zog den Riegel zurück und ließ einen weißhaarigen, altersgebeugten Mann eintreten. Der durchdringenden Whiskeyfahne nach zu urteilen, die Dr. Butterfield hereinbrachte, hatte er gerade eine längere Konferenz mit einer Flasche hinter sich. Er stolperte leicht, als er über die Schwelle trat.

Als Jephtha den Riegel wieder vorschob, sagte der Arzt: »Ich soll mich um einen Schauspieler kümmern, der verletzt worden ist.« Er kniff die Lider zusammen und blickte Jephtha an. »Sind Sie das?«

»Nein, er ist im Schlafzimmer.« Jephtha deutete auf die Tür. »Er ist in der *Canterbury Hall* zusammengeschlagen worden.«

»Ach ja, die Prügelei mit den verdammten Rebellen. Habe gerade davon gehört.«

»Ich glaube nicht, daß er ernsthaft verletzt ist. Aber wir wollten ganz sichergehen...«

Jephtha stieß die Schlafzimmertür auf. Lamont lag auf der Seite, den Mund leicht geöffnet. Er schnarchte leise.

»Kostet einen Dollar.« Butterfield blieb stehen. »Im voraus.«

»Ich mach das schon, Fan.« Jephtha schob die Pepperbox in die linke Tasche und zog aus der rechten ein Goldstück heraus. Als er dem Arzt die Münze in die Hand drückte, sah er dessen Blick auf die Whiskey-Karaffe auf dem Nachttisch fallen.

»Danke.« Butterfield unterdrückte ein Rülpsen. Als er einen Schritt ins Zimmer trat, stolperte er über den Teppich. »Ich werde Ihnen meine Diagnose gleich mitteilen«, sagte er und schloß die Tür.

Fan begann wieder auf und ab zu gehen. »Hoffentlich ist es nichts Ernstes...«

Er trat zu ihr und griff nach ihren Händen. Sie waren eiskalt.

»Erzähle mir von den Jungen.«

»Laß mich nachdenken.« Sie entzog ihm ihre Hände. »Gideon ist in Virginia. Er will sich bei einer Kavallerieeinheit melden. Er ist ein sehr guter Reiter. Ich habe gehört, daß

Kavalleristen ihr Pferd selbst mitbringen müssen, aber Papa wird ihm sicher eins geben.«

Jephtha fühlte sich verpflichtet, nach Tunworth zu fragen.

»Papa ist etwas hinfällig geworden«, sagte Fan. »Aber er ist froh, daß es endlich zum Krieg gekommen ist.«

Alte Männer sind immer froh, wenn die jungen ihre Kriege austragen, dachte Jephtha. »Und du? Bist du auch froh darüber?«

Sie blickte ihm in die Augen, und er verspürte etwas von dem, was sie einst miteinander verbunden hatte.

»Ich weiß nicht, was ich darauf antworten soll, Jephtha.«

»Warum? Es ist doch eine ganz simple Frage.«

»Nein, das stimmt nicht. Ich bin der Ansicht, daß sich der Süden viel zu lange hat unterdrücken lassen. Die Union ist ein Zusammenschluß freier Staaten, und es muß deshalb jedem Staat möglich sein, sie wieder zu verlassen. Es war dein Mister Lincoln, der entschieden hat, daß wir gegeneinander kämpfen müssen.«

»Fort Sumter hat das entschieden.«

»Vielleicht hast du recht.« Sie fuhr mit der Hand über ihre Stirn. »Aber ich bin nicht froh darüber. Ich möchte nicht, daß meinen ... unseren Söhnen etwas zustößt.« Wieder das verhaltene Lächeln. »Gideon hat sehr viel Ähnlichkeit mit dir. Er setzt sich genauso begeistert für eine Sache ein wie ...«

»Wie ich es getan habe. Er wird also kämpfen?«

Sie nickte. »Sobald er eine Kavallerietruppe gefunden hat, die ihn nimmt, kommt er zurück, um sich zu verabschieden.«

»Er kommt hierher? Wann?«

»In ein paar Tagen, denke ich. Er ist ein prächtiger Junge, Jephtha, groß und stark – nur etwas zu temperamentvoll und jähzornig. Aber das hat er von dir.«

Jephtha war zu sehr mit dem möglichen Wiedersehen mit Gideon beschäftigt, um auf den leichten Seitenhieb einzugehen.

»Ich weiß nicht, wie lange die Brücken nach Virginia noch offen sind. Aber wenn Gideon zurückkommt, würde ich ihn gern sehen.«

»Natürlich.«

Ein unbändiges Glücksgefühl durchflutete ihn. »Und was ist mit Matthew? Ist er hier?«

Sie runzelte die Stirn. »Der Junge ist ein bißchen problematisch.«

»Wieso?«

»Er hat noch weniger Lust zum Lernen als Gideon. Ich habe versucht, den Jungen etwas Mathematik und andere Grundlagen beizubringen, während wir von einer Stadt zur anderen reisten, und ihr Interesse für Literatur zu wecken. Aber Matthew zeigte nicht die geringste Lust. Edward und ich wußten wirklich nicht mehr, was wir tun sollten. Wir haben ihm schließlich erlaubt, das zu tun, wozu er Lust hatte.«

»Und was ist das?«

»Er ist Seemann auf einem Baumwolldampfer, der *Prince of Carolina*.«

»Mein Gott! Ich hätte nie gedacht, daß ihm so etwas Spaß machen würde.«

»Ich glaube, er wollte nur fort von uns. Und er ist schließlich fast siebzehn. Sieh mal...« Sie stand auf, trat zum Sekretär und holte zwei gefaltete Papierbogen aus der Schublade. »Das ist sein letzter Brief. Er hat ihn vor einer Woche in New Orleans geschrieben.«

Jephtha blickte auf die klare, energische Handschrift. »Jedenfalls schreibt er sehr anständig.«

»Nicht nur das. Du müßtest einmal die Karte sehen, die er mir zu meinem letzten Geburtstag gezeichnet hat. Sie war ein kleines Kunstwerk...«

»Er zeichnet?«

»Sehr gut, möchte ich sagen.«

»Das hat er bestimmt nicht von mir.«

Fan lächelte. »Auch nicht von mir. Ich werde dir nachher zwei seiner Arbeiten zeigen. Aber lies erst einmal den Brief.«

Die Anrede lautete: »Liebe Ma, lieber Edward«, und es war Jephtha eine Genugtuung, daß Matthew Lamont nicht mit »Vater« anredete. Er las weiter:

»Wir liegen in New Orleans, einer netten Stadt voller Neger und hübscher dunkelhäutiger Mädchen. Kreolinnen nennt sie der Kapitän. Es macht mir Spaß, sie anzusehen und zu zeichnen. Aber ich habe bisher keine von ihnen näher kennengelernt. Wahrscheinlich bin ich noch zu jung dafür.

Ma, ich weiß, du hast mir zugeredet, regelmäßig in die Kirche zu gehen, aber wir haben so viel zu tun, neue Ladung an Bord zu nehmen und die Kreolinnen anzusehen, daß ich einfach keine Zeit dazu finde. Nur einmal war ich in einer alten Kathedrale. Sie ist sehr hübsch und voller Heiligenfiguren. Wirklich sehr eindrucksvoll.

Alle Männer an Bord sind sehr zufrieden mit unserem Kapitän. Mr. McGill läßt uns schuften wie die Nigger, aber er schindet uns nicht. Wir haben ein gutes, sauberes Schiff und immer mehr Angebote für Fracht, als wir annehmen können. Der Kapitän ist ein sehr schweigsamer Mann. Wenn er nicht an Deck ist, sitzt er in seiner Kabine und spielt auf der Mundharmonika.

Zu mir ist er immer sehr freundlich und hat mir eine Menge Fragen nach unserer Familie gestellt, sogar nach den Kents im Norden. Ich weiß auch nicht, warum er immer besonders freundlich zu mir ist, selbst wenn ich mal Fehler mache. Er hat mir sogar erlaubt, ihn zu zeichnen!

In den Zeitungen steht jetzt eine Menge über die neue Regierung in Montgomery und Bilder von Mr. Davis und der neuen Flagge. Das ist alles für heute. Ich lege zwei neue Zeichnungen bei und hoffe, daß sie Dir gefallen. Ich schreibe wieder, wenn wir in Charleston eingelaufen sind.

Dein Dich liebender Sohn Matthew.«

»Ich danke dir, daß ich den Brief lesen durfte«, sagte Jephtha und reichte ihn Fan zurück. »McGill... McGill... Irgendwo habe ich diesen Namen schon einmal gehört. Richtig. Als ich nach New York kam, sagte mir jemand, daß ein Clipper-Kapitän namens McGill zu Amandas Beerdigung gekommen sei.«

»Ein Südstaatler?«

»Das weiß ich nicht.«

»Meinst du, daß es derselbe Mann ist?«

»Möglich. Wie ließen sich die Fragen nach unserer Familie sonst erklären?«

»Das ist mir eine große Beruhigung«, sagte Fan. »Hier, sieh dir einmal Matthews Skizzen an.«

Jephtha betrachtete die Zeichnungen von Hafenarbeitern und von Matthews Kapitän.

»Fan, der Junge hat Talent.«

»Das schon. Aber er ist nicht ernsthaft genug.«

»Er ist ja noch jung.«

»Ich glaube nicht, daß er sich ändern wird. Er hat einfach kein Interesse an einer ernsthaften Karriere.«

»Hauptsache ist, daß er glücklich ist.«

»Sicher.«

»Mein Gott, ich würde ihn so gern wiedersehen!« Jephtha blickte zur Tür des kleinen Schlafzimmers. »Und Jeremiah...«

Sie streckte ihm die Hand entgegen.

»Komm!«

Ihr Lächeln und ihre ausgestreckte Hand beschämten Jephtha, und er begriff nicht mehr, daß er diese Frau einmal so hassen konnte.

Fan öffnete geräuschlos die Zimmertür und flüsterte: »Soll ich ihn wecken?«

Fast hätte er genickt. Aber dann schüttelte er den Kopf.

»Ich will ihn nicht erschrecken. Es wäre bestimmt ein Schock für ihn, aus dem Schlaf gerissen und mit einem Vater konfrontiert zu werden, den er kaum gekannt hat. Er war schließlich erst sechs Jahre alt, als ich Lexington verließ. Erzähle ihm, daß ich hier war. Darf ich einen Moment hineingehen?«

»Es ist dein Sohn, Jephtha.« Sie trat zur Seite.

2

Das Licht der Gaslampe im Wohnzimmer fiel auf Jeremiahs Bett.

Lautlos trat Jephtha näher und blickte in das schlafgerötete Gesicht des Jungen.

Seine Hand tastete über die Decke, dann kniete er neben dem Bett nieder.

Jeremiah murmelte im Schlaf und drehte sich auf die Seite.

Als er wieder ruhig lag, berührte Jephtha die Hand des Jungen, und er schämte sich der Tränen nicht, die über seine Wangen liefen.

3

Jephtha weinte vor Glück, aber dann kam er sich wie ein Eindringling vor, und es kam ihm die Erkenntnis, daß er Jeremiah und seine anderen Söhne für immer verloren hatte.

Ihm fiel eine Zeile aus dem 2. Kapitel Samuel ein. Und seine Lippen formten lautlos die Klage Davids: »O Absalom, mein Sohn, mein Sohn!«

Behutsam beugte er sich über die Hand Jeremiahs und berührte die warme Haut mit seinen Lippen.

Wieder murmelte der Junge unverständliche Worte. Jephtha erhob sich schnell und trat zu Fan, die neben der Tür gewartet hatte.

Sie sah zur Seite, als sie die Tränen auf seinen Wangen sah, den Ausdruck des Schmerzes in seinen Augen.

Jephtha lächelte. »Er... er ist ein prächtiger junger Mann geworden...«

Die Tür des anderen Zimmers wurde geöffnet, und Dr. Butterfield trat heraus.

4

»... nichts gebrochen, soweit ich das feststellen kann«, sagte der Arzt mit schwerer Zunge und fummelte an der Schließe seiner Tasche. »Ich habe Pflaster auf die Platzwunden gelegt und ihm ein Schlafmittel gegeben. Morgen ist er wieder auf den Beinen. Soll ich morgen noch einmal nach ihm sehen?«

»Ja, ich bitte darum«, sagte Fan.

Jephtha schnüffelte. Der Arzt roch wie eine Whiskeybrennerei. Offensichtlich hatte er während der Behandlung ein paar tiefe Schlucke aus der Karaffe genommen, die auf dem Nachttisch stand.

»Mit Vergnügen...« Butterfield ging mit unsicheren Schritten zur Tür. »Heilige Pflicht des Arztes, sich um seine Patienten zu kümmern.« Er rülpste. »... tschuldigung! Sagen wir, gegen vier?«

»Sehr gut.«

Butterfield ging hinaus und zog die Tür zu. Kurz darauf hörten sie einen dumpfen Fall und lautes Fluchen.

Fan seufzte. »Ich bin froh, daß er nicht operieren mußte.«

Jephtha nickte. Irgendwie empfand er Mitleid mit dem alten Doktor.

»Ich werde jetzt gehen...«

»Ich danke dir für deine Hilfe, Jephtha.«

»Es war nett von dir, daß ich Jeremiah sehen durfte, und daß du mir von Matthew und Gideon erzählt hast.«

»Als wir noch in Lexington waren...«

»Bitte, nichts mehr von dem, was war. Das ist vorbei.«

»Ich muß es dir sagen, Jephtha. Es bedrückt mich seit Jahren. Du weißt, daß ich dich immer für ein schlechtes Beispiel gehalten habe, für einen unguten Einfluß auf die Jungen ...«

»Teuflisch!« Sein Lächeln erlosch. »Und das gilt auch noch heute. Ich habe dir gesagt, daß ich meine Ansichten um keinen Deut geändert habe ...«

»Das weiß ich. Aber du bist nicht ... schlecht und bösartig. Und so habe ich dich den Jungen geschildert. Ich werde dir nie das Recht versagen, sie zu sehen, Jephtha.« Sie blickte zu Boden. »Es war falsch von mir, deine Briefe nicht zu beantworten. Kannst du mir verzeihen?«

»Natürlich.«

»Glaube mir, ich habe mich geändert ...«

»Wir haben uns beide geändert, und das ist gut.«

Sie konnte nicht wissen, wie ernst es ihm mit diesen Worten war. Er fühlte sich von einer ungeheuren Last befreit. Nie wieder würde er Angst vor seinem eigenen Zorn haben müssen, vor dem Haß ...

An der Tür sagte er: »Du hast mich heute sehr glücklich gemacht, Fan. Dafür möchte ich dir einen guten Rat geben: Ihr solltet Washington so bald wie möglich verlassen.«

»Weil wir Südstaatler sind?«

»Weil ihr seit heute abend berüchtigte Südstaatler seid. Warum lächelst du?«

»Weil Edward mich so sehr an dich erinnert, an dich vor zwanzig Jahren.« Sie wich seinem Blick aus. »Manchmal glaube ich, das ist irgendwie der Grund, daß ich ihn geheiratet habe.« Sie lächelte wieder. »Nochmals vielen Dank. Sowie Gideon zurück ist, werde ich dir eine Nachricht zukommen lassen.«

»Schicke sie an Mistreß Emersons Boarding House. Das kennt hier jeder.«

»Mistreß Emerson«, wiederholte sie. »Ich werde es mir merken.«

»Ich ... Ich bin froh, daß du ein neues Glück gefunden hast.«

Ihr Gesicht wurde ernst.

»Es macht mich nicht glücklich, wenn ich mir vorstelle, daß Gideon bald in den Krieg ziehen wird...«

»Ich weiß. Aber in diesem Punkt waren die Kents schon immer verdammt dickköpfig.«

»In welchem Punkt?«

»Sie konnten nicht ohne Prinzipien leben und mußten stets nach diesen Prinzipien handeln. Ich hasse den Gedanken, daß Gideon Soldat wird. Aber sein Mut zum Risiko beweist, daß er ein Kent ist. Ich bin stolz auf ihn. Und ich bin dir dankbar.«

Obwohl er wußte, daß er es nicht durfte, küßte er sie leicht auf die Wange. »Gute Nacht, Fan.«

Er lief die Stufen hinab. Noch nie hatte er sich so glücklich gefühlt.

Er verließ das *National Hotel* durch den Haupteingang, der auf die Pennsylvania Avenue führte. Er hatte es jetzt eilig, nach Hause zu kommen, und so sah er die Männer nicht, die im Schatten eines Hauses lauerten.

Eine Hand packte seinen Arm, riß ihn herum.

»Moment mal, Mister!«

Es waren drei Männer. Einer hielt ihn am Arm fest, ein anderer drückte ihm die Spitze eines Bowie-Messers gegen die Brust.

Auf der breiten Klinge sah Jephtha dunkle Flecken.

Getrocknetes Blut.

5

»Was haben Sie um diese Zeit auf der Straße zu suchen?« fragte der Mann mit dem Messer.

Jephthas Angst wich der Wut. »Was geht Sie das an?«

»Beantworten Sie die Frage«, sagte der dritte Mann.

Jephtha erkannte die Stimme.

»Moore? Pfeifen Sie die beiden Narren zurück. Sie kennen mich doch.«

Solomon Moore trat auf Jephtha zu. Er war ein grauhaariger Republikaner aus Ohio, der in Washington eine politische Stellung zu finden hoffte. Jephtha hatte ihn in *Willard's Hotel* kennengelernt.

»Jephtha Kent!« rief er überrascht. »Ich habe Sie nicht gleich erkannt. Laßt ihn los, Leute.«

Die beiden Männer traten zurück. Einer von ihnen steckte sich eine Zigarre an.

»Was geht hier eigentlich vor, Solomon? Wieso haltet ihr Leute an, die diese Straße entlanggehen?«

Der Mann mit dem Bowie-Messer knurrte: »Wir gehören zu dem neuen *Cash Clay Bataillon*. Wir patrouillieren die Pennsylvania Avenue und ihre Nebenstraßen. Senator Lanes *Frontier Guards* bewachen die Gebäude im Präsidenten-Park. Sie haben noch immer nicht geantwortet, warum Sie ...«

»Steck das Messer weg, Luther«, sagte Moore. »Der Mann ist in Ordnung.«

Luther behielt das Messer in der Hand und starrte ihn mißtrauisch an.

Jephtha fröstelte. Die Dorns aller Schattierungen waren dabei, die Macht zu übernehmen.

Der andere Mann sagte: »Sie sollten ihn warnen, Mister Moore ...«

»Wovor warnen?« fragte Jephtha.

»Sie sollten nach Einbruch der Dunkelheit nicht mehr auf der Straße sein«, sagte Moore.

»Vor einer halben Stunde haben wir so einen Rebellen erwischt, ein Großmaul aus Alabama. Wollte uns nicht sagen, was er so spät auf der Straße zu suchen hatte.«

Der zweite Mann gluckste.

»Aber wir haben dafür gesorgt, daß er den Schwanz eingekniffen hat.« Er fuhr mit dem Daumen über die Klinge.

»Ich an Ihrer Stelle würde verdammt vorsichtig sein. Das nächstemal ist Moore vielleicht nicht gerade in der Nähe.«

»Ich werde es mir merken«, sagte Jephtha ironisch.

»Das sollten Sie wirklich«, bestätigte Moore.

Die drei Männer drückten sich wieder in den Schatten zurück.

Jephtha ging weiter. Seine euphorische Stimmung war verflogen. Auf beiden Seiten wurde der Haß immer größer...

Er dachte an den Mann mit dem Messer, an Dorn, an die Schlägerei in der *Canterbury Hall*. Und an die Bestie, die offenbar in jedem Menschen steckte, auch in ihm.

Im Krieg wurde diese Bestie freigesetzt. Man gab ihr einen Freibrief zu schlagen, zu quälen, zu töten – solange die Opfer »Feinde« waren.

Die Erlebnisse dieser Nacht verhalfen Jephtha dazu, seine Söhne realistischer zu sehen, besonders Gideon.

Wenn der Krieg nicht sehr schnell entschieden wurde, würde Gideon anderen jungen Männern gegenübertreten, denen das Töten ebenfalls als heilige Pflicht befohlen worden war.

Gideon würde das Schicksal des biblischen Absalom erleiden, er konnte für seine Überzeugung, für seine Hingabe getötet werden...

Bis jetzt hatte Jephtha nicht ernsthaft daran gedacht. Jetzt aber erkannte er: Gideon konnte in diesem Krieg sterben!

Und wenn der Krieg einige Jahre dauerte, auch Matthew...

Sogar Jeremiah...

Und vielleicht würde er eines Tages wieder die Worte flüstern, die ihm in Jeremiahs Zimmer eingefallen waren – aber er würde sie flüstern wie einst König David über dem leblosen Körper seines Sohnes...

Er ging rascher. Und die Angst um seine Söhne war sein Begleiter.

6

In seinem engen, unordentlichen Pensionszimmer saß Josiah Cheever bei der Arbeit.

Er hatte die Tür verriegelt, um vor Überraschungen und Unterbrechungen sicher zu sein. Eine Öllampe warf rötliches Licht auf den winzigen Tisch. Trotz seiner schmerzenden Rippen – er hatte drei Schläge abbekommen, als er aus der *Canterbury Hall* geflohen war – grinste er zufrieden, als er das Datum auf den Bogen setzte. Dann schrieb er:

»Wie Du sicher in den Washingtoner Zeitungen lesen wirst, die dir, wie ich hörte, regelmäßig durch einen vertrauenswürdigen Kurier zugestellt werden, genau wie dieser Brief, hat unser Freund sich selbst und unseren Plan heute abend in Gefahr gebracht. Aber seine Vorstellung war eine Demonstration unbedingter Loyalität für unsere Sache.

Ich habe erfahren, daß er sich in Sicherheit bringen konnte. Außerdem wurde ich informiert, daß sich das Objekt unseres besonderen Interesses im Zuschauerraum befand. Ich habe ihn leider nicht entdecken können. In dem Durcheinander wäre es vielleicht möglich gewesen, unser Ziel schon heute zu erreichen. Mehrere Männer führten Waffen bei sich, und es gab einige Verletzte. Unter diesen Umständen wäre es sicher kaum aufgefallen, wenn es auch einen Toten gegeben hätte.«

Cheever grinste, als er die letzten Zeilen noch einmal las. Dann tauchte er die Feder wieder in das Tintenfaß und schrieb weiter:

»Aber ich weiß, wenn wir unseren Plan heute abend durchgeführt hätten, wäre unser gemeinsamer Freund sehr verstimmt worden, vielleicht so sehr, daß er seine aktive Mithilfe aufgekündigt hätte. Er besteht darauf, das Tempo seiner Aktionen selbst zu bestimmen, um nicht das Mißtrauen seiner Frau wachzurufen. Ich finde dieses Hinauszögern ziemlich störend, aber wir müssen uns seinen Launen fügen, weil er für uns unersetzbar ist. Das trifft noch mehr zu, nachdem es mir gelungen ist, ihn von den Realitäten zu überzeugen, das heißt, daß wir in einem Krieg gegen einen zahlen- und rüstungsmäßig überlegenen Feind stehen und nicht auf einen raschen Sieg hoffen dürfen. Der Krieg kann sehr lange dauern und sehr kostspielig werden. Dank meiner Überzeugungskraft teilt unser Freund jetzt diese Ansicht und gehört nicht mehr zu den Narren, die einen raschen Sieg für sicher halten. Um nicht mißverstanden zu werden: Ich schließe die Möglichkeit eines raschen Sieges nicht aus, bin jedoch der Ansicht, daß man immer einen Alternativplan entwickeln muß. Aus diesem Grund müssen wir unseren gemeinsamen Freund gewähren lassen.

Das folgende kann ich jedoch fest zusagen: Mit meiner Hilfe und Ermutigung wird er dafür sorgen, daß Reverend K. von der Bildfläche verschwindet. Ich gebe Ihnen mein Wort, daß dies sehr bald geschehen wird.«

Cheever kaute an seinem Federhalter und las die letzten Zeilen noch einmal. Dann setzte er seinen Codenamen unter den Brief: »Cameron«.

Er legte den Federhalter aus der Hand, stand auf und zog einen kleinen Messingschlüssel aus der Tasche seiner schmierigen Hose. Mit dem Schlüssel öffnete er einen Koffer.

Aus einem Schlitz im Leinenfutter des Koffers zog er ein winziges, dünnes Heft aus Reispapier.

Er blätterte die hauchdünnen Seiten um, bis er die richtige gefunden hatte. Sie war, wie alle anderen, mit einem mehrstelligen Codeschlüssel beschrieben.

Er setzte sich wieder an den Tisch, zog ein neues Blatt heran und begann, den Brief mit Hilfe des Codes zu übertragen.

Die neue Fassung war eine Folge von Buchstabengruppen, die niemand entschlüsseln würde, falls der Kurier auf dem Weg nach Richmond gefangengenommen werden sollte.

8. Kapitel
Der Köder

1

Als Jephtha in die Küche der Pension stürzte, schrie Bertha auf und ließ die Teller fallen, die sie gerade aus dem Spülwasser gezogen hatte.

»Mein Gott, Mister Jephtha!« rief die dicke Negerin vorwurfsvoll. »Sehen Sie, was Sie angerichtet haben.«

Jephtha trat vorsichtig über die Scherben hinweg. »Ich kaufe morgen ein Dutzend neue.«

Sie kreischte vor Lachen, als er sie um die Taille packte, hochhob und herumwirbelte.

»Lassen Sie mich los! Haben Sie völlig den Verstand verloren?«

Er keuchte, als er sie wieder auf die Füße stellte – Bertha war kein Leichtgewicht – und küßte sie herzhaft auf die Wange.

Sie sah ihn mißbilligend an. »Ich weiß, daß Sie ab und zu einen Schluck trinken, Mister Jephtha, aber so voll habe ich Sie noch nie erlebt.«

»Bertha, ich bin nicht betrunken.«

»Mir können Sie nichts vormachen.«

»Ist Molly noch wach?«

»Nein. Sie war halbtot vor Sorge um Sie und ist früh zu Bett gegangen.«

»Dann muß ich sie wecken.«

Er lief aus der Küche. Bertha starrte ihm mit offenem Mund nach.

»Die ganze Welt ist verrückt geworden«, murmelte sie und begann, die Scherben zusammenzukehren.

2

Jephtha öffnete vorsichtig die Schlafzimmertür, ging auf Zehenspitzen durch das dunkle Zimmer zum Bett und setzte sich auf die Bettkante.

Er tastete nach Mollys Gesicht und strich über ihr Haar.

»Molly? Ich bin wieder da.«

Sie fuhr auf. »Was ist? Bertha?«

Er legte ihr die Hand auf den Mund. »Nicht so laut...«

»Jephtha!«

»Ja, heil und ganz. Molly, ich habe Fan getroffen! Und sie wird mich mit den Jungen sprechen lassen! Jeremiah ist bei ihr. Gideon ist in Richmond, und sobald er zurückkommt, wird sie mir...«

»Langsam, Jephtha!«

»Was ist?«

»Du reißt mich aus dem Schlaf, und dann redest du so schnell, daß ich kein Wort verstehe.« Sie richtete sich auf und lehnte sich gegen ihn. »Ich habe den ganzen Tag eine solche Angst ausgestanden...«

»Warum denn?«

»Ich habe entdeckt, daß du meine Pistole mitgenommen hast. Ich dachte... ich fürchtete, du wolltest Fan...«

»Auf Fan schießen?« Er lachte. »Auf den Gedanken wäre ich nie gekommen. Ich habe sie eingesteckt, weil ich einen Krawall im Theater befürchtete. Ich hätte dir sagen sollen, daß ich sie genommen habe, aber ich war so in Eile...«

Das war nicht ganz die Wahrheit. Wenn die Dinge sich anders entwickelt hätten, wäre er durchaus imstande gewesen, Fan mit der Pistole zu zwingen... Nicht mehr daran denken, rief er sich zur Ordnung. Du hast ihr jahrelang Unrecht getan...

»Ja, du hättest es mir wirklich sagen sollen.« Molly drückte ihre Wange an sein Gesicht. »Ich habe den ganzen Tag keine Ruhe... Du hast also keine Schwierigkeiten mit ihr gehabt?«

»Nein, Molly. Sie hat sich sehr verändert, ist sanfter geworden. Natürlich steht sie nach wie vor fest auf der Seite der Rebellen, aber wir haben uns sehr ruhig und freundlich unterhalten.«

Er zog die Jacke aus und ließ sie zu Boden fallen. »Allerdings hatte ich eine günstige Atmosphäre geschaffen, indem ich ihrem Mann aus einer kleinen Klemme half. Du hast sicher gehört, was im *Canterbury* passiert ist, oder?«

Er spürte ihr Nicken an seiner Wange.

»Einer der Mieter, Mister Fly, war dort...« Sie bog den Kopf zurück, und er fühlte ihren Blick auf seinem Gesicht. »Er war totenblaß, als er zurückkam. Er hätte sich völlig neutral verhalten, und trotzdem hätte ihm jemand fast den Schädel eingeschlagen, sagte er. Ich möchte, daß du mir alles erzählst, mit allen Einzelheiten.«

»Natürlich, Molly. Aber das Wichtigste ist, daß du recht behalten hast mit dem, was du mir gestern abend sagtest. Ich meine, daß in jedem Menschen auch etwas Gutes ist, auch in Fan...«

»Ich wußte es, Jephtha«, sagte sie leise.

Er räusperte sich, und dann berichtete er ihr von dem Verlauf dieses Abends, von Anfang an, und im großen und ganzen hielt er sich an die Wahrheit. Nur seinen Kampf mit Dorn stellte er erheblich harmloser dar, als er gewesen war.

Molly griff nach der Lampe. »Ich will sehen, ob du verletzt bist. Laß meine Hand los!«

»Molly, es war wirklich nicht schlimm, glaube mir.«

Widerstrebend gab sie nach.

»Als ich an die Zimmertür klopfte, hatte ich noch immer nicht viel Hoffnung. Aber dann kam es ganz anders...«

Er berichtete ihr von seinen Gesprächen mit Fan, während er seine Stiefel auszog und zu Boden poltern ließ. Dann warf er auch die Hose und das Hemd hinterher. Als er fertig war, stand er auf und trat an den Waschtisch. Er fühlte sich besser, nachdem er sich gründlich gewaschen hatte. Als er sich abtrocknete, sage Molly: »Ich bin dankbar, daß du deine Söhne wiedersehen kannst.«

»Du? Was meinst du, wie ich mich fühle!«

»Das höre ich an deiner Stimme. Und ich bin auch noch aus einem anderen Grund dankbar, Jephtha. In letzter Zeit hast du nur selten ... Gottes Hand in allen Dinge erkennen können.«

»Ich weiß.«

Er legte sich neben sie, schob seinen Arm unter ihre Schulter und küßte sie auf die Wange.

»Ich weiß«, wiederholte er. »Ich möchte daran glauben, daß es Gottes Hand war und nicht nur Glück.« Er zog sie an sich. »Aber was immer es sein mag, ich bin seit Jahren nicht mehr so glücklich gewesen.«

Sie küßte ihn auf den Mundwinkel.

»Wo alle Menschen in Washington jetzt so aggressiv und angstvoll sind, ist es fast ein Wunder, etwas Güte und Verstehen zu finden.«

»Ja. Und du hast deinen Teil dazu beigetragen. Ohne dich hätte ich nie zu ihr gehen oder meinen Haß auf sie beherrschen können ...« Leise setzte er hinzu: »Ich danke dir.«

»Na ja«, sagte sie, und es war nicht nur scherzhaft gemeint, »es ist sicher wichtiger, einen guten Menschen vor einem bösen Impuls zu bewahren, als Bindfäden oder Papier aufzuheben.«

Er schloß sie in seine Arme und zog sie fest an sich.

3

Am nächsten Morgen stand Jephtha bei Tagesanbruch auf, aß hastig eine Scheibe Brot und ging in die Redaktion des *Evening Star*. Er brauchte zwei Stunden für seinen Bericht über die Ereignisse in der *Canterbury Hall*.

Als er zum Telegraphenbüro gehen wollte, trat einer der Reporter, ein netter Kerl namens Van Dyne, an seinen Schreibtisch.

»Lincolns Maulkorborder wird immer mehr durchlöchert.« Er wedelte mit einem Packen Notizzettel. »Ich war eben im Außen- und Kriegsministerium, und ein paar Plaudertaschen dort werden immer geschwätziger.«

Jephtha stopfte seinen Bericht in die Tasche. »Was hast du erfahren?«

Er und Van Dyne hatten schon häufiger Informationen ausgetauscht.

»Zunächst das Eingeständnis, daß die Stadt ohne jede organisierte Verteidigung ist. Panik greift immer weiter um sich.« Er breitete seine Notizen auf dem Tisch aus. »Antworten mehrerer Gouverneure, die Lincolns Bitte um Truppen zurückgewiesen haben. Hier zum Beispiel das Telegramm des alten Letcher im Richmond... die Miliz Virginias wird Washington nicht zur Verfügung gestellt... und so weiter... das Ziel ist die völlige Unterwerfung der Südstaaten... und so weiter... im Widerspruch zur Verfassung... Jetzt kommt's: ›Sie haben es für richtig gehalten, den Bürgerkrieg auszurufen, und deshalb werden wir uns Ihren Bestrebungen genauso hart und entschieden widersetzen, wie Sie sich den Belangen der Südstaaten widersetzt haben.‹«

Jephtha stieß einen leisen Pfiff aus. »Das ist deutlich.«

»Aber nicht anders zu erwarten. Und im Vergleich zu anderen nahezu milde.« Er deutete auf ein zweites Blatt: »Kentucky wird dem verwerflichen Zweck, seine südlichen Bruderstaaten zu unterwerfen, keine Truppen zur Verfügung stellen...«

»Lincoln hat mit der Hilfe Kentuckys fest gerechnet«, sagte Jephtha.

»Magoffin ist ein sturer, alter Bock. Aber es kommt noch schlimmer. Hier ist das Telegramm von Isham Herris: ›Tennessee wird keinen einzigen Mann dafür stellen, um andere Menschen Ihren Interessen zu unterwerfen, aber fünfzigtausend, wenn es nötig sein sollte, um unsere Rechte und die unserer südlichen Brüder zu verteidigen.‹« Er nahm ein anderes Blatt auf. »Gouverneur Jackson von Missouri: ›Unheiliger Kreuzzug... illegal, verfassungswidrig... unmenschlich und diabolisch...‹« Van Dyne lächelte bitter. »Von allen Seiten nur Absagen.«

Jephtha schüttelte den Kopf. »Die Lage ist noch schlimmer, als ich befürchtet habe.«

»Richtig. Allmählich frage ich mich, ob der alte Abe wirklich so klug ist, wie man behauptet. Es wäre sicher richtiger gewesen, bei Männern wie Magoffin und Jackson gar nicht erst Truppen anzufordern.«

»Wahrscheinlich hat er darauf gesetzt, daß sie zumindest neutral bleiben.«

»Dann hat er verloren. Aber der Schlüssel ist Virginia. Das ist der Staat, dessen Entscheidung die anderen abwarten, bevor sie...« Er wandte sich um und rief: »Mister Wallach! Haben Sie schon Nachricht von Dennis in Richmond?«

»Noch nicht!« Der Chefredakteur des *Evening Star* war ein widerspruchsvoller Mann. Er war Demokrat, Sympathisant der Südstaaten, aber ein glühender Verfechter der Einheit der Union. Er setzte hinzu: »Entweder dauert die Sitzung noch an, oder Dennis ist in einem Saloon versackt.«

Jephtha sagte zu Van Dyne: »Ich war auf dem Bahnhof. Noch immer keine Nachricht, wann die Truppen aus Pennsylvania und Massachusetts eintreffen.«

»Wenn sie nicht bald kommen, sitzen wir wirklich in der Tinte.« Er rieb sich die geröteten Augen. »Ich hätte in Louisville bleiben sollen. Ich dachte, wenn ich bei einer Washingtoner Zeitung arbeite, würde ich weiterkommen. Aber jetzt sehe ich, daß ich auf ein sinkendes Schiff umgestiegen bin. Und es gibt nicht einmal Rettungsboote.« Er raffte seine Notizen zusammen und ging weiter.

Jephtha machte sich auf den Weg zum Telegraphenbüro.

Nach dem Gespräch mit Van Dyne fühlte er sich noch stärker als Gefangener in einer Enklave, die von Feinden umzingelt war – von Feinden, die sehr bald zuschlagen würden.

4

Während dieses Mittwochs verschlechterte sich die Lage der Stadt von Stunde zu Stunde. Jephtha besuchte mehrere Ministerien. Van Dyne hatte nicht übertrieben. Überall bemerkte er die gleiche Stimmung: an Panik grenzende Angst.

Ein Bekannter im Kriegsministerium erklärte ihm, daß es zwei Hauptgefahren gäbe: Erstens das Zerschneiden der Verbindungen Washingtons mit der Außenwelt. Die Stadt war völlig abhängig von der Telegraphenlinie und der Bahnstrecke über Baltimore. Zweitens konnte Washington ohne großen Widerstand durch einen Handstreich erobert werden, und Gerüchte besagten, daß an der Grenze Virginias bereits Truppen zusammengezogen würden. Besonders gefährdet waren Fort Monroe, das die Einfahrt zur Chesapeake Bay schützte, Harper's Ferry mit dem Waffenarsenal und der riesige Gosport Navy Yard unten in Norfolk.

Als Jephtha am späten Nachmittag in die Redaktion des *Evening Star* zurückkehrte, beschrieb er diese Gefahren in einem zweiten Bericht an seine Redaktion in New York. Während er noch daran arbeitete, brachte ihm ein Bote ein Telegramm von Chefredakteur Payne, in dem dieser das Interview mit Colonel Lee forderte.

Jephtha warf das Telegramm beiseite und schrieb weiter.

Wenig später legte ihm ein Reporter im Vorbeigehen einen Brief auf den Schreibtisch. »Ein Junge hat ihn abgegeben.«

Jephtha warf einen Blick auf die Anschrift, dann riß er den Umschlag auf. Als er die Unterschrift sah, hob er überrascht die Brauen:

»Lieber Mister Kent,

da ich mich heute sehr viel besser fühle, möchte ich Ihnen noch einmal dafür danken, daß Sie mir gestern so mutig beigestanden haben. Obgleich wir notwendigerweise politisch an verschiedenen Fronten stehen, möchte ich mich doch für Ihre Hilfe revanchieren. Durch einen Besucher erfuhr ich heute mittag, daß der Transit der erwarteten Unionstruppen durch Baltimore von einer Gruppe von Männern so schwierig und unangenehm wie möglich gemacht werden soll. Ich kann mich natürlich für die Zuverlässigkeit dieser Information nicht verbürgen. Wahrscheinlich ist sie es nicht. Aber wenn sie der Wahrheit entsprechen sollte und einem Menschen wie mir – der ich keinerlei offizielle Verbindungen besitze – zugetragen wird, so kann sie keinesfalls als geheim gelten. Aus diesem Grund kann ich sie ohne Skrupel an Sie weitergeben, in der Hoffnung, daß sie Ihrer Arbeit zugute kommen wird.

Ich möchte Sie jedoch trotzdem bitten, mich nicht als Quelle dieser Information zu benennen.

Nochmal besten Dank für Ihre Hilfe,

Ihr Edw. Lamont«

Jephtha starrte lange auf die schwungvolle Unterschrift. Er überlegte, ob diese Mitteilung vielleicht eine bewußte Irreführung sein konnte. Aber das hielt er für unwahrscheinlich. Washington war voll von Gerüchten, daß die Einwohner Marylands, deren Sympathien geteilt waren, den Transport der Entsatztruppen durch ihren Staat behindern oder sogar vereiteln wollten.

Er steckte den Brief wieder in den Umschlag und legte ihn auf den Tisch. Vorläufig war es klüger, in Washington zu bleiben, anstatt einer Story nachzujagen, die sich irgendwann in Baltimore abspielen sollte – oder überhaupt nicht.

5

Am Donnerstag begannen die Züge mit Verspätung einzutreffen. Die Männer auf dem Bahnhof sprachen davon, daß in Baltimore Unruhen ausgebrochen wären. Jephtha erfuhr, daß Colonel Lee über die Long Bridge nach Washington gekommen sei, angeblich mit einem nicht näher spezifizierten Auftrag.

Die Sekretäre und andere Angestellte der Ministerien, die in *Willard's Hotel* ein spätes Frühstück einnahmen, wirkten blaß und übernächtigt. In allen Regierungsbüros hatten die Lampen bis zum Morgengrauen gebrannt. Und das würde vorläufig so bleiben. Immer mehr Männer, deren Loyalität bei den Südstaaten lag, verließen ihre Posten, und andere mußten ihre Arbeit mit übernehmen.

Am späten Nachmittag suchte er John Nicolay, den Sekretär Präsident Lincolns, auf, und von ihm erhielt er die entscheidende Information: Während der Nacht hatte in Richmond endlich die Abstimmung stattgefunden. Mit achtundachtzig gegen fünfundfünfzig Stimmen hatte sich Virginia für die Sezession entschieden. Gouverneur Letcher hatte sofort die Freiwilligen-Regimenter des Staates mobilisiert.

Jephtha raste zur Redaktion zurück, um seine Meldung durchzugeben. Als er am Schreibtisch des Chefredakteurs vorbeikam, gab er diesem seine Information weiter. Wallach schrie: »Stoppt sofort die Pressen!«

Die Reporter versammelten sich um den Schreibtisch Wallachs. Jephtha wiederholte, was er von Nicolay erfahren hatte, und Wallach schickte mehrere Männer hinaus, um zusätzliche Informationen einzuholen.

Jephtha ging zu seinem Schreibtisch und entdeckte dort einen an ihn adressierten Brief. Die Handschrift war ihm unbekannt. Er öffnete ihn.

»Verehrter Herr,

wie ich Ihnen am Montag mitteilte, habe ich immer Männer

bewundert, die etwas wagen und nicht zögern, ein Risiko einzugehen. Schlachten werden nie von Feiglingen gewonnen. Aus diesem Grund habe ich bei Ihrem unerwarteten Besuch vielleicht Äußerungen gemacht, die unvorsichtig und voreilig waren.

Ich bin heute zu privaten Gesprächen mit Mr. F. P. Blair, Sr. und meinem kommandierenden General nach Washington gekommen.«

Jetzt wußte Jephtha, daß etwas Entscheidendes geschehen war. Francis P. Blair war der Kopf einer der politisch mächtigsten Familien des Landes. Er und sein Sohn Montgomery, der General-Postmeister, waren die Männer, durch die Lincoln von Zeit zu Zeit sprechen ließ, wenn er sich selbst zurückhalten wollte.

»Diese Gespräche waren streng vertraulich. Aber sie entsprachen generell einigen der Punkte, über die ich mich am Montag mit Ihnen unterhalten habe.

Aus diesem Grund muß ich Sie heute bitten, über unser Gespräch auch weiterhin Stillschweigen zu bewahren und nichts zu veröffentlichen.

Ich appelliere an Sie und verlasse mich auf Ihre Ehrenhaftigkeit, meiner Bitte zu entsprechen, und ersuche Sie um Verständnis und Nachsicht.

Ihr R. E. Lee«

»Verdammter Mist!«

Van Dyne fuhr herum, als Jephtha den Brief wütend zu Boden schleuderte und sich dann zurücklehnte, um diese neue Entwicklung richtig einzuordnen.

Bei seiner Unterschrift hatte Lee seinen Dienstgrad weggelassen. Das konnte bedeutsam sein.

Virginia hatte die Union verlassen, und das hatte Lee veranlaßt, nach Washington zu kommen. Blair war anscheinend von Lincoln beauftragt worden, Lee das Oberkommando über die Truppen der Union anzubieten, und Lee hatte das – in seinem späteren Gespräch mit Winfield Scott – abgelehnt. Falls der Colonel bei dieser Gelegenheit nicht sofort den Dienst quittiert hatte, würde er das in unmittelbarer Zukunft tun.

Jephtha trat wütend gegen die Schublade, in der er den Text des Interviews mit Lee eingeschlossen hatte. Einige Reporter, die er kannte, würden sich ohne Gewissensbisse über die Bitte Lees hinwegsetzen. Auch er fühlte sich versucht, besonders, wenn er an die Reaktion Theo Paynes dachte.

Aber davon durfte er sich nicht beeinflussen lassen. Die Schublade blieb geschlossen.

Zwanzig Minuten später hatte er seinen Bericht für New York fertig und stand auf, um zum Telegraphenbüro zu gehen. Er bemerkte, daß die Papiere auf seinem Schreibtisch anders lagen als sonst. Und bei näherem Hinsehen erkannte er, daß einige Notizen über den Krawall im *Canterbury* verschwunden waren. Und auch der Brief von Lamont fehlte.

Er fluchte. Wahrscheinlich hatte Jim sie in den Müll geworfen. Wahrscheinlich waren die Papiere auf den Boden gefallen, und der junge Neger hatte sie zusammengefegt. Kein großer Verlust. Er steckte seinen Bericht in die Tasche und ging zur Tür.

Als er an Wallachs Schreibtisch vorbeikam, stürzte Dennis, ein junger Reporter, atemlos herein.

»Halten Sie die Pressen an, Mister Wallach.«

Wallach sprang auf. »Wird auch Zeit, daß Sie sich wieder mal sehen lassen!«

»Tut mir leid, Sir. Ich habe auf dem Weg von Richmond drei Pferde zuschanden geritten.«

»Was gibt es?«

»Von der Abstimmung haben Sie sicher schon gehört ...«

»Allerdings. Sagen Sie mir bloß nicht, daß das alles ist, was Sie mitbringen.«

»Nein, Sir. Die Bürgerwehr von Virginia ist im Anmarsch!«

»Wie stark ist die Truppe?«

»Mindestens tausend Mann. Die Sache muß seit langem vorbereitet worden sein. Sowie die Entscheidung gefallen war, wurden die Truppen in Marsch gesetzt.«

»In welche Richtung?«

Dennis fuhr mit dem Handrücken über seine schweißfeuchte Stirn. Der junge Reporter wirkte erschöpft.

»Nach Harper's Ferry.« Und er setzte hinzu: »Inzwischen müßten sie dort eingetroffen sein...«

»Gute Arbeit, Dennis«, sagte Wallach anerkennend.

Dennis lächelte dankbar und setzte sich auf die Schreibtischkante. Aber er sprang sofort wieder auf, als Wallach mit dem Finger auf ihn deutete.

»Sie werden sofort einen Sechsspalter darüber schreiben, Dennis. Lassen Sie sich von ein paar Kollegen dabei helfen. Barlow, Sie kennen die Situation im Arsenal...«

»Nicht gerade günstig für die Union«, knurrte Barlow. »Soviel ich weiß, stehen Lieutenant Jones nur zweiundvierzig Infanteristen zur Verfügung...«

»Jesus!« rief ein anderer Mann erschrocken. »Zweiundvierzig gegen tausend...«

»Und im Arsenal liegen drei- oder viertausend fertige Gewehrläufe und -schlösser. Gar nicht zu reden von den Anlagen für ihre Produktion. Und falls Sie Sinn für Ironie haben, Mister Wallach: Lieutenant Jones ist ein entfernter Cousin von Robert E. Lee.«

»Macht euch an die Arbeit!« rief Wallach scharf. »Wir halten die Pressen an, bis wir Nachrichten vom Bahnhof bekommen.«

»Kommen endlich Entsatztruppen?« erkundigte sich Jephtha.

»Geben Sie doch der Konkurrenz keine Tips, Mister Wallach!« rief jemand. »Der soll sich seine Informationen selbst zusammenkratzen.«

Wallach fuhr herum. »Mister Kent hat zwei gute Eigenschaften, die Ihnen abgehen, Mister Cooper. Er teilt seine Informationen mit Kollegen – wie Sie wissen müßten, wenn Sie vor einer halben Stunde hiergewesen wären. Und wenn er arbeitet, ist er nüchtern.« Er wandte sich an Jephtha.

»Ja, Kent, die *Pennsylvania Volunteers* treffen zwischen sechs und sieben Uhr aus Baltimore ein. Wir haben die Nachricht gerade erhalten.«

»Danke.« Jephtha sprintete zur Tür. Er fühlte sich etwas benommen. Er hatte den ganzen Tag über keine Zeit gefunden, etwas zu essen. Aber die Nachrichten aus Richmond und Baltimore waren wichtiger als sein Hunger.

6

Im Telegraphenbüro schrieb er zwei kurze Meldungen über den Abfall Virginias und den bevorstehenden Angriff auf Harper's Ferry. Während der Telegraphist seine Texte nach New York durchgab, schrieb er noch eine weitere Meldung für Payne:

»Colonel Lee heute in Washington. Vermute Dienst quittiert. Lee ersuchte, Interview von Montag weiterhin zurückzuhalten. Werde dieser Bitte nachkommen. Werde versuchen, Details über Lees Besuch von Blair oder Scott zu erfahren.

J. Kent«

Dabei überlegte er, was er Payne als Ersatz anbieten konnte. Aber es fiel ihm nichts ein.

7

Kurz nach sieben Uhr fand er die Antwort – inmitten eines Chaos.

Er stand auf einem Bahnhof der *Baltimore & Ohio Line*, in einer grauen Dampfwolke, die aus den Zylindern der Lok zischte, die eben den Zug mit den ersten Entsatztruppen hereingebracht hatte.

Vierhundertsechzig Mann aus Pennsylvania quollen aus den Waggons auf den Bahnsteig. Die blauen Mützen der Soldaten waren dem französischen *képi* nachempfunden. Die Bewaffnung war eine nahezu vollständige Sammlung aller bekannten Vorderlader. Einige davon waren verrostete Antiquitäten. Jephtha entdeckte höchstens ein halbes Dutzend moderner Musketen mit gezogenem Lauf.

Jephtha wurde von Kollegen beiseite gedrängt, von Offizieren fortgeschickt, und die Dampfwolke war so dicht wie eine Nebelbank.

Er hörte trampelnde Schritte, rüde Witze, lautes Rufen.

»Wohin werden sie uns schicken, Charley?«

»Ich habe gehört, wir sollen im Capitol einquartiert werden.«

»Richtig vornehm, wie?«

»Antreten! Antreten, habe ich gesagt!«

»Hoffentlich gibt's was Vernünftiges zu essen!«

Mein Gott, die Welt ist wirklich verrückt geworden, dachte Jephtha, als sich die Männer formierten. In der Halle des Capitols würde heute abend eine Feldküche qualmen, die jungen Soldaten würden unter Kristall-Lüstern auf Brüsseler Teppichen schlafen.

»Von welcher Einheit bist du?« fragte er einen der Jungen.

»*Washington Artillery*, Pottsville.«

»Wir werden Jeff Davis ein paar Granaten direkt ins Hinterteil schießen!« schrie der Mann hinter ihm.

»Ihr seht aus, als hättet ihr schon einen Kampf hinter euch«, stellte Jephtha fest.

»In Baltimore«, erklärte der Mann. »Ein paar hundert Rebs sind uns gefolgt, als wir von einem Bahnhof zum anderen marschierten. Sie haben geschrien, geflucht und alles mögliche nach uns geworfen.«

»Die Offiziere hätten uns ein paar von den Hunden umlegen lassen sollen«, knurrte der andere.

Die Kolonne setzte sich in Bewegung. Jephtha hielt sich neben dem jungen Soldaten und machte hastig Notizen. »Ist jemand getötet worden?«

»Nein. Aber morgen soll es noch schlimmer werden.«

»Morgen... Hammond, hör auf, mich zu stoßen!« Jephtha stieß einen anderen Reporter beiseite. »Sprich doch mit jemand anderem!« Er fragte den Soldaten: »Was ist morgen?«

»Das *Sixth Massachusetts* kommt durch Baltimore.«

»Wann?«

»Etwa gegen Mittag.«

Jephtha ließ die Truppe an sich vorbeiziehen. Er sah mehrere Männer, die ihre Mütze verloren hatten, andere mit zerrissenen Uniformen. Einer der Männer trug einen dicken, blutdurchtränkten Kopfverband.

Morgen soll es noch schlimmer werden!

Lamonts Brief fiel ihm ein. Morgen...

8

»Verdammt komisch...«

Jephtha saß auf der Kante von Mollys Bett, die Stirn in nachdenkliche Falten gelegt. Es war kurz nach Mitternacht. Bevor er nach Hause gegangen war, hatte er noch einen Bericht über die Ankunft der Truppen nach New York durchgegeben.

»Die meisten von ihnen waren halbe Kinder. Sie hatten Angst. Sie waren müde. Aber trotzdem – da war irgendein Feuer in ihnen. Der gesamte Norden steht in Flammen, weil jemand gewagt hat, auf die Flagge zu schießen.«

»Amerikaner sind dafür schon öfter in den Krieg gezogen.«

»Aber nicht gegeneinander. Ich habe entsetzliche Angst vor der Zukunft, Molly...«

Sie drängte sich an ihn. »Ich habe Angst, weil du morgen nach Baltimore willst.« Und dann, sehr leise: »Mußt du wirklich fahren?«

Er zog seine Stiefel aus.

»Ich nehme den Zug um sieben.« Und als sie widersprechen wollte: »Molly, ich habe dir erzählt, daß ich das Lee-Interview nicht durchgeben kann.«

»Zeige mir einen Journalisten, der solche Skrupel hat wie du. Bist du eigentlich ein Heiliger oder ein Reporter?« Sie lächelte und fuhr mit der Hand über seine Stirn. »Wahrscheinlich hast du etwas von beiden ...«

»Häng mir keine Orden an. Ich weiß, vom beruflichen Standpunkt aus ist es falsch. Aber ich kann mich nun einmal nicht über Lees Bitte hinwegsetzen. Er ist ein Mann, der noch davon überzeugt ist, daß das Wort eines Mannes Gültigkeit hat. Vielleicht ist das altmodisch, aber ich bin froh, daß es noch ein paar Männer seiner Art gibt. Dennoch habe ich Payne gegenüber ein schlechtes Gewissen. Ich schulde ihm eine gute Story, und Lamonts Brief hat bestätigt, was die Soldaten berichtet haben.«

»Ich würde diesen Brief Lamonts gern einmal lesen.«

»Er ist in der Redaktion verlorengegangen. Er hat mir den Tip gegeben, weil er sich erkenntlich zeigen wollte.« Er zog sie an sich. »Mach dir keine Sorgen, Molly. Baltimore ist nur eine Stunde und zwanzig Minuten entfernt. Zum Abendessen bin ich wieder hier.«

»Trotzdem wäre mir wohler, wenn du nicht fahren würdest.«

»Ich muß immer da sein, wo ich eine Story finde, Molly. Morgen könnte es die ersten Toten geben ...«

»Daß du so etwas überhaupt denken kannst!«

»Tut mir leid, Molly. Aber ich bin Payne die Story schuldig.«

»Zum Teufel mit Payne! Um dich mache ich mir Sorgen! Es ist Krieg, Jephtha!«

Er schloß die Augen und dachte an Gideon.

»Ja, es ist Krieg. Wir können nur hoffen, daß er nicht zu lange dauert. Wollen wir jetzt schlafen? Ich bin todmüde.«

Kurze Zeit später, als er glaubte, daß Molly eingeschlafen war, richtete er sich auf. Trotz seiner Erschöpfung kam er nicht zur Ruhe.

Er schüttelte das Kissen auf, blickte zu dem verhängten Fenster hinüber. Ihm war, als würde er die schweren Schritte marschierender Soldaten hören.

»Jephtha?«

Er wandte den Kopf. »Ich wußte nicht, daß du noch wach bist.«

»Ich habe an morgen gedacht.«

»Und?«

»Versprich mir, daß du vorsichtig bist. Ich möchte nicht, daß dir etwas zustößt.«

Er legte einen Arm um ihre Schulter und zog sie an sich. »Darauf lege ich auch keinen besonderen Wert, Mistreß Emerson.«

»Und ich möchte, daß du meine Pistole mitnimmst.«

»Gut, wenn es dich beruhigt. Aber ich glaube nicht, daß es gefährlich wird. Jedenfalls nicht für mich. Wer hat schon ein Interesse daran, einen kleinen Zeitungsschreiber zu töten?« Er küßte sie auf die Wange. »Und jetzt wollen wir wirklich schlafen.«

9. Kapitel
Blutiges Baltimore

1

Die Menschen drängten sich auf der President Street und starrten zu dem langsam fahrenden Eisenbahnwaggon hinüber. Eine dicke Frau neben Jephtha warf einen Stein. Die Tochter der Frau, ein Mädchen von zehn Jahren, legte die Hände an den Mund und schrie: »Wartet, bis Beauregard euch erwischt!«

Dann hob auch das Mädchen einen Stein auf und warf ihn nach dem Waggon.

Der erste Stein war zwischen die Gleise gefallen, über die der Waggon rollte, von zwei kräftigen Pferden gezogen. Der Stein des Mädchens traf ein Fenster, und das Splittern der Scheibe rief frenetischen Jubel hervor.

Hinter dem zersplitterten Fenster tauchte ein Mann in blauer Uniform auf und drohte mit der Faust. Die Menge johlte.

Jephtha schwitzte in seinem schwarzen Anzug. Seine Haut war mit Staub und Ruß bedeckt. Er hatte die geladene Pepperbox in der rechten Jackentasche, hoffte aber, daß er sie nicht brauchen würde. Er war hier, um eine Story zu schreiben, und die Feindseligkeit der Menge sagte ihm, daß es ein dramatischer Artikel werden würde.

Maryland war ein fast perfektes Beispiel für die gespaltenen Sympathien des Landes. Der Osten des Staates tendierte stark zur Konföderation, aber die Landbevölkerung des Westens empfand Sympathien für ihre Nachbarn in Pennsylvania. Auch in Baltimore waren die Sympathien geteilt. Die Stadt hatte einen ausgesprochen südlichen Lebensstil, aber durch ihre Industrialisierung bestanden starke Bindungen mit dem Norden.

Doch in der President Street schien heute kein Anhänger der Nordstaaten zu sein. Vielleicht hatte die Angst sie daran gehindert, ihre Häuser zu verlassen.

Jephtha nahm den Hut ab und fuhr mit dem Handrücken über seine schweißfeuchte Stirn. Es war bereits Nachmittag...

Der Eisenbahnwaggon mit den Soldaten aus Massachusetts hatte jetzt die Straßenkreuzung links von Jephthas Standort erreicht. Es war der neunte Waggon, der auf den Gleisen der Pferdebahn von einem Bahnhof zum anderen gezogen wurde. Jephtha hatte die Gesichter der jungen Soldaten beobachtet, als der Waggon langsam an ihm vorbeigerollt war. Sie waren angstvoll und wütend. Kein Wunder, denn die Menge wurde von Minute zu Minute feindseliger und aggressiver.

Auf der anderen Straßenseite warf ein Mann einen Ziegelstein nach dem Waggon. Dabei rutschte seine Jacke hoch, und Jephtha sah, daß er einen Revolver am Gürtel trug. Er sah jetzt auch andere Waffen, Pistolen, Messer, und ein Mann rechts von ihm schwenkte einen alten Vorderlader.

Die dicke Frau zupfte ihn am Ärmel. »Mister, wissen Sie vielleicht, wie viele von diesen verdammten Blauröcken noch auf der President Station warten?«

Jephtha überschlug rasch, wie viele Soldaten in jedem Waggon transportiert wurden.

»Ich denke, vier oder fünf Kompanien.«

»Wir können nicht an die Burschen ran, solange sie sich in den Waggons verkriechen«, beklagte sich die Frau.

»Damit ist es bald vorbei«, rief ein Mann hinter Jephtha. »Seht mal dort drüben.«

Die Menschen reckten die Hälse.

»Was machen die da?«

»Was ist in den Fässern?«

Jephtha reckte sich auf die Zehenspitzen. Kurz vor der Kreuzung wuchtete ein Dutzend Männer schwere Fässer auf die Schienen. Dann kippten sie die Fässer aus.

»Sand!« schrie die dicke Frau begeistert. »Sie kippen Sand auf die Gleise!«

»Gott segne sie!« rief der Mann hinter Jephtha. »Jetzt müssen die verdammten Soldaten zu Fuß gehen!«

»Wird auch Zeit«, sagte die dicke Frau zu Jephtha. Dann bemerkte sie seine Bestürzung und fragte mißtrauisch: »Oder sind Sie etwa auf der anderen Seite?«

»Ich bin Reporter«, sagte er knapp. »Ich bin neutral.«

Inzwischen war ein riesiger Sandberg auf den Gleisen gewachsen. Um sicherzugehen, daß er auch hielt, warfen die Männer schwere Steine darauf. Einer schleppte sogar einen Anker heran.

Die Menge jubelte. Ein Mann neben Jephtha riß seinen Revolver heraus.

»Kommt her, ihr verdammten Yankees! Kriecht aus eurem Versteck!«

Die Sonne brannte auf Jephthas Kopf. Als er mit zwei Fingern in den Kragen fuhr, um ihn zu lockern, entdeckte er gegenüber, auf der anderen Seite der Straße, ein bekanntes Gesicht.

Der Mann stand in der dritten oder vierten Reihe der Menge und schien Wert darauf zu legen, nicht gesehen zu werden.

Was, zum Teufel, hatte ein Sekretär des Kriegsministeriums hier zu suchen?

Josiah Cheever bemerkte ihn. Jephtha nickte. Cheever blickte rasch zur Seite. Dann sprach er mit dem Mann, der neben ihm stand, einem riesigen Kerl mit struppigem roten Bart. Der abgetragene Anzug des Mannes war ihm mehrere Nummern zu klein.

Jephtha sah, daß der Rotbärtige einen raschen Blick herüberwarf, und er hatte das unbehagliche Gefühl, daß die beiden Männer über ihn sprachen.

In der Nähe der Sandbarrikade krachte ein Schuß, und ein Mann schrie: »Hurra für Jeff Davis!«

Die Menge jubelte. Frauen kreischten hysterisch. Mehrere Männer rissen ihre Waffen heraus und fuchtelten damit herum.

Als Jephtha wieder zur anderen Seite hinüberblickte, waren Cheever und sein rotbärtiger Begleiter fort.

Der Waggon war hinter einer Biegung der Straße verschwunden. Die Leute wurden ungeduldig. Wo blieb der nächste? Hatten sich die Yankees im Stationsgebäude verkrochen, weil die Gleise blockiert waren?

Zehn Minuten vergingen.

Zwanzig Minuten...

Immer wieder blickte Jephtha zu der Stelle zurück, an der er Cheever und seinen bärtigen Freund gesehen hatte. Aber sie blieben verschwunden. Und Jephtha vergaß die beiden rasch über dem bedrückenden Anblick von Amerikanern, die mit Pistolen und Steinen bewaffnet darauf warteten, andere Amerikaner angreifen zu können.

Erwartungsvolle Stille breitete sich aus. Plötzlich wandten sich die Köpfe nach links.

Jephtha drängte sich nach vorn. Er sah Männer in Blau. Grelles Sonnenlicht wurde von Musketenläufen reflektiert. Das *Sixth Massachusetts* marschierte zur Camden Station.

Ein paar Sekunden lang hörte er den harten, rhythmischen Marschschritt der Kolonne. Dann wurde er von einem anderen Geräusch abgelöst, dem haßerfüllten, frenetischen Geschrei aus Hunderten von Kehlen.

»Sie kommen!« schrie die dicke Frau neben Jephtha. »Die Hundesöhne kommen!«

Sie stieß ihrer Tochter hart in die Seite. »Sammle Steine, Kind! Für uns beide!« Das Kind bückte sich und begann, faustgroße Steine aufzuklauben. Und sein Gesicht strahlte.

2

Die Kolonne marschierte. Vor dem Sandhaufen teilte sie sich und zog an beiden Seiten an der Aufschüttung vorbei. Als die erste Kompanie noch knapp fünfzig Meter von Jephtha entfernt war, sah er einen Mann in Zivil, der vor den Soldaten herlief, hier und dort stehenblieb und auf die Menge einredete.

Jephtha fragte jemanden, wer der Mann war.

»Bürgermeister Brown. Sieht aus, als ob ihm daran liegt, daß die Soldaten heil durchkommen. Verdammter Verräter!«

Jephtha sah, daß der Bürgermeister von einer Seite zur anderen lief, die Hände erhoben, als würde er die Menschen anflehen.

Der Mob johlte und lachte.

Die Kolonne marschierte.

Sie war jetzt so nahe, daß Jephtha die Gesichter der Soldaten erkennen konnte. Es waren junge Männer, halbe Kinder. Die Gesichter wirkten angespannt, ängstlich, nervös. Aber sie hielten Schritt. Sie waren offensichtlich disziplinierter als die Männer aus Pennsylvania, die Jephtha gestern abend in Washington gesehen hatte. Die Offiziere beobachteten die Menge und hielten die rechte Hand griffbereit an ihren Seitenwaffen.

»Wollt ihr zulassen, daß dieser Verräter Brown die Yankees beschützt?« schrie eine Männerstimme.

»Nein!«

»Niemals!«

»Auf sie!« schrie die dicke Frau neben Jephtha und warf einen Stein nach dem Bürgermeister.

Brown fuhr zusammen, als der Stein dicht neben ihm auf das Pflaster schlug. Er rang wieder beschwörend die Hände.

»Bürger von Baltimore! Ich appelliere an euren Anstand, an eure...«

»Wer bezahlt dich eigentlich, Brown? Der Affe in Washington?«

Der Mob schrie und johlte.

Brown sah die Waffen in der Menge und rief mit erregter, schriller Stimme: »Bitte, hört mich an! Maryland gehört nicht zur Konföderation! Es ist gegen das Gesetz, die Soldaten ...«

Höhnisches Gelächter übertönte seine beschwörenden Worte. Steine flogen. Einer von ihnen schlug einem Mann an der Spitze der Kolonne die Mütze vom Kopf. Der Mann riß seine Muskete von der Schulter und legte sie an.

Jephtha ballte in stummer Verzweiflung die Hände.

Die Sonne spiegelte sich auf dem Lauf der Waffe wider, als der Soldat aus der Kolonne trat und die Mündung der Waffe auf die Menge richtete. Ein Captain lief zu ihm, packte ihn am Arm und sprach eindringlich auf ihn ein. Widerwillig ließ der Mann das Gewehr sinken und trottete wieder auf seinen Platz in der Kolonne.

Ein schwerer Pflasterstein flog durch die Luft. Er traf einen Soldaten am Kopf. Der Mann ließ sein Gewehr fallen und brach zusammen. Kameraden mußten ihm aufhelfen. Die Kolonne geriet ins Stocken.

Jephtha hörte Brown schreien: »Ich fordere euch auf, nach Hause zu gehen! Ich verlange, daß ihr sofort ...«

Johlen, Pfiffe und Flüche. Mehr Steine.

Die Männer aus Massachusetts standen in der haltenden Kolonne und versuchten, den Wurfgeschossen auszuweichen.

Ein Mann sprang auf einen Soldaten zu und griff nach dessen Gewehr.

»Ich werde dir mal zeigen, wie man mit so einem Ding umgeht!«

Der Soldat verteidigte seine Waffe. »Laß los, verdammt noch mal!«

Drei weitere Männer stürzten sich auf ihn, und Sekunden später kämpften mehr als ein Dutzend Zivilisten und Soldaten gegeneinander. Auch an anderen Stellen kam es zu Schlägereien. Irgendwo in dem Durcheinander entdeckte Jephtha Bürgermeister Brown. Er stand mit hängenden Armen hilflos da. Sein Gesicht war totenblaß.

Einer der Soldaten schlug seinen Gewehrkolben auf den Kopf eines Angreifers. Der Mann ging zu Boden.

Links von Jephtha brandete plötzlich Jubel auf. Er wandte den Kopf und sah eine hübsche junge Frau, die die neue Flagge der Konföderation mit beiden Händen emporhielt. Die Fahne zeigte drei breite Streifen, rot-weiß-rot, und in einem blauen Feld in der linken oberen Ecke sieben kreisförmig angeordnete Sterne.

Auch die Männer, die mit den Soldaten um deren Gewehre rangen, wandten sich um, und ein Offizier an der Spitze der Kolonne nutzte die Gelegenheit, um sie wieder in Bewegung zu setzen.

»Im Eilschritt – marsch!«

Die Soldaten setzten sich in leichten Trab.

»Feiglinge!« brüllte der Mob hinter ihnen her.

»Sieh dir diese feigen Hunde gut an!« schrie die dicke Frau ihrer Tochter zu.

Wieder hagelten Steine auf die Soldaten nieder.

»Lauft heim zu eurer Mutter, Jungs!«

»Feiglinge!«

»Feiglinge!«

Die dicke Frau schleuderte wieder einen Stein. Er traf einen Soldaten ins Gesicht.

Gegenüber krachte eine Pistole. Fast gleichzeitig riß der Soldat, den der Stein getroffen hatte, sein Gewehr von der Schulter. Jephtha sah das blutige, haßverzerrte Gesicht des Jungen, als er die Mündung der Waffe in Jephthas Richtung schwenkte und abdrückte.

Ein Mann neben Jephtha, der gerade einen Stein werfen wollte, wurde von der Kugel getroffen und brach zusammen.

Die Menge lief schreiend auseinander. Wieder krachten Schüsse. Ein Mann schrie. Blauer Pulverdampf stieg auf.

Die schreiende, drängende Menge schwemmte Jephtha mit sich fort. Wieder feuerten zwei Soldaten in die Menge.

Die Tochter der dicken Frau stürzte zu Boden. Ein flüchtender Mann trat ihr mit dem Stiefel ins Gesicht.

Die dicke Frau schrie außer sich vor Angst: »Sulene! Sulene!«

Jephtha benutzte Fäuste und Ellenbogen, um sich zu dem Mädchen durchzukämpfen, und riß es hoch.

»Hier ist sie!« schrie er der dicken Frau zu.

Sie drängte sich durch die Menge, starrte in das blutende Gesicht ihrer Tochter und nahm sie Jephtha aus den Armen.

»Diese Barbaren! Diese Schlächter!«

Jephtha wischte sich den Schweiß von der Stirn.

Die Kolonne hatte jetzt die nächste Kreuzung erreicht. Wieder knallten Schüsse.

Jephtha starrte zu den blauen Rauchwolken hinüber, die wie dichter Nebel über der President Street hingen. Und so traf ihn der Angriff von hinten völlig unvorbereitet.

3

Ein Mann, der sich an ihm vorbeidrängte, stieß ihn zur Seite. Jephtha verlor für eine Sekunde das Gleichgewicht. Und so zerfetzte das Messer nur seine Jacke.

Er fuhr herum und starrte in das Gesicht des rotbärtigen Mannes. In seinen Augen entdeckte Jephtha Überraschung darüber, daß sein heimtückischer Angriff fehlgeschlagen war. Aber keinen Haß. Das Messer hielt er noch immer in der Hand.

Menschen drängten sich an ihnen vorbei, keiner von ihnen hatte auch nur einen Blick für sie.

Der rotbärtige Mann stieß das lange Bowie-Messer hoch, stach damit nach Jephthas Leib.

Jephtha packte das Handgelenk des Mannes.

Der Mann grunzte und spannte seine gewaltigen Armmuskeln an. Die Spitze des Messers zitterte dicht vor Jephthas Brust.

Jephthas Arme schmerzten, er biß sich auf die Unterlippe.

Er spürte, daß mehrere Menschen zusahen. Aber niemand mischte sich ein. Er fühlte, daß seine Kräfte nachließen. Immer mehr näherte sich die Spitze des Messers seiner Brust. Seine Finger wurden schlüpfrig vor Schweiß. Wenn sie abglitten, war er tot.

Er trat dem Rotbärtigen gegen das Schienbein. Der Mann grunzte nur unwillig, schien aber kaum etwas zu spüren. Jephtha riß das linke Bein empor und schlug das Handgelenk des Mannes auf sein Knie. Das Bowie-Messer polterte zu Boden. Beide Männer bückten sich gleichzeitig nach der Waffe. Jephtha stieß dem anderen einen Daumen ins Auge.

Der Mann schrie auf und warf sich auf ihn. Jephtha brach unter dem Gewicht zusammen.

Jephtha sah das Messer, packte es und stieß es dem anderen in den Unterarm.

Der Mann schrie auf.

Jephtha starrte den Rotbärtigen ein paar Sekunden lang keuchend an. Dann sah er um sich. Ein Dutzend Menschen hatte sich versammelt. Ein Mann mit einem Schoßrock trat auf ihn zu.

»Auf welche Seite steht der Kerl, Sir?«

Jephtha zog die Pepperbox aus der Tasche. »Auf der falschen.«

Der andere erkannte die wilde Entschlossenheit in Jephthas Augen und wurde unsicher.

Niemand sprach ein Wort.

Jephtha trat ein paar Schritte zurück. Dann sprang er auf die Straße und lief der verschwindenden Kolonne nach.

Er sprang über einen toten Soldaten, der zwischen den Schienen lag. Er hatte ein rundes Loch in der Schläfe.

Er lief weiter. Ein rascher Blick zurück versicherte ihm, daß niemand ihn verfolgte. Er lief an einem anderen Toten vorbei. Es war ein Zivilist.

Niemand versuchte, ihn aufzuhalten. Vielleicht, weil er die Pepperbox in der Hand hielt. Es sah aus, als würde er die marschierende Kolonne verfolgen.

Seine Lungen schmerzten, und seine Beinmuskeln waren so schlapp wie eben seine Armmuskeln, als er versucht hatte, das Bowie-Messer wegzudrücken.

Warum hat er versucht, mich zu töten? fragte er sich immer wieder. Warum?

4

Als er die Camden Street Station erreichte, waren einige Männer der Baltimore-Polizei eingetroffen. Sie formierten sich zu einem Kordon und prügelten mit ihren Knüppeln auf die wenigen Menschen ein, die noch immer nicht genug hatten.

Aber von dem Mob waren nur noch ein paar Dutzend übriggeblieben. Die meisten waren geflüchtet, als die ersten Schüsse fielen.

Jephtha wies sich durch eine zerknitterte Karte als Journalist aus und wurde durch die Absperrung gelassen. Er atmete erleichtert auf, als er die Tür der Bahnhofshalle hinter sich schloß.

Offiziere schrien Kommandos und bemühten sich, ihre Leute so schnell wie möglich in die Waggons des wartenden Zuges zu bringen.

Jephtha wies seine Pressekarte ein zweites Mal vor. »Captain, ich bin Reporter der *New York Union*. Ich bin eben fast ermordet worden.«

»Da sind Sie nicht der einzige.«

»Kann ich in Ihrem Zug mitfahren?«

Der Offizier musterte ihn ein paar Sekunden lang, dann sagte er: »Letzter Wagen. Da ist Platz. Wir haben an die hundert Männer verloren.«

»Hundert Tote?«

»Die meisten Vermißte. Sind in dem Durcheinander abhanden gekommen. Soviel ich weiß, haben wir vier Tote zu beklagen. Aber dafür haben mindestens doppelt so viele Rebellen dran glauben müssen. Beeilen Sie sich. Wir warten nicht auf Nachzügler. Und auch nicht auf die Kapelle.«

»Die Regimentskapelle?«

»Die hockt noch immer auf dem anderen Bahnhof. Los, steigen Sie ein!«

Jephtha ließ drei Soldaten vorbei, die einen vierten auf einer improvisierten Trage transportierten. Er hatte eine Schußverletzung an der linken Hüfte. Dann kletterte Jephtha auf die hintere Plattform des letzten Wagens. Er wartete, bis der Schmerz in seiner Brust nachließ und sein Atem ruhiger ging. Dann ließ er sich drinnen auf eine der Holzbänke fallen.

Neben ihm saß ein junger Soldat. Er hatte keine Mütze, und seine Uniform war zerfetzt. Er hatte den Kolben seines Gewehrs zwischen die Füße auf den Boden gestemmt, stützte sich mit beiden Händen auf den Lauf und brütete vor sich hin.

Die Lok stieß einen grellen Pfiff aus. Der Zug ruckte an.

Die Bewegung ließ den jungen Soldaten zusammenfahren. Er hob den Kopf, und Jephtha sah, daß er weinte.

»Sie haben Ned erschossen ... und ich durfte ihn nicht einmal aufheben. Der Sergeant ...«

»War Ned ein guter Freund?«

»Mein älterer Bruder. Ned hat für mich gesorgt. Er ...«

Die Worte erstarben im Schluchzen. Der Junge senkte den Kopf, und seine Schultern zuckten hilflos.

Plötzlich fiel grelles Sonnenlicht in den Wagen. Der Zug hatte den Bahnhof verlassen. Von beiden Seiten ertönten wieder laute Schmährufe.

Es war noch nicht vorbei, erkannte Jephtha entsetzt. Steine krachten gegen die Wand des Wagens. Irgendwo splitterte eine Scheibe.

Offiziere schrien: »Ruhig, Leute!«

»Nicht schießen!«

»Verdammt, Lieutenant...«

»Auf keinen Fall schießen!«

Langsam rollte der Zug weiter. Jephtha starrte durch das schmutzverklebte Fenster und sah ein gutes Dutzend Männer neben dem Zug herlaufen.

Ein weißhaariger, gutgekleideter Mann rief: »Geben wir ihnen noch ein lautes Hurra für Jeff Davis mit auf den Weg!«

Der junge Soldat neben Jephtha sprang auf, zertrümmerte die Fensterscheibe mit dem Gewehrlauf und drückte ab.

Der Schuß dröhnte ohrenbetäubend, Pulverrauch füllte den Wagen.

Jephtha sah, daß sich der weißhaarige Mann an die Brust griff und zusammenbrach.

»Er ist tot!« hörte er jemanden schreien.

Der Junge setzte sich mit unbewegtem Gesicht wieder.

Ein Lieutenant kam den Gang entlanggelaufen.

»Coyle, ich hatte den Befehl gegeben, nicht zu schießen!«

Der Junge blickte auf. Seine Augen wirkten eisig.

»Sie haben Ned erschossen!«

»Mein Gott, Jimmy. Ich habe nicht gewußt, daß dein Bruder...«

»Jetzt wissen Sie es«, unterbrach der Junge. »Und was wollten Sie mir noch sagen, Sir?«

Der Lieutenant fingerte nervös an seinem Schnurrbart. »Nichts, Jimmy... nichts...«

Sie fuhren schneller. Baltimore blieb hinter ihnen zurück.

Hier ist in diesem Krieg das erste Blut vergossen worden, dachte Jephtha und blickte in das ausdruckslose Gesicht des jungen Jimmy Coyle.

5

Der Zug rollte durch die grünen Hügel Marylands.

Es war still im Wagen. Die Soldaten waren müde und erschöpft, benommen von dem, was sie an diesem Tag erlebt hatten.

Das Rattern der Räder wirkte beruhigend, fast einschläfernd, und Jephtha konnte endlich wieder nachdenken.

Warum hatte ihn der rotbärtige Mann ermorden wollen?

Was hatte er mit Cheever zu tun?

Und warum war Cheever in Baltimore?

Plötzlich kam ihm die Erleuchtung.

Cheever war in der *Canterbury Hall* gewesen, um Lamont zu unterstützen.

Und Lamont hatte ihm den Tip gegeben, nach Baltimore zu fahren, wenn die Truppen eintrafen...

Lamont hatte ihn in eine Falle gelockt.

Wußte Fan davon?

Er wollte es nicht glauben. Dieser Verdacht bedrohte seinen Sieg über sich selbst, über seine Haßgefühle.

Jephtha merkte, daß Coyle ihn anstarrte.

»Mister, ist Ihnen schlecht?«

Jephtha schüttelte den Kopf. Er konnte nicht sprechen. Er empfand wieder den glühenden Haß wie früher, bevor Molly ihn gebeten hatte, wieder in der Bibel zu lesen, bevor sie ihn angefleht hatte, auch das Gute in Fan und ihrem Mann zu sehen...

Cheever und Lamont.

Wo war die Verbindung?

Er mußte die Antwort auf diese Frage finden, auch wenn sie noch so schmerzlich war...

6

Am späten Nachmittag lief der Zug in Washington ein. Die Soldaten wurden von Reportern bestürmt und von einer kleinen Menschenmenge begeistert begrüßt.

Auf dem Bahnsteig standen Tragen bereit. Dutzende von Frauen drängten sich durch Reporter und Soldaten, um sich der Verwundeten anzunehmen.

Jephtha verließ den Bahnhof und ging sofort zur Redaktion des *Evening Star*. Nachdem er Wallach kurz die Ereignisse in Baltimore geschildert hatte, schrieb er seinen Artikel für die *Union*. Er war ziemlich kurz, nur zweihundert Worte, und als er sie im Telegraphenbüro ablieferte, war es bereits dunkel.

Er ging zum Kriegsministerium und trat in das Büro eines Bekannten, der ihn häufig mit Informationen versorgte.

Der rundliche Gray war gerade dabei, Papiere in einen kleinen Koffer zu stopfen. Er blickte auf und starrte Jephtha an.

»Wo hast du dich so schmutzig gemacht, Jephtha?«

»Baltimore.«

Gray ließ sich auf seinen Stuhl fallen. »O Gott! Das *Sixth Massachusetts* ...«

Jephtha nickte. »Mindestens vier Tote, dreißig oder mehr verletzt.«

»Ich habe gehört, daß es Zwischenfälle gegeben hat. Aber ich wußte nicht, daß es so schlimm war.«

»Gray, ich brauche eine Information.«

Der andere Mann deutete auf den vollgestopften Koffer. »Ich muß sofort zu einer Konferenz ins Außenministerium.«

»Was ist passiert?«

»Harper's Ferry ist eingeschlossen.«

»Ist das Fort schon gefallen?«

»Das weiß keiner genau. Aber es kann nicht mehr lange dauern. Jones hat vierzig Mann ... Wir können nur hoffen, daß er das Arsenal zuvor in Brand steckt.« Er stopfte wieder Akten in den Koffer. »In Norfolk ist auch der Teufel los. Der alte Commodore McCauley ist völlig in Panik. Die Hälfte seiner Offiziere sind Südstaatler, und sie haben ihn überredet, tatenlos abzuwarten. Unsere größte und beste Dampffregatte, die *Merrimack*, liegt noch im Hafen, weil McCauley den Befehl nicht befolgt hat, sie auslaufen zu lassen. Wahrscheinlich werden wir alle Schiffe und den ganzen Kriegshafen verlieren.« Er schloß den Koffer. »Tut mir leid, daß ich jetzt...«

Jephtha packte Gray beim Arm. »Diese Konferenz kann auch nichts mehr ändern. Gray, ich brauche eine Information!«

»Ich komme zu spät...«

Jephtha gab seinen Arm frei. »Ich will nur etwas über einen eurer Sekretäre wissen.«

»Über wen?«

»Cheever.«

Gray winkte ab. »Den sind wir Gott sei Dank endlich los.«

»Was soll das heißen?«

»Er ist ein verdammter Rebell. Hat gestern gekündigt.«

»Und Washington verlassen?«

»Anzunehmen.«

»Gray, es ist sehr wichtig!« Jephtha deutete auf das Tintenfaß. »Ich brauche die Namen aller Menschen, mit denen Cheever in Verbindung stand, jeden einzelnen, an den du dich erinnerst. Du kommst doch viel herum. Bestimmt hast du Cheever mit Leuten reden sehen, die du kennst.«

»Jephtha, was, zum Teufel, ist eigentlich los? Du siehst aus wie der Tod.«

»So ungefähr fühle ich mich auch. Schreib die Namen auf.«

»Nein, ich werde dir nichts Schriftliches geben. Ich werde dir die Namen nennen, an die ich mich erinnere. Ich habe Cheever oft im *National Hotel* gesehen und...«

Zehn Minuten später verließ Jephtha das Kriegsministerium.

10. Kapitel
Anklage

1

The years creep slowly by, Lorena.
The snow is on the grass again . . .

Gideon Kents wohlklingender Bariton drang durch die geschlossene Tür des Zimmers.

Fan versuchte, sich auf die Unterhaltung zwischen ihrem Mann und dem Besucher, einem jungen Schauspieler, zu konzentrieren.

»Sie müssen entschuldigen, Mister Booth«, sagte sie mit einem verlegenen Lächeln, »aber mein Sohn ist so glücklich, weil sein Besuch in Richmond erfolgreich gewesen ist.«

Booth lächelte. »Das freut mich, Mistreß Lamont. Und Sie brauchen sich wirklich nicht zu entschuldigen. Ihr Sohn hat eine sehr schöne Stimme.« Er stand auf und griff nach seinem Hut. »Und außerdem muß ich jetzt wirklich gehen, damit Ihr Mann zur Ruhe kommt.«

Edward Lamont hatte sich wieder fast völlig erholt. Nur eine Muskelzerrung im linken Bein war noch nicht ganz abgeklungen, und er hinkte ein wenig.

»Nett, daß Sie uns besucht haben«, sagte Edward. »Sie sind inzwischen fast so berühmt wie Ihr Bruder Junius.«

»Dazu fehlt mir noch ein gewaltiges Stück«, lächelte Booth.

Er war Anfang Zwanzig und sehr elegant, fast dandyhaft gekleidet. Sein schwarzes Haar und der dünne Schnurrbart glänzten vor Pomade. Er legte noch mehr Wert auf sein Äußeres als die anderen Schauspieler, die Fan kennengelernt hatte. Nur einen einzigen Makel konnte sie an ihm erkennen: er hatte ziemlich starke O-Beine. Das war vielleicht der Grund dafür, daß seine Hosen weiter geschnitten waren, als die Mode vorschrieb.

»Ich bin stolz auf Edwards Auftritt im *Canterbury*«, sagte Booth, als er zur Tür ging. »Der Affe auf dem Präsidentenstuhl hat uns jetzt eine wichtigere Arena gegeben, auf der wir uns bewähren müssen, und bevor der Vorhang über dieser düsteren Periode unserer Geschichte fällt, warten wichtige Aufgaben auf alle mutigen, freiheitsliebenden Männer.«

Er reichte Edward die Hand.

»Sie haben die Ihre erfüllt und uns allen ein Vorbild gesetzt, dem wir nacheifern müssen. Ich jedenfalls werde es tun, darauf gebe ich Ihnen mein Wort.« Er verneigte sich vor Fan. »Madam, es war mir ein Vergnügen.«

2

Als er die Tür hinter sich geschlossen hatte, sagte Fan zu Edward: »Ein wirklich gutaussehender Mann. Aber er hat ein immenses Ego, finde ich. Weißt du ...«

Die Tür des kleineren Schlafzimmers wurde aufgestoßen, und Jeremiah stürzte herein.

»Gideon hat ein Mädchen! Gideon hat ein Mädchen!«

Gideon Kent rannte seinem Bruder nach.

»Halt den Mund, oder ich knall dir eine! Weißt du eigentlich, daß du eine Petze großgezogen hast?« rief er Fan zu.

»Er hat es mir selbst gesagt, Ma! Er hat ein Mädchen in Richmond!«

»Unsinn!« rief Gideon. Er errötete.

Gideon Kent war ein hochgewachsener junger Mann von fast achtzehn Jahren, mit breiten Schultern, einem schlanken, kräftigen Köper und fröhlichen blauen Augen. Er hatte sich gerade gewaschen, Wassertropfen glitzerten in seinem blonden Haar.

Fan hatte ihn selten so gutgelaunt und ausgelassen erlebt wie heute. Obwohl man den Krieg kaum als das Hobby eines Gentleman bezeichnen konnte, schien er endlich etwas gefunden zu haben, dem er sich mit seiner ganzen Begeisterung hingeben konnte. Alle ihre Bemühungen, ihn zum Lernen anzuhalten, waren fehlgeschlagen, obwohl Gideon ein intelligenter und begabter Junge war. Aber zum Leidwesen seiner Mutter interessierte ihn nur das Reiten und die Betätigung in frischer Luft. Sein einziges Semester am College in Lexington war ein Desaster gewesen.

Er rieb sich die Hände. »Herrgott, habe ich einen Hunger. Können wir jetzt...«

Edward winkte abwehrend.

»Wir haben noch Zeit, zum Essen zu gehen. Erzähle uns wenigstens in großen Zügen, was du in Richmond erlebt hast.«

Fan lächelte. »Auch von dieser jungen Dame.«

Gideon wurde wieder rot.

»Da gibt's nichts zu erzählen. Sie arbeitet in dem Laden, in dem ich ein Buch gekauft habe.«

»Das kann doch nicht wahr sein! Du hast ein Buch gekauft?« Fan schüttelte den Kopf. »Ein Buch zum Lesen?«

Gideon setzte sich auf einen Hocker.

»*The Trooper's Manual* von Colonel Lucius Davis. Unser Captain hat gesagt, daß jeder Rekrut dieses Buch so nötig braucht wie sein Pferd. Es behandelt die Taktik der Kavallerie.«

»Ma, er weicht uns aus!« beschwerte sich Jeremiah. »Er soll uns doch von diesem Mädchen erzählen!«

Gideon blickte verlegen an Fan vorbei.

»Was gibt's da zu erzählen? Sie ist hübsch und heißt Margaret und lebt seit zehn Jahren in Richmond. Aber ich bin nicht ganz sicher, ob sie hundertprozentig zu unserer Sache steht. Wir haben ziemlich heftig über die Frage diskutiert, ob ein Staat das Recht hat, die Union zu verlassen, oder nicht. Ich habe das natürlich bejaht, aber sie war anderer Meinung und...«

»Ich bin überrascht, daß du dich in ein Mädchen verliebt hast, das derartige Ansichten vertritt», sagte Edward.

»Ich bin nicht in sie verliebt. Ich finde sie nur nett und... naja, sie ist eben nett.«

»Hat aber Sympathien für diesen Lincoln!«

»Wenn das der Fall sein sollte, werde ich sie schon davon kurieren, aber... Ach, zum Teufel!«

»Gideon!«

»Entschuldige, Ma«, sagte er leise, aber seine blauen Augen funkelten.

Typisch für ihn, dachte Fan. Sein rebellischer Geist hatte ihn zu einem Menschen geführt, der ihn herausforderte. Wenn die junge Dame allem zugestimmt hätte, was er gesagt hatte, wäre sein Interesse an ihr sicher sehr schnell erloschen.

»Ich werde Margaret sowieso nicht so bald wiedersehen«, sagte er jetzt trotzig. »Wir werden Richmond verlassen. Die Ausbildung soll irgendwo anders stattfinden.«

Jeremiah hockte zu Füßen seines Bruders.

»Diese Mädchengeschichte ist doch nicht so interessant, wie ich angenommen hatte. Erzähle uns lieber von deiner Truppe.«

»Das kann ich auch im Speisesaal tun.« Er blickte Edward an. »Können wir nicht essen gehen?«

Edward schüttelte den Kopf.

»Zu viele Menschen, die zuhören könnten. Was ist das für eine Truppe, bei der du dich gemeldet hast?«

»Captain Macombs Husaren.« Er stand auf. »Können wir jetzt endlich essen gehen?«

»Wenn es unbedingt sein muß«, sagte Edward pikiert.

»Noch eine Minute, Gideon«, sagte Fan. »Ich muß dir noch etwas sagen.«

»Und was?« fragte er ungeduldig.

»Wie du weißt...«, sie warf Edward einen raschen Blick zu, »lebt dein Vater hier in Washington.«

»Und?«

»Er war am Dienstag im Theater.«

»Hat er auch *Dixie Land* mitgesungen?« fragte Gideon grinsend. »Jeremiah hat mir von der Sache erzählt. Das war sehr mutig von dir, Edward.«

Edward Lamont lächelte geschmeichelt.

Fan erzählte, daß Jephtha ihrem Mann geholfen hatte, zwei Sympathisanten der Union zu entkommen, die ihn wegen seines Auftritts zusammenschlagen wollten. »Das war sehr tapfer und anständig von deinem Vater, Gideon. Er hat sich in Gefahr gebracht, um Edward zu helfen. Dafür sind wir ihm Dank schuldig. Er möchte dich gern wiedersehen, dich und Jeremiah.«

Gideon runzelte die Stirn, und Fan wußte, daß er innerlich kochte. Als der älteste der drei konnte er sich an die heftigen Szenen in Lexington besser erinnern als seine jüngeren Brüder. Er sagte zögernd: »Ich habe niemals viel von meinem Vater gehalten...«

»Das weiß ich. Und das ist meine Schuld. Auch wenn er jetzt auf der anderen Seite steht, ist und bleibt er ein im Grunde guter und anständiger Mensch. Und deshalb solltest du ihn wiedersehen – du und Jeremiah.«

Jeremiah nickte sofort.

»Edward hat nichts dagegen«, sagte Fan, um Gideon zu überreden.

»Nicht das geringste.«

»Nun ja...« Gideon zuckte mit den Schultern. »Meinetwegen. Manchmal bin ich wirklich etwas neugierig auf ihn...« Er lächelte. »Schließlich ist er ja mein Vater.«

Erleichtert legte ihm Fan die Hand auf die Schulter. »Gut. Ich habe versprochen, ihm eine Nachricht zu schicken, sobald du zurück bist.«

»Es könnte eine Weile dauern, bis sie ihm zugestellt wird«, murmelte Edward.

»Was soll das heißen?« fragte Fan erstaunt.

»Oh...« Er lächelte. »Ich meine nur, daß Reporter in diesen Tagen ziemlich viel unterwegs sind und daß wir Washington sehr bald verlassen sollten. Er hat uns selbst dringend dazu geraten. General Scott kann jederzeit die Brücken sperren lassen.«

»Ich werde ihm sofort nach dem Dinner eine Nachricht schicken. Können wir jetzt gehen?«

»Gott sei Dank. Sonst würde ich glatt verhungern.« Gideon legte den Arm um sie und zog sie zur Tür.

Bevor sie sie erreichten, hämmerte jemand mit der Faust an das Holz.

Edward sagte erstaunt: »Noch ein Besucher? Ich erwarte niemanden...«

Fan ging zur Tür und öffnete. »Jephtha!«

»Wie, zum Teufel...« Fan und die beiden Jungen sahen nicht, daß Edward plötzlich blaß wurde. Sie starrten den Mann an, der vor der Tür stand. Seine Jacke war verschmutzt und zerrissen, und in seinen Augen stand Haß.

Er stieß Fan zur Seite und kam herein.

Was, um Gottes willen, ist ihm geschehen? fragte sich Fan entsetzt.

Gideon sah Jephtha mit zusammengezogenen Brauen an. Jeremiah trat schutzsuchend hinter seinen Bruder.

Jephtha blickte zuerst seinen jüngsten Sohn an, dann Gideon.

»Jeremiah, Gideon... Es tut mir leid, euch unter solchen Umständen wiederzusehen. Ich halte es für besser, wenn ihr beide uns jetzt allein laßt.«

»Warum?« fragte Gideon verwirrt.

»Weil ich euch darum bitte!«

»Hören Sie, Kent«, sagte Lamont scharf, »wie kommen Sie dazu...«

Jephtha fuhr herum. »Wie ich dazu komme, noch zu leben, wollten Sie sagen?«

»Jephtha ...« Fan trat auf ihn zu. »Was ist passiert, um Gottes willen? Warum bist du so wütend auf ....«

»Erzähle mir nur nicht, daß du nichts davon weißt, Fan. Ich bin nur einmal auf deine Lügen hereingefallen!« Er blickte sie mit so abgrundtiefer Verachtung an, daß sie erschauerte.

3

Sekundenlang standen alle reglos. Jephtha starrte Lamont an. Gideon ballte nervös die Hände. Jeremiah wich verängstigt noch weiter zurück.

»Ich muß dir zu deiner Vorstellung am Dienstag gratulieren«, sagte Jephtha ironisch. »Du kannst genauso gut schauspielern wie der Scharlatan, den du geheiratet hast.«

»Halt deinen Mund!« rief Gideon erregt. »Ich verbiete dir, so über ...«

Edward unterbrach ihn: »Laß ihn reden. Ich möchte wissen, um was es eigentlich geht.«

»Um meine Reise nach Baltimore, Mister Lamont, zu der Sie mir geraten haben.«

»Und?«

»In der Menge, die die Soldaten aus Massachusetts angriff, entdeckte ich einen Mann, der bis gestern im Kriegsministerium arbeitete, einen Mann namens Cheever.«

Edwards Gesichtsausdruck blieb unverändert. »Ich verstehe nicht, worauf Sie hinauswollen.«

»Wirklich nicht? Er hatte einen rotbärtigen Mann bei sich, und die beiden haben mich beobachtet.«

Edward seufzte. »Ich fürchte, Darling, daß dein ehemaliger Mann an Verfolgungswahn leidet.«

Jephtha riß die Pepperbox aus der Tasche und schrie: »Halten Sie den Mund!«

Edwards Gesicht wurde bleich. Gideon warf seiner Mutter

einen verzweifelten Blick zu: eine Bitte um Erklärung, um einen Wink, was er tun sollte. Aber Fan starrte auf die Pistole, die auf Edward gerichtet war.

»Als der Mob die Truppen angriff, versuchte der rotbärtige Mann, mich von hinten niederzustechen, mich zu ermorden. Verstehen Sie jetzt, Lamont?«

Edward schüttelte den Kopf. »Kein Wort.«

Seine Stimme klang ruhig, aber auch er starrte auf die Pepperbox in Jephthas zitternder Hand.

»Sie wollen mich zwingen, alle Einzelheiten in Gegenwart der Jungen zu erzählen? Bitte, können Sie haben!« Er deutete auf seine zerfetzte Jacke. »Hier hat mich das Messer dieses Mannes zuerst getroffen. Glücklicherweise kam er nicht zu einem zweiten Versuch. Ich konnte dem Anschlag entkommen. Auf der Rückfahrt von Baltimore wurde mir einiges klar – vor allem, daß ich ein Narr war, von Ihnen Dank zu erwarten. Sie sind wirklich ein guter Schauspieler, Lamont! Sie haben mich völlig eingewickelt.« Er starrte Fan an. »Das gilt für euch beide!«

»Jephtha, du... du hast den Verstand verloren«, stammelte sie angstvoll.

»Im Gegenteil. Ich habe nur einmal den Verstand verloren: Als ich deinen schönen Worten über Vergeben und Vergessen Glauben schenkte. Du hast dich nicht geändert, Fan. Du bist sogar noch hinterhältiger geworden als damals in Lexington, als du mich aus dem Haus getrieben und meine eigenen Söhne gegen mich aufgehetzt hast.«

Gideon trat einen Schritt auf ihn zu.

»Mir reicht das jetzt! Steck die Waffe weg!«

»Bitte, Gideon«, sagte Jephtha. »Misch dich nicht in Dinge, die du nicht verstehen kannst. Ich bin sicher, daß du keine Ahnung hattest...«

»Dann hör auf, solche verrückten Beschuldigungen zu erheben!«

»Das ist leider unmöglich. Dein Stiefvater ist ein gerissener Bursche. Die Beweise dafür habe ich eben im Kriegsministerium erhalten. Cheever war am Dienstag in der *Canterbury Hall*, und ich weiß jetzt, daß es kein Zufall war. Er und Lamont sind Freunde, oder besser gesagt, Komplizen.«

Edward zuckte mit den Schultern. »Natürlich kenne ich Cheever. Ich kenne eine ganze Reihe von Männern, die meine politischen Ansichten teilen.«

»Und wie viele von denen waren heute in Baltimore? Nur einer, denke ich.«

Fan starrte angstvoll in Jephthas Gesicht.

»Ich war ein Narr«, sagte Jephtha leise, fast flüsternd, »als ich mich von deiner kleinen Vorstellung hereinlegen ließ. Dein Mann hat dich dazu veranlaßt, vermute ich. Ich war auch ein Narr, an Ihre Dankbarkeit zu glauben, Lamont, als Sie mir schrieben, es könnte interessant für mich sein, die Ankunft der Truppen in Baltimore mitzuerleben. Ich habe den Köder geschluckt. Cheever folgte mir nach Baltimore. Dort hatte er zwei Aufgaben: er sollte die Menge aufhetzen und einen Mann heuern, der mich tötete.«

Jetzt wirkte Lamont wirklich erschüttert. Ohne den Blick von der Pepperbox zu nehmen, sagte er zu Fan: »Natürlich habe ich ihm einen Brief geschrieben und mich noch einmal für seine Hilfe bedankt. Aber der Rest ist reine Erfindung.«

»Verdammter Lügner!« schrie Jephtha.

»Hör auf! Hör endlich auf!« schrie Fan und trat auf ihn zu.

Edward hielt sie zurück. »Bleib ihm fern! Er ist geisteskrank...«

»Das habe ich anfangs selbst geglaubt, Lamont. Aber dann erkannte ich die Zusammenhänge: Ihr Brief, Ihr Motiv...«

»Edward«, sagte Fan unsicher. »Hast du diesen Brief wirklich geschrieben?«

»Das hat er«, sagte Jephtha hart. »Ich würde ihn dir gern zeigen, wenn ich könnte.«

»Sie haben ihn nicht bei sich?« fragte Edward gelassen.

»Er ist von meinem Schreibtisch verschwunden. Wahrscheinlich ist er zu Boden gefallen, und der Neger hat ihn aufgefegt. Aber ich brauche ihn nicht. Ich erinnere mich noch an jedes Wort. Besonders an die Empfehlung, unbedingt nach Baltimore zu fahren.«

Fan griff nach Lamonts Arm. »Edward, das kann doch nicht wahr sein...«

»Erspare dir deine Schauspielerei...« begann Jephtha.

»Natürlich ist es nicht wahr«, sagte Edward. »Ich habe nicht ein Wort von Baltimore geschrieben. Das ist reine Erfindung. Ich möchte nur wissen, was er damit bezweckt...«

»Er lügt wieder«, sagte Jephtha. »Aber das weißt du ja sehr gut, Fan.« Er holte tief Luft. »Ihr habt diesen Plan schließlich zusammen ausgeheckt.«

»Nein! Ich habe nicht...« Fan begann hilflos zu schluchzen. »Mein Gott, ich begreife überhaupt nichts mehr.«

»Es geht um deinen Haß«, flüsterte Jephtha, »und um Geld.«

Fan hob den Kopf.

»Was?«

»Um das Geld, um meinen Anteil an der Goldmine in Kalifornien, den Gideon, Matt und Jeremiah nach meinem Tod erben werden.«

»Jephtha, ich schwöre dir...«

»Du hast mir selbst gesagt, daß dein Mann sich Sorgen um das Geld gemacht hat. Das war ein kleiner Fehler. Durch ihn wurde mir klar, warum ich ermordet werden sollte. Damit ich es mir nicht noch überlegen und mein Testament ändern kann. Vielleicht wolltet ihr das Geld auch für euch selbst, du und Lamont. Jedenfalls ist mir das Motiv klar, und auch der Grund für euren Aufenthalt in Washington. Der Auftritt im *Canterbury* war nebensächlich. Ich war das wirkliche Ziel. Aber ihr habt euch unnötig Arbeit gemacht. Ich habe nicht die Absicht, die

Jungen um ihr Erbe zu bringen. Ich bin nur enttäuscht, daß du so tief sinken konntest, Fan. Ich war ...«

»Kent, Kent ...« Edwards Stimme klang wie die eines Vaters, der ein hysterisches Kind beruhigen will. »Lassen Sie doch Fan in Ruhe. Jedes Wort ist falsch, und das wissen Sie sehr gut. Ich habe nie gegen Sie konspiriert. Ich habe Cheever seit Tagen nicht gesehen. Ich habe Sie nie aufgefordert, nach Baltimore zu reisen ...«

Fan versuchte, die Fassung wiederzugewinnen. Sie fuhr mit der Hand über ihre tränenfeuchten Wangen und sagte ruhig: »Wie kommst du eigentlich zu diesen sinnlosen Anklagen, Jephtha? Wenn Edward sagt, daß er dir nichts Böses wollte, so kannst du ihm glauben. Ich tue es jedenfalls.«

Eine Weile herrschte Schweigen, ein bedrückendes, lastendes Schweigen.

Fan blickte Gideon an und hoffte, ihr Blick würde ihre flehentliche Bitte erkennen lassen: Halte dich zurück! Mach die Sache nicht noch schlimmer, als sie schon ist!

»Also du glaubst ihm?« Jephthas Augen glänzten im Licht der Gaslampe. Er trat rasch auf sie zu und schlug ihr ins Gesicht.

Gideon sprang seinem Vater an den Hals.

4

Nur bruchstückhafte Erinnerungen blieben zurück:

Jeremiahs ängstliches Weinen, Jephthas erschrockener Schrei, als Gideon ihn am Hals packte.

»Du bist verrückt! Ein verrückter, verdammter Yankee!«

Jephthas Schlag hatte Fan zu Boden gerissen. Sie sah, daß Gideon Jephtha losließ, Edwards Stock packte und Jephtha damit die Waffe aus der Hand schlug.

Jephtha stolperte, fiel auf die Knie. Sie erinnerte sich an den

Ausdruck von Schmerz und Verzweiflung in seinem Gesicht, als sein Sohn mit erhobenem Stock auf ihn zukam.

Er trat Jephtha ins Genick. »Du bist so verrückt, wie es alle immer behauptet haben!«

Wieder ein Hieb. Er traf Jephtha ins Gesicht und ließ die Haut platzen.

»Gideon, ich will doch nur...«

»Du hast kein Recht, meine Mutter zu schlagen!«

Der Stock traf Jephthas Kopf und zerbrach.

Jephtha fiel auf sein Gesicht und stöhnte auf.

Fan versuchte hochzukommen. Es gelang ihr nicht. »Nicht, Gideon!«

Gideon hörte nicht auf sie. Er packte Jephthas Haar und riß den Kopf seines Vaters hoch.

»Junge, hör auf deine Mutter.« Edward trat zu Gideon. »Es ist genug. Wirf ihn hinaus.«

Fan wurde es schwarz vor Augen. Sie spürte noch, daß sie mit dem Gesicht auf den Teppich fiel... dann nichts mehr...

11. Kapitel
Von Dunkelheit umfangen

1

Fünf Minuten nach Mitternacht hörte Molly, daß jemand mit dem Schlüssel am Schloß hantierte. Dann klirrte der Schlüssel zu Boden. Jemand fluchte.

Molly sprang vom Sessel auf. Sie hatte im Wohnzimmer gewartet. Es dauerte länger als eine halbe Minute, bis die Tür endlich aufgeschlossen wurde.

Sie roch ihn, bevor sie ihn sah. Der Whiskeygeruch war überwältigend.

Als er durch die Halle schwankte, rief sie: »Mein Gott, Jephtha! Ich bin fast verrückt vor Angst!« Sie lief auf ihn zu. »Wir haben von den Ereignissen in Baltimore gehört!«

Er kniff die Lider zusammen und sah sie an wie ein Schlafwandler. Sie entdeckte die Platzwunde auf seiner Wange, die zerfetzte Jacke. Aber seine Augen wirkten so verwirrt und verzweifelt, daß sie nicht wagte, Fragen zu stellen.

»Ich bin hineingeraten... Es war furchtbar. Ich habe deine Pistole verloren...«

»Die Leute reden von nichts anderem«, sagte sie. »Sie haben entsetzliche Angst, daß Washington bis zum Wochenende erobert wird. Mister Swampscott packt schon. Er will den ersten Zug nach Norden nehmen...«

»Sehr weise...«, murmelte Jephtha.

Sie legte die Arme um ihn. »Komm hinauf. Ich werde mich um die Verletzungen kümmern.«

»Nicht nötig. Ich habe in *Willard's Hotel* schon meine Medizin genommen.«

»Der Zug aus Baltimore ist doch bereits am späten Nachmittag eingetroffen. Warum hast du so lange ...«

»Weil ich meinen Artikel durchgeben mußte!« sagte er wütend. »Mein Gott, Molly! Ich habe schließlich einen Job!«

Sie starrte ihn an. Er war noch nie so betrunken gewesen. Und er hatte sie auch noch nie so angeschrien.

»Bin sehr müde«, murmelte er. Dann wandte er sich um und torkelte auf die Treppe zu.

»Warte, ich helfe dir.«

Er stieß ihre Hand zurück. »Laß mich in Ruhe!«

Sie blieb am Fuß der Treppe stehen und blickte ihm nach, als er stolpernd und fluchend die Stufen hinaufstieg.

Irgend etwas war geschehen, etwas Schreckliches. Sie durfte ihn jetzt nicht allein lassen. Sie mußte herausfinden, was der Grund seiner Verzweiflung war.

Sie stieg die Treppe hinauf. Er war nicht in ihrer Wohnung. Sie ging zu seinem Zimmer und klopfte an die Tür und rief leise seinen Namen.

Er antwortete nicht.

2

Molly fand kaum Schlaf in dieser Nacht. Beim ersten Morgengrauen stand sie auf und klopfte an Jephthas Zimmertür. Wieder erhielt sie keine Antwort.

Sie bewegte den Türdrücker. Nicht abgeschlossen.

Sie trat ein. Das Zimmer war leer, das Bett unbenutzt.

Auf einem kleinen Stapel anderer Bücher entdeckte sie die Bibel, die sie Jephtha am Montag abend gegeben hatte.

Das ist es! Sie wußte es plötzlich. Sie hatte ihm die Bibel gegeben, ihn gebeten, in ihr zu lesen.

Von Schuldgefühlen überwältigt, erinnerte sie sich an die von ihm unterstrichene Stelle über die Seligkeit des Vergebens.

Die Ereignisse in Baltimore hatten die Worte zu einer Farce gemacht, und das war zuviel für ihn gewesen.

Sie lief nach unten, suchte ihn.

Aber er war fort.

3

Jephtha lief ziellos durch die Straßen Washingtons.

War er wirklich geistig verwirrt? War dieser Anschlag auf sein Leben ein Produkt seiner kranken Phantasie?

Nein! Lamont hatte ihn gedrängt, nach Baltimore zu fahren. Wäre der Brief nicht verlorengegangen, könnte er beweisen ...

Wem? Fan? Die wußte doch Bescheid! Sie hatte ihn schließlich entsprechend vorbereitet, damit er Lamonts Vorschlag kritiklos akzeptierte. All ihre Worte der Reue, das Gerede von Vergeben und Verstehen waren sorgfältig einstudiert, damit er Lamonts Köder schluckte.

Die Augen der Jungen verfolgten ihn wie ein Alptraum.

Jeremiahs Augen, voller Angst und Entsetzen ...

Gideons Augen, voller Haß und Ekel ...

Sie werden ihnen glauben, nicht mir. Wenn ich nicht die Beherrschung verloren oder den Brief bei mir gehabt hätte ...

Unsinn. Es war geschehen und nicht mehr zu ändern. Er hatte nicht gewußt, wie sehr sie ihn haßten – und wie gierig sie auf sein Geld waren.

Er dachte an Montagnacht, als er in der Bibel gelesen hatte, um die Kraft zu finden, ihnen zu vergeben.

Was für ein Unsinn! Eine Farce!

Es war ihm egal, was Fan von ihm dachte. Sie interessierte ihn nicht mehr. Aber seine Söhne interessierten ihn. Und jetzt hatte er sie für immer verloren.

Er entdeckte, daß er vor dem *Evening Star* angelangt war. Wie ein Schlafwandler schloß er die Tür auf und trat in den

Redaktionsraum. Um diese frühe Morgenstunde war noch niemand da. Er setzte sich an seinen Schreibtisch und starrte stumpf vor sich hin.

Er schreckte auf, als die Tür geöffnet wurde. Van Dyne trat ein. Er sah erschöpft aus.

»Hallo, Jephtha. Auch schon da? Sie haben die Brücken in Brand gesteckt.«

»Nach Virginia?«

»Nein, die Eisenbahnbrücken nördlich von Baltimore. Sie wollen keine weiteren Truppentransporte durch die Stadt lassen. Sie haben Angst, daß es zu noch schwereren Unruhen kommen könnte.« Er fuhr mit der Hand über sein unrasiertes Kinn. »Die Strecke über Harper's Ferry ist auch hin. Die Rebellen haben die Stadt und das Arsenal erobert.«

»Also sind wir völlig abgeschnitten?«

»Ja.« Van Dyne gähnte. Und jetzt sah er Jephthas zerschundenes Gesicht. »Himmel! Wie ist denn das passiert?«

»Ich war gestern in Baltimore.«

»So ein Glück möchte ich auch mal haben«, sagte Van Dyne neidisch. »Das ist doch eine Sensation für die *Union*! Hast du deine Story schon durchgegeben?«

Jephtha schüttelte den Kopf. »Ich wollte sie gerade schreiben.«

»Dann würde ich mich aber ein bißchen beeilen, Jephtha. Ich habe gehört, daß die Rebellen in Baltimore verrückt spielen. Sie feiern den Krawall von gestern als großen Sieg und wollen auch die Telegraphenlinie unterbrechen.«

Jephtha nickte und zog Papier und Bleistift heran.

»Dann sollte ich mich wirklich an die Arbeit machen.«

Brücken verbrannt... Harper's Ferry gefallen... die Telegraphenverbindungen in Gefahr...

Die Dunkelheit, die sich über Washington senkte, war fast so düster wie das Dunkel in seiner eigenen Seele...

4

An diesem Wochenende leerten sich die Hotels der Hauptstadt. Alle Züge nach Baltimore waren überfüllt, und durch die Seventeenth Street zogen Kolonnen von Planwagen nach Norden.

Und auch in die andere Richtung ergoß sich der Exodus von Menschen, die sich in Sicherheit zu bringen versuchten. Farmwagen, Droschken, Kutschen und Reiter strömten über die Long Bridge nach Virginia.

Am Sonnabend kam Jephtha sehr spät in die Pension zurück. Ohne nach Molly zu sehen, ging er sofort in sein Zimmer, schloß sich ein und zog den Korken aus einer Whiskeyflasche.

Mehrere Male während der Nacht hörte er Molly an die Tür klopfen und seinen Namen rufen. Er meldete sich nicht. Er trank und starrte die Bibel an.

Am Sonntag stand er wieder vor Tagesanbruch auf und verließ das Haus.

Die Situation in Washington verschlimmerte sich von Stunde zu Stunde.

Er sah Wagen, die Bohnen, Schweinefleisch, Zucker und Mehl zum Postamt und zum Schatzamt brachten – Verpflegung für die Truppen von Rhode Island und New York, falls die je eintreffen sollten.

Er sah die langen Kolonnen der Wagen, die nach Norden und nach Süden aus der Stadt rollten, Frauen, die ihre verängstigten Kinder an sich drückten, Schlägereien, wenn die lange Kolonne der Wagen aufgehalten wurde, weil irgendwo eins der überladenen Fahrzeuge zusammengebrochen war.

Er sah, daß die Miliz im Präsidenten-Park Brustwehren aus Sandsäcken errichtete. Es war ein trauriger Haufen von Greisen, mit antiken Vorderladern und rostigen Säbeln bewaffnet. Ein paar von ihnen behaupteten, schon 1812 dabeigewesen zu sein.

In der Bar von *Willard's Hotel* sah Jephtha mehr als ein Dutzend Männer. Sie tranken, um ihre Angst zu betäuben. Auch ihre zu laute Diskussion sollte ihnen darüber hinweghelfen.

»Lincoln ist verrückt!« verkündete einer von ihnen. »Diese Blockadedrohung gegen die Häfen der Konföderation ist doch lächerlich! Es gibt keine fünfzig Dampfschiffe in der Navy, und die besten davon haben die Rebellen einkassiert, als Old Bory Sumter eroberte. Womit will Abe also eine Blockade durchführen? Mit Ruderbooten?«

Lautes Gelächter. Jephtha bestellte sich einen Whiskey.

»Selbst mit hundert Schiffen wäre eine Blockade undurchführbar«, sagte ein anderer. »Es sind fünftausend Kilometer Küste von hier bis zur Mündung des Rio Grande – mehr als doppelt soviel, wenn man all die Inseln, Buchten und Flußmündungen mitrechnet. Die Kriegsflotten der ganzen Welt würden nicht ausreichen.«

Jephtha trank einen Schluck Whiskey und hörte aufmerksam zu.

»Ben Butler ist in Annapolis«, sagte einer der Männer. »Ist mit dem *Eighth Massachusetts* vor ein paar Stunden dort gelandet.«

»Scheiße! Woher weißt du das?«

»Ich arbeite im Kriegsministerium.«

»Trotzdem Scheiße! Annapolis ist nur sechzig Kilometer von hier entfernt. Wir hätten bestimmt etwas gehört...«

»Das sind jetzt sechzig Kilometer feindliches Gebiet«, erinnerte ein anderer.

»Alles Scheiße! Wir sind erledigt. Niemand kommt, um uns zu helfen.«

Als Jephtha eine Stunde später zum Telegraphenbüro ging, um ein paar Meldungen durchzugeben, waren die beiden Angestellten gerade dabei, die Gaslampen zu löschen, und an der Tür hing ein Schild mit der Inschrift: »Geschlossen.«

»Wir haben keine Verbindung mehr mit dem Büro in Baltimore«, sagte einer der beiden Männer zu ihm. »In der letzten Nachricht sagten uns die Leute, daß sich ein Mob zusammengerottet hätte und versuchte, die Tür einzutreten. Das war vor zwei Stunden. Seitdem ist die Verbindung tot.«

5

Jephtha zerknüllte die Artikel, die er hatte durchgeben wollen, und warf sie auf die Straße. Dann ging er zu *Willard's Hotel* und trank noch drei Doppelte.

Der Whiskey gab ihm den Mut, zum *National Hotel* zu gehen und sich beim Portier zu erkundigen, ob die Lamonts noch dort wohnten.

»Sie sind heute früh abgereist«, teilte ihm der Mann mit.

»Alle vier?«

»Ja. Sie haben eine Droschke genommen. Mister Lamont schien es sehr eilig zu haben, die Stadt zu verlassen.«

»Wohin wollten sie? Nach Richmond?«

»Das hat er mir nicht gesagt.«

Wortlos wandte sich Jephtha ab.

»Mister Kent?«

Er blieb stehen.

»Haben Sie etwas von den Entsatztruppen gehört?«

»Nein. Die Telegraphenverbindung ist unterbrochen.«

»Mein Gott! Wann kommen denn die Truppen endlich?« rief der Portier verzweifelt.

»Ich weiß es auch nicht... Ich bin nicht einmal sicher, ob diese Truppen überhaupt existieren.«

6

An diesem Abend sprach er zum erstenmal wieder mit Molly. Er berichtete ihr, daß Lamont und seine Familie abgereist seien.

Sie griff nach seiner Hand.

»O Jephtha, das tut mir so leid. Sie wollte doch Nachricht schicken, wenn Gideon...«

Wortlos löste er seine Hand aus der ihren und goß einen Schluß Whiskey in seinen Kaffee.

Molly setzte sich wieder an den Küchentisch und wickelte ein Stück Bindfaden auf.

Bertha rührte im Suppenkessel und murmelte erregt vor sich hin. »... verdammte Diebesbande! Wer hat schon mal gehört, daß jemand Mehl für fünfzehn Dollar pro Faß verkauft? Am Donnerstag waren es noch vier Dollar! Was sollen wir den Leuten bei den Preisen vorsetzen...«

»Sie hat dich also nicht benachrichtigt«, sagte Molly leise.

»Nein.«

»Aber sie hat es doch versprochen! Zum Teufel mit ihr!« Sie griff wieder nach Jephthas Hand.

Jephtha schwieg. Aber lautlos wiederholte er diese Verdammung immer wieder.

7

Am Montagmorgen wirkte Washington wie eine aufgegebene Stadt.

Obwohl Jephtha keine Möglichkeit mehr hatte, Meldungen an seine Redaktion in New York durchzugeben, machte er seine Runden durch die Ministerien, aber eigentlich nur, um etwas zu tun zu haben, um nicht mit seinen Gedanken allein sein zu müssen.

Gegen neun Uhr war er vor dem Amtssitz des Präsidenten. Durch die Stangen des Eisenzauns sah er ein Dutzend Reporter vor dem Nordeingang herumstehen.

Er wies sich dem Offizier gegenüber aus, der die vier Männer am Tor kommandierte. Sie gehörten zu Senator Lanes *Frontier Guards*, und in ihren Gürteln steckten Revolver und Messer.

Der Wachoffizier stellte einen Fuß auf die Sandsackbarriere, als er Jephthas Presseausweis prüfte. Dann ließ er ihn passieren.

Es war ein feuchter, drückender Morgen, leichter Dunst hing in der Luft.

Jephtha trat zu den anderen Reportern und steckte sich eine Zigarre an.

»Wird jemand erwartet?« fragte er einen Reporter des *National Intelligencer.*

»General Scott. Er sollte längst hier sein.«

»Wahrscheinlich bekommt er seine gichtigen Beine nicht in die Stiefel.

Niemand lachte über diesen Scherz.

Ein sehr müde und erschöpft wirkender Nicolay erschien in der Tür. Die Reporter stürzten sich auf ihn, bestürmten ihn mit Fragen.

»Ich kann Ihnen nichts sagen«, rief Nicolay zurück. »Der Präsident kommt gleich herunter!«

»Will er frische Luft schnappen?« erkundigte sich einer der Reporter ironisch.

»Wie ist die Stimmung des Präsidenten?« fragte ein anderer.

Nicolay zögerte ein paar Sekunden, dann sagte er: »Gelassen und zuversichtlich.«

Unwilliges Gemurmel. »Ist das eine Ausflucht oder eine Lüge?«

Nicolay runzelte die Stirn.

»Es ist die Wahrheit. Natürlich macht ihm die militärische Situation Sorgen. Aber er ist überzeugt, daß wir sie meistern werden.«

Wieder unzufriedene Zurufe, die sofort verstummten, als der Präsident in der Tür erschien.

Der schlechtsitzende schwarze Anzug Lincolns wirkte noch zerknitterter als sonst. Tiefe Schatten lagen unter seinen Augen. In Jephtha regte sich zum erstenmal ernster Zweifel. War dieser ungelenke, hagere Anwalt aus Illinois wirklich stark und intelligent genug, diese Krise des Landes zu meistern?

Lincoln hakte die Daumen in die Armlöcher seiner Weste und lächelte. »Guten Morgen, Gentlemen.«

»Ich habe ihnen bereits gesagt, daß wir heute keine Mitteilungen...« sagte Nicolay.

Der Reporter des *Intelligencer* unterbrach ihn: »Mister President, stimmt es, daß Washington unmittelbar gefährdet ist?«

»Gefährdet?« fragte Lincoln gedehnt zurück. »Durch wen? Ich habe noch keine Spur von Virginias Armee entdecken können.«

»Trotzdem verlangen die Bürger die Bestätigung, daß wirklich Truppen aus dem Norden unterwegs sind.«

Lincolns Gesicht wurde ernst.

»Wir müssen daran glauben. Ich muß zugeben, daß meine Überzeugung gestern etwas ins Wanken geraten ist. Nachdem die Telegraphenverbindung unterbrochen wurde und keine Züge mehr nach Philadelphia und New York durchkamen, kamen auch mir ernste Zweifel. Aber nach einem langen Gespräch mit meinen Söhnen hatte ich sie wieder überwunden. Ich bin fest überzeugt, daß Washington die Krise überstehen wird, daß die Union sie überstehen wird, daß diese furchtbare Entzweiung eines Tages überwunden werden kann...«

Als Jephtha eine halbe Stunde später durch den dunstigen Park zur Pennsylvania Avenue zurückging, wünschte er, die Zuversicht Lincolns teilen zu können.

8

Der Himmel trübte sich immer mehr ein, als hätten sich an diesem Tag auch die Elemente gegen die Stadt verschworen.

Jephtha ging in die Bar von *Willard's Hotel*. Er war der einzige Gast. Er trank zwei doppelte Whiskey und unterhielt sich mit dem Bartender, aber auch der Alkohol konnte ihn heute nicht aufheitern.

Danach wanderte er wieder ziel- und ruhelos durch die Stadt. Gegen Mittag fand er sich an der Long Bridge wieder. Zu beiden Seiten der Zufahrt standen zwei alte Zwölf-Pfünder-Kanonen. Ihre Mündungen waren auf das andere Ufer des Potomac gerichtet.

Ein mißgelaunter Artillerie-Sergeant warf Jephtha einen mißtrauischen Blick zu, dann musterte er einen hochbeladenen Planwagen, der auf die Brücke zurollte.

Der junge Mann, der ihn lenkte, hatte Mühe mit den nervösen Pferden, und plötzlich scheute eins der beiden Tiere. Das linke Vorderrad des Wagens streifte fast eine der beiden Kanonen, bevor der Mann auf dem Bock die Pferde wieder in den Zügel bringen konnte.

Der Sergeant schrie wütend: »Paß auf, verdammt noch mal! Oder willst du Regierungseigentum beschädigen ...«

»Ich will gar nichts beschädigen«, sagte der junge Mann außer Atem wegen der Anstrengung. »Ich will nur heim nach Virginia ...«

»Da werden wir dich bald begraben!«

Der Mann ließ die Zügel fahren und wollte vom Bock springen. Seine Frau, die mit einem Säugling in den Armen neben ihm saß, hielt ihn zurück. Das Kind begann zu weinen.

Jephtha sah in dieser eigentlich belanglosen Konfrontation ein Spiegelbild der Tragödie, die das ganze Land gefangenhielt.

Der Haß hatte alle Menschen Amerikas erfaßt. Dieser Haß war schuld daran, daß seine Frau ihn verraten hatte, daß seine

Söhne ihn verachteten. Der Haß war schuld, daß Gideon unter Umständen fallen würde ...

Er blickte dem Wagen nach, der über die Brücke nach Virginia rollte und bald in den Dunstschwaden verschwand.

9

»Mistreß Molly! Mistreß Molly!«

Eine Hand schüttelte sie. Sie fuhr hoch.

»Jephtha?«

»Nein. Ich bin's, Bertha!«

Molly strich sich eine Haarsträhne aus der Stirn. »Was ist ...«

Im Licht der Öllampe sah sie die angstgeweiteten Augen der Negerin. Und dann roch sie den Rauch.

Sie sprang aus dem Bett.

»Es könnten die Truppen aus Virginia sein«, sagte Bertha. »Deshalb bin ich gekommen ...«

Molly trat ans Fenster und starrte in die Dunkelheit. Nirgends Anzeichen von einem Brand, weder in der Nachbarschaft noch in der Ferne.

»Gib mir den Morgenmantel.«

Die Negerin reichte ihn ihr, und Molly zog ihn hastig an. Sie wurde zunehmend unruhiger. Der Brandgeruch schien aus dem Erdgeschoß zu kommen.

»Bleib hier, Bertha.« Sie klopfte der Negerin beruhigend auf den Arm. »Oder in deinem Zimmer, wenn es dir lieber ist.«

»Gehen Sie nicht hinunter, Mistreß Molly. Vielleicht sind Virginia-Soldaten schon überall im Haus!«

»Das glaube ich nicht. Wir hätten etwas hören müssen.«

»Vor zehn Minuten habe ich jemanden auf der Treppe gehört.«

»Ich werde nachsehen.«

Sie lief zu Jephthas Zimmer. Das Zimmer war leer.

War er wieder ausgegangen? War er es gewesen, den Bertha auf der Treppe gehört hatte?«

Er war wieder völlig betrunken nach Hause gekommen und ohne ein Wort zu sagen zu Bett gegangen.

Sie ging zur Treppe. Ihre Hände waren feucht und glitten fast vom Geländer, als sie ins Erdgeschoß hinabstieg. Der Brandgeruch wurde immer stärker. Und ihr Herz schlug immer erregter.

Sie lief in die große Diele. Niemand war zu sehen.

Der Wind fuhr in den Schornstein des Kamins und blies Rauch und glimmende Papierfetzen in den Raum.

Molly blieb stehen und starrte in die noch glimmende Asche.

»O Jephtha«, flüsterte sie.

Sie kniete sich vor den Kamin und begann lautlos zu weinen. Dünner Rauch kräuselte sich aus den halb verbrannten Einbanddeckeln der Bibel.

Von den Seiten war nur graue Asche übrig.

Epilog
The Girl I Left Behind Me

1

Michael Boyles Taschenuhr zeigte erst vier Uhr, aber in den Westchester Woods war es bereits dunkel. Im Westen, über dem Hudson, grollte Donner.

Die Kutsche rumpelte über die ausgefahrene Straße. Es war der letzte Freitag im April, und Michael war seit Tagen schlecht gelaunt.

Er starrte durch das offene Fenster in den dunklen Kiefernwald. Wind wehte herein, es roch nach Frühling und Regen.

In seinem alten Koffer, der auf dem Boden der Kutsche stand, befanden sich Toilettenartikel und sein Abendanzug. Julia bestand auf korrekter Kleidung, wenn sie nach Kentland zum Dinner lud.

Michael wußte noch immer nicht, warum Louis ihn sprechen wollte. Das Dinner war nur ein Vorwand. Auf der Einladung stand, daß es zu Ehren Israel Hopes veranstaltet wurde, des Geschäftsführers der Kents in der kalifornischen Goldmine. Michael hatte den Mulatten, auf den Amanda Kent de la Gura so große Stücke gehalten hatte, noch nicht kennengelernt. Er und seine Frau waren vor zwei Tagen mit dem Schiff eingetroffen und sofort nach Kentland gebracht worden.

Michael folgte der Einladung nur ungern. Er hatte ein ungutes Gefühl. Julia lehnte Israel Hope und seine Frau als »Farbige« ab.

Außerdem waren weder Theo Payne noch Dana Hughes, der Geschäftsführer des Kent-Buchverlages in Boston, eingeladen worden, eine eigenartige Unterlassung, fand Michael, da Hopes Buch über seine Flucht aus der Sklaverei von Payne redigiert und von Hughes herausgegeben worden war. Aber Louis' Bankier, Joshua Rothman, würde unter den Gästen sein, und deshalb vermutete Michael, daß irgendwelche wichtigen Geschäfte der wirkliche Grund für dieses Dinner waren. Aber was für Geschäfte?

Trotz allem aber war Michael froh, der Stadt für zwei Tage entfliehen zu können. Überall in New York sah man jetzt die Farben Blau-Weiß-Rot, und vor provisorisch eingerichteten Rekrutierungsbüros standen lange Schlangen junger Männer, die Lincolns Aufruf nach Freiwilligen gefolgt waren.

All das erregte die Schuldgefühle in ihm, Schuldgefühle, die entstanden waren, als die *Seventh New York Militia* Mitte des Monats nach Washington in Marsch gesetzt worden war.

Der Abmarsch der Truppe war mit einer glänzenden Parade gefeiert worden. Tausende von Menschen hatten den Broadway gesäumt und den jungen Soldaten zugejubelt, den Söhnen der besten Familien New Yorks.

Selbst jetzt noch konnte er den Jubel der Menge hören, das Schmettern der Hörner und Trompeten, die eine bekannte, mitreißende Melodie spielten: *The Girl I Left Behind Me*...

Michael hatte neben einer vollbusigen Frau am Rand des Broadway gestanden.

»Alle jungen Männer ziehen ins Feld. Mein Sohn ist bei den *Zouaves*.«

Michael war ihrem Blick ausgewichen. »Sehr lobenswert.«

»Sie haben sich nicht gemeldet?«

»Nein, Madam.«

Sie hatte kein Wort mehr mit ihm gesprochen.

Ich bleibe hier, weil ich auf Louis Kent aufpassen muß, sagte er sich immer wieder. Aber irgendwie blieb die Entschuldigung unbefriedigend.

Die New Yorker Miliz war nach Annapolis verschifft worden, über Land zu einer Bahnstrecke gezogen – wo sie General

Ben Butlers Leuten vom *Eighth Massachusetts* half, die zerstörten Brücken zu reparieren – und hatte schließlich Washington erreicht. Nach den Berichten Jephthas – auch die Telegraphenverbindung war wiederhergestellt worden – hatte die Ankunft der Miliz eine Woche der Angst vor einer Invasion aus Virginia beendet.

Michael war zur Zeit damit beschäftigt, ein Angebot der Stovall-Werke für einen größeren Stahlauftrag der Regierung auszuarbeiten, und redete sich immer wieder ein, daß er hier unentbehrlich sei. Louis mußte unter Kontrolle gehalten werden. Er hatte bereits Verbindung mit den Lacroix-Brüdern in Louisiana aufgenommen, das jetzt praktisch feindliches Territorium war. Nach der scharfen Auseinandersetzung in der Wahlnacht hatte Louis seine weiteren Verhandlungen absolut geheimgehalten. Er hatte sogar beim Kopieren seiner Briefe auf jede Hilfe verzichtet und auch das selbst erledigt. Er hatte etwas vor, davon war Michael fest überzeugt, etwas Illegales...

Die Kutsche rollte aus dem Wald hinaus. Es war nicht mehr weit bis Kentland, stellte Michael aufatmend fest.

Über dem Hudson türmten sich dunkle Gewitterwolken auf. Eine scharfe Bö traf den Wagen.

Sie haben sich nicht gemeldet?

Und wenn er noch so sehr nach Entschuldigungen suchte, das Schuldgefühl blieb.

Inzwischen war klargeworden, daß dieser Krieg länger dauern würde als neunzig Tage. Ein achter Staat hatte sich der Konföderation angeschlossen, und Tennessee, North Carolina und Arkansas würden dem Beispiel Virginias in Kürze folgen, hatte Jephtha aus Washington gekabelt.

Die Grenzstaaten Missouri, Kentucky, Delaware und Maryland waren ebenfalls Gefahrenpunkte. Vielleicht würden sie bei der Union bleiben – vielleicht auch nicht. In jedem Fall würden sie zum Schauplatz blutiger Auseinandersetzungen werden, hatte Jephtha vorausgesagt.

Jephthas Meldungen klangen seit einiger Zeit düster und pessimistisch. Übertrieben pessimistisch, fand Michael. Aber vielleicht mußte ein Mann, der drei Söhne auf der anderen Seite hatte, niedergedrückt und pessimistisch werden.

Sie haben sich nicht gemeldet?

Er fluchte und schlug mit der Faust gegen die Tür der Kutsche. Das linke Vorderrad rollte durch ein tiefes Schlagloch, und Michael wurde mit dem Kopf gegen die Decke geschleudert.

»Verdammt!« schrie er dem Kutscher zu. »Kannst du nicht aufpassen?«

Joel zügelte die Pferde. Aber Michaels Laune blieb auf dem Nullpunkt, ein schlechtes Omen für das Dinner.

2

Kentland war aus Marmor und Prunklust gebaut. Es war Louis' Absicht und offen erklärter Wunsch gewesen, alle Häuser der Nachbarschaft auszustechen und sie an Eleganz und Luxus zu übertrumpfen.

Die Fassade des Hauses war ein Sammelsurium von Giebeln, Türmchen und Erkern. Michael fand es zu auffallend und protzig, es erinnerte ihn irgendwie an die neue St. Patricks Kathedrale an der Fifth Avenue. Kentland war ein Schrein, kein Heim.

Die Kutsche fuhr durch das offene Tor, den breiten Zufahrtsweg hinauf und hielt vor dem Portal. Die Tür wurde aufgerissen. Zwei livrierte Diener murmelten eine Begrüßung. Sein Koffer wurde aus der Kutsche gerissen und in die Halle gebracht.

Michael stieg aus und ging zur Tür, die ihm der Butler offenhielt. Julia lief auf ihn zu.

»Michael! Ich bin so froh, daß Sie es geschafft haben, bevor das Unwetter losbricht.« Sie richtete sich auf die Zehenspitzen und küßte Michael flüchtig auf die Wange. »Sehr glücklich . . .«

Er fuhr nervös mit der Hand über seine Wange.

»Wicks wird Ihnen Ihre Zimmer zeigen. Dinner ist um sieben Uhr. Vorausgesetzt, daß Mister Rothman und seine Frau bis dahin eingetroffen sind.«

»Mister Hope und seine Frau sind schon hier, nicht wahr?«

Sie nickte.

»Ja. Louis zeigt ihnen gerade die Ställe. Clothilde ist eine sehr hübsche Frau für eine Negerin.«

»Ich hörte, sie soll ziemlich hellhäutig sein.«

»Das schon. Aber das Negerblut läßt sich nicht verleugnen. Sie werden es ja selbst feststellen.«

»Diese Mischlingsfrauen können sehr hübsch sein«, sagte Michael lächelnd. »Ich freue mich darauf, sie kennenzulernen. Ich fühle mich immer wohl bei Menschen, die arm geboren worden sind.«

Sie schien sich zu ärgern – genau das hatte er beabsichtigt.

3

Das Dinner wurde zur festgesetzten Stunde serviert. Der Speisesaal – für ein Eßzimmer war er viel zu groß und zu aufwendig – glitzerte von Kristall und Silber.

Michael war vor dem Essen mit Israel Hope bekannt gemacht worden. Israel war ein hochgewachsener, hagerer Mulatte mit einer gelblich wirkenden Haut. Er gab sich gelassen und selbstsicher. Sein Abendanzug war von einem erstklassigen Schneider, und er sah aus, als hätte er sein Leben lang solche Anzüge getragen. Michael mochte ihn vom ersten Augenblick an.

Seine Frau Clothilde war wirklich eine außergewöhnliche Schönheit. Sie war etwa dreißig Jahre alt.

Die Rothmans kannte Michael natürlich seit langem. Joshua

war ein schlanker Mann mit einem gewinnenden Lächeln und schmalen, feingliedrigen Händen. Seit ihrem letzten Treffen vor etwa sechs Monaten hatte der Bankier sich einen buschigen Schnurrbart wachsen lassen.

Joshua Rothman und seine etwas füllige, heitere Frau Miriam waren beide Ende Dreißig.

Ein halbes Dutzend Diener bemühten sich während des Essens um die Gäste. Michael saß am unteren Ende der Tafel, zwischen Israel und seiner Frau. Mit dieser Sitzordnung sollte ihm wohl sein gesellschaftlicher Rang deutlich gemacht werden.

»Sie haben völlig recht, Mister Rothman«, hörte er Israel Hope sagen, »der neue Pony-Expreß nach Kalifornien ist ein echter Segen. Besonders angesichts der Ereignisse an der Ostküste sind wir natürlich begierig, alle Nachrichten so schnell wie möglich zu erhalten.«

»Wie steht eigentlich der Rekord dieser Pony-Reiter?« fragte Rothman.

»Sieben Tage und siebzehn Stunden – bei der Übermittlung der Antrittsrede des Präsidenten.« Hope tupfte sich die Lippen mit der Serviette ab. »Jeder Mann reitet etwa hundert Kilometer. Normalerweise braucht eine Nachricht von Independence nach San Francisco acht Tage. Die *Overland-Stage Butterfield's* braucht doppelt so lange.«

»Und wenn wir erst den Telegraphen haben, fühlen wir uns Ihnen noch enger verbunden«, sagte Clothilde Hope.

Louis lächelte.

»Zur Zeit ist es nicht immer erfreulich, Nachrichten aus diesem Teil des Landes zu hören.«

Israel Hope nickte.

»Wir hatten uns sogar überlegt, ob wir diese Reise nicht lieber absagen sollten. Aber es gab keinerlei Schwierigkeiten.«

»Natürlich nicht«, sagte Miriam Rothman, »schließlich besitzt die Konföderation keine Marine.«

»Du irrst dich, meine Liebe«, sagte ihr Mann. »Dieser Narr McCauley hat zwar vor der Eroberung des Gosport Yard alle Schiffe versenkt, aber anscheinend dazu nur die Flutventile geöffnet. Jedenfalls haben mir unsere Kontaktleute in Richmond berichtet, daß die *Merrimack* und andere Kriegsschiffe wieder gehoben und unter der Flagge der Konföderation eingesetzt werden sollen.«

»Sie unterhalten Verbindungen zum Feind?« fragte Clothilde Hope erstaunt. Louis und Julia tauschten amüsierte Blicke.

»Ja, Mistreß Hope«, sagte Rothman. »Bis jetzt haben wir den Kontakt noch nicht völlig abgebrochen. Dafür gibt es gute Gründe, besonders für Bankleute. Der Süden schuldet uns erhebliche Summen. Diese Darlehen wollen wir zurückfordern, bevor es zu spät ist. Außerdem, sosehr ich den Standpunkt unserer südlichen Brüder ablehne und unsere Annahme ihrer militärischen Herausforderung befürworte, kann ich mich nicht dazu bereit finden, diese Menschen im einzelnen zu hassen. Schließlich sind sie genauso Amerikaner wie wir und haben uns vieles gegeben.«

»Mir haben sie die Narben auf meinem Rücken gegeben«, stellte Israel ruhig fest.

»Das kann man wohl sagen«, nickte Miriam Rothman, eine begeisterte Abolitionistin, wie Michael wußte. »Für mich ist Lincoln eine große Enttäuschung.«

»Sie meinen, wegen seines Standpunkts zur Sklaverei?« fragte Michael.

»Er hat versprochen, sich nicht in die Angelegenheiten der Staaten einzumischen, in denen sie besteht. Er hätte sofort nach seiner Wahl eine Proklamation veröffentlichen sollen, nach der jeder Neger und jede Negerin in den Südstaaten für frei erklärt wird. Dann wären diese Rebellen jetzt damit beschäftigt, sich gegen die Menschen zu verteidigen, die sie jahrhundertelang ausgebeutet haben, und hätten keine Zeit, gegen uns Krieg zu führen.«

»Du verstehst die Situation noch immer nicht«, sagte Rothman mit leichtem Tadel. »Sklavenhalter sind eine kleine Minderheit. Der Süden führt gegen uns Krieg, weil er der Meinung ist, daß wir uns in die Rechte souveräner Staaten einmischen.«

»Unsinn, Joshua! Sie fühlen sich den Schwarzen überlegen und haben Angst vor ihrer Befreiung.«

»Ich glaube, Sie haben recht, Mistreß Rothman«, sagte Israel Hope ruhig. »Aber selbst eine formelle Befreiung der Neger würde wenig ändern.«

»Sind Sie nicht für die Freiheit Ihrer eigenen Leute?« fragte Mistreß Rothman ziemlich scharf.

»Natürlich bin ich dafür. Ich wollte nur sagen, daß weder ein Gesetz oder ein anderes Papier Wunder bewirken kann. Wie, zum Beispiel, würde dieses Land – ich meine den Norden – Hunderttausende befreiter Negersklaven behandeln? Glauben Sie wirklich, man würde sie mit offenen Armen als Freunde und Gleichberechtigte willkommen heißen? Ich bin für die Emanzipation der Neger, Mistreß Rothman, aber ich bin überzeugt, daß die Befreiung aus der Sklaverei nicht das Ende des Problems ist, sondern nur der Anfang eines neuen.«

»Sie haben recht«, sagte Michael. »Ich bin in den Slums aufgewachsen, und dort betrachtet man jeden Neger als Bedrohung für den eigenen Arbeitsplatz.«

Israel seufzte. »So ist es. Und deshalb haben wir noch einen sehr weiten Weg bis zur Lösung des Problems vor uns.«

Julia schob die Unterlippe vor.

»Warum müssen wir uns dann jetzt darüber unterhalten? Wir wollen doch diese unangenehmen Dinge wie Sklaverei und Krieg vergessen.«

»Sehr richtig«, sekundierte Louis. »Der Krieg ist für uns noch kein Grund, in Sack und Asche zu gehen. Im Gegenteil, wir haben Grund zur Fröhlichkeit. Der Familie Kent geht es sehr gut, und der Krieg wird dafür sorgen, daß es ihr noch besser geht.«

Joshua Rothman runzelte überrascht die Brauen.

»Sind Sie nicht auch der Meinung, Mister Hope?« fragte Louis den Mulatten.

Israel nickte nachdenklich. »Ich sehe allerdings nicht, wie der Krieg die Geschäfte der Ophir-Mine beeinflussen könnte. Haben Sie ein neues Geschäft im Auge?«

»Natürlich«, sagte Louis lächelnd.

»Und was für eins?« fragte Rothman. »Wollen Sie versuchen, noch mehr Regierungsaufträge zu bekommen?«

Louis spielte mit seiner Gabel.

»Welche Regierung meinen Sie? Die in Washington oder die andere, die wahrscheinlich innerhalb der nächsten Wochen von Montgomery nach Richmond verlegt wird?«

Israel starrte ihn ausdruckslos an. Miriam Rothman wirkte genauso betroffen. Michael spürte, daß die Atmosphäre plötzlich eisig war.

Louis drehte noch immer die Gabel zwischen den Fingern und blickte von einem der Männer zum anderen, ohne die Frauen zu beachten. Sein überlegenes Lächeln ließ keinen Zweifel daran, daß er sich als Herr der Situation fühlte.

»Vergessen Sie nicht, Joshua«, sagte er zu dem Bankier, »jede Regierung besitzt Geld, das sie ausgeben muß.«

»Mein Gott!« rief Rothman entsetzt. »Sie wollen doch nicht mit beiden Regierungen ...«

»Im Augenblick will ich weiter nichts als den Nachtisch«, sagte Louis und gab den Dienern einen Wink. »Wir können uns später über dieses Thema weiter unterhalten – wenn sich die Damen zurückgezogen haben.« Er lächelte. »Frauen plaudern zuviel, nicht wahr, Julia?«

»Über alles bis auf ihre Liebhaber«, gab Julia zurück.

Louis' Blick verfinsterte sich. Julia lachte amüsiert.

»Mach doch kein so düsteres Gesicht. Es war ein Scherz.«

Michael war sich da nicht sicher. E spürte eine Spannung, die von Minute zu Minute zunahm.

Wie er befürchtet hatte, war der Grund für dieses Dinner also wirklich das Geschäft. Israel Hope und seine Frau waren Kulisse. Der Mulatte und der Bankier hatten das erkannt und waren beide, wenn auch aus unterschiedlichen Gründen, verstimmt.

Louis gab sich überlegen und selbstsicher. Er hatte alle Anwesenden durch seine Ankündigung in Spannung versetzt und ließ sie nun hängen, bis es ihm paßte, ihnen seine Pläne zu erläutern. Michael mußte sich wieder ins Gedächtnis rufen, daß Amandas Sohn erst Mitte Zwanzig war. Er hatte jedoch die verschlungene Denkweise eines viel älteren Mannes.

Michael sah, daß Julias Augen auf ihn gerichtet waren. Sie saß leicht vorgebeugt, und das Décolleté gab den Ansatz ihrer Brüste frei. Sie atmete rasch, und auf ihren Wangen standen rote Flecke der Erregung. Michael wollte seinen Blick von ihr lösen, konnte es aber nicht. Sie war heute noch schöner als sonst.

Nachdem sie sich versichert hatte, daß er sie ansah – um ihn an ihre Bemerkung über Frauen und ihre Liebhaber zu erinnern? –, beugte sie sich zu Rothman und flüsterte ihm etwas ins Ohr. Michael konnte nicht verstehen, was sie sagte, aber er war sicher, daß sie sich nur zur Seite beugte, um ihm einen noch tieferen Einblick in ihren Ausschnitt zu gönnen.

Er fühlte, wie sein Körper auf diese offene Herausforderung reagierte, und ballte wütend die Hände.

Julia bemerkte es, warf ihm einen raschen triumphierenden Blick zu und beugte sich noch weiter zur Seite, um Rothmans geflüsterte Antwort zu hören.

»O Joshua«, sagte sie lachend, »das ist ja entzückend!«

Michael hatte wieder das unangenehme Gefühl, genau beobachtet zu werden, diesmal von Louis, dem die herausfordernden Blicke seiner Frau nicht entgangen waren, und er sah dem Verlauf dieses Abends mit wachsendem Unbehagen entgegen.

4

Nach dem Dinner zogen sich die vier Männer in die Bibliothek zurück.

Louis schloß die schwere Tür, bevor er Cognac einschenkte und ein Rosenholzkistchen mit Zigarren herumreichte.

»Auch einen Cognac?« sagte er zu Michael, der vor dem Kamin stand.

»Gern.«

Louis schenkte ein Glas halbvoll und reichte es ihm.

»Joshua...«

Der Bankier, der sich mit Israel unterhielt, wandte sich um.

»Ja, Louis?«

»Du und Israel, ihr könnt einmal einen Blick in die Zeitungen werfen, die dort auf dem Tisch liegen.«

Die beiden Männer folgten der Bitte, obwohl sie ihren Sinn nicht verstanden.

Als Rothman sich setzte, rief er verblüfft: »Das sind ja Zeitungen aus Richmond!«

»Eine Woche vor der Eroberung von Fort Sumter gedruckt«, sagte Louis. »Kümmert euch nicht um den redaktionellen Teil. Das sind nur große Sprüche. Es sind die Inserate, die ich interessant finde.«

Er trat ans Fenster und blickte hinaus. Der Regen hatte aufgehört.

Michael hörte das Rascheln der Zeitungen. Er schenkte sich noch einen Cognac ein und trat zum Kamin.

»Ich verstehe Sie nicht, Louis«, hörte er Israel Hope sagen. »Was ist so interessant an diesen Anzeigen? Da sind doch nur die üblichen Anpreisungen von Patent-Medizinen, Informationen über Miliz-Einheiten und...«

»Oh, sie haben es nicht gern getan«, unterbrach Louis und schenkte sich noch einen Cognac ein. »Aber schließlich haben sie ganz richtig erkannt« – er wandte sich um und blickte die drei Männer an – »daß ich ihr bester Kunde bin. Wenn ihnen irgend etwas nicht paßt, brauchen sie nur einen Ton zu sagen. Es gibt eine Menge anderer Anwälte.«

Er lächelte und nahm einen Schluck Cognac.

Es ist das Lächeln einer Schlange, dachte Michael.

»Und das gilt auch für Sie, Gentlemen«, fuhr Louis fort. »Es steht Ihnen frei, jederzeit auszusteigen, wenn Sie nicht den Mut haben sollten, etwas zu tun, was Hunderte anderer ...«

»Wir sind keine anderen Geschäftsleute, verdammt noch mal!« schrie Rothman erregt. »Wir sind die Repräsentanten der Familie Kent!«

»Eben. Darum sollte Ihnen genau wie mir daran gelegen sein, die Interessen der Kent-Unternehmen zu fördern.« Louis sprach nach wie vor ruhig und gelassen.

»Die Prinzipien dieser politischen Auseinandersetzung bedeuten Ihnen anscheinend überhaupt nichts!«

Louis zuckte mit den Schultern.

»Nach außen hin werden wir die Regierung natürlich voll und ganz unterstützen. Aber, wie Sie selbst beim Dinner sehr richtig bemerkten, Joshua, auch auf der anderen Seite stehen Amerikaner. Warum sollen wir mit denen keine Geschäfte machen? Sie haben selbst zugegeben, daß Wallstreet die Verbindungen zu den Südstaaten nicht abgebrochen hat...«

»Ich habe auch die Gründe dafür genannt. Außerdem werden diese Beziehungen nicht vor der Regierung geheimgehalten.«

»Und deine Geschäfte«, bemerkte Michael, »müssen vor Washington geheimgehalten werden.«

Ohne auf Michaels Bemerkung einzugehen, sagte Louis: »Alle Güter werden gegen Gold oder Silber geliefert. Papiergeld wird nicht akzeptiert. Wer weiß, was Banknoten wert sein werden, bevor dieser Krieg zu Ende geht. Ein paar Männer, die sehr bald die Leitung von *Federal Suppliers* übernehmen werden, haben begonnen, mit Gold...«

»Du hast schon Leute eingestellt?« fragte Michael.

Louis nickte.

»Wen?«

»Das ist doch nicht wichtig.«

»Ich denke doch.«

»Ich nicht. Wie ich eben sagte, haben die Leute eines der Güter, mit denen wir hauptsächlich handeln werden, gegen Gold gekauft...«

Rothman sprang auf. »Mit welchem Gold?«

»Keine Sorge. Noch habe ich Jephthas Geld nicht angerührt.«

»Und welche Ware hast du gekauft?« fragte Michael.

»Ich habe auf einen Vorschlag Lacroix' reagiert. Es handelt sich um eine Ware, die zwar sehr gewöhnlich ist, im Lauf des Krieges aber ziemlich knapp werden dürfte – und entsprechend teuer.« Er lächelte wieder sein Schlangenlächeln und ließ die anderen warten, bevor er das Geheimnis lüftete: »Salz.«

»Gott steh uns bei«, stöhnte Rothman. »Sie müssen den Verstand verloren haben.«

»Da bin ich anderer Meinung. Ich habe genaue Recherchen angestellt. Wie alle anderen Güter in Mister Davis' neuem Reich ist auch Salz schon jetzt knapp, und die Versorgung dürfte sehr bald kritisch werden. Die einzigen Salzgruben der Südstaaten befinden sich in Südwest-Virginia, und die sind alles andere als ausreichend. Ohne Salz kann man kein Fleisch pökeln, und ohne anständiges Essen kann keine Armee wirksam kämpfen. Salz ist auch für die zivile Bevölkerung wichtig. Denken Sie nur an die Neger, die auf den Baumwollfeldern arbeiten. Ihre Leistung hängt direkt von ihrer Ernährung ab. Zu einer ausreichenden Ernährung braucht man Fleisch, und zur Haltbarmachung von Fleisch braucht man Salz, viel Salz. *Federal Suppliers* werden in das Salzgeschäft einsteigen.«

»Gott!« Michael zitterte am ganzen Körper. »Gott im Himmel!«

Louis runzelte die Stirn.

»Offen gestanden, habe ich diese Reaktion von dir erwartet, Michael, aber ich wiederhole: Ich tue nichts, was nicht auch andere tun – auf beiden Seiten!«

»Das glaube ich nicht«, flüsterte Michael heiser.

»Dann bist du eben nicht richtig informiert. Um dir nur ein Beispiel zu nennen: Es besteht bereits eine private Verbindung zwischen Memminger, diesem Deutschen, der Schatzminister der Konföderation geworden ist, und zwei Banknoten-Druckereien in New York, der *American* und der *National*.«

Louis weidete sich förmlich an dem ungläubigen Staunen der anderen.

»Seht doch endlich einmal die Fakten! Woher sollte die Konföderation sonst ihr Papiergeld beschaffen? Im Süden gibt es keine entsprechenden Unternehmen. *American* und *National* haben keine moralischen Bedenken, das könnt ihr mir glauben. Und ich kenne auch einen Textilfabrikanten in Brooklyn, der einen Kontrakt zur Lieferung von Uniformen für die Armee der Konföderation abgeschlossen hat. Er wird sie aus billigstem Schund herstellen. Aus aufbereiteten Lumpen. Und er wird einen Preis verlangen, als wären sie aus bester Wolle. Ihr seht, andere Leute haben keine Hemmungen, wenn sie Geschäfte machen können. Warum sollen wir uns also ausschließen?«

»Gott«, sagte Michael noch einmal. »Wenn Mistreß Amanda noch lebte...«

»Michael, ich bin es endgültig leid, daß man mir immer wieder vorhält, was meine Mutter unter Umständen getan hätte.«

»Vielleicht paßt es dir nicht, aber...«

»... sie war meine Mutter und nicht deine. Merke dir das ein für allemal!«

Michaels Gesicht wurde blaß. Aber bevor er antworten konnte, rief Rothman erregt: »Das ist die perfideste Bemerkung, die Sie in Ihrem Leben gemacht haben!«

»Joshua, ich bin...«

»Wer, zum Teufel, hat denn nach Amandas Tod für Sie gesorgt? Wer hat an Ihrem Bett gesessen, Tag und Nacht, nachdem Sie von Stovalls Schlag eine schwere Gehirnerschütterung davongetragen hatten? Wer hat Sie getröstet, als Sie erfuhren, daß Ihre Mutter gestorben war, und Sie weinten wie ein Kind?«

»Ja, ich weiß...«

»Ich habe noch nie eine so...«

»Wir wollen nicht davon sprechen«, sagte Michael bitter. »Ich habe die Verantwortung akzeptiert, die mir von Mistreß Kent übertragen wurde.« Er blickte Louis feindselig an. »Weil sie immer fair und anständig zu mir war. Weil ich sie geliebt habe. Und damit ist dieses Thema erledigt.«

Louis lächelte triumphierend.

»Das freut mich. Meine Mutter hat mit unserem heutigen Thema nicht das geringste zu tun und...«

»Natürlich hat sie damit zu tun!« rief Rothman. »Sie war der Meinung, daß der Name Kent verpflichtet! Sie aber sind einzig und allein am Profit interessiert!«

»Und?« Louis' Lächeln wurde zu einem verächtlichen Grinsen. »Sind Sie das etwa nicht? Haben Sie vielleicht etwas dagegen, daß die Stovall-Werke Stahl an die Waffenfabriken der Nordstaaten liefern?«

Rothman stammelte: »Natürlich bin ich für... für eine Unterstützung der...«

»Ich verstehe. An der eigenen Überzeugung darf man ruhig verdienen, aber nicht...«

»Sie drehen mir das Wort im Munde um.«

»Unsinn!«

»Sie...« Rothman betupfte sich die feuchte Stirn mit dem Taschentuch. »Sie verstehen nicht, was ich sagen will. Der Profit ergibt sich rein zufällig. Ich würde den Stovall-Stahl umsonst hergeben, wenn man dadurch ein Ende dieses unglückseligen Krieges rascher herbeiführen könnte...«

»Aber ich nicht.«

»Weil Sie sich nur für die Kosten interessieren, die sich in Ihren Büchern niederschlagen, aber nicht für die Opfer in den Gräbern. Sie werden doch nie vor der Mündung einer konföderierten Muskete stehen! Sie verkriechen sich im Komfort und der Sicherheit dieses Landsitzes...«

»Joshua, werden Sie nicht persönlich!«

»Dazu habe ich ein Recht! Ihre Familie und die meine stehen seit fünfundachtzig Jahren in sehr enger Verbindung. Ich bin nicht dagegen, Geld zu verdienen – nicht einmal, indem man Kriegsmaterial an die Union liefert –, aber ich habe etwas gegen prinzipienlose Spekulationen, die den Krieg verlängern statt ihn zu verkürzen. Ich bin gegen Profite um den Preis toter Soldaten!«

Louis antwortete nicht sofort. Michael sah zu Israel hinüber, der am Kamin lehnte und Amandas Sohn anblickte, als wäre er ein häßliches Insekt.

Schließlich sagte Louis: »Ihr Argument ist rein emotionell, Joshua, unfundiert und aus Ihrer Unkenntnis geboren. Jeder Mensch, der sich auch nur oberflächlich mit den Menschen der Südstaaten beschäftigt hat, wird Ihnen sagen können, daß diese Leute bis zur letzten Kugel kämpfen werden. Sie sind hart und tapfer. Und sie glauben an ihre Sache. Warum sollten wir die Situation nicht zu unserem Vorteil nutzen?«

»Weil wir an etwas glauben müssen! Weil wir...« Rothman wurde bleich, rang nach Luft und griff sich an die Brust.

Michael sprang auf ihn zu. Der Bankier winkte mit einer müden Geste ab.

»Ich glaube, ich sollte mich zurückziehen. Die Diskussion ist uns irgendwie entglitten...«

Louis ergriff Rothmans Arm. »Tut mir leid.«

Michael verzog angewidert das Gesicht. Er wußte, daß Louis' Entschuldigung unaufrichtig war.

Rothmans Gang war müde und unsicher, als er auf die Tür zuschritt. »Anstrengende Fahrt... zuviel getrunken... Sie müssen mich entschuldigen...« An der Tür blieb er noch einmal stehen. »Ich werde mir alles in Ruhe überlegen«, sagte er kaum verständlich.

»Ja, überlegen Sie es sich, Joshua«, sagte Louis. »Die Entscheidung liegt bei Ihnen.« Er lächelte siegessicher. »Es gibt viele Banken, die mit Vergnügen das Kent-Geschäft wahrnehmen würden.«

»Ich brauche nicht mehr zu überlegen!«

Der entschlossene Ton in Israel Hopes Stimme ließ Joshua Rothman erschrocken aufblicken.

»Suchen Sie sich einen neuen Manager für die Ophir-Mine«, sagte Israel. »Ich kündige fristlos.«

Dann trat er einen Schritt zurück, verbeugte sich förmlich und sagte: »Meine Frau und ich danken Ihnen für das vorzügliche Essen und Ihre Gastfreundschaft. Wir werden jetzt in die Stadt zurückfahren. Wenn Sie uns bitte eine Kutsche rufen lassen würden...«

Louis starrte ihn ein paar Sekunden lang verwirrt an. Israels Entschluß hatte die Fassade bröckeln lassen. Er versuchte, die Situation zu retten.

»Es täte mir leid, wenn Sie und Clothilde abreisen würden. Und noch mehr, wenn Sie Ihren voreiligen Plan wirklich durchführen und kündigen...«

»Es gibt nichts mehr durchzuführen«, sagte Israel mit bewundernswürdiger Beherrschung. »Ich habe gekündigt. Ich will mit der Familie Kent nichts mehr zu tun haben – jedenfalls nicht mit dem, was davon übrig ist.«

Louis'Gesicht lief rot an, er grinste zynisch.

»Und was werden Sie in Zukunft machen? Wollen Sie wieder als Tischler arbeiten, sich tagaus, tagein die Haut von den Händen schuften?«

»Ja, das habe ich vor«, sagte Israel leise. »So wie ich gearbeitet habe, als ich Ihrer Mutter half, *Kent's Tavern* in Yerba Buena aufzubauen, so wie sich Ihr Urgroßvater die Hände mit

Druckerschwärze beschmutzt hat, als er den Verlag in Boston schuf. Schmutz an den Händen ist mir lieber als Schmutz an der Seele.«

Wieder verbeugte er sich leicht. »Mister Boyle, Mister Rothman – es war mir ein Vergnügen, Sie kennenzulernen.« Er wandte sich wieder an Louis. »Sie brauchen sich nicht die Mühe zu machen, mich zur Tür zu begleiten. Sorgen Sie nur bitte dafür, daß ein Wagen angespannt wird.«

»Sie sind der verbohrteste, unrealistischste ...«

Die Tür fiel ins Schloß.

Louis starrte sie ein paar Sekunden lang an, dann goß er sich noch einen Cognac ein, stieß einen lauten Fluch aus und schleuderte das Glas gegen die Wand.

Michael und Rothman duckten sich.

Louis fuhr mit der Hand nervös durch sein Haar.

»Es war anscheinend ein Fehler, ihn zu unserer Besprechung einzuladen. Es war eigentlich nur ein Akt der Höflichkeit. Er ist schließlich Geschäftsführer des Unternehmens, dessen Gewinne wir für unser Vorhaben in Chicago ...«

»Er war Geschäftsführer«, korrigierte Michael.

Louis winkte ab. »Er wird es sich überlegen, sobald er sich wieder beruhigt hat.«

»Nein, Louis. Nicht jeder Mann ist käuflich. Du solltest ihm den Wagen rufen.«

Rothman tupfte sich wieder die feuchte Stirn ab.

»Ich gehe zu Bett«, sagte er kaum hörbar.

»Ich werde mich vollaufen lassen«, verkündete Michael. »In meinem Zimmer.«

»Ich werde dir Wicks mit einer Flasche Bourbon hinaufschicken.«

Michael starrte Louis ein paar Sekunden lang schweigend an. Der junge Mann hatte sich wieder völlig in der Gewalt. Er ging zum Kamin und stieß mit dem Fuß ein paar Scherben zur Seite.

So wie er alles zur Seite stößt, was ihm in den Weg kommt, dachte Michael bitter. Ich muß hier raus, bevor ich ihn umbringe.

»Ja, tu das bitte«, sagte er. »Ich möchte auf den Erfolg deines neuen Unternehmens trinken.«

»Mein Gott, sei doch nicht so empfindlich!« Louis schlug mit der Faust gegen den Kaminsims. »Ihr macht wirklich aus einer Mücke einen Elefanten. Warum begreift ihr denn nicht, daß Hunderte von Firmen mit der Konföderation Geschäfte machen werden?«

»Mag sein«, sagte Michael leise. »Aber ich stehe auf Joshuas Seite. Ich mache nicht mit, wenn man Profite mit Menschenleben bezahlt.«

Louis Kents schwarze Augen starrten ihn an.

»Du bist also auch nicht käuflich?«

»Nicht für dich. Gute Nacht, Louis.«

5

Er trank reichlich Whiskey in der nächsten Stunde, aber das half auch nichts.

Nichts half.

Er ging unruhig auf und ab, trank noch mehr Whiskey.

Was konnte er tun, um Louis von seinem Vorhaben abzubringen?

Nichts.

Michael starrte aus dem Fenster auf den zum Ufer des Hudson abfallenden Hang. Er hörte den Wagen mit Israel Hope und seiner Frau abfahren, warf Jacke, Weste und Krawatte ab und lief aus dem Haus.

Das Gewitter hatte die Luft abgekühlt, und Michael atmete die frische Luft tief ein. Es war eine Erleichterung, der Atmosphäre des Hauses zu entkommen und den guten Geruch von feuchter Erde einzuatmen. Er ging über den nassen Rasen, vorbei an einer kleinen Pergola und auf die hohen Bäume am Ufer zu.

Plötzlich hörte er ein leises Geräusch hinter sich. Er blieb stehen und blickte zurück.

Hinter dem Gitterwerk der Pergola spielten Schatten. Sie verschwanden mit dem Mondlicht, als eine dunkle Wolke vor die Sichel zog.

Einbildung, entschied Michael.

Er ging weiter auf die Bäume zu, deren Laub im Abendwind raschelte. Er setzte sich und lehnte den Rücken gegen einen knorrigen Eichenstamm. Die Brise trocknete sein schweißnasses Gesicht, und er spürte, wie die Wirkung des Alkohols etwas nachließ.

Nach kurzer Zeit durchnäßte das feuchte Gras seine Hose. Er stand auf, stolperte über eine Wurzel, Blätter eines Strauches bespritzten ihm Gesicht und Hemd.

Wieder ein Geräusch. Und diesmal war es keine Einbildung. Irgend jemand kam den Hang herunter.

Er fuhr herum und sah eine Frau.

Ihr Kleid wehte im Wind, ihr Haar fiel über ihre Schultern. Und als die Wolke vorübergezogen war, leuchtete es im Mondlicht golden auf.

»Julia?« rief er überrascht.

»Ja. Wo Sind Sie, Michael? Ich sehe Sie nicht.«

»Unten, bei den Bäumen. Seien Sie vorsichtig, das Gras ist schlüpfrig.«

Sie atmete angestrengt und umklammerte seinen Arm.

»Ich konnte nicht schlafen«, sagte sie. »Louis ist in sein Zimmer gestürmt und fluchte wie der alte Vanderbilt. Er hat sich eingeriegelt und mir nicht geantwortet, als ich klopfte. Dann hörte ich jemanden auf der Treppe ...«

»Wahrscheinlich mich. Ich konnte auch nicht einschlafen.«

»Ich dachte es mir, als ich in die Halle kam und Ihre Zimmertür offenstehen sah. Michael, was ist passiert? Warum ist Louis so aufgeregt?«

»Oh...« Er zögerte. Er traute ihr nicht. »Wir hatten eine etwas hitzige geschäftliche Diskussion, das ist alles.«

»Eine sehr hitzige Diskussion, nehme ich an. Als ich hinunterkam, wollte Wicks gerade wieder zu Bett gehen. Er sagte mir, daß Mister Hope und seine Negerin eben abgefahren seien – offenbar im Zorn.« Sie trat noch näher. »Ich will wissen, warum.«

Michael seufzte.

»Fragen Sie Louis, aber lieber erst morgen früh. In der Nacht sieht alles viel schlimmer aus, als es tatsächlich ist.«

Julia verschränkte die Arme vor ihren Brüsten.

»Das hat keinen Sinn. Louis sagt mir immer nur das, was er mir sagen will. Sie wissen doch, wie stur er sein kann.«

»Ja, das weiß ich. Aber trotzdem sollten Sie eine Erklärung von ihm verlangen. Er ist schließlich Ihr Mann...«

»Sie sagen das so, als täte Ihnen das leid, Michael.«

Er trat einen Schritt zurück und fuhr mit der Hand durch sein rotes Haar. Allein mit ihr fühlte er sich unbehaglich.

War sie ihm wirklich nur nachgekommen, um sich zu erkundigen, was in der Bibliothek vorgefallen war?

»Julia, Sie sollten wieder ins Haus zurückgehen«, sagte er. »Sie könnten sich erkälten.«

»Mein Mantel ist warm«, sagte sie leise.

»Dann werde ich gehen«, sagte er und ärgerte sich, daß ihre Gegenwart ihn so erregte.

»Erst, wenn Sie mir gesagt haben, was passiert ist.« Sie nahm seine Hand, bog den Kopf zurück, und ihr Haar berührte sein Gesicht.

»Sie müssen es tun, Michael«, fuhr sie fort. »Sie sind anständig und lieb, im Gegensatz zu Louis. Ich... ich habe Sie sehr gern, Michael...«

Sie drängte sich an ihn.

»Ich möchte, daß Sie mein Freund sind, Michael. Ich möchte, daß Sie mir sagen, was...«

»Nein!« rief Michael. Er fühlte, daß er immer mehr in den Bann dieser Frau geriet. »Fragen Sie Louis.«

Sie blickte schweigend zu ihm auf. Ihre Augen reflektierten das Mondlicht, und sie wirkte so klein, zierlich und hilflos...

»Gut, wie Sie wollen«, sagte sie ergeben. »Aber seien Sie nicht so grob zu mir. Ich bin sehr erregt, weil ich weiß, daß es eine Auseinandersetzung gegeben hat. Sie sind meine einzige Hoffung, Michael. Ich muß es wissen...« Sie richtete sich auf die Zehenspitzen. Ihr Mund kam seinen Lippen sehr nahe. »Sie sind mein Freund, Michael. Ich habe niemanden sonst, und will keinen anderen...«

Sie küßte ihn leicht. Und dieser Kuß zerbrach seine Beherrschung. Er riß sie an sich und küßte sie leidenschaftlich...

Ihre Hände tasteten nach seinem Gesicht, er fühlte, daß sich ihre Lippen öffneten.

Plötzlich stieß sie ihn mit aller Kraft zurück. »Nein, Michael, wir dürfen nicht...«

Im Mondlicht sah er ihre Augen. Sie wirkten nicht erschreckt, sie wirkten amüsiert.

Wortlos zog er sie in den Schatten der Bäume.

Sie sträubte sich. »Nein, Darling. Wir sind schon zu weit gegangen...«

»Wir haben noch nicht einmal angefangen«, sagte er hart.

»Michael!« Sie riß sich los. »Ich bin eine verheiratete Frau!«

»Du meinst, die Jagd ist vorbei, die Beute ist dir sicher?«

»Was soll das heißen?«

»Das weißt du sehr genau!«

»Ich weiß es nicht. Ich...«

Er lachte und packte sie erneut.

»Laß mich los!«

»Ich denke nicht daran. Du hast dieses Spiel begonnen, jetzt werden wir es auch zu Ende spielen.«

»Michael, ich bitte dich, laß mich ...«

Sie schrie auf, als er sie an sich riß.

»Michael, ich wußte nicht... ich wollte dich wirklich nicht ...«

»Aber natürlich wolltest du. Und ich habe so reagiert, wie du es gehofft hast, nicht wahr?«

»Was ... was hast du vor? Willst du mich vergewaltigen?«

»Nenne es, wie du willst.« Er nahm sie auf seine Arme und trug sie tiefer in den Wald hinein.

»O Gott«, flüsterte sie, »du bist ja völlig außer dir ...«

»Nicht mehr als du.«

Es war fast völlig dunkel zwischen den Bäumen. Michael blieb stehen und ließ sie hart zu Boden fallen. Äste knackten im Wind. Irgendwo schrie ein Nachtvogel.

»Michael, ich warne dich ... Ich werde es Louis sagen ...«

»Das glaube ich nicht. Der würde dich noch härter anfassen, als ich.«

Mit beiden Händen riß er ihren Mantel zur Seite, zerfetzte das dünne Nachthemd, das sie darunter trug.

Ihre Brüste schimmerten hell im Mondlicht.

Michael umschloß sie mit beiden Händen.

6

Er liebte sie auf dem feuchten Waldboden.

Zuerst lag sie völlig steif und schlug mit ihren kleinen Fäusten auf seine Brust.

Doch dann ließ ihr Widerstand nach. Ihre Fäuste öffneten sich, und sie legte einen Arm um seinen Hals. Ihr Körper begann, sich in seinem Rhythmus zu bewegen. Und dann begann sie zu stöhnen.

Er wußte nicht, ob vor Lust oder vor Empörung. Es war ihm auch egal.

Dann stand er auf.
»Gute Nacht, Julia.«
Er wandte sich um und ging durch den Wald auf das Haus zu. Stärker als sein Schamgefühl war der Triumph.

7

Eine Stunde vor Tagesanbruch verließ Michael das Haus zum zweitenmal.

Er trug noch immer den Abendanzug und hatte seinen Koffer bei sich, als er in den Stall trat und den Stallburschen weckte. Er schickte den Jungen hinauf, um Joel aus dem Bett zu holen, und die beiden Männer spannten Michaels Kutsche an.

Das erste Grau der Dämmerung färbte den östlichen Horizont, als der Wagen Kentland verließ und die holprige Straße entlangrollte, die durch den Westchester Forest führte.

Michael lehnte erschöpft in der Ecke. Seine Augen schmerzten, und er spürte noch immer den warmen, weichen Körper Julias in seinen Armen ...

Er war nicht so rasch und ohne Abschied aufgebrochen, weil er eine Auseinandersetzung mit Louis fürchtete. Er war überzeugt, daß Julia ihm kein Wort über diese ...

Wie nannte man so etwas eigentlich? Gab es eine halbe Vergewaltigung?

Selbst, wenn jemand sie beobachtet haben sollte, so war es ihm egal. Wenn Louis ihn verfolgen sollte, wäre es ihm vielleicht sogar eine Erleichterung. Das wäre ein Kampf, den er gewinnen konnte. Den Kampf, den sie in der Bibliothek ausgefochten hatten, hatte er verloren, verlieren müssen.

Der Wagen schleuderte auf der unebenen Straße hin und her.

Er war inzwischen völlig nüchtern und erkannte, daß er vor sich selbst floh, vor seinen Gefühlen für Julia.

Er wußte, was für eine Frau sie war. Das hatte sie ihm erst vor einigen Stunden wieder gezeigt. Er hatte ihr eine Lektion erteilen, ihr klarmachen wollen, daß sie nicht mit ihm spielen konnte.

Aber sie hatte trotz allem gesiegt. So wie das Licht des frühen Morgens die Bäume des Waldes erhellte, so kam in seiner Seele eine lange verdrängte Wahrheit ans Licht: Obwohl Julia Kent eine höchst zweifelhafte Frau war, begehrte er sie – jetzt noch stärker als zuvor.

Und er beneidete Louis um sie.

Er saß in einer Falle, aus der es kein Entkommen gab.

Michael starrte aus dem Fenster und blinzelte in die ersten Sonnenstrahlen des neuen Tages.

Doch, einen Ausweg gab es...

8

Am Nachmittag ging Michael auf das Haus Nr. 129 in der Fifth Avenue zu. Vorher hatte er bereits zwei andere Besuche hinter sich gebracht.

Eine dichte Menschenmenge drängte sich dicht auf den Gehsteigen, um von einer Freiwilligen-Einheit Abschied zu nehmen. Michael blickte zu der Kolonne Soldaten hinüber, die mit geschulterten Musketen langsam vorbeimarschierte. Es waren *Zouaves*.

Ein Freund Lincolns, Colonel Ellsworth, hatte sich für die Uniformen der französischen Berber-Regimenter begeistert und sie kopieren lassen. Wie ihre Vorbilder aus einem längst vergessenen Krieg trugen auch die New Yorker Zuaven weite rote Hosen, kurze, enge blaue Jacken, scharlachfarbene Schärpen und einen roten Fez.

Er hörte Trommeln. Die Regimentskapelle der *Zouaves* war noch einen Block entfernt.

Und dann hörte er die Melodie, die sie spielte: *The Girl I Left Behind Me* . . .

Die Musik kam näher. Die Menschen schrien begeistert. Und durch den Lärm hörte Michael immer wieder die Worte, die er vor viel zu langer Zeit oft in seiner Kirche gemurmelt hatte:

Vergib mir, Vater, denn ich habe gesündigt . . .

Ehebruch, eine Todsünde.

Er würde sie sühnen. Und er würde sich mehr auferlegen als das übliche Ave Maria, Paternoster, Sühnegebete. Er würde sich eine Sühne auferlegen, die ihn für immer von dem sinnlosen Kampf mit Louis Kent befreite, eine Sühne, die ihn von der Schuld reinigen würde, die er wegen seiner Gefühle für Julia Kent auf sich geladen hatte.

Er klopfte an die Haustür. Ein blondes irisches Mädchen öffnete ihm.

»Ist Mister Meagher zu Hause?«

»Er ist im Wohnzimmer, Sir. Wen darf ich . . .«

Michael lief an ihr vorbei ins Haus.

Der achtunddreißigjährige Thomas Meagher saß in einem Sessel und blickte verärgert auf. Auf dem Fußboden lagen Stapel von Papieren. Auf dem Kaminsims sah Michael eine Mütze mit dem Emblem der *69th Infantery*, einer kleinen irischen Harfe. Auf dem Tisch lag ein Stapel von Handzetteln. Michael kannte sie schon von früher: »Junge Iren – zu den Waffen! Zu den Waffen, junge Iren! Irische Zuaven . . .«

»Wer sind Sie?« fuhr Meagher Michael an. »Ich kenne Sie nicht.«

»Mein Name ist Michael Boyle, Sir. Ich bin ein Freund von Colonel Corcoran.«

»Ach so«, sagte Meagher versöhnt. »Was kann ich für Sie tun?«

»Ich möchte Sie fragen, ob Sie Ihre hundert Männer schon zusammen haben. Wenn nicht, dann würde ich gern . . .«

»Setzen Sie sich, Mister Boyle.« Er deutete auf einen Stuhl. »Um Ihre Frage zu beantworten: Nein, wir haben noch keine hundert Mann. Wir brauchen noch immer sieben...«

Michael nickte.

»Wenn Sie mich nehmen, Sir, brauchen Sie nur noch sechs.«

Buch 2
»Auf nach Richmond«

1. Kapitel
Die Stadt am Rande des Krieges

1

Normalerweise wurde das Geschäft um drei Uhr geschlossen. Aber um vier Uhr waren noch immer Kunden da, und Margaret wurde nervös. Würde sie sich rechtzeitig mit Gideon treffen können?

Er hatte ihr versprochen, um halb sechs an ihrem Treffpunkt zu sein. Wenn sie pünktlich war, hatten sie eine Stunde Zeit, bis er wieder zu den Fair Grounds zurück mußte. Sie nannte es noch immer Fair Grounds, obwohl es zu Ehren des neuen Oberbefehlshabers der Staatsmiliz in »Camp Lee« umbenannt worden war.

Viertel nach vier.

Und noch immer waren Kunden im Laden.

La Mode Shoppe lag an der Main Street von Richmond, einen Block von dem geschäftigen *Spotswood Hotel* entfernt, dem inoffiziellen Zentrum der politischen Aktivität. Obwohl sich das Modegeschäft bei den bessergestellten Damen Richmonds großer Beliebtheit erfreute, war es der Eigentümerin – Margarets Tante – doch nie gelungen, zu einer ernsthaften Konkurrentin größerer Häuser zu werden, wie zum Beispiel Miss Semons Modesalon. Miss Semon konnte es sich leisten, regelmäßige Reisen nach Europa zu unternehmen und jeweils die letzten Modeartikel mitzubringen – in dieser Saison arabische Umhänge für Damen und Anzüge nach spanischen Vorbildern für junge Gentlemen. Für einen solchen Anzug nahm Eliza Marble gerade bei Mrs. Honeymans verzogenem kleinen Sohn Maß.

Was Eliza Marble an Finanzen fehlte, machte sie durch harte Arbeit wett. Tante Eliza begutachtete regelmäßig die neuen Importe in Miss Semons Fenstern, skizzierte sie zu Hause nach und zeigte den vier Mädchen, die bei ihr arbeiteten, wie sie billigere Kopien davon anfertigen konnten. Ihre Kundinnen, die Miss Semons Originale nicht bezahlen konnten, fanden Tante Elizas Kopien sowohl im Preis als auch in der Qualität zufriedenstellend.

Normalerweise blieb am Ende jedes Monats ein bescheidener Überschuß in der Kasse zurück, aber die Zeiten waren in Richmond alles andere als normal. Die Stadt gehörte inzwischen zur Konföderation. Nach Virginia hatten auch Arkansas und Tennessee die Union verlassen. Mrs. Honeyman, die zusah, wie Tante Eliza dem widerspenstigen Clovis die Maße abnahm, war sicher, daß auch North Carolina bald folgen würde.

»... und sie haben gerade Brigadegeneral Johnston das Kommando über die Truppen gegeben, die sich jetzt bei Harper's Ferry sammeln.«

Margaret hörte diese Bemerkung, während sie einem jungen Mann eine neue Uniform anmaß. Er gehörte zu einer der eilig aufgestellten Milizeinheiten, und die Herrenschneider kamen mit den plötzlich über sie hereinbrechenden Aufträgen für neue Uniformen einfach nicht mehr mit – ein weiteres Symptom für die Veränderungen in dieser Stadt, in der Margaret dreizehn ihrer achtzehn Lebensjahre verbracht hatte.

Die Aufträge für Uniformen hatten auch im Geschäft ihrer Tante einen Umfang angenommen, daß Margaret gezwungen war, ihre Tätigkeit in dem Buchladen aufzugeben, in dem sie früher an drei Tagen in der Woche gearbeitet hatte, weil Tante Eliza ihr für ihre Hilfe in *La Mode Shoppe* keinen Lohn zahlen konnte. Sie bekam auch jetzt kein Geld, aber das störte sie nicht. Sie schuldete ihrer Tante mehr, als sie ihr je zurückzahlen konnte, und tat ihre Arbeit gewissenhaft und fleißig, obwohl sie Uniformen und alles, was damit zusammenhing, verachtete.

Seit einiger Zeit war diese Verachtung einer zunehmenden Angst gewichen. Das hatte an jenem regnerischen Nachmittag begonnen, als Gideon Kent in den Buchladen gekommen war, um sich ein Buch über Kavallerie-Taktik zu kaufen. Er war ein hochgewachsener, etwas zu selbstsicherer junger Mann und hatte die ausdrucksvollsten blauen Augen, die Margaret je gesehen hatte.

Irgend etwas war zwischen ihnen geschehen, etwas, das Margaret als beunruhigend empfand. Seit sie Gideon kannte, haßte und fürchtete sie die Kampfbegeisterung, die Richmond ergriffen hatte. Gideon hatte keine Ahnung, was der Krieg wirklich bedeutete. Aber Margaret wußte es. Sie hatte das Gesicht des Krieges Tag für Tag vor Augen, wenn sie abends nach Hause ging.

Während sie die Maße für die Uniform niederschrieb, dachte sie an Kentucky. Sie konnte sich noch sehr gut an die grünen, sanften Hügel erinnern, zwischen denen die Familie gelebt hatte, bevor der Sergeant nach Mexiko gegangen war und ein kleines Kind und eine kränkelnde Frau zurückgelassen hatte, die im folgenden Winter starb.

Nach seiner Rückkehr war ihr Vater nicht mehr in der Lage gewesen, sich um die Farm zu kümmern. Er hatte sie verkauft, und von dem Zeitpunkt an lebten er und Margaret von der Großmut seiner Schwester Eliza Marble, einer grauhaarigen, hageren Frau, die nie verheiratet gewesen war.

»Brigadier Johnston?« fragte Tante Eliza jetzt, »wirklich?« Sie sprach undeutlich, da sie den Mund voller Stecknadeln hatte. Clovis blickte mißtrauisch auf die Nadeln.

»Mama, sie will mich pieken!«

»Clovis, sei still!« Mrs. Honeyman wandte sich wieder Tante Eliza zu. »Wir hatten alle erwartet, daß Lee das Kommando bekommt. Er ist ein so kultivierter, charmanter Mann.«

»Und ein guter Christ«, setzte Tante Eliza hinzu.

Mrs. Honeyman blickte zu Margaret hinüber.

»Dich sieht man nie in der Kirche. Auch abends nicht, wenn wir Zelte nähen und Binden anfertigen. Wenn die anderen Ladies nach dir gefragt haben, habe ich ihnen gesagt, daß du gegen unseren Krieg bist.«

»Sie kennen doch den Grund für Margarets Gefühle«, seufzte Tante Eliza. »Ihr Vater ...«

»Ja, ja«, unterbrach Mrs. Honeyman ungeduldig. »Aber das ist keine Entschuldigung mehr, seit dieser Nigger-Anbeter in Washington uns den Fehdehandschuh hingeworfen hat! Die souveränen Staaten des Südens haben das Recht, einen freiwillig eingegangenen Vertrag jederzeit zu lösen. Und wenn uns Mister Lincoln dieses Recht bestreitet, müssen wir eben mit Waffengewalt ...«

»Mistreß Honeyman«, sagte Margaret ruhig, »das ist alles in Ordnung, solange man nur große Worte macht, den Jungen in Camp Lee dann und wann einen Eßkorb hinausbringt und damit prahlt, die Yankees in einem Monat von hier bis an die kanadische Grenze zu ...«

»Bitte«, flehte Tante Eliza. »Du hast ein Recht auf deine eigenen Ansichten, Margaret – selbst wenn sie falsch sind –, aber vergiß nicht, daß du mit einer Kundin sprichst.«

Margarets Augen funkelten.

»Haben Sie einen Menschen im Krieg verloren, Mistreß Honeyman?«

»Nein. Aber das hat nichts mit dieser Frage zu tun ...«

»Doch. Hier in Richmond betrachtet jeder den Krieg als ... eine Art Karneval. Warten Sie ab, bis Sie einen Menschen, den Sie lieben, verstümmelt heimkommen sehen, dann ...«

»Margaret! Sei still! Bring die Aufträge in die Nähstube – sofort!«

»In Ordnung«, sagte Margaret beherrscht, nahm die Unterlagen vom Tisch und verließ den Laden.

Sie sah ein, daß sie ihre Tante nicht noch mehr aufregen oder gar am Verlust eines Auftrages schuld sein durfte.

Warum war sie nur so gereizt?

Sie wußte die Antwort. Je größer die Kriegsgefahr wurde, desto mehr haßte sie die Prahlerei und die großen Worte. Sie versuchte, sich von der Kriegshysterie nicht beeinflussen zu lassen. Aber das gelang ihr nicht.

Sie trat aus dem hellen Laden in das Halbdunkel der Nähstube. Willa Perkins, ein unterernährtes, ärmlich gekleidetes Mädchen, stand am Arbeitstisch und schnitt eine Uniformhose zu.

»Hier sind noch zwei«, sagte Margaret und reichte ihr die Aufträge.

»Mein Gott«, seufzte Willa, »ich komme kaum nach. Das schaffe ich nie . . .«

»Ich komme später zurück und helfe dir«, versprach Margaret.

»Nachdem du deinen jungen Mann getroffen hast?« lächelte Willa.

»Ja.«

»Ich bin ein bißchen überrascht, daß du dir gerade den ausgesucht hast. Ich meine, er ist Soldat und . . .«

Willa hatte den Widerspruch zwischen Margarets Überzeugungen und der Wahl ihres Freundes erfaßt und wußte, daß er schuld daran war, wenn Margaret von Tag zu Tag nervöser wurde.

Margaret Marble war ein schlankes Mädchen mit dunkelbraunem Haar und braunen Augen. Sie haßte ihre kleine Stupsnase, weil sie glaubte, durch sie zu keck und zu jungenhaft zu wirken.

Sie hatte sich auf den ersten Blick in Gideon Kent verliebt. Zum erstenmal in ihrem Leben hatte sie sich durch die Gegenwart eines Menschen verwirrt und unsicher gefühlt. Immer wieder hatte sie sich vorgehalten, daß dieser junge Mann Soldat war. Es hatte nichts geholfen.

Seit einem Monat traf sie sich fast täglich mit ihm, und seit einiger Zeit fragte sie sich, ob es möglich war, einen Menschen gleichzeitig zu hassen und zu lieben.

Aber das war eine dumme Frage. Sie haßte Gideon ja nicht. Sie haßte nur die Begeisterung, mit der er sich auf den Krieg vorbereitete. Diesen Charakterzug betrachtete sie als einen Feind, gegen den sie ihren eigenen Krieg führen mußte.

Margaret hatte noch nie einen jungen Mann gekannt, der ihre Gefühle so aufgewühlt hatte wie Gideon. In den vergangenen zwei Jahren hatte sie vier oder fünf Jungen kennengelernt. Zwei der Verbindungen waren etwas ernsthafter gewesen. Beide Jungen kamen aus guten Familien, und Margaret hatte sie nach Hause eingeladen, anstatt sich mit ihnen in der Stadt zu treffen. Keiner der beiden hatte sich nach diesem Besuch wieder gemeldet.

Willas Lachen riß sie in die Wirklichkeit zurück.

»Dich hat es wirklich böse erwischt. Du hast kein Wort von dem mitbekommen, was ich gesagt habe . . .«

»Bitte?« fragte Margaret verwirrt.

»Ich habe gefragt, ob du auch gehört hast, daß die Hauptstadt hierher verlegt werden soll.«

»Die Hauptstadt der Konföderation? Ja, Tante Eliza meinte, das würde noch vor Monatsende geschehen.«

»Und der Präsident wird auch nach Richmond kommen?«

»Natürlich.«

»Dann können wir hier was erleben.«

Margaret nickte düster. »Gott weiß, was mit General Lee wird . . .«

»Der soll doch die Armee kommandieren, nicht?«

»Wahrscheinlich nicht. Aber das wird sich alles erst nach der Abstimmung herausstellen.«

»Welche Abstimmung?« fragte Willa verblüfft.

»Morgen in einer Woche soll die Bevölkerung über die Sezession abstimmen.«

»Aber die wollen sie doch!«

»Wahrscheinlich. Nur in den westlichen Gebieten könnte es Stimmen gegen die Sezession geben, meint Tante Eliza. Aber die Mehrheit wird sich durchsetzen, und dann werden General Lees Milizeinheiten in der Armee der Konföderation aufgehen.«

»Einschließlich der deines Freundes?«

Margaret nickte.

»Dann begreife ich, daß du so ein finsteres Gesicht machst.«

»Tue ich das?«

»Allerdings. Ich hätte erwartet, daß du stolz . . .«

»Stolz darauf, daß er es nicht erwarten kann, getötet zu werden?« Tränen traten ihr in die Augen. »Er ist ein Narr, genau wie alle anderen in Richmond, die sich keine Gedanken machen, was es kosten wird . . . Ach, was soll das alles!«

Margaret fuhr herum und lief in den Laden zurück. Sie schämte sich ihres Gefühlsausbruchs.

»Natürlich reicht eine Anzahlung von dreieinhalb Dollar, Mistreß Honeyman«, sagte Tante Eliza.

»Gut. Einen Augenblick.« Mrs. Honeyman begann in ihrer Handtasche zu kramen. »Ich muß schon sagen, der Patriotismus hat durchaus seine Unbequemlichkeiten . . . Ich kann mich noch immer nicht an das neue Papiergeld gewöhnen. Na, endlich! Ein Zweier, ein Ein-Dollar-Schein und ein Fünfzig-Cent-Schein.« Das rosafarbene Papiergeld raschelte, als Mrs. Honeyman ihre Anzahlung machte. »Sehen wir uns heute abend in der Kirche, Eliza?«

»Selbstverständlich.«

»Bis heute abend also. Komm, Clovis, du undankbares Kind.« Sie packte ihn bei der Hand und zerrte ihn hinaus.

Sowie sich die Tür hinter den beiden geschlossen hatte, ging Eliza Marble auf ihre Nichte los wie ein Infanterist bei der Attacke.

2

»Margaret! Deine Bemerkungen waren mehr als unpassend!«

»Darf ich denn nicht meine Meinung sagen?« fragte Margaret spitz.

»Natürlich darfst du das. Aber du darfst nicht vergessen, daß wir hier in den Südstaaten sind.«

»Ich habe immer in den Südstaaten gelebt, Tante Eliza. Ich bin aber der Ansicht, daß dieser Krieg Wahnsinn ist und daß er nicht gewonnen werden kann. Ich habe nur eine ehrliche Frage gestellt: wie sich Mistreß Honeyman fühlen würde, wenn einer ihrer Angehörigen fällt – oder nach Hause zurückkommt wie Papa ...«

Tante Eliza schüttelte den Kopf.

»Abgesehen von der bedauerlichen Tatsache, daß das Leben beim Militär deinen Vater in die Krallen des Alkohols getrieben hat, bin ich immer sehr stolz auf ihn gewesen. Der Sergeant hat seinem Land in Treue gedient und ...«

»Dieser treue Dienst hat ihn vernichtet!«

Die ältere Frau blickte Margaret ein paar Sekunden lang an, sagte aber nichts. Sie nickte, atmete einmal tief durch und berührte Margarets Arm.

»Ich verstehe dich, Kind«, sagte sie schließlich. »Aber du mußt auch versuchen, meinen Standpunkt einzusehen.«

Beschämt sagte Margaret: »Ich will es versuchen. Es tut mir leid, daß ich unbeherrscht war. Aber das scheint mir in letzter Zeit immer öfter zu passieren.«

»Ich weiß auch warum. Es ist dieser junge Mann.«

Margarets Schweigen verriet, daß die Vermutung richtig war.

»Mister Kent ist auch wirklich ein gutaussehender Mann, und er hat sehr gute Manieren ... Vielleicht ist es an der Zeit, dir ein paar Fragen zu stellen ...«

Margaret hatte Angst, zu spät zu kommen. Aber sie wollte

ihre Tante nicht noch mehr kränken. Unruhig trat sie von einem Bein auf das andere.

»Zunächst die allerwichtigste: Ist Mister Kent Abstinenzler?«

»Nein, das nicht. Aber ich glaube, er trinkt nur ab und zu ein Glas Bier.«

»Keine destillierten Spirituosen?«

»Ich habe nichts davon gemerkt.« Das war eine Antwort, die einer Lüge auswich. Gideon hatte ihr von mehreren Abenden berichtet, an denen die Männer Whiskey ins Camp geschmuggelt und am nächsten Morgen unter den Nachwirkungen des Gelages gelitten hatten.

Aber sie betrachtete das Trinken von Alkohol nicht als Todsünde wie ihre Tante. Männer schienen Alkohol zu brauchen, um mit ihren Problemen fertig werden zu können. Ihr Vater war das beste Beispiel dafür.

Aber auf diesem Gebiet verstand Eliza Marble keinen Spaß. Der Anti-Alkoholismus war für sie eine Lebensaufgabe, und von dem wenigen Geld, das ihr Laden abwarf, spendete sie auch noch einen großen Teil für die *Temperance Union*.

»Und er besucht auch keine Gaststätten?« setzte sie ihr Verhör fort.

»Nicht daß ich wüßte.« Das war eine offene Lüge, und sie verspürte gewisse Schuldgefühle. Aber sie mußte auf jeden Fall verhindern, daß Tante Eliza ihr verbot, sich mit Gideon zu treffen.

»Das freut mich. Und nun zu einem etwas delikaten Punkt: Hat eure Beziehung zu ... körperlichen Intimitäten geführt?«

Margaret wurde rot.

»Tante Eliza, wir sind nur Freunde!«

»Also ist deine Antwort ›nein‹?«

Margaret nickte schweigend.

»Das freut mich«, sagte Eliza Marble noch einmal. »Du

mußt meine Sorge um dich verstehen, Kind, aber schließlich bist du . . .«

»Ich weiß, Tante Eliza, und ich bin dir auch sehr dankbar für alles, was du für Papa und mich tust.«

»Unsinn! Der Sergeant ist zwar ein schwacher Mensch, aber er ist mein Bruder. Ihr beide seid meine Familie.«

»Und deshalb will ich nichts tun, was dich verletzen könnte, Tante Eliza.«

Die grauhaarige Frau umarmte sie. »Ich danke dir, mein Kind.«

»Es tut mir auch wirklich leid, daß ich Mistreß Honeyman verstimmt habe. Aber ich bin nun einmal fest davon überzeugt, daß dieser Krieg Irrsinn ist. Er ist hoffnungslos. Mit Prinzipien allein kann man keine Schlachten gewinnen. Sie werden von Kanonen und von Männern gewonnen, und von beidem hat der Norden erheblich mehr als wir.«

»Aber Kind, bis jetzt ist doch noch kein Schuß gefallen.«

»Aber die Yankees ziehen bei Washington Truppen zusammen, und ich habe gehört, daß sie noch vor Ende des Monats den Potomac überschreiten wollen.«

»Das ist schon möglich, aber . . .« Eliza Marble straffte energisch die schmalen Schultern. »Die Menschen von Virginia sind immer für ihre Prinzipien eingetreten, und das ist auch jetzt nötig. Sollen wir uns dem Diktat Washingtons fügen?« fragte Eliza scharf.

»Nein, wir sollten . . . Mein Gott, ich weiß auch nicht . . .«

»Sogar Präsident Quincy Adams hat einmal gesagt, daß es besser wäre, wenn die Staaten sich in Freundschaft und Einvernehmen trennen, falls kein Zusammengehörigkeitsgefühl mehr besteht. Und Adams war ein Yankee!«

»Aber den Krieg haben wir begonnen, Tante Eliza. Warum haben die Südstaaten keine Lösung mit legalen Mitteln . . .«

»Die waren schon vor Jahren erschöpft. Wir waren nur so einfältig, das nicht zu erkennen.«

»Also mußten wir uns auflehnen . . .«

»Was Abe Lincoln beenden will, damit er die Nigger befreien kann.«

»Das hat er nie gesagt! Im Gegenteil, immer wieder hat er den Südstaaten versichert, daß er gegen die bestehende Sklaverei nichts zu unternehmen gedenkt.«

»Und das glaubst du? Ich werde dir sagen . . .« Die grauhaarige Frau unterbrach sich und lächelte. »Wir wollen uns nicht streiten, Margaret. Fast alle Menschen hier sind überzeugt, daß der Krieg, falls es überhaupt dazu kommt, von sehr kurzer Dauer sein wird.«

»Und welchen Unterschied macht das? Eine einzige Sekunde genügt, um einen Mann . . .« Sie unterbrach sich und wandte sich ab.

Tante Eliza seufzte.

»Ich bin überzeugt, daß Mister Kent diesen Krieg heil und gesund überleben wird. Nicht jeder junge Mann, der Soldat wird, muß das Schicksal erleiden, das der Sergeant . . .« Sie sah ihren Irrtum ein, lächelte verlegen und streichelte den Arm ihrer Nichte. »Wir sollten wirklich aufhören, uns den Kopf schwerzumachen. Niemand kann ändern, was geschehen wird, also sollten wir jeden Tag als ein Geschenk betrachten und ihn genießen. Geh jetzt zu deiner Verabredung, Margaret.«

Sie bückte sich, öffnete die Blechschachtel, die unter dem Ladentisch stand, und nahm eine Fünzig-Cent-Note heraus.

»Hier, kauf dir ein Eis.« Sie drückte Margaret den druckfrischen Schein in die Hand. »Sei dankbar, daß du einen Mann hast, der dich gern hat.« Sie seufzte. »Ich hatte nie einen. Wahrscheinlich war ich nicht hübsch genug. Oder zu fromm. Aber du hast Glück, mein Kind. Mister Kent scheint ein anständiger Mensch zu sein. Vor allem bin ich sehr glücklich, daß er nicht dem Teufel des Alkohols verfallen ist. Und ich habe erfahren, daß er aus einer sehr guten Familie in Lexington stammt.«

Margaret starrte sie erschrocken an. »Woher weißt du das?«

Sie hatte ihrer Tante nur sehr wenig von Gideons Familie erzählt, weil es da zwei Punkte gab, die ihr Mißfallen hervorrufen konnten. Gideons Stiefvater hatte einen etwas anrüchigen Beruf: er war Schauspieler.

Und sein wirklicher Vater war sogar noch verdächtiger. Er war in seinen jungen Jahren Reverend in der Gegend von Lexington gewesen. Nachdem ihn die Kirche wegen sehr unverblümter Stellungnahme gegen die Sklaverei entlassen hatte, war er Journalist geworden – ein Yankee-Journalist in Washington.

»Wenn es um das Wohl meiner Nichte geht, hole ich mir die Auskünfte ein, die ich für nötig halte«, sagte Tante Eliza. »Aber nun lauf, mein Kind. Kauf dir ein Eis, und lasse dich nicht von Soldaten ansprechen – außer von einem, natürlich.«

Margaret lachte.

»Das dürfte ziemlich unmöglich sein. Vor ein paar Monaten hatten wir siebenunddreißigtausend Einwohner in Richmond, jetzt sind es fast doppelt so viele, und die meisten der Neuankömmlinge sind Soldaten. Aber du brauchst dir keine Sorgen zu machen, Tante Eliza. Ich kann sehr gut auf mich aufpassen, und außerdem ist es ja noch hell.«

»Geh auch nach Hause, solange es noch Tag ist.«

»Ich komme später noch einmal zurück und helfe Willa. Gideon hat heute abend irgendeine Feldübung.«

Tante Eliza nickte. »Dann hole ich dich ab, wenn ich aus der Kirche komme, und wir können zusammen mit der Pferdebahn nach Hause fahren. Jetzt lauf, Margaret. Genieße das warme Wetter und die Gesellschaft deines Soldaten, solange du es noch kannst.«

Die Worte waren nett gemeint, aber in Margaret riefen sie nur das warnende Echo wach:

Solange du es noch kannst . . .

3

Als Margaret aus dem Haus trat, einen Schutenhut auf dem Kopf und einen zu ihrem goldgelben Krinolinenkleid passenden Schal um die Schultern gelegt, schlug die Glocke der berühmten beleuchteten Uhr vor dem Juweliergeschäft Meyers & Janke fünfmal.

Trotz der vielen Soldaten, die in die Stadt geströmt waren, ging in einigen Teilen Richmonds das gemächliche, verschlafen anmutende Leben weiter. Aber die Innenstadt, besonders die Main Street, zeigte Margaret sehr deutlich, daß die alte Zeit unwiderruflich vergangen war.

Zwar sah man noch immer die Anwälte, die Geschäftsleute und Krämer auf der Straße, aber das Bild wurde jeden Tag mehr geprägt von den jungen Männern in Uniformen jeder Farbe und jeder Art.

Sie sah Soldaten aus Georgia in langen, grünpaspelierten Jacken, ein halbes Dutzend Männer aus Alabama in dunklem Blau, und langhaarige Soldaten mit riesigen Silbersporen und Lederjacken. Sie trugen Revolver und Bowie-Messer in ihren breiten Ledergürteln, und ihre Wangen waren von dicken Stükken Kautabak aufgebläht. Texaner.

Sie ging an zwei Männern in schäbigen Zuaven-Uniformen vorbei, die vor einem Laden lehnten. Einer der beiden, dessen Gesicht von einem guten Dutzend Warzen bedeckt war, sagte etwas zu seinem Kumpan. Margaret verstand nur die Worte: ». . . würde ich gern mal aufs Kreuz legen . . .«

Sie ging rasch an zwei weiteren Texanern vorbei. Plötzlich hörte sie hinter sich ein Getümmel.

Einer der Texaner hatte den Mann mit den Warzen emporgerissen, hielt ihn an seiner Jacke fest und schleuderte ihn mehrmals gegen die Hauswand.

»Ihr Burschen müßt anscheinend noch lernen, daß man sich anständig benimmt, wenn Ladies vorbeigehen . . .«

Der Zuave schrie ängstlich und wütend auf, der andere zog einen Messingschlagring über die rechte Hand und trat hinter den Texaner.

Der zweite Texaner drückte ihm die Spitze seines Bowie-Messers in den Rücken.

»Das wollen wir doch lieber lassen«, sagte er gelassen und nahm ihm den Schlagring ab.

»Sonst muß das *First Texas* dafür sorgen, daß ihr dahin zurückgeschickt werdet, woher ihr gekommen seid«, setzte der erste Texaner seine Lektion fort, »in die Kittchen von New Orleans.«

Er schleuderte den Mann noch einmal nachdrücklich gegen die Wand und ließ ihn los. Dann wandte er sich nach Margaret um, zog seinen breitkrempigen Hut und sagte: »Ich möchte mich für seine Unverschämtheit entschuldigen, Madam.«

»Danke«, sagte Margaret mit verlegenem Lächeln.

Die kleine Menschenmenge, die sich gesammelt hatte, verlief sich wieder. Die beiden Zuaven verdrückten sich am schnellsten. Der Mann mit den Warzen im Gesicht warf Margaret noch einen wütenden Blick zu.

»Diese Burschen aus Louisiana sind nichts als Straßenpöbel!« hörte sie jemanden sagen. »Es ist eine Schande, daß sie mit uns unter einer Flagge kämpfen!«

Margaret ging eilig weiter. Ja, die Stadt hatte sich verändert, erkannte sie jetzt noch deutlicher.

Sie hatte diese Veränderungen von Anfang an bewußt erlebt: die hysterische Begeisterung, als die Nachricht vom Fall Fort Sumters bekannt wurde. Die Artillerie hatte hundert Raketen in den Himmel geschossen, an allen Straßenkreuzungen hatten brennende Teerfässer die Nacht zum Tage gemacht, und die Kirchenglocken hatten bis in die Morgenstunden geläutet.

In der Nacht nach der Erklärung der Sezession hatte sie mit angstgeweiteten Augen zugesehen, wie der Mob, mit Gewehren, Messern und anderen Waffen ausgerüstet, zum Flußufer gelaufen war. Wilde Gerüchte waren im Umlauf: das Yankee-Kanonenboot *Pawnee* wolle den Hafen beschießen. Aber der Angriff fand niemals statt.

Auf den früher so verschlafen wirkenden Straßen hatte sie gesehen, wie Strohpuppen an den Pfählen der Gaslampen aufgehängt wurden. Sie trugen Plakate mit den Aufschriften: »Der Orang-Utan aus Washington« oder »Henry Ward Beecher, der Mann, der am meisten Schuld an unserem Unglück hat«. Ähnliche Plakate bezeichneten Garrison, Douglas und andere Abolitionisten.

In den Straßen von Richmond gellte die Stimme des Hasses. Die Sache des Südens war gerecht! Die Nordstaaten würden in einem kurzen, relativ unblutigen Krieg niedergeworfen werden . . .

War sie denn der einzige Mensch in ganz Richmond, der den Wahnsinn dieser Einstellung erkannte? Wußte denn niemand sonst, daß eine einzige Kugel einen Menschen für immer vernichten konnte?

2. Kapitel
Der Amateur-Soldat

1

Sie trafen sich stets an derselben Stelle, auf dem Treidelpfad des Kanals, unterhalb von Gamble's Hill.

Enttäuscht stellte Margaret fest, daß Gideon noch nicht da war, aber wenig später hörte sie jemanden auf dem bewaldeten Hang hinter sind *Lorena* singen, eines von Gideons Lieblingsliedern.

Sie wandte sich um und spürte, daß ihr Herz rascher schlug. Und dann sah sie ihn. Zwischen den Bäumen des Hangs kam er auf sie zugelaufen. Er winkte, und die weiße Feder an seinem Ledertschako wehte im Wind.

Margaret winkte zurück. Sie empfand Erregung, Angst – und sogar Belustigung. Captain Lester Macomb hatte seine Husaren nach europäischer Mode eingekleidet – so wie er sie verstand. Für ein Mädchen, das in einem Modegeschäft großgeworden war, hatte der Captain einen recht zweifelhaften Geschmack.

Gideons Uniform bestand aus brandneuen und auf Hochglanz polierten schwarzen Stiefeln, knapp sitzenden hellblauen Hosen und gleichfarbiger Jacke mit hohem Stehkragen und wilder Goldpaspelierung auf der Brust. Der breite Ledergürtel und die Säbeltasche waren von jemandem hergestellt, der kein Sattler gewesen sein konnte. Am komischsten aber fand Margaret den Dolman aus billigem Kaninchenfell und den Ledertschako mit der Putenfeder.

Die Säbeltasche war noch leer, und Gideon empfand diesen Mangel als persönliche Schande. Von seinem Großvater, dem

Vater seiner Mutter, hatte er vier Dinge mitbekommen: die neuen Stiefel, ein 30er Schrotgewehr mit einer Revolvertrommel, einen englischen Sattel und das wichtigste Requisit für einen Kavalleristen, den Hengst Dancer.

Die meisten seiner achtundsiebzig Kameraden waren nicht besser ausgerüstet als er, mit Ausnahme seines Freundes Rodney Arbuckle. Rodney stammte von einer Tabakplantage am Pamunkey River in der Nähe von White House. Rodney hatte Geld und hätte es sich leisten können, der vornehmen *Goochland Troop* beizutreten, deren Soldaten eine elegantere Uniform, meist zwei Pferde und einen schwarzen Diener hatten.

Margarets Puls schlug rascher, als sie Gideon durch das Unterholz am Fuß des Hügels auf sich zulaufen sah. Er lächelte und rief ihren Namen, und dann winkte er wieder.

Warum war er so aufgeregt?

Er war immer gutgelaunt, wenn sie sich trafen, aber heute schien er besonders erregt zu sein. Seine blauen Augen strahlten, als er mit einem Satz über einen Farn sprang und direkt vor ihr landete.

Er packte sie an den Schultern und riß sie ungestüm an sich.

»Margaret, ich habe wunderbare Neuigkeiten!«

»Mein Gott, Gideon ...« Lachend löste sie sich von ihm und rückte ihre Schute gerade. »Du kannst doch nicht in der Öffentlichkeit ...«

»Und warum soll ich mein Mädchen nicht in der Öffentlichkeit umarmen?« Er nahm ihre Hände. »Ich muß dir erzählen, was heute nachmittag passiert ist.«

Hinter ihnen sah Margaret ein anderes Paar. Der Mann, in der Uniform der *Greys*, flüsterte dem Mädchen etwas ins Ohr. Es lachte und schlug ihm leicht mit dem Handschuh auf die Wange. Der Mann lachte auch und legte den Arm um sie. Margaret ahnte, welchen Vorschlag er gemacht hatte.

Etwas verlegen hakte sie sich bei Gideon ein, und sie gingen in die andere Richtung.

»Und was ist geschehen?« fragte sie.

»Heute sind bei uns die Offiziere gewählt worden.« Er blieb stehen und legte ihr beide Hände auf die Schultern. »Miss Marble, ich habe die Ehre, Ihnen den frischgebackenen Second Lieutenant von *Macomb's Hussars* vorzustellen.«

»O Gideon – ich gratuliere!«

Sein stolzes Lächeln erlosch. »Sehr glücklich klingt das nicht gerade.«

»Doch.« Sie drückte seinen Arm. »Ich bin sehr stolz auf dich.«

Es war auch wirklich etwas, auf das man stolz sein konnte. Die meisten Menschen hielten zwar nichts von dem System, die Hierarchie einer Freiwilligen-Einheit durch eine Wahl zu bestimmen, aber es war nun einmal Tradition. Nur die Offiziere vom Regimentskommandeur aufwärts wurden von General Lee ernannt.

Sie gingen weiter.

»Eigentlich hatte ich gehofft, First Lieutenant zu werden«, sagte Gideon. »Aber Jack Harris hat mir den Rang abgelaufen. Er zahlt auch immer Lagen in Mistreß Mullers Bier-Saloon, und ich glaube, er spielt nur Karten, um zu verlieren. Ich kann es mir nicht leisten, Beliebtheit zu kaufen.«

Margaret hatte den hageren, dunkelhaarigen Jack Harris in Camp Lee kennengelernt.

»Glaubst du, daß er der richtige Mann dafür ist?«

»Ach, zum Teufel ... entschuldige.«

»Nicht nötig. Ich habe mich an dein Fluchen inzwischen gewöhnt.«

Er lachte.

»Ich glaube, das ist eine Angewohnheit, die ich mir im Camp zugelegt habe. Die Männer mögen Jack. Er ist ein ganz guter Reiter. Sein Vater hat eine Pferdezucht in der Nähe von Petersburg. Und er flucht wie ein Schankwirt. Vielleicht findet er das männlich. Aber ich glaube nicht, daß ihm sein Fluchen weiterhelfen wird, wenn es zum Kampf kommt. Die Männer wollen geführt und nicht angeschnauzt werden.«

Diese letzte Bemerkung erinnerte Margaret an ihre Angst um diesen großen, breitschultrigen Jungen, der manchmal so erwachsen wirkte und doch noch so kindlich sein konnte.

Wenn es zum Kampf kommt . . .

Irgendwie mußte sie ihn zu der Einsicht bringen, daß er nicht an einem Spiel teilnahm oder an einer Parade.

Aber sie schnitt dieses Thema nicht an. Sie wollte seine glückliche Stimmung nicht zerstören. Mehrmals schon hatte sie versucht, ihm ihren Standpunkt klarzumachen. Er war immer nur irritiert gewesen und irgendwie verärgert, daß sie seinen Wunsch, für den Süden zu kämpfen, zu mißbilligen schien.

Sie hielt sich deshalb an ein unverfänglicheres Thema. »Meinst du nicht auch, daß dein Freund Rodney ein besserer First Lieutenant wäre?«

»Natürlich. Aber du kennst doch diese Burschen, die aus einem reichen Elternhaus kommen. Sie haben die verrückte Ansicht, daß es undemokratisch und gewöhnlich ist, Offizier zu werden. Sie halten es für vornehmer, Befehle auszuführen, als anderen Befehle zu erteilen. Aber du hast noch längst nicht alles gehört.«

»Dann sag's mir.«

Er grinste. »Die Übung heute abend ist abgeblasen worden.«

»Wirklich?«

Er nickte.

»Captain Macombs Stute hat sich heute beide Vorderbeine gebrochen. Du hättest Lester mal fluchen hören sollen!«

»Ich kann es mir denken. Es war ein herrliches Tier.«

»Jetzt kann er herumlaufen und versuchen, ein anderes zu finden. Weißt du, manchmal mache ich mir Sorgen um unsere Kavallerie. Wie können wir kämpfen, wenn jeder Mann sein eigenes Pferd stellen muß? Was passiert, wenn wir die Hälfte unserer Tiere in einem Gefecht verlieren?«

»Ich dachte, die Pferde gehören der Regierung?«

»Theoretisch ja. Die Regierung sorgt für Futter und Hufeisen und stellt einen Schmied – und wir bekommen eine Entschädigung von vierzig Cents pro Tag für unser Pferd. Und wenn ein Pferd im Kampf getötet wird, soll der Reiter seinen Schätzwert in Geld erhalten. Aber der Mann muß einen längeren Urlaub nehmen, um ein neues zu finden. Ich schätze, daß der alte Macomb die ganze Nacht in den Ställen von Richmond nach einem Ersatz sucht. Und er muß schon eine Menge Glück haben, wenn er eins findet, das auch nur annähernd so gut ist wie seine Stute. Die Regierung kauft alle Pferde auf, als Zugtiere für Geschütze, Krankenwagen ...«

Das Wort ließ Margaret erschauern.

Gideon blieb stehen. »Was ist?«

»Nichts.«

»Doch.« Er blickte sie an und fuhr sanft mit der Hand über ihre Wange. »Ich möchte es wissen.«

»Du ... du sprichst so leichtfertig von Krankenwagen, vom Kampf. Es klingt, als würdest du den Krieg als ein amüsantes Spiel ansehen.«

Er runzelte die Brauen.

»Ich bin so glücklich wie noch nie in meinem Leben. Endlich werden wir den verdammten Yanks zeigen, daß wir uns nicht länger herumstoßen lassen!«

»Du freust dich auf den Kampf!« rief sie entsetzt.

»Ja, allerdings. Wie jeder in unserer Truppe. Du hättest den Jubel hören sollen, als Wise zu uns kam ...«

»Wise? Der ehemalige Gouverneur?«

Gideon nickte. »Er hat uns eine Ansprache gehalten ...«

»Eine Predigt, wolltest du sagen ...«

Gideon blickte sie überrascht an.

»Wie kommst du darauf?«

»Ich kenne doch das pseudo-religiöse Gewäsch, das er überall in der Stadt von sich gibt. Er spricht von Feuertaufe ...«

»Das Wort hat er tatsächlich gebraucht. Mein Gott, ich habe noch nie eine so aufwühlende Rede gehört. Ich kann mich noch an fast jedes Wort erinnern. ›Ihr braucht Krieg, Feuer und Blut, um euch reinzuwaschen, und der Herr der Heerscharen verlangt von euch, daß ihr durch Feuer und Blut gehen sollt. Ihr seid aufgerufen zur Feuertaufe, und ich befehle euch, vor den Altar zu treten ...«

»Und du läßt dich wirklich von dem Geschwafel dieses senilen Narren beeindrucken? Wenn du verwundet wirst, hast du vergessen, wie herrlich es ist, die Feuertaufe zu empfangen.«

»Warte! Du bist ...«

»Nein! Du wirst warten, bis ich zu Ende gesprochen habe. Ist auch nur ein einziger Junge unter euch, der Schlimmeres erlebt hätte als einen Boxkampf hinter der Scheune?«

»Nein, wahrscheinlich nicht. Aber wo liegt da der Unterschied?«

»Darin, daß keiner von euch weiß, wie grauenhaft ein Krieg ist!«

Sie wandte ihm den Rücken zu, rieb sich wärmend die Arme und starrte auf den Fluß, dessen Wasser im Licht der untergehenden Sonne golden schimmerte.

»Warum hackst du eigentlich dauernd auf mir herum? Wo die Zeit doch so kurz ist.«

Sie wandte sich wieder ihm zu.

»Was soll das heißen: die Zeit ist so kurz?«

Er nahm seinen Tschako ab und schlug ihn gegen den Oberschenkel. »Das ist die dritte Neuigkeit, die ich dir sagen wollte. Am Sonntag verlassen wir das Camp.«

Margaret ballte ihre Hände.

»Vorausgesetzt, daß Captain Macomb ein neues Pferd findet. Wir reiten nach Harper's Ferry.«

»So bald schon?«

»Es ist ein kritischer Punkt in unserer Verteidigung. Joe Johnston übernimmt dort das Kommando.«

»Das habe ich schon heute nachmittag gehört«, sagte Margaret leise.

»Er wird auf jeden Fall besser sein als dieser verrückte Professor aus dem Militär-Institut.«

»Jackson?«

»Die Kadetten haben ihn Tom den Narren genannt.« Er zog die Stirn in Falten, »Ich habe dir wahrscheinlich noch nicht gesagt, daß er der einzige Freund meines Vaters war, nachdem Mama ihn aus dem Haus geworfen hatte. Jackson ist ein Fanatiker – in Sachen Disziplin, die Heilighaltung des Sabbat ... Ich kann verstehen, daß er und mein Vater sich gut verstanden haben. Beides fanatische Narren ...«

Er zögerte eine ganze Weile. Schließlich sagte er leise, fast widerwillig: »Habe ich dir erzählt, daß ich meinen Vater in Washington getroffen habe?«

Überrascht schüttelte sie den Kopf. »Wann war das?«

Er starrte düster auf den Fluß.

»Im vergangenen Monat. Gleich nach meinem Besuch in Richmond. Mein Stiefvater ...«

»Der Schauspieler?«

Gideon nickte.

»Edward und Mama waren nach Washington gefahren, weil Edward in der *Canterbury Hall* auftreten wollte. Das heißt, er hatte eigentlich einen ganz besonderen Auftritt für unsere Sache vor ...«

Er zog Margaret ein paar Schritte weiter zu einem großen Stein. Mit einer Handbewegung forderte er sie auf, sich zu setzen, und hockte sich neben den Stein ins Gras.

Sie legte ihre Hand auf seine Schulter, in der Hoffnung, den Kummer lindern zu können, den sie in seinen Augen erkannte. Sie war dankbar, daß er anscheinend jemanden brauchte, mit dem er sich aussprechen konnte. Die Mitteilung, daß er am Sonntag fortgehen würde, hatte sie verstört.

»Er stand auf der Bühne«, hörte sie Gideon mit leiser, verhaltener Stimme sagen, »und brachte die Besucher des Theaters dazu, mit ihm zusammen *Dixie Land* zu singen. Es gab natürlich einen Aufstand, und er wurde von ein paar Schlägern verprügelt. Sie hätten ihn fast zu Tode ...«

»Er hätte sich nie auf eine so riskante Sache einlassen dürfen«, unterbrach Margaret.

»Er mußte es tun! Er wollte beweisen, daß es in Washington eine Menge Sympathisanten des Südens gibt, die sehnlich auf einen Einmarsch unserer Truppen warten. Ich bewundere seinen Mut. Aber dann geschah etwas Seltsames: Mein Vater befand sich im Zuschauerraum und half Edward zu entkommen. Das alles geschah, als ich hier in Richmond war, um mich zur Miliz zu melden. An dem Tag, als ich nach Washington zurückkam, stürzte mein Vater in unser Hotelzimmer und schrie eine Menge blödsinniger Beschuldigungen ...«

»Das war euer erstes Wiedersehen?«

»Ja, seit Lexington hatte ich ihn nicht mehr ...«

»Und gegen wen waren seine Beschuldigungen gerichtet?«

»Gegen Edward. Er behauptete, Edward habe versucht, ihn ermorden zu lassen.« Er verzog angewidert das Gesicht. »Mama hat schon immer gesagt, daß er geistig nicht ganz gesund sei ... Jedenfalls entwickelte sich eine sehr häßliche Szene, und ... ich habe ihn mit Edwards Stock geschlagen. Mehr als einmal ...«

»Deinen eigenen Vater?« flüsterte Margaret entsetzt.

»Ich habe die Beherrschung verloren.« Seine Stimme wurde trotzig. »Aber er hat Mama ... angepöbelt. Es tut mir nicht leid. Aber, ich weiß nicht, wie ich es erklären soll ... Ich war gleichzeitig wütend und verletzt. Ich habe Edward und sein unbeugsames Eintreten für den Süden immer geachtet. Aber das ist doch nicht dasselbe wie die Liebe zu einem Vater. Wahrscheinlich hatte ich gehofft, daß alles Böse eines Tages vergessen sein würde ...« Er schüttelte den Kopf. »Aber das war eine kindische Hoffnung. Alles, was Mama früher über ihn gesagt hat, ist wahr. Das habe ich an diesem Abend selbst erlebt. Mein Vater ist verrückt!«

Aber es klang keine Befriedigung in diesen Worten, sondern tiefe Niedergeschlagenheit.

Ihre Hand fuhr streichelnd über seine Wange. »Gideon?«

Er blickte nicht auf. »Ja?«

»Du hast mir noch niemals über dein Leben in Lexington berichtet. Ich meine, wie es war, als dein Vater noch bei euch lebte.«

»Warum sollte ich davon sprechen? Es war scheußlich.« Er richtete sich etwas auf. »Mama und Edward sind jetzt wieder in Lexington. Ich habe heute einen Brief von ihnen bekommen.«

»Werden sie dort bleiben?«

»Wahrscheinlich nicht. Wenn die Hauptstadt der Konföderation nach Richmond verlegt wird, will Edward in den Dienst der Regierung treten.«

»Er will zur Armee?«

»Nein. Dazu ist er zu alt, und er hat auch keine militärische Erfahrung. Er will versuchen, in einem der Ministerien zu arbeiten.«

»War es wirklich so schrecklich, als dein Vater das Haus verließ?«

»Ich möchte nicht davon sprechen.«

Sie zögerte, aber dann sagte sie: »Ich denke, wir sollten endlich ganz offen zueinander sein, Gideon.«

Er wandte den Kopf und blickte sie erstaunt an.

»Was willst du damit sagen? Warum ...«

»Weil du am Sonntag fortgehst, Gideon.« Sie starrte auf ihre Hände. »Ich ... ich habe auch einiges auf dem Herzen, was ich dir sagen muß ...«

Solange du es noch kannst ...

»Erzähle mir von Lexington, Gideon«, sagte sie leise. »Ich glaube, du willst darüber sprechen.«

Er zögerte. Aber nicht lange.

»Ja, du hast recht. Mein Gott, es hat mich immer bedrückt, alles in mir zu verschließen . . .«

Er starrte in die Dämmerung, zu den dunklen Silhouetten der Häuser von Richmond hinüber, in deren Fenstern die ersten Lichter aufflammten. Und dann begann er, von Jephtha Kent zu sprechen.

2

Er begann mit der aus religiöser Überzeugung geborenen Ablehnung der Sklaverei, die seinen Vater schließlich sein Amt und damit seine Lebensgrundlage kostete, mit dem wachsenden Haß seiner Mutter, der von ihrem Vater, Captain Virgil Tunworth, angeheizt wurde. Jephtha Kent hatte von Anfang an Differenzen mit seinem Schwiegervater gehabt, berichtete Gideon weiter. Tunworth war ein großer Baumwollfarmer, der eine bedeutende Anzahl schwarzer Sklaven besaß und auch kein Geheimnis daraus machte, daß er sie wie Tiere behandelte.

»Es war also von Anfang an eine unhaltbare Situation«, fuhr Gideon fort. »Ich war immer überzeugt, daß Mama sich nie gegen Papa gestellt hätte, wenn dieser ihren Vater nicht so verachtet hätte. Mein Vater hatte sicher keine Ahnung davon, daß es in Lexington eine ganze Reihe von Menschen gab, die auf seiner Seite standen. Das Shenandoah-Tal war niemals ein ausgesprochenes Sklaven-Territorium. Es war ein Fehler von Papa, daß er sich seinen Schwiegervater zum besonderen Gegner wählte. Mama hat ihn schließlich aus dem Haus gewiesen. Sie hat es später bedauert, wie sie mir sagte, aber seit dieser widerlichen Szene in Washington bin ich sicher, daß sie dazu keinerlei Grund hat. Papa ist danach noch eine Weile in Lexington geblieben. Er hat als Stallbursche im Military Institute gearbeitet. Ich vermute, er wollte eine Art lebendes Gewissen der Stadt sein ...«

»Ein anklagendes Gewissen.«

»Wahrscheinlich. Wie ich schon sagte, er hatte damals nur einen einzigen Freund, der zu ihm hielt: Colonel Jackson. Dann verhalf Papa einer von Captain Tunworth' Negersklavinnen zur Flucht. Er schickte sie nach New York und floh kurz darauf auch dorthin, zu einer Cousine seines Vaters, Amanda Kent de la Gura. Von der habe ich dir doch schon erzählt, oder?«

Sie nickte. »Die reiche Frau mit den Goldminen.«

»Sie hat die Zeitung gegründet, bei der Papa jetzt arbeitet. Und auch im Westen hat sie eine Menge Geld verdient.« Er schilderte ihr, daß sie die Verwaltung von Jared Kents Drittelanteil der Ophir-Goldmine am Sacramento übernommen hatte und daß es sein Vater bei dieser Regelung belassen hätte, so daß auch nach dem Tod Amandas die Verwaltung von Jephthas erheblichem Vermögen in den Händen der New Yorker Kents blieb.

»Vater hat sich immer geweigert, auch nur einen Penny von diesem Geld anzurühren. Er will, daß es bei seinem Tod direkt an uns, an meine beiden Brüder und mich, fällt. Mama hat ihm damals schwere Vorwürfe gemacht, als er die Verwaltung des Geldes Amanda Kent abtrat, und ihm vorgeworfen, uns um unser Erbe betrügen zu wollen.«

»Glaubst du, er würde das tun?«

»Früher nicht. Aber seit diesem Abend im Hotel ... Papa hat Edward verdächtigt, er wollte ihn töten lassen, damit er an das Geld komme. Das ist doch reiner Wahnsinn! Nachdem Papa uns verlassen hatte, habe ich mir oft gewünscht, daß er wieder bei uns wäre. Aber nun will ich ihn nie wiedersehen.«

Gideons Stimme bebte, und auch seine Hände zitterten. Er verschränkte die Finger ineinander, um es zu unterdrücken.

Margaret streichelte seinen Arm. Sie hatte nicht gewußt, wie sehr ihn das gestörte Verhältnis zu seinem Vater bedrückte.

»Genug davon.« Gideon sprang auf. »Komm. Ich habe einen Bärenhunger. Und während wir essen, kannst du mir vielleicht erklären, warum ich so viel geredet habe. Ich habe noch niemals auch nur halb soviel von dieser blöden Geschichte erzählt. Und dann kannst du mir auch sagen, was du . . .«

»Ich will damit nicht so lange warten«, sagte sie. »Ich muß jetzt mit dir sprechen. Wahrscheinlich wirst du mich für anmaßend halten, vielleicht sogar für verrückt . . .«

»Nichts, was du sagst, kann verrückt sein, Margaret«, sagte er überzeugt, »nichts . . .«

»Ich will nicht, daß du fortgehst, Gideon.«

Er reagierte mit Humor. »Deine Einstellung ist mir nicht neu . . .«

»Gideon . . .« Ihre Hand drückte seinen Arm. »Du weißt nicht, was Krieg bedeutet. Du hältst ihn für ein großartiges Abenteuer . . .«

»Aber natürlich! Ich kann es nicht erwarten, endlich ein paar Yanks gegenüberzustehn . . .«

»Es wird eine Katastrophe. Der Süden ist nicht imstande, einen Krieg zu führen. Sieh dir doch nur unsere sogenannte Armee an. Es sind Jungen, Amateure . . .«

»Einen Augenblick!«

»Es tut mir leid, aber es ist die Wahrheit.«

»Trotzdem werden wir die Yanks innerhalb von neunzig Tagen schlagen.«

»Genau dasselbe sagen sie wahrscheinlich drüben in Washington. Aber der Unterschied ist, daß sie im Norden Hunderttausende von Männern mobilisieren können.« Sie drückte seinen Arm noch stärker. »Du willst die Wahrheit einfach nicht erkennen, Gideon! Nimm doch nur deinen eigenen Captain. Ein Textilhändler . . .«

»Mit langer militärischer Erfahrung.«

»Die ein Jahrzehnt zurückliegt!«

»Bei Harper's Ferry haben wir einen der besten Kommandeure der Armee, einen Mann aus dem Patrick County in Virginia, James Ewell Brown Stuart. Der hat militärische Erfahrung. Er war aktiver Offizier bei der *First Cavalry*, einem der besten Regimenter der Union.«

Gideon ging rascher und versuchte, ihre Voreingenommenheit durch seine Begeisterung zu überwinden.

»Lee hält große Stücke auf ihn. Stuart war mit Lee zusammen, als sie den alten Ossawatomie Brown fingen. Er war in Arkansas, in Kansas, er hat gegen die gefährlichsten Indianer der Prärie gekämpft, die Cheyenne. Und jetzt ist er in Harper's Ferry und macht aus der Kavallerie eine wirkliche Truppe. Und er ist nur einer von Hunderten Berufssoldaten, die jetzt auf unserer Seite ...«

»Gideon!«

Sie rief seinen Namen so erregt, daß er stehenblieb und sie erschreckt ansah.

»Mir ist es völlig egal, wie gut und erfahren diese Leute sind! Du kannst trotzdem getötet werden!«

»Ja, natürlich«, antwortete er ruhig. »Aber dieses Risiko habe ich von vornherein akzeptiert.«

»Aber ich nicht! Ich könnte es nicht ertragen! Weil ... weil ich dich liebe, Gideon.«

Er starrte sie eine Weile sprachlos an.

Dann flüsterte er: »Gelobt sei Gott ... Ich wollte dir genau dasselbe sagen, aber ich habe mich nicht getraut.«

Lachend und weinend warf sie sich in seine Arme.

»Ich liebe dich, Gideon, und ich will nicht, daß dir etwas zustößt ...«

»Gelobt sei Gott ...«, wiederholte er und drückte sie so fest an sich, daß es ihr weh tat. Er hob sie auf und wirbelte sie herum. Dann ließ er sie vorsichtig wieder auf die Füße gleiten und küßte sie.

»Ja, jetzt müssen wir wirklich miteinander sprechen, Margaret«, sagte er ernst.

Sie nickte schweigend.

»Ich meine ... über unsere Heirat, sobald dieser Krieg vorbei ist.«

Sie wäre vor Glück fast ohnmächtig geworden. Aber dann fiel dieses Wort, das sie so haßte: Krieg.

»Nein, Gideon«, sagte sie kaum hörbar. Es kostete sie alle ihre Kraft, aber sie mußte es sagen. »Ich kann mich nicht einem Mann versprechen, der vielleicht nicht zurückkommt.«

»Aber Darling, ich werde spätestens in ein paar Wochen von Harper's Ferry zurück sein und ...«

»Gideon! Du bist genauso verrückt wie dein Vater, wenn du glaubst, daß es ein Ausflug wird.«

Er lächelte und sagte: »Es wird bestimmt ein Ausflug, wenn ich weiß, daß du auf mich wartest.«

»Gideon, wenn du mich wirklich liebst ...«

»Natürlich liebe ich dich!«

»Dann mußt du mir zuhören. Ich habe schon einmal einen Mann in einen Krieg ziehen sehen, einen Mann, den ich liebte ... meinen Vater.«

»Ich wußte nicht ... ich meine, du hast mir nie erzählt ... Ist er tot?«

»Nein. Er lebt mit Tante Eliza und mir zusammen. Er ist auch in einen Krieg gezogen«, sagte sie, »in den Krieg gegen Mexiko. Er ist wieder zurückgekehrt, aber es wäre besser gewesen, wenn er nicht ...« Sie wußte jetzt, was sie tun mußte. Sie kannte das Risiko, aber es gab keinen anderen Weg, um ihm die Augen zu öffnen. Sie nahm seine Hand. »Ich werde nicht mir dir essen gehen.«

»Aber wir wollten doch über unsere ...«

»Nein«, sagte sie und zog ihn weiter. Sie brauchte all ihre Kraft, um den Satz zu Ende zu bringen: »Ich möchte, daß du meinen Vater kennenlernst.«

3. Kapitel
Die Zuaven

1

Sie trennten sich vor dem *Spotswood Hotel.*

»Du mußt jetzt etwas essen«, sagte Margaret. »Ich habe keinen Hunger. Ich werde ins Geschäft gehen und eine kurze Nachricht für Tante Eliza hinterlassen. Sie sorgt sich immer, daß ich abends allein unterwegs bin.«

Gideon wußte, daß er darauf bestehen sollte, sie zu begleiten. Es war nicht weit, aber um diese Zeit waren noch viele Soldaten auf den Straßen, und auch Vertreter wenig reputierlicher Gewerbe, die sich erst nach Einbruch der Dunkelheit zeigten. Aber er hatte einen Bärenhunger.

»Gut, ich erwarte dich in zehn Minuten.« Neben dem Essen brauchte er jetzt einen großen Drink und Zeit zum Nachdenken.

Er blieb vor der Hoteltür stehen, bis Margaret im Dunkel verschwunden war. Als er sich umwandte und ins Hotel gehen wollte, wurde er von einem Negerjungen angesprochen, der sich anbot, ihm die ausgesuchtesten nächtlichen Unterhaltungen Richmonds zu zeigen.

»Junge, ich habe das beste Mädchen der ganzen verdammten Stadt, verschwinde.«

Er trat in die große Marmorhalle des Hotels. Die Gaslampen an den Wänden waren aus ziseliertem Messing, und ein weißgekleideter Neger rief die Gäste mit einem Gong zum Dinner in den Speisesaal.

Gideon war verwirrt über das Durcheinander seiner Gefühle. An sich hätte er überglücklich sein sollen, und zu einem gewissen Grad war er das auch. Immerhin hatte er heute seinen Gefühlen für Margaret Ausdruck geben können, die er aus Scheu und Mangel an Erfahrung bis jetzt unterdrückt hatte.

Aber ihre Verbindung wurde von ihrem heftigen Widerstand gegen den Krieg und seiner Rolle darin getrübt. Diesen Widerstand hatte er schon häufig gespürt, aber heute hatte sie ihm zum erstenmal einen Hinweis auf seine Ursache gegeben.

Bisher war er überzeugt gewesen, daß Margaret Waise war, und die Gewißheit, heute abend ihrem Vater gegenüberzustehen, beunruhigte ihn. Margaret versprach sich von dieser Begegnung offensichtlich eine Stärkung ihrer Position, ihrer Abscheu gegen den Krieg. Er liebte sie, aber das war kein Grund, seine Prinzipien zu ändern. Der Besuch in Rockett würde wahrscheinlich nur die Standpunkte verhärten.

Er trat in den überfüllten, verqualmten Saloon. Die Männer, die sich an der langen Bar drängten, waren zumeist Soldaten in allen möglichen Uniformen. Seine Größe und offensichtliche Stärke verschafften ihm rasch einen Platz an der Theke. Er drängte sich zwischen einen Texaner und einen Mann in einem cremefarbenen Schoßrock. Der Mann redete auf zwei Offiziere aus Georgia ein, mit ihm ein verschwiegenes Spielkasino zu besuchen. Die Einsätze seien bescheiden, und sie würden bestimmt eine Menge gewinnen. Die beiden bissen an.

Der Barkeeper sagte zu Gideon: »Essen oder trinken?«

»Beides. Aber ich habe nicht viel Zeit. Machen Sie mir ein Brot mit ein paar Scheiben von dem Schinken dort.«

Der Barkeeper schob Gideon den Teller zu.

»Und was möchten Sie trinken?«

»Applejack.«

Der Mann bückte sich unter den Tresen. Gideon packte ihn an der Schulter.

»Aber nicht den laschen Cider, den Sie den Kindern verkaufen, die keine Ahnung haben.«

Der Barkeeper grinste ihn an. »Keine Sorge, Sir.«

Er reichte Gideon ein Glas mit Apfelwein. Der Applejack verbreitete eine wohltuende Wärme in seinem Magen.

». . . scheiß darauf, was der Affe in Washington sagt . . .«

Die Bemerkung kam von einem der drei gutgekleideten Männer, die rechts von ihm saßen. Der Mann schlug eine Zeitung auf. Gideon sah den in großen Lettern gedruckten Namen: *The New York Union.*

Es überraschte ihn nicht, hier eine Zeitung aus den Nordstaaten zu entdecken. Dutzende von Blättern fanden täglich ihren Weg über den Potomac. Captain Macomb hatte gesagt, daß ein Adjutant General Lees die alleinige Aufgabe hatte, die *Times*, die *Tribune*, die *Union* und die Washingtoner Zeitungen zu lesen. Diese Blätter gaben großzügigerweise genaue Hinweise auf Veränderungen in der Politik und sogar auf Truppenverschiebungen der Nordstaaten, mit genauen Angaben über Mannschaftsstärke, Bewaffnung und so weiter.

»Hört euch das an«, sagte der Mann mit der Zeitung und zitierte dann mit zynischem Tonfall: ». . . und so mögen es sich die Gentlemen im Süden gesagt sein lassen, daß die Abschaffung der Sklaverei zwar nicht Ziel dieses Krieges ist . . .«

Höhnisches Gelächter.

». . . doch könnte sie durchaus eines seiner Resultate sein.«

Ein anderer sagte wütend: »Wenn unsere Jungen auf die Yanks treffen, werden sie ihnen zeigen, was abgeschafft wird.«

Der Mann neben Gideon stieß ihn an, als würde er eine Zustimmung erwarten. Gideon hob lächelnd sein Glas.

Die drei Männer ergingen sich in Einzelheiten über die Abstammung und die sexuellen Gepflogenheiten von Menschen, »die so ein Zeug sagen« und »diesen Mist drucken«.

Gideon schob sein Glas über die Bar. »Noch einen.«

Wie die drei wohl reagieren würden, wenn sie wüßten, daß er ein Mitglied der Familie war, die diese Zeitung herausgab? Er schüttelte den Kopf. Dies war wirklich der seltsamste Krieg in der Menschheitsgeschichte.

Er nahm einen Schluck, und dabei fiel ihm ein anderes Problem ein: Wahrscheinlich würde es bei Harper's Ferry keinen Alkohol geben. Man hatte ihm berichtet, daß James E. B. Stuart ein frommer episkopalischer Christ und Abstinenzler war. Aber da er ein ausgezeichneter Offizier war, konnte man ihm seine Frömmigkeit nachsehen, fand Gideon.

Er hoffte, sich gut zu halten, wenn Stuart die Kavallerie ins Gefecht führte. Er wollte seiner Mutter einen Grund geben, stolz auf ihn sein zu können. Bis jetzt war er wohl für sie eine ziemliche Enttäuschung gewesen. An Buchwissen hatte er nie irgendein Interesse gezeigt, und sein Studienjahr am Washington College war eine Katastrophe geworden. Die einzigen Dinge, die ihm wirklich Spaß machten, waren Jagen, Fischen und Reiten gewesen.

Das war einer der Gründe, warum er über den Kriegsausbruch so froh war. Endlich hatte er etwas gefunden, dem er sich mit ganzem Enthusiasmus hingeben konnte. Wenn nur auch Margaret stolz auf ihn wäre . . .

Er warf einen Blick auf die Uhr hinter dem Tresen. Er hatte noch ein paar Minuten Zeit. Er bestellte sich einen dritten Applejack, um sich für den weiteren Verlauf dieses Abends zu stärken.

Wieder fing er ein paar Gesprächsfetzen auf:

». . . und ab Ende des Monats auch keinen Bundes-Postdienst mehr.«

»Mein Gott! Und meine arme alte Mutter liegt krank in Wisconsin! Wie soll ich denn erfahren, ob es ihr wieder besser geht, oder . . .«

Rechts von ihm, auf den Plätzen des Spielers und der beiden Soldaten aus Georgia, saßen jetzt andere Leute. Den Mann direkt neben sich konnte Gideon nicht erkennen, weil er ihm den Rücken zuwandte. Aber auf dessen anderer Seite sah er einen kleinen, nervösen Kerl, dessen Jackenaufschläge voller Flecken waren. Sein Haar sah aus, als wäre es seit Wochen nicht mehr gekämmt worden. Er sah seinen Nachbarn mit zusammengekniffenen Augen an und sagte: »Davis' große Sprüche vom Feuer im Herzen unserer Soldaten sind keinen Schuß Pulver wert. Ich meine all diese Voraussagen, daß wir die Yanks in spätestens neunzig Tagen am Boden haben ...«

Der Mann neben Gideon knurrte: »Auf welcher Seite stehen Sie eigentlich?«

»Das ist eine dumme Frage. Ich bin nur Realist. Alles Feuer im Herzen hilft uns keinen Schritt weiter, wenn wir keine Gewehre haben, keine Fabriken, keine Eisenbahn.«

»Die können wir kaufen.«

»Und womit, wenn ich fragen darf?«

»Mit dem Geld für unsere Baumwolle natürlich.«

»So? Und wer wird uns die abnehmen? Der Norden nicht, und Davis weigert sich, Baumwolle nach Europa zu verkaufen. Und selbst, wenn er es wollte – wie will er das Zeug über die See transportieren?«

»Mit Schiffen natürlich.«

»Die Schiffe gehören den Yankees. Glauben Sie denn, die kommen den James River herauf und tun so, als ob der ganze Krieg sie nichts anginge? Ich sage Ihnen, Feuer im Herzen ist keinen Penny wert. Was wir brauchen, ist Geld!«

Der Mann mit dem Rattengesicht knallte sein Glas auf die Theke, um seine Worte zu unterstreichen.

»Und wenn die Regierung nicht in der Lage ist, Geld aufzutreiben, dann müssen wir Bürger das eben tun, mit allen Mitteln ... Ich habe da vor einigen Monaten eine Möglichkeit entdeckt ...«

Er bemerkte, daß Gideon interessiert zuhörte, winkte seinen Freund näher heran und sprach im Flüsterton weiter. Gideon war nicht traurig darüber, den Rest dieses Gesprächs nicht mithören zu können. Auch der Süden hatte eben seine Sonderlinge. Aber diese kleine, nervöse Ratte war ihm zutiefst unsympathisch.

Ein Blick auf die Uhr ließ ihn erschrocken zusammenfahren. Fünfzehn Minuten waren vergangen. Er kippte den Rest seines Drinks und lief in die Halle, dann durch die Tür auf die Straße.

Er blieb stehen und sah sich nach beiden Seiten um. Das helle, goldgelbe Kleid Margarets hätte er auch bei der spärlichen Gasbeleuchtung sofort sehen müssen. Es waren kaum noch Menschen auf der Straße. Die ängstlicheren Naturen waren in ihren Häusern, und die Straßen gehörten jetzt den Soldaten, den Spielern, den Gaunern und den schwarzen Jungen, die als Schlepper für die Huren arbeiteten.

Margaret war nirgends zu sehen.

Er begann zu laufen.

2

Sein Kopf wurde wieder klarer durch die frische Luft, durch die Anstrengung des Laufens.

Er erreichte die Kreuzung. Eine Pferdebahn ratterte die Ninth Street entlang. Er lief hinter ihr vorbei auf die andere Straßenseite und starrte zu der Häuserfront, in der sich auch der Eingang von *La Mode Shoppe* befand.

Das Geschäft lag zwischen zwei Gaslaternen im Dunklen. Aber er sah, daß Männer vor dem Eingang standen. Zwei Männer – nein, drei ...

Sekunden später erkannte er, daß die Männer Uniformen trugen. Es waren Zuaven. Der Mann, der mit dem Rücken zu ihm stand, stützte sich mit der rechten Hand an die Mauer und sprach mit jemandem.

Gideon lief schneller. Es waren *New Orleans Tiger Zouaves,* das schlimmste Gesindel, das sich hier herumtrieb.

Ein Mann versuchte, sich an den drei Zuaven vorbeizudrängen. Einer von ihnen stieß ihn auf die Straße.

Gideon hörte eine Stimme, die den eingeschüchterten Passanten um Hilfe bat.

Margarets Stimme!

Gideon war plötzlich stocknüchtern. Sein Tschako fiel ihm vom Kopf. Seine Stiefel dröhnten auf dem Gehsteig. Einer der Zuaven sah ihn kommen.

»Paß auf, Hall«, sagte er warnend.

Der trat einen Schritt von der Hauswand fort und griff unter seine Jacke. Gideon sah Margaret zwischen den beiden anderen an der Hauswand lehnen. Und im gleichen Augenblick fiel ihm ein, daß er keine Waffe bei sich hatte.

Der Mann, den der andere Hall genannt hatte, starrte ihm entgegen. Gideon sah, daß sein Gesicht mit Warzen bedeckt war.

Margaret nutzte die Ablenkung zu einem Fluchtversuch. Einer der beiden anderen Zuaven riß sie zurück, schlug ihr ins Gesicht und sagte lachend: »Hierbleiben, du Schlampe. Wir haben noch viel mit dir vor.«

Margaret schrie: »Bleib zurück, Gideon! Sie sind bewaffnet!«

»Laßt sie los!« schrie er.

»Sieh mal an«, sagte Hall grinsend. »Ein Karnevalssoldat!«

»Gideon! Sei vorsichtig!« Margaret wehrte sich verzweifelt, konnte sich aber nicht befreien.

»Der wird sich nicht mit uns anlegen«, sagte Hall. »Und wenn er es doch versuchen sollte« – er zog sein Messer heraus – »dann schneide ich ihm die Eier ab.«

Er richtete die Spitze seines Messers auf Gideons Unterleib.

3

Gideon federte mit beiden Füßen ab und sprang auf ihn zu.

Er packte Halls rechten Arm, bog ihn zurück. Hall fiel schreiend zu Boden.

Gideon verlor das Gleichgewicht und stürzte auf ihn. Er kniete auf Halls Brust, packte ihn an den Ohren und schlug seinen Hinterkopf mit aller Kraft auf das Pflaster.

Menschen blieben stehen und starrten neugierig herüber. Im Fenster von *La Mode Shoppe* tauchten Lampen auf, Mädchengesichter . . .

Gideon sprang auf und wischte sich den Schweiß von der Stirn. Die anderen beiden Zuaven drangen auf ihn ein, holten versteckte Waffen hervor.

Die Ladentür wurde aufgestoßen. Drei Mädchen schrien und redeten wild durcheinander. Margaret riß sich los und lief auf Gideon zu. Einer der beiden Zuaven stieß mit dem Fuß nach ihr. Sie stolperte ihm vor die Füße. Er zog sie hoch und schleuderte sie fluchend aus dem Weg. Dann griff er Gideon mit einem langen Messer an.

Gideon drehte sich seitwärts, um seine Silhouette zu verkleinern. Das Messer ritzte ihm die linke Wange auf. Er fühlte einen brennenden Schmerz, das warme Rinnen von Blut. Er rammte dem Zuaven die Faust in die Magengrube.

Der Mann krümmte sich zusammen, packte Gideon um die Hüfte und versuchte, ihn zu Boden zu zerren. Gideon verlor das Gleichgewicht.

Die nächsten Sekunden waren ein Chaos von Geräuschen: dem Rattern der Räder einer Kutsche, dem Klappern der Hufe, dem Fluchen des Kutschers, der an Zügeln und Bremshebel zerrte. Die Kutsche kam ins Schleudern. Und in diesem Augenblick sprang der zweite Zuave auf Gideons Rücken und schlug mit einem Schlagring auf ihn ein.

Gideon rollte sich in die andere Richtung, stemmte sich

hoch. Er hatte des Gefühl, daß sein Kopf gleich zerspringen würde. Er wandte sich um und schlurfte auf den Zuaven zu, der ihm das Gesicht aufgerissen hatte. Er hockte noch immer keuchend am Boden. Als er Gideon auf sich zukommen sah, sprang er auf und versuchte zu fliehen.

Gideon lief ihm nach.

»Nicht, Gideon!« schrie Margaret.

Er achtete nicht auf sie. Er packte den fliehenden Zuaven beim Arm und drängte ihn gegen die Hauswand. Dann begann er mit den Fäusten auf ihn einzuschlagen.

Margaret hängte sich an seinen Arm. »Laß ihn los, Gideon!«

Gideon schüttelte sie ab, schlug wieder zu und wieder.

Menschen drängten sich um ihn, Hände griffen nach ihm, versuchten, ihn festzuhalten. Plötzlich fühlte er, daß Margarets Nägel durch den Stoff seiner Jacke krallten.

»Hör auf! Du hast genug angerichtet!«

Die Worte hallten in seinem Kopf wider. Ihm wurde schwindelig. Er ließ den Zuaven los. Der Mann sackte an der Hausmauer zusammen.

Gideon hörte jemanden sagen: »Der ist erledigt. Mindestens eine Woche liegt der im Hospital. Sie sollten dieses Gesindel aus Louisiana sofort wieder nach Hause schicken.«

Leute drängten sich um Gideon, gratulierten ihm, klopften ihm auf den Rücken. Jetzt war es ja sicher, der Kampf war vorbei.

Ihm fiel plötzlich ein, wie leicht sie ihn hätten töten können. Während er mit den drei Männern kämpfte, war ihm diese Gefahr überhaupt nicht bewußt geworden. Er schüttelte den Kopf und blickte sich nach Margaret um. Sie würde das verstehen.

Er sah Margaret im Licht einer Lampe, die eines der Ladenmädchen emporhielt. Der Ausdruck in ihrem Gesicht entsetzte ihn.

Seine Knie gaben nach. Einer der Männer, die herumstanden, versuchte, ihn aufzufangen. Es gelang ihm nicht. Gideon sackte seitlich zu Boden. Seine blutende Wange streifte im Fallen Margarets Kleid.

Das letzte, an das er sich erinnerte, war Margarets Gesicht. Sie sah auf die Blutflecken auf ihrem Kleid und dann auf Gideon.

In ihrem Gesicht standen Zorn und Abscheu.

4

»Woher hast du das, Willa?« Margarets Stimme klang verwirrt.

»Oh, wir haben es immer gut versteckt.«

»Du weißt doch, wie sehr Tante Eliza Alkohol verabscheut. Wenn sie wüßte, daß ihr eine Flasche Gin im Laden habt . . .«

Ein anderes Mädchen sagte: »Wir sitzen hier die halben Nächte, damit die Uniformen rechtzeitig geliefert werden können. Da brauchen wir schon ab und zu eine kleine Stärkung.«

»Und dann werden alle Nähte krumm und schief!«

Gideon hörte leises Murren. Und dann sagte das erste Mädchen: »Du scheinst ziemlich schlechte Laune zu haben.«

»Kannst du mir das verübeln?«

»Anstatt uns über die Sünde des Alkoholismus zu unterhalten, sollten wir lieber etwas tun. Der Gin wird seine aufgeschlagenen Handknöchel und den Schnitt im Gesicht säubern.«

Gideon hatte die Augen noch immer geschlossen, aber das Gefühl kehrte jetzt allmählich zurück. Er saß mit ausgestreckten Beinen in einem Sessel. Sein ganzer Körper schmerzte, und die Nase juckte. Das sagte ihm, wo er sich befand: Im Hinterzimmer von Eliza Marbles Laden. Er war schon einige Male hier gewesen, und immer hatte ihn der in der Luft schwebende Wollstaub zum Niesen gereizt.

Er fuhr mit der Zunge über seine Unterlippe und fühlte einen kleinen Riß.

Etwas Feuchtes wurde gegen seine linke Wange gedrückt.

»Großer Gott! Das tut weh!« Er öffnete die Augen.

»Sitzen Sie still, Mister Kent. Ich muß die Wunde reinigen. Marcy, gib mir ein Stück Leinen.«

Das Mächen, das hinter einer der beiden Singer-Nähmaschinen saß, sprang auf.

Willa, die neben Gideon kniete, drückte den Lappen fester gegen seine Wange. Der Gingeruch bereitete ihm Übelkeit.

Das Mädchen brachte ein Stück Leinen. Willa gab es Gideon in die Hand.

»Drücken Sie das auf Ihre Wange, bis das Bluten aufgehört hat.«

»Danke, Ladies«, murmelte Gideon erschöpft und sah sich nach Margaret um. Er konnte sie nicht entdecken. Wahrscheinlich stand sie hinter ihm.

Ihre Stimme bestätigte seine Vermutung.

»Du hättest mich das machen lassen sollen, Willa.«

Willa zuckte mit den Schultern. »Du warst doch fast genauso weggetreten wie er.«

»Das stimmt nicht!«

»Du solltest dich etwas ausruhen«, sagte eines der anderen Mädchen. »Diese Zuaven haben dich ziemlich hart angefaßt.«

»Gemeine Hunde«, sagte ein anderes Mädchen.

Gideon grinste. »Aber ein Mann aus Virginia wird mit ihnen fertig.«

Die Bemerkung hatte die angespannte Atmosphäre etwas auflockern sollen, erzielte aber die entgegengesetzte Wirkung.

»Du hast bodenlos leichtsinnig gehandelt!« Margaret trat um ihn herum und in sein Blickfeld.

»Wie bitte?« Er richtete sich auf und verzog das Gesicht, weil ein plötzlicher Schmerz durch seinen Kopf zuckte. »Was, zum Teufel, hätte ich denn tun sollen? Sollte ich einfach zusehen, wie sie dich auf der Straße vergewaltigen?«

Eines der Mädchen kicherte.

»Sie benahmen sich so selbstsicher, als würden sie dich bereits kennen.«

»Zwei von ihnen haben mich heute nachmittag vor dem Laden angepöbelt. Sie haben mir anscheinend aufgelauert und warteten vor der Ladentür, als ich herauskam.«

»Ich möchte nur wissen, was dir nicht paßt. Ich hatte schließlich keine andere Wahl . . .«

»Du hättest warten können, bis Hilfe kommt.«

»Woher denn? Von den Frauen und Kindern in der Pferdebahn? Ich begreife dich nicht.«

»Wirklich nicht?« Sie ballte die Hände. »Du hast die drei Männer unbewaffnet angegriffen. Du hättest von ihnen getötet werden können! Und doch bist du das Risiko eingegangen. Du . . . du mußt wahnsinnig sein!«

Willa schlug mit der Faust auf den Zuschneidetisch.

»Mein Gott, ich halte das nicht mehr aus! Margaret Marble, du solltest dich schämen. Mister Kent rettet dich aus einer verdammt unangenehmen Situation, und statt ihm dankbar zu sein, machst du ein Theater . . .«

»Ich bin ihm dankbar!« sagte Margaret wütend. »Aber das geht dich überhaupt nichts an.«

»Ich kann es nicht ertragen, daß du auf ihm herumhackst. Mister Kent hat nur getan, was jeder anständige Mann getan hätte . . .«

Die anderen Mädchen stimmten lebhaft zu.

»Mein Gott, gibt es denn überhaupt keinen Menschen mehr, der bei klarem Verstand geblieben ist?« Margaret begann zu weinen. Sie schlug die Hände vor das Gesicht und stürzte hinaus.

Gideon stand auf, riß den Leinenlappen von der blutenden Wange und drückte ihn auf die aufgeschlagenen Knöchel seiner rechten Hand.

»Ich werde mich um sie kümmern, Miss Willa. Danke für Ihre Hilfe.«

»Gern geschehen. Ich wäre stolz, wenn sich ein Mann so um mich kümmern würde.«

»Das ist Margaret auch. Die Sache hat sie nur ziemlich verstört.«

Die Mädchen waren nicht davon überzeugt, und Gideon auch nicht. Er war verletzt und wütend über ihr Verhalten. Wie konnte er ihr nur klarmachen, daß ihre Einstellung falsch war? Sie mußte doch begreifen, daß einem Mann keine andere Wahl blieb, wenn er – oder seine Frau – angegriffen wurde.

Er erkannte plötzlich, daß er und das Mädchen, das er liebte, durch einen ebenso unüberbrückbaren Graben getrennt waren wie der Norden und Süden Amerikas.

»Ich werde mit ihr reden«, sagte er müde. »Vielleicht hat sie sich inzwischen beruhigt.«

»Und wir müssen weitermachen«, sagte Willa und scheuchte die anderen Mädchen wie eine Glucke: »Marcy, versteck den Gin. Miss Eliza wird bald aus der Kirche zurück sein. Heloise, du wirfst die blutigen Fetzen in die Abfallkiste. Versteck sie ganz unten.«

Gideon nickte den Mädchen zu und ging in den Ladenraum. Margaret stand reglos wie eine Statue beim Fenster.

Er berührte ihren Arm.

»Komm, wir wollen gehen.«

Sie wandte sich um. »Gideon, du hast jedes Wort mißverstanden.«

»Nein. Aber wir wollen uns nicht streiten. Komm jetzt.«

»Du stürzt dich in Gefahren, ohne nachzudenken . . .«

»Schluß damit, Margaret! Ich habe getan, was jeder andere Mann auch getan hätte. Soll ich dich jetzt nach Hause bringen oder nicht?«

Er wünschte jetzt fast, sie würde nein sagen. Die Wunden im Gesicht und an den Händen begannen wieder zu schmerzen, und er war schlechter Laune. Er hatte eine Ahnung, daß der Besuch zu einer Katastrophe führen würde.

Und das durfte nicht geschehen!

Sie beantwortete seine Frage: »Ja, ich möchte, daß du mich nach Hause bringst. Jetzt ist es noch wichtiger als zuvor, daß du meinen Vater kennenlernst.«

4. Kapitel
Verlorene Liebe

1

Die Pferdebahn holperte durch die Dunkelheit. Der Wagen wurde von einer alten Stute gezogen, deren Hufe in müdem Trab auf das Pflaster schlugen.

Außer Margaret und Gideon befanden sich nur noch drei andere Fahrgäste im Wagen. Zwei waren bärtige, angetrunkene Männer mit Schmerbäuchen, wahrscheinlich Hafenarbeiter. Ein paar Bänke weiter saß eine abgezehrte junge Frau in einem scharlachfarbenen Plisseekleid. Offenbar eine Hure, die noch einen Freier suchte, überlegte Gideon.

Seine Vermutung wurde bestätigt, als die Frau kurz darauf aufstand und sich zu den beiden Männern setzte.

Margaret hatte die ganze Zeit schweigend neben ihm gehockt, die Hände im Schoß verschränkt. Einige Male schien sie ihm etwas sagen zu wollen, hielt es aber zurück.

Gideons Schmerzen hatten nachgelassen, aber seine Laune war noch immer auf dem Nullpunkt.

»Du bist wütend auf mich«, sagte Margaret schließlich.

Er seufzte erleichtert. Zumindest war das bedrückende Schweigen gebrochen.

»Wundert dich das? Du tust, als hätte ich eine Todsünde begangen.«

»Du darfst nicht denken, daß ich undankbar bin.« Sie griff nach seiner Hand. »Aber daß du ohne jede Überlegung drei bewaffnete, bösartige Männer angegriffen hast . . .«

»Müssen wir denn immer wieder davon reden, Margaret? Es war mein Fehler. Hätte ich auf meinen Kopf gehört, statt auf meinen Magen, hätte ich darauf bestanden, dich zu begleiten. Aber was ich dann getan habe, als du angegriffen wurdest, war einfach notwendig, begreifst du das denn nicht?«

Die beiden Männer und die Frau im roten Kleid gingen schon sehr vertraulich miteinander um.

»Notwendig! Vielleicht hat mein Vater meiner Mutter auch gesagt, es sei notwendig, gegen die Mexikaner zu kämpfen.« Sie blickte durch das offene Fenster auf einen Saloon, aus dem Klaviermusik tönte. »Du weißt nicht, was mich der Krieg gekostet hat, Gideon. Mama wurde krank, kurz nachdem Papa mit den *Kentucky Mounted Volunteers* zur Grenze gezogen war. Sie starb eine Woche nach Buena Vista.«

»Das war eine der größten Schlachten.«

»Groß und entsetzlich. Es wäre besser gewesen, wenn er dort getötet worden wäre.«

»Das hast du mir schon einmal gesagt. Himmel, Margaret, du bist grausam!«

»Du wirst anders darüber denken, nachdem du ihn gesehen hast.«

Sie blickte auf die Hausfronten, an denen sie vorbeifuhren. Sie waren alle dunkel. Der Fahrer der Pferdebahn, ein alter Mann mit einem buschigen weißen Schnurrbart, schlug an die Glocke, um ein paar Jungen aus dem Weg zu scheuchen.

»Papa ist im Frühjahr 1847 zurückgekommen«, sagte Margaret ruhig. »Aber er konnte nicht mehr auf der Farm arbeiten. Nachbarsfrauen brachten uns gelegentlich etwas zu essen. Aber es war nicht genug. Da hat Papa einen zwölfjährigen Jungen angestellt. Er kam jeden Tag herüber und tötete eins meiner Kaninchen.«

»Du hattest Kaninchen?« fragte Gideon erstaunt.

»Ja. Sie waren so hübsch und so weich . . . Wir hatten mehrere Dutzend davon, und ich hatte allen Namen gegeben. Das machte es noch schlimmer, als Papa sie schlachten ließ. Ich habe jedesmal geheult, wenn dieser Junge bei uns auftauchte.

Aber das rührte Papa nicht. Er sagte nur: ›Ephraim, bring uns Joseph‹, oder ›bring uns Samantha‹ ... Ich habe geschrien, wenn Ephraim zu den Ställen ging, und habe auf das Geräusch gewartet. So klein ich war, dieses Geräusch habe ich bis heute nicht vergessen.« Sie war ganz blaß.

Er fragte: »Was für ein Geräusch?«

»Das Krachen, wenn Ephraim den Kaninchen den Schädel mit einem Stein zertrümmerte ...« Ihre Augen füllten sich mit Tränen. »Siehst du jetzt, was mich der Krieg gekostet hat? Meine Mutter, meine Kaninchen, Papa ...«

»Aber der lebt doch!«

»Nicht wirklich.«

Gideon schwieg und suchte nach Worten.

»Ich verstehe dich jetzt etwas besser«, sagte er dann. »Aber manchmal muß man für seine Überzeugung kämpfen.«

»Das hat uns Christus nicht gelehrt.«

»Und was soll man sonst tun? Sich einfach aus dem Krieg heraushalten?«

»Ja«, sagte sie leise und entschlossen.

»Du glaubst also nicht, daß wir für die Unabhängigkeit des Südens kämpfen sollen?«

»Geht es denn wirklich darum?«

»Ja, genau darum geht es! Um unsere Freiheit, so zu leben, wie wir es für richtig halten. Mein Urgroßvater Kent hat dafür schon im Unabhängigkeitskrieg gekämpft – und mein Großvater Jared Kent war an Bord der *Constitution*, als wir die Briten ein für allemal aus Amerika verjagten. Die Kents haben immer für ihre Prinzipien gekämpft. Sogar mein Vater hat das getan – auf seine verrückte Art ...«

»Und wie viele Kents – dein Vater eingeschlossen – sind dabei verletzt, getötet worden?«

»Das tut hier nichts zur Sache.«

»Doch. Das Leben ist zu kostbar, um es so zu verschwenden ...«

»Das nennst du verschwenden? Man kann nicht alles umsonst haben, Margaret!«

Die Frau in Rot und die beiden Männer starrten zu ihnen herüber.

Gideon sagte leiser: »Ich habe den Eindruck, daß du nicht an unsere Sache glaubst.«

»Du bist ungerecht.«

»Warum?«

»Du wirfst mir vor, eine Art Verräterin zu sein, nur weil ich dagegen bin, daß Leben mutwillig vernichtet werden.« Sie senkte den Kopf. »Ich bin genau wie du überzeugt, daß es unser gutes Recht ist, unsere Selbständigkeit zu verteidigen, wenn wir den Krieg rasch gewinnen könnten.«

»Aber daran glaubst du nicht?«

»Nein. Und jede Statistik über die Nordstaaten sagt mir, daß ich recht habe.«

Er versuchte zu lächeln.

»Jeder Mann aus Virginia nimmt es mit einem Dutzend Yanks auf...«

»Gideon, Gideon!« Sie umklammerte seinen Arm. »Das ist es doch, wovor ich eine solche Angst habe! Dein naiver, kindlicher Optimismus... Bitte, widersprich mir nicht. Es ist so. Du wirst hinter Stuart in die Schlacht reiten und dich großartig fühlen. Bis einer deiner Freunde neben dir tot zu Boden sinkt, oder...« Sie senkte den Kopf, »... bis du selbst fällst.«

Sie blickte hoch und sah ihn an.

»Gott hat dem Menschen das Leben gegeben, der Mensch hat kein Recht, es einfach fortzuwerfen. Bevor ich in ständiger Angst lebe, dich zu verlieren, würde ich dich lieber niemals...«

Sie brach den Satz erschreckt ab.

Gideon brachte ihn zu Ende: »Mich niemals wiedersehen?«

»Gideon, ich wollte nicht...«

»Das hast du aber gesagt.«

»Bitte, wir wollen uns doch nicht streiten.«

Er lachte trocken auf.

»Wir haben seit Stunden nichts anderes getan. Und ich sehe kein Ende, bevor du deine Einstellung nicht gründlich änderst.«

»Das kann ich nicht. Aber du wirst die deine ändern, wenn du Papa getroffen hast . . .«

Der Wagen stoppte. Die Frau in Rot und ihre beiden Begleiter stiegen aus.

Der Fahrer klopfte an die Trennwand.

»Endstation!«

2

Lange Schatten fielen auf die niedrigen Schuppen und Lagerhallen. Zwischen ihnen führten schmale Gassen zum Ufer des James River. Gideon sah die Lichter von Schiffen am Kai.

Sie gingen an einem langgestreckten Holzschuppen entlang, aus dem der scharfe Geruch von Tabak drang. Am Ende des Schuppens bog Margaret plötzlich in eine enge Gasse. Zu seiner Überraschung erkannte Gideon drei baufällige Fachwerkhäuser, die den schmalen Gang nach drei Seiten abschlossen.

Gideon glitt auf einem verfaulten Kohlkopf aus. Eine fette Ratte huschte vor ihnen über den Weg. Aus einem der oberen Fenster des linken Hauses hörte er einen heftigen, lautstarken Streit zwischen einem Mann und einer Frau.

»Willkommen in Molton's Court«, sagte Margaret leise, ohne sich umzublicken. »Ich wollte dich nicht hierherbringen. Ich habe mich immer geschämt . . .«

Sie tat ihm leid. »Du hast keinen Grund, dich zu schämen, daß du hier . . .«

Sie fuhr herum.

»O doch, es ist beschämend. Weil die Ursache dafür der

Krieg ist, auf den du so begierig bist. Komm herein! Ich will dir zeigen, wie herrlich es ist, Soldat zu sein!«

3

Sie stieß die Tür des mittleren Hauses auf, und sofort schlug Gideon ein fast unerträglicher Geruch entgegen: Desinfektionsmittel und faulendes Holz, Küchendüfte und menschliche Ausdünstungen verbanden sich zu einem Gemisch, das ihm fast übel werden ließ.

Das untere Stockwerk lag in völligem Dunkel. Durch das enge Treppenhaus fiel matter Lichtschein aus dem Obergeschoß.

Margaret stieg mit festen, energischen Schritten die ausgetretenen Stufen hinauf. Als sie oben angelangt waren, zog sie einen Schlüssel aus ihrer Handtasche und öffnete die Tür.

Das Wohnzimmer wurde von einer Gaslampe beleuchtet. Das Mobiliar war schäbig und abgenutzt. Das abgebrochene Bein eines Sofas war durch einen rohen Holzklotz ersetzt worden, der Teppich abgetreten und fadenscheinig.

Aber das Zimmer war sehr sauber. Margaret und ihre Tante gaben sich anscheinend alle Mühe, die Wohnung wenigstens rein zu halten.

Zu seiner Rechten entdeckte Gideon einen schmalen Korridor, von dem drei Türen in andere Räume führten. Zwei der Türen waren geschlossen. Die dritte stand offen, der Raum dahinter war matt beleuchtet. Er sah ein Stück des Dielenfußbodens, die Kante eines Tisches, ein Waschbrett – anscheinend die Küche.

Irgendwo führte ein Mann leise Selbstgespräche.

Margaret nahm ihre Schute ab und legte sie auf einen abgestoßenen Tisch.

Aus der Küche rief eine Männerstimme: »Wer ist da? Margaret?«

»Ja, Papa. Mit einem Besuch.«

»Besuch? Wirklich?«

Gideon drehte nervös seinen Tschako in den Händen.

»Eine Lady oder ein Gentleman?«

»Ein Gentleman.«

»Dann bring ich eine Flasche mit.«

Ein lauter Fluch und das Klirren von Glas verriet Gideon, daß der Mann ein Unglück gerade noch verhindert hatte. Und dann hörte er ein seltsames, schabendes Geräusch.

Am Ende des Korridors tauchte eine Gestalt auf. Es war ein Mann – oder besser, die Hälfte eines Mannes – auf einer kleinen, auf Rollen befestigten Plattform. Eine Flasche und Gläser steckten zwischen den Beinstummeln des Mannes, der sich und das Brett, auf dem er saß, mit den Händen voranstieß.

Je näher er kam, desto stärker wurde der Whiskeydunst, der von ihm ausging, und als er ins Wohnzimmer rollte, roch es wie in einer Brennerei. Im Licht der Gaslampe sah Gideon, daß die leeren Hosenbeine des Mannes zur Seite geklappt und mit Nadeln befestigt waren.

Erschüttert starrte er zu dem Mann hinab.

Auf den ersten Blick erschien Margarets Vater trotz seiner Verkrüppelung und seines vernachlässigten Äußeren ziemlich gesund und normal.

Aber als Gideon sich wieder etwas gefaßt hatte, sah er, daß seine Wangen bleich und eingefallen waren und daß er Schwierigkeiten hatte, seine Umgebung zu erkennen. Gideon schätzte, daß er Mitte Vierzig sein mußte, aber er wirkte wie ein Mann von sechzig.

»Papa, das ist der junge Mann, von dem ich schon öfter gesprochen habe. Lieutenant Gideon Kent. Gideon, mein Vater William Marble.«

»Guten Abend, Mister Marble.«

»Ich werde Sergeant genannt, Mister Kent«, korrigierte Marble. »Margaret weiß, daß mich jeder mit Sergeant anspricht. Das war mein Rang, als ich Anno siebenundvierzig ... Margaret, nimm mir das Zeug ab! Hier ...«

Er fummelte mit der Flasche und den Gläsern in seinem Schoß, und nur Margarets rasche Reaktion verhinderte Scherben.

»Stell alles auf den Tisch.«

Sie tat es.

»Und jetzt hilf mir auf einen Stuhl, damit wir uns richtig unterhalten können.«

Gideon wollte ihm helfen. Margaret winkte ungeduldig ab. Sie vermied es, ihn anzusehen, als sie ihrem Vater unter die Arme griff und ihn mit einem routiniert wirkenden Schwung von der kleinen Plattform auf einen Stuhl wuchtete.

Er rieb sich seine tränenden Augen und blickte Gideon an. »Das ist er also ... Hübscher Kerl, den du dir eingefangen hast, Margaret.«

»Papa!«

»Darf man nicht mal mehr die Wahrheit sagen?« Er lächelte Gideon an. »Das sieht aus wie 'ne Reiteruniform.«

»Ja, Sir. Macombs Husaren.«

Marble nickte.

»Habe von dem Haufen gehört.«

Er hatte Mühe, die Worte richtig zu artikulieren. Seine gelblichen Zähne waren zu regelmäßig, um echt zu sein. Der Geruch von Whiskey und Schweiß hing an ihm wie Bodennebel auf der Erde.

Gideon drehte verlegen seinen Tschako in den Händen.

»Setzen Sie sich doch, junger Mann, setzen Sie sich! Margaret, warum kümmerst du dich nicht um unseren Gast? Schenk uns einen Whiskey ein.«

Gideon spürte den Widerwillen, mit dem sie der Aufforderung nachkam. Ein Glas goß sie etwas voller als das andere. Das weniger gut eingeschenkte reichte sie ihrem Vater.

Er schien es nicht zu merken.

»Sie sind also bei der Kavallerie, Lieutenant ...«

»Kent, Sir. Ja, wie ich schon sagte ...«

»Ich war auch berittener Soldat, müssen Sie wissen. *Kentucky Mounted Volunteers*. Wir waren bei Zach Taylor, dem Präsidenten ...« Er trank sein Glas mit einem Zug leer. »Ich habe unter seinem Kommando bei Buena Vista gekämpft, am dreiundzwanzigsten Februar achtzehnhundertsiebenundvierzig. Hat Margaret Ihnen erzählt, daß ich bei Buena Vista dabei war?«

»Ich glaube, sie erwähnte ...«

»Papa«, unterbrach Margaret. »Lieutenant Kent ist sicher nicht an deinen alten Kriegserlebnissen interessiert ...«

»Woher weißt du, was er hören will und was nicht?« Er schob ihr das leere Glas zu. »Füll mir lieber nach.«

»Nein. Du sollst doch nicht ...«

»Hör auf, mir Vorschriften zu machen! Füll nach, habe ich gesagt!«

Margaret gehorchte schweigend.

Marble wischte Speichel von seiner Unterlippe.

»Ich bin fast bei allen Schlachten Zach Taylors dabei gewesen: Palo Alto, Resaca de la Palma ... Mein Gott, was für großartige Kämpfer hatten wir in dem Krieg! Mein Freund Grant – seine Mutter hat ihn Ulysses getauft, nach irgendeinem Griechen –, das war ein richtiger Kampfhahn ... Und dann Captain Braxton Bragg. Haben Sie schon von Buena Vista gehört, Lieutenant?«

Gideon schüttelte den Kopf.

»Es war ein Regentag, ein miserables, beschissenes Wetter ...«

»Papa!«

»Entschuldige, Kind.« Er grinste sie an. »Der alte Scott – der verdammte Verräter, der jetzt die Armee Washingtons kommandiert – hatte das Gros unserer Leute abgezogen, zur Eroberung von Mexiko City. Wir waren nur noch fünftausend

Mann. Wissen Sie, wie stark Santa Anas Truppen waren, als wir sie angriffen?«

»Nein.«

»Zwanzigtausend Mann! Mannomann! Wir hatten eine Menge zu tun!« Er wiegte seinen Körper hin und her. Sein gelbliches Gebiß schimmerte im Licht der Gaslampe. Marble kippte seinen Whiskey.

»Wir haben einen Gebirgspaß eingenommen«, fuhr er mit leiser Stimme fort, »La Angostura . . . Etwas weiter südlich lag das Tal mit der Hacienda Buena Vista. Und dort stellte sich General Torrejon zum Kampf.«

Die rotgeäderten Augen glänzten. Ohne seine Tochter anzublicken, streckte er ihr das leere Glas hin. Sie füllte es wieder.

»Mein Gott, haben wir gekämpft! Bragg raste mit seiner leichten Batterie hin und her und war überall, wo es am heißesten herging. Der alte Taylor saß völlig ruhig auf dem fetten Ackergaul, den er ritt – Old Whitey, wirklich ein komisches Vieh . . .«

Er machte eine weitausholende Bewegung und hätte beinahe das Glas umgestoßen, das Margaret ihm zuschob. Marble ergriff es und trank den Whiskey wieder mit einem Zug.

»Der alte Taylor war so kalt wie ein Teich im Februar. Er sah, daß die Linie der Dagos zu bröckeln begann, und sagte ruhig: ›Geben Sie ihnen noch ein paar Schrapnells, Captain Bragg!‹ Wir waren den Mex zwar eins zu vier unterlegen, aber wir waren die besseren Kämpfer!«

Er grinste Gideon an. »Wenn Sie Margaret schon eine Weile kennen, Lieutenant Kintz . . .«

»Kent.«

»Ach ja, richtig. Tut mir leid. Kent und nicht Kintz. Muß ich mir merken.«

Er schob Margaret sein leeres Glas zu, und sie füllte es ohne Widerspruch. Gideon fragte sich, warum sie das Laster ihres

Vaters unterstützte. War sie es müde geworden, dagegen anzukämpfen?

»Wo war ich stehengeblieben?« Marble rülpste. »Ach ja, Margaret ... Sie hält nicht viel vom Krieg, obwohl es doch die ehrenvollste Aufgabe ist, die ein Mann haben kann: Dienst am Vaterland, Dienst an seiner Fahne ... Aber das versteht sie nicht, weil sie eine Frau ist.«

Margaret ballte die Hände und funkelte ihn wütend an.

Marble fuhr ungerührt fort: »Sie kann sich nicht vorstellen, wie es war, damals bei der Hacienda. General Torrejons Lanzer versuchten, von hinten durchzubrechen. Das war der Augenblick, an dem wir Reiter aus Kentucky in die Schlacht geworfen wurden. Wir und Colonel Yells Arkansas-Regiment und ein paar Scharfschützen aus Indiana auf dem Dach der Hacienda haben unseren Sieg gerettet. Jawohl – ich habe selbst vier Dagos abgeknallt, bis sie mir das Pferd unter dem Hintern wegschossen. Als ich am Boden lag, hackte mir ein Dago mit dem Säbel das linke Bein in Stücke. Und ein anderer schoß mir eine Kugel ins rechte, bevor einer der Jungen aus Indiana sie beide abknallte. Als ich wieder aufwachte, sah ich einen Mann mit einer blutigen Säge über mir stehen, und meine Beine waren weg ...«

Er starrte in die dunkle Zimmerecke.

»Zuerst war ich ein bißchen traurig darüber. Aber dann hörte ich, daß wir Santa Ana geschlagen hatten und daß der alte Bastard Hals über Kopf geflohen war, um wenigstens seine Haut zu retten.« Tränen traten in seine geröteten Augen. »Es war der schönste Tag in meinem ganzen Leben. Ein Tag, wie er einem dummen Farmer nur einmal gewährt wird, wenn Gott es wirklich gut mit ihm meint.«

Margaret wandte sich ab.

»Ein erhabener Tag! Also hören Sie nicht auf den Unsinn, den Margaret Ihnen erzählt, Lieutenant Kint ... Kent.« Er konnte kaum noch deutlich sprechen, überwältigt vom Whiskey und von sentimentalen Erinnerungen. »Frauen haben keine Ahnung, was ein Mann fühlt. Ein Mann muß beweisen, daß er auch der schlimmsten Situation gewachsen ist. Und deshalb ist der Krieg für ihn ein erhabenes Erlebnis ...«

Er lehnte den Kopf zurück und starrte zur Decke hinauf. Und er sah dort flatternde Fahnen und die roten Mündungsfeuer von Kanonen unter einem grauen Regenhimmel.

»Geben Sie ihnen noch ein paar Schrapnells, Captain Bragg«, murmelte er kaum verständlich. »Geben Sie ihnen noch ein paar ...« Sein rechter Arm fiel herab, der Rest des Whiskeys tropfte auf den Teppich.

Gideon stand auf.

»Ich werde jetzt gehen, Mister Marble. Es war mir ein Vergnügen, Sie kennenzulernen.«

Margarets Vater hob den Kopf und blinzelte Gideon unsicher an.

»Kommen Sie mal wieder, Lieutenant Kuntz. Ich werde Ihnen die ganze Geschichte dieser glorreichen Schlacht erzählen, mit allen Einzelheiten. Sie können stolz darauf sein, daß Sie jetzt auch ...« Sein Kopf sank auf die Brust. »... erhabene Aufgabe ...«

Gideon setzte seinen Tschako auf und ging zur Tür. Margaret lief ihm nach.

»Sag mir jetzt, Gideon, willst du noch immer das werden, was er einmal war?« Sie packte ihn bei den Armen und schüttelte ihn. »Willst du das?«

4

Er wußte, welche Antwort sie erwartete. Er wollte ihr nicht weh tun, aber er ärgerte sich, daß sie glaubte, ihn so einfach beeinflussen zu können.

»Ich verstehe, daß dich das Schicksal deines Vaters bedrückt,

Margaret. Aber ich habe den Eindruck, daß die Erinnerung an Buena Vista für ihn ein Gewinn und kein Alptraum ist.«

»Er ist zu betrunken, um das zu erkennen. Er ist seit vierzehn Jahren betrunken.«

Erschöpfung, Schmerzen und sein Mangel an Erfahrung mit derartigen Auseinandersetzungen brachten ihn dazu, sie anzugreifen.

»Du hilfst ihm jedenfalls nicht, von dem Zeug loszukommen. Wann immer er danach verlangt, gibst du es ihm.«

»Wenn ich es nicht täte, würden es andere tun. Die Nachbarn zum Beispiel. Er braucht nur an die Wand zu klopfen.«

»Und woher bekommt er das Geld?«

»Von Tante Eliza. Er bekommt Anfälle, wenn er nicht mit Whiskey vollgepumpt ist. Er schreit und tobt – sie kann das nicht ertragen. Ihn leiden zu sehen, haßt sie noch mehr als den Alkohol.«

»Vielleicht leidet er wirklich. Aber auf jeden Fall ist er ein stolzer Mann. Und ein mutiger Mann.«

»Mutig?« Sie starrte Gideon zornig an. »Hast du es denn noch immer nicht kapiert? Papa war genau wie du, bevor er nach Mexiko ging!« Sie schlug ihm in wilder Verzweiflung mit den Fäusten auf die Brust. »Genau wie du!«

»Hör auf, Margaret . . .«

Ihre Fäuste trommelten weiter gegen seine Brust. Er schob sie zur Seite.

»Du sollst aufhören, habe ich gesagt!«

Sie ließ die Arme resigniert sinken.

»Dein Besuch hier war sinnlos, nicht wahr?«

»Was hast du erwartet? Daß ich sofort aus der Truppe austrete, nur weil ich vielleicht auch zum Krüppel geschossen werden könnte? Das ist ein Risiko, das ich von vornherein einkalkuliert und akzeptiert habe. Wir wollen doch einmal klare Verhältnisse schaffen: Ich liebe dich, und ich möchte dich heiraten. Aber nicht für den Preis, den du von mir verlangst.«

»Ich habe nicht verlangt, daß du die Truppe verläßt. Ich will nur, daß du die Gefahren erkennst und realistisch einschätzt.«

»Und was erwartest du dann? Soll ich einen Druckposten hinter der Front verlangen? Ich denke nicht daran! Ich will gegen die verdammten Yanks kämpfen! Das ist meine Pflicht!«

Sie wirkte plötzlich kleiner, fast zerbrechlich.

»Und ich kann dich nicht einmal dazu überreden, auf dich achtzugeben . . . vorsichtig zu sein?«

»Mit Vorsicht ist noch kein Krieg gewonnen worden! Wenn wir nicht in vollem Galopp auf die Yanks losgehen . . .«

»Gideon!«

». . . können wir nicht siegen!«

»Gideon!«

Ihre Augen machten ihm Angst.

»Was ist?«

»Laß mich los!«

Er gab ihren Arm frei. Sein Gesicht war blaß.

»Du kannst mich eine dumme Gans nennen, einen unpatriotischen Feigling, was du willst. Ich liebe dich, Gideon. Aber der Krieg hat mich schon zu viel gekostet. Ich könnte es nicht ertragen, wenn du zerschossen zurückkommst, wenn du so ein Wrack wirst wie mein Vater . . . Nein, laß mich zu Ende reden! Ich will nichts mit diesem Krieg zu tun haben.« Sie schloß die Augen, und ihre Lippen zitterten. »Und auch nichts mit einem Mann, der an diesem Krieg teilnimmt.«

»Also nicht mit mir, sag es doch klar und deutlich, verdammt noch mal!«

Sie nickte. »Das habe ich vor einigen Minuten erkannt.« Ein trauriges, ergebenes Lächeln. »Aber es ist besser, wenn man sich jetzt ein wenig weh tut, als später sehr viel mehr.« Sie schlang ihre Arme um seinen Hals. »Leb wohl, Gideon.«

Bevor er reagieren konnte, lief sie in die Wohnung zurück und schob den Riegel vor.

»Margaret!« Er hämmerte gegen die Tür. »Mach auf!«

Im Erdgeschoß wurde eine Tür geöffnet. Ein Mann rief wütend: »Was soll denn der Krach da oben!«

»Halt den Mund!« schrie Gideon unbeherrscht und hämmerte weiter gegen die Tür. Die kaum geschlossenen Wunden an seinen Knöcheln sprangen auf und begannen wieder zu bluten.

Schließlich trat er mit dem Fuß gegen das Holz und lief die Treppe hinunter.

5

Er lief die Gasse entlang zur Endhaltestelle der Pferdebahn. Er fluchte ununterbrochen und trat nach allem, was ihm in den Weg kam: eine zerbrochene Kiste, ein Stein, ein aufgedunsener Rattenkadaver...

Noch vor ein paar Stunden hatte er geglaubt, daß heute der schönste Tag in seinem Leben wäre, der Beginn einer langen...

Schluß damit. Es war vorbei. Und er war froh darüber. Sie war unbelehrbar. Er war ein Mann, der eine Aufgabe zu erfüllen hatte, eine Pflicht. Wenn sie das nicht einsehen konnte, war es ein Glück, daß er sie los war.

»Jawohl, ein Glück«, murmelte er und stieß einen fauligen Kohlkopf aus dem Weg.

Er wunderte sich, daß er sich so elend fühlte.

5. Kapitel
In Erwartung

1

Einen Monat später hatte Gideon Kents Leben sich so grundlegend verändert, daß ihm die Trennung von Margaret unbedeutend und unwirklich erschien.

Er dachte zwar noch ab und zu an sie, aber er schrieb ihr nicht. Und sie ließ auch nichts von sich hören.

Manchmal dachte er auch an ihren Vater, aber er zog niemals ernsthaft die Möglichkeit in Betracht, daß ihm das gleiche geschehen könnte wie dem Sergeanten. Margarets Vater war damals schon alt gewesen – über dreißig – und hatte in der Schlacht von Buena Vista nicht mehr schnell genug reagieren können. Gideon vertraute seiner Kraft und seiner Jugend. Schauergeschichten aus der Vergangenheit gingen ihn nichts an.

Manchmal überlegte er, ob die Konfrontation mit Margaret anders verlaufen wäre, wenn er sich besser beherrscht hätte. Er bezweifelte es. Und diese Überlegungen wurden zunehmend seltener, als sich das Tempo der militärischen Operationen beschleunigte und die Ereignisse beide Seiten immer rascher auf eine ernsthafte Konfrontation zudrängten.

Jefferson Davis und sein Kabinett waren von Montgomery in Alabama nach Richmond in Virginia übergesiedelt. Unionstruppen hatten am 24. Mai den Potomac überschritten und Alexandria zu einer Festung ausgebaut. Dabei waren die Yankees zu ihrem ersten Märtyrer gekommen.

Ein Hitzkopf namens Colonel Ellsworth war in das *Marshall House Hotel* in Alexandria gestürmt und hatte die Flagge der

Konföderation vom Hausdach gerissen. Als er nach der Tat herunterkam, war er vom Eigentümer des Hotels erschossen worden, der wenige Sekunden später selbst von einem der Zuaven des Colonels getötet worden war. Der Tote wurde feierlich nach Washington überführt und im Haus des Präsidenten aufgebahrt.

In Fort Monroe waren entlaufene Sklaven eingetroffen, und General Benjamin Butler weigerte sich, sie ihren Eigentümern wieder auszuliefern. Diese Weigerung, »geschmuggeltes Gut« herauszugeben, rückte die Sklavenfrage wieder in den Vordergrund der Auseinandersetzung.

Die Zeitungen des Nordens hatten eine eigene Kampagne gestartet, um die Macht der Union zu demonstrieren. Die *Tribune* rief in Schlagzeilen: »Auf nach Richmond!«

Diese Parole war verständlich. Der Kongreß der Konföderation würde am 20. Juli in Richmond zusammentreten, und bis dahin sollte die Stadt in den Händen der Union sein. Aber es gab auch noch einen anderen Grund für die Eile: Ende Juli lief die Dienstzeit der Freiwilligen ab, die Lincoln im April für drei Monate verpflichtet hatte.

Gideons Regiment war in die provisorische Armee der Konföderation eingegliedert worden. General Joe Johnston hatte den Sonderling Colonel Jackson als Kommandant von Harper's Ferry abgelöst und den Stützpunkt aufgegeben. Er war der Ansicht, daß er sich nicht verteidigen ließ und das hügelige Gelände für die Ausbildung der Kavallerie ungeeignet war.

Bevor Johnston seine Truppen zurückzog, ließ er die Eisenbahnbrücke über den Fluß in Brand setzen. Im Tal des Shenandoah, bei Winchester, errichtete er das neue Hauptquartier der Armee. Colonel Jackson lag etwa zwölf Kilometer nördlich, am Bunker Hill.

General Johnston war bei der Truppe beliebt, weil er den Männern das Gefühl gab, sich um jeden einzelnen von ihnen zu kümmern. Auf jeden Fall war er ein Gewinn im Vergleich zu Colonel Jackson, diesem seltsamen Professor vom Military Institute, der nie lachte oder lächelte. Besonders sein puritanisches Christentum war den Leuten auf die Nerven gegangen. Und ein paar der Männer bei Harper's Ferry waren überzeugt, daß Jackson den Kampf verweigern würde, falls es an einem Sonntag zur Schlacht kommen sollte.

In der ersten Juniwoche traf General Beauregard in Richmond ein und übernahm das Kommando der Potomac-Armee an der sogenannten Alexandria-Linie. Das Zentrum dieser Linie war Manassas Junction, ein Eisenbahnknotenpunkt, knapp fünfzig Kilometer von Washington entfernt und neunzig von Johnstons Truppen in Winchester.

Manassas war das logische Angriffsziel der Unionstruppen, weil es nicht nur der Knotenpunkt der kleinen *Manassas Gap Railroad* war, die das reiche Farmland des Tals über die Bull-Run-Berge mit dem östlichen Landesteil verband, sondern weil hier auch mehrere große Fernstraßen entlangführten.

Wenn die Unionstruppen Manassas eroberten, war jede Verbindung zwischen beiden Regionen unterbrochen. Man brauchte kein strategisches Genie zu sein, um zu erraten, daß die Union wahrscheinlich mit zwei Armeen angreifen würde: eine mit dem Auftrag, das Shenandoah-Tal zu verwüsten, die andere sollte Manassas erobern und halten. Mit der Eroberung von Manassas war der Weg nach Richmond frei.

Nach wie vor überquerten Kuriere beider Seiten den Potomac, und so waren die Pläne der Union den Generalen der Konföderation kein Geheimnis. Auch Zeitungen aus dem Gebiet der Nordstaaten fanden ihren Weg in die Camps des Südens, und Gideon las in einer Washingtoner Zeitung, daß General Scott in Opposition zu diesem Plan stand. Unkoordinierte Unternehmungen – ein hastiger Vormarsch hier, ein Angriff dort – paßten nicht in seinen Generalplan dieses Krieges. Er wollte sich Zeit für gründliche Vorbereitungen lassen und dann das gesamte Gebiet der Konföderation in eine gewaltige Zange nehmen, durch eine effektive Blockade der Küste in einem koordinierten Angriff an einer Front, die von Manassas bis nach Mississippi reichte. Er wollte den Gegner abwürgen wie eine Schlange ihre Beute. Man nannte sein Konzept »Scott's Anaconda-Plan«.

Aber die Zeitungen meldeten, daß Lincoln ungeduldig wurde und sich weigerte, Scotts langwierige Planungsphase abzuwarten. Sein Vorschlag wurde verworfen und der doppelte Vorstoß nach Virginia als erste große Operation des Krieges festgelegt. Datum des Angriffs: irgendwann im Juli.

Anfang Juni brachten Späher der Konföderierten die Meldung, daß in Maryland eine große Armee unter General Robert Patterson zusammengezogen würde. Aber jeder Tag stärkte die Position der Shenandoah-Armee der Konföderation, und ihr Stab sagte voraus, daß sie bis zum Monatsende eine Stärke von zehntausend Mann erreicht haben würde.

Gideon war erstaunt über die Leichtfertigkeit, mit der Washington militärische Geheimnisse preisgab. Er hatte gehört, daß Beauregard nicht nur genaue Einzelheiten über Disposition und Stärke der Unionstruppen kannte, sondern auch laufend über Truppenbewegungen unterrichtet wurde.

Diese Berichte stammten von einer Sympathisantin der Konföderation in Washington, Rose Greenhow. Die »Wilde Rose« becircte oder verführte Offiziere der Stäbe und leitende Männer der Ministerien – auch mal einen Kongreßabgeordneten, wie behauptet wurde – und schickte die so erhaltenen Nachrichten chiffriert mit Kurieren über den Potomac.

Gideon konnte nicht glauben, daß man dieser Frau erlauben würde, ihre mehr oder weniger offene Spionagetätigkeit ungestört fortzusetzen. Aber man ließ sie völlig unbehelligt. Anscheinend hielt man es für unhöflich, eine Lady zu verhaften. Also erhielt Beauregard nach wie vor genaue Lagemeldungen aus dem Norden, richtete seine taktischen Vorbereitungen und seine Truppendispositionen danach aus und zog aus allen Teilen des Südens neue Einheiten nach Virginia.

Gideon erreichten alle diese Nachrichten im neuen Camp seiner Einheit, Bunker Hill. Es war eine schöne Landschaft. Die saftigen Wiesen und die sanften Hänge der Blue Ridge Mountains schufen die Illusion eines sommerlichen Friedens, den selbst einige kleinere Gefechte nicht stören konnten.

So waren bei Big Bethel Church, nur fünfzehn Kilometer von Butlers Vorposten bei Fort Monroe entfernt, zwölfhundert Konföderierte unter Colonel Magruder auf eine doppelt so starke Einheit der Unionstruppen gestoßen und hatten sie in die Flucht geschlagen. Die Yankees waren wie Schuljungen in die von Magruder gestellte Falle gegangen und hatten achtzehn Mann verloren. Von den konföderierten Soldaten war nur einer gefallen. Brauchte man noch weitere Beweise dafür, daß ein Mann aus Virginia ein Dutzend Farmer aus Pennsylvania und Büroschreiber aus New York aufwog?

Gideon war verbittert, daß seine Truppe an diesem und den anderen kleineren Gefechten nicht teilgenommen hatte. Jeden Tag wartete er ungeduldig, daß auch er den Yanks gegenübertreten konnte.

Seitdem die Milizeinheiten Teil der Armee geworden waren, gehörten Macombs Husaren als I-Kompanie zum *First Virginia Cavalry Regiment*. Das Regiment hatte noch nicht volle Kriegsstärke erreicht. Es bestand aus zehn Kompanien. Stuart hoffte, zumindest noch zwei weitere aufstellen zu können.

Bei der Morgenmusterung wirkte das Regiment mit seinen verschiedenartigen Uniformen recht bunt. Und unter den Pferden sah man so ziemlich alles, was je durch Amerika getrabt war: von scheckigen Indianerponies über grobknochige Ackergäule bis zu einigen Vollblütern. Die Pferde stampften unruhig, die Männer rückten nervös in ihren Sätteln hin und her und flüsterten miteinander. Kurz darauf ritt der Regimentsstab vor die Front: Colonel Stuart und vier Majore.

Jeb Stuart wirkte aufgekratzt und bester Laune. Aber das war er immer. Falls er jemals mehr als eine oder zwei Stunden schlief, so wußte jedenfalls niemand etwas davon. Er schien niemals müde zu werden.

Stuart gehörte zu den Menschen, die allein durch ihre Erscheinung und ihre Persönlichkeit zu Anführern bestimmt sind. Daran änderte auch sein ziemlich schäbiger Aufzug nichts. Er trug eine alte Armeejacke der Unionstruppen und geflickte, knielange Stiefel. Er kompensierte die armselige Montur durch einen breitkrempigen Hut, dessen rechter Rand aufgeschlagen und mit einer Straußenfeder verziert war, und blütenweiße Stulpenhandschuhe aus Hirschleder.

James Ewell Brown Stuart war fast einsneunzig groß und hatte etwas zu lange Arme. Sein bronzefarbener Vollbart reflektierte das Licht der Sonne, seine blauen Augen waren wach und aufmerksam.

Gideon klopfte Dancer beruhigend den Hals und unterdrückte ein Gähnen. Gideon war jetzt schlanker und sportlicher als je zuvor. Und er war erschöpft. First Lieutenant Jack Harris wirkte hohlwangig und ausgepumpt, und Captain Lester Macomb hatte fast zwanzig Pfund verloren, schätzte Gideon nach einem kurzen Seitenblick auf seinen Kompaniechef.

Die Husaren – jetzt Kavalleristen der I-Kompanie – hatten viel von ihrer ursprünglichen Pracht verloren. Die hellblauen Uniformen waren verstaubt und geflickt, und fast alle hatten sich von dem unsinnigen Kaninchenfell-Dolman getrennt. Ein paar der Männer trugen noch Tschakos, aber die meisten hatten sich Mützen oder Hüte besorgt. Gideon trug seit einiger Zeit einen dunklen, breitkrempigen Hut der Unionstruppen. Er hatte ihn von Soldat Enders übernommen, der zur Q-Kompanie überstellt worden war. »Überstellt« war ein schmeichelhafterer Ausdruck für eine Strafversetzung.

Die Q-Kompanie bestand aus Männern, die sich nicht der Disziplin unterwerfen konnten, und ein paar Soldaten, die vorübergehend ohne Pferd waren. Wie einige andere Männer der I-Kompanie, die aus reichen Elternhäusern stammten, hatte auch Enders die militärische Disziplin als eine Zumutung empfunden, die eines Gentleman unwürdig war. Vor einer Woche hatte Jack Harris ihn zur Wache eingeteilt. Enders hatte sich geweigert. Harris hatte seinen Befehl wiederholt und dabei ein paar seiner berühmten Flüche gebraucht. Enders sah darin eine Beleidigung und forderte Harris zum Duell.

Der Zweikampf wurde in einem kleinen Wald außer Hörweite des Camps ausgetragen. Gideon hielt sein eigenes Pferd und das des First Lieutenant, während die beiden Männer ihren Ehrenhandel mit Revolvern austrugen.

Enders feuerte als erster. Seine Kugel surrte dicht an Harris' Kopf vorbei. Harris schoß weit daneben. Die Kugel traf Enders' Pferd hinter das linke Auge und tötete es. Ohne Pferd und wegen Befehlsverweigerung unter Anklage, wurde Enders noch am gleichen Tag zur Q-Kompanie abgeschoben.

Gideon übernahm Enders' Hut und auch den leichten Kavalleriesäbel, den Enders von zu Hause mitgebracht hatte. Gideon empfand ein mildes Schuldgefühl wegen dieses Quasi-Diebstahls, aber er war der einzige Offizier ohne Säbel gewesen, und er bezweifelte, daß Enders ihn je wieder brauchen würde. Wahrscheinlich würde er bald freiwillig gehen oder ausgemustert werden.

Gideon blickte zu seinem Freund Arbuckle hinüber. Er hockte zusammengesunken im Sattel und betrachtete seine Fingernägel. Arbuckle war fast so disziplinlos wie Enders, wenn auch längst nicht so arrogant. Gideon stieß einen Pfiff aus. Rodney hörte ihn und wandte seine Aufmerksamkeit widerstrebend dem Regimentskommandeur zu.

Stuart war abgesessen und trat einen Schritt auf die Front des Regiments zu.

»Gentlemen des *First Virginia Regiments*, ich möchte Ihnen sagen, daß Sie in den letzten Wochen große Fortschritte in Ihrer

Ausbildung gemacht haben. Trotzdem liegt noch eine Menge Arbeit vor uns. Wir müssen die besten sein, nicht nur gut. Sie wissen, daß uns der Gegner an Menschen und Material überlegen ist. Wir müssen dieses Manko durch Können und Gesinnung wettmachen. Gute Ausbildung und der richtige Jagdinstinkt werden uns zum Sieg verhelfen.«

Ein paar Hurrarufe unterbrachen ihn. Stuart lächelte, aber seine blauen Augen blickten von einem der Männer zum anderen, bis es wieder ruhig geworden war. Stuart kannte das Problem, aus einer Bande unausgebildeter und sehr individualistischer Männer eine militärische Einheit zu schaffen. Die Männer seines Regiments hatten zwar die Gesinnung, die er verlangte, aber sie waren noch längst keine Soldaten.

»Wir werden noch einmal von vorn beginnen«, sagte Stuart und trat an die linke Seite seines Pferdes. Gideon bewunderte die elegante, fließende Bewegung, mit der die Hand mit dem weißen Lederhandschuh nach der Kruppe griff.

»Achten Sie auf die richtige Haltung«, rief Stuart. »Hacken zusammen, linker Arm locker an der Seite, Körper aufgerichtet, aber nicht steif...«

Gideon hörte plötzlich neben sich das Knarren von Leder, das Klirren von Zaumzeug.

»Rodney!«

Der schlaksige Arbuckle beachtete ihn nicht. In gemächlichem Schritt lenkte er sein Pferd auf Stuart und die erstarrten Stabsoffiziere zu.

»He, Colonel.« Er winkte. »Bevor wir weitermachen, würde ich gern mit Ihnen reden.«

Gideon sah, daß Macomb totenbleich geworden war, und befürchtete, er könnte vor Schreck aus dem Sattel kippen.

Er rief leise: »Großer Gott, Rodney! Komm zurück!«

Erstaunt, daß seine Aktion anscheinend von den eigenen Offizieren mißbilligt wurde, wandte Arbuckle den Kopf. »Ich will nur dem Colonel etwas sagen. Habt ihr etwas dagegen?«

Er wandte sich Stuart zu.

»Colonel. Es dreht sich um unseren Kompanie-Schmied. Er hat gestern mein Pferd Red Eye beschlagen, und ich möchte, daß Sie sich diese Schluderarbeit mal selbst ansehen. Und ich bin nicht der einzige, der sich über ihn beschwert. Die anderen . . .«

»Trooper!« brüllte Stuart. »Zurück ins Glied!«

Rodney blinzelte erstaunt.

»Soll das heißen, es interessiert Sie überhaupt nicht, daß wir einen so lausigen Schmied . . .«

»Ich habe gesagt: zurück ins Glied!«

Rodneys Gesicht lief so rot an wie das Stuarts.

»Moment mal, Sir. Sie scheinen zu vergessen, daß Sie mit einem Gentleman sprechen. Ich habe Ihnen eine vernünftige Frage gestellt und kann wohl erwarten . . .«

»Arbuckle . . .« Zitternd beugte sich Macomb über den Hals seines Pferdes. »Halten Sie endlich den Mund!«

»Ich wollte doch nur . . .«

Stuart trat einen Schritt auf ihn zu.

»Sie haben genau sechzig Sekunden, um ins Glied zurückzukehren und den Mund zu halten. Sonst sind Sie noch heute auf dem Weg nach Richmond!«

Rodney preßte die Lippen aufeinander. Gideon befürchtete, er würde auf den Colonel losgehen. Stuart trat langsam auf Rodney zu.

»Ich weiß, daß die meisten von Ihnen die Notwendigkeit, Befehlen zu gehorchen, noch nicht eingesehen haben. Ich könnte Ihnen jetzt erklären, daß eine disziplinierte Truppe ein besseres Bild macht, und da Sie alle gute Reiter sind, würde Sie das sicher beeindrucken.« Seine Stimme wurde sarkastisch. »Aber im Krieg, Gentlemen, gilt das alles nicht. Darum möchte ich Ihnen jetzt einen guten Rat geben: Verlassen Sie im Gefecht niemals die Formation . . .«

Er hatte Rodney erreicht und starrte ihn an.

»Es ist immer der undisziplinierte Mann, der die Formation verläßt, der als erster fällt. Der erfahrene Soldat weiß, daß er in seinem Haufen am sichersten ist.« Stuart atmete tief durch. »Und jetzt können wir weitermachen, denke ich. Hoffentlich haben meine Ausführungen Ihre Neugier befriedigt – denn die sechzig Sekunden sind vorbei!«

Ein weißer Lederhandschuh knallte in die Weiche von Rodneys Pferd. Stuart sprang zurück, als das Tier sich erschrocken aufbäumte. Rodney klammerte sich am Hals des Pferdes fest, um nicht aus dem Sattel geworfen zu werden. Schließlich gelang es ihm, Red Eye zu beruhigen und auf seinen Platz zurückzumanövrieren.

Stuart wandte sich um und ging mit federnden Schritten zu seinem Pferd zurück.

»Verdammte West-Pointer!« murmelte Rodney wütend. »Kein Interesse für die Anliegen eines Gentleman . . .«

Jack Harris drängte sein Pferd neben ihn.

»Noch ein Wort, und du kannst nachsehen, ob die Leute in der Q-Kompanie Interesse für deinen Scheißdreck haben!«

»Von mir aus. Diese verdammten West-Pointer behandeln uns wie Nigger!«

»Halt die Schnauze!« zischte Gideon.

Rodney blickte ihn vorwurfsvoll an. Sogar sein Freund wandte sich jetzt gegen ihn.

Stuart ließ das Regiment antraben, und es wurde der härteste Tag, den die Männer seit Beginn der Ausbildung erlebt hatten. Die Sonne brannte vom wolkenlosen Himmel, und gegen Mittag fielen die ersten Männer aus dem Sattel. Als es drei Uhr geworden war, waren dreißig Männer zusammengebrochen.

Die Ausbildung ging weiter.

2

Die Pferde wurden unruhig und zerrten an ihren Leinen, als Gideon sich näherte.

Sterne flimmerten am wolkenlosen Himmel, matter Lichtschimmer fiel aus den Zelten des Regiments.

Gideon sah eine dunkle Gestalt, die zwischen den Pferden auf und ab schritt, eine alte Muskete auf der Schulter.

»Arbuckle?«

Der Posten blieb stehen, drehte sich zu ihm um. Gideon fluchte, als er im Licht der Sterne das graue, krause Haar des Mannes sah.

»Nein, Sir. Ich bin's.«

Gideon trat auf den alten Neger zu.

»Verdammt, Isom, wo ist dein Herr?«

»Er war zu müde, um Wache zu stehen, Sir, und da hat er mich geschickt . . .«

»Ich kann mir denken, warum er müde ist. Stuart hat ihn heute morgen auseinandergenommen, und ich habe ihm befohlen, Wache zu stehen. Warte hier, Isom. Du wirst sofort abgelöst.«

»Mir macht das nichts, Sir. Master Rodney hat mich doch eigens für so was mitgebracht.«

»Colonel Stuart hat befohlen, daß kein Soldat seinen Diener für sich auf Wache schicken darf. Sowie wir ausrücken, wirst du sowieso nach Hause geschickt, und dann hat Rodney niemanden, der ihm die Wache abnimmt. Je früher er sich daran gewöhnt, desto besser.«

»*Yessir*«, sagte Isom ergeben. »Aber Master Rodney ist nicht daran gewöhnt, daß ihm jemand Befehle gibt . . .«

»Er wird sich daran gewöhnen müssen!« Gideon ging zu den Zelten zurück.

Aus einem der Zelte hörte er das Klimpern eines Banjos, in einem anderen war ein Kartenspiel im Gange.

Vor Rodneys Zelt saßen zwei seiner Kameraden am Feuer. Einer von ihnen schrieb einen Brief, der andere las in einem zerfransten Buch.

Gideon trat auf den Zelteingang zu und schlug die Leinwand zur Seite.

Rodney stieß einen erschrockenen Schrei aus. Er lag auf seiner Pritsche, einen Brief in der Hand. Auf dem Boden sah Gideon zerrissenes Packpapier und ein wüstes Durcheinander von Gegenständen.

»Arbuckle«, schrie er Rodney an, »du undisziplinierter, lahmarschiger Hund!«

Rodney starrte ihn mißlaunig an.

»Mußt du so schreien, verdammt noch mal? Davon habe ich genug für einen Tag.«

»Steh auf!«

»Was?«

»Du hast mich verstanden! Steh auf und scher dich zu den Pferden!«

Rodney lachte.

»Mein Gott, du hast dich wirklich verändert, seit wir dich gewählt haben.«

»Ja, ihr habt mich gewählt. Und solange ihr nicht einen anderen an meine Stelle setzt . . .«

»Führe uns nicht in Versuchung«, murmelte Rodney.

». . . so lange bin ich dafür verantwortlich, daß Befehle ausgeführt werden.« Er fuhr mit der Hand durch sein Haar. »Siehst du denn nicht ein, daß Stuart recht hatte? Ein Mann allein wird viel eher abgeknallt als einer, der in der Formation bleibt und tut, was man ihm sagt!«

Rodney zuckte mit den Schultern.

»Schon möglich. Aber ich lasse mich nun mal nicht gern herumkommandieren. Tu dies, tu das, piß hier, scheiß dort, ja, Sir, nein, Sir, leck mich am Arsch, Sir!«

Er nahm den Brief auf und begann wieder zu lesen.

»Rodney! Mach mich nicht wütend!« Gideon beugte sich vor und riß Arbuckle den Brief aus der Hand. Dabei stieß er sich den Kopf an der Öllampe.

Rodney grinste.

»Sei vorsichtig mit dem Brief, Gideon. Der ist von meinem Mädchen, Nancy Wonderly aus White House.«

Gideon schüttelte den Kopf.

»Rodney, jetzt sei vernünftig und ...«

»Schon gut, schon gut«, Rodney schwang die Beine vom Bett. »Aber eine Weile kann Isom noch für mich Wache schieben. Sieh dir doch nur mal das ganze Zeug an, das ich noch aussortieren muß.«

Gideon blickte auf das Durcheinander am Boden. »Hat dir dein Mädchen ein Paket geschickt?«

»Den ganzen Inhalt eines General Store«, sagte Rodney seufzend. »Was soll ich nur tun mit dem Zeug?« Er hockte sich auf den Boden und begann herumzukramen. »Neue Hosen, zwei Unterhosen ...«

»Ihr scheint euch schon ziemlich nahezustehen«, feixte Gideon.

Rodney hielt eine der Unterhosen empor.

»Und auch noch aus Seide! Stell dir vor, wenn der alte Stuart erfährt, daß ich seidene Unterhosen trage!« Er ließ sie fallen. »Zwei Paar Stiefel. Acht Paar Strümpfe. Vier Flanellhemden – Flanell im Sommer!«

»Vielleicht glaubt sie, daß du kaltblütig bist.«

»Das weiß sie besser.« Er grinste.

»Dann will sie verhindern, daß du dir die Grippe holst.«

»Ein Spiegel. Sechs Büchsen Aprikosen. Hustensirup. Magensalz. Papier. Bleistifte. Nähzeug. Rasiermesser. Eine Bibel. Ein Band Shakespeare ... Sie glaubt anscheinend, wir haben hier Zeit, uns zu bilden.«

»Vielleicht sollen die Bücher dir helfen, schlechte Gesellschaft zu meiden.«

»Schon möglich. Und dann noch zwei Wolldecken und eine Gummidecke.« Er seufzte. »Ich brauche einen Wagen, um das ganze Zeug mitzuschleppen.«

»Das Mädchen kümmert sich eben um dein Wohlergehen«, sagte Gideon grinsend.

»Aber auch das hat seinen Preis . . .«

»Sie erwartet eine Gegenleistung?«

»Grinse nicht so dämlich. Es ist nicht, was du denkst.« Er deutete auf den Brief. »Wenn es endlich zum Kampf kommt, soll ich hinterher umherlaufen und ihr Souvenirs sammeln.«

»Was für Souvenirs?«

»Irgendwas – ein Bajonett, das falsche Gebiß eines Yanks, alles, was sie herumzeigen kann, denke ich. Sie ist ein sehr patriotisches Mädchen. Auch wenn sie nicht weiß, wie leicht ein Kavallerist reiten muß.« Er stieß einen Teil der Sachen unter die Pritsche. »Willst du ihr Bild sehen?«

»Klar.«

»Nancy ist zwar nicht besonders intelligent, aber bestimmt das hübscheste Mädchen in vier Counties.«

Unter der Decke holte er ein Bild in einem Klapprahmen hervor und reichte es Gideon. Die Daguerreotypie zeigte ein hübsches, dunkelhaariges Mädchen.

»Gratuliere«, sagte Gideon. Er hoffte, daß sein Freund sich jetzt so weit beruhigt hatte, daß man vernünftig mit ihm sprechen konnte.

»Ich wette, mit der habe ich ein Bett voll Arbeit, sobald wir verheiratet sind.«

»Du . . . du hast noch keinen kleinen Vorschuß genommen?« Gideons Stimme klang seltsam heiser. Das Bild des Mädchens, das er noch immer in der Hand hielt, brachte Erinnerungen an Margaret zurück. Er wehrte sich gegen die Sehnsucht, die er plötzlich spürte. Sie war keine Frau für ihn und würde es auch niemals werden.

Rodney antwortete leise und fast verlegen: »Ehrlich gesagt,

nein. Aber es ist mir manchmal verdammt schwergefallen, das kannst du mir glauben. Nancy kann einen ganz schön heiß machen. Aber ein Gentleman muß sich beherrschen können und das Mädchen, das er heiraten will, nicht ...«

Gideon starrte noch immer auf die Daguerreotypie.

»Gideon! Du hörst mir ja gar nicht zu!«

Gideon zuckte zusammen und reichte das Bild hastig zurück. Rodney legte es auf die Decke und faltete ein rotes Tuch auseinander. »Hier, das hat sie mir auch geschickt.«

Es war die neueste Flagge der Konföderation, die *Stars and Bars* mit elf Sternen im blauen Feld.

»Hat sie selbst genäht«, sagte er stolz und hob die Flagge an beiden Enden empor. »Die kann ich mir unters Hemd stecken. Aber wie ich den Rest transportieren soll, weiß ich beim besten Willen nicht.«

»Ich wüßte schon, wie du das Zeug loswerden kannst«, sagte Gideon.

»Wie denn? Nun rede schon!«

»In einem der Zelte ist ein Kartenspiel im Gange.«

Rodney nickte.

»Fast jeden Abend.«

»Geh mal gelegentlich hin und setze all das Zeug ein, das du loswerden willst. Dann mußt du nur noch dafür sorgen, daß du verlierst, und in ein paar Stunden bist du den ganzen Krempel los.«

»Wunderbar!« Rodney sprang auf. »Ich werde sofort ...«

»Nein, nicht heute.«

»Und warum nicht!«

»Weil wir noch über etwas sprechen müssen.« Gideon setzte sich auf den Rand der Pritsche. »Du weißt, ich bin dein Freund, Rodney, und auch wenn ihr mich zu eurem Vorgesetzten gewählt habt, habe ich doch nicht mehr militärische Erfahrung als ihr.«

Rodney nickte und blickte Gideon abwartend an.

»Aber du kannst mir glauben, daß du dir nur schadest, wenn du dich weigerst, Befehle auszuführen.«

»Es geht mir einfach gegen den Strich.«

»Rodney, dein Mädchen soll doch stolz auf dich sein, nicht wahr?« versuchte es Gideon noch einmal.

»Ich denke schon.«

»Dann mußt du dafür sorgen, daß du nicht zur Q-Kompanie abgeschoben wirst. Also nimm dich ein bißchen zusammen.«

»Ist das ein Rat oder ein Befehl?«

»Ein Rat, Rodney«, sagte Gideon ernst, »der Rat eines Freundes.«

Rodney Arbuckle runzelte die Stirn und dachte eine Weile nach. Dann zuckte er mit den Schultern.

»Vielleicht hast du recht. Nancy würde sich schämen, wenn ich mich nicht anständig führe, und Mama und Papa auch ... Sogar unsere Hausnigger würden sich schämen, glaube ich.«

Gideon hatte da seine Zweifel, sagte aber nichts.

»Ich möchte dir einen Vorschlag machen.«

Gideon beugte sich vor.

Rodney nahm den Brief auf.

»Nancy ist ein bißchen sentimental geworden. Sie schreibt, wenn mir irgend etwas zustoßen sollte, ich meine, wenn ich verwundet werden sollte oder so ...«

Gideon dachte an das Sterben, und er wußte, daß Rodney auch daran dachte.

»Sprich weiter.«

»Für den Fall möchte ich, daß du ihr diese Flagge zurückschickst und die Souvenirs, die ich für sie bis dahin gesammelt habe. Und sie möchte auch wissen, ob ich mich im Kampf gut gehalten habe. Wirst du ihr das sagen?«

»Natürlich, Rodney.«

»Sie würde dir sehr dankbar sein – und ich auch.«

»Du kannst dich auf mich verlassen. Falls etwas passieren sollte.« Er lächelte. »Was sehr unwahrscheinlich ist, wenn du dich an Jeb Stuarts Worte hältst.« Er stand auf und legte seinem Freund die Hand auf die Schulter. »Wir müssen zusammenhalten, wenn wir den Krieg heil überleben wollen.«

Rodneys Gesicht verfinsterte sich.

»Ich hoffe, du hältst mich nicht für feige!«

»Nein. Aber du wirst überhaupt nicht zum Kämpfen kommen, wenn du dich nicht daran gewöhnst, Befehlen zu folgen. Wir haben jetzt einen Vertrag abgeschlossen. In dem unwahrscheinlichen Fall, daß dir ein Yank den großen Zeh abhackt und dir eine Minnié-Kugel in den Hintern schießt, bringe ich diese Flagge und die Souvenirs zu Miss Wonderly. Unter der Bedingung, daß du jetzt deine Wache stehst.«

Rodney starrte auf die kleine Flagge, die er in seiner Hand hielt. Dann seufzte er. »Einverstanden.«

Er zog seine durchgeschwitzte Uniformjacke an, faltete die Flagge zusammen und schob sie in den Hosenbund. Als er hinausgehen wollte, sagte Gideon: »Tu mir noch einen Gefallen.«

»Welchen?«

»Schick Isom nach Hause. Morgen schon. Du wirst ein besserer Soldat ohne ihn.«

»Glaubst du wirklich?«

»Ja.«

»In Ordnung.« Er schlug die Zeltklappe hoch, blieb noch einmal stehen und sagte: »Eigentlich sollte ich es nicht sagen, Gideon, aber ich glaube, du wirst mal ein hervorragender Offizier.«

Als er hinausgegangen war, setzte Gideon sich wieder auf die Pritsche und lächelte. Er hatte einen kleinen Sieg errungen.

Er sah den Klapprahmen mit dem Bild Nancys auf der Decke liegen, nahm ihn auf und starrte fast eine Minute lang auf das Mädchengesicht.

Als er hinausging, lächelte er nicht mehr.

3

Kurz nach Sonnenaufgang hockte Gideon gähnend vor dem Kochfeuer vor seinem Zelt, einen Becher Kaffee in der Hand.

Er blickte auf und sah Isom auf der anderen Seite des Feuers stehen. Der grauhaarige Neger trug ein kleines Bündel über der Schulter.

»Guten Morgen, Isom.«

»Morgen, Sir. Master Rodney hat mich nach Hause geschickt.«

Gideon stellte den Blechbecher an den Rand der Glut, um den Kaffee warm zu halten. Dann stand er auf und reckte sich.

»Ich weiß. Ich habe es ihm geraten. Du bist sicherer dort.«

Der Schwarze nickte traurig. »Ja, vielleicht . . .«

»Hat Rodney dir einen Paß geschrieben, damit du unterwegs nicht als entlaufener Sklave eingesperrt wirst?«

»Da drin ist das Papier. Ich denke, ich werde bis Piedmont gehen und von dort mit der Gap-Eisenbahn fahren.« Er zögerte. »Wenn ich Sie noch um etwas bitten dürfte, Sir . . .«

»Natürlich, Isom.«

Der alte Mann sah ihn an.

»Ich weiß, daß Sie sein bester Freund sind. Er hängt sehr an Ihnen, auch wenn Sie jetzt Offizier sind. Ich möchte, daß Sie auf ihn aufpassen, Sir. Ich liebe den Jungen. Ich bin bei ihm gewesen, seit seine Mutter ihn geboren hat.«

»Ich werde alles tun, was ich kann, Isom.«

»Danke, Sir. Ich danke Ihnen von ganzem Herzen.« Der alte Mann schüttelte den Kopf. »Ich wünschte, diese elende Sache wäre schon vorbei. Mir tun die Yanks ehrlich leid.«

»Du hast recht. Wir werden sie mit links zu Boden zwingen.«

»Das hoffe ich. Ich bin zu alt, um auf die Straße gesetzt zu werden, ohne eine Familie, um die ich mich kümmern kann und die sich um mich kümmert. Ich wünschte wirklich, daß um uns Neger nicht Krieg geführt würde.«

»Isom, es geht doch gar nicht um euch, sondern um unser Recht auf Unabhängigkeit, um ...«

Isom schüttelte den Kopf.

»Worum geht es dann, deiner Meinung nach?« fragte Gideon.

»Ich bitte um Entschuldigung, daß ich Ihnen widerspreche, Sir, aber in diesem Krieg geht es um uns Neger und was man mit uns tun soll. Ich kann lesen, Sir. Die Arbuckles sind gute Leute. Sie sind nicht der Ansicht, daß ein Neger, der lesen kann, ein gefährlicher Neger ist. Aber die Leute im Norden, die wollen, daß wir alle frei sind. Und dann wird alles nur noch schlimmer.«

»Wieso?«

»Weil ich glaube, daß die Yanks nicht wissen, was sie tun. Ja, es stimmt, daß manche von uns es sehr schlecht haben. Nicht alle Weißen sind so gute Herren wie die Arbuckles. Aber es wird nicht besser, wenn alle Neger über Nacht freigesetzt werden. Hier drinnen« – er klopfte mit der flachen Hand an seine Brust – »glaube ich nicht daran, daß die Yanks uns wirklich befreien wollen. Sie wollen nur den Süden bestrafen. Die Yanks werden nicht wissen, was sie mit uns anfangen sollen, wenn wir wirklich frei sein sollten. Ich glaube, sie wollen uns gar nicht haben. Es ist ein schlimmer Krieg, Sir, ein sehr schlimmer Krieg. Und was danach kommt, wird noch schlimmer sein ...«

Gideon starrte ins Feuer.

Der Neger trat verlegen von einem Fuß auf den anderen.

»Ich schätze, es kommt mir nicht zu, über diese Sachen zu reden. Ich wollte es eigentlich auch gar nicht. Ich wollte Sie nur bitten, auf Master Rodney aufzupassen.«

»Das werde ich. Ich verspreche es dir. Komm gut heim, Isom.«

»Danke, Sir. Und passen Sie auch auf sich selbst auf.«

Er wandte sich um und ging mit müden, schlurfenden Schritten davon.

Gideon starrte ihm nach, bis er im blauen Rauch der Kochfeuer und dem Durcheinander des erwachenden Biwaks verschwunden war.

Isom konnte recht haben, sagte sich Gideon. Die aufgeblasenen Abolitionisten würden arme Neger nie in ihren eleganten Salons willkommen heißen, wenn der Süden den Krieg verlor.

Was für eine absurde Spekulation! Der Süden würde den Krieg nicht verlieren! Er würde ihn gewinnen!

4

Die Temperaturen kletterten, und die Ausbildung wurde immer härter.

Aber sie fand nicht mehr im Camp statt. Das Regiment wurde mehr und mehr zu Patrouillen eingesetzt, die die Männer bis zum Ufer des Potomac führten.

Gideon lernte, im Sattel zu schlafen, während er über unbekanntes Gelände ritt. Das Schlafbedürfnis der Männer irritierte Jeb Stuart. Er brauchte kaum Schlaf, und so hatte er kein Verständnis dafür, daß andere ab und zu schlafen mußten.

Er lernte, während einer Rast von knapp fünfzehn Minuten ein Brot zu backen und hinunterzuschlingen. Er bekam bald Routine darin, seine Mehlration mit etwas Wasser aus einem Bach oder aus seiner Feldflasche zu durchfeuchten, zu salzen und die kittartige Masse in Fett zu braten und noch heiß zu essen, bevor er sich wieder in den Sattel schwang.

Und er erfuhr, was ein Mensch alles aushalten kann.

Sie ritten in gutem Wetter und bei Wolkenbrüchen. Sie saßen bei Sonnenaufgang im Sattel und stiegen erst lange nach Einbruch der Dunkelheit wieder vom Pferd. Sie lernten, in Viererkolonne zu reiten und Formation zu halten. Die Viererkolonne war die beste Methode, große Kavallerie-Einheiten rasch von einem Punkt zum anderen zu bringen.

Aber trotz der Strapazen war Colonel Stuart immer fröhlich und gutgelaunt. Und Gideon erfuhr, warum Stuart sich und seine Männer bis zur Erschöpfung antrieb. Natürlich setzte er sich vor allem mit ganzer Kraft für die Sache des Südens ein. Aber es gab auch noch einen persönlichen Grund: er wollte so berühmt werden wie sein Schwiegervater, Colonel Philip St. George Cooke.

Cooke war Kommandeur der *2. US Dragoons* gewesen, als Stuart seine Tochter Flora kennengelernt und geheiratet hatte. Aber Cooke war bei der Union geblieben – und hielt sich für einen Experten auf dem relativ neuen Gebiet der Kavallerietaktik.

»Sie müssen wissen, Gentlemen«, erklärte Stuart an einem regnerischen Nachmittag im Juni, als die H-, I- und J-Kompanien während eines Übungsrittes im Gelände kurze Rast machten, »daß es bis vor sieben Jahren noch keinen Kavalleristen gab. Bei der Armee der Union hatten wir die Dragoner, große, kräftige Kerle, die mit Musketen und Säbeln bewaffnet waren und zu Pferd und zu Fuß kämpften. Wir hatten die *Mounted Rifles*, bei denen ich mein erstes Kommando hatte, sofort nach West Point. Aber diese Truppe war eben nichts weiter als Infanterie zu Pferde. Die Tiere dienten lediglich dazu, die Männer zum Schlachtfeld zu transportieren. Es war Präsident Davis, der auf den Gedanken kam, aus den berittenen Soldaten eine eigene Truppe zu machen, die auch zu Pferde kämpfte. Deshalb stellte er die ersten beiden Kavallerie-Regimenter auf, als er unter Präsident Pierce Kriegsminister war. Seine Idee war radikal, aber vernünftig. Die beweglichen Kavallerie-Einheiten sind das Herz der Armee geworden.«

Er grinste die durchnäßten Männer an, die im Halbkreis um ihn standen, und zog seine Uhr aus der Tasche. »Wir haben jetzt zwanzig Minuten ausgeruht und palavert. Das sind zehn Minuten zuviel. Aber ich wollte Ihnen unseren Daseinszweck erklären, besonders den Gentlemen« – sein Blick suchte Rodney und ein paar andere Männer –, »die darauf bestehen, daß man ihnen zu jedem Befehl auch eine Erklärung gibt. Und nun Schluß der Debatte. Fertig zum Aufsitzen! Wir wollen mal nachsehen, ob irgendwelche Yank-Patrouillen ihre Nasen über den Fluß gesteckt haben.«

Gideon hatte nie geahnt, daß er so grausame Strapazen ertragen konnte. Er entdeckte, daß er fast unerschöpfliche Kraftreserven besaß, wenn sie gefordert wurden. Und Stuart forderte sie oft, von ihm und von allen anderen Männern, die mit ihm durch das obere Shenandoah-Tal ritten und nach Anzeichen einer feindlichen Invasion suchten.

Es war den Männern des Regiments inzwischen klargeworden, daß Virginia der Hauptkriegsschauplatz werden würde. Sie ritten fünfzig bis sechzig Kilometer am Tag, über Pisten und Feldwege, durch Wälder und über offenes Gelände. Gideon stellte fest, daß er mit sehr wenig Schlaf auskommen konnte, und selbst im Schlaf hörte er immer wieder die scharfen Kommandos: »Fertig zum Aufsitzen! Aufsitzen.«

Er war froh darüber, daß sich auch Rodney allmählich der Disziplin unterwarf, obwohl es ihm schwerfiel.

An einem Sonntag Mitte Juni waren sie wieder in ihrem Camp bei Bunker Hill. Als Gideon am Abend die Wachen kontrolliert hatte, ging er in sein Zelt und zog den Brief aus der Tasche, den er bei der Postausgabe erhalten hatte.

Er fühlte sich wie zerschlagen. Vier Tage lang hatten sie fast ununterbrochen im Sattel gesessen. Stöhnend ließ er sich auf seine Pritsche fallen und fuhr mit der Hand über seine schweißnasse Stirn. Er drehte den verschlossenen Brief in den Händen, blickte auf den Absender. Es war eine Straße in Richmond, von der er noch nie gehört hatte. Aber die Handschrift war die seiner Mutter. Er riß den Umschlag auf.

»Mein geliebter Sohn,
ich hoffe, daß Du gesund bist und daß es Dir gutgeht. Wie Du am Absender erkennen kannst, sind wir in die Hauptstadt ge-

zogen. Jeremiah ist bei seinem Großvater in Lexington geblieben.

Du kannst Dir sicher denken, warum wir in Richmond sind. Edward hat eine Stellung als Kopienschreiber beim Schatzamt angetreten. Man hat ihn wegen seiner patriotischen Gesinnung herzlich begrüßt – die sich auch darin dokumentiert, daß er sich bereit erklärt hat, für ein geradezu lächerliches Gehalt zu arbeiten. Die klare, saubere Handschrift Deines Stiefvaters kommt dem Amt sehr gut zustatten, und er überträgt zahlreiche Dokumente und Memoranden in Reinschrift. Sein Büro befindet sich direkt unter den Amtsräumen des Präsidenten. Der neue Regierungssitz ist das frühere Bundeszollamt.

Der Präsident erfreut sich großer Beliebtheit, obwohl man hier und da auch Kritik hört. So wird behauptet, daß Mr. Davis darauf besteht, alle wichtigen Entscheidungen, sowohl auf dem zivilen als auch auf dem militärischen Sektor, selbst zu treffen, daß er jeden, der seine Entscheidungen in Frage stellt, als persönlichen Feind betrachtet und daß sein schlechter Gesundheitszustand – nervöse Dyspepsie – zu ständigen Spannungen mit seinen Beamten führt. Doch die Stimmung ist sehr optimistisch. Die Menschen sind davon überzeugt, daß ›Old Bory‹, wie General Beauregard hier genannt wird, seinem Kameraden von West Point, McDowell, die Zähne zeigen wird. Trotz der schrillen Hetzkampagne in der New Yorker Presse sind wir alle sicher, daß McDowell niemals ›auf nach Richmond‹ kommen wird.

Unsere Lebensumstände sind nicht die besten. Da Edward nur ein kümmerliches Gehalt bezieht, sahen wir uns gezwungen, mit einer recht kleinen und bescheidenen Wohnung vorliebzunehmen. Aber ich bin zu jedem Opfer bereit und würde mich niemals Edwards Wunsch, unserer Regierung zu dienen, in den Weg stellen. Ich muß sagen, daß seine Arbeit im Schatzamt ihn zu einem Fanatiker der Staatsfinanzen gemacht hat. Er spricht von nichts anderem als von den riesigen Summen, die der Süden braucht, um einen eventuell sehr langen Krieg siegreich beenden zu können. Er arbeitet oft bis spät in die Nacht hinein. Vielleicht ist seine Erschöpfung der Grund für sein sonst unerklärliches Verhalten am letzten Sonntag.

Nach dem Kirchgang begegneten wir auf der Main Street einem alten Bekannten aus Washington, Mr. Cheever . . .«

Gideon ließ den Brief sinken und runzelte die Stirn. Wo hatte er den Namen schon einmal gehört? Er konnte sich nicht erinnern. Er las weiter:

»Aber er nahm keinerlei Notiz von uns, und auch Edward tat so, als würde er ihn nicht kennen. Als ich dieses seltsame Verhalten später erwähnte, wurde Edward sehr ungehalten und weigerte sich, mit mir darüber zu sprechen. Wie gesagt, ich sehe darin ein Symptom für die unerhörte Anspannung, unter der er steht . . .«

Wieder ließ Gideon den Brief sinken.

Cheever, Cheever . . . Wo hatte er den Namen schon einmal gehört?

Und dann erinnerte er sich. Es war im *National Hotel* in Washington. Sein Vater hatte von einem Cheever gesprochen und ihn beschuldigt, der Drahtzieher dieses angeblichen Mordkomplotts gegen ihn zu sein. Edward hatte zugegeben, Cheever zu kennen, alles andere jedoch energisch abgestritten.

Warum aber hatten die beiden in Richmond so getan, als wären sie einander noch nie begegnet? Die Frage beunruhigte Gideon. Er blickte wieder auf den Brief.

»Ich muß schließen, mein lieber Sohn, und mich um Edwards Dinner kümmern. Es ist bereits nach neun Uhr, und er ist noch immer nicht nach Hause gekommen. Wir beten täglich darum, daß das Tal und Lexington nicht zum Schlachtfeld wird . . .«

Eine eitle Hoffnung, überlegte Gideon. Die Strategien der Union und der Konföderation verliefen auf parallelen Kursen: zwei Armeen standen einander in Ost-Virginia gegenüber, zwei andere im Shenandoah-Tal. Es blieb nur noch die Frage, wo die erste Schlacht stattfinden würde. Im Camp tippte man auf Ost-Virginia.

»... und ich bitte den Allmächtigen jede Nacht, uns einen raschen Sieg zu schenken, damit nicht auch die Jüngeren, wie Dein Bruder Jeremiah, die Schrecken des Krieges kennenlernen müssen.

Von Matthew haben wir nur selten gehört. Er ist genauso schreibfaul wie Du. Aber das ist nur zu verständlich, wenn man euer Alter bedenkt und die harten Aufgaben, die ihr erfüllen müßt. In seinem letzten Brief teilte Matthew uns mit, daß er versuchen wolle, sich zur Marine der Konföderation zu melden. Ob es ihm gelingen wird oder nicht, bleibt abzuwarten. Ich weiß, daß ich ihn nicht daran hindern kann.

Gideon, wir denken jeden Tag an Dich und hoffen, daß Du wohlauf bist. Ich würde gern Namen und Adresse Deiner jungen Lady erfahren, damit ich sie aufsuchen und mich mit ihr bekannt machen kann. Aber in den beiden Briefen, die ich bisher von Dir bekommen habe, erwähnst Du sie mit keinem Wort. Hast Du Dich mit ihr zerstritten?

Ich muß jetzt wirklich schließen. Schreibe mir, wenn Du Zeit und Gelegenheit dazu hast. Ich bin froh, daß Du bei Colonel Stuart bist, von dem hier nur Gutes gesprochen wird. Ich bete zu Gott, daß er Dich schützen möge.

Deine Dich liebende Mutter«

Langsam faltete Gideon die Bogen zusammen. Der Brief seiner Mutter hatte ihn beunruhigt.

Da war zunächst diese seltsame Episode mit Cheever... Und die Erwähnung Margarets...

Er mußte seiner Mutter die Wahrheit sagen, ihr erklären, daß diese Verbindung zu Ende war. Am besten sollte er das gleich machen. Wer wußte, wann er wieder einmal Zeit für einen Brief finden würde.

Er hockte sich auf den Boden und kramte einen Bleistift und ein paar Bogen Papier aus seiner Tasche, die unter seiner Pritsche stand. Als er sich wieder aufrichten wollte, hörte er von draußen entfernten Trommelwirbel und die grellen Signale von Hörnern.

Und die Hufschläge eines herangaloppierenden Pferdes.

Er warf Bleistift und Papier auf die Pritsche und wollte aus dem Zelt laufen. Aber bevor er den Eingang erreicht hatte, stürzte Jack Harris herein.

»Es geht los!« schrie er begeistert. »Mein Gott, es geht los!«

»Was ist denn, Jack? Wovon sprichst du?«

»Zwei unserer Scouts sind gerade hereingekommen. Der alte Knacker Patterson ist über den Potomac!«

»Bist du sicher?«

»Hundert Prozent! Seit heute früh vier Uhr kommen sie bei Williamsport über den Fluß!«

»Wie viele?«

»Fünfzehn-, zwanzigtausend.«

»Mein Gott!«

»Jetzt kriegen wir endlich ein paar Yanks vor unsere Klingen. Captain Macomb sagt, daß unser Regiment als erstes ausrückt. Mit Jackson und einer Infanterie-Brigade.«

Gideon stieß einen lauten Freudenschrei aus, packte Harris und wirbelte ihn in einem Freudentanz herum.

6. Kapitel
»Der Tanz ist eröffnet«

1

Die Nacht wurde von grellen Blitzen erhellt, und ununterbrochen grollte der Donner.

Gideon war bis auf die Haut durchnäßt und todmüde. Und er war allein und hatte keine Ahnung, wo er sich befand.

Er klopfte Dancer beruhigend auf den nassen Hals, als der Hengst bei einem neuen Blitz vor einer tiefen Pfütze scheute. Die Straße verwandelte sich immer mehr in einen Morast.

Beim nächsten Blitz zügelte er das Pferd. Er mußte überlegen, ob es klüger war, der Straße zu folgen – er hatte keine Ahnung, wohin sie führte – oder sie zu verlassen.

Keine der Alternativen erschien ihm besonders reizvoll. Die Straße führte nach Westen, konnte aber irgendwo ihre Richtung ändern. Die Wälder zu beiden Seiten konnten sich über viele Meilen erstrecken, und dann würde er nie seine Männer wiederfinden, mit denen er auf Patrouille geritten war.

Regen trommelte auf Gideon und sein Pferd. Eine Ewigkeit schien seit jenem Abend vergangen zu sein, als Jack Harris ihm die Nachricht von der Invasion gebracht hatte.

Am nächsten Tag, in der Nähe des kleinen Dorfes Falling Waters, das flußaufwärts von Harper's Ferry lag, hatte er zum erstenmal im Kampf gestanden.

Stuarts Kavallerie und Jacksons Regiment waren vorausgeschickt worden, um den Vormarsch der Unionstruppen abzublocken. Jackson hatte dreihundertachtzig Infanteristen und eine einzige Batterie Artillerie, und sie standen im Schwerpunkt des Angriffs.

Die Kavallerie lag als Eingreifreserve an Jacksons Flanke, und hier hörte Gideon zum erstenmal das Donnern von Kanonen in einem Gefecht.

Der Artillerieoffizier Jacksons war ein ehemaliger Pastor namens Pendleton. Er hatte die vier Geschütze seiner Batterie nach Aposteln benannt: Matthäus, Markus, Lukas und Johannes. Einer dieser »eisernen Apostel« hielt die Straße frei, auf der sich Jacksons Regiment vor den Horden der angreifenden Männer in Dunkelblau zurückzog, die im Vorstürmen feuerten, luden, feuerten und immer weiter vordrangen ...

Stuart wartete mit wachsender Ungeduld darauf, daß seine Kavallerie endlich den Einsatzbefehl bekam.

Gideon sah den ersten Mann fallen. Es war eine Szene, die er nicht vergessen würde. Die Infanteristen in Dunkelblau stürmten die Straße entlang, und einer von ihnen brach plötzlich zusammen, von einer Kugel der zurückflutenden Konföderierten getroffen.

Und kurz darauf hörte er noch ein Geräusch, das ihm neu war: das Schreien der Verwundeten.

Während der ganzen Zeit donnerten die apostolischen Kanonen, und ihr Rauch trieb in grauen Schwaden durch das Sonnenlicht. Zeitweise war er so dicht, daß die Yankee-Kompanien auf der Straße hinter ihm verschwanden.

Endlich war Stuarts Geduld zu Ende. »In Viererkolonne – Galopp!«

Stuart war der Ansicht, daß Kavallerie immer im Galopp zum Angriff ritt und sich im Trab vom Gegner löste. Der Galopp war eine Gangart, die eines Reiters unwürdig war und Stuart nur bei der Attacke passend erschien.

Die Kavallerie stürmte den Hang hinab auf die Infanteristen der Nordstaatler zu. Die Unebenheiten des Terrains erzwangen bald ein Auseinanderbrechen der Formationen. Captain Macomb führte seine I-Kompanie in einen kleinen Wald, in dem er dunkelblaue Uniformen entdeckt hatte. Die Kompanie galoppierte mit gezogenen Säbeln und feuerbereiten Seitenwaffen in den Hain.

Die ersten Gruppen stießen auf den Feind. Ein Dutzend Yankees. Aber es waren keine Infanteristen, wie Macomb angenommen hatte, sondern Reiter.

Die Männer feuerten mit ihren Musketen auf die Angreifer. Gideon zog den Kopf ein und hörte wieder ein neues, bisher unbekanntes Geräusch: das böse, aggressive Jaulen einer Minnié-Kugel, die dicht an seinem Kopf vorbeizischte.

Er stieß mit einem jungen Offizier in Dunkelblau zusammen. Die Säbel klirrten, die Pferde drängten sich nervös gegeneinander, und er war seinem Gegner so nah, daß er die Pupillen in seinen grauen Augen und den blonden Flaum an seinem Kinn sah. Der Offizier war noch jünger als Gideon. Ohne lange nachzudenken schoß er. Der Offizier fiel sterbend vom Pferd.

Das Gefecht dauerte nicht länger als drei Minuten. Die Nordstaatler ergriffen die Flucht und ließen vier Tote zurück. Captain Macomb war auch gefallen. Ein Säbelstich in den Bauch hatte ihn getötet.

Harris übernahm das Kommando und ließ die Kompanie sammeln. Er untersagte den Männern, den toten Macomb mitzunehmen. Als sie den Hain verließen, fühlte Gideon sich eher benommen als begeistert. Es war alles so schnell gegangen. Auch das Sterben ...

Für den Rest des Tages deckte die Kavallerie den Rückzug von Jacksons Truppen. Bis zum Sonnenuntergang hatte Gideon an einigen weiteren Gefechten teilgenommen und eine fast unmerkliche Veränderung erfahren. Das plötzliche Dröhnen der Kanonen ließ ihn nicht mehr zusammenzucken, und er war stolz darauf, sich so rasch an den Lärm und das Chaos des Schlachtfeldes gewöhnt zu haben.

Aber er konnte nicht die Augen des jungen sterbenden Offiziers vergessen ...

In Gruppen zogen die Kavalleristen an dem von Jackson aufgegebenen Fort vorbei zurück. Nach und nach sammelte sich das Regiment wieder. Stuart war stolz auf seine Männer. Das Regiment hatte sich an diesem ersten Gefechtstag ausgezeichnet gehalten. Außer Macomb hatte es keine Verluste gegeben. Noch am selben Abend wurde Harris zum Captain und Gideon zum First Lieutenant befördert. Der freigewordene Posten des Second Lieutenant wurde durch eine Abstimmung besetzt. Ein Sergeant namens Sunderlind erhielt die meisten Stimmen. Er war ein fröhlicher, unbedarfter Bauernbursche, der kaum lesen und schreiben konnte. Gideon und Harris kamen überein, ihn so weit wie möglich zu ignorieren.

Falling Waters konnte kaum eine Schlacht genannt werden. Aber Stuart war mit den Ergebnissen sehr zufrieden. Gideon erfuhr später, daß es für den Colonel auch ein Tag des persönlichen Triumphs gewesen war. Als er sich von dem Regiment getrennt hatte und allein einen Hang hinabritt, sah er sich plötzlich einer Infanteriekompanie der Unionstruppen gegenüber. Die Nordstaatler hielten den Mann in dem dunkelblauen Mantel für einen der ihren.

Stuart benützte die Verwirrung, als sie ihren Irrtum erkannten, zu einer List: Er erklärte ihnen, daß sie von Scharfschützen in einigen in der Nähe stehenden Bäumen unter Feuer genommen werden würden, wenn sie sich nicht sofort ergäben. Neunundvierzig Männer der *15th Pennsylvania Volunteers* marschierten in die Gefangenschaft.

In den Tagen nach dem Gefecht bei Falling Waters rückte das Regiment näher an den Potomac. Kleinere Trupps patrouillierten sämtliche Straßen, auf denen die Yankees vorrücken konnten. Gelegentlich entdeckten die Kavalleristen dunkelblau uniformierte Infanteristen, Scouts oder Reiter. Manchmal kam es auch zu kurzen Feuergefechten, bei denen es jedoch auf beiden Seiten kaum Verluste gab. Gideon saß Tag und Nacht im Sattel, als die Kavallerie entlang der Front zwischen Leesburg und

Shepherdstown patrouillierte. Wenn sie irgendwo auch nur die geringste Bewegung von Unionstruppen beobachteten, eilten sofort einige Meldereiter zurück nach Winchester.

An diesem Abend, kurz vor Einbruch der Dunkelheit, war die Hälfte der I-Kompanie unter Führung von Gideon auf eine etwa gleich starke Einheit der Union gestoßen. Es war wieder zu einem dieser vielen sinnlosen, ergebnislosen Feuergefechte gekommen. Dabei war ein Unwetter losgebrochen, und wolkenbruchartiger Regen hatte die Sicht behindert.

Gideon sah, wie einer seiner Corporals durch einen Streifschuß am linken Arm getroffen wurde. Aber er sah nicht den tief herunterhängenden Ast einer Eiche. Er traf ihn am Kopf und warf ihn aus dem Sattel. Halb betäubt und nach Luft ringend, lag er auf dem durchnäßten Waldboden. Seine Männer galoppierten weiter. Wahrscheinlich hatten sie den Zwischenfall nicht einmal bemerkt.

Trotz seiner Benommenheit besaß Gideon noch soviel Geistesgegenwart, um drei kurze Pfiffe auszustoßen. Er hatte Dancer abgerichtet, auf dieses Signal zu reagieren. Der Hengst kam auf ihn zugetrabt.

Benommen und schwindelig stemmte sich Gideon auf die Knie. Er packte die Zügel und wickelte sie um sein rechtes Handgelenk. Dann verlor er das Bewußtsein.

Als er kurze Zeit später wieder erwachte, zitterte er vor Kälte. Er war bis auf die Haut durchnäßt, und der Regen peitschte ihm ins Gesicht. Die Zügel waren noch immer um sein rechtes Handgelenk gewickelt.

Aber er hatte seine Leute verloren. Er klopfte dem nervösen Hengst den Hals und sah sich um. Wieder grollte Donner, und ein scharfer Windstoß fuhr durch das Laub der Bäume. Er hatte sich gerade entschieden, die Straße zu verlassen und nach links in den Wald zu reiten, als er rechts voraus einen matten Lichtschimmer entdeckte.

Das Licht war nicht weit entfernt. Ein Farmhaus? Farmhäuser standen immer in der Nähe von Äckern. Vielleicht war der Waldrand näher, als er vermutete.

Könnte nicht schaden, eine kurze Rast einzulegen, dachte er, ich könnte vielleicht meine Sachen trocknen und nach dem Weg fragen.

»Komm, Junge.« Er trieb Dancer an. Widerwillig setzte sich der Hengst in Bewegung.

Als Gideon sich dem Licht näherte, hörte er neben dem Donnern noch ein anderes Geräusch: das Wiehern eines Pferdes. Nein, es waren zwei Pferde.

Er wischte sich das Wasser aus den Augen, überzeugte sich, daß sein Säbel locker in der Scheide steckte, und löste die Schnüre der Ölzeugtasche am Sattelknopf, in der sein Patterson-Schrotgewehr trocken gehalten wurde.

Die Pferde konnten dem Farmer gehören. Oder Männern seiner Kompanie. Aber er konnte sich auch irren und ritt deshalb vorsichtiger weiter.

Dancers Hufe platschten durch tiefe Pfützen. Gideon lenkte ihn nach rechts, auf den festen Rand der Straße. Er ritt dreißig, vierzig Meter weiter, zügelte den Hengst, blickte zum Farmhaus hinüber und lauschte.

Eine Windbö fuhr durch das Laub der Bäume. Er biß die Zähne zusammen, die vor Kälte aufeinanderschlugen, und wartete.

Endlich zuckte der Blitz über den Himmel, und in seinem Licht sah er, was er sehen wollte.

Das Farmhaus war keine gewöhnliche Blockhütte, sondern ein ziemlich breites Gebäude. Zwei Pferde waren an den Ästen eines Baumes festgebunden, der zwischen dem Haus und der Straße stand.

Es war wieder dunkel. Donner grollte. Er wartete auf den nächsten Blitz.

Als das Land erneut für eine Sekunde in grelles, bläuliches Licht getaucht wurde, konzentrierte Gideon sich auf die Sättel der Pferde. Er erkannte sie sofort. Es waren McClellan-Sättel, von denen es nur sehr wenige in seinem Regiment gab.

Vor einigen Jahren war ein Offizier der Union bei einer Inspektionsreise durch Europa auf diesen Sattel aufmerksam geworden und hatte ihn zur Einführung bei der US-Armee empfohlen. Seitdem war dieser Sattel mit dem Namen dieses Offiziers verbunden. Gideon war fast sicher, daß die Eigentümer dieser McClellan-Sättel Soldaten der Union waren.

Er überlegte. Es war natürlich verlockend, zwei Gefangene mit ins Camp zu bringen . . .

Nein, es lohnte das Risiko nicht. Es war klüger, sie laufen zu lassen und weiter nach seinen Männern zu suchen.

Er wollte gerade Dancer nach links in die Bäume lenken, als er den Schrei einer Frau hörte.

2

Der gellende, angstvolle Schrei vereitelte sein Vorhaben. Er stieg aus dem Sattel und schlang die Zügel lose um einen herabhängenden Ast.

Er zog das Gewehr aus der wasserdichten Tasche und ging vorsichtig auf das Haus zu.

Die Frau schrie wieder. Gideon glaubte, das Lachen eines Mannes zu hören. Er ging schneller. Seine Stiefel platschten durch tiefe Regenpfützen, aber er war ziemlich sicher, daß das Trommeln des Regens seine Schritte übertönte.

Er konnte nicht sehen, was in dem Haus vor sich ging. Die Ölpapierfenster waren mit Vorhängen aus Sackleinen verhängt. Er hörte die Frau stöhnen, dann Geräusche eines Kampfes. Er drückte sich dicht neben die Tür.

Er hörte einen Mann sagen: »Lieg still, verdammt noch mal! Sonst schlägt Frank dir den Schädel ein!«

Der Mann lachte wieder.

Eine zweite Stimme sagte: »Paß auf, Silas!«

Silas schrie auf: »Du verdammte Hure!«

Anscheinend hatte die Frau ihn gekratzt oder gebissen.

Ein dumpfer Schlag. Die Frau schrie erneut auf.

Gideon hörte laute Flüche, Stöhnen und dann das Reißen von Stoff.

»So, jetzt haben wir dich gleich nackt.«

»Hör auf, Silas«, sagte der andere. »Das ist doch keine Art, eine Frau . . .«

»Sie ist keine Frau, sie ist eine verdammte Rebellenhure. Und sie hat mir eben fast das Auge ausgekratzt. Wenn du sie auf die feine Tour vögeln willst, kannst du sie haben, wenn ich mit ihr fertig bin. Ich werde dich nicht mit Samthandschuhen anfassen, du Hure. Ich werde dafür sorgen, daß es dir verdammt leid tut, mich gekratzt zu haben . . .«

Wieder ein Schrei.

Gideon trat an die Tür, stieß sie mit dem Fuß auf und sprang in den von einer Öllampe erhellten Raum.

»Silas! Paß auf!« Der jüngere Nordstaatler verlor seine Mütze, als er herumfuhr.

Gideon erfaßte die Situation mit einem Blick: Die Männer standen rechts von ihm, vor einem niedrigen Bett. Die Frau lag auf dem Bett. Ihr Rock war über die Hüften geschoben, die Reste ihrer zerrissenen Pantalons hingen ihr um die Knöchel.

Der größere Mann – bärtig, um die dreißig – hatte ein Knie auf das Bett gestützt. Hose und Unterhose hingen um seine Knie.

Zwischen Gideon und den beiden Soldaten stand ein Tisch. Gideon trat mit dem Fuß gegen seine Kante, als der jüngere Mann seinen Revolver emporriß. Der Tisch knallte dem Yank gegen die Oberschenkel. Gideon duckte sich, als der Schuß krachte.

Die Kugel fuhr hinter ihm in die Wand. Bevor Frank ein zweitesmal abdrücken konnte, feuerte Gideon. Er hielt die

Mündung des Schrotgewehrs so hoch, daß die Frau nicht getroffen werden konnte.

Die Schrotkugeln fuhren in den Hinterkopf des Bärtigen und in die Wand hinter ihm. Der Mann sackte zusammen und fiel auf die Frau, die hysterisch zu schreien begann.

Frank versuchte keinen zweiten Schuß. Er hob die Hände.

»Erschieß mich nicht, Reb. Jesus, knall mich nicht ab! Ich wollte ja gar nicht . . .«

Es war ein Trick. Während Gideon noch zögerte, packte der Soldat den Tisch und schleuderte ihn gegen Gideons Beine.

Gideon sprang zurück. Aber nicht schnell genug. Die Tischkante krachte gegen seine Beine und ließ ihn zu Boden taumeln. Der Yankee rannte an ihm vorbei aus der Tür.

Als Gideon hinausstürzte, hatte der Nordstaatler schon beide Pferde losgebunden, sich in den Sattel geschwungen und galoppierte gerade auf die Straße. Gideon riß das Gewehr an die Schulter und feuerte.

Die Schrotkugeln trafen nicht. Der Soldat galoppierte weiter. Das reiterlose Pferd folgte ihm ins Dunkel.

Gideon zitterte vor Wut. Er brauchte eine Minute, um sich wieder in die Gewalt zu bekommen. Er trat ins Haus zurück und lehnte das Gewehr an die Wand.

Die Frau schluchzte und versuchte, den Toten von sich zu wälzen. Aber sie schaffte es nicht.

»Ich gehöre zu Colonel Stuarts Kavallerie, Madam. Ich werde ihn hinausschaffen . . .« Er packte den Toten an den Beinen.

Gideon war dankbar für die frische, kalte Luft und den Regen, als er den Toten ins Freie zog. Er schleppte ihn zur Ecke des Hauses, dann weiter bis zu einem Gebüsch. Ein Blitz zuckte über den Himmel, als Gideon den Toten fallen ließ. Er wandte rasch den Kopf, um das zerfetzte Gesicht nicht sehen zu müssen.

Ich habe ihn getötet! Ich habe einen Menschen getötet!

Seine Hände zitterten.

Als er zur Hütte zurückging, blieb er in der offenen Tür stehen, stützte sich mit einer Hand gegen die Wand und starrte auf den Herd. Er wollte das Schamgefühl der Frau nicht verletzen, vermied den Blick auf ihren fast nackten Körper.

»Madam?«

»Ja?« fragte sie leise zurück.

»Ich habe mein Pferd weiter unten an der Straße gelassen. Ich werde es jetzt holen, damit Sie Zeit haben ... sich anzuziehen.«

»Danke«, sagte sie etwas lauter.

Er trabte zurück zu Dancer und fragte sich, ob er stolz darauf sein sollte, einen feindlichen Soldaten getötet zu haben, einen, der eine Frau vergewaltigen wollte. Er sah den zerfetzten Kopf des bärtigen Mannes vor sich und daneben ein Gesicht mit brechenden grauen Augen ...

Als er Dancer zum Haus führte, sah er die Frau in der Tür stehen. Sie strich mit den Händen ihr zerzaustes Haar zurück und sagte: »Auf der anderen Seite ist ein Schuppen. Sie können das Pferd dort einstellen, wenn Sie wollen. Es ist auch noch etwas Stroh da ...«

»Danke.«

Seine Zähne klapperten vor Kälte. Er sattelte den Hengst ab und führte ihn in den Schuppen. Dancer mißtraute der fremden Umgebung und keilte mit den Hinterhufen gegen das Tor, als Gideon den Riegelbalken vorlegte. Er donnerte noch zweimal gegen das Holz, dann beruhigte er sich.

Gideon ging um das Haus herum zur Tür, trat aber nicht ein. Er hörte, wie die Frau den umgeworfenen Tisch wieder aufstellte. Er klopfte.

»Sie können hereinkommen«, sagte die Frau.

»Danke.«

Er trat in den erleuchteten Raum und zog die Tür leise hinter sich ins Schloß. Das Prasseln des Regens wurde zu einem gedämpften Rauschen.

Die Frau bückte sich und hob einen Schemel auf. Als sie sich wieder aufrichtete, bemerkte Gideon, daß sie sich das Blut von Hals und Gesicht gewaschen hatte.

Sie stellte den Hocker vor den Tisch, strich sich eine Haarsträhne aus dem Gesicht und lächelte. Sie verschränkte die Arme, rieb sich unsicher die mageren Schultern.

Um die Atmosphäre zu entspannen, sagte Gideon: »Ich bin von meiner Einheit getrennt worden. Ich kam gerade die Straße entlang, als ich Sie schreien hörte.«

»Sie ... sie hatten sich auch verirrt. Ungefähr zehn Minuten vor Ihnen sind sie hier hereingestürmt.« Ein Zittern durchlief ihren hageren, von der Landarbeit verbrauchten Körper. »Zuerst gaben sie sich sehr höflich ... Ich dachte, sie wollten nur etwas zu essen haben.«

Sie war nervös, zeigte aber nach allem, was sie durchgemacht hatte, eine bemerkenswerte Haltung. »Wollen Sie sich nicht setzen, Mister ...«

»Kent, Lieutenant Gideon Kent.«

»Von Stuarts Kavallerie, sagten Sie? Von unserer Armee?«

»Ja, Madam.«

Er setzte sich auf den Hocker. Er fühlte sich kalt, erschöpft und irgendwie schmutzig. Ihm war nicht danach zumute, über den Tod des Bärtigen ein Triumphgeschrei anzustimmen.

»Ich hätte mich auf solche Besuche vorbereiten sollen«, sagte die Frau mit einem müden Lächeln. »Seit Tagen habe ich auf allen Straßen in der Nähe Yanks gesehen.«

»Ich glaube nicht, daß alle so sind wie diese beiden.«

»Darauf möchte ich es lieber nicht ankommen lassen ... Übrigens, ich heiße Cullen, Mistreß Ida Cullen.«

Er schätzte die Frau auf etwa dreißig, und ihr Gesicht wies noch immer Spuren einstiger Schönheit auf. Harte Arbeit hatte tiefe Linien in Stirn und Wangen gegraben und ihren Körper ausgemergelt. Ihre geschwungenen Lippen und die hellbraunen Augen waren das Schönste an ihr.

Als Mrs. Cullen zu einem roh zusammengezimmerten Schrank neben dem Herd trat, sagte er: »Pech, daß Ihr Mann nicht da war, als diese Yanks auftauchten.«

Sie öffnete die Schranktür.

»Ich habe noch etwas Stachelbeerwein. Er ist nicht sehr gut, aber er wärmt Sie vielleicht ein wenig auf.«

»Danke.« Sogar das Sprechen fiel ihm jetzt schwer. Er war völlig durchgefroren.

Mrs. Cullen stellte einen Steingutkrug und eine gesprungene Tasse vor ihn auf den Tisch.

Er goß die Tasse halb voll Wein. Wie sie angedeutet hatte, war er dünn und sauer. Aber er wärmte ihn ein wenig.

»Ist Ihr Mann bei der Armee?«

Sie schüttelte den Kopf. Sie nahm einen Schal von einem Wandhaken, legte ihn um ihre Schultern und warf Feuerholz auf den Herd. Sie riß ein Streichholz an, und leichter Schwefelgeruch erfüllte den Raum.

Sie wandte ihm den Rücken zu, als sie das Holz in Brand steckte.

»Ich habe meinen Mann im Februar begraben. Sein Herz hörte einfach auf zu schlagen, als er sich eines Abends an diesen Tisch setzte. Er war sechzehn Jahre älter als ich. Er hat wahrscheinlich zu viel gearbeitet. Zur Farm gehören noch fünfzehn Morgen Wald. Das Fällen der Bäume bei jedem Wetter und der Transport nach Shepherdstown waren wohl zuviel in seinem Alter.«

Gideon stellte die Tasse auf den Tisch zurück.

»Sie sollten nicht allein in diesem Haus bleiben. Sie haben doch selbst gesagt, daß sich überall in der Gegend Yank-Patrouillen herumtreiben.«

»Ich wüßte nicht, wohin ich gehen sollte, Lieutenant.« Sie holte eine zweite Tasse aus dem Schrank und goß auch sich Wein ein. »Von meiner Familie lebt niemand mehr. Mein Mann war der einzige . . . Sie verstehen sicher, was ich meine.«

Sie trank einen Schluck Wein. Der Regen trommelte auf das Schindeldach. Über dem alten Herd war eine undichte Stelle. Alle paar Sekunden fiel ein Tropfen herunter und verdampfte zischend im Feuer.

»Ich möchte Ihnen einen Vorschlag machen ...«

Die braunen Augen sahen ihn über die Tasse hinweg an.

»Ja?«

»In Winchester würden Sie sicher sein. Ich könnte Sie mitnehmen, wenn ich zurückreite.«

»Hinter unsere Linien?«

Er nickte und fügte lautlos hinzu: Wo immer die jetzt sein mögen. Warum sollte er ihr sagen, daß vielleicht in dieser Minute, während sie miteinander sprachen, ein weiterer Vorstoß der Yanks von Martinsburg stattfand, durch den sie abgeschnitten wurden.

»Ich sollte bald aufbrechen«, sagte er. »Ich muß meine Leute suchen.«

»Aber doch nicht in der Nacht!«

»Doch. Ich werde ...«

»Sie sind völlig durchnäßt! Und Sie sollten sich etwas ausruhen. Geben Sie mir Ihre Jacke. Ich werde sie am Feuer trocknen.«

»Ich weiß nicht, Mistreß Cullen ... Ich sollte wirklich weiter ...«

»Bitte.« Sie beugte sich über den Tisch. Ihre braunen Augen flehten ihn an. Sie wollte nicht allein gelassen werden.

»Nun ja, eine halbe Stunde Schlaf könnte ich wirklich brauchen ...« Dieses Eingeständnis kam ihm wie ein Verrat an Stuart vor.

»Nehmen Sie das Bett. Ich werde mich ans Feuer setzen. Aber vorher geben Sie mir Ihre Jacke.«

Er war zu müde, um zu widersprechen. Er zog die durchnäßte Jacke aus. Mrs. Cullen hielt sie am Stehkragen hoch. »Sehr elegant. Sie müssen bei einem vornehmen Regiment sein.«

»Das war es, bevor die Kämpfe begannen.« Er grinste.

Mrs. Cullen schenkte ihm Wein nach. Dann wandte sie sich um, zog einen Stuhl zum Herd und hängte Gideons Jacke über die Lehne.

»Der Krieg hat wirklich begonnen?« fragte sie leise.

»Ja, Madam. Mit Colonel Stuarts Worten: Der Tanz ist eröffnet.«

»Leute aus der Nachbarschaft haben den Colonel einige Male gesehen«, sagte sie. »Er soll sehr gut aussehen.«

»Das stimmt.«

»Und ein guter Tänzer soll er sein ...« Sie blickte ihm eine Sekunde lang in die Augen. »Man sagt auch, er sei ein Frauenheld ...«

»Ja, das ist wahr. Er ist immer sehr zuvorkommend zu den Ladies. Aber er hat eine Frau und Kinder.«

»Sie auch?«

»Nein.«

Er trat näher zum Feuer und wärmte sich eine Weile. Dann ging er zum Bett und kroch unter die Decke. Er war so todmüde, daß es ihn nicht störte, daß ein Mensch vor einer knappen halben Stunde in dem Bett gestorben war.

Seine Zähne schlugen aufeinander. Er drehte das Gesicht zur Wand und schlief sofort ein.

3

»Geben Sie ihnen noch ein paar Schrapnells ...«

Er warf sich von einer Seite auf die andere, um das grinsende Gesicht mit den entblößten gelblichen Zähnen nicht mehr sehen zu müssen, dieses eingefallene, bleiche Gesicht ohne Körper, das ihn verfolgte.

»Eine erhabene Aufgabe ... Erhaben!«

Schreie.

Mrs. Cullens . . .
Des Yank-Soldaten . . .
Zwei Stimmen . . .
Zehn . . .
Hundert . . .
Hände packten ihn an den Schultern, rüttelten ihn.
»Lieutenant!«
»Laß mich los!« schrie er und fuhr auf. »Laß mich . . .«
Sein Gesicht war schweißnaß, er zitterte am ganzen Körper. »Ihr sollt . . .« Er brach ab, als er die Frau erkannte, die auf der Bettkante kniete.
Er rieb sich die Augen. Mrs. Cullen blickte ihn besorgt an. Sie trug ein Baumwollnachthemd und hatte eine Decke um ihre Schultern gelegt. Ihr Atem roch nach dem Wein, den sie getrunken hatten.
Holz knackte im Herdfeuer. Regentropfen verzischten in der Glut.
Sie fuhr mit der Hand über sein Haar. »Wieder in Ordnung?«
»Ja.«
»Sie hatten einen Alptraum. Sie haben dauernd einen Namen geschrien.«
»Welchen?«
»Es war eigentlich kein Name. Sie riefen einen Sergeanten.«
Er konnte sich an nichts mehr erinnern. Er wußte nur, daß es scheußlich gewesen war. Und er fühlte sich auch so.
Seine Zähne klapperten vor Kälte. Er rieb seine Oberarme, aber davon wurden sie auch nicht wärmer. Mrs. Cullen holte den Steinkrug.
Sie setzte sich auf den Bettrand und reichte ihm eine Tasse mit Wein. Dann nahm sie die Decke von ihren Schultern und breitete sie auf die seine. Unabsichtlich berührte sie seine Schulter mit ihren Brüsten. Sie trat erschreckt einen Schritt zurück.
Er trank den Wein. Aber er wärmte ihn nicht. Die Dunkel-

heit draußen, das melancholische Trommeln des Regens auf dem Dach, das Töten – alles lastete wie ein Alp auf ihm und ließ ihn daran zweifeln, daß er stark genug war, um diesen Krieg ertragen zu können.

»Der Krug ist leer«, sagte sie. »Aber es ist noch mehr Wein da. Ich werde ihn holen.«

»Nicht nötig.«

»Aber Sie frieren doch noch immer.«

»Mit der zweiten Decke geht es.«

Sie war ihm vom Körper geglitten, und er griff danach. Sie wollte sie ebenfalls heraufziehen. Ihre Hände berührten sich.

Er hätte seine Hand sofort zurückziehen sollen. Aber er tat es nicht. Ohne zu denken, umschloß er die ihre mit seinen Fingern.

Mit einem müden Seufzen – mehr Erschöpfung als Leidenschaft – lehnte sie sich an ihn. Ihr dunkelblondes Haar streichelte seine Wange.

Es war völlig dunkel im Raum. Nur die Glut auf dem Herd leuchtete in einem matten Rot. Gideon richtete sich ein wenig auf. Er fühlte sich plötzlich wohlig warm.

Er streckte seine rechte Hand nach ihrem Gesicht und erstarrte plötzlich mitten in der Bewegung.

Sie nahm seine Hand und drückte sie gegen ihre Wange.

»Es ist schon gut«, sagte sie leise. »Mir ist auch kalt.«

4

Er hatte Angst. Er hatte noch nie mit einer Frau geschlafen.

Aber sie schienen sich ohne Worte zu verstehen, sie aus ihrer Einsamkeit und dem Wunsch, die Erinnerung an die Soldaten der Union auszulöschen, er vor Erschöpfung und dem Gefühl des Verlorenseins in dieser dunklen Nacht, die eine Ewigkeit zu dauern schien.

Sein erster Kuß war sehr zurückhaltend, fast spröde. Ihre rechte Hand fuhr streichelnd über seine Wange.

Was für ein Narr er war! Warum hatte er sich darauf eingelassen? Sie war verheiratet gewesen und würde sofort merken, daß er noch nie eine Frau gehabt hatte. Aber falls sie es merkte, zeigte sie es jedenfalls nicht.

Sie lagen eng aneinandergedrängt unter den Decken. Er legte die Arme um sie, während er sie küßte, und wärmte sich an ihrem mageren Körper. Sie war so dünn, daß er ihre Rippen spürte.

Sie zog ihn auf sich, und ein neues, unbekanntes Gefühl ließ ihn seine Angst vergessen. Aus den ersten, hastigen, ungeschickten Bewegungen wurde bald ein Gleichklang ihrer Körper, Zärtlichkeit und Liebe in einer Welt, die beides verloren hatte . . .

Als er schließlich aufstöhnend den Kopf auf ihre Schulter sinken ließ, ertrug sie sein Gewicht ohne Klage. Von Zeit zu Zeit streichelte sie sein Haar, küßte ihn auf die Wange.

Eng aneinandergedrängt schliefen sie ein.

5

Er erwachte vom köstlichen Duft frischgebrühten Kaffees, gebratenen Specks.

Sie setzte ihm eine riesige Portion vor. Es war fast das letzte, was sie noch im Haus hatte, sagte sie ihm. Ihr Mann hatte ihr nicht viel Geld hinterlassen, und es war jetzt so gut wie aufgebraucht.

Während er aß und den Kaffee trank, packte sie ein paar Kleidungsstücke und andere persönliche Dinge in einen Koffer.

Er zog sich an, nahm Säbel und Schrotgewehr und ging zum Schuppen, um Dancer zu satteln.

Es war ein herrlicher Morgen. Auf Bäumen und Farnen glänzten Tropfen des nächtlichen Gewitterregens, und der Waldboden dampfte. Es würde wieder ein heißer Tag werden.

Sie trat aus dem Haus, als er sich gerade in den Sattel geschwungen hatte. Sie hatte einen Schal um die Schultern gebunden und einen Hut aufgesetzt. Sie reichte ihm den Koffer hinauf.

»Ich wollte dich noch so vieles fragen, Gideon«, sagte sie lächelnd, »aber ich bin dann nicht mehr dazu gekommen.«

»Zum Beispiel?«

»Woher stammst du eigentlich?«

»Aus Lexington.«

»Und du bist nicht verheiratet?«

»Nein.«

»Du hast auch keine Freundin?«

Er zögerte ein paar Sekunden. »Ich hatte mal eine.«

»Ich glaube nicht, daß wir uns wiedersehen . . .«

»Oh, das weiß man nie. Vielleicht sehen wir uns mal in Winchester.«

Das war eine Lüge, und beide wußten es. Der Tanz war eröffnet . . .

»Ich hoffe es«, sagte sie. »Aber falls wir uns nicht wiedersehen sollten, wünsche ich dir schon jetzt alles Gute. Ich werde beten, daß du den Krieg gesund überstehst.«

Er zuckte mit den Schultern.

»Das werde ich. Der Krieg ist in zwei oder drei Monaten vorbei. Komm, ich helfe dir aufs Pferd.«

Er streckte ihr die Hand entgegen.

»Gleich. Ich habe noch etwas zu erledigen.«

Sie ging ins Haus zurück.

Gideon hörte dumpfes Poltern. Als sie wieder heraustrat, roch er Rauch und hörte ein leises Knistern.

Er blickte sie fragend an.

»Ja«, sagte sie leise. »Ich habe die Glut vom Herd gerissen.

Dieses Haus ist alles, was ich besitze. Aber ich will nicht, daß es sich irgendein Yankee darin bequem macht. Würdest du mir jetzt deine Hand geben?«

Er zog sie hinter sich in den Sattel. Sie legte die Arme um seine Brust. Er spornte Dancer an, und das Pferd trabte auf die Straße.

Der Rauchgeruch wurde intensiver. Er fühlte, daß sie sich einmal umwandte und zurückblickte.

Auch seine letzte Bemerkung war ein Lüge gewesen. Er glaubte nicht mehr daran, daß der Krieg in ein paar Monaten zu Ende sein würde.

Er fühlte sich in einen Wirbel hektischer Veränderung gerissen. Und nicht nur der Krieg änderte sich von einem Tag auf den anderen . . . auch er selbst.

Ich habe einen Mann getötet . . .

Ich habe eine Frau geliebt . . .

In derselben Nacht . . .

Und ich habe von Margarets Vater geträumt . . .

Ihm gefiel die düstere Schlußfolgerung seiner Gedanken nicht. Er begann sein Lieblingslied *Lorena* zu singen, als sie die Straße entlangtrabten. Aber der Wind wehte ihnen den Geruch der brennenden Farm nach.

Ja, der Tanz war wirklich eröffnet worden.

Und Gideon wußte, daß er nicht mehr der optimistische Junge war, der ungeduldig auf den ersten Tanz gewartet hatte . . .

7. Kapitel
Ritt in den Ruhm

1

»Gideon! Bring die verdammte Fackel her!«

Gideon watete durch das flache Uferwasser des Creeks. Aus dem ölgetränkten Lappen am Ende eines Zweigs loderte eine rußige, qualmende Flamme.

Der Creek lag etwa acht Kilometer südöstlich der Furt, bei der sie den Shenandoah an diesem 19. Juli durchquert hatten. Das Regiment war auf dem Marsch nach Manassas.

Bärtig und verschmutzt hockte Jack Harris im Schilf und starrte ins dunkle Wasser, sein Bowiemesser in der Hand.

Gideon trat auf ihn zu.

»Bleib stehen«, flüsterte Harris. Eine Sekunde später fuhr sein Messer ins Wasser.

»Den haben wir!« Harris riß das Messer aus dem Wasser. Ein fetter Ochsenfrosch zappelte an der breiten Klinge.

»Das ist unser Dinner«, sagte Harris grinsend. »Du kannst die Fackel ins Wasser werfen.«

»Kann ich sie haben, Lieutenant?« rief einer der Soldaten und kam auf Gideon zu. »Ich habe noch nichts gefangen.«

Gideon gab dem Mann die Fackel und folgte Harris die morastige Uferböschung hinauf. Harris pfiff zufrieden vor sich hin und bewunderte seinen Fang. Der Frosch war inzwischen tot.

Die beiden Offiziere gingen an Second Lieutenant Sunderlind vorbei, der mit dem Messer in der Hand durch das Wasser watete, in der Hoffnung, einen Fisch zu erbeuten.

»Trottel«, murmelte Harris. »Weiß noch nicht einmal, daß man dabei ruhig stehenbleiben muß.«

Sunderlind blickte ihnen nach. Er hatte inzwischen bemerkt, daß sie ihn nicht besonders schätzten.

Gideon und Harris erreichten eine kleine Lichtung, sammelten ein paar Handvoll trockenes Holz und machten ein Feuer. Überall am Ufer sahen sie solche kleinen Feuer brennen. Gideon hockte sich neben Harris, der den Frosch an der Messerspitze über die Flammen hielt.

Gideon fuhr mit der Hand über sein Gesicht und unterdrückte ein Gähnen. Seit Anfang der Woche war er fast ununterbrochen im Sattel gewesen. Bei den kargen Pausen hatte er kaum Zeit gefunden, eine Viertelstunde zu schlafen oder nach Beeren zu suchen, um nicht nur schimmeliges Brot aus der Satteltasche essen zu müssen, oder zu pinkeln oder seine schmutzverklebte Jacke in einem Fluß oder Bach auszuspülen. Zum Trocknen hatte er keine Zeit. Er zog sie triefend naß an und ließ sie am Körper trocknen, während sie weiterritten.

Am Montag hatte der Unionsgeneral, den sie Granny Patterson nannten, Truppen von Martinsburg nach Bunker Hill in Marsch gesetzt. Gideon war überraschend auf ein paar blauuniformierte Reiter gestoßen, und es war wieder zu einer dieser sinnlosen Schießereien gekommen. Dabei war Dancer in einen Fuchsbau getreten und war gestolpert. Gideon verlor sein Schrotgewehr, als er stürzte.

Dancer kam sofort wieder auf die Beine. Wie durch ein Wunder war er unverletzt. Gideon hatte keine Zeit, in dem dichten, hohen Gras nach seinem Schrotgewehr zu suchen. Vier Reiter in Blau kamen auf ihn zugaloppiert. Er sprang in den Sattel und sprengte davon.

Am Abend dieses Tages hatte er Glück. Er und seine Patrouille stießen auf drei gefallene Yankees. Er biß die Zähne zusammen, beugte sich über die Leichen und fand zwei 44er Colts und reichlich Munition.

Am nächsten Abend meldete der Telegraph, daß General McDowell endlich in breiter Front angriff. Gideon hörte sehr unterschiedliche Schätzungen über die Stärke des Gegners. Ein Mann im Regimentsstab erklärte, daß McDowell fünfunddreißigtausend Mann in Marsch gesetzt hätte – das wären fünfzehntausend mehr, als »Old Borys« Manassas-Armee zählte.

Die Pläne der Nordstaatler waren nicht schwer zu erraten. Beauregard würde Verstärkungen aus dem Tal brauchen, und es kam vor allem darauf an, die Bewegungen der Entlastungstruppen vor Granny Patterson zu verschleiern. Diese Aufgabe fiel Stuarts Kavallerie zu.

Das *First Virginia* ritt auf Pattersons Linien zu. Die Männer fürchteten Granny nicht besonders. Er war als Zauderer bekannt, und an diesem Dienstag bestätigte er diesen Ruf, indem er das Gros seiner Truppen auf Charleston zurückzog. Zwei Tage und zwei Nächte ließen Stuarts Reiter Grannys Vorposten keine Ruhe. Sie ritten vor den Stellungen hin und her, schossen wild durch die Gegend und taten alles, um sich überall bemerkbar zu machen.

Hinter diesen hektischen Aktivitäten setzte Joe Johnston am 18. Juli neuntausend Mann von Winchester aus in Marsch. Nur eine Nachhut von zweitausend Mann blieb zurück, für den Fall, daß sich Granny Patterson überraschend von seinem Anfall von Unentschlossenheit erholen sollte.

Am nächsten Tag war Stuarts Regiment wieder in Winchester, um neue Befehle entgegenzunehmen. Sie sollten zusammen mit Pendletons fünf Geschützbatterien nach Manassas reiten. Nur ein kleines Kontingent würde zurückbleiben, um Patterson so lange wie möglich hinters Licht zu führen.

Gideon hatte keine Ahnung, wie viele Kilometer die I-Kompanie in den letzten fünf Tagen zurückgelegt hatte. Aber es mußte eine ziemliche Strecke sein. Er fühlte sich tausend Jahre alt, als er auf den Frosch starrte, den Harris über dem Feuer drehte.

»Der Bursche ist jetzt gar.«

Gideon riß gierig das zarte Fleisch mit den Zähnen von den

Knochen. Der Froschschenkel schmeckte herrlich. Aber bei seinem Hunger hätte er auch verdorbenes Fleisch hinuntergeschlungen.

Harris spuckte einen Knochen aus und wischte seine Hände an den Hosen ab. Hinter den Feuern weideten die Pferde das spärliche, harte Gras ab. Es gab weder Hafer für die Tiere noch Verpflegung für die Männer. Die schwerfälligen Troß-Wagen waren seit Tagen zurückgeblieben, genau wie Pendletons zwanzig Kanonen.

Gideon stand auf, ging zum Ufer und kniete sich in den Schlamm. Dann trank er das moderige Wasser, als wäre es frisches, kaltes Bier. Anschließend füllte er seine Feldflasche. Sie war aus Holz und ziemlich plump. Segeltuchstreifen, mit denen sie am Gürtel befestigt wurde, waren mit Eisenkrampen befestigt. Aber der Korken schloß fest, und das Holz war solide. In Winchester wurden elegantere Feldflaschen aus Glas oder gebranntem Ton in einer Lederhülle angeboten. Naive Rekruten kauften das zerbrechliche Zeug zu horrenden Preisen und bedauerten es sehr bald.

Für Gideon symbolisierten die Feldflaschen das allgemeine Provisorium dieser Armee. Es gab nicht zwei Männer, die die gleiche Ausrüstung trugen, keine zwei Kompanien mit gleichen Uniformen. Stuart behauptete zwar nach wie vor, daß Gesinnung wichtiger sei als gleiche Monturen, aber Gideon hatte da seine Zweifel.

Er trieb den Korken fest in die Öffnung seiner Feldflasche, stand auf und reckte sein schweißnasses Gesicht in die kühle Nachtbrise. Irgendwo zirpten Grillen. Die Männer saßen um die Feuer und unterhielten sich leise. Jeder von ihnen wußte, daß das Regiment einer wirklichen Schlacht entgegenritt, einer Schlacht, gegen die alle bisherigen Gefechte, bei der die Truppen der Konföderation aus ihren Stellungen im bergigen West-Virginia geworfen worden waren, bedeutungslos wurden.

Gideon wußte, daß diese Schlacht für den weiteren Verlauf

des Krieges entscheidend sein würde. Er erinnerte sich an Schlagzeilen der *Tribune*, die er in Winchester gelesen hatte: »Auf nach Richmond! Der Rebellen-Kongreß darf dort nicht am 20. Juli zusammentreten! Bis zu dem Tag muß Richmond von den Truppen der Union erobert worden sein!«

Er glaubte nicht, daß die Nordstaatler zu diesem Termin dort eintreffen würden. Aber später? Wer konnte das sagen?

Er ging zu Harris zurück, der in das Feuer pinkelte, um die Flammen zu löschen. Gideon war wütend über seinen Pessimismus. Aber er konnte sich nicht dagegen wehren. Manchmal kam ihm die ganze Armee wie ein Verein blutiger Amateure vor.

Er machte sich Sorgen um seine Mutter in Richmond.

Und um Margaret.

In den letzten Tagen hatte er oft an sie denken müssen, und immer öfter quälte ihn der Gedanke: Vielleicht hat sie recht. Vielleicht ist der Krieg wirklich nicht so großartig, wie wir es vorgeben. Notwendig vielleicht – aber nicht großartig.

Ein Signalhorn tönte aus dem Dunkel. Andere Hörner fielen ein, wiederholten den Befehl zum Aufsitzen.

Die Männer schoben mit ihren Stiefeln Sand auf die Feuer. Wolken von Qualm und Asche stiegen auf. Mit müden Schritten schlurften die Reiter zu ihren Pferden.

Jack Harris knöpfte seinen Hosenschlitz zu.

»Wirklich großzügig von dem alten Jeb. Ganze zwanzig Minuten hat er uns zum Essen bewilligt.«

»Das ist mehr, als man uns in Manassas geben wird«, sagte Gideon. Der Name dieses Ortes hatte für ihn schon einen düsteren Klang angenommen.

Er fühlte sich an diesem Abend weder begeistert noch mutig, nur müde und angespannt. Er unterdrückte wieder ein Gähnen, als er sich auf die Suche nach Dancer machte.

2

Sie ritten auf Piedmont zu. Die Nacht war schwül und feucht. Es würde bald regnen.

Im Lauf der nächsten Stunden stießen sie auf immer mehr Einheiten, die auf der Straße entlangzogen: lange Kolonnen von Troß-Wagen, Artillerie und Infanterie-Kompanien. Sie hielten ihren Vormarsch so auf, daß Stuart sich gezwungen sah, sein Regiment von der Straße auf die Ebene zu führen.

»Verdammte Fußlatscher«, hörte Gideon einen seiner Männer murmeln, als sie durch das hohe, trockene Gras trabten.

Plötzlich hörte er von vorn einen erschrockenen Schrei: »Springt! Springt! Hier liegen überall Leute!«

Die Kolonne brach auseinander. Die Reiter hockten tief über die Hälse ihrer Pferde gebeugt und spornten die Tiere zu langen Sprüngen an, um über die aufgeschreckten Infanteristen hinwegzusetzen, die im hohen Gras geschlafen hatten.

Gideon sah direkt vor sich ein weißes Gesicht, erschrocken winkende Arme.

»Aus dem Weg, du fauler Hund!« schrie er, als er Dancer nach links zerrte und dicht an dem aufgeschreckten Schläfer vorbeigaloppierte.

Der Hengst rannte auf zwei andere Männer zu, die verängstigt am Boden kauerten. Gideon riß ihn in einem langen Sprung über die beiden hinweg.

Das Regiment hatte sich über eine weite Fläche verstreut, und es dauerte eine Stunde, die Männer wieder zu sammeln und Viererformation einnehmen zu lassen. Das Durcheinander und eine Reihe von Fast-Unfällen hatten die Stimmung der Leute weiter verschlechtert.

Sie erreichten Piedmont vor Tagesanbruch. Öllampen beleuchteten eine lange Reihe von Güterwagen, die auf dem kleinen Bahnhof standen. Ihr flackerndes Licht fiel auf die Gesichter der Männer, die sich an den Türen drängten.

»Wer seid ihr?« schrie einer der Infanteristen.

»Turner Ashby's Rangers?«

Ein Mann der I-Kompanie schrie zurück: »Soll ich hochkommen und dir den Schädel einschlagen? Dies ist das *First Virginia*!«

Harris zügelte sein Pferd.

»Haltet den Mund und reitet weiter, Leute. Laßt die Babies schlafen!«

»Ist doch nicht unsere Schuld, daß wir hier herumsitzen!« protestierte einer der Männer. »Die verdammten Eisenbahner weigern sich, nachts zu arbeiten!«

Gideon hätte nichts dagegen gehabt, mit den Infanteristen zu tauschen.

Er ritt an ein paar Wagen vorbei, aus denen Männer in dunkelblauer Uniform herausblickten. Und manche Regimenter der Yankees trugen Grau. Selbst die Fahne der Konföderation, die neben der Regimentsfahne an der Spitze der Kolonne wehte, hatte Ähnlichkeit mit dem Sternenbanner der Union, besonders, wenn kein Wind wehte und sie schlaff herabhing.

Die I-Kompanie trabte weiter durch den Staub und ließ die Wagen und die Männer und die Lampen hinter sich. Mein Gott, dachte Gideon müde, ich frage mich, ob es einen einzigen Mann in dieser Armee gibt, der weiß, wie der Krieg wirklich ist.

Wieder sah er Margarets Vater vor sich. Der Sergeant hatte behauptet, daß der Krieg eine erhabene Sache sei. Aber Gideon hatte immer mehr den Eindruck, daß er eher das Gegenteil war. Seine Hoden juckten vor Schweiß und Dreck, in seinen Achselhöhlen kroch irgendwelches Ungeziefer, das er unterwegs aufgelesen hatte, sein Hintern schmerzte, seine Augen waren von Staub verklebt. Und er fragte sich ernsthaft, ob sie dem Ruhm entgegenritten – oder etwas anderem ...

3

Der Sonnabend wurde noch heißer. Sie folgten der Bahnstrekke durch eine schmale Schlucht in den Bull-Run-Bergen. Gelegentlich sahen sie eine keuchende Lokomotive, die eine Reihe von Güterwagen zog. In den Waggons drängten sich Soldaten.

Gegen Mittag ließen sie die Berge hinter sich und erreichten eine sanfte, bewaldete Hügellandschaft. Sie konnten nicht mehr weit von ihrem Bestimmungsort entfernt sein, überlegte Gideon.

Ein Meldereiter kam auf die Kolonnenspitze zugaloppiert. Gideon und die anderen Männer der I-Kompanie erfuhren erst eine Weile später, welche Nachrichten er überbracht hatte.

General Beauregard hatte begonnen, seine Truppen in Schlachtordnung aufmarschieren zu lassen. Seine Front verlief in der Nähe des Bull Run, einem sich schlängelnden Flüßchen, das auf einer Bogenbrücke von der wichtigen Warrenton-Straße überquert wurde. Nordöstlich dieser Brücke lag das Dorf Centreville, das nur dreißig Kilometer von Washington entfernt war. Aber McDowells Armee hatte für diese dreißig Kilometer zweieinhalb Tage gebraucht.

Die Männer rissen Witze darüber.

»Wenn die Yanks nicht schneller laufen, treffen wir sie nie.«

»Mir hat jemand gesagt, die brauchen so lange, weil sie dauernd Brombeeren pflücken, die neben der Straße wachsen.«

Jack Harris wischte mit der Hand über sein von Schweiß und Staub verschmiertes Gesicht und ritt zu Gideon zurück. Gideon war zurückgefallen, um die Nachzügler anzutreiben, unter denen sich auch Rodney Arbuckle befand. Rodney hatte gelegentlich noch immer Schwierigkeiten, in Formation zu bleiben. Als Gideon ihn ansprach, brachte er die inzwischen reichlich abgenutzte Entschuldigung vor, er hätte von seiner Nancy geträumt.

Eine Weile ritten Harris und Gideon schweigend am Ende

der Kolonne. Harris wirkte wie ein ausgelaugter Sträfling, und Gideon konnte sich vorstellen, wie er selbst aussah.

Der Captain nahm einen Schluck aus seiner Feldflasche und sagte grinsend: »Ich habe vorhin gehört, daß ein paar von den Yanks kehrtgemacht und nach Washington zurückmarschiert sind.«

»Das ist doch Unsinn!«

Harris hob die rechte Hand. »Ich schwöre bei Gott, daß ich nicht lüge. Die C-Kompanie hat es von dem Kurier gehört, als der sein Pferd tränkte. Die Neunzig-Tage-Soldaten achten genau darauf, wann ihre Zeit abgelaufen ist. Auf die Minute. Wenn es soweit ist, gehen sie einfach nach Hause.«

Gideon lachte zum erstenmal seit Tagen.

»Dann haben wir uns mit ein paar Yanks weniger herumzuschlagen. Komm, Jack, reiten wir wieder nach vorn.«

»Warte, das Beste hast du noch nicht gehört. Am Donnerstag hat der alte McDowell ein paar seiner Jungen zu diesem Fluß geschickt... Ich kann mir den Namen einfach nicht merken...«

»Bull Run?«

»Ja, den meine ich. Die Blauröcke haben den Hintern vollgekriegt. Sie sind gerannt wie die Hasen.«

»Ein guter Anfang«, sagte Gideon. »Aber was, zum Teufel, hat McDowell seit Donnerstag getrieben?«

Harris zuckte mit den Schultern. »Abgewartet, schätze ich. Wer weiß?«

Gideon hörte die Glocke einer Lokomotive hinter sich.

»Ich wette, McDowell würde nicht soviel Zeit vertrödeln, wenn er wüßte, daß wir unsere Leute mit der Eisenbahn heranschaffen.«

»Das glaube ich auch.« Die beiden Männer spornten ihre Pferde an und trabten zur Spitze der Kolonne. »Sieht aus, als wäre dies eine Situation, in der es gefährlich ist, etwas nicht zu wissen.«

4

Am Abend erreichten sie endlich ihren Bestimmungsort.

Die Sonne hing als dunkelrote Scheibe hinter riesigen Staubwolken, die über Felder und Haine und Hügel hinwegwehten. Als das Regiment die Bahnstrecke verließ, sah Gideon wieder einen Zug. Er hielt auf freier Strecke, und aus siebenundvierzig Wagen kletterten Infanteristen.

Sie ritten am Biwak eines Infanterie-Regiments vorbei. Gideon sah General Johnston und Colonel Stuart, die sich angeregt unterhielten. Da Johnston ranghöher war als Beauregard, hatte er das Kommando übernommen. Aber die taktischen Pläne stammten offensichtlich von »Old Bory«.

Johnston erwiderte den Gruß der Offiziere, als das Regiment vorbeizog. Unwillkürlich richteten sich die Männer auf und hielten besser Formation, als sie an Stuart und ihrem General vorbeiritten.

Nachdem sie das Biwak verlassen hatten, gerieten sie in das Durcheinander von Wagen eines Trosses von Verpflegungs- und Munitionswagen.

Gideon zuckte zusammen, als plötzlich irgendwo in der Ferne ein Kanonenschuß dröhnte. Als sie sich dem ihnen zugewiesenen Biwakgebiet näherten, dröhnten noch ein paar Schüsse. Aber es schien nur eine Kanone zu feuern. Die Schüsse fielen in ziemlich großen Abständen. Trotzdem, nach den Anstrengungen der letzten Tage, dem Staub und dem Durst, und in der Gewißheit, daß es morgen noch schlimmer werden würde, fand Gideon das sporadische Feuer ziemlich entnervend.

Schließlich erreichten sie ihr Biwak, eine weite Grasfläche im Zentrum der zwölf Kilometer langen Frontlinie. Es lag zwischen Bull Run und der Sudley-Manassas-Straße. Die Männer sattelten ab, holten sich Rationen und ließen sich fallen.

Gideons Körper war schon seit Stunden völlig gefühllos. Er humpelte und hatte Mühe, die Augen offenzuhalten.

Er ließ sich zu Boden fallen, legte seinen Kopf auf den Sattel und stöhnte vor Erleichterung laut auf. Sekunden später war er eingeschlafen.

Er wachte auf, als jemand seinen Namen rief. Er fuhr hoch und stellte fest, daß es kaum dunkler geworden war. Er konnte nur ein paar Minuten geschlafen haben.

Harris warf seinen Sattel neben Gideons.

»Morgen geht es richtig los, da bin ich ganz sicher«, sagte er.

»Und nur um mir das zu sagen, hast du mich geweckt?« Gideon gähnte.

»Ich dachte, es würde dich interessieren«, sagte Harris lakonisch. »Ich habe mit einem Mann aus Jebs Stab gesprochen, diesem hochnäsigen Major Duncan. Er sagt, morgen früh kommen eine Menge Leute aus Washington.«

»Verstärkungen?« fragte Gideon und gähnte noch einmal.

»Nein. Leute! Kongreßabgeordnete mit ihren Frauen. Ladies und ihre Freunde. Reporter.«

Gideon dachte flüchtig an seinen Vater.

Harris fuhr fort: »Die Zivilisten sollen sämtliche Wagen und Droschken von Washington für morgen gemietet haben. Manche bringen sogar Picknickkörbe mit, damit sie was zu essen haben, während sie sich die Vorstellung ansehen.«

Gideon starrte Harris eine Weile wortlos an. Er konnte einfach nicht glauben, was der ihm eben gesagt hatte.

»Zuschauer«, murmelte er entsetzt, »Leute mit Freßkörben, die wieder nach Hause gehen, wenn ihnen die Vorstellung nicht gefällt . . . Jack, dieser ganze Krieg ist einfach unmöglich!«

»Mag schon sein. Aber Major Duncan hat die Sache mit den Zuschauern direkt aus Beauregards Stab.«

»Bekommt unser Bory immer noch Informationen von der Wilden Rose?«

»Sieht so aus.«

»Im Moment gäbe ich eine Menge dafür, wenn Jeb uns losschickte, um gegen einen Haufen Mädchen mit Picknickkörben zu kämpfen. Um mich mit Infanterie anzulegen, bin ich zu schlapp.«

»Das kann man wohl sagen«, stöhnte Harris und streckte sich neben Gideon aus.

»Und falls du nicht noch mehr wichtige Nachrichten hast, Captain, würde ich jetzt gern schlafen.«

»Genehmigt.« Harris drehte sich auf die andere Seite und begann kurz darauf zu schnarchen.

Aber Gideon sollte noch keine Ruhe haben. Er war gerade wieder eingeschlafen, als ihn jemand an der Schulter berührte.

Erschrocken fuhr er auf.

»Verdammt, Jack ... Ach, du bist es ...« Er blinzelte die dunkle Gestalt an, die sich scharf vor dem letzten Abendrot am westlichen Himmel abhob. »Ich habe dich im ersten Moment gar nicht erkannt, Rodney.«

»Tut mir leid, dich zu stören, Gideon.«

»Schon gut«, spottete Gideon. »Ich bin so müde, daß ich ohnehin nichts mitbekomme.«

»Entschuldige ...« Enttäuscht wollte Rodney sich verdrükken. Gideon richtete sich auf und packte ihn beim Arm.

»Das war nicht so ernst gemeint, Rodney. Was hast du?«

»Nichts. Ich wollte dich nur an dein Versprechen erinnern.«

Gideon starrte ihn verständnislos an. Er begriff nicht einmal, als Rodney auf seinen Gürtel klopfte.

»Die Flagge«, sagte Rodney schließlich.

»Ach ja. Die von deinem Mädchen ...«

»Du hast versprochen, sie ihr zurückzugeben, falls mir etwas zustößt.«

»Du machst dir unnötige Sorgen. Denke nur immer daran, was Jeb uns gesagt hat: Bleib in der Formation, dann kann dir nichts passieren.«

Er hoffte, daß seine Lüge überzeugend klang.

»Ja, ich weiß.«

Der Ausdruck in den Augen seines Freundes beunruhigte ihn. Und plötzlich erkannte er: Rodney hatte Angst.

»Ich meinte ja nur, für den Fall . . .«, sagte Rodney leise.

»Du hast mein Versprechen – für den Fall. Aber du wirst dich morgen kaum auf den Beinen halten können, wenn du jetzt nicht schläfst.« Er drückte Rodneys Arm. »Also ab mit dir.«

Rodney nickte. »Danke, Gideon.«

Er wandte sich um und verschwand in der Dunkelheit. Rodney hat es begriffen, dachte Gideon, als er sich wieder ausstreckte, er weiß, daß morgen unser letzter Tag sein kann.

5

Anfangs glaubte Gideon, daß sämtliche Trommler diesseits von Richmond gleichzeitig auf ihre Kalbfelle einschlugen.

Er kratzte sich am linken Bein. Irgend etwas kroch da unter der Hose herauf. Er zerquetschte es und hob den Kopf.

Jack Harris war bereits auf. Gideon starrte zum östlichen Horizont hinüber. Er konnte gerade die Umrisse der Bäume ausmachen.

Das Dröhnen, das ihn aus dem Schlaf gerissen hatte, wiederholte sich. Und diesmal wirkte es realistischer. Mit einem Schlag fiel die Müdigkeit von ihm ab.

Harris deutete in die Richtung, aus der das Artilleriefeuer kam.

»Die müssen irgendwo an der Straße sitzen. Wir haben keine so schweren Kaliber. Ich wette, es ist eine dieser Parrotts.«

Gideon hatte von der Kanone mit gezogenem Rohr gehört. Die Konföderierten konnten ihnen nur alte Geschütze mit glatten Läufen entgegensetzen.

Überall im Biwak erwachten die Männer. Irgendwo erklang ein Signalhorn. Gideon stand auf.

»Wie spät ist es, Jack?«

»Halb sechs, schätze ich.« Sie nahmen ihre Sättel auf.

Gideon zog die Luft in die Nase. »Himmel, das wird wieder heiß heute ...«

»Darauf kannst du dich verlassen.«

Am Rand des Biwaks blickte Colonel Stuart aus seinem Zelt, in dem er offenbar mit Offizieren seines Stabes konferiert hatte. Die Offiziere wirkten müde und erschöpft, Stuart war wie immer munter und bei bester Laune. Er blickte nach Norden und lächelte, als würde er von dort die Klänge himmlischer Schalmeien hören.

Gideon und Harris scheuchten die Schlafmützen der I-Kompanie auf die Beine, darunter auch Second Lieutenant Sunderlind. Er hockte auf seiner zerwühlten Decke und lauschte mit einfältigem Grinsen dem Artilleriefeuer.

Essenholer drängten sich um einen der Troßwagen, die irgendwann während der Nacht eingetroffen waren. Während das Artilleriefeuer sich verstärkte, zündeten die Männer Kochfeuer an, stellten Kannen mit Kaffee auf die Flammen, holten Verpflegung für sich und Hafer für ihre Pferde. Nachdem sie den Tieren ihre Ration gegeben hatten, aßen sie selbst.

Grauer Pulverqualm wurde vom Wind über die Gipfel der Eichen getrieben, die den Nordrand des Biwaks begrenzten. Das heftige Artilleriefeuer konnte bedeuten, daß die Nordstaatler schon zu einem Angriff auf die Brücke über den Bull Run ansetzten.

Gideon war mit der Geographie des Landes nicht sehr vertraut. Die wenigen Karten, die es gab, blieben den höheren Stäben vorbehalten.

Um sieben Uhr hatte das Artilleriefeuer an Intensität zugenommen. Wahrscheinlich, weil die Batterien der Konföderation jetzt zurückschossen, vermutete Gideon. Die Sonne stand nun schon so hoch, daß ihre Strahlen über die Baumwipfel fielen.

Die Zeit verging unerträglich langsam. Gelegentlich hörten sie das hellere Krachen von Musketen durch das Grollen der Kanonen. Gideon begann zu schwitzen. Kein einziger Meldereiter ließ sich sehen. Colonel Stuart wurde immer ungeduldiger, immer nervöser, und schließlich entschloß er sich, nicht länger auf Befehle zu warten, sondern die Initiative zu ergreifen.

Der Hornist blies das Signal »Fertig zum Aufsitzen«.

Aber Gideons Erleichterung dauerte nur wenige Minuten. Major Duncan kam herangeritten und rief Harris zu, daß die I-Kompanie zurückbleiben und das Biwak bewachen solle.

Mit der Regimentsfahne und der Flagge der Konföderation voran formierten sich die anderen Kompanien in Vierer-Kolonnen, trabten an und verschwanden zwischen den Eichen. Gideon sah, daß etliche Männer der I-Kompanie erleichtert waren, zurückbleiben zu können.

Es folgten zwei fast unerträgliche Stunden. Der Pulverqualm wurde immer dichter, und Gideon hörte Geschützfeuer aus einer anderen Richtung – aus Nordwesten. Und wenn er die Truppendisposition nicht völlig falsch sah, mußten die Geschütze weit hinter den eigenen Linien stehen!

Endlich kam das Regiment zurückgetrabt. Gideon sah ein paar leichtverwundete Männer, keine Schwerverwundeten, keine reiterlosen Pferde.

Sie waren bis zur Brücke vorgedrungen, wie Gideon erfuhr, hatten sie von starken Kräften der Union besetzt gefunden und sich wieder zurückgezogen.

Nach einigen Fragen wurde Gideon auch die Bedeutung des verstärkten Artilleriefeuers klar: McDowells Hauptstoß – eine flankierende Bewegung, die schon bald nach Mitternacht begonnen haben mußte – wurde von Norden gegen die linke Flanke der konföderierten Linien geführt. Zwei volle Divisionen der Yankees waren im Vormarsch von einer Furt in der Nähe von Sudley Springs.

Gideon fragte einen Lieutenant der B-Kompanie, wie es auf dem Schlachtfeld aussah.

»Es ist ein heilloses Durcheinander«, erwiderte der Mann. »Ich glaube, ›Old Bory‹ wollte die linke Flanke der Yanks aufrollen. Jetzt werfen sie Verstärkungen von unserem rechten Flügel in die Einbruchstelle. Aber es ist wahrscheinlich schon zu spät.«

Wieder schlich die Zeit. Stuart lief vor seinem Zelt auf und ab wie ein gefangener Tiger. Ab und zu trafen Kuriere ein und machten ihm Meldung. Er schickte die Männer sofort wieder zurück mit dem ausdrücklichen Hinweis, daß das *First Virginia* auf Befehle warte. Anscheinend hatte man sein Regiment in der Hitze des Kampfes völlig vergessen.

Gegen Mittag verlor Stuart endgültig die Geduld und ließ das ganze Regiment nach Nordwesten vorziehen. Sie ritten über mehrere flache, bewaldete Hügel und hielten dann bei einem Hain alter dicker Eichen oberhalb der Sudley-Manassas-Straße.

Östlich davon lag ein Plateau, das eigentlich der Gipfel eines großen Tafelberges war. Als Gideon vom Pferd stieg und zur Straße hinunterstarrte, wußte er, warum man sein Regiment vergessen hatte.

An der Biegung der Straße nach Warrenton, die zu der von hier aus nicht sichtbaren Steinbrücke führte, standen riesige Qualm- und Staubwolken. Nördlich der Straße sah er Männer in blauen und in grauen Uniformen, das Blitzen von Bajonetten, feuernde Geschütze, Tausende von Männern, die in Angriff und Gegenangriff hin und her fluteten wie riesige Brandungswellen.

Und dann begannen die Männer in Grau zurückzuweichen. Sie überquerten die Straße und stiegen den Henry House Hill hinauf, der sich direkt gegenüber der Position des *First Virginia Regiments* befand.

Geschütze der Konföderierten dröhnten am Ostrand des

Hügels. Die Batterien von Pendleton, Imboden, Alburtis und Stanard. Aber die Rundkugeln, die sie aus ihren glattgezogenen Läufen verschossen, richteten kaum Schaden an. Die Geschütze der Union verschossen die neuen Sprenggranaten.

Immer mehr Nordstaatler strömten aus den Wäldern des Matthew Hill auf der anderen Seite der Straße, um den Verstärkungen der Konföderierten, die jetzt von drei Seiten den Henry House Hill erstürmten, den Weg abzuschneiden. Es war eine Szene, wie sie sich Gideon selbst in seinen schlimmsten Träumen nicht hätte vorstellen können.

Durch die riesigen Qualm- und Staubwolken erhielt die Schlacht eine verzerrte, unscharfe Realität – bis auf das Blut der Männer, die getroffen wurden, von Bajonetten oder von Musketenkugeln. Und real war auch der Donner der Geschütze, das Heulen und Explodieren der Granaten.

Eine Angriffswelle nach der anderen brandete den Henry House Hill hinauf und wurde von Geschütz- und Musketenfeuer der Konföderierten zurückgetrieben. Aber die Männer in Blau gaben nicht auf. Jede zurückflutende Welle wurde von einer neuen abgelöst. Die Infanterie der Konföderierten schien kein Konzept zu haben. Die Männer hielten eine Position eine Weile, dann wichen sie unter dem wütenden Granatfeuer vom Matthew Hill zurück.

Ein Scout berichtete, die Truppen der Union, die durch die Furt bei Sudley Springs vorgegangen waren, seien von Shermans Brigade verstärkt worden, die unweit der Steinbrücke über den Bull Run gestürmt sei. Die Stärke der Unionstruppen wuchs von Stunde zu Stunde.

Das Artilleriefeuer wurde immer heftiger. Schrapnells und Granaten mähten die Verteidiger nieder. Gideon sah die Männer in Grau fallen oder zurückflüchten, um dem Massaker zu entgehen. Ein Volltreffer zerriß ein Geschütz beim Stellungswechsel. Holz, Eisen, zerfetzte Pferde- und Menschenleiber wurden in die Luft geschleudert.

Angesichts des blutigen Massakers fielen ihm die Zuschauer ein, die von Washington herausgekommen waren, um sich den Krieg anzusehen. Er hoffte, daß sie bequem und sicher irgendwo auf einem Hügel saßen, ihr Picknick genossen und durch das Donnern der Kanonen nicht allzusehr in ihrer Unterhaltung gestört wurden. Er bezweifelte, daß sie den Anblick der Schlacht aus der Nähe auch noch amüsant finden könnten.

Er konnte es jedenfalls nicht.

Der Qualm machte es unmöglich, etwas zu erkennen, vor allem das strategische Konzept – falls es so etwas gab. Aber was er sah, rief in ihm Entsetzen und Übelkeit hervor.

Stuart war außer sich vor Wut, daß sein Regiment noch immer nicht eingesetzt wurde. Immer wieder schickte er Reiter zum Henry House Hill hinüber. Die Berichte, die sie zurückbrachten, waren entmutigend.

Nur ein paar Regimenter – Colonel Bartows *Georgians*, Wade Hamptons *South Carolina Legion* und eine gemischte Brigade aus Winchester verhinderten den totalen Zusammenbruch der konföderierten Verteidigung.

Aber plötzlich änderte sich die Situation.

Stuart hob den Feldstecher vor die Augen und deutete durch wabernde Qualmwolken auf ein dichtes Waldstück an der Südseite des Henry House Hill. Im Unterholz lag eine lange Schützenreihe mit schußbereiten Musketen.

Fünf von Brigadegeneral Jacksons Regimentern aus Virginia! Sie lagen in einer so ausgezeichneten Stellung, daß die Yankees sich auf dem deckungslosen Plateau exponieren mußten, um an sie heranzukommen.

Wie spät war es? Gideon blinzelte durch den grauen Qualm zur Sonne hinauf. Auf jeden Fall schon nach Mittag.

Und heiß wie in einem Backofen. Eine feuchte, schwüle Hitze.

Er nahm einen Schluck aus seiner Feldflasche. Sie war fast leer. Dancer war nervös, fühlte er. Aber nicht nervöser als er.

Zu Hunderten stürmte die Union den Hang hinauf und wurde von dem verheerenden Feuer von Jacksons Scharfschützen zurückgeworfen. Die feindliche Artillerie verlegte ihr Feuer auf diese Seite der Straße. Sprenggranaten und Schrapnells mähten Männer zu Dutzenden nieder. Der Hang war mit Toten übersät. Mit Ausnahme von Jacksons Männern war die Verteidigung zusammengebrochen. Ganze Kompanien flohen zurück.

Wieder traf ein Melder ein. Der rechte Arm des Mannes war ein blutiger Stumpf aus zerfetzten Muskeln und grauem Stoff.

»Colonel!« schrie er hysterisch.

»Beruhigen Sie sich. Was ist?«

»Johnston und Beauregard sind im Feld und versuchen, die flüchtenden Männer zu stoppen.«

»Haben Sie General Jackson erreicht?«

»Ja . . .« Er schwankte und klammerte sich am Sattelknopf fest. »Ich habe ihm gesagt, daß Sie auf Einsatzbefehl warten.«

»Und?«

»Er . . . er sagte, er braucht keine Hilfe . . .«

Der Mann sank zur Seite und kippte aus dem Sattel.

Stuart befahl zwei Männern, ihn weiter nach hinten unter die Bäume zu schaffen.

Harris fragte Rodney Arbuckle nach der Zeit. Er hatte vergessen, seine Taschenuhr aufzuziehen. Gideon hörte Rodneys Antwort nicht mehr, weil eine Granate dicht über ihre Köpfe hinwegjaulte und fünfzig Meter weiter krachend explodierte. Dicke Eichenäste wirbelten durch die Luft. Pferde bäumten sich auf und wieherten verängstigt.

Stuart ging wieder ungeduldig auf und ab und schlug seine Faust in die flache Hand. Gideon zog den Korken aus der Feldflasche und trank einen Schluck lauwarmen Wassers. Er mußte sparsam mit dem Rest umgehen. Bei dieser Hitze konnte Durst fast so unerträglich werden wie das Warten . . .

Lautes Rufen lenkte seine Aufmerksamkeit auf vier Unions-Brigaden, die sich zu einem weiteren Angriff auf den Henry House Hill sammelten. Zwei Geschützbatterien, die sie von jenseits der Straße herangezogen hatten, folgten den Infanteristen.

Wieder traf ein Meldereiter ein. Stuart lief auf ihn zu. Weitere ungünstige Nachrichten. Das Henry Farm House war von einer Granate getroffen worden. Die vierundachtzigjährige Witwe Henry war von der Explosion getötet worden. Und Jacksons Truppen wurden an ihrer linken Flanke bedroht.

»Das interessiert mich nicht!« schrie Stuart wütend. »Ich will Befehle!«

Der Kurier hob entschuldigend die Schultern.

Stuart wandte sich um und stakte zurück. Die Straußenfeder an seinem Hut zitterte.

Die Brigaden der Nordstaatler stürmten den Hang hinauf. Die Geschütze folgten und gingen in Stellung. Jetzt hatten die Gegner auch auf dem Hügel selbst Artillerie – und im Süden, auf der Sudley-Manassas-Straße, sah Gideon eine lange Kolonne in Blau heranmarschieren. Die Bajonette blitzten hell in der Sonne.

Endlich erschien ein Kurier mit der Meldung, auf die Stuart so lange gewartet hatte.

»Colonel Stuart?«

»Ja.«

»General Jackson läßt Ihnen ausrichten, daß seine linke Flanke in Gefahr ist.«

Stuart deutete wütend auf die heranmarschierenden Infanterie-Kolonnen. »Das ist wirklich kein Geheimnis. Sind Sie nur gekommen, um mir das zu sagen?«

»Nein, Sir. General Jackson läßt Ihnen durch mich seinen Befehl übermitteln, mit Ihrem Regiment seine linke Flanke zu sichern.«

Stuart lächelte erlöst. »Danke.«

Er nahm sich nicht die Zeit, seinen Befehl an den Hornisten weiterzugeben.

»Aufsitzen!« brüllte er so laut, daß jeder Mann es hören konnte.

Gideon fühlte sein Herz schlagen, als er sich in den Sattel schwang. Er überzeugte sich, daß sein Säbel locker in der Scheide steckte, überprüfte die beiden Colt-Revolver in seinem Gürtel und sah Rodney wieder einmal aus der Reihe tanzen, als sich die Kompanie zur Vierer-Kolonne formierte.

»Arbuckle! Scher dich auf deinen Platz, wo du hingehörst!«

Rodney biß die Zähne zusammen und lenkte sein Pferd auf seinen Platz.

Stuart riß seinen Säbel aus der Scheide.

»In Vierer-Kolonne – Trab!«

Über dreihundert Reiter trabten an und brachen aus dem Eichenhain.

Das *First Virginia Regiment* griff in die Schlacht ein.

8. Kapitel
Die Wasser des Zorns

1

Die brütende Julihitze trieb Gideon den Schweiß aus den Poren. Staub und beißender Pulverqualm ließen seine Augen tränen. Das Regiment trat kurz nach zwei Uhr zum Kampf an und donnerte im Galopp den Hang des Henry House Hill hinauf.

Stuart schrie ein Kommando, das von den Captains wiederholt wurde:

»Säbel frei!«

Die Klingen fuhren aus den Scheiden, und das rote Aufblitzen explodierender Granaten spiegelte sich im Stahl.

Gideons Mund war wie ausgetrocknet. Er preßte seine Augen zu schmalen Schlitzen zusammen. Sein Magen verkrampfte sich.

Er dachte an Margaret.

Ich wünschte, ich könnte dir sagen, wie sehr ich dich geliebt habe . . . Wie sehr ich dich liebe!

Die Spitze des Regiments verschwand in einem Eichenhain auf dem Hügel. Die Kompanien ritten zwischen den Bäumen hindurch und galoppierten wieder ins Freie.

Gideon sah Männer in Grau in panischer Angst zur Straße nach Sudley hinab fliehen. Auf dem Plateau war der Pulverqualm noch dichter und beißender als auf dem Hang. Er sah acht Soldaten in roten Hosen und roten Kopfbedeckungen zur Linken des Regiments den Hang hinaufstürmen. Zuaven. Aber von welcher Seite?

Er konnte es nicht erkennen. Die Regimentsfahne hing schlaff von ihrer Stange.

Stuart ließ das Regiment halten und versuchte, sich einen Überblick über die Lage zu verschaffen.

Gideon blickte zu den Zuaven hinüber. Plötzlich schwenkten sie ab und liefen auf die Batterien der Union zu.

Stuart trabte auf die Männer in Rot zu und rief: »Lauft nicht weg, Leute, wir sind hier, um euch zu helfen!«

Major Duncan galoppierte auf ihn zu. »Colonel, sind Sie sicher, daß die zu uns gehören?«

Stuart trabte noch etwas näher.

Da riß einer der Zuaven das Gewehr an die Schulter und schoß. Stuart duckte sich auf den Hals seines Pferdes. Die Kugel traf Major Duncan und warf ihn aus dem Sattel.

Der Fahnenträger der Zuaven stieß einen Jubelschrei aus und schwenkte das Tuch.

»Es ist das *Eleventh New York*!« schrie Jack Harris.

»Zur Attacke – Galopp!« rief Stuart. Er stand in den Steigbügeln, den Säbel emporgestreckt.

Das Regiment griff an.

Gideon starrte in den grauen Pulverqualm, die Zähne zusammengebissen. Er versuchte, Dancer auf geradem Kurs zu halten, und hörte durch das Donnern der Hufe kaum das wütende Musketenfeuer der Zuaven. Aber er hörte Jack Harris aufschreien, riß den Kopf herum und sah Harris' Pferd zusammenbrechen. Von seinem Reiter keine Spur.

Die Männer aus Virginia ritten die ersten Reihen der Zuaven zusammen. Pferde bäumten sich auf, Hufe trampelten, Säbelklingen fuhren nieder. Männer stürzten blutend zu Boden. Einige der Männer steckten ihre Säbel in die Scheide zurück und kämpften mit Schußwaffen weiter: Schrotgewehren, Musketen, Pistolen, Revolvern.

Jetzt war auch die I-Kompanie am Feind.

Sunderlind, der neben Gideon ritt, hob seinen Säbel.

»Auf sie! Schlachtet sie ab, die verdammten . . .«

Seine Augen quollen aus den Höhlen. Sein Arm fuhr herunter, und die Säbelklinge ritzte Dancers Hals. Der Hengst machte einen Satz nach links und hätte Gideon fast abgeworfen.

Gideon gab dem Pferd die Sporen. Er sah noch, wie Sunderlind aus dem Sattel kippte. Eine Kugel hatte ihm den Hals aufgerissen.

Die New Yorker Zuaven feuerten eine Salve. Gideon spürte, daß eine Kugel seinen Ärmel zerfetzte.

Die I-Kompanie war am Feind. Auf beiden Seiten lösten sich die Formationen auf, und der Kampf Mann gegen Mann begann.

Ein bärtiger Zuave taumelte fluchend gegen Dancer und versuchte, Gideon die Mündung seiner Muskete unter das Kinn zu rammen. Gideons Säbel fuhr nieder, und die Klinge schlug durch Stoff, Fleisch und Knochen. Er wandte den Kopf zur Seite, und die Kugel des Zuaven fuhr dicht an seinem Ohr vorbei.

Der Zuave riß den Mund auf, und Gideon stach zu.

Die Wucht des Angriffs hatte den Widerstand der Zuaven gebrochen. Sie rannten den Hang hinauf und zurück zur Straße. Gideon sammelte seine Männer und verfolgte eine Zuaven-Kompanie, die zum Fluß hinunter floh. Aber die Ordnung war zusammengebrochen. Nur sieben Männer folgten ihm, als er den Flüchtenden nachsetzte.

Aufgelöste Gruppen der New Yorker Zuaven erreichten die Straße und liefen auf die Brücke zu. Gideon sah Soldaten in Grau im Kampf mit den Kanonieren der Nordstaatler. Ihre Bajonette und Kugeln mähten Männer und Pferde nieder. Das *33rd Virginia* war aus der Deckung hervorgebrochen, in der Jackson die Stellung gehalten hatte, bis die Wende eintrat.

Gideon hörte ein Hornsignal. Befehl zum Sammeln.

Jetzt hatten sich etwa zwanzig seiner Männer eingefunden, und er führte sie zu einem Dickicht am Westrand des Plateaus. Er war überzeugt, daß das Signal von dort gekommen war. Aber er hatte sich geirrt. Keine Spur von Stuart.

Die Männer hockten abgekämpft auf ihren schweißnassen

Pferden. Einer von ihnen fragte: »Wo ist das Regiment, Lieutenant?«

»Das weiß ich nicht.«

»Wie viele Leute haben wir verloren, Lieutenant?«

»Das kann ich auch nicht sagen. Ich habe Sunderlind fallen gesehen. Und Harris.«

Eine Hand schlug auf Gideons Schulter. Er wandte den Kopf und sah Rodney Arbuckles lachendes, staubverschmiertes Gesicht.

»Herrlicher Kampf, was? Zwei Yanks habe ich abgeknallt.«

Gideon hatte zwei Männer getötet. Aber er war nicht stolz darauf. Das Regiment hatte die New Yorker Zuaven daran gehindert, den linken Flügel von Jacksons Stellungen aufzurollen. Aber wenn Gideon den Hang des Henry House Hill hinabblickte, auf dem Hunderte von toten Zuaven lagen, fühlte er tiefe Niedergeschlagenheit. Das waren Menschen ...

Ein Melder galoppierte heran und zügelte sein Pferd. Er rief den Männern zu, daß Präsident Davis auf dem Schlachtfeld erschienen sei. Er sei mit der Eisenbahn aus Richmond gekommen, weil er erfahren hatte, daß es schlecht stand, und wollte den Männern Mut zusprechen ...

Gideon interessierte das nicht.

»Wir gehören zum *First Virginia*«, sagte er. »Haben Sie irgendwo unsere Fahne gesehen?«

»Auf der Straße nach Sudley«, rief der Melder und galoppierte davon.

Gideon hockte zusammengesunken im Sattel. Er spürte, daß die Männer ihn anblickten, eine Entscheidung erwarteten. Die Attacke und die Verfolgung hatte sie vom Gros des Regiments getrennt, und Gideon wußte nicht, was er tun sollte. Er konnte sich auf die Auskunft des Melders nicht verlassen. Bei dem Qualm und Staub über dem Schlachtfeld konnte man sich leicht irren. Er versuchte, seine Ratlosigkeit zu verbergen.

Er lud seine Colts nach und schob sie in den Gürtel zurück.

Er hakte seine Feldflasche los und entdeckte, daß sie von einer Kugel durchbohrt worden war.

»Lieutenant?«

»Was?«

»Reiten wir zurück zur Straße nach Sudley?«

»Scheint das einzig Richtige zu sein.«

Die Männer grinsten erleichtert. Aber Gideon wußte, daß die Unionstruppen noch nicht geschlagen waren. Auf der anderen Seite des Henry House Hill sah er wieder eine Welle von Infanterie den Hügel hinaufstürmen. Und die Blauen griffen in breiter Front an.

Er versuchte, seine Ohren vor den Geräuschen zu verschließen, vor dem Dröhnen der Geschütze, dem Krachen der Musketen, dem Schreien und Stöhnen der Verwundeten.

Nein, die Yankees waren noch lange nicht geschlagen. Es gab noch genügend Zeit und Gelegenheit zum Sterben.

Am liebsten hätte er sich jetzt einfach auf den Boden fallen lassen. Aber Stuart hatte seine Männer gelehrt, Reserven zu mobilisieren, die sie eigentlich gar nicht besaßen.

Er hob den Arm. »Vorwärts – Trab!«

Fünf Minuten später fanden sie ihr Regiment.

2

Das *First Virginia* hielt einen Teil der Sudley-Manassas-Straße und erlebte an diesem langen Nachmittag noch mehrere Gefechte.

Stunde um Stunde tobte der Kampf um den Besitz des Henry House Hill. Das Regiment ritt die zweite Attacke gegen frische Unionstruppen auf der Straße und trieb sie zurück.

Als die Männer zurückritten, ließ Stuart eine leichte Batterie neben der mit Gefallenen übersäten Straße in Stellung gehen. Die Geschütze mähten zwei Brigaden von *Heintzleman's Divi-*

sion nieder, die versuchten, die linke Flanke der Konföderierten aufzurollen. Wieder trat das *First Virginia* zur Attacke an und räumte die Straße.

Es war unmöglich, Nachrichten über die Entwicklungen an anderen Stellen zu bekommen, aber Gideon hatte den Eindruck, daß mehr und mehr Soldaten der Union zurückfluteten.

Dann hörte er, daß Colonel Jubal Earlys Brigade von der rechten Flanke her im Eilmarsch heranrückte. Und eine letzte Brigade aus Winchester – Kirby Smiths' – wurde gerade aus Eisenbahnwaggons entladen, um Earlys Brigade zu verstärken.

Der Angriff dieser beiden Brigaden war für die Truppen der Union der Anfang vom Ende. Die Soldaten der Nordstaaten flohen in wilder Panik zur Straße zurück.

Gideon und seine Männer stießen auf eine Gruppe von Earlys Männern. Er sah junge, strahlende Gesichter.

»Wo ist Stuart?« rief er und bekam mehr Antworten, als er brauchen konnte.

»Der jagt die Yanks nach Sudley Springs zurück!«

»Nein, er hetzt sie die Straße entlang! In einer halben Stunde ist die Brücke wieder in unserer Hand!«

Die Schlacht war zu einem unüberschaubaren Chaos geworden. Ohne Informationen, ohne Befehle und ohne jede Verbindung mit dem Regiment beschloß Gideon, den Gegner in Richtung Centreville zu verfolgen. Kurz darauf war er nördlich der Straße und ritt mit seinen elf Männern in nordöstliche Richtung.

Und dann hatte er nur noch zehn, weil ein konföderierter Scharfschütze am Fuß des Matthew Hill die verschmutzten, hellblauen Husarenjacken mit dem Blau der Unionstruppen verwechselte und einen der Männer aus dem Sattel schoß. Die anderen wollten den Scharfschützen verfolgen und erschießen. Gideon hielt sie zurück.

Fliehende Yankees zogen nach Nordosten. In der Nähe des

Bull Run holten Gideon und seine Männer einen Corporal ein, der ohne Waffe keuchend zurückfloh. Gideon zuckte nicht einmal mit der Wimper, als Rodney dem Mann eine Kugel in den Hinterkopf schoß.

Sie erreichten die Steinbrücke über den Bull Run. Sie war jetzt in der Hand der Konföderierten. Zwei Batterien waren in ihrer Nähe in Stellung gegangen und beschossen die Hügel, auf denen sich angeblich die Ausflügler aus Washington versammelt hatten, um das Schauspiel der Schlacht zu genießen.

Die Brücke war verstopft mit Geschützen und Troß-Wagen. Gideon führte seine zehn Männer ein Stück flußaufwärts und durch eine Furt zum anderen Ufer.

Sie ritten zur Straße zurück, trabten zu einem kleinen Gebüsch und saßen dort ab, um sich auszuruhen. Die Armee der Union hatte sich aufgelöst. Gideon konnte nirgendwo Offiziere sehen.

Irgendwann bekam Gideon das unsichere Gefühl, seine Leute in die falsche Richtung geführt zu haben. Er hatte nirgends Leute seines Regiments entdecken können. Vielleicht war Stuart wirklich an der Straße nach Sudley. Er befahl seinen zehn Männern aufzusitzen. Er wollte nach Westen zurückreiten und nach dem Regiment suchen.

Die Straße war zur Zeit leer. Unten bei der Brücke dröhnten die Kanonen. Eine Granate jaulte über ihre Köpfe hinweg. Gideon und seine Männer trabten aus dem Dickicht.

Kurz darauf tauchte auf der Straße rechts von ihnen ein Zug Unionstruppen auf. Gideon riß seinen Hengst herum, zog den Säbel und gab den Befehl zum Angriff.

Die meisten Yankees verließen die Straße, marschierten aber weiter. Ein paar blieben stehen und schossen. Gideon sah drei seiner Männer von den Pferden stürzen. Die Soldaten tauchten in einem Gehölz unter, und der Rest von Gideons Männern verfolgte sie.

Gideon war allein.

Er wartete eine Weile, dann rief er, hörte eine leise Antwort von links, ritt in die Richtung und suchte nach seinen Männern, konnte sie aber nicht finden.

Er ritt zurück zur Straße. Die drei Männer, die von den Nordstaatlern aus dem Sattel geschossen worden waren, waren tot.

Was sollte er tun? Er hatte seine Männer verloren.

Aber er hatte noch immer reichlich Munition für seine zwei Revolver. Er hatte seinen Säbel. Und er war unverwundet.

Da die Yankees nach Osten flüchteten, wandte auch er sich in diese Richtung, in der Hoffnung, dort einige seiner Leute zu finden.

Er glaubte, keine andere Wahl zu haben.

3

Als sich der brütendheiße Sonntag seinem Ende zuneigte, ritt Gideon durch ziehende Qualmwolken die Straße nach Warrenton entlang. Gelegentlich sah er zu beiden Seiten der Straße Männer in Blau in dieselbe Richtung ziehen. Nicht einer von ihnen schien ihn zu beachten.

Er sah Soldaten der Konföderation, die neben den Gefallenen knieten und sie ausplünderten. Sie nahmen, was sie gebrauchen konnten, Nahrungsmittel, Geld, Ringe, Munition, Feldflaschen, selbst die Uniformknöpfe schnitten sie ab.

Als Gideon sich einer flachen Kurve der Straße näherte, hörte er grauenerregende Schreie. Es waren Laute des Entsetzens und unerträglicher Schmerzen, gegen die das Schreien der Verwundeten auf dem Schlachtfeld verblaßte.

Er sah ein Feldlazarett vor sich auftauchen und warf einen Blick in das zur Straßenseite offene Zelt, das von mehreren Öllampen erleuchtet wurde. In ihrem Schein behandelten Chirurgen die Verwundeten, die auf rohen Holztischen lagen und vor Schmerzen wild um sich schlugen. Mit Pinzetten fuhren sie in die Wunden und tasteten nach Kugeln, andere sägten zerschossene Arme und Beine ab.

Neben der Seitenwand des Zelts sah Gideon amputierte Gliedmaßen. Schwärme blauer Schmeißfliegen schwirrten herum, und ein unerträglicher Geruch hing in der Luft. Gideon schlug Dancer die Hacken in die Weichen und riß ihn nach links. Dann beugte er sich aus dem Sattel und übergab sich. Er fühlte sich zu Tode erschöpft und körperlich ausgelaugt.

Er begegnete einer Gruppe lachender Konföderierter, die acht Gefangene zurückbrachten. Einer der Männer rief ihm zu: »Beeilen Sie sich, wenn Sie auch noch ein paar Yanks erwischen wollen. Die meisten sind schon in Centreville, und sie werden nicht eher aufhören zu rennen, bis sie wieder sicher in Papa Lincolns Armen sind. Stimmt's, du Laus?«

Der Mann stieß einem der Gefangenen mit dem Bajonett in die Seite. Der Gefangene senkte den Kopf und ging weiter. Tränen rannen über seine schmutzigen Wangen.

Kurz darauf sah er einen Mann aus einem Gebüsch auf die Straße torkeln.

»Mein Gott . . . Rodney!«

Rodney Arbuckle blieb am Straßenrand stehen, bis Gideon herangetrabt war. Gideons Magen zog sich zusammen, als er sah, daß Rodneys Jacke blutdurchtränkt war. Eine Ecke der zusammengefalteten Flagge sah unter der Jacke hervor.

Rodney hatte drei Feldflaschen über die rechte Schulter geschlungen. Er hielt ein Gewehr in der rechten Hand und einen kleinen Gegenstand in der linken. Ein Paar seltsam geformter Eisenplatten, die mit einer Gliederkette verbunden waren, hingen an seinem rechten Unterarm.

Obgleich er sich kaum aufrecht halten konnte, grinste er. »Verdammt, Gideon! Wo kommst du denn her?«

»Das könnte ich dich auch fragen.« Er sprang vom Pferd. »Du bist verwundet.«

»Nur ein Kratzer. Jeb hat wirklich recht. Es ist nicht gut, die Formation zu verlassen. Aber was sollte ich machen? Ich wollte diesen Yanks nachjagen.«

»Das wollte ich auch. Aber es war ein Fehler.« Er meinte es ernst. Er hatte seinem kleinen Trupp erlaubt, genau die Regel zu brechen, die er Rodney immer wieder eingebläut hatte.

»Wo bist du gewesen, seit wir uns getrennt haben?«

»Überall auf dem Feld auf dieser Seite der Straße. Ich habe nach Souvenirs für Nancy gesucht. Gideon, du hast noch nie so ein Chaos gesehen wie da oben.«

»Wo?«

»Bei der kleinen Holzbrücke über den nächsten Creek. Cub Run heißt er, glaube ich. Zwei Granaten sind da eingeschlagen, als gerade ein paar Yank-Wagen zur anderen Seite fuhren. Ich war dicht neben der Brücke, als die Hölle losbrach.«

»Was ist passiert?«

»Die Yanks haben völlig die Nerven verloren. Sie haben die Zugpferde losgeschnitten und alles zurückgelassen, einschließlich der Verwundeten in einem Lazarettwagen. Und dann kamen über ein Dutzend Kutschen und Droschken den Hügel herab und wollten auch zur anderen Seite, und dadurch wurde das Chaos noch schlimmer. Großer Gott, so etwas kann sich ein normaler Mensch einfach nicht vorstellen! Unsere Jungen brauchten nur noch abzuräumen. Sie haben einen Haufen Gefangene gemacht. Nicht nur Soldaten. Auch die Ladies und Gents aus den Kutschen.«

»Die Zuschauer«, sagte Gideon.

Rodney nickte. »Ich habe gehört, sogar ein Kongreßabgeordneter aus New York war dabei.«

Gideon sah, daß sein Freund taumelte, und griff nach seinem Arm. Rodney schüttelte seine Hand ab.

»Ich brauche keine Hilfe. Die Kugel hat mir nur ein bißchen die Rippen angekratzt. Red Eye ist tot. Ein verdammter Yank hat am Cub Run auf mich geballert. Er hat den armen Red Eye in den Kopf getroffen. Die zweite Kugel« – er hob den linken Arm, die seltsamen Eisenplatten klirrten gegeneinander – »ist hier reingegangen.«

Entsetzt sah Gideon das große, unregelmäßige Loch über Rodneys linker Hüfte.

»Blutet nicht mehr«, stellte Rodney fest.

»Ich will mir die Wunde trotzdem ansehen.«

»Nicht nötig. Versuche lieber, ein paar von den anderen zu finden.«

»Du hast keinen unserer Leute gesehen?«

»Nein.«

»Stuart auch nicht?«

Rodney schüttelte den Kopf.

»Dann bin ich in die falsche Richtung geritten. Verdammt!« Rodney fuhr mit der Zunge über seine Lippen.

»Reite ruhig weiter, Gideon.«

»Nein. Erst will ich sehen, ob die Wunde . . .«

»Verdammt, es ist ein Kratzer und nicht mehr!«

Gideon glaubte es nicht. Rodneys Gesicht war schweißnaß.

Rodney ließ das Gewehr fallen und deutete auf die Flagge, die unter seiner Jacke hervorragte.

»Die hat auch etwas Blut abgekriegt. Hoffentlich stört es Nancy nicht zu sehr . . .«

»Rodney, hör mir zu. Hier in der Nähe ist ein Feldlazarett. Laß dich wenigstens untersuchen.«

Rodney winkte ab.

»Nimm mal ein Auge voll von dem Krempel, den ich für Nancy eingesammelt habe.« Er ließ die linke Schulter hängen. Die Feldflaschen fielen polternd zu Boden. Dann stieß er mit dem Fuß an das Gewehr. »Die Yanks werfen alles weg. Sieh mal hier.« Er öffnete seine linke Hand.

Gideon sah einen Gegenstand, der einem Klappmesser ähnlich sah. Aber es war kein Klappmesser.

»Da staunst du, was?« sagte Rodney. »Die Yanks haben es

besser als wir. Dies hier ist ein Faltbesteck – Messer, Gabel und Löffel in einem, und nach Gebrauch wird es einfach zusammengeklappt wie ein Taschenmesser. Praktisch, was?«

Gideon deutete auf die beiden Eisenplatten, die von Rodneys Unterarm hingen. Sie waren durch zwei Gliederketten verbunden gewesen. Aber eine Kette war gerissen.

»Und was, zum Teufel, ist das?«

»Hast du noch nie eine Weste gesehen?«

»Eine Weste? Aus Eisen?« Gideon starrte auf die seltsamen Konturen.

»Ich schätze, irgend jemand verkauft sie an die Yanks als Schutz gegen Kugeln. Das Ding wiegt eine halbe Tonne, aber Nancy wird sich freuen, wenn sie . . .«

Er preßte die Lippen aufeinander und schloß die Augen. Gideon packte ihn bei den Armen.

Wieder befreite sich Rodney aus seinem Griff.

»Vielleicht sollte ich doch mal beim Lazarett vorbeigehen und mir ein Pflaster draufkleben lassen. Es tut ein bißchen weh . . .«

»Sei vorsichtig. Es treiben sich noch immer Yanks in der Gegend herum.«

Rodney schüttelte den Kopf.

»Die treiben sich nicht mehr herum, Gideon. Die laufen nur noch, als säße ihnen der Teufel im Nacken. Wir haben sie geschlagen.«

»Es sieht wirklich so aus«, sagte Gideon.

»Bis nachher, Gideon. Wir sehen uns beim Regiment.«

Gideon lächelte. »Wenn wir es finden . . .«

Rodney nahm das erbeutete Gewehr vom Boden auf und stöhnte leise. Gideon runzelte die Stirn, sagte aber nichts.

Er blickte seinem Freund nach, als dieser mit taumelnden, unsicheren Schritten im Pulverqualm verschwand. Dann trat er zu Dancer und schwang sich in den Sattel. Es war eine ungeheure Anstrengung. Er fühlte sich so alt wie Methusalem.

4

Die Brücke über den Cub Run war noch immer von Wagen blockiert. Manche standen noch auf ihren Rädern, andere waren umgestürzt.

Er sah Soldaten, die Gefangene nach hinten brachten. In einer Gruppe befanden sich zwei junge Damen und ein Major der Unionstruppen in einer eleganten, nur leicht verstaubten Uniform.

»Ein paar von den Ausflüglern?« fragte Gideon einen der Soldaten in Grau.

»Ja, Sir. Dieser Major hat den jungen Damen den ganzen Nachmittag lang erklärt, wie General McDowell uns das Fürchten lehren wird. Der Major und die Ladies waren gerade dabei, die übriggebliebenen Brathühner wieder einzupacken, als wir ihre Bekanntschaft machten. Wir haben die Hühner gegessen und die Leute mitgenommen.«

Sie lachten amüsiert. Eine der Frauen begann zu weinen. Der Major legte den Arm um sie und sah Gideon trotzig an.

Gideon ritt weiter, bis er eine Furt fand, durch die er ans andere Ufer gelangen konnte.

Er versuchte, die Zeit zu schätzen. Fünf Uhr oder später. Aus der Richtung von Centreville hörte er unregelmäßiges Musketenfeuer. Er wußte, daß es seine Pflicht war, weiterzureiten und nach seinen Männern zu suchen. Aber er war müde. Müde und allein, und er wünschte sich, daß Margaret jetzt bei ihm wäre, damit er sie in den Arm nehmen und ihr sagen könnte: Ja, du hast recht, es ist ein schmutziges Geschäft, selbst wenn man einen Sieg errungen hat.

Während Dancer aus dem Cub Run trank, zog eine Kompanie konföderierter Infanterie vorbei. Die Soldaten pfiffen und rissen Witze über die Union.

Dancer konnte nicht genug von dem lehmigen Wasser bekommen. Die Soldaten verschwanden in Richtung Centreville.

Plötzlich sprang auf der anderen Seite des Creeks und etwa zwanzig Meter nördlich ein Mann in Blau aus dem Unterholz ins Wasser, sein Gewehr an die Brust gepreßt. Zu spät entdeckte er Gideon.

Gideon zog einen der Colts. Der Nordstaatler blieb mitten im Fluß reglos stehen.

Gideon zog einen der Colts, spannte den Hahn und hob die Waffe. Der Yankee starrte ihn mit aufgerissenen Augen an.

Gideon fühlte sich plötzlich unendlich müde. Er konnte sich nicht dazu überwinden abzudrücken.

Der Soldat der Union starrte ihn noch ein paar Sekunden lang an, dann fuhr er herum und verschwand im Unterholz.

5

Gideon näherte sich der Steinbrücke. Er war durstig, und der Schaum um das Maul Dancers verriet ihm, daß auch der Hengst noch Wasser brauchte.

Er wich auf den Straßenrand aus, als ihm vier konföderierte Lazarettwagen entgegenkamen. Die zweiräderigen, mit einer Plane bedeckten Wagen holperten über die ausgefahrene Straße. Die Uniform eines der Fahrer war von den Schultern bis zu den Knien blutgetränkt. Das linke Rad des ersten Wagens krachte gegen einen großen Stein. Ein Mann begann zu schreien.

»Mein Gott«, flüsterte Gideon.

Er bedeckte das Gesicht mit der Hand. »Mein Gott!«

Etliche hundert Meter weiter sah er einen Mann in verschmutzter hellblauer Uniform liegen.

Er zügelte Dancer.

Neben dem Mann lagen zwei seltsam geformte Eisenplatten im Sand, etwas weiter entfernt ein Gewehr und mehrere Feldflaschen.

Gideon fühlte Übelkeit in sich emporsteigen, als er abstieg und zu Fuß weiterging. Er wußte sofort, daß Rodney tot war. Anscheinend war es doch nicht nur ein »Kratzer« gewesen. Gideon wischte sich die Augen.

Er hob den Kopf, als er das Trampeln von Stiefeln auf der Straße hörte. Ein Haufen Infanterie kam von der Steinbrücke her.

Er wollte aufspringen und fortlaufen. So schnell und so weit er konnte. Er ballte die Hände zu Fäusten und trat auf den Toten zu.

Er kniete nieder und berührte Rodneys Schulter.

Souvenirs für Nancy . . .

»He!« rief ein Offizier von der Spitze der Infanterie-Kolonne, die ihn jetzt erreicht hatte. »Von welcher Einheit sind Sie?«

Ohne aufzublicken sagte Gideon: *»First Virginia Cavalry.«*

»Kommen Sie mit. Der alte Jackson hat gesagt, wenn wir fünftausend Mann zusammentrommeln, können wir morgen früh in Washington sein. Haben Sie keine Lust auf einen Ausflug nach Washington?«

Gideon starrte in die Gesichter der vorbeiziehenden Männer. Er fühlte eine ungeheure Wut in sich aufsteigen, eine Wut auf die ganze Welt: auf die marschierenden Soldaten mit dem Grinsen auf ihren Gesichtern, die Hitze, den Qualm, auf das planmäßige Abschlachten von Menschen.

Ein Soldat schrie: »Na, was ist, kommst du mit? . . . He, was hast du gesagt?«

Gideon wiederholte es: »Ich habe gesagt, schert euch zum Teufel! Ich scheiße darauf, jemals in meinem Leben nach Washington zu kommen!«

Einige Männer fluchten und reckten die Fäuste. Die Kolonne zog weiter.

Um an die Flagge in Rodneys Gürtel zu kommen, mußte er ihn umdrehen. Er sah in die offenen Augen des Toten und schloß sie.

Vorsichtig zog er die Flagge heraus. Sie war blutdurchtränkt.

Er knüllte die Flagge in einer Hand zusammen, dann taumelte er zum Straßengraben.

7

Je näher Gideon der Steinbrücke kam, desto dichter wurde der Verkehr. Er ritt an Kurieren und vorgehenden Einheiten vorbei, begegnete Verwundeten und Lazarettwagen. Rodneys Flagge hatte er zusammengefaltet und in den Gürtel geschoben.

Er fühlte sich jetzt etwas besser. Aber nicht weniger schuldig.

Er hatte Rodney und die anderen Männer aus der Regimentsformation geführt, aus der Sicherheit der geschlossenen Kolonne.

Als er den Bull Run erreichte, wollte er Dancer wieder saufen lassen. Auch er hatte Durst. Danach würde er bis zur Kreuzung reiten und sein Regiment auf der Straße nach Sudley suchen.

Er hatte keine Lust, zum Regiment zurückzukehren, aber das war seine Pflicht. Nichts anderes hätte ihn dazu zwingen können. Er hatte zuviel gesehen, seit ihn das Dröhnen der Parrott-Geschütze beim Morgengrauen aus dem Schlaf gerissen hatte.

Er hatte diesen Tag überlebt. Er hatte seine Angst überwunden und gekämpft. Aber er hatte so viel gesehen, und das meiste davon war grauenhaft gewesen.

Kurz vor der Brücke verließ er die Straße und wollte zum Ufer. Aber der Weg war blockiert – von Toten.

Hunderte von Männern im Blau der Union. Wahrscheinlich waren sie auf der Flucht erschossen worden.

Hier und da sah er in den Bergen von Gefallenen eine Hand zucken, ein Bein stoßen. Auch im Fluß lagen und trieben Tote, und das Wasser war rot.

Wie viele Flüsse würden so aussehen, bevor dieser Krieg zu Ende war? Wie weit würde das Massaker um sich greifen? Bis in den tiefen Süden? Bis an die Pazifikküste? Bis hoch in den Norden? Würde es den ganzen Kontinent erfassen?

Du mußt dich daran erinnern, wofür du kämpfst!

Unabhängigkeit! Das Recht, eigenverantwortlich zu entscheiden …

Er versuchte es, mußte aber an den Preis denken, der dafür zu zahlen war.

Es war alles genauso, wie es Margaret vorausgesagt hatte. Wütend zerrte er Dancer weiter und fand zwischen den Bergen von Toten einen Weg zum Ufer.

8

Etwa fünf Meter hinter Gideon öffnete der blonde Junge aus Massachusetts seine Augen.

Er blinzelte verwundert. Sein Unterleib war klebrig feucht. Er hatte große Schmerzen und wußte, daß er sterben würde.

Er blickte um sich und begann seine Umgebung wieder wahrzunehmen. Seine rechte Hand umklammerte noch immer das Gewehr. Vor sich, direkt am Ufer, sah er einen Mann und ein Pferd.

Das Pferd trank, aber anscheinend nur widerwillig. Immer wieder scheute es vor dem Wasser zurück und peitschte nervös mit dem Schwanz.

Der Junge fuhr mit der Zunge über seine ausgetrockneten Lippen. Die Lippen waren dunkel von den Brombeeren, die er gepflückt hatte, als sie von Centreville aus vorgerückt waren.

Er wußte, daß er nicht mehr viel Zeit hatte. Und in drei Tagen wären seine drei Monate um gewesen, und er hätte nach Massachusetts zurückkehren können ...

Er kniff die Augen zusammen und blinzelte zu dem Mann am Ufer hinüber

Er trug eine blaue Uniform. Es war zwar nicht das reguläre Blau der Union, sondern etwas heller. Aber bei der Kavallerie trugen sie ja alle möglichen Uniformen. Vielleicht gehörte er zu einem Regiment, das er nicht kannte ...

Jetzt wandte sich der Mann etwas nach links und starrte zur Brücke hinauf. Und was der Junge nun sah, überzeugte ihn, daß der Reiter doch ein Rebell war.

Er sah nur einen kleinen Teil der Flagge, die der Mann in seinem Gürtel stecken hatte, aber an der Anordnung der weißen Sterne erkannte er, daß es nicht die Flagge der Union war.

Er biß sich auf die Unterlippe, um den rasenden Schmerz zu unterdrücken.

Der Mann wandte ihm wieder den Rücken zu und sprach ungeduldig auf das Pferd ein.

Vorsichtig hob der Junge sein Gewehr und zog es an die Schulter.

War es geladen?

Er glaubte es. Aber er war nicht sicher. Er erinnerte sich vage, nachgeladen zu haben, bevor die zurückgehende Kompanie auseinanderlief und zur Brücke flüchtete, dicht gefolgt von den Rebs.

Er konnte kaum noch sehen. Der Mann war nur ein vager

Schatten über dem Visier. Er hörte einen Wagen über die Steinbrücke poltern.

Er richtete den Lauf der Waffe zwischen die breiten Schultern des Mannes. Er wünschte, das Pferd würde endlich stillstehen. Es tänzelte nervös hin und her und schlug mit dem Schwanz.

Endlich hatte er ein klares Ziel. Aber wieder schob sich das Pferd zwischen ihn und den Mann.

Er hatte keine Zeit mehr zu verlieren.

Oben auf der Brücke schrie der Fahrer des Wagens eine Warnung.

Der Junge aus Massachusetts drückte ab und hörte das Krachen des Schusses. Seine brombeerdunklen Lippen verzogen sich zu einem müden Lächeln, als er starb.

9. Kapitel
Die Verwundeten

1

»Das Geschäft wird bis auf weiteres geschlossen«, sagte Eliza Marble und verknotete die Bänder ihrer Schute unter dem Kinn. Regen trommelte gegen die Scheiben, Blitze zuckten, Donnerschläge dröhnten, und ein scharfer Wind fegte durch die Straßen.

»Ist das dein Ernst?« Margaret war verblüfft.

Sie hatte gerade die letzte Ausgabe des *Examiner* mit den beunruhigenden Nachrichten überflogen, als Tante Eliza völlig durchnäßt hereinkam. Sie hatte keine Ahnung, wo ihre Tante die letzten eineinhalb Stunden gewesen war. Und die hatte es auch nicht für nötig gehalten, ihr eine Erklärung zu geben. Sie war sofort ins Hinterzimmer gegangen und hatte Mantel, Hut und Schirm geholt.

»Mein voller Ernst«, sagte Tante Eliza. »Es ist jetzt fast vier, und bis jetzt ist heute noch kein einziger Kunde erschienen.«

»Wer geht bei so einem Wetter schon aus dem Haus?« fragte Margaret. »Außerdem gibt es sicher keinen Menschen in Richmond, der gestern nacht länger als eine Stunde geschlafen hat.«

»Du hast doch sicher gut geschlafen«, sagte Tante Eliza scharf.

»Nein«, erwiderte Margaret leise.

»Seltsam. Ich dachte, du interessierst dich nicht für unsere Truppen.«

Margaret unterdrückte eine Entgegnung. Tante Eliza war offensichtlich müde. Und sie mußte zugeben, daß die spitze Bemerkung ihrer Tante berechtigt war. Eliza Marble wußte, daß ihre Nichte seit ihrem Streit mit Gideon nicht einmal versucht hatte, sich mit ihm in Verbindung zu setzen. Margaret hatte sich sogar strikt geweigert, über ihn zu sprechen – oder ihrer Tante zu erklären, warum sie in letzter Zeit so nervös und lustlos war.

Es lag daran, daß sie kaum noch schlief. Besonders in den letzten Tagen hatte sie fast ununterbrochen an Gideon denken müssen. Selbst jetzt sah sie sein Gesicht, hörte seine Worte, spürte das zärtliche Streicheln seiner Hand . . .

Aber genauso klar erinnerte sie sich an die bitteren Worte, als ihre Angst ihn vertrieben hatte.

Tante Eliza trat zur Tür und machte Anstalten, den Schirm zu öffnen. Sie blickte ihre Nichte mißbilligend an.

»Gott sei Dank sind die Ladies von St. Paul nicht so gleichgültig wie du. Wir haben vorhin unseren Hilfseinsatz besprochen. Die ersten Züge mit den Verwundeten von Manassas sollen gegen Sonnenuntergang hier eintreffen. Unsere Krankenhäuser können sicher nicht einmal die Hälfte von ihnen aufnehmen. Die Bürger sind aufgerufen, sich der Männer anzunehmen und sie privat zu pflegen. In unserer Wohnung in Rocketts ist kein Platz. Deshalb wirst du zusammen mit Willa das Hinterzimmer ausräumen, damit wir einen oder zwei Verwundete aufnehmen können.«

»Das ist also der wirkliche Grund, daß du das Geschäft schließt.«

»Allerdings. Und wenn deine zarten Nerven es nicht aushalten, dich um die Männer zu kümmern, werden Willa und ich es allein tun.«

Margaret blickte ihre Tante an.

»Du bist sehr wütend auf mich, nicht wahr?«

»Sicher unchristlich von mir, aber so ist es.«

»Ich habe es seit Tagen gespürt.«

Als Eliza Marble wieder sprach, klang ihre Stimme weniger scharf. »Margaret, ich kann mir denken, warum du mit Lieutenant Kent Streit gehabt hast. Dein Vater redet ziemlich viel, wenn er getrunken hat. Du hast Mister Kent in unser Haus gebracht . . .«

»Ja«, murmelte Margaret.

». . . zu einem Zweck, auf den mich später ein paar Bemerkungen des Sergeanten gebracht haben. Er hat euren Streit vor der Wohnungstür gehört. Du hast versucht, den jungen Mann davon zu überzeugen, daß Krieg verwerflich ist.«

Margarets Schweigen war ein Eingeständnis.

»Obwohl es mir schwerfällt, deine Einstellung zu teilen, kann ich sie verstehen. Du hast Angst, daß ihm das gleiche geschehen könnte wie deinem Vater, und deshalb hast du eine Art Mauer um dich errichtet . . .«

»Kannst du mir das verdenken?« rief Margaret erregt. »Ich habe Tag für Tag das Leiden eines Menschen vor Augen, den der Krieg . . .«

»Niemand kann sich isolieren«, unterbrach Eliza Marble. »Oder du müßtest dich in dein Zimmer einschließen und für den Rest deines Lebens dort bleiben. Wenn du nicht den Mut hast, die Welt so zu nehmen, wie sie ist, ihre irrationale Grausamkeit genauso wie die von Gott gegebene Güte . . .«

»Das kann ich nicht«, flüsterte Margaret.

»Dann verdienst du keinen Zorn, sondern Mitleid«, sagte Eliza Marble fast sanft. »Die Entscheidung liegt bei dir.«

»Zu gütig, daß du mir die zugestehst!«

»Margaret, du mußt dir immer vor Augen halten, daß Gott dem Menschen nicht versprochen hat, ihm das Leben auf Erden leichtzumachen. Bevor du das nicht einsiehst und begreifst, bist du nicht erwachsen. Ich sage das nicht, um dir weh zu tun . . .«

Margarets kühler Blick zeigte ihr, daß diese Versicherung stark angezweifelt wurde.

»Wirklich nicht, Kind. Ich liebe dich. Aber ich kann keine egozentrischen Menschen ertragen. Auch keine Feiglinge. Es tut mir leid, dir das so hart und unverblümt sagen zu müssen.«

Margaret wandte ihr schweigend den Rücken zu.

»Hör mal«, rief Tante Eliza, »du solltest zumindest dankbar sein, daß Präsident Davis heil und gesund zurückgekehrt ist und daß unsere Truppen einen Sieg errungen haben. Ich bin es!«

Margaret schwieg.

Tante Eliza riß die Tür auf und trat hinaus. Der Sturm peitschte Regen herein.

»Na gut. Du hast mir deine Einstellung mehr als deutlich gemacht. Wenn du Willa geholfen hast, das Hinterzimmer zu räumen, geh nach Hause und verkriech dich hinter deiner Mauer!«

Sie warf die Tür krachend ins Schloß.

Margaret senkte den Kopf.

Tante Eliza hatte recht. Sie hatte Angst, sich Gideon zu geben, Angst vor dem Krieg, Angst vor allem, was einen Leiden aussetzen könnte, wie sie es in der Kindheit erlebt hatte. Das war auch der Grund, warum sie nie an Gideon geschrieben hatte, obwohl sie ein dutzendmal nahe daran gewesen war und ständig an ihn dachte.

Und jetzt war in ihr eine noch größere Angst ausgelöst worden. Sie wußte aus der Zeitung, daß er wahrscheinlich an den Kämpfen von Manassas teilgenommen hatte. Mit zitternden Händen faltete sie die Zeitung auseinander und zwang sich, die dickgedruckten Schlagzeilen noch einmal zu lesen:

»GLORREICHER SIEG UNSERER TRUPPEN BEI MANASSAS – McDowells Söldner in die Flucht getrieben – Größte Schlacht, die je auf diesem Kontinent geschlagen wurde . . .«

Einige Worte der Kampfberichte blieben in ihrem Gedächtnis haften: New Yorker Zuaven von *Colonel Stuart's Cavalry* aufgerieben . . .

Margaret legte die Zeitung schnell weg.

Sie trat zur Tür und drückte das Gesicht gegen die kalte

Scheibe. Die Main Street war fast so dunkel wie in einer mondlosen Nacht. Ihre Augen füllten sich mit Tränen.

Gideon ...

Nein, sie mußte sich zwingen, nicht an ihn zu denken! Wenn er tot war oder ein Krüppel, wie ihr Vater, würde sie es nicht ertragen.

Wieder und wieder hatte sie sich das vorgehalten. Seit Wochen versuchte sie sich einzureden, daß er ihr nichts mehr bedeute, daß es besser war, ihn nie wiederzusehen.

Wütend über ihre Schwäche wischte sie sich die Tränen ab, hob den Kopf und ging ins Hinterzimmer.

Willa räumte Stoffe, Nadeln und andere Utensilien vom Zuschneidetisch. Schweigend begann Margaret, ihr zu helfen. Ein paarmal blickte sie Willa verlegen an. Sie war sicher, daß das Mädchen ihren Wortwechsel mit Tante Eliza gehört hatte. Aber Willa war taktvoll genug, kein Wort darüber zu verlieren.

»Kann ich gehen, wenn wir hier fertig sind?« fragte Willa schließlich.

»Willst du nach Hause?«

»Nein, zum *Spotswood Hotel*. Präsident Davis soll vom Balkon aus eine Rede halten, sobald der Regen aufhört. Er will von der Schlacht berichten. Außerdem will ich die Fesseln sehen.«

»Welche Fesseln?«

»Hast du denn nicht die Zeitungsberichte über die Schlacht gelesen?« fragte Willa vorwurfsvoll.

»Die interessieren mich nicht.«

»Unsere Soldaten haben in Manassas Handschellen, Fußfesseln und Ketten erbeutet. Die waren dazu bestimmt, unsere Generale abzuführen, und vielleicht auch den Präsidenten, wenn die Yanks Richmond erobert hätten. Aber da haben sie sich zu früh gefreut«, setzte Willa triumphierend hinzu. Und dann fuhr sie Margaret an: »Ich verstehe wirklich nicht, warum du über den wunderbaren Sieg nicht glücklich bist.«

»Glücklich? Wir haben vielleicht zweitausend junge Männer verloren. Ist das ein Grund, glücklich zu sein?«

Willas Mund verzog sich zu einem leicht ironischen Lächeln. »Woher kennst du die Verlustziffern? Ich dachte, du liest keine Kriegsnachrichten?«

»Ich ...« Margaret spürte, daß sie rot wurde, und senkte den Blick.

Ein Donnerschlag dröhnte, so laut wie das Artilleriefeuer, von dem sie geträumt hatte. Aus den ständig wiederholten Berichten von der Schlacht bei Buena Vista wußte sie, daß eine Granate einen Menschen zerfetzen konnte.

Gideon!

Der Regen trommelte auf das Dach. Ein Wagen holperte vorbei. Vielleicht ein Farmwagen. Kurz nach Mittag hatte Tante Eliza ihr berichtet, daß die Farmer der Umgebung aufgerufen worden waren, frisches Gemüse in die Stadt zu bringen. Für die Krankenhäuser.

Margaret spürte, daß Willa sie noch immer prüfend anblickte.

»Habe ich deine Erlaubnis zu gehen?« fragte sie schließlich ironisch.

»Ja! Verschwinde!«

»Mit Vergnügen!«

Willa wandte sich um und verließ das Zimmer.

Geh nur, dachte Margaret, geh und höre Davis erzählen, wie großartig alles war. Und dann geh zum Bahnhof und sieh sie dir an! Rieche ihre eiternden Wunden! Höre ihre Schreie! Sieh zu, wie die Särge ausgeladen werden! Und dann komm zurück und erzähle mir, wie glücklich du bist ...

Sie schlug mit der Faust auf den Tisch.

Es half nicht. Nichts half, weder Logik noch Wut – nichts.

»Gideon«, flüsterte sie in die Leere des halbdunklen Zimmers, »bist du noch am Leben?«

2

Länger als eine Stunde kämpfte Margaret mit ihrer Angst und mit dem Chaos ihrer Gedanken. Schließlich löschte sie alle Lichter, bis auf eine Gaslampe, legte ihren Schal um, setzte den Hut auf und verließ den Laden.

Regen schlug ihr ins Gesicht und durchnäßte ihren Rock, als sie die Main Street entlangging. Die Straße war dunkel. Die wenigen von Gaslampen erleuchteten Ladenfenster wirkten geisterhaft und unwirklich.

Trotz des Unwetters waren viele Menschen unterwegs. Und alle liefen in dieselbe Richtung: Sie bogen von der Main Street in die Eighth Street und gingen zum Bahnhof.

Die Menschen unterhielten sich leise und gedämpft – wenn sie überhaupt redeten.

Margaret zitterte vor Angst und Erregung. Aber sie mußte zum Bahnhof. Sie mußte wissen, ob er unter den Verwundeten war. Und wenn sie ihn nicht entdeckte, würde sie andere Männer fragen, ob sie etwas über ihn wußten . . .

Sie war sich völlig klar darüber, daß die Chance, unter den Verwundeten einen Menschen zu finden, der Gideon kannte, lächerlich klein war. Aber selbst eine sinnlose Suche war besser, als tatenlos herumzusitzen und sich einzureden, daß er ihr gleichgültig war.

Eine riesige Menschenmenge wartete vor dem Bahnhof. Heute wehten keine Banner, und niemand hielt eine Rede. Schweigend standen die Menschen neben einer langen Reihe von Fahrzeugen: Farmwagen, Planwagen, Droschken und eleganten Kaleschen, die bereitstanden, um die Verwundeten aufzunehmen.

Wieder zuckte ein Blitz über den Himmel. Von Norden hörte sie das langgezogene, klagende Pfeifen einer Lokomotive.

Sie begann schneller zu laufen. Regentropfen und Tränen rannen über ihre Wangen.

3

Polizisten versuchten, besorgte Angehörige von Soldaten und Neugierige vom Bahnsteig fernzuhalten. Aber sie schafften es nicht.

Die Menschen drängten gegen die Absperrung, und Margaret war eine der ersten, der es gelang, sich nach vorn zu schieben und auf den Bahnsteig zu laufen.

Sie hielt sich die Hand vor die Augen, als die riesige Laterne der Lokomotive sie blendete. Der erste Zug fuhr gerade geräuschvoll ein.

Ein nervöser Mann in einem weißen Mantel nahm sie beim Arm. »Bitte gehen Sie zurück! Es sind ohnehin schon zu viele Leute hier! Wie sollen wir die Verwundeten hinausschaffen, wenn . . .«

Sie riß sich los und lief weiter. Der Zug schien unendlich lang zu sein. Die letzten Wagen waren in der verrauchten Dämmerung des Bahnhofes kaum zu erkennen, verschwanden buchstäblich hinten in der Dunkelheit.

Türen wurden aufgeschoben. Männer in Uniform kletterten aus den Waggons. Zivilisten – Männer, Frauen und sogar Kinder – stürmten auf den Bahnsteig. Margaret hörte Menschen aufschreien, wenn sie ein vertrautes Gesicht erblickten. Sie sah eine grauhaarige Frau auf einen Jungen in zerfetzter, schmutzverklebter Uniform zulaufen. Sie schluchzte laut, als sie ihn in die Arme schloß.

Sie kletterten aus den Waggons, manche mit erschöpftem Lächeln, andere mit verlorenem, leerem Ausdruck in den Augen. Die meisten von ihnen hatten Kopfverbände oder geschiente Arme. Die gehfähigen Verwundeten stützten sich auf Krücken, Stöcke, einen Ast . . .

Das Stimmengewirr wurde lauter. Die Halle füllte sich mit Dampf. Die wenigen Laternen gaben nur ein mattes, unsicheres Licht.

Margaret hörte einen gellenden Schrei. Eine Frau in elegantem Brokatkleid ließ ihren Schirm fallen und brach ohnmächtig zusammen.

Ein Junge, der sich an zwei Krücken mühsam aufrecht hielt, bat die Umstehenden mit leiser Stimme, seiner Mutter zu helfen.

Das rechte Bein des Jungen war dicht unterhalb des Knies amputiert.

Die Frau kam zu sich, richtete sich auf und schlug beide Hände vor das Gesicht. Sie begann wieder zu schreien. Der Junge stützte sich auf die Schulter eines grauhaarigen Mannes in einem Schoßrock. Gemeinsam bemühten sie sich um die Frau, versuchten, sie zu beruhigen.

Sie schrie weiter.

Die beiden Männer zogen sie auf die Füße und zerrten sie hinaus.

Jetzt wurden Tragen zu den Waggontüren geschoben oder von wartenden Helfern herausgehoben.

Margaret ging langsam weiter, zum Ende des Bahnsteigs, immer auf der Suche nach dem einen Gesicht . . .

Jetzt konnte sie auch die Wagen sehen, die außerhalb der Halle standen. Ein Dutzend Männer war dabei, Kisten aus Kiefernholz auszuladen. Sie stapelten sie wie Feuerholz.

An mehreren Stellen des Bahnsteigs waren Waschschüsseln und Wasserfässer aufgestellt. Frauen füllten Becher und feuchteten Tücher an, dann liefen sie zu den Tragen, um einem Verwundeten zu trinken zu geben oder sein Gesicht zu waschen.

Margaret sah wieder das Buglicht einer Lok im Dunkel und hörte das Stampfen eines näher kommenden Zuges. Der zweite Transport lief ein und hielt auf einem anderen Gleis.

Margaret lief hinüber. Die Türen wurden zurückgerollt, und wieder kletterten Leichtverwundete aus den Waggons. Langsam schritt Margaret den Bahnsteig entlang. Sie blickte in die Gesichter der Männer, auf ihre Uniformen. Aber nirgends sah sie einen Mann mit der hellblauen Montur, wie Gideon sie trug.

Sie suchte weiter. Ihr Atem ging in raschen, flachen Stößen.

Ein Junge, dem beide Arme geschient worden waren, drückte seinen Kopf an die Schulter eines dicklichen Mannes. »Oh, Pa ...«, schluchzte er. »Ich glaubte schon, wir würden nie hier ankommen. Mein Gott, du kannst dir nicht vorstellen, wie entsetzlich es war ...«

Das Gedränge wurde immer schlimmer, mehr und mehr Menschen drängten in den Bahnhof. Die freiwilligen Helfer, die die Tragen zu den Wagen brachten, begannen wütend zu fluchen. Weiße Dampfwolken quollen aus den Zylindern der Lokomotive, die den zweiten Zug hereingezogen hatte. Margaret kämpfte gegen den übermächtig werdenden Wunsch, dieser Hölle von Lärm, Gerüchen und zerfetzten Körpern zu entfliehen.

Sie stolperte und stieß einen leisen Schrei aus.

Drei Frauen, die an einer der kleinen Betreuungsstationen arbeiteten, blickten auf.

»Was willst du denn hier!« Tante Eliza starrte sie mißbilligend an. Doch dann sah sie den gequälten Ausdruck in dem Gesicht des Mädchens. »Ist dir nicht gut?«

Margaret nickte. Tante Eliza lief auf sie zu und nahm sie in die Arme.

»Kind, du bist ja völlig durchnäßt!«

»Das ist nicht schlimm, Tante Eliza, ich ...«

Über die Schulter ihrer Tante hinweg sah sie, wie einem der Freiwilligen die Trage aus der Hand glitt. Sie schlug auf den Bahnsteig. Der Verwundete wurde herausgeschleudert. Er schrie gellend auf. Beide Arme waren amputiert.

»Dämlicher Hund!« schrie der zweite Mann seinen Kollegen an. Dann stieß er eine Frau aus dem Weg. »Verschwinden Sie! Sonst lassen wir ihn hier liegen!«

»O Margaret . . .« Eliza Marble drückte ihre Nichte an sich. Margaret starrte noch immer auf den Jungen ohne Arme, der sich schreiend auf dem Bahnsteig wälzte.

»Ich habe vorhin die Nerven verloren und dir viel Böses gesagt . . . Es tut mir leid.«

Margaret drückte ihren Kopf an Elizas Schulter, um den armlosen Jungen nicht mehr sehen zu müssen.

»Es ist schon gut«, murmelte sie.

»Nein, es ist nicht gut. Ich habe es eingesehen, als ich zum Bahnhof ging. Ich habe die ganze Nacht nicht schlafen können und bin todmüde. Darum habe ich dich so angefahren. Es tut mir wirklich leid. Kannst du mir verzeihen?«

»Ich habe dir nichts zu verzeihen.«

»Aber . . .«

»Nein. Du hattest völlig recht.«

Leise fragte Eliza Marble: »Warum bist du hier? Um zu helfen?«

»Ich suche nach . . .«

Sie brach den Satz ab. Der junge Soldat ohne Arme wurde wieder auf die Trage gelegt. Er schrie . . .

»Ja, ich will helfen«, sagte Margaret leise.

Und wenn mich die Erinnerungen mein Leben lang verfolgen sollten, ich bin nicht hart genug, um einfach wegzusehen . . .

»Sage mir, was ich tun soll, Tante Eliza.«

4

Eine halbe Stunde verging. Ein dritter Zug fuhr in die Halle. Margaret verlor jeden Sinn für Zeit und Raum.

»Darf ich Ihr Gesicht waschen?«

Ein unrasiertes, jungenhaftes Gesicht lächelte sie an. »Gern, Madam. Es ist zwar schon viermal gewaschen worden, aber wenn es Ihnen Spaß macht . . .«

Sie lächelte ihm zu und wandte sich an den nächsten. So sanft wie möglich fuhr sie mit dem feuchten Lappen über seine Stirn, seine Wangen, seinen Hals. Als er fortgetragen wurde, hob er dankend eine Hand.

Sie ging zum Stand zurück, wo Tante Eliza und zwei andere Frauen gerade rötliches Wasser aus einer großen Schüssel auf die Schienen kippten. Das grelle Licht der Lok des eben eingelaufenen dritten Zuges blendete sie einen Augenblick. Zwei leere Gleise lagen zwischen dem Bahnsteig und dem Zug, und am liebsten wäre sie sofort hinübergelaufen, um zu suchen, zu fragen ...

Aber sie hatte Tante Eliza versprochen zu helfen. Sie durfte sie nicht im Stich lassen. Doch das verhinderte nicht, daß sie immer wieder hinüberstarrte. Falls Gideon wirklich mit einem dieser Züge eintraf, durfte sie ihn nicht verfehlen ...

»Sauberes Wasser, Margaret«, rief eine der Frauen.

Sie wich einem Verwundeten aus und füllte eine Schüssel aus dem Wasserfaß.

Die Türen des gerade eingelaufenen Zuges rollten auf. Aus irgendeinem Grund war die Reihenfolge der Waggons verändert worden. An der Spitze waren die Waggons mit den Särgen, die Tragen in der Mitte, die Waggons mit den Gehfähigen am Ende des Zuges.

Sie war gerade dabei, ein Tuch zu spülen und auszuwringen, als sie glaubte, ein bekanntes Gesicht unter den Soldaten zu erkennen, die den Bahnsteig entlanghumpelten.

Sie ließ das Tuch fallen.

»Gideon ...«

Sie raffte den Rock, sprang auf die Gleise und begann zu laufen. Als sie den anderen Bahnsteig erreichte, wußte sie, daß sie sich nicht geirrt hatte. Lachend und weinend winkte sie ihm, rief immer wieder seinen Namen.

Er hörte sie nicht. Aber er konnte gehen!

Sie konnte keinen Verband erkennen, kein Zeichen irgendeiner Verletzung. Nur Schmutz und Blutflecken an der früher so prächtigen Uniform.

Er ging langsam, mit gesenktem Kopf. Ein Säbel hing an seinem Gürtel. Zwei Revolver steckten darin.

Und eine Flagge.

»Gideon! Hier . . . hier bin ich!«

Diesmal hörte er sie. Er drehte sich um. Dann sah er sie.

Ein seltsames, zögerndes Lächeln zog über sein Gesicht.

Entsetzen schnürte Margaret die Kehle zu, als sie auf ihn zulief.

Er möchte lächeln, aber er kann es nicht. Er ist verletzt, aber ich kann die Wunde nicht sehen . . .

Sie prallten buchstäblich gegeneinander. Gideon riß sie in seine Arme und drückte sie so heftig an sich, daß sie glaubte, ihr Rückgrat würde brechen. Es war ihr egal.

Er roch entsetzlich. Auch das war ihr egal.

»Mein Gott«, rief er, und es klang wie Schluchzen und Lachen, »Margaret, Margaret . . .«

Sie küßte sein Haar, sein Gesicht, seinen Hals. Sein stoppeliges Kinn kratzte ihre Wange auf.

Endlich lösten sie sich voneinander.

Lachend fuhr Gideon sich über die Augen.

»Ich benehme mich wie ein Schuljunge . . .«

»Bist du verwundet, Gideon?«

»Nein.«

»Wirklich nicht?«

»Wirklich nicht. Wieso bist du hier? Ich hätte nie gedacht . . .«

»Ich weiß, ich weiß. Aber ich mußte immer daran denken, daß ich dich fortgeschickt habe, weil ich Angst hatte. Ich war zu schwach, um den Gedanken zu ertragen, daß dir etwas passieren könnte. Aber nichts von dir zu hören, war noch viel schlimmer. Und heute . . . heute habe ich eingesehen, daß ich mich nicht länger abkapseln darf . . . mich um nichts kümmern . . .«

In seine blauen Augen trat ein ernstes Lächeln.
»Dann haben wir uns beide geändert, Margaret.«
»Was willst du damit sagen?«
»Du hattest recht, mit allem, was du mir gesagt hast. Manassas war ... Mein Gott, ich kann es dir nicht beschreiben ... Ich habe dort tapfere Männer gesehen, so tapfer, daß es einem unglaublich erscheint. Ich sah sie sterben, von Bajonetten aufgespießt, von Granaten zerfetzt! Du hattest recht, es war kein Spaziergang, kein Spiel für kleine Jungen, die glauben, ein Krieg sei nur ein großes Abenteuer ...«
Ihre Hände streichelten sein Gesicht, suchten an seinem Körper nach Wunden. Aber sie fand keine.
Nur wenn sie in seine Augen blickte ...

5

Tante Eliza fand endlich ihre verschwundene Nichte wieder. Sprachlos vor Erstaunen starrte sie den beiden jungen Menschen entgegen, die eng aneinandergeschmiegt auf sie zukamen, als würde einer vom anderen aufrecht gehalten.
Sie sahen sie nicht. Sie schienen überhaupt nichts wahrzunehmen. Ohne ihr auch nur einen Blick zu schenken, gingen sie an ihr vorbei zum Ausgang.
»Warum warst du überhaupt in dem Zug?« fragte Margaret. »Du hast doch nicht einmal einen Kratzer abbekommen.«
»Ich habe mein Pferd verloren, am Bull Run. Ein sterbender Yank hat auf mich geschossen. Ich hatte ihn nicht gesehen. Der arme Dancer war nervös, tänzelte herum und stieß mich zur Seite, als der Yank abdrückte. Die Kugel hat ihn in den Bauch getroffen. Ich mußte ihn erschießen. Also bin ich jetzt ziemlich nutzlos. Ich habe kein Pferd, und ich weiß auch nicht, wo ich eins finden kann. Aber ich muß mich umsehen. Deshalb habe ich die Genehmigung erhalten, mit einem der Verwundetenzü-

ge zu fahren. Wenn ich in Richmond kein neues Pferd finde, lande ich in der Q-Kompanie.«

Margaret blieb stehen. »Du mußt wieder zurück?«

Er nickte. »Sobald ich ein Pferd habe. Mach nicht so ein Gesicht. Ich bin davon auch nicht begeistert. Dies wird ein harter, unerbittlicher Krieg. Wahrscheinlich wird er länger dauern, als wir alle angenommen haben.«

»Aber die Zeitungen haben doch geschrieben, daß die Yankees in wilder Flucht davongerannt sind.«

»Nicht alle. Die Truppen, die geflohen sind, hatten eine schlechte Führung. Wenn sie bessere Offiziere gehabt hätten, wäre es anders gekommen.«

Sie lehnte ihren Kopf an seine Schulter.

»Ich will nicht, daß du zurückgehst.«

»Ich muß. Aber bevor ich das tue, möchte ich mir noch über etwas Gewißheit verschaffen.«

»Über was?«

»Über dich, Margaret.«

Sie küßte ihn leicht.

»Reicht dir das?« fragte sie leise.

Er nickte.

»Ich hätte dir schreiben sollen. Ich habe es nicht getan, weil ich glaubte, du wolltest nichts mehr von mir . . .«

Sie legte ihm einen Finger auf die Lippen.

»Ich hatte mich geirrt. Ich hasse es noch immer, daß du an diesem Krieg teilnimmst. Weil ich dich nicht verlieren will. Aber ich« – sie wurde rot – »ich weiß jetzt, daß ich lieber dieses Risiko auf mich nehme, als dich nie . . .«

Sie konnte nicht weitersprechen. Sie standen eng aneinandergedrückt, ohne auf die anderen Menschen zu achten.

Er ergriff ihre Hände. »Weißt du, wie ich mich gefühlt habe, als du meinen Namen riefst? Wie in einem Märchen, Margaret.« Sein Gesicht lief ebenfalls rot an. »Eins würde es mir sehr erleichtern, wieder zurückzugehen . . .«

»Und was?«

»Dein Versprechen, daß wir heiraten, sobald dieser Krieg vorbei ist.«

»Nein.« Sie schüttelte den Kopf.

Er starrte sie entgeistert an.

»Aber ich dachte . . .«

»Ich liebe dich, Gideon. Ich will nicht mehr warten. Ich möchte dich jetzt heiraten. Bevor du zurückgehst.«

Ein strahlendes Lächeln trat auf sein Gesicht.

»Oh, mein Gott«, flüsterte er. Dann warf er den Kopf in den Nacken und stieß einen lauten Jubelruf aus.

Tante Eliza starrte erschreckt zu ihnen hinüber. Die beiden Ladies neben ihr hoben mißbilligend die Brauen.

Plötzlich wurde Margaret wieder von ihrer Angst gepackt. Wenn sie ihn heiratete, und er fiel . . . War ihre Liebe zu ihm stark genug, um mit dieser Angst leben zu können? Ihr Tag für Tag ausgeliefert zu sein?

Sie blickte in sein Gesicht und kannte die Antwort. Sie hatte sie bereits gekannt, als sie den Laden abgeschlossen hatte und durch den Regen zum Bahnhof gelaufen war. Wie Tante Eliza ihr gesagt hatte: Es gab kein Leben ohne Risiko, ohne Gefahr, ohne Schmerz . . .

Aber ihre Liebe war stärker. Mehr als alles andere auf der Welt wollte sie die Liebe dieses müden, zerschlagenen Jungen, der in wenigen Tagen zum Mann geworden war.

»Ist das wirklich dein Ernst, Margaret?«

»Ja, Darling.«

6

»Komm!« Er zog sie so heftig vorwärts, daß sie fast gestolpert wäre. »Ich will dich meiner Mutter vorstellen . . .«

»Ist deine Mutter denn in Richmond?«

Er nickte.

»Mein Stiefvater hat eine Stellung beim Schatzamt angenommen. Ich kenne ihre Wohnung auch noch nicht. Aber meine Mutter hat mir die Adresse geschrieben.«

Margaret zögerte.

»Ich müßte eigentlich bleiben, bis Tante Eliza mich gehen läßt. Ich habe ihr geholfen, sich um die Verwundeten zu kümmern.«

»Wirklich?« Er schüttelte verwundert den Kopf. »Du hast dich sehr verändert . . .«

Gideon drehte sich um und zog Margaret mit sich. Als sie sich Tante Eliza näherten, flüsterte Gideon: »Sie sieht ziemlich wütend aus.«

Eliza Marble hatte sich von ihrer Überraschung erholt und fand das Benehmen ihrer Nichte einfach schockierend.

»Sage ihr nur, daß klares Wasser dein Lieblingsgetränk ist, und du hast gewonnen«, flüsterte Margaret zurück.

»Ich werd's versuchen.« Wieder ein zweifelnder Blick zu Tante Eliza. »Ich muß sie wohl ohnehin fragen, ob ich dich heiraten darf . . .«

Obwohl die Szene in der halbdunklen Bahnhofshalle nichts von ihrem Schrecken verloren hatte, fühlte sich Margaret so glücklich wie nie zuvor in ihrem Leben.

»Ja, das mußt du wohl«, stimmte sie zu und griff schnell nach seiner Hand. »Sie wird dir den Kopf bestimmt nicht abreißen.«

»Wir werden ja sehen«, stöhnte Gideon.

7

Wenige Minuten nach eins in dieser Nacht wippte Edward Lamont in seinem Stuhl und warf die Spätausgabe der Zeitung auf den Tisch, die eine halbe Stunde vor Mitternacht herausgekommen war.

»Hier bei uns«, sagte er und lächelte triumphierend, »in Richmond!«

»Ich konnte es zuerst auch nicht glauben«, sagte Josiah Cheever, »bis ich es schwarz auf weiß in der Zeitung las, daß wir nicht nur Soldaten gefangengenommen hatten, sondern auch eine ganze Reihe von Zivilisten.«

Mrs. Mullers Bier Saloon war fast leer. Die beiden konnten sich an ihrem Tisch in der hintersten Ecke ungestört unterhalten. Eine Gaslampe mit dunkelrotem Glasschirm warf einen rötlichen Schimmer auf ihre Gesichter.

»Hat Ihre Frau die Ausrede geschluckt, als Sie ihr sagten, Sie müßten bis nach Mitternacht im Büro bleiben?«

»Ich glaube schon. Bisher hat sie so etwas noch nie angezweifelt. Außerdem war sie heute den ganzen Tag ziemlich durcheinander.«

»Warum?«

»Wegen Gideon. Er war mit Stuarts Kavallerie bei Manassas. Unsere Zeitungen haben aber die Verlustlisten noch nicht veröffentlicht.«

Lamont fuhr mit den Fingerspitzen über seinen Schnurrbart, trank wieder einen Schluck Bier. Dann nahm er die Zeitung auf und las noch einmal den Artikel, auf den Cheever ihn aufmerksam gemacht hatte:

»Unter den Gefangenen, die in dem chaotischen Durcheinander des gegnerischen Rückzuges eingebracht worden sind, befinden sich auch der Kongreßabgeordnete Ely aus New York und ein Journalist aus Washington, einer der zahlreichen Pressevertreter, die das Kampfgeschehen verfolgt haben.

Der Journalist – Mr. Jephtha Kent – ist Korrespondent der New Yorker *Union*, einer Zeitung, die ständig gegen die konföderierten Staaten von Amerika gehetzt hat.

Der Kongreßabgeordnete Ely ist unverletzt. Der Journalist hat jedoch eine Gehirnerschütterung erlitten. Bei der chaotischen Flucht der Feinde ist sein gemieteter Wagen einen Hang hinabgestürzt, und er wurde in bewußtlosem Zustand nach Richmond gebracht.

Trotz der feindseligen Einstellung der beiden gefangenen Zivilisten hat General Johnstons Hauptquartier befohlen, daß sie eine humane Behandlung erfahren und medizinisch betreut werden – genau wie die etwa fünfhundert Offiziere und Soldaten der Union, die ebenfalls als Gefangene in die Hauptstadt gebracht werden . . .«

»Er ist hier, direkt vor unserer Nase«, schmunzelte Lamont.

»Und er scheint schon halb tot zu sein.«

Lamont nickte.

»Das wird uns die Sache erheblich vereinfachen.«

»Bei einer Gehirnerschütterung könnte er auch eines natürlichen Todes sterben.«

»Darauf können wir uns nicht verlassen. Wir dürfen kein Risiko mehr eingehen.«

»Sie sind also entschlossen, die Sache durchzuführen?« fragte Cheever und starrte Lamont prüfend an.

»Unsere Freunde verlassen sich fest darauf.«

Lamont schnaubte verächtlich.

»Unsere Freunde. Denen ist es völlig gleichgültig, woher das Geld stammt, das sie in die Kassen des Schatzamtes pumpen. Aber wenn bei uns etwas schiefgehen sollte, lassen sie uns fallen wie heiße Kartoffeln. Dann haben sie natürlich keine Ahnung gehabt, daß wir für sie . . .«

»Das dürfen sie auch nicht«, unterbrach Cheever. »Sie wissen doch genauso gut wie ich, daß Präsident Davis niemals Yankee-Geld annehmen würde, das auf diese Weise beschafft worden ist. Er darf also nie erfahren . . .«

»Verstehe«, unterbrach Lamont, »ein Gentleman vom Scheitel bis zur Sohle. Wenn Davis sich auf einem sinkenden Schiff befände und feststellte, daß das Rettungsboot in Boston gebaut worden ist, würde er lieber ertrinken.«

»Sie haben meine Frage noch nicht beantwortet. Wenn Ihnen

das Risiko zu hoch ist, könnten wir auch jemand anderen beauftragen ...«

»Wie den Idioten, der die Sache in Baltimore verpatzt hat? Oder den anderen, der Kent in Washington beseitigen sollte? Nein danke. Diesmal werde ich es selbst erledigen.« Er beugte sich vor. »Nicht aus egoistischen Motiven, haben Sie verstanden? Ich werde jeden umbringen, der zu behaupten wagt, daß ich ein eigennütziges Interesse an dieser Sache hätte.«

»Ich weiß das doch«, sagte Cheever beschwichtigend.

»Ich habe Fan nicht wegen des Geldes geheiratet. Ich habe mich nie für die kalifornischen Goldminen interessiert. Sie sollten den drei Jungen zufallen. Sie gingen weder Fan noch mich etwas an. Aber jetzt macht die politische Situation ein radikales Umdenken erforderlich. Ich werde das Geld beschaffen, Josiah. Und ich habe nicht die geringsten Skrupel wegen der Mittel, die ich dabei anwenden muß.«

»Auch nicht wegen der Tatsache, daß Sie Ihre Frau für den Rest Ihres gemeinsamen Lebens belügen müssen.«

Lamont winkte ab. »Ich habe Fan sehr gern. Sonst hätte ich sie schließlich nicht geheiratet. Aber was das Belügen angeht ...« Er zuckte mit den Schultern. »Ich habe eine Menge kleiner Affären gehabt: Schauspielerinnen, Saloon-Girls, verheiratete Frauen. Ich habe dabei keine Skrupel gehabt und auch kein schlechtes Gewissen hinterher. Glauben Sie, daß ich mir unter diesen Umständen Gedanken darüber mache, meiner Frau etwas zu verheimlichen, was unserer Sache dient?«

Er nahm einen Schluck Bier und wischte sich Schaum vom Schnurrbart.

»Ich arbeite im Schatzamt. Ich kenne die Finanzsituation der Regierung. Und sie wird sich auch vorläufig nicht ändern, da der verdammte Davis sich hartnäckig weigert, unsere Baumwolle nach Europa zu verkaufen. Wir müssen den Yanks Schaden zufügen, wo wir können.« Seine Augen glänzten fanatisch. »Habe ich Ihnen schon erzählt, daß ein aufsässiger Nigger meine Tante ermordet hat? Ich war damals noch ein Kind. Aber ich habe mir geschworen, alles in meiner Macht Stehende zu tun, diese verdammten Abolitionisten zu vernichten. Ich hasse diese Lumpen, die einen Aufstand der Nigger entfesseln wollen.« Er starrte Cheever wütend an. »Und ich verwahre mich gegen jeden Zweifel an der Aufrichtigkeit meiner Gesinnung!«

»Ich habe doch mit keinem Wort . . .«

»Nichts ist im Moment wichtiger, als Jephtha Kent zu erledigen«, sagte Lamont scharf. »Ich bin sogar der Ansicht, daß man Ihre Aufrichtigkeit anzweifeln könnte . . .«

»Augenblick mal!«

»Nicht so laut! Ich möchte nur daran erinnern, daß Sie es waren, der diesen Versager in Baltimore angeheuert hat und dann den Stümper in Washington, nachdem Fan und ich abgereist waren.«

»Beide Männer sind mir empfohlen worden. Es ist verdammt schwierig, durch Mittelsmänner zu verhandeln. Ich mußte mich auf die Beteuerungen anderer verlassen. Konnte ich denn ahnen, daß beide Männer Dilettanten waren? Ich habe genauso ein Interesse daran wie Sie, daß dieser Kent . . .«

Lamont packte Cheevers Arm.

»Nicht so laut, habe ich gesagt. Und nennen Sie nie den Namen!«

Cheevers Gesicht lief rot an. »Sie machen mir schwere Vorwürfe, und ich darf nicht einmal . . .«

»Berechtigte Vorwürfe.«

»Ist das der Grund, warum Sie hinter meinem Rücken arbeiten?«

Lamont lächelte kühl. »Ihnen entgeht auch nichts, was?«

»Wenig. Ich weiß, daß Sie Briefe geschrieben haben . . .«

»An etwas zuverlässigere Leute in Maryland. Ich habe mich mit ihnen in Verbindung gesetzt, als mir klarwurde, daß auch Ihr Agent in Washington ein Versager war. Ich bin sehr diskret vorgegangen. Ich habe mich lediglich mit zwei Männern in Verbindung gesetzt, denen ich absolut vertraue. Mit dem jungen Schauspieler Wilkes Booth zum Beispiel. Und keinem der beiden habe ich bisher enthüllt, worum es geht. Aber jetzt brauchen wir ja keine Hilfe mehr. Der gute Reverend ist in treuer Pflichterfüllung nach Manassas gefahren, mit all den anderen Reportern, einschließlich dieses Engländers von der *London Times*.« Er hob das Glas. »Ein gütiger Gott ist unserer gerechten Sache zu Hilfe gekommen.«

Lamont stellte das Bierglas auf den Tisch zurück.

»Diesmal wird es klappen, Josiah! Aber Sie müssen mir helfen. Ich brauche einen alten Anzug, möglichst abgetragen. Ich darf ihn nicht selbst kaufen, um der Gefahr zu entgehen, daß mich jemand dabei beobachtet. Und ich brauche einen Passierschein, um in das Gebäude zu gelangen, in dem man die Gefangenen unterbringt.«

Cheevers nickte. »Das dürfte mir nicht allzu schwerfallen. Schließlich arbeite ich in Walkers Abteilung.«

»Ich werde dann die . . . eigentliche Arbeit erledigen.«

»Es ist trotz allem eine verdammt riskante Sache.«

»Wissen Sie etwas Besseres?«

»Selbst mit einem gültigen Passierschein können Sie nicht einfach hineingehen und . . .«

»Natürlich nicht. Darum bin ich ja auch der einzige Mann, der für diese Sache geeignet ist. Ich werde mich verkleiden. Als Schauspieler bin ich schließlich darin geübt, einen anderen Menschen darzustellen. Ich werde nicht die geringsten Schwierigkeiten haben.« Er lächelte. »Und außerdem wird mir die Sache eine ganz besondere, persönliche Befriedigung verschaffen . . .«

Cheever blickte Lamont ein paar Sekunden lang nachdenklich an, dann nickte er.

»In Ordnung. Und was ist mit Ihrer Frau? Wird sie Verdacht schöpfen?«

»Nein. Bis jetzt bin ich sehr vorsichtig gewesen, und ich werde auch in Zukunft vorsichtig sein. Wenn es vorbei ist, spiele ich eine Weile den mitfühlenden Gatten, und nach ein paar Wochen, wenn sie völlig . . .«

»Soll das etwa heißen, daß wir mehrere Wochen warten müssen, bevor wir das Geld . . .«

»Ja. Ich denke nicht daran, mir sofort nach vollbrachter Arbeit genüßlich die Lippen zu lecken und mit beiden Händen zuzugreifen. Dann würde sie mißtrauisch werden. Ich muß besonders vorsichtig sein, weil wir einen albernen Fehler begangen haben, als wir so taten, als wären wir einander noch nie begegnet.«

Cheever nickte. »Ja, das war verdammt kindisch.«

»Ich weiß, daß Fan unser Verhalten sehr eigenartig fand und mißtrauisch geworden ist, was meine Beziehungen zu Ihnen betrifft. Vielleicht hat sie es inzwischen vergessen, aber darauf darf ich mich nicht verlassen. Ich muß mir Zeit lassen, hin und wieder einen Anstoß geben, bis unser Vorhaben ihr als ihre eigene Idee erscheint. Verlassen Sie sich darauf, Cheever, ich werde es schaffen. Sie ist eine echte Patriotin, aber etwas Vorsicht kann niemals schaden.«

Cheever nickte befriedigt. »Genau wie bei dem vorzeitigen Tod des Reverend.«

»Ja, Josiah. Wir wollen darauf trinken.« Er stieß mit seinem Freund an. Seine dunklen Augen glänzten. »Auf die wichtigste Rolle meiner Karriere.«

10. Kapitel
Der Mörder

1

Fan hatte nicht übertrieben: Die Wohnung der Lamonts war klein und mehr als bescheiden.

Und doch kam sie dem erschöpften, schmutzigen Gideon Kent wie ein Paradies vor. Ein Feuer in dem winzigen Kamin wärmte den Raum, der ihm nach der regnerischen Kühle des Abends fast luxuriös erschien.

Die Uhr auf dem Kaminsims – aus Lexington mitgebracht – zeigte drei Uhr nachts. Fan, die in einen Morgenmantel gehüllt in einem Sessel hockte, wirkte fast so müde und erschöpft wie ihr Sohn. Sie war in Tränen ausgebrochen, als er plötzlich mit Margaret vor ihr gestanden hatte. Nachdem er Margaret und seiner Mutter Gelegenheit gegeben hatte, einander kennenzulernen, hatte Gideon seine zukünftige Frau nach Hause gebracht und war gegen zwei Uhr nachts zurückgekehrt.

Er lehnte sich zurück, streckte seine Füße näher ans Feuer und gähnte. Seine Waffen, der Säbel und die beiden Colts, lagen neben dem Stuhl auf dem Boden.

Edward saß ihm gegenüber. Er war erst vor einer Stunde heimgekommen.

Edward hatte seinen Stiefsohn überschwenglich begrüßt und mit großem Interesse seiner Schilderung der Schlacht von Manassas gelauscht. Im Gegensatz zu den meisten Menschen, die Gideon auf den Straßen Richmonds beobachtet hatte, schien Edward äußerst zuversichtlicher Stimmung zu sein.

»Das war ein beeindruckender Sieg, Gideon«, sagte er, als sein Stiefsohn den Bericht beendet hatte.

»Du hast dich noch gar nicht zu Gideons Verlobung geäußert«, sagte Fan mit leichtem Vorwurf. »Schließlich ist das eine der wichtigsten Entscheidungen im Leben eines Menschen.«

»Ich hatte leider noch nicht das Vergnügen, die junge Dame kennenzulernen.« Er lächelte seine Frau an. »Und die Hauptsache ist schließlich, daß du mit ihr einverstanden bist.«

»Wir haben uns ja auch erst heute kennengelernt, Edward. Sie ist sehr nett und intelligent – und auf jeden Fall außergewöhnlich hübsch.« Sie blickte zu ihrem Sohn. »Aber es ist eigentlich egal, ob ich mit ihr einverstanden bin oder nicht. Wenn ich Gideon so ansehe, weiß ich, daß er nicht länger mir gehört.«

»Ich bitte dich um dein Einverständnis, Mutter.«

»Eine Mutter gibt ihr Einverständnis einem Jungen, keinem Mann. Ich kann noch immer nicht darüber hinwegkommen, wie sehr du dich seit Washington verändert hast.«

Er lächelte freudlos.

»Ich glaube, daß jeder um Jahre gealtert ist, der Manassas erlebt und – überlebt hat.«

»Mir tut es nur verdammt leid, daß Davis General Jackson nicht erlaubt hat, bis zum Potomac vorzustoßen.« Edward stand auf, trat vor einen halbblinden Spiegel und strich mit den Fingerspitzen über seinen Schnurrbart. »Diese Entscheidung wird noch eine Menge Staub aufwirbeln, fürchte ich.«

Edward drehte sich wieder um, und Gideon fragte sich, warum er sich in der Gegenwart seines Stiefvaters so ausgesprochen unbehaglich fühlte. Wahrscheinlich kam ihm Edwards Munterkeit und gute Laune etwas aufgesetzt vor. Ein Mensch, der gezwungen war, bis zwei Uhr nachts zu arbeiten, müßte eigentlich erschöpft und mißgestimmt wirken.

»Es tut mir wirklich leid, daß ich Miss Marble nicht kennengelernt habe«, fuhr Edward fort. »Aber das können wir ja in den nächsten Tagen nachholen. Ich freue mich schon darauf.«

Gideon gähnte und reckte sich. »Ich freue mich jetzt nur auf ein heißes Bad.«

»Es tut mir so leid, daß wir kein eigenes Zimmer für dich haben«, sagte Fan entschuldigend.

Gideon deutete mit dem Fuß auf ein altes Sofa. »Das ist für mich so bequem wie eine Wolke. Ich werde mindestens zwei Tage schlafen . . .«

»Das hast du auch verdient«, sagte Edward.

Gideon schüttelte den Kopf.

»Es war nur ein Witz. Ich muß so rasch wie möglich ein neues Pferd finden. Und einen Brief an Miss Wonderly schicken – zusammen mit der Flagge . . .« Er blickte zum Kaminsims. Die blutgetränkte Flagge der Konföderation lag zusammengefaltet neben der Uhr. Er hatte bereits erklärt, wie er in ihren Besitz gekommen war und warum er sie an Miss Wonderly in White House schicken wollte.

Edward schnippte mit den Fingern und trat zum Tisch, auf den er die Zeitung geworfen hatte, als er hereingekommen war.

»Mit all den Berichten von deiner Verlobung und der Schlacht hast du mich so gefesselt, daß ich beinahe etwas Wichtiges vergessen hätte.« Er schlug die Zeitung auf und deutete auf einen kurzen Artikel.

Gideon überflog ihn und murmelte: »Mein Gott . . .«

Fan beugte sich vor. »Was ist, Gideon?«

Er reichte ihr die Zeitung.

»Unter den Zivilisten, die herübergekommen sind, um die Schlacht zu beobachten, waren auch mehrere Reporter. Und einer davon . . . war mein Vater.«

Fans Gesicht wurde blaß, als sie den Artikel las.

»Gehirnerschütterung«, flüsterte sie. Sie blickte auf. »Was werden sie mit ihm tun, Edward?«

Lamont zuckte mit den Schultern.

»Sie werden ihn als Gefangenen behandeln, wie es dort steht. Aber das braucht uns nicht weiter zu interessieren. Ich jedenfalls werde mir darüber keine Gedanken machen.«

Irgendwie mißfiel Gideon diese Bemerkung, und er fragte sich, warum er sich Sorgen um einen Mann machte, der seine Mutter beleidigt hatte, einen Mann, den er aus Wut darüber geschlagen hatte.

Er kannte einen Grund dafür: Seitdem Fan ihm von dem seltsamen Verhalten seines Stiefvaters bei der Begegnung mit Cheever geschrieben hatte, war Mißtrauen in ihm aufgestiegen und wurde immer stärker – Zweifel an Edward Lamonts Aufrichtigkeit.

Edward trat hinter Fans Stuhl und legte seine Hände auf ihre Schultern.

»Und du solltest das eigentlich auch nicht tun. Nach seinem unglaublichen Benehmen in Washington verdient er dein Mitgefühl nicht mehr.«

Fan seufzte. »Du hast sicher recht. Aber er ist verletzt ...« Gideon empfand Bewunderung für seine Mutter, als sie fortfuhr: »Wir sollten uns zumindest erkundigen, wie es ihm geht.«

Edward richtete sich auf und hob die Schultern.

»Das kannst du halten, wie du willst. Ich jedenfalls will nichts damit zu tun haben.«

Wieder wurde Gideons Mißtrauen wach. Weil Edwards fast gleichgültige Worte nicht zu seinem Gesichtsausdruck paßten, der verstohlenen Triumph widerspiegelte.

»Ich gehe jetzt zu Bett«, verkündete Edward.

Fan erhob sich langsam.

»Das sollten wir alle tun. Ich werde nachsehen, ob das Wasser schon heiß ist.«

»Ich kann mir das Bad selbst richten, Mama.«

»Nein, laß mich das tun.« Sie umarmte ihn. »Oh Gideon, ich bin so froh, daß du heil zurückgekommen bist.«

»Du sprichst aus, was ich schon lange sagen wollte«, bemerkte Edward.

Als Fan ihren Sohn wieder freigab, ergriff Edward Gideons

Arm und sagte. »Ruh dich aus, mein Junge. Gott weiß, daß du deine Ruhe mehr als verdient hast.«

»Danke«, sagte Gideon. Er mußte sich Mühe geben, seine Überraschung zu verbergen, als er den Atem seines Stiefvaters roch.

»Gute Nacht.« Lamont fuhr mit den Fingerspitzen über das blutgetränkte Tuch der Flagge, als er zur Tür ging – eine streichelnde, fast ehrfürchtige Geste. Dann verließ er den Raum, und kurze Zeit darauf hörte Gideon das Klappen der Schlafzimmertür.

Er folgte seiner Mutter in den dunklen, kühlen Korridor. Hinter der Schlafzimmertür hörte er Edward fröhlich vor sich hinsummen. Wieder stieg Mißtrauen in ihm auf, und fast hätte er Fan davon berichtet.

Er trat in die Küche, hob den schweren Kessel vom Herd und goß das kochendheiße Wasser in den Zinkbadezuber. Dann küßte er Fan auf die Wange und wünschte ihr eine gute Nacht. Kurz darauf schloß sich die Schlafzimmertür zum zweitenmal.

Er zog seine schmutzigen Sachen aus und wollte in den Zuber steigen. Mit einem Fluch zog er den Fuß wieder heraus. Das Wasser war brühheiß. Er goß kaltes Wasser nach, dann stieg er vorsichtig zum zweitenmal hinein.

Während er sich abseifte, dachte er an Margaret. Sie wollte, daß sie noch vor Ablauf dieser Woche heirateten. So müde er auch war, der Gedanke an die Hochzeitsnacht erregte ihn, und er dachte rasch an etwas anderes.

An Edward, dessen gute Laute seinem erwachten Mißtrauen neue Nahrung gegeben hatte. Er wußte jetzt, daß Edward log. Er hatte seinen Atem gerochen.

»Ich kann mir nicht vorstellen, daß sie neuerdings im Schatzamt Bier ausschenken, wenn die Angestellten Überstunden machen«, murmelte er.

2

Um Viertel nach neun war es am Capitol Square bereits völlig dunkel. Es stürmte. Und irgendwo im Nordosten grollte leiser Donner.

Gideon und Margaret kamen gerade aus der St. Pauls-Kirche, wo sie mit dem Pastor ihre bevorstehende Trauung besprochen hatten.

Gideon hatte einen seiner beiden Colts in den Gürtel gesteckt, da es in Richmond nach Einbruch der Dunkelheit ziemlich unsicher geworden war. Der ältliche Pastor hatte auf den Anblick der Waffe etwas befremdet reagiert, und Gideon war die Situation ziemlich peinlich gewesen. Aber jetzt, auf dem Heimweg mit Margaret, war er froh, daß er die Waffe dabei hatte. Überall lungerten zwielichtige Gestalten.

Trotz des Sieges am vergangenen Sonntag lag eine Atmosphäre von Niedergeschlagenheit und Trauer über der Stadt. Der Sieg war zu teuer erkauft. Selbst jetzt, zu dieser Nachtstunde, begegnete ihnen ein Leichenwagen, gefolgt von zwei Kutschen mit der Familie des Toten. Auf dem Friedhof am Westufer des Flusses hatten an den vergangenen zwei Tagen von Sonnenaufgang bis in die Nacht Trauerfeiern stattgefunden.

Gideon und Margaret blieben stehen, um den Trauerzug vorbeizulassen, bevor sie die Straße überquerten. Ihnen gegenüber lag das Schatzamt. Alle Fenster waren dunkel. Zwei Soldaten in grauer Uniform, alte Musketen auf den Schultern, bewachten den Eingang.

Kinder, dachte Gideon, obwohl die beiden nur zwei oder drei Jahre jünger waren als er.

Margaret blickte dem Trauerzug nach.

»Ich schäme mich jetzt, daß wir so glücklich sind, während andere Menschen trauern . . .« Sie richtete sich auf die Zehenspitzen und küßte ihn auf die Wange. »Aber ich kann nichts dagegen tun . . .«

»Ich auch nicht. Und ich glaube kaum, daß es uns jemand übelnimmt, wenn wir glücklich sind, solange wir können.«

»Gideon?«

»Ja?«

»Hast du schon etwas über deinen Vater erfahren?«

»Nein. Mama hat sich noch nicht erkundigt. Wahrscheinlich, weil Edward dagegen ist. Und ich glaube, er hat recht. Mein Vater ist schließlich Kriegsgefangener . . . ein Feind.«

»Die Tatsache, daß er dein Vater ist, sollte dir wichtiger sein als alles andere, findest du nicht auch? Ich meine, es ist deine Pflicht, dich nach ihm zu erkundigen.«

»Nein, Margaret. Ich will nichts mehr mit ihm zu tun haben. Er hat Mutter beschuldigt, mit Edward im Komplott zu sein, um sich das kalifornische Geld anzueignen. Durch Mord . . .«

»Das stimmt natürlich nicht?«

»Nein.« Aber immer wieder tauchten Erinnerungen auf, die Zweifel wachriefen. Besonders bedrückte es ihn, daß Edward und Cheever auf der Straße so getan hatten, als wären sie einander noch nie begegnet.

Warum?

Zweimal hatte Gideon sich vorgenommen, mit Fan darüber zu sprechen. Aber dann hatte er es doch gelassen, weil er wußte, daß es sie aufregen würde. Sie hatte genug andere Sorgen.

»Weißt du wenigstens, wo dein Vater ist?« fragte Margaret jetzt.

»Im Armenhaus.«

»Wie hast du das herausgefunden?«

»Es stand heute im *Enquirer*. Ein Teil der gefangenen Soldaten und die meisten der Zivilisten sind vorübergehend im Armenhaus untergebracht worden.«

»Könntest du hinein, wenn du wolltest?«

»Nicht ohne Passierschein. Die Behörden wollen kein Risiko eingehen. Es gibt zu viel Haß in Richmond. Ein paar der Wagen, auf denen die Gefangenen in die Stadt gebracht wurden, sind mit Steinen beworfen worden. Es sind sogar ein paar Schüsse gefallen. Nein, ohne Passierschein würde ich nicht einmal an den Torwachen vorbeikommen.«

Sie näherten sich der Main Street. Gideon wollte Margaret zum *La Mode Shoppe* bringen, wo sie und Tante Eliza zwei junge Verwundete aus Georgia versorgten.

Margaret sagte: »Es ist natürlich deine Sache, aber ich meine, du solltest zum Armenhaus gehen und wenigstens fragen, wie es ihm geht.«

Gideon unterdrückte eine scharfe Antwort. Seit Edward ihm die Zeitung mit der Notiz über die Gefangennahme seines Vaters gezeigt hatte, war er einige Male nahe daran gewesen, sich nach ihm zu erkundigen. Trotz der schweren Beschuldigungen, die zu der Auseinandersetzung geführt hatten – oder vielleicht gerade deswegen – bedrückte ihn ein Schuldgefühl gegenüber dem Mann, dem er sein Leben verdankte. Die Tatsache, daß dieser Mann ein Yankee war, und noch dazu ein fanatischer, konnte seine Gefühle nicht ändern, auch wenn er sich das immer wieder einzureden versuchte.

»Vielleicht hast du recht«, stimmte er ihr fast widerwillig zu. »Papa und ich werden wohl nie wieder einen Weg zueinander finden. Aber falls es ihm wirklich schlecht geht, müßte ich mich zumindest erkundigen . . .«

3

Josiah Cheever wohnte in einem Boarding House in der Nähe des Bahnhofs. Sein Zimmer war genauso eng und ungepflegt wie der Raum, den er in Washington bewohnt hatte. Um zehn nach neun an diesem Abend zog er sorgfältig die Vorhänge zu, setzte sich auf einen Stuhl und blickte Edward Lamont an, der einen Packen Papiere aus einem kleinen Handkoffer zog.

»Dies ist die Arbeit, die ich angeblich heute nacht zu erledigen habe«, sagte er und warf sie auf das Bett. »Ich hole sie dann ab... hinterher.« Er stellte ein kleines Glas auf den Tisch. »Das auch. Es ist ein Haarfärbemittel. Ich brauche es, bevor ich nach Hause gehe.«

»Sie denken wirklich an alles«, sagte Cheever.

»Die gründliche Vorbereitung ist die Grundlage meines Berufs, Josiah«, sagte Lamont und streifte sein Hemd über den Kopf.

Dann trat er zum Waschtisch und schöpfte mit den Händen Wasser aus der Schüssel auf sein Haar. Innerhalb weniger Minuten hatte sich das Wasser in der Schüssel pechschwarz gefärbt, und der Rest der Farbe wurde beim Abtrocknen in das Handtuch gewischt. Edward Lamonts Haar und Schnurrbart zeigten unübersehbare graue Strähnen.

»Geben Sie mir ein Stück Holzkohle.«

Cheever schlurfte zu dem kalten Kamin.

Vor dem halbblinden Spiegel über dem Waschtisch tupfte Lamont Holzkohle auf Oberlippe, Kinn und Hals. Dann verrieb er die Holzkohle sorgfältig, bis sie zwischen den Stoppeln seines zwei Tage nicht rasierten Kinns kaum noch zu sehen war. Anschließend rieb er Holzkohlenstaub in die Falten seiner Stirn und auf beide Nasenflügel.

Cheever blickte ihn erwartungsvoll an und war verblüfft über die Verwandlung. Lamonts Gesicht sah jetzt aus wie das eines älteren Arbeiters, der sich nicht besonders um sein Aussehen kümmerte und auch nicht viel vom Waschen hielt. Eine Minute später wirkten auch Lamonts Hände verbraucht und schmutzig.

»Den Anzug«, rief Lamont.

Cheever ging auf die Knie und zog mehrere Pakete unter dem Bett hervor. Er wickelte sie auf.

»Arbeitsschuhe, Hemd, Mantel...«

»Und wo ist die Hose?«

»Ich konnte keine in Ihrer Größe finden.«

»Macht nichts. Ich behalte meine an und beschmiere sie mit feuchter Erde.«

Cheever hielt einen zerknautschten Hut empor, in dessen Kopfteil ein großes Loch war.

»Ist der in Ordnung?«

»Perfekt.«

Lamonts Augen glänzten vor Erregung, als er das rauhe Hemd überzog, dann den Mantel.

»Ein bißchen knapp, aber es wird schon gehen.«

Dann tauschte er seine saubergeputzten Schuhe gegen die abgetragenen Arbeitsstiefel.

»Haben Sie etwas Neues über Kents Gesundheitszustand in Erfahrung bringen können?« fragte er dabei.

»Nur eine Bestätigung des Berichts, den ich gestern bekommen habe. Er wird am Leben bleiben. Aber er soll ziemlich viel schlafen.«

»Das erleichtert meine Aufgabe. Hoffentlich ist Ihre Information zuverlässig.«

»Ich denke schon.«

»In welchem Raum wird er gefangengehalten? Ich war noch nie im Armenhaus.«

»Die Wachen werden Ihnen Bescheid sagen . . .«

»Ich will es vorher wissen, Josiah! Wo ist er?«

»Ich . . . ich bin nicht ganz sicher. Ich weiß nur, daß man die gefangenen Soldaten in Gemeinschaftsräume gesperrt hat, und die Zivilisten in Einzelzellen. Mehr kann ich auch nicht sagen.«

»Glauben Sie, daß man mich mit ihm allein läßt?« fragte Lamont weiter.

»Ich denke schon. Natürlich werden die Posten Sie durchsuchen, bevor man Sie hineinläßt. Aber von da an wird sich niemand mehr um Sie kümmern. Den Soldaten ist es egal, was mit den Gefangenen geschieht. Es sind meistens junge Rekruten, und es wurmt sie, daß sie nicht ihre Wut an den Gefangenen auslassen dürfen.«

»Gibt es sonst noch etwas, was ich wissen sollte?«

»Der Arzt kommt nur einmal täglich, irgendwann am Vormittag. Krankenpfleger gibt es nicht.«

Lamont nickte. »Und wo ist der Passierschein?«

»Hier.« Cheever zog ein zusammengefaltetes Papier aus der Jackentasche. »Mit der Unterschrift des stellvertretenden Ministers ...«

»... die natürlich gefälscht ist.«

»Was nicht ganz einfach war«, gab Cheever zu. »Aber die zweite Unterschrift ist echt.« Er deutete darauf. »Also hat meine Handarbeit den Test bestanden.«

Lamont blickte kurz auf die beiden Unterschriften, nickte und steckte das Papier in die Manteltasche.

»Haben Sie auch die anderen Sachen?«

Cheever zog erneut ein Paket unter dem Bett hervor. Lamont öffnete seinen kleinen Koffer und strich das Tuch auf seinem Boden glatt. Die rauhe Oberfläche des Stoffes unter seinen Fingern schickte eine Welle der Erregung durch seinen Körper. Sie war fast der Vorfreude vergleichbar, die er vor einem Abenteuer mit einer Frau empfand.

Eigentlich hatte er dieses Tuch gar nicht mitnehmen wollen. Es war ihm erst im letzten Moment eingefallen, kurz bevor er die Wohnung verlassen hatte. Die Benutzung dieses Tuchs erschien ihm als theatralischer Höhepunkt seiner Tat und als durchaus passende symbolische Handlung.

Fan war nicht im Zimmer gewesen, als er es eingesteckt hatte. Er glaubte kaum, daß sie es vermissen würde. Und was Gideon betraf, so hatte der jetzt andere Sorgen und würde kaum vor Mitternacht zurück sein.

Cheever reichte ihm die Gegenstände aus dem Paket.

»Notizpapier ...«

Lamont steckte es in den kleinen Koffer.

»Bleistifte, Zigarren ... ich habe die billigste Sorte gekauft.«

»Richtig. Was soll ein Toter mit teuren Zigarren?«

»Und Konfekt von Pizzini.«

»Das ist ein hübscher Einfall.« Lamont legte das Konfekt zuoberst, damit es nicht zerdrückt wurde.

Cheever nahm das schmuddelige Kissen vom Bett und reichte es Lamont. Der schüttelte den Kopf.

»Das brauche ich nicht.«

»Aber es gibt kein Bettzeug im Armenhaus, also auch keine Kissen. Was wollen Sie verwenden? Ihren Mantel?«

»Etwas anderes.«

Er freute sich über Cheevers Verwirrung. Nach einer kurzen Pause klopfte er lächelnd auf den abgewetzten Koffer: »Es ist hier drin. Ich werde es unter mein Hemd stecken, bevor ich ins Armenhaus gehe.«

»Was ist es, Edward?«

»Ich sage es Ihnen später.«

»Sie dürfen den Plan auf keinen Fall ändern. Wir haben alles genau ausgearbeitet und vorbereitet. Es darf nichts schiefgehen!«

»Es wird auch nichts schiefgehen!« erwiderte Edward heftig. »Sie werden den Gegenstand nicht entdecken. Sie suchen nach Pistolen, Messern – haben Sie wenigstens gesagt.«

»Ich bin ziemlich sicher, daß die Durchsuchung recht oberflächlich ist.«

»Na also.«

»Verdammt, Edward! Ich verlange eine Erklärung darüber, auf welche Weise Sie Kent ...«

»Nein!« unterbrach Edward. Er setzte den zerfetzten Hut auf, zog die Krempe tief ins Gesicht und nahm eine leicht gebückte Haltung ein. »Jeder gute Schauspieler schuldet dem Zuschauer Spannung und eine Überraschung vor dem letzten Vorhang. Ich bin in zwei Stunden wieder zurück. Und danach wird Mister« – er zog den Passierschein heraus und warf einen Blick auf den Namen – »Mister Artemus McAfee aus Mechanicsville nach einem einmaligen, großartigen Auftritt wieder von der Bildfläche verschwinden.«

Cheever drückte ihm die Hand.

»Ich werde auf Ihre Rückkehr warten.«

»Gute Nacht, Sir«, sagte Lamont mit hoher, heiserer Stimme.

Als er den Korridor entlanghumpelte, hörte Cheever ein trockenes, hartes Husten. Es war die perfekte Imitation eines alternden, von schwerer Arbeit erschöpften Arbeiters.

4

Fan hatte ihren Sohn nicht so früh zurückerwartet.

Gideon erklärte, daß Margaret die Nacht im Laden verbringen würde, um Tante Eliza abzulösen, die zwei Nächte lang bei den verwundeten Soldaten gewacht hatte.

Beide Frauen schliefen jetzt im Geschäft, bis der Arzt ihnen sagen würde, daß sie die beiden Verwundeten gefahrlos allein lassen könnten.

Es war still in der Wohnung. Nur der Wind heulte vor den Fenstern. Gideon hatte seine Stiefel ausgezogen und sich vor den Kamin gesetzt. Fan kam aus der Küche, wo sie eine Tomatensuppe kochte.

Sie blieb in der offenen Tür stehen und blickte ihren Sohn an, der nachdenklich in den kalten Kamin starrte.

Gideon fühlte sich seltsam unruhig. Seitdem er ins Zimmer getreten war, hatte er das Gefühl gehabt, daß irgend etwas nicht in Ordnung war.

Vielleicht ist es die Gleichgültigkeit meinem Vater gegenüber, versuchte er sich zu beruhigen. Margarets Bemerkungen hatten sein Schuldgefühl noch erhöht. Er hob den Kopf, als Fan auf ihn zutrat.

»Was hast du, Gideon?« fragte sie leise.

»Eigentlich nichts. Ich habe nur nachgedacht.«

»Über was?«

»Ich spreche nicht gern davon, aber ...« Er zögerte ein paar Sekunden. »Margaret und ich haben vorhin über Papa gesprochen.«

»Und?«

»Margaret glaubt, es sei meine Pflicht, ihn zu besuchen.«

»Genau das habe ich mir auch überlegt, als ich von seiner Gefangennahme erfuhr.«

Gideon nickte. »Ich bin eigentlich überzeugt, daß ihr recht habt. Aber dann fällt mir der Abend in Washington wieder ein ...«

»Hast du oft an deinen Vater gedacht, Gideon?«

»Mehr, als mir lieb war.«

»Das geht mir auch so«, sagte sie leise.

»Nach allem, was er von dir behauptet hat?« sagte Gideon überrascht.

»Wenn ein Mensch verletzt ist, vielleicht sogar stirbt, spielt alles andere keine Rolle mehr.«

Er überlegte eine Weile, dann sagte er: »Ich habe Margaret erklärt, daß mein Vater für mich immer ein Fremder bleiben wird, ein geistig verwirrter Fremder.«

Fan setzte sich und murmelte: »Ich frage mich oft, ob er wirklich ...«

»Was?«

Sie schüttelte den Kopf.

»Sprich weiter.«

»Was gibt es da noch zu sagen? Ich bin mir nur nicht ganz sicher, ob Margaret recht hat.«

Fan fuhr mit der Hand über ihre Stirn.

»Ich glaube, sie hat recht. Es ist ein wenig beschämend, daß ein Außenstehender uns an unsere Pflichten erinnern muß, nicht wahr?«

Er nickte.

»Ich könnte mir sicher einen Passierschein beschaffen . . .«

»Ja, bitte«, sagte Fan. »Auch wenn er jetzt auf der anderen Seite steht, dürfen wir eins nicht vergessen: Er war mein Mann – und er ist dein Vater.«

»Gut, ich werde morgen ins Armenhaus gehen. Ich bin froh, daß du einverstanden bist. Ich wollte schon einige Male mit dir darüber sprechen, aber immer war Edward dabei, und ich war überzeugt, daß er es nicht gutheißen würde. Wo ist er eigentlich heute abend?«

»Er arbeitet.«

»Wo?«

»In seinem Büro natürlich. Im Schatzamt.«

»Mama, Margaret und ich sind vor einer Stunde am Schatzamt vorbeigekommen. Nicht ein einziges Büro war erleuchtet.«

Sie sah ihn betroffen an. »Aber Gideon, er hat mir gesagt, daß seine Abteilung sehr wichtige Dokumente in Reinschrift übertragen müsse, die der Präsident morgen früh unterzeichnen wolle . . .«

»Wenn das wirklich stimmt, dann müssen seine Überstunden heute nacht an einem anderen Ort stattfinden«, sagte Gideon ironisch.

»Er hat den kleinen Koffer mitgenommen. Ich habe selbst gesehen, daß er einen dicken Packen Papier hineingelegt hat – Gideon, was denkst du?«

Er winkte ungeduldig ab. »Ich bin mir noch nicht sicher.«

»Bitte!« Sie lief auf ihn zu. »Du mußt es mir sagen!«

»Es war wahrscheinlich lächerlich, Mama. Aber ich habe mich schon einige Male gefragt, ob . . .« Er brach ab. »Nein, ich möchte nicht schlecht über Edward reden.«

»Sag es mir, Gideon!«

Er atmete tief durch. »Also gut. Wenigstens soviel will ich dir sagen: Ich habe mich schon oft gefragt, ob Edward immer die Wahrheit sagt. Montagnacht zum Beispiel hat er behauptet, bis ein Uhr im Büro gewesen und dann sofort nach Hause gekommen zu sein. Aber er hat nach Bier gerochen.«

»Du hast es also auch gemerkt«, sagte Fan leise. »Trotzdem sollte man einen Mann nicht gleich als Lügner bezeichnen, nur weil er unterwegs noch ein Glas Bier trinkt und niemandem davon erzählt.«

»Es gibt noch andere Dinge, die mich mißtrauisch gemacht haben. Als Papa damals in Washington von dem angeblichen Mordkomplott sprach, war ich überzeugt, daß er den Verstand verloren hatte. Bis zu dem Zeitpunkt, als ein bestimmter Name in einem deiner Briefe stand: Cheever.«

»Gideon . . .« Sie schlug den Blick nieder. »Ich muß dir etwas gestehen . . .«

Er sah sie abwartend an.

»Ich bin seit einiger Zeit selbst mißtrauisch geworden.«

»Warum?«

»Es waren eigentlich alles nur Kleinigkeiten: Mich hat gewundert, warum Edward und Cheever bei der Begegnung so taten, als wären sie sich noch nie begegnet . . .«

»Aber Edward kannte Cheever, nicht wahr?«

»Natürlich. Ich habe dir doch geschrieben, daß Edward heftig wurde, als ich ihn wegen dieser Sache zur Rede stellte. Natürlich konnte er nicht abstreiten, Cheever zu kennen. Aber er hat sich strikt geweigert, bis zum heutigen Tag mit mir über ihn zu sprechen. Ich habe Cheever jedoch noch ein zweites Mal gesehen.«

»Wann?«

»Vor einer Woche, wieder in der Main Street. Er hat mich nicht bemerkt. Ich kam mir zwar etwas kindisch vor, aber ich bin ihm gefolgt. Zum Kriegsministerium. Von einer der Wachen erfuhr ich, daß er dort angestellt ist. Edward und er arbeiten also beide bei der Regierung. Und doch halten sie es für nötig, einander in der Öffentlichkeit zu verleugnen. Ich möchte wissen, warum.«

Der Wind war stärker geworden. Sein Pfeifen klang hohl und unheimlich. Aus winzigen Fragmenten der Vergangenheit begann sich für Gideon ein Muster herauszuschälen:

Edwards Haß auf die Nordstaaten.

Edwards Haß auf die Neger, seit ein aufsässiger Sklave seine Tante ermordet hatte.

Edwards Sorge um den finanziellen Bestand der Konföderation.

Und Edwards berufliche Erfahrung, seine Fähigkeit, jedes Gefühl, jede Stimmungslage perfekt zu simulieren.

Wenn man es als erwiesen ansah, daß er heute gelogen hatte und nicht im Schatzamt arbeitete, so ergaben diese Fragmente ein unheimliches Bild.

Vielleicht hat Papa doch recht? überlegte Gideon.

Er wagte nicht, diesen Verdacht Fan gegenüber zu äußern. Er überspielte seine Verwirrung und Unsicherheit, indem er ihre Hände streichelte.

»Vielleicht gibt es für alles eine ganz harmlose Erklärung«, sagte er lächelnd.

Sie blickte ihn enttäuscht an, als hätte sie darauf gehofft, daß er ihre Probleme löste. Aber er hatte eigene Sorgen.

Er mußte aus der Wohnung, er mußte allein sein, um alles in Ruhe zu durchdenken.

»Ich brauche etwas frische Luft«, sagte er. »Halt die Suppe warm.«

Er zog seine Stiefel an und stand auf. Dabei fiel sein Blick auf den Kaminsims, und jetzt wußte er, warum er von Anfang an das Gefühl gehabt hatte, daß irgend etwas nicht stimmte.

»Mama . . .« Er deutete auf den Kaminsims. »Hast du die Flagge weggenommen?«

Fan blickte auf die Stelle, an der seit Gideons Ankunft Miss Wonderlys Flagge gelegen hatte. »Nein. Ich habe sie noch heute abend gesehen. Bevor Edward wieder ging . . .«

Sie starrte ihn verwirrt und verängstigt an.

»Mama! Was hat Edward vor?«

»Ich ... ich habe keine Ahnung. Ich ...«

»Niemand außer ihm kann die Flagge mitgenommen haben.«

»Natürlich nicht. Aber was sollte er damit?«

»Ich habe keine Ahnung. Aber ich werde ...«

»Warte, ich hole meinen Schal. Ich komme mit.«

Er schüttelte den Kopf.

»Warum denn nicht?«

»Weil ich ...« Er wußte, daß es sie treffen würde, aber das war jetzt nicht mehr zu ändern. »Weil ich jetzt sofort ins Armenhaus gehen werde.«

»Gideon.« Er sah, daß Tränen in ihre Augen traten.

»Du glaubst doch nicht etwa, daß Edward ... Glaubst du, dein Vater könnte wirklich recht gehabt haben?«

»Ich weiß es nicht. Aber gibt es denn eine Erklärung? Vielleicht ist er hinter dem kalifornischen Gold her.«

»Aber er hat noch nie irgendwelches Interesse dafür gezeigt.«

»Vieleicht will er es auch gar nicht für sich.«

»Sondern?«

»Für die Konföderation.« Er war jetzt endlich sicher. »Ja, das muß es sein. Du weißt, wie fanatisch er an unsere Sache glaubt. Vielleicht hat er die Wahnvorstellung, das Geld meines Vaters zur Finanzierung des Krieges zu benötigen. Er könnte mit diesem Cheever zusammenarbeiten.«

»Das wäre ja entsetzlich«, flüsterte Fan kaum hörbar.

Gideon hielt seine Mutter bei den Schultern und fühlte, wie sie zitterte.

»Mama, wir müssen mit allem rechnen. Ich gehe jetzt ins Armenhaus.« Leise fügte er hinzu: »Und ich kann nur hoffen, daß ich mich irre.«

5

Das städtische Armenhaus war ein langgestrecktes, mehrstökkiges Gebäude am Rand eines Friedhofs, auf dem Generationen von Mittellosen und eine ganze Anzahl von Pockenopfern beerdigt worden waren. Der scharfe Wind riß Edward Lamont fast den Hut vom Kopf, als er die Steinstufen zur Tür hinaufschritt.

Er ging mit gebückten Schultern, wie ein alter Mann. Er fummelte nervös in beiden Manteltaschen, als er den Passierschein hervorholte und dem Posten übergab, einem pickeligen Jungen in schlechtsitzender Uniform und mit einer rostigen Muskete über der Schulter.

»Ich will einen von euren Gefangenen besuchen«, sagte er mit zitternder, hoher Stimme. »Das heißt, ich will eigentlich nicht, aber der Hund ist mit meiner Frau verwandt, und die hat gesagt, ich muß.«

Er blickte den Jungen respektvoll an, als dieser mühselig den Passierschein buchstabierte. Schließlich deutete der Posten mit dem Daumen auf die Tür.

»Zeig den Wisch dem Sergeanten.«

»Danke, danke sehr!«

Lamont schlurfte durch die Tür und betrat die halbdunkle Halle des alten Gebäudes. Morsche Dielen ächzten unter seinem Gewicht.

»Hier herein!« rief eine Stimme hinter einer geöffneten Tür. Der Wachsergeant, nicht viel älter als der Posten, überprüfte den Passierschein. »Hier eintragen«, sagte er dann und deutete auf das Besucherbuch.

Lamont schrieb mit ungelenker, fast unleserlicher Handschrift: Artemus McAfee – Mechanicsville, Hanover County.

»Eigentlich ist es schon etwas spät für Besuche«, murmelte der Sergeant, als er den abgeschabten Koffer durchwühlte.

»Yessir, ich weiß. Ich wollte eigentlich überhaupt nicht kommen. Von mir aus sollen die Yanks alle verrecken. Aber meine Frau, sie ist die Kusine von diesem . . .«

»Das würde ich lieber nicht so laut sagen.« Der Sergeant bediente sich von dem Konfekt, bevor er den Rest in den Koffer zurücklegte. »Heb die Arme.«

Er fuhr mit der Hand in die Taschen, klopfte ihn dann ab. Lamont hielt die Luft an und hoffte, daß er die flache Erhöhung über seinem Bauch nicht fühlen würde. Er hatte die zusammengefaltete Flagge zwischen Hosenbund und Unterhose geschoben. Aber die Durchsuchung war flüchtig.

»In Ordnung. Du hast fünfzehn Minuten Zeit, mehr nicht.«

»Das ist mehr als genug. Ich habe keine Lust, mit dem Kerl zu palavern. Ich stelle ihm nur die Sachen hin, die meine Frau ihm besorgt hat, und das ist alles.«

Der Sergeant winkte gelangweilt ab.

»Geh die Treppe hoch. Kent ist im dritten Stock. Der Posten wird dir seine Zelle aufschließen.«

Lamont berührte die Krempe seines Schlapphuts. »Vielen Dank.«

Er schlurfte zur Treppe.

Für den Fall, daß ihn jemand beobachten sollte, zog er sich ächzend und keuchend am Geländer hinauf. Auf dem Treppenabsatz saß ein Posten. Durch eine offene Tür blickte Lamont in einen Saal. Männer lagen nebeneinander auf Strohschütten. Er hörte Schnarchen, ab und zu ein leises Stöhnen.

Der Posten prüfte seinen Passierschein.

»Einen Stock höher.«

Lamont mußte sich zwingen, die letzten Stufen nicht hinaufzulaufen. Es hatte geklappt. Besser, als er es zu hoffen gewagt hatte. Wie Cheever gesagt hatte, waren die Gefangenen den Wachen völlig egal.

Da will ich euch gern behilflich sein, dachte Lamont grinsend. In fünf Minuten habt ihr einen Yank weniger.

Sein Selbstvertrauen wurde mit jedem Schritt stärker, und

auch seine Verachtung für die Wachen. Sie waren nur Spielzeuge in den Händen eines Mannes, der schon alle Rollen gespielt hat, vom komischen, tolpatschigen Farmer bis zum römischen Senator. In spätestens zehn Minuten würde er wieder draußen sein. Und die Wachen würden den Toten wahrscheinlich nicht vor morgen früh entdecken.

Der dritte Posten blickte auf seinen Passierschein, lehnte die Muskete an die Wand und löste einen riesigen Schlüsselring von seinem Gürtel.

»Komm mit!«

Sie betraten einen schmalen Korridor, blieben vor der vierten Tür stehen. Der Posten blickte durch ein kleines vergittertes Fenster in den Raum, dann steckte er einen Schlüssel in das Schloß und öffnete die Tür.

»Hier oben haben sie früher Verrückte eingesperrt«, erklärte er. »Hat der Sergeant dir gesagt, daß du nur eine Viertelstunde . . .«

»*Yessir.* Aber ich werde nicht einmal zehn Minuten bleiben.«

Der Posten zog die Tür auf. Lamont trat in die Zelle. Im Licht der matten Gaslampe sah er einen Hocker, einen Strohsack und einen Aborteimer vor dem verschmierten Fenster.

Lamont fühlte sein Herz schneller schlagen, als er den Mann auf dem Strohsack erkannte: das schwarze Haar, die dunkelbraune Haut . . .

Um Jephtha Kents Kopf war ein dicker Verband, und er atmete röchelnd.

Er schlief.

»Soll ich ihm in den Magen treten, damit er aufwacht?« bot der Posten an.

»Danke. Ich habe nicht die Absicht, mit ihm zu palavern. Aber ich will mich ein paar Minuten ausruhen und das Zeug abladen, das meine Frau gekauft hat.« Er öffnete den Koffer. »Schreibpapier, Konfekt, ein paar Zigarren . . .«

Lamont wagte kaum zu atmen. Dies war der kritische Moment. Wenn der Posten sich entschloß, hierzubleiben . . .

Er tat es nicht.

»Schieb den Riegel vor, wenn du wieder gehst. Ich schließe später ab. Der Lump haut schon nicht ab. Er ist höchstens drei, vier Stunden am Tag wach . . .«

Lamont fragte: »Wird er sterben?«

»Nein. So schlimm ist es nicht.«

»Schade.«

»Also vergiß nicht, den Riegel vorzuschieben«, sagte der Posten. »Und bring mir ein paar von den Zigarren mit.«

»Wird gemacht.«

Er wartete, bis die Schritte des Postens verklungen waren. Dann drückte er vorsichtig die Tür ins Schloß. Er hockte sich neben Jephtha Kent auf den Boden, verschränkte die Hände unter dem Kinn und starrte in das Gesicht des schlafenden Mannes. Ein breites Grinsen zog über sein verdrecktes Gesicht.

Sein größter Auftritt!

Er hatte sich nie zuvor so selbstbewußt gefühlt.

Etwa eine Minute lang starrte er Jephtha an. Dann griff er in den Hosenbund und zog die blutverkrustete Flagge heraus, die Gideon von Manassas mitgebracht hatte.

6

»Hören Sie«, schrie der Sergeant wütend. »Ich habe Ihnen schon dreimal gesagt: Niemand kommt herein, der keinen Besucherpaß hat!«

»Sergeant, ich will Mister Kent nicht besuchen, sondern nur nach ihm sehen.«

Der Sergeant warf einen unsicheren Blick auf Gideons Uniform.

»Zu welcher Einheit gehören Sie?«

»Stuarts First Virginia Cavalry.« Der Vollständigkeit halber fügte er hinzu: »First Lieutenant Kent.«

»Und dieser Kent ist Ihr Vater?«

»Das habe ich Ihnen doch schon gesagt. Ich möchte sehen, wie es ihm geht und ...«

»Scheint wirklich sehr beliebt zu sein, Ihr Pa«, sagte der Sergeant.

»Was soll das heißen?«

»Er hat schon Besuch.«

»Jetzt?«

»Ja. Der Mann ist vor fünf Minuten ...«

»Wer ist es?«

»Irgendein alter Mann. Seine Frau ist die Cousine des Gefangenen ...« Er blickte in das Register. »McAfee. Sie müssen ihn doch kennen.«

»Mein Vater hat keine Verwandten, die McAfee heißen.« Gideon wandte sich zur Tür. »Kommen Sie, Sergeant. Ich muß sofort hinauf!«

Der Sergeant nagte an seiner Unterlippe. »Das geht nicht, Lieutenant. Ich darf unter keinen Umständen ...«

Der Sergeant schrie auf, als Gideons Hand vorschoß und ihn bei der Gurgel packte. Mit der Rechten riß Gideon den Revolver heraus und drückte die Mündung gegen das Kinn des Sergeanten.

»Ich habe gesagt: Kommen Sie mit hinauf, Sergeant!«

»Himmel, Lieutenant! Sie kommen vor ein Kriegsgericht, wenn Sie mich mit der Waffe ...«

»Und Sie sind tot, wenn Sie nicht tun, was ich Ihnen sage. Falls wir irgendwo Posten begegnen sollten, werden Sie ihnen sagen, daß alles in Ordnung ist, sonst knalle ich Sie ab!«

Der Sergeant wollte erneut protestieren. Doch dann blickte er in Gideons Augen ...

7

Edward Lamont hielt inne, als Jephtha Kent leise stöhnte und den Kopf unruhig hin und her warf.

Die Zeit verging rasch, zu rasch. Lamont wußte, daß er sich schon zu lange aufgehalten hatte. Doch er wollte diese einmalige Situation voll auskosten, sich nicht eine Sekunde davon nehmen lassen.

Es hatte alles geklappt, besser als erhofft. Sollten sie doch in den ganzen Südstaaten nach Mr. Artemus McAfee suchen. Bis die Trompeten des Jüngsten Gerichts blasen würden. Niemand würde Edward Lamont je mit dem alten, abgerissenen Mann in Verbindung bringen – oder mit dem Tod Jephtha Kents. Wirklich, es war eine großartige Leistung.

Lamont drehte die blutverkrustete Flagge der Konföderation in den Händen. Er war jetzt froh, daß er seinem Impuls nachgegeben und sie mitgenommen hatte.

Er stand auf.

Jephtha Kent drehte sich auf den Rücken, murmelte etwas vor sich hin . . .

Lamont hielt den Atem an und starrte auf die flatternden Lider Jephthas.

Wenn er jetzt aufwachte . . .

Sekunden vergingen.

Eine halbe Minute.

Eine Minute.

Jephtha stöhnte leise und drehte sich auf die Seite.

Lamont atmete den angestauten Atem erleichtert aus. Er faltete die blutverkrustete Flagge zu einem festen Geviert. Er fühlte, wie Schweiß von seiner Stirn über Wangen und Hals rann, als er sich neben Jephthas Kopf auf den Boden kniete.

Er atmete tief durch. Dann preßte er dem Schlafenden das zusammengelegte Tuch auf Mund und Nase und umklammerte mit der anderen Hand seinen Hals.

8

Jephtha wollte hochfahren.

Lamont warf sich halb über ihn und drückte ihn nieder.

Jephthas rechte Hand tastete nach seinem Angreifer, er stieß mit den Beinen.

Lamont drückte das Tuch fester auf Mund und Nase, preßte Jephthas Kehle zusammen wie eine Eisenklammer. Nicht zu stark! Ich darf keine Spuren hinterlassen!

Jephthas Hand packte Lamonts linkes Bein. Aber er war zu schwach, um wirklich Widerstand leisten zu können. Obgleich er wissen mußte, daß der andere ihn töten wollte.

Keuchende, erstickte Laute kamen unter dem Flaggentuch hervor. Lamont drückte noch stärker zu.

Jephtha stieß mit den Beinen. Lamont hörte kaum das dumpfe Geräusch, wenn Jephtha mit den Hacken auf die Dielen schlug. In seinen Ohren klang ein lauter Triumphgesang.

Jephthas Nägel gruben sich in seine Schenkel. Er drückte härter zu. Schweiß rann über sein Gesicht, verschmierte die Holzkohlenfarbe.

Er fühlte sich von einem nie gekannten Rausch gepackt. Komisch, daß der Kerl immer noch so strampeln konnte. Das Dröhnen von Jephthas Hacken auf den Dielenbohlen war sogar noch lauter geworden.

Jephthas Hand ließ Lamonts Bein los und sank kraftlos zur Seite.

Gleich ist er hinüber, dachte Lamont befriedigt. Noch ein paar Sekunden, dann hört auch sein Trampeln auf . . .

»Du feige mordender Hund!«

Mit einem Aufschrei fiel Edward Lamont zur Seite. Gideons Stiefel traf ihn ein zweites Mal in die Rippen.

Der Hut fiel ihm vom Kopf. Angstvoll starrte er zu dem Mann empor, der über ihn gebeugt stand, den Revolver in der Hand.

Und hinter ihm erkannte Lamont den Sergeanten der Wache und den Posten dieses Stockwerks.

Es war das Trampeln ihrer Schritte gewesen, das er gehört und für Jephthas Todeszuckungen gehalten hatte.

Gideons blaue Augen starrten ihn mit tödlichem Haß an. Jephtha Kent warf den Kopf hin und her, rang nach Luft, versuchte sich aufzurichten. Seine Augen waren noch immer geschlossen.

Gideon warf sich auf Lamont, riß ihm die zusammengefaltete Flagge aus der Hand und schlug ihm mit dem Revolverlauf ins Gesicht.

Edward Lamont wurde zurückgeschleudert und warf den Abortkübel um.

»Gideon, bitte ...« Lamont hob die Hände. »Bitte, hör mich an. Ich habe es doch nur für euch getan, für dich und deine Brüder. Wenn er tot ist, gehört sein Geld euch ...«

»Das also war es« – Gideon zitterte so, daß er kaum sprechen konnte – »das Geld ...«

»Für dich. Für deine Brüder.«

»Hör auf!«

Lamont richtete sich auf, trat einen Schritt zurück. »Also gut!« schrie er. »Nicht für euch! Für die Regierung! Ich wollte unserer Sache helfen. Mit seinem Geld! Er ist ein verdammter Yank, Gideon! Ein Nigger-Anbeter! Überlege doch nur, was man mit dem Geld alles anschaffen könnte! Du weißt, wie dringend die Konföderation Geld braucht ...«

Er fuhr mit der Hand über seinen Mund und starrte auf die Mündung des Revolvers in Gideons Hand.

»Und das gibt dir das Recht, unsere Flagge durch einen Mord zu entehren?« Gideon hielt das Tuch empor. »Sie ist schon mit Blut getränkt, du Lump! Mit dem Blut eines Mannes, der für sein Land gestorben ist! Mein Gott, ich habe nie gewußt, wie krank du bist!«

Lamont wußte, daß es für ihn kein Entrinnen mehr gab.

»Um diesen Kampf zu gewinnen, ist jedes Mittel recht!« schrie er hysterisch.

»Nein«, sagte Gideon. »Das lasse ich niemals zu.«

»Dann bist du ein Verräter!«

Gideon wurde blaß.

»Ich bin ein Mann des Südens, Lamont«, flüsterte er, »aber ich bin kein Mörder. Du scheinst diesen Unterschied nicht zu kennen.«

Stille.

Lamont hätte am liebsten geschluchzt. Er war erledigt. Wenn er nicht . . .

Er packte den Koffer, riß ihn hoch und schleuderte ihn nach Gideons Kopf.

Gideon drückte ab. Der Schuß krachte. Die Kugel riß ein Loch in Lamonts Mantel.

Der Koffer traf Gideons Kopf. Er war nicht schwer, aber die Wucht des Aufpralls warf Gideon zurück.

Lamont sah seine Chance. Wenn es ihm gelang, an den beiden Soldaten vorbei die Tür zu erreichen . . .

Er stürzte auf sie zu.

Gideon ließ den Revolver und die Flagge fallen, packte den Saum von Lamonts Mantel.

Lamont schrie grell auf und trat Gideon zwischen die Beine.

Gideon krümmte sich zusammen.

Lamont stieß ihn gegen die Wand.

Irgendwie gelang es Gideon, Lamont zu packen und zurückzuhalten. Er schlug seinem Stiefvater die Faust mit aller Kraft in den Magen.

Würgend taumelte Lamont rückwärts, beide Hände auf den Magen gepreßt.

Gideon konnte seine Wut nicht mehr beherrschen. Er packte Lamont bei den Aufschlägen seines Mantels und schleuderte ihn auf das Fenster zu.

Lamont glitt in dem Schmutz aus dem umgestürzten Abortkübel aus, taumelte mit wild wirbelnden Armen rückwärts. Sein Rücken zersplitterte die Fensterscheibe.

Seine Nägel krallten ins Mauerwerk, suchten Halt, fanden aber keinen.

Mit einem gellenden Schrei stürzte er in die Tiefe . . .

11. Kapitel
»Und wenn ein Haus geteilt ist . . .«

1

»Lieutenant Kent? Der Präsident erwartet Sie.«

Gideon stand auf und trat auf die offene Tür zu. Zwei Stunden lang hatte er warten müssen und nervöse Männer von einem Büro ins andere laufen sehen.

Es war der Freitagvormittag nach Edwards Tod. Gideon sah dem Gespräch mit dem Präsidenten mit gemischten Gefühlen entgegen. Er war ohne jede Vorwarnung und ohne jeden Hinweis auf den Grund zu Präsident Davis bestellt worden. Und wenn er diese Sache gut überstanden hatte, war dieser Tag noch längst nicht überstanden: Heute nachmittag fand das Begräbnis Edwards statt.

Fan hatte seinen Tod mit erstaunlicher Fassung getragen. Aber er wußte, daß die Ereignisse des Mittwoch sie tief getroffen hatten. Nicht nur der Tod ihres Mannes, sondern auch die Umstände, die dazu geführt hatten. Gideon war dankbar, daß die Behörden die wahre Todesursache vertuscht hatten. Die Presse gab einen unglücklichen Sturz als Ursache an.

Gideon hatte seiner Mutter erklärt, daß er nicht beabsichtigt hatte, Edward zu töten. Er verschwieg ihr allerdings, daß er außer sich vor Wut gewesen war, als er Edward gepackt und auf das Fenster zu geschleudert hatte.

Fan hatte seine Erklärung ohne jeden Kommentar entgegengenommen. Trotzdem würden die Trauerfeierlichkeiten für ihn eine Qual werden, und er war dankbar, daß Margaret sich bereit erklärt hatte, ihn zu begleiten.

An diesem Morgen hatte er seinen Säbel gereinigt und versucht, seine Uniform einigermaßen instand zu setzen, aber trotzdem fühlte er sich abgerissen und unbehaglich, als er das Büro des Präsidenten betrat.

Jefferson Davis stand am Fenster und starrte zum wolkenverhangenen Himmel auf. Als er sich umwandte, salutierte Gideon.

»Bitte, setzen Sie sich.« Davis deutete auf einen Stuhl.

Gideon nahm Platz. Er fühlte Ehrfurcht vor dem schlanken, elegant gekleideten Mann von Anfang Fünfzig.

Der Präsident setzte sich hinter seinen Schreibtisch. Zwischen einem Haufen von Akten und Papieren stand eine Miniatur in einem Goldrahmen: das Porträt einer schönen, dunkelhaarigen Frau.

Gideon erkannte sofort Varina Howell Davis, die zweite Frau des Präsidenten. Sie war bei den Bürgern Richmonds sehr beliebt, und es gab unzählige Anekdoten über das liebevolle Verhältnis des Ehepaares Davis. Der Präsident nannte seine Frau Winnie und wurde von ihr Banny gerufen.

Der Präsident griff nach einer Akte, die unter mehreren anderen Schriftstücken vergraben war. Gideon schlug die Beine übereinander in dem vergeblichen Versuch, eine abgeschabte Stelle im Leder eines Stiefels zu verbergen.

Davis schlug die Akte auf und blätterte eine Weile darin herum. Dann blickte er seinen Besucher an.

»Lieutenant Kent«, sagte er, »Sie sind sicher schon darüber informiert worden, daß keine Anklage gegen Sie erhoben werden wird, obwohl Sie mit Waffengewalt ins Armenhaus eingedrungen sind. Es hat sich herausgestellt, daß Sie einen triftigen Grund dafür hatten.«

»Ja, Sir, man hat mich bereits davon informiert, daß ich nicht unter Anklage gestellt werde. Aber es ist doch beruhigend, es von Ihnen persönlich zu hören. Ich habe Lamont nicht töten wollen, Mister President. Ich bin in das Haus eingedrungen, um zu verhindern, daß ein Mensch getötet wird.«

»Das haben Sie in Gegenwart der Wachen betont.« Er las aus dem Protokoll: »Ich bin Südstaatler, aber ich bin kein Mörder! Eine sehr anständige Haltung, Kent. Man kann zu den Yankees stehen, wie man will, aber das gibt keinem Menschen das Recht, sie zu ermorden.« Er zog einen Bogen aus der Akte. »Sie haben sich sicher gewundert, warum ich Sie hergebeten habe, nicht wahr?«

»Ja, Sir.«

»Ich hatte das Gefühl, Ihnen einen persönlichen Bericht über die Regelung dieser Angelegenheit schuldig zu sein.« Er lehnte sich zurück. »Nach dem Tod Mister Lamonts und Ihrer Aussage über den Vorgang haben wir Mister Cheever festgenommen und verhört.« Er zog einen Bogen heran. »Er hat ein vollständiges Geständnis abgelegt. Er und Lamont hatten in der Tat ein Komplott geschmiedet, Ihren Vater zu ermorden. Der Plan dazu wurde bereits im April gefaßt, der erste Anschlag kurz darauf in Baltimore durchgeführt. Ziel dieses Komplotts war es – wie Sie richtig vermuteten, und was Cheever später eingestanden hat –, ein erhebliches Vermögen auf Sie und Ihre beiden Brüder zu übertragen. Ich vermute, daß diese Transaktion erst nach dem Ableben Ihres Vaters möglich würde.«

»Das stimmt, Sir.« Gideon gab eine kurze Erklärung über den Anteil an den kalifornischen Goldminen, die den Kents gehörten.

»Den Kents . . .«, sagte Davis nachdenklich. »Ich habe mich schon lange gewundert, ob es nur ein Zufall ist oder ob eine verwandtschaftliche Beziehung zwischen Ihrem Vater und den Eigentümern der Zeitung besteht, bei der er tätig ist.«

»Sie meinen die New Yorker *Union*?« Gideon nickte und errötete.

»Also habe ich richtig vermutet«, sagte der Präsident. »Aber weiter: Cheever hat gestanden, daß er und Ihr Stiefvater planten, Sie zu überreden, einen Teil des Vermögens der Regierung zur Verfügung zu stellen. Obwohl ich nicht weiß, wie sie es anstellen wollten, Gold oder Barvermögen über die Grenzen von kriegführenden Staaten zu schaffen.«

»Ich bin nicht sicher, daß sie überhaupt so weit gedacht haben ...«

»Wahrscheinlich nicht. Auch wenn wir Mister Lamont patriotische Motive unterstellen wollen, so gehört er nicht zu den Menschen, mit denen ich diese Regierung in Verbindung gebracht sehen möchte. Gott weiß, daß wir Geld bitter nötig haben und daß ich jeden Penny nehme, ganz egal, woher er kommt – mit Ausnahme von Blutgeld.« Er räusperte sich. »Augenscheinlich haben die beiden meine Einstellung gekannt oder zumindest geahnt. Cheever hat zugegeben, daß die Quelle dieses Geldes nie bekanntgegeben werden sollte. Es wäre dem Schatzamt durch Mittelsmänner übergeben worden.«

»Hat Cheever ihre Namen genannt?«

»Nein. Anscheinend hat er Angst vor einer solchen Aussage gehabt, selbst unter den etwas ... harten Verhörmethoden. Auf jeden Fall hofften er und Lamont, daß es innerhalb weniger Monate gelingen würde, Ihr Einverständnis für den Plan zu gewinnen, und wenn es soweit war, wollten sie damit beginnen, das Geld über Mittelsmänner dem Schatzamt zufließen zu lassen. Wahrscheinlich handelte es sich bei diesen Mittelsmännern um sehr wohlhabende Bürger, denn bei allen anderen wäre eine solche Großzügigkeit natürlich aufgefallen.«

»Vielleicht ist das der Grund, warum Cheever sich so hartnäckig weigert, ihre Namen zu nennen.«

»Sehr wahrscheinlich.« Davis schob die Akte zur Seite. »Soviel über das Komplott. Gegen Cheever können wir juristisch nicht vorgehen. Dank Ihres rechtzeitigen Eingreifens ist es ja nicht zu dem geplanten Mord gekommen. Und da er durch sein Geständnis zum Kronzeugen wurde, können wir ihn auch nicht als Komplicen unter Anklage stellen. Aber ich habe veranlaßt, daß er mit sofortiger Wirkung aus dem Dienst des Kriegsministeriums entlassen wurde. Wie ich hörte, hat er Richmond bereits verlassen – mit einer bewaffneten Eskorte. Er wird nie wieder einen Posten bei irgendeiner Regierungsbehörde bekommen und auch keinen Rang beim Militär, nicht einmal den eines Unteroffiziers. Wir wollen nicht, daß eine Kreatur wie Cheever unserem neuen Staat dient. Unsere Sache ist gerecht, unsere Forderung nach Trennung von der Union in der Konstitution verankert, und ich bin davon überzeugt, daß wir anständige und ehrbare Männer sind. Aus diesem Grund« – Davis zog ein Papier aus der Akte – »habe ich heute morgen die Begnadigung Ihres Vaters verfügt.«

»Begnadigung!« rief Gideon überrascht und erfreut. »Ich hatte ehrlich befürchtet, man würde ihn bis zum Kriegsende als Gefangenen hierbehalten.«

»Normalerweise wäre das auch der Fall gewesen. Aber man hat ihn sehr schlecht behandelt . . . und er ist nicht ohne Einfluß in gewissen Zeitungskreisen der Nordstaaten . . .«

Davis faltete die Hände.

»Ich gestehe, daß meine Motive nicht ganz selbstlos sind. Ich bin überzeugt, wenn wir Ihren Vater aus der Gefangenschaft entlassen, wird er uns nicht mehr so scharf angreifen und als Barbaren bezeichnen, als rebellische Verräter. Wir könnten ein paar gemäßigte Stimmen im Norden gut brauchen. Natürlich, ich hoffe, das habe ich genügend klargemacht, verurteile ich das Komplott Ihres Stiefvaters und finde es unverzeihlich. Das ist der eigentliche Grund für die Begnadigung Ihres Vaters. Mein Gerechtigkeitssinn verlangt diesen Ausgleich. Oder nennen Sie es eine Reinwaschung von Schuld, falls Ihnen das lieber ist.«

Davis legte das Dokument vor sich auf den Schreibtisch.

»Natürlich werde ich die Begnadigung nicht veröffentlichen lassen. Und ich muß Ihrem Vater eine Bedingung stellen: Er muß versprechen, kein Wort von den wirklich skandalösen Vorgängen zu erwähnen, die der Anlaß seiner Begnadigung sind.

Falls er das nicht tut, bleibt er in Richmond – als Gefangener. Ich möchte nicht, daß irgend etwas über Lamonts Komplott veröffentlicht wird. Es könnte uns nicht wiedergutzumachenden Schaden zufügen. Besonders, wenn es von der europäischen Presse aufgegriffen werden sollte.« Davis lächelte. »Aber ich nehme an, daß Ihr Vater sich mit dieser Bedingung einverstanden erklären wird. Alle Zivilgefangenen werden mit der Zeit ausgetauscht werden. Die etwas verfrühte Entlassung Ihres Vaters dürfte also kein allzu großes Aufsehen erregen.« Davis blickte Gideon an. »Falls er auf meinen Vorschlag eingeht.«

»Dazu kann ich Ihnen auch nichts sagen, Sir«, erklärte Gideon offen. »Ich habe vorgestern versucht, mit ihm zu sprechen, aber er war noch nicht ganz bei Bewußtsein. Und seitdem war ich nicht mehr im Armenhaus. Meine Mutter hat meine ganze Zeit beansprucht ...«

»Wenn Ihr Vater wieder völlig hergestellt ist – die Ärzte haben mir versichert, daß es in einer oder zwei Wochen der Fall sein wird – und wenn er sich mit meiner Bedingung einverstanden erklärt, werde ich Ihnen den Auftrag erteilen, ihn in den Norden zu begleiten.«

»Nach Washington?«

»So nahe wie möglich.« Davis lächelte. »Unsere Vorposten und Patrouillen stehen jetzt fast am Potomac. Und da Sie, soweit ich verstanden habe, nach dem großartigen Einsatz bei Manassas von Stuarts Kavallerie beurlaubt worden sind ...«

»Beurlaubt, da pferdelos«, sagte Gideon lächelnd.

»Ich werde für einen Wagen und ein Gespann sorgen. Das wird die Fahrt für Ihren Vater etwas erleichtern. Sie müssen den Wagen aber wieder zurückbringen. Und beide Pferde.«

Gideon strahlte. Die Begnadigung und Davis' ehrlicher Abscheu gegenüber Lamonts Komplott könnten vielleicht mehr als viele Worte dazu beitragen, Jephthas Ansichten über die sogenannten Rebellen und Verräter im Süden zu ändern.

Und auch aus persönlichen Gründen fühlte er sich erleichtert. Jephtha Kent stand auf der anderen Seite. Aber Gideon hatte noch immer ein schlechtes Gewissen wegen des Abends im *National Hotel* von Washington, als er seinen Vater geschlagen hatte. Der Gnadenakt des Präsidenten würde einen Teil dieser Schuld von seinen Schultern nehmen, die er gegenüber dem Mann empfand, der trotz allem niemals ein wirklich Fremder sein konnte, weil das Blut sie miteinander verband.

Es klopfte an die Tür, und ein Sekretär steckte den Kopf herein.

»Entschuldigen Sie, Sir, ich wollte Sie nur an Ihre Besprechung mit Generalstaatsanwalt Benjamin erinnern.«

»Danke.«

Davis stand auf und lächelte.

»Ich habe gehört, daß Sie bald heiraten wollen, Lieutenant?«

»Das stimmt, Sir.« Gideon erhob sich ebenfalls.

»Ich habe Winnie – Mistreß Davis, meine ich, von Ihrer Tapferkeit bei Manassas erzählt, und sie war sehr beeindruckt. Ich glaube, sie würde gern bei Ihrer Hochzeit anwesend sein. Würden Sie uns dazu einladen?«

Gideon stammelte überrascht: »Ja, natürlich... natürlich... wir... Es wäre uns eine große Ehre.«

»Also abgemacht. Und nachdem Sie das Glück hatten, eine Frau zu finden, wünsche ich Ihnen viel Glück bei der Suche nach einem Pferd.« Er zwinkerte Gideon zu. »Das ist heutzutage noch wichtiger als eine Frau.«

»Und ein echtes Problem, Sir. Bis jetzt habe ich noch kein Glück gehabt. Ich habe gehört, daß irgendwo Pferde illegal verkauft werden...«

»Ja, überall gibt es Geier, die selbst aus dem Krieg ein Geschäft machen.« Er machte eine verächtliche Handbewegung. »Ich hoffe, daß Sie sich irgendwo ein Pferd beschaffen können. *Colonel Stuarts Cavalry* ist ein ausgezeichnetes Regiment. Männer wie der Colonel und Sie sind die Hoffnung dieser Regierung. Der Norden hat ein unerschöpfliches Reservoir an Menschen und Industrie. Wir haben auf beiden Gebieten nur beschränkte Mittel. Aber wenn Sie für unsere Menschen repräsentativ sind – und das glaube ich –, dann hege ich nicht den geringsten Zweifel an unserem Sieg. Und damit meine ich nicht notwendigerweise einen militärischen Sieg, sondern ich bevorzuge eine Anerkennung unseres Rechts, als selbständige Nation zu existieren.« Sein Gesicht wurde noch ernster. »Das ist das einzige, was ich vom Norden verlange: eine Anerkennung unseres Rechts.«

Gideon nickte.

»Sie haben völlig recht, Sir. Wir wollen das Eingeständnis der Nordstaaten, keinen Verrat begangen zu haben. Und bevor wir das erreicht haben, dürfen wir auf dem Schlachtfeld nicht verlieren. Sonst werden sie uns sicher aufhängen.«

»Mich werden sie bestimmt hängen«, murmelte Davis. Er blickte aus dem Fenster in die grauen Wolken. Dann wandte er sich um und begleitete Gideon zur Tür.

»Natürlich wissen Sie genausogut wie ich, daß wir keinen Verrat begehen. Wir tun nur das, was unsere Vorväter im vergangenen Jahrhundert getan haben.« Er überlegte einen Augenblick. »Jedes Volk hat das Recht, das bestehende Regime abzuschütteln und sich eine neue Regierung oder sogar eine neue Regierungsform zu wählen. Das ist ein heiliges und unveräußerliches Recht, das eines Tages die Welt befreien wird – hoffe ich.«

Er legte die Hand auf den Türknauf und sah Gideon ins Gesicht. »Und dieses Recht gilt nicht nur für ganze Nationen, sondern auch für einen Teil eines Volkes.«

Gideon war überwältigt, daß er an den Gedanken des Präsidenten teilhaben durfte. Um ihm zu zeigen, wie sehr er mit ihnen übereinstimmte, sagte er: »Noch nie habe ich die Prinzipien unserer Sache so ausgezeichnet und treffend formuliert gehört.«

Davis lächelte. »Ich auch nicht.«

Diese Antwort verwirrte Gideon.

»Die Worte stammen nicht von mir«, sagte Davis schmunzelnd. »Ich habe lediglich einen Gentleman zitiert, der sie anläßlich der Rebellion von Texas gegen die Mexikaner aussprach. Das war im Jahr 1848, und der Gentleman war gerade in den Kongreß gewählt worden.«

Er schlug Gideon auf die Schulter, und es lag leichte Melancholie in seiner Stimme, als er fortfuhr: »Sein Name ist Abraham Lincoln. Guten Morgen, Lieutenant.«

2

Acht Tage später, an einem regnerischen, feuchten Nachmittag, zügelte Lieutenant Gideon Kent die beiden Pferde, die den Wagen bis zu einer Straßenkreuzung etwa fünf Kilometer südwestlich von Washington gezogen hatten.

Vier Reiter der Konföderation trabten auf den Wagen zu. Zwei von ihnen kannte Gideon. Der Führer der Patrouille war ein Sergeant der K-Kompanie des *First Virginia*.

Er prüfte Gideons Papiere, die vom Präsidenten unterzeichnet waren. Die anderen Reiter interessierten sich mehr für den schwarzhaarigen Zivilisten, der neben Gideon saß und eine Zigarre paffte.

»Lieutenant, dieser Mann hat denselben Namen wie Sie ...«

»Und?«

»Ist er ein Verwandter von Ihnen?«

»Mein Vater.«

Die Kavalleristen tauschten erstaunte Blicke.

»Und wir sollen ihn passieren lassen, nur weil Sie es uns sagen?«

Gideon deutete auf die Papiere.

»Weil der Präsident es Ihnen sagt.«

Jephtha griff nach dem alten Koffer, den man ihm bei seiner Entlassung aus dem Armenhaus gegeben hatte. Die Bewegung setzte die Rauchwolke um seinen Kopf in Bewegung.

»Hier steht: Der Wagen und die Pferde bleiben hier und ...«

»Ich bringe sie nach Richmond zurück.«

»Dann muß der Gefangene den Rest der Strecke zu Fuß zurücklegen.«

»Er ist kein Gefangener mehr.«

»Ich möchte wissen, wie der nach Washington hineinkommen will«, sagte ein anderer Soldat. »Die Yanks haben eine solche Angst vor einer Invasion, daß sie alle Planken von den Brücken entfernt haben.«

»Stehen feindliche Truppen vor dem Potomac?« fragte Gideon.

»Nein, nur ein paar von unseren.« Wieder starrte der Sergeant Gideon mißtrauisch an. »Das ist eine Uniform der I-Kompanie, die Sie tragen, nicht wahr?«

»Richtig.«

»Sind Sie vom Dienst beurlaubt?«

»Sie können ruhig auch mal ›Sir‹ sagen, wenn Sie mit einem Offizier sprechen, Sergeant.«

Die Wangen des anderen röteten sich.

»Entschuldigen Sie, Sir. Habe ich wohl vergessen ...«

»Das glauben Sie doch selbst nicht! Ja, ich bin beurlaubt, bis ich mir ein Pferd beschafft habe. Ich habe meines bei Manassas verloren. Haben Sie noch ein paar Fragen, die ich Ihnen beantworten kann, Sergeant?«

»Nein, Sir«, sagte der Sergeant bemüht. Er grüßte lässig und riß sein Pferd herum. Er und die anderen drei Männer ritten weiter.

Gideon blieb still sitzen und starrte über die Rücken der beiden Pferde hinweg zu den nebelverhangenen Hügeln hinauf.

Die Fahrt von Richmond war alles andere als ein Vergnügen gewesen, und das nicht nur in physischer Hinsicht. Gideon und sein Vater hatten sich unterhalten, aber immer nur über unverfängliche Themen. Sie waren stets wachsam gewesen und fast übertrieben höflich. Sie hatten miteinander gesprochen wie Fremde, die der Zufall für ein paar Stunden zusammengeführt hatte.

Jephtha schnippte den Stummel seiner Zigarre in eine Pfütze.

»Entfernte Planken oder nicht, ich bin bei Einbruch der Dunkelheit in Washington.«

Gideon hoffte es. Sein Vater war immer noch schwach, und man sah es ihm an. Seine Wangen waren eingefallen, seine normalerweise dunkelbraune Hautfarbe zeigte ein kränkliches Gelb. Aber er gab sich zuversichtlich, als er seinen Koffer nahm und vom Wagen kletterte.

Gideon wickelte die Zügel um den Bremshebel und sprang auf der anderen Seite vom Bock. Beide Männer gingen nach vorn, blieben vor den Pferden stehen.

Gideon starrte auf den schlammigen Boden. Er konnte nicht die Worte finden, um seinen Vater um Verzeihung zu bitten.

Ein leichter Regen fiel auf die Segeltuchplane des Wagens. Eins der Pferde begann unruhig zu stampfen und schleuderte Schmutzspritzer auf Gideons hellblaue Hose.

Es war Jephtha, der schließlich das Schweigen brach.

»Ich danke dir, daß du mich bis hierher gebracht hast, Gideon.« Er fuhr mit dem Handrücken über seinen Mund. »Ich sollte jetzt gehen.«

»Wenn wir den Männern glauben können, wirst du diesseits des Flusses keine Schwierigkeiten haben.«

Jephtha verzog das Gesicht und starrte zu den Hügeln hinüber.

»Natürlich nicht. Alle Leute in Richmond sprechen doch nur davon, daß unsere Jungen betrunken und völlig demoralisiert in Washington herumsitzen und darum beten, daß der neue Held, der junge McClellan, die kläglichen Reste unserer Division wieder notdürftig zusammenflicken kann. Den armen McDowell hat Lincoln ja sofort fallengelassen.«

»Am Abend nach dem Rückzug von Centreville stand in der Zeitung . . .«

Nur oberflächliches Gerede, dachte Gideon wütend. Und dabei gab es noch so viel zu sagen, und er wußte nicht, wie er beginnen sollte.

Jephtha legte eine Hand auf den Nacken des unruhigen Pferdes und blickte Gideon an.

»Ich glaube nicht, daß wir uns sehr bald wiedersehen«, sagte er leise. »Ich schulde dir mein Leben, Gideon, und ich schulde Mister Davis meine Freiheit. Ich bin ein so dickschädeliger Yank, daß ich mir nie hätte vorstellen können, einmal zwei Südstaatlern danken zu müssen – auch wenn einer davon mein Sohn ist.«

Beide versuchten zu lächeln.

Plötzlich trat Jephtha auf Gideon zu und griff nach seinem Arm.

»Du hast eine sehr schöne und gute Frau, Gideon. Ich bin glücklich, daß ich bei deiner Hochzeit dabeisein konnte, wenn auch mit einem bewaffneten Wächter an jeder Seite. Die komischste Hochzeit, die ich je erlebt habe: Ein Yankee-Gefangener und der Präsident der Konföderation als Gäste in der Kirche, und dieser arme, alte Krüppel, voll wie ein Lord auf seinem Rollbrett . . .« Er schüttelte den Kopf. »Wirklich die komischste Hochzeit, die ich je erlebt habe.« Er lächelte. »Aber ich bin sehr glücklich, daß ich dabeisein durfte.«

»Ich auch«, sagte Gideon.

»Davis ist ein verdammt anständiger Kerl. Nach der Trauung kam er zu mir, um mir wegen der Sache im Armenhaus sein Bedauern auszudrücken. Ich hätte mir nur noch gewünscht, einmal mit deiner Mutter allein sprechen zu können. Ich wollte ihr etwas mehr sagen als das, was ich ihr vor den anderen gesagt habe – abgedroschene Worte des Mitgefühls. Ich wollte ihr sagen, daß es mir leid tut, ehrlich leid tut, daß ihr Mann tot ist.«

»Tut es dir wirklich leid?«

»Ja. Es wäre besser gewesen, wenn man ihn nur festgenommen hätte. Ich weiß, daß Fan ihn geliebt hat. Er muß auch gute Seiten gehabt haben, sonst hätte sie ihn schließlich nicht geheiratet. Bitte, sage ihr, daß sie wegen Lamonts Komplott kein schlechtes Gewissen zu haben braucht. Sie ist von ihm hintergangen worden, das weiß ich.«

Gideon nickte.

»Wir alle . . .«

»Ich bin froh, daß deine Mutter nach Lexington zurückgeht. Sie ist dort sicherer.«

Gideon blickte seinen Vater prüfend an. »Du bist also nach wie vor sicher, daß Richmond bald fallen wird?«

Jephtha lächelte. »Es ist das Virginia-Blut, das manche der Kents so aggressiv macht – und dich zu einem guten Kavalleristen, denke ich.« Das Lächeln erlosch. »Ja, Gideon. Ich weiß, daß Richmond fallen wird, genau wie die ganze Konföderation. Wenn nicht im nächsten Monat, dann im nächsten Jahr.«

»Ich bin nicht deiner Ansicht, und ich . . .«

»Höre mir zu, Gideon. An dem Sonntagmorgen, bevor ich zum Cub Run hinausfuhr, frühstückte ich mit einem britischen Kollegen, einem Mann namens Billy Russell. Er ist Korrespondent der *Times*. Er ist auch zum Cub Run hinausgefahren, aber ich vermute, daß er heil wieder nach Washington zurückgelangt ist. Auf jeden Fall, Russell ist ein kluger Kerl und hat einige Erfahrung in Kriegen. Er war als Korrespondent der *Times* im Krim-Krieg und bei anderen Auseinandersetzungen. Er hat mir seine Ansichten über diesen Krieg genau auseinandergesetzt. Als erstes das Übergewicht an Menschen: fünf und eine halbe Million in den Südstaaten gegenüber einundzwanzig Millionen im Norden. Das allein bedeutet, daß die Konföderation nicht gewinnen kann. Aber Russell hat noch eine andere interessante Feststellung getroffen: Er sagt voraus, daß dieser Krieg völlig anderen Gesetzen gehorchen würde als jeder der vorhergegangenen. Nicht einmal die numerische Überlegenheit spielt eine entscheidende Rolle, sondern die Überlegenheit der Maschine über den Menschen.«

»Du meinst die Fabriken des Nordens.«

»Ja. Aber es gibt da noch eine Reihe anderer Faktoren. Eisenbahnen zum Beispiel. Nimm doch nur einmal die Schlacht von Bull Run. Wenn Johnston nicht die Möglichkeit gehabt hätte, seine Verbände mit der Bahn heranzuschaffen, hätte das Ergebnis wahrscheinlich anders ausgesehen. Die Armeen haben den Telegraphen. Die Nachrichtenübermittlung ist dadurch erheblich schneller, und das allein kann den Ausgang einer Schlacht entscheiden. Russell nannte es ›einen Krieg von titanischen Ausmaßen‹. Den ersten der Menschheitsgeschichte. Und alle Vorteile – vielleicht mit der Ausnahme reiner Tapferkeit – liegen beim Norden.«

Gideon runzelte die Stirn. »Ich werde alles tun, um Mister Russells Prognose zu entkräften.«

»Ich habe von dir auch nichts anderes erwartet.«

Wieder Schweigen. Der Regen plätscherte in die Pfützen der aufgeweichten Straße. Hufschläge in der Ferne verrieten, daß irgendwo im Nebel Reiter unterwegs waren.

Gideon war es leid, vom Krieg zu sprechen. Sie hatten nicht mehr viel Zeit.

»Papa ...«

»Ja?«

»Ich möchte dir noch eines sagen, bevor du gehst. Ich ... Es tut mir leid, daß ich dich in Washington ...«

»Vergessen.« Jephtha winkte ab. »Völlig vergessen. Halte dir vor Augen, daß ich jetzt nicht hier wäre, wenn du mich nicht gerettet hättest.«

»Bitte glaube nicht, daß alle Menschen im Süden so sind wie

Edward. Oder wie mein Großvater Tunworth. Ich möchte nicht, daß du alle Menschen der Konföderation für Verbrecher hältst.«

Jephtha schüttelte den Kopf. »Bestimmt nicht.«

Er wandte das Gesicht ab, und Regentropfen wehten in seine Augen. Jedenfalls nahm Gideon das an, weil Jephtha sich mit dem Handrücken über die Augenwinkel fuhr.

»Ich habe dir schon einmal gesagt, Gideon, daß die Zeit den Menschen verändert. Ich war einmal ein Fanatiker wie Lamont. Vielleicht hätte ich mich nie dazu bereit gefunden, für meinen Glauben einen Mord zu begehen, aber ein Fanatiker war ich trotzdem. Ich konnte keinen Menschen verstehen oder auch nur akzeptieren, der meinen Standpunkt in der Sklavenfrage nicht teilte. Ich habe meinen Standpunkt heute nicht im geringsten geändert, aber ich verdamme nicht mehr alle Menschen, die die Institution der Sklaverei verteidigen und aufrechterhalten wollen – und erst recht nicht die Menschen, die dazu gezwungen werden. Du hast wesentlich dazu beigetragen, daß ich jetzt verständnisvoller und großzügiger urteilen kann, Gideon. Und auch euer Präsident Davis.« Er lächelte. Es war ein bitteres Lächeln. »Ist unsere Situation nicht sehr seltsam? Hier stehen wir einander gegenüber – ein Vater und sein Sohn – auf beiden Seiten dieses Konflikts. Wir haben dasselbe Blut – aber nicht dieselben Ideale. Ich glaube nicht an die Sache, für die du kämpfst, Gideon, werde es wohl nie können. Aber ich bin stolz auf dich.« Das Lächeln verlor ein wenig von seiner Bitterkeit. »Ob du ein Rebell bist oder nicht: Du bist ein Kent.«

Er seufzte.

»Ich fürchte, es ist zu vieles geschehen, als daß wir je wirklich zueinander finden könnten. Aber wir sollten einander zumindest nicht mehr hassen. Wir müssen diesen Krieg überstehen und beweisen, daß Lincolns Prophezeiung falsch ist.«

»Welche Prophezeiung, Papa?«

»Ein Zitat aus dem Markus-Evangelium: ›Und wenn ein

Haus gegen sich geteilt ist, kann dieses Haus nicht stehen.‹ Wenn dieser Krieg vorbei ist, Gideon, möchte ich das Haus der Kents noch stehen sehen, fest und unerschütterlich. Aber es gibt eins, das mir noch wichtiger ist ...«

In Jephthas Augen standen Tränen. »Ich möchte nicht, daß dieser Krieg dich zerstört, Gideon. Ich habe dir das Leben gegeben, und Margaret hat es dir auf eine andere Weise gegeben, und beides ist zu kostbar, um es zu verlieren.«

»Ich werde durchkommen, Papa.«

»Dafür werde ich beten.« Jephtha sah seinen Sohn an. »Weil ich dich liebe.«

Die Worte verklangen. Aber sie rissen einen Damm ein, der so vieles verschüttet hatte. Gideon lief zu seinem Vater und umarmte ihn.

Als sie sich voneinander lösten, seufzte Jephtha glücklich und nahm seinen Koffer auf. Dann stellte er ihn noch einmal ab und sagte: »Was ich dir noch sagen wollte ... Ich habe keine Erfahrung im Schmuggel, aber anscheinend gibt es Möglichkeiten, Geld von einer Seite auf die andere zu bringen.«

»Edward wollte es zumindest versuchen.«

»Und ich werde es auch tun.«

»Was?«

»Ich werde dafür sorgen, daß du auf irgendeine Weise fünftausend Dollar in Gold von den Geldern der Ophir-Mine erhältst.«

Gideon starrte seinen Vater an.

»Und wenn das nicht reicht, werde ich mehr schicken. Es mag vielleicht eine Weile dauern, aber ich verspreche dir, daß du das Geld bekommen wirst. Wenn du diesen verdammten Krieg überleben willst, mußt du zumindest vernünftig ausgerüstet sein.«

»Ich verstehe das nicht. Warum willst du mir Gold schikken?«

»Um dir Pferde zu kaufen. Pferde ... Das ist das einzige, was ich dir geben kann, außer der Liebe eines Vaters und meiner Bitte, daß du mir verzeihst.«

Er nahm den Koffer wieder auf. Wasser tropfte von ihm auf den Boden.

»Und jetzt setz dich wieder auf den Bock und fahre nach Richmond zurück. Wenn du Margaret zu lange allein läßt, nimmt sie dir ein anderer weg.«

Sie lachten und drückten einander die Hände.

»Gott schütze dich, Gideon, dich und deine Brüder – und deine Mutter. Wir sehen uns wieder, wenn diese Sache ausgestanden ist.«

Er beugte sich vor und küßte seinen Sohn auf die Wange. Dann wandte er sich um und ging die Straße nach Norden.

3

Gideon saß auf dem Bock des Wagens und starrte der Gestalt nach, die in der nebelverhangenen Landschaft von fahlen Grün- und Grautönen allmählich verschwand. Der Gang seines Vaters wirkte energisch und wie mit neuer Lebenskraft erfüllt.

Zwischen zwei flachen Hügeln kam Jephtha Kent außer Sicht, aber das Bibelzitat klang noch in Gideon fort: Und wenn ein Haus gegen sich geteilt ist, kann dieses Haus nicht stehen...

Vielleicht traf das auf Amerika zu. Er hoffte, daß es nicht für die konföderierten Staaten galt. Trotz des Sieges von Manassas wurde die Politik von Präsident Davis im Süden bereits in Frage gestellt. Selbst das Prinzip der Souveränität der Staaten, das die Ursache der Trennung von der Union gewesen war, wurde zum Gegenstand wütender Proteste in allen Südstaaten. Wie konnte Mr. Davis es wagen, auf weiteren Kriegssteuern zu bestehen? Die Macht einer Zentralregierung war doch genau das System, gegen das der Süden rebelliert hatte...

Aber es hatten sich bereits einige warnende Stimmen erhoben, die darauf hinwiesen, daß unreflektiertes Bestehen auf dem Recht der Einzelstaaten letztlich zum Auseinanderbrechen der Konföderation führen müßte. Oder sie zumindest militärisch schwächen würde.

Solche philosophischen Argumente gab es im Norden nicht. Lincoln erholte sich rasch und energisch von der militärischen Niederlage. Bei einer Rede vor dem Kongreß Anfang Juli verlangte er Vollmachten, weitere vierhunderttausend Männer einzuberufen und vierhundert Millionen Dollar für den Krieg auszugeben.

Gideon erkannte, daß sein Vater wahrscheinlich recht hatte. Dem geteilten Land stand eine sehr schwere Zeit bevor. Dieser Krieg mochte länger und härter werden, als es sich irgend jemand vorstellen konnte.

Aber ganz egal, wie er ausgehen würde – und er hoffte mit aller Inbrunst, daß der Süden ihn gewinnen würde –, vielleicht hatte sein Vater auch mit der Voraussage recht, daß die Kents nicht für immer als Gegner auf zwei Seiten verfeindeter Lager stehen mußten. Und allein diese Aussicht war ein weiterer Grund, alles zu tun, um diesen Krieg zu überleben.

Ein anderer Grund war Margaret. Ein weiterer ein Gefühl von Familienzusammengehörigkeit, das er nie ganz verloren hatte. Bis zu diesem stürmischen Abend, an dem er zum Armenhaus gelaufen war, hatte er nicht richtig erkannt, wie stark die Blutsbande waren.

Und wenn ein Haus geteilt ist . . .

Was immer auch geschehen mochte, die Kents konnten für ein Prinzip kämpfen – aber nie aus Haß.

Er blickte zu den grünen Hügeln hinüber, hinter denen sein Vater verschwunden war.

Epilog
Captain Kent, C. S. A.

Am Samstag, dem 31. Mai 1862, fanden zwei bedeutsame Ereignisse statt. Eins war privater Natur, das andere betraf die ganze Nation. Aber beide sollten das Leben von Captain Gideon Kent beeinflussen.

Nach neun Stunden Wehen gebar Margaret Kent geborene Marble eine sechseinhalb Pfund schwere Tochter. Und General Joseph Johnston wurde bei der Schlacht von Seven Pines, nur wenige Meilen außerhalb Richmonds, schwer verwundet.

Eine riesige Invasionsarmee der Union – hunderttausend Mann und ein Belagerungszug unter dem Kommando von General McClellan – stieß in breiter Front über die Halbinsel in Richtung Richmond vor.

Die Campfeuer der Unionstruppen waren von der Stadt aus zu sehen.

Gideon Kents Freude über die Geburt seines ersten Kindes ließ ihn für ein paar Stunden vergessen, daß die Hauptstadt der Konföderation in einer tödlichen Gefahr schwebte, daß der beste General der Südstaaten ausgefallen und durch einen unbeliebten Stellvertreter ersetzt worden war.

Robert E. Lees Ruf hatte nach den Niederlagen in West-Virginia im vergangenen Jahr stark gelitten. Captain Kent vom *First Virginia Regiment* General Stuarts sah ein schlechtes Omen darin, daß die Geschicke der Armee Nord-Virginias – und die Zukunft der ganzen Konföderation – nun in den Händen dieses reservierten, höflichen Mannes lagen, der inzwischen den Spitznamen »Evakuierungs-Lee« erhalten hatte.

Am Mittwoch, dem 11. Juni, wurde Gideon einem Sonderkommando von etwa zwölfhundert Mann zugeteilt, das aus

Männern der 1., 4. und 9. Nord-Virginia-Regimenter und Einheiten der *Jeff Davis Legion* bestand. Er kannte den Zweck ihres Einsatzes nicht, als Brigadegeneral Stuart die Kavallerie am nächsten Morgen aus Richmond hinausführte.

Stuarts Eskorte hatte sich inzwischen vergrößert. Zu ihr gehörte jetzt auch ein Soldat namens Sweeny. Der herumziehende Jahrmarktsmusikant war in Richmond vom Krieg überrascht worden und dort hängengeblieben. Stuart hatte ihn einer anderen Einheit abgenommen, weil Sweeny ein guter Banjospieler war und ihn und den Stab im Camp unterhalten sollte.

Zu Gesprächen im Camp und während des Rittes hatte Stuart nun einen Mann, mit dem er sich in einem Kauderwelsch aus Deutsch und gebrochenem Englisch unterhielt. Wenige Tage vor der Schlacht bei Seven Pines hatte er einen ehemaligen preußischen Dragoner in seinen Stab aufgenommen, einen Mann namens von Borcke. Der Offizier war durch die Linien gekommen, um auf der Seite der Konföderation zu kämpfen.

Gideon trug die neue graue Uniform, als er hinter dem Kommandeur seines Regiments, Colonel Fitzhugh Lee, die Brook Road entlangritt. Es bedrückte ihn, Margaret in Richmond zurücklassen zu müssen, aber er hatte seine Pflicht zu erfüllen.

Und das war dieser Krieg jetzt für ihn geworden: eine Pflicht – kein Kreuzzug.

Trotzdem gab es drei Dinge, die ihn aufmunterten:

Eine winzige Haarlocke – eigentlich noch Flaum –, die er vorsichtig vom Kopf seiner neugeborenen Tochter Eleanor geschnitten hatte. Er trug sie in der Tasche seiner Uniformjacke.

Das zweite war sein Pferd. Wahrscheinlich war es ein gestohlenes Tier. Er hatte dem Händler, mit dem er sich im vergangenen Herbst heimlich außerhalb von Camp Qui Vive getroffen hatte, einen kriminell hohen Preis zahlen müssen. Aber Will-O'-The-Wisp war eine prachtvolle Stute, fast ein Vollblüter.

Gideon hatte seinem Vater einen Brief geschrieben und ihm mitgeteilt, daß er von dem herübergeschmuggelten Geld dieses

Pferd gekauft hatte. Auch der Mann, der ihm garantiert hatte, daß der Brief sicher nach Washington gebracht werden würde, hatte sich seine Mühe teuer bezahlen lassen, ohne jedoch eine wirkliche Garantie dafür zu geben, daß er den Brief dem Empfänger zustellen würde. Jedenfalls hatte Gideon bisher keine Antwort erhalten.

Und das dritte war die Flagge. Er hatte das Rodney gegebene Versprechen eingelöst und die blutgetränkte Flagge an Miss Nancy Wonderly in White House geschickt. Aus Dankbarkeit hatte sie ihm sofort eine neue genäht, und er trug sie am Gürtel neben seinem neuen Revolver, einem 44er Le Mat, einer zehnschüssigen Waffe französischer Herkunft.

Gideon hatte sie ebenfalls von dem Geld seines Vaters gekauft, nachdem er seine beiden Colt-Revolver verloren hatte. Einer war ihm bei einem heißen Gefecht bei Drainesville im vergangenen Dezember aus der Hand geschlagen worden, den anderen hatte jemand später aus seinem Zelt gestohlen.

Die Flagge, das Pferd und die Locke waren seine Talismane, die Summe seiner Hoffnung auf Überleben und Sieg. Er war überzeugt, daß sie ihn durch alle Gefährdungen bringen würden, die die Zukunft für ihn bereithalten mochte.

Wie sein Vater vorausgesagt hatte, nahm der Krieg unvorstellbare Dimensionen an. Im März hatte die *C. S. Virginia* – die eroberte und neu ausgerüstete *Merrimack* – in den Hampton Roads einen Zweikampf mit einem eigenartigen Schiff ausgetragen. Die *Monitor* und ähnliche Schiffe dieser Bauart wurden »Ironclads« genannt, nach ihrem aus Eisenplatten erbauten Schiffsrumpf, und Experten behaupteten, daß mit der Schlacht in den Hampton Roads die Ära der Holzschiffe ein für allemal zu Ende gegangen sei.

Im April hatten die Menschen zum erstenmal die sprunghaft steigende Opfer an Menschenleben begriffen, die dieser Krieg forderte. Irgendwo in Tennessee – Gideon hatte nur sehr vage Kenntnisse von der Geographie des westlichen Kriegsschauplatzes – hatte eine gigantische Schlacht in der Nähe des Shiloh Meeting House Opfer gefordert, die das menschliche Begriffsvermögen fast überstiegen. Mehr als zehntausend Menschen waren auf der Seite des Südens getötet und verwundet worden, dreizehntausend oder mehr auf der anderen.

Auch Gideons Bruder Matt war inzwischen in den Krieg verwickelt, wenn auch nicht als Soldat. In ihrem letzten Brief aus Lexington hatte Fan einen Brief ihres zweitältesten Sohnes beigelegt. Matt hatte ihn in Nassau geschrieben, wo das Schiff Ladung übernommen hatte, bevor es die gefahrvolle Reise nach Cape Fear angetreten hatte. Matts Kapitän wollte die Blockade durchbrechen.

Trotz des sich immer mehr ausweitenden Krieges war Gideon zuversichtlich und optimistisch, als die Kavalkade von der Brook Road abbog. Er brauchte nicht viel Phantasie, um zu ahnen, daß sie den Auftrag hatten, bewaffnete Aufklärung zu reiten, um die Stärke und die strategische Position einer Unionsarmee zu erkunden, die unter dem Kommando eines Mannes stand, den sie den kleinen Napoleon nannten. Gideon war überzeugt, daß sie ihre Aufgabe erfolgreich erfüllen würden.

General Stuart hatte sich als ausgezeichneter Truppenführer erwiesen. Und Gideon hatte seine drei Talismane bei sich:

Das gute Pferd.

Die Flagge seiner Nation.

Die kostbare Locke seines Kindes.

*

Drei Tage später, am Sonntag, ritten die Männer General Stuarts triumphierend wieder in Richmond ein. Aber unter den schaumbedeckten Pferden war keine Stute mit dem Namen Will-O'-The-Wisp.

In der Regimentsliste stand hinter dem Namen von Captain Gideon Kent: Im Einsatz vermißt.

Die Chronik der Kent-Familie

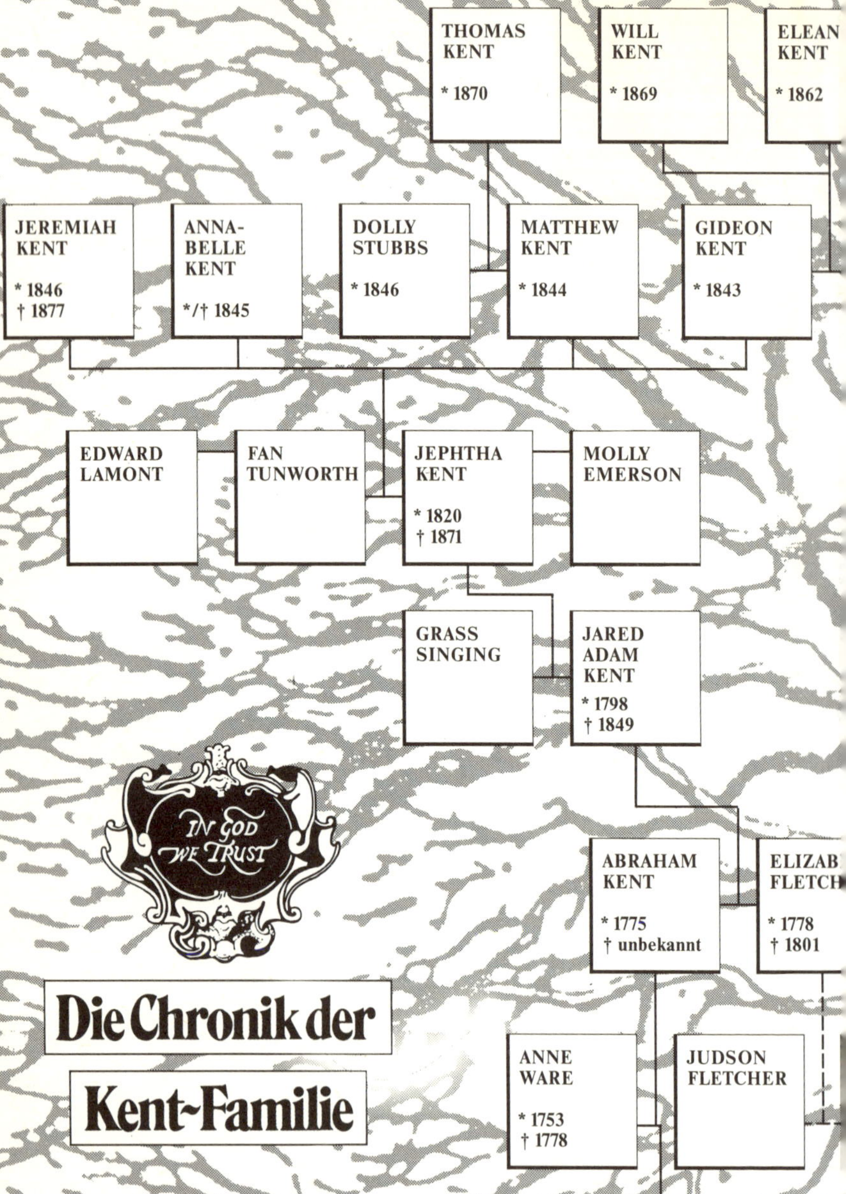